中国断代专题文学史丛刊

清诗史(上)

严迪昌 著

人民文学出版社

图书在版编目(CIP)数据

清诗史：上下／严迪昌著．—北京：人民文学出版社，2019
（中国断代专题文学史丛刊）
ISBN 978-7-02-015670-2

Ⅰ．①清… Ⅱ．①严… Ⅲ．①诗歌史—中国—清代 Ⅳ．①I207.209

中国版本图书馆 CIP 数据核字（2019）第 188193 号

责任编辑　董岑仕
责任印制　徐　冉

出版发行　人民文学出版社
社　　址　北京市朝内大街 166 号
邮政编码　100705
网　　址　http://www.rw-cn.com
印　　刷　天津千鹤文化传播有限公司
经　　销　全国新华书店等
字　　数　780 千字
开　　本　880 毫米×1230 毫米　1/32
印　　张　31.25　插页 4
印　　数　1—4000
版　　次　2011 年 11 月北京第 1 版
印　　次　2019 年 10 月第 1 次印刷
书　　号　978-7-02-015670-2
定　　价　82.00 元（全两册）

如有印装质量问题，请与本社图书销售中心调换。电话：010-65233595

弁　言

　　十七世纪中叶至二十世纪初,爱新觉罗氏王朝统治时期的清代诗歌绵延近二百七十年,这一时期既是中国古代诗歌流变史程上不应轻忽、不能或缺的集大成阶段,又是新旧诗风、诗心因革嬗变的关键时期。清代诗歌更是特定文化时空里"三千灵鬼"历劫多难的心灵搏动之最见具体深微的抒情载体遗存。毋论就中国诗史抑或文学史、文化史,乃至"士"之心灵史而言,一代清诗的认识价值、审美意义以及文献参酌、补苴功能,均值得今人投入学术心力,予以深入研究。

　　本书以四编二十四章并绪论三章的篇幅,着重以人文生态与心态之审视,辨析清诗发展过程中诸种诗风、诗群之构成以及诗人们各自的流变分合与历史地位;运用"诗文化学"批评方法,关注并契入科举文化、隐逸文化、地域文化、家族文化诸基因,以认辨清代诗歌繁富复杂的诸多特定现象。意在通过"史"的全景式梳理整合,揭示清代诗歌贯串始终的"朝"、"野"离立之势,并与晚明诗史与人们通常认定的"近代"诗史相贯联观照,以显现"因"、"变"承续的轨迹。

　　各篇论述"遗民诗"、"江东三家"以及诸如王士禛、朱彝尊、查慎行、赵执信、沈德潜、袁枚、黄景仁等世称大诗人时,力求不囿陈说,逐一剖析不相重复的文化构成及个体性独异现象,置于"史"的宏观参照下详加微观论辨。至于对历来为人们忽略轻慢已久的诗人,则谋持一己学力所及特多论列,几近三百家,以图为有清一代诗歌首次作一较全面的整合。

跳脱传习偏嗜之见与模式框架，从上千部诗别集与有关史料探溯流变，厘清脉络，还置数百诗人于应占的历史位置，概以特定史实为据，无蹈人云亦云之弊，是笔者所心期。唯学殖荒陋，心力难济，疏漏必多，误解亦复不免，祈盼方家、读者教正。

严迪昌

2002年3月 于吴门

目　录

上　册

绪论之一　清诗的价值和认识的克服 …………………… 1
绪论之二　清诗的嬗变特点——"朝"、"野"离立之势 …… 15
绪论之三　黑暗的王朝与迷乱的诗坛——晚明诗史述论 …… 30

第一编　风云激荡中的心灵历程（上）：遗民诗界 …………… 57
引言 ……………………………………………………… 57
第一章　宁镇·淮扬遗民诗群 ……………………………… 62
　第一节　白门遗老 ……………………………………… 65
　第二节　"徐州二遗民"与"望社"诗群 ………………… 97
　第三节　吴嘉纪与维扬、京口遗民诗群·兼论
　　　　　"布衣诗" ……………………………………… 127
第二章　以方文、钱秉镫为代表的皖江遗民诗人
　　　　——兼说地域文化世族 ……………………… 164
　第一节　真气淋漓的方文的诗·附说方氏族群 ………… 168
　第二节　钱秉镫及其他 ………………………………… 182
第三章　喋血于山岭海涯的两浙遗民诗群 ……………… 191
　第一节　浙东遗民诗群 ………………………………… 194
　第二节　浙西遗民诗群 ………………………………… 215
第四章　顾炎武与吴中、秦晋遗民诗人网络
　　　　——兼说遗民诗僧 ……………………………… 237

> 第一节　吴中遗民诗人网络 ······ 237
> 第二节　遗民诗界南北网络的沟通人——顾炎武论 ······ 266
> 第三节　傅山及秦晋诗群·附论河朔诗群 ······ 277

第五章　"交广从来是楚乡"——湘粤遗民诗界 ······ 291
> 第一节　鹃泣猿啼不胜悲的王夫之 ······ 293
> 第二节　慷慨任气屈大均 ······ 299
> 第三节　遗民诗界殿军陈恭尹 ······ 308

第二编　风云激荡中的心灵历程(下)：清初诗坛 ······ 319

引言 ······ 319

第一章　江东三大家 ······ 322
> 第一节　钱谦益与龚鼎孳 ······ 322
> 第二节　吴伟业及"娄东诗群" ······ 342

第二章　"绝世风流润太平"的王士禛 ······ 384
> 第一节　诗界"开国宗臣"的认识意义 ······ 384
> 第二节　时代与个人双向选择中的王士禛 ······ 387
> 第三节　王士禛主盟诗界的时间考辨 ······ 410
> 第四节　"神韵说"形成过程与审美内涵 ······ 417
> 第五节　王士禛的诗歌创作成就 ······ 432
> 第六节　"王门弟子"论略 ······ 440

第三章　朱彝尊的诗及其诗学观 ······ 453
> 第一节　朱彝尊的诗歌生涯和诗学观 ······ 454
> 第二节　朱彝尊的诗歌成就 ······ 467

第四章　"南施北宋"和开府江南的宋荦 ······ 475
> 第一节　悲怆沉慨的宋琬诗 ······ 476
> 第二节　清醇老苍的施闰章诗 ······ 483
> 第三节　宋荦述说·附邵长蘅与"江左十五子" ······ 490

第五章　查慎行论 ······ 505

第一节 "浙派"辨 …………………………………… 505
第二节 查慎行诗文化心态的构成 ……………… 508
第三节 《敬业堂诗集》的诗史意义 ……………… 517
第四节 查慎行的诗歌风格辨 …………………… 536
第五节 附说吴之振 ……………………………… 539

第六章 赵执信论 ………………………………………… 544
第一节 齐鲁与江南诗文化的消长以及赵执信
的时代契机 ……………………………… 544
第二节 赵执信诗学观形成过程及其诗界
"权在匹夫"之争的时间考辨 …………… 549
第三节 赵执信"越轶山左门庭"的诗学观 ……… 565
第四节 赵执信诗创作成就 ……………………… 579

下 册

第三编 "升平盛世"的哀乐心声：清中叶朝野诗坛 ………… 589
引言（附"文字狱案表"、"乾嘉诗坛达官行年表"、
"分类表"） ……………………………………… 589

第一章 耆儒晚遇的沈德潜 …………………………… 605
第一节 沈德潜的诗歌生涯及其"时世"契机 …… 607
第二节 叶燮《原诗》与沈德潜"格调说"异同辨 … 614
第三节 沈德潜的诗·"吴中七子"·毕沅·曾燠 … 628

第二章 翁方纲及其"肌理说" ………………………… 641
第一节 "肌理说"的文化机制（附说"试帖诗"） … 641
第二节 翁方纲的诗学观及其诗作 ……………… 647
第三节 附论——从李文藻、桂馥到阮元 ……… 655

第三章 袁枚论 …………………………………………… 661
第一节 "袁枚现象"的诗史意义 ………………… 661

第二节 "袁枚现象"的文化内涵及其构成
　　　　过程·附表四种 ……………………………… 669
第三节 袁枚文化意识对名教纲常的叛离性 ………… 689
第四节 袁枚的诗史贡献 …………………………… 701
第五节 袁枚诗的成就 ……………………………… 730

第四章 乾嘉诗人谱（上） ………………………………… 739
第一节 屈复 ………………………………………… 741
第二节 画人诗举要 ………………………………… 744
第三节 "一卷怪石"胡天游 ………………………… 756

第五章 八旗诗人史略 …………………………………… 761
第一节 "辽东三老"、"三布衣"举要 ………………… 765
第二节 宗室诗人中的"篱外寒花"群 ……………… 774
第三节 铁保与法式善 ……………………………… 781

第六章 乾嘉时期地域诗派诗群巡视 …………………… 786
第一节 以厉鹗为代表的"浙派" …………………… 786
第二节 钱载与"秀水派" …………………………… 802
第三节 高密诗派述略 ……………………………… 815
第四节 岭南诗群 …………………………………… 820
第五节 洪亮吉与常州诗群述略 …………………… 832

第七章 乾嘉诗人谱（下） ………………………………… 837
第一节 赵翼的诗史观及其创作成就 ……………… 838
第二节 蒋士铨的诗及其与袁枚的关系 …………… 844
第三节 王文治、李调元述略 ………………………… 848
第四节 "性灵"后劲张问陶 ………………………… 851

第八章 黄仲则论 ………………………………………… 858
第一节 凄怆的心魂 ………………………………… 859
第二节 《两当轩诗》的认识意义 …………………… 861
第三节 《两当轩诗》的审美特征 …………………… 870

4

第四节　黄仲则诗文化渊源辨 ………………………… 875

第四编　风雨飘摇时的苍茫心态——晚近诗潮 … 882
引言 …………………………………………………………… 882
第一章　昏沉时世中的悲怆诗群 ……………………… 887
第一节　王昙的"杀花"之哭 ……………………………… 888
第二节　孙原湘的"自救"诗心 …………………………… 891
第三节　"郁怒"的舒位《瓶水斋诗》 …………………… 894
第四节　郭麐的诗风及其诗学观·兼辨姚鼐的
　　　　"桐城诗法" ……………………………………… 899
第五节　彭兆荪的幽愤诗情 ……………………………… 909
第二章　"一箫一剑平生意"的龚自珍 ………………… 912
第一节　龚自珍的诗史地位·兼说"清代诗史"
　　　　与"近代诗歌"的叠合关系 …………………… 912
第二节　龚自珍诗的"箫心剑气"及其以"完"论诗 …… 917
第三节　附论汤鹏与魏源 ………………………………… 924
第三章　鸦片战争时期的忧愤心史 …………………… 930
第一节　林昌彝《射鹰楼诗话》及张际亮、朱琦
　　　　等的爱国诗篇 …………………………………… 930
第二节　贝青乔的《半行庵诗存》和《咄咄吟》 ………… 937
第三节　从姚燮到张维屏 ………………………………… 942
第四章　太平天国时期的幽苦诗心 …………………… 947
第一节　进退失据的心灵——陆嵩、李映棻诗例说 …… 947
第二节　郑珍的离乱心歌 ………………………………… 952
第三节　金和的"秋蟪"之唱 ……………………………… 956
第四节　江湜的"风兰"心音 ……………………………… 960
第五章　结篇　诗史帘幕的双向垂落——"同光体"
　　　　与"诗界革命" ……………………………………… 965

重要参考书目 ………………………………………… 971
后记 …………………………………………………… 988
后记之二 ……………………………………………… 989

绪论之一　清诗的价值和认识的克服

有清一代二百七十年间的诗歌，以其绚烂丰硕的盛貌，焕发着作为中国古代诗史集大成的总结时期所特有的风采。清代诗歌卓具的深广的认识意义和丰富的审美价值，雄辩地说明古典抒情文体中这一最称主要的形式，仍在持续地发挥其遒劲的功能作用。它的生气活力的高扬未衰，适足以表证：以五七言古近体为文本形态的诗的生新机制依然十分强健。

所以，清诗应该有其自成体系的学科建设，它有理由拥有自己的颇具规模的学术队伍。

然而，尽管近十年来学界对清诗的认识有所推进，但从整体看，该领域的开掘和研究是滞缓的。无论其涉及的广度抑是深度，均与中国诗史的这一不可或缺的组合部分极不相称。

清诗研究所以滞缓的原因很多，例如：这本属一项面广量大的系统工程，但迄今尚无一部汇辑整合的总集，因而连清人诗究竟有多少，几乎谁也说不出比较准确的数字。至于数以万计的诗人的行年、心迹以至他们具体创作实践的氛围背景，由于陌生伴随缺略俱来，于是讹误和舛乱丛生。面对浩似烟海的研探领域，诚非少数有心人在有限岁月里得能窥见全豹、把握总体的。可是，倘若不去尽可能地对清代诗人及其作品进行一番梳理和整体审视，仅仅依据前人的选本或诗话来品评描述一代清诗，那末势必又将导致虽似化解了陌生感，却转而陷入种种门户纷争和艺术偏嗜所织就的理障。中介精芜杂错，焉能借以探骊得珠？由此而言，这里既需要队伍，更需要时间和足够的前期准备，以期获得较为完备的整体认识,并不断清理去诸种偏见和偏嗜,从而勾勒或寻绎出清诗演化的史程来。

在缕述阻滞清诗研究的诸多原因,特别是关涉理障成见时,不难发现,长期起着很大阻滞作用的要数"一代有一代之文学"①的提法。

由于这一观念不断地被推崇和延伸,简单化地从纵向发展上割断某一文体沿革因变的持续性,又在横向网络中无视同一时代各类文学样式之间的不可替代性,终于导致原本丰富多彩、无与伦比的中国文学史变成一部若干断代文体史的异体凑合缝接之著。于是,秦汉以下无文,三唐之后无诗,两宋以还无词云云,被引为权威性定论。因此,即使某些中近古文学史专著,虽也偶及唐宋之后的诗文词,无非只是聊作陪衬,略予点缀而已。

当然我们没有理由反对对某种文体在特定时代所呈现的辉煌成就加以褒扬和强调,因为那是客观存在的史实。问题是如果这种褒崇被强化到割裂历史、支解整体的地步时,则必然会导向片面的、形而上学的误区。在文学研究领域内架构任何定于"一尊"的格局都是非科学的,其本身不符合文学发展的史程实际。可是这一观念的影响却是如此深远,清诗的长期遭轻忽,诗史上这一特定阶段的研究的荒疏冷寂,不能不说其致命的原因之一在于此。

事实上,无论就文学的功能性还是文体持续发展的整体性而言,清诗所别具的价值都是不应该被忽视的。

文学的功能性,集中起来看必然首先归结到其对特定时空的社会生活各个层面的表现力上。这种表现当然是或直接或间接

---

① 王国维《宋元戏曲史自序》:"凡一代有一代之文学。楚之骚,汉之赋,六代之骈语,唐之诗,宋之词,元之曲,皆所谓'一代之文学',而后世莫能继焉者也。"梁启超著于民国九年之《清代学术概论》则以为"清之美术(画),虽不能谓甚劣于前代,然绝未尝向新方面有所发展,今不深论。其文学,以言夫诗,真可谓衰落已极"云云。

的,而且,毫无疑问乃是透过作家们各自切实具体的感受而后的艺术折射以出。作家诗人们笔底的任何哀乐悲欢,均导之于他们对现实人生的体察辨味,他们的心绪情思的涟漪波澜,实即生活于其间的社会众生相和人格化了的自然环境在心魂深处激起的回应。因而凡是赞颂、抨击、怡悦、悲怨、哀生、悼逝等等,莫不是他们对现实生活所独擅的是非、美丑的评判形态。

唯其如此,任何文学文体的功能性不仅不会一次性完讫,而且一次性造成阻断前景视野的障蔽性峰岭现象也是不可能的。因为作为认识和表现对象,也就是由人的群体组构而成的社会生活固然是持续不间断地在运动推进;而推促社会发展的人(包括作家诗人群)本身也同样地在这种运动中不断完善着自己。人的智能、人对客观环境的认知和把握力,无疑是处于愈益提高和增强过程中,人的情感体验度更是伴随着社会生活的发展而愈见灵敏和深细、丰富。前者是承续的积累,后者则是演进中的深化。尤须注意的是,基于这样的积累和深化,人对自身作为主体的个性精神的执著追求必然愈趋强烈,意识更明晰。封建的历史行程又严酷地证明,以皇权为标志的庞大的统治网络以及统治者的王霸措施,均未游离于整体社会的运动轨道之外,而是恰恰也在共时演进。封建统治愈趋入后期,其网密法酷,其阴柔和暴虐心性亦远超前代。于是统治与被统治、官与民、朝与野、人与非人之间的扼制与反扼制的冲突,毋容置疑地随着时空的推迁而益显得尖锐激烈。

一个民族的文化发展是随人在积累和深化过程中同向递进的,人是文化的创造主体。文学既是人学,那么,处于文化高层面上的文学范畴中,诗堪称文化精神的高远氤氲形态。作为人的心灵波段的文化载体,诗在表现社会尖锐激烈的冲突时,其功能正与时空推进成同步。

当对文学的包括诗的功能略作寻绎及辨认后,就不难发现:诗人所表现的"我",以及其所表现的自身生存于其中的那个时空里的社会生活现实，必皆是嬗变中的人和现实。因此，文学表现的不可重复和不可替代性应是文学研究的一个不容背弃的论旨和应该恪守的原则，尤其是断代文学文体史学者应有的共识。是的，视文学创作为自家心灵寄托的诗人作家们，他们"这一个"的生活体验、情感触发各有独异之处，有着固有的不可移易性。所以，凡独立的作家均有客观存在的合理性，而卓特的成就非凡的作家尤非异代同行所能取代之。文学功能之所以不衰，从深层看，其实仰赖于他们的贡献良多。

由此而言，今天人们要认识和研究中国封建社会最后一个王朝的统治历史，要认识和研究这一历史时期社会生活的各个层面，要认识和探讨活动于封建末世的各色人物，特别是认识和探觅知识阶层的核心实体"士"的精神状态、心灵底蕴，除却史乘文献外，还得借助于这近三百年间留存的文学成果。就文学范畴讲，单靠小说或戏曲的研究想把握大文化背景前的一代人事演变，显然是远难企及的。这不仅仅从一般意义上说各类文体的不可替代，重要的还在于"乃心声"的诗在历经千百年的发展后，已广泛普及地为封建文人所掌握。承续明代，清代诗人在思想、学术、审美诸方面综合智能的全方位高涨既是空前的，那么这种高深度的文化教养体现于诗创作时，不单是强化了反映生活、表现情思的直接简捷性，强化了与现实社会倏忽多变的相适应力，而且在抒情功能的充分发挥上也愈显得轻灵敏捷和细微深入。因而清代诗歌的多侧面多层次的灵跃视野，从宏观到微观无不提供着宏富的认识参照系。

所以，虚悬一个"唐诗"或"宋诗"的标杆来绳衡清诗，乃是削足适履之举。至于以之来贬抑一代清诗的价值，更属对事物"因"、"变"规律的悖背。今天的文学史家没有理由步随前人再去踩"宗唐祧宋"之类的泥淖。

只要不存偏见，清诗在表现特定时代的功能性上无愧于前代诗史的事实应是不难考见的。有清一代社会动荡，风云多变，几乎贯串始终,即使号称"康乾盛世"的历史时期亦不例外。这确是一个迥异于前朝前代的封建王朝,举凡封建历史上曾有过的各式惨酷、阴柔、颟顸、诡谲的统治行为和手段,无不集大成地在这二百七十年间遍经施行,并且多有发展,别具特性。当然,从历史际遇来看,这末世王朝所面临的困境和危机,也每多前朝前代所未曾经遇的。举清代史事之要,大略有:明清易代之际民族冲突和阶级矛盾的尖锐激化及交相杂糅;战火频仍,民众固是水深火热,士子们亦或彷徨失依或进退维谷,顺治一朝为稳固爱新觉罗皇族政权而迭兴"通海"、"科场"、"奏销"三大案狱,于是一种前所少有的旧巢覆破、新枝难栖的惶惑、惊悸、幻灭、失落之感,伴随愤激、悲慨、哀伤、寒苦等心绪,缠绕紧裹着南北各层面的知识之士,从而更变着相对稳定于明代中叶以来的文化族群结构。康、雍、乾三朝的文网高张,空前的株连杀戮,进一步威劫着几代文化人的心灵,"士"的生气活力被深深地戕伤,从而生发出别一种华夏文化的氛围,考据之学应运而盛兴。紧接着嘉、道之际的衰颓之势而来的,则是以鸦片战争开其端的真正的外敌入侮;继之又是远较前此的白莲教等起义猛烈的太平天国燃遍山河的烽火。这些事件从不同层面严酷震撼着全社会,憬悟或惊醒了大批封建文人中的有识之士,预兆并肇启了华夏民族历史的新的兴变更替。

　　清代历史的演化有其特定的走向,而清代的诗歌在表现这历史行迹时所发挥的功能是卓特的,相副其使命的。即使某些层面上形若隔代,考其实绝不能作简单类比。

　　例如满族统治集团挥八旗铁骑入关,君临中华,依传统观念视之,此乃又一次以"夷"治夏,颇似金、元之灭两宋。然而,相似原非重复,清王朝入主关内后所施行的一系列恩威兼加、宽猛相济的手段,以及调动和利用满汉集团矛盾,并于以满制汉的同时又广泛运用以汉制汉策略,显然远较元蒙统治者及"后金"的先祖高明。而历经明代发展并变易了的儒教理学之熏陶,加之明朝中叶开始振兴的城市经济生活的教养,明清易代之际几辈文化人士的心态和素养也迥异于南宋之末的士人。至若自明末趋于极盛的兼政治与学术为一体的结社活动所产生的深广紧密的社会群体网络,其影响力也非短时期内能击散,于是在清初各个文化层面上所展现的复杂景象,更为前代史实中罕见。所以,甲申(1644)、乙酉(1645)之际和往后很长一段时间里,"胜国"遗老和抗清志士们所抒露的情怀,已非南宋末年忠贞之士所能比拟。以诗人言,顾炎武、阎尔梅、钱秉镫、屈大均等的诗以纪史、诗以述怀的艺术造诣固非南宋遗民诗人们所能企及;吴嘉纪、方文、邢昉以及冷士嵋等一大批"布衣诗人"的心歌,也远胜宋末江湖诗群中的任何一家。如果说"遗民"诗群多少还可寻绎出某些类比之点的话,那么鸦片战争的外夷入侮,亡国之危迫在眉睫时触发的心声堪称史无前例。面临"亡天下"之势,顾炎武当年所昌言的"天下兴亡,匹夫有责"之论,作为整体性民族精神,从此普遍激发于诗人们的歌吟中。一团灼热的赤诚心气凝结在诗的王国,谱成了中华诗史上最称瑰丽之一章,精诚延绵,直至于现当代。至于太平天国战争威力之宏肆,烽烟迅猛四披,更不是黄巢以至李自成揭竿之举可并论。天国烽火自粤西燃起后,经两湖沿江东下,打击主要在东南,这对封建末世王朝基石的撼动,对封建秩序的破坏是致命的。其对文化领域荡涤也空前酷烈,它既惊恐、悸怖着各层面的文化人,又在这氛围中激活起他们对自身生存的思考。这种心态深层变化具有不容轻忽的历史意义,是中国文化史、"士"的心迹演变史、思想史的极为重要的稽考命题。此一时期的诗人大多际遇不幸之甚,他们辗转在剧烈震荡的生死波谷间吟唱不绝,是又一种"国家不幸诗家幸"的史诗心音,从而为上述稽考提供着丰富的史实。

不仅如此,于号称"承平"之世而偏多悲凉之歌,又是清诗所拥有的无可取代的认识价值,或隐晦,或畅朗,或激越,或冷峻,吟哦着与"盛世"极不谐调的心曲,这在康熙一朝以至自诩为"十全王朝"的乾隆六十年中代不乏人。此中既有被庙堂势力抛弃而转以"匹夫"自任的赵执信一类诗人,又有以黄景仁为典型代表的寒士诗群,更有隶属"八旗"世胄的马长海、李锴之属。这是一批夜笛横吹的歌手,程度不等又风格各异地组构成为清代特有的在"野"的诗文化群,从而与朝阙庙堂诗群适形成离立之势。关于清代诗史上严重弥漫着贵族化的御用气、缙绅气之雾霾以及以"一尊"制约诗坛的背景史实,下文将专节予以介绍。这里只是指出,草野诗文化群的不绝如缕地呈现,正是特定时代的情绪激射现象,是时代陶铸了一批诗史英才和文化精华。其所具有的认识意义,事实上已不止于诗的范围,对考察诸如曹雪芹这样的文化巨子的出现,正有着重要的助证和参照价值。须知历史上的戏剧或小说家并非专司其事者,无论名于世还是淹没于史的作手,莫不备擅于诗文,且精工非同凡常。把原本多才兼能的文化巨擘分割成一个个枯燥贫乏的似乎只会编剧本或讲故事的人,实在唐突了古之才人,也不可能说清楚何以会有如此高妙造诣。

以上简略例举,诚不足以概见整个清代诗歌的功能价值。但管窥蠡测,当已可表证清诗有其非前代诗歌或别种文体所能包孕和替代的深广内涵。清诗,有它自具的生气和命脉。

然而,文学研究并非历史研究的补充,更不该是后者的附庸。对清诗认识意义的强调,本意原非为推荐史乘价值,而只是着眼于其诗功能之发挥,以佐证一代诗歌价值的某个侧面。是的,这只是一个侧面。清诗的价值还在于它是中国诗史发展过程中整体构成的不可或缺部分。

我们华夏之邦素有"诗国"之称。中国古典诗歌兴变衍续、转替发展的进程,曾焕发着无比瑰丽的神采,诗的历史长河既波澜壮阔又千姿百态。诗史的宏伟性和丰富性,原由她的各个历史阶段的独异性和多样性构建成,脱卸去任何一个阶段,必将损伤其完整性。严肃审慎的史家不会容许一个细小环节或支脉考查的草率敷衍。很难想象,言中国古代诗史竟可舍弃其最后三百年的组合部分,更何况这里储藏着丰富的"因"、"变"信息,体现着大诗歌史的各种流变的后期轨迹。

任何一种文学体裁都有自身兴衰起落的过程。这种兴替过程,除去历史的推进、社会的变迁、语言习惯的转换以及审美观念的更递等因素外,更有其本身特性和不可避免的局限性在起着作用。问题是这种演化极其缓慢,它并不与社会的改朝换代成同步,相反,倒是往往在形似衰弱之时,竟又老树重花,旧枝新芽。文学史上此类回黄转绿现象,很不少见。

古典诗歌,以形式言,由四言、五言而七言,经历了漫长的岁月。当五七言古近体形态基本稳定,特别是近体格律诗的形成,由于在有限句式中蕴有无限容量和灵巧机变性能,所以经巨匠高手运用时,便有无数珠玑般绚丽篇章源源涌出,生命力旺盛之极。这种形式到唐代达到最为纯熟的佳境,但唐诗的辉煌,并不意味着从此将滑向衰竭低谷,此中不存在这样的逻辑关系。诗史表明,古近体历经宋元明三代,生意仍盎然,虽然在衍进中屡有变易,可这变易恰是活力增添的一种合理运动。

但是,在唐宋诗面前,特别是有唐诗这座丰碑而兼偶像的矗立,后代诗人要在这诗的国土上立足措手,确已大为不易。丰碑足资仰慕,是激活心志的精神财富;偶像则会成为沉重包袱。这对后来者无异是严峻的考验,同时何尝不是对五七言形态的诗的生命力的严格检验。所以,从史的角度看,此中也有幸与不幸的问题在。唐宋以后,传世或默默无闻的诗人多至不可计数,在丰碑和偶像之前歧途迷茫者也一批又一批。以清代数以万计有诗流传的作者来看,其间抱残守缺、捋扯古人旧衣衫而自诩"唐音宋调"的平庸之辈同样车载斗量;然而,诗艺高超的有识之士仍为数众多,以"学古"作为舟筏,登岸舍筏,学而不泥,他们不甘心匍匐老死在前人脚下。这是一批最善于总结前贤得失,独具慧眼,力求创辟一条新路来的才智佳士。诗正有赖于他们的自谋生路而延续着强劲的命脉,中国诗史也终于得到灿若豹尾的结束之章。

明人在诗歌的"因"与"变"的问题上留给清人的影响和教训空前地深刻,故清代诗家中目光敏锐、头脑冷静者也特多。譬如"与其假人余焰,妄僭霸王,孰若甘作偏裨,自领一队",这是薛雪《一瓢诗话》转述叶燮的教诲之语①。其实持此观念的在叶氏之前,以及后来的袁枚、张问陶、郭麐、江湜、黄遵宪等,各流派诗风的群体中均不乏其人。"甘作偏裨",这四字颇似气概狭小,可这需要有几多勇气和自信力始敢言之,已非后人所易理解。因为声称蔑视"妄僭霸王",既是对鼓吹"诗必盛唐"的明代前后七子构筑的诗坛宗庙的否认,也是对朝堂导引的正宗的"一尊"观念的逆反。"甘作偏裨"意味的是分道扬镳,所以,一旦置之于具体的王权统治的大文化背景上,必能掂出其斤两来,进而也足能体察"自领一队"四字的昂扬奋发的自立意识。他们谋求的是从"唐宋"的旗麾下走出来另辟阵地。

"甘作偏裨,自领一队",是诗歌史后期演进的大关目。清诗价值固应沿这视线深入开掘,一代清诗之所以波澜层叠,精芒迭现,其基本的活力机制其实亦正源自此。所以,要论诗史贡献,绝不能舍此关目而去复述前人似唐似宋之争辩。

由此就能理解,清代诗论研讨之风的空前炽盛,正是诗人们急切寻绎、谋求诗的生路和自己的位置的行为表现。因而,如果仅视之为纯理论辨析或只是前贤的诗艺的总结,那是误会。历史上的诗论家从来与诗创作的实践不分家,每是一身而兼任之,如同选家本就是诗人一样。他们往往借助对前代诗人或诗风的褒贬取舍作为基石,张扬一己的审美倾向,以树旗号。此种风习在明代已很

---

① 薛雪《一瓢诗话》:"昔吾师横山先生云:'窃古人窃之似,则优孟衣冠;不似,则画虎不成。与其假人余焰,妄僭霸王,孰若甘作偏裨,自领一队?不然,岂独风雅扫地,其志术亦不可窥矣。'"

盛,到清代尤为高张,真正构成了堪称百派分流、千帆竞发的局面。这无疑是生机蓬勃的景观,尽管其中仍不无还魂草般的身影,也还有迷恋陈迹的角色,但并不妨碍理论和创作共荣的"变"的行程。需要指出的是:历史的迁易从来只是在衍变中积成。诗史行程到清代尚未到突变阶段,然而渐变岂非生命继续跃进的表征?新的机制事实上已在此中增生。不能设想,没有清代诗人的正负两方面的渐变积累,新文化运动中的报春之鸟的新诗得能"从天而降"!

论述至此,有必要略辨诗史与诗话史、诗的观念变迁史之间的关系。无论就概念还是按史实言,诗论观念和诗歌思潮,都是诗史整体的组合部分,所以诗歌史必然将融入史程的流变中。因为诗的流变过程,原是创作实践和理论观念的共振运载历程,诗人与诗论家原属一体,如上所述。但是,诗史作为通史,又命定地没有取代专门史的任务,它只是汲取关涉史程全局性的史料,以佐证流变的进程。诗话诗论,在这里与诗创作通同作为一个诗人的整体行为表现的史实,置之一代诗史全流程背景下显示其历史的功过。所以,游离于诗史背景的诗话诗论的专章论述,实无益于整体观感,凡揭示不了"因"、"变"史程的,均系枝蔓而应删芟。

在总体上辨认清诗的功能价值后,就有可能具体地审视这一代诗歌的多方面的认识意义。

先说诗的题材开拓、充实以及诗体容量拓展方面的贡献。无论是山水诗、怀人诗、爱情诗、论诗诗还是咏物、咏史、田园、怀古等类诗,在清代均有长足发展。以山水诗言,视野的拓展,审美的深入,缒幽凿险地贴写难状之景的高妙,均是前代山水之作未曾企及的。一部中国山水诗史,倘简略了清代山水诗,未能予以宏观到微观的研究,必将是残缺不全而令人遗憾的。又如怀人诗,即那种成组连篇的怀人绝句,只是到了清代才出现大量定型的创作。从清初王士禛起,数以百家、多逾万首的怀人诗,题材涉及抒情述事、传人记史、论诗谈艺,诗味浓郁而足补史乘。以晚清刘履芬《古红梅阁集·旅窗怀旧诗》七十首为例①,可说是咸丰、同治年间东南诗坛艺苑的最直接的珍贵史录,关涉到数百个文艺家的行年足迹。这种在四句二十八字的七绝中综合情、理、事为一体的形式,应是历代小诗研究或"绝句诗史"的一宗重要考查对象。至于大型组诗,包括五七言短古形式的组诗的成批涌现,则是清代诗人对诗体容量、诗形态改造的一种有效的实践。其于古典诗歌的体裁以至韵文结构渐趋老化时所进行的弹性新变尝试,实为诗体诗式研究提供了后期嬗变现象的参照。

如果从专题诗史角度谈清诗的价值,那末,数以千计的清代"闺秀"诗人的涌现,可说是中国妇女文学史最为重要的史实了。女性文化的大量投入,女性文化的觉醒,是历史的一种进步。所以,"清代妇女诗史"无疑应是有志者填补的一项空白,而清诗则是足资人们开发的宝藏。

又如,八旗诗人群的崛起,既标志着满汉之间文化交融的成功,又反映了两个方面微妙的呈逆向状态的效应。一方面是满族贵族作为统治集团,其皇权集团力图制约诗文化以增强"文治"之功;另一方面则逆效应却也同时发生,高压下的离心现象无例外地见之于这居统治地位的群体族群中,诗歌成了他们心灵情结的抒露之窗。这种华夏民族之间文化同步共荣盛况,于诗史上固属罕见,它对文化史的宏观把握也具有独特的意义。八旗诗群才华卓特的创作实践,是亟需一部专史来论述的。

此外,寒士诗、僧人诗、画人诗、匠工诗等等,遍见于清代诗的总集、选集、别集及诗话、地志、家乘中,数量既极可观,内涵也至为丰富。凡此均为清诗增添了一层层独异色彩,亦无一不可独立成史。作为通史型一代诗史,当然必须涵盖及这些方方面面,但又不

---

① 刘履芬《旅窗怀旧诗》见光绪六年(1880)刊《古红梅阁集》卷第七。刘履芬(1827—1879),字彦清,别字泖生,浙江江山人,刘毓盘之父。

可能囊括所有专类诗史,难以尽显其认识价值和审美意义。为此,特深深期待于清诗研究的同道。

清代诗歌作为文化集合的一个高层分支,它的认识价值表现在文化性格上还应提到地域性特点和文化世族现象。

孔尚任《官梅堂诗集序》有这样一段概述:"吾阅近诗选本,于吴、越得其五,于齐、鲁、燕、赵、中州得其三,于秦、晋、巴蜀得其一,于闽、楚、粤、滇再得其一。"①这是文化地理之组成部分的诗文化地理分布的数量评估。孔氏在清初评估的上述百分比,容或有失误处,但大体是准确的。问题倒不在于评估的结论,它的意义主要是揭示了地域文化的客观存在事实。

文化的地域分布差异,自古以来就有。这种差异在历史发展中不断消长变更,变更正表示文化的推进。以江、浙、皖为主体的东南地域自南宋以来已成为文化的密集中心。到明代前中期,东南内部发生过变易,以诗歌言,吴、越二地重心曾几经相移,到清代则又有新的变化。地域文化的演变,与政治、经济的兴衰密切相关。文化群的集结和活跃的差异,标志着不同历史时期各个层面的各异风貌。就文学范畴言之,由地域命名的流派明代已多,但最为兴旺的则是清代。

地域文学流派的兴衰,每决定于文化世族的能量。这种世族群体网络把亲族、姻族、师生、乡谊等联结一起,组构成或紧密或松散的文学文化群。于是,地域的人文积累,自然气质与具体宗亲间的文化养成氛围,以及家族传承的文化审美习惯相融汇,形成各式各类的群体形态的审美风尚。清代诗歌的地域性、家族性特征的鲜明度和覆盖面,均远较前代突出。这对中国诗歌流派史研究固然极为重要,就是近现代历次变革中各个层面上的文化群的嬗变,

---

① 见汪蔚林编《孔尚任诗文集》卷六,中华书局 1962 年版。又,同卷有《古铁斋诗序》云:"考三代以来,江以东无诗,所谓楚风者,乃在方城、汉水间。汉魏之言诗者,南弱而北盛,至唐宋始相均。近则吴、越、七闽,家弦户诵,可谓南盛于北矣。"

以至文化因子的播发,也都能从地域诗群、家族诗群的心态透现中沿流探讨到历史的足迹。

除了上举数端可补清诗价值的认识外,最后拟从风格学角度再略加叙述。

中国有理由建设自己的具有民族特色的风格学。风格学的建设并非纯属理论研究的事,如果没有全面深入的文学史和文体发展史研究的基础,风格研究最易导致空泛或琐碎。清代诗歌所呈现的宏富的风格品类,是文学风格论可资参酌的可贵养料。

风格是发展的,在发展中竞出,也在发展中更变、繁兴,它同流派一样,均属在运动形态中获致生命力的精神事物。所以,诗的活力的延续,也就是风格更新、添增的不断持续,由此而言,风格演变史从特定意义上看也就是诗的发展史。既然诗的生命维系于勇于自立的诗人,那么,卓特的诗人莫不就是各标风格的创辟者。前曾提到,清人对诗史景象颇多持冷静手眼,具体体现主要是较强的自觉意识。一个诗人的风格构成不是一朝一夕的事,它是先天禀赋如个性、才情等等和后天社会属性的教养、学识、阅历、遭际等相融汇而成的艺术审美精神体。其形成过程初始每多在不自觉状态,似得之有意无意间。其实,一种选择性行为心理始终或隐或显地存在并支配着创作实践过程。历史愈发展,愈悠长,可供参资的前贤模式愈多,这种选择性以及由此派生的跳脱、超越欲望也愈强。于是,从前存模式中放出眼光,各取所需并予以嫁接、胚变,以至于补前人之所缺的诗人代不乏人。这当然是一批属于善于取去、精于抉择的精英人物。

清代诗人的力求自立的心性,很突出地表现即在善于"补"。顾翰《拜石山房诗钞》中的《补诗品》二十四则①,就是对唐代司空

---

① 嘉庆庚午(1810)刊本《拜石山房诗钞》八卷,其卷六《补诗品》,小序曰:"余仿司空表圣作《诗品》二十四则,伯夔见而笑曰:'此四言诗也。'因掇而登之集中,以备一体。"顾翰(1782—1860),字兼塘,江苏金匮(今无锡)人,顾奎光长孙,敏恒子。伯夔,杨夔生(1781—1841)之字。夔生系杨芳灿长子,与顾翰为中表。

图《诗品》的续补。不能轻易视这类文字为词藻游戏,倘若缺乏客观存在的实践中所见的繁多风格品位,没有悉心体味、细加辨析的工夫,是不可能有此众多的增补的。值得注意的也是耐人寻味的是乾隆"后三家"中的孙原湘的"补"一则诗品,其《天真阁集》卷十八有《幽秀一章戏补诗品》一篇:

> 万象回感,素心自闲;
> 无人与期,独往空山。
> 老树挺秀,春情未删;
> 冥鸿响寂,碧云孤还。
> 太华在眼,芙蓉可攀;
> 游精八极,不知人间。

孙子潇这则《幽秀》补得怎样?暂可不予具体讨论。孙氏自说是"戏补",但他并未删出集外,可见诗人是珍视自己的艺术思考的。自觉地思索,时时想补前代所未有,这无疑是一种进取精神。清代诗人在艺术殿堂上的位置,主要正是以此争获的。

史实表明,清诗的风格创造所填补的诗品品位之缺,远不止"二十四"之数。要在一部断代诗史中尽展所有群星映辉般的风格景观是困难的,但数以百计自擅风貌的诗人们的艺术品格,将必能与前代诗界名宿一起整编成诗的百丈长卷,以他们心魂织出的神采为中华民族的文学风格长廊的建设献添特有的色调。

"老树挺秀,春情未删",孙原湘《幽秀一章》中的这八个字似正可移来作为对清代诗歌的价值认识,故权以此结束本书绪论之一章。

绪论之二　清诗的嬗变特点——"朝"、"野"离立之势

　　清代诗歌的价值阐释，并不就是已揭示了一代诗史的流变特点。如果说，前者意在谋得克服认识上的偏差，进而论证清诗值得深入研探，并审慎严肃地去续成中国诗歌通史的这一特定断代时期史程的把握的话，那么，后者则是要求研究者们从纷繁复杂的诗史现象中，梳理出一条纵贯整体嬗变过程的脉络来，以避免断代文学文体史只是断线之珠般地成为诗人论的缝接，落入习见的窠臼。而且，这种特点又必定是相异于前朝前代的。所以，诗史特点的勾稽，无疑将增重一代诗歌所具有的价值，但散点式的价值评判则并非等同诗史特点。至于缺失了独异性，即只剩有隔代之间的通同性，其不足予以言为特点，自无须赘述。

　　清代诗史嬗变流程的特点是：不断消长继替过程中的"朝"、"野"离立。这是迥然有异于前明的复古与反复古态势的特定时空阶段的诗史景观，它渗透过"祖唐宗宋"、崇"才"主"学"等等的论争现象之背后，成为洞见一朝诗史扑朔迷离、胶结纷纭现象的聚焦之点。

　　这里呈相对离立之势的"朝"，是指庙堂朝阙；"野"，则是概言草野遗逸。清代诗史上作为离立一方的"朝"，固已非通常所说的馆阁之体，实系清廷"文治武功"中"文治"的重要组成部分；而"野"也不相同于往昔每与庙堂呈互补态势的山林风习，乃在总体性上表现为与上述"文治"持离心逆向趋势。可以毫不夸大地说，这是前无成例的断代诗史态势，之所以构成如此离立之势的却又

正是史无前例的"恒以官位之力胜匹夫"(赵执信语)①的集权统治。至高至大的"官位之力",不用说,便是爱新觉罗氏的以位居至尊的皇帝为首的宗室集群及其辐射的朝阙网络。

是的,在中国诗史上从未有像清王朝那样,以皇权之力全面介入对诗歌领域的热衷和制控的!

只须稍稍回溯一下诗的历史,不难看出,诗与政权的关系原本是很淡散的。如果说汉代设置"乐府"是很早的一个官方机构,那也无非只是"兴、观、群、怨"的儒家诗教的权力化体现,其具备的仅所谓"木铎"功能而已②。毋论其是否真的为观"民风"以辅政,却也未见有借此以箝制民心、禁锢黎庶之口的。至如后来六朝时的所谓"宫体",那更与"文治"无涉,仅仅成为君臣声色之娱的补充技艺。作为风雅之附庸或趋从,在很长一段历史时期里,诗充其量也只是颂圣德,饰升平,文学侍从之臣大抵起着帮闲功用罢了。北宋之初的"西昆"诗群,明代前期的"台阁"之体,是诗史上著名的朝堂馆阁现象,但那只是一种贵族士大夫倾向的审美趋求的表现,并未与政治权力直接挂钩而挟以号令天下,皇室集团也没有凭依之谋图制约四海论坛。总之,王权还未曾发挥到自上而下地意欲定"一尊"于诗界,而有之,则始自有清一代之初。

清王朝的统治者们全力实施诗文化的投入,作为一种特定的历史现象,原导自满族皇权集团固有的,有异于前朝皇室群体的复杂心态。说到底,它乃是汉人素持的"夷夏之防"观念从负面投向新朝集权统治者心理上的阴影,推促着他们急遽的糅合有自信又自怯、自大又自卑的心态律变。要稳固入主中原后的政权,必须在以"武功"起家平天下的同时,迅速辅以"文治",来收拾民心,箝制民心。特重"文治",强调到与"武功"并,对挥八旗铁骑入关的清

---

① 详见本书第二编第六章。
② 《周礼·天官·小宰》:"徇以木铎。"郑玄注:"木铎,木舌也。文事奋木铎,武事奋金铎。"《论语·八佾》:"天将以夫子为木铎。"

皇室来讲，无疑是心智远高于他们的先祖的。强化以儒治儒，较之一般所谓的以汉治汉，显然更具有深远的战略眼光。"文治"，即强化文化统制，而舍去"儒"术，实无从"化"起，亦难收其效。而诗作为心灵之窗，作为高层面文化之一种，特别又与科举文化密相复合，实在是变演风气、制约心态的关键之环，足以带动其他文艺之事。在"文治"之长链中，制控住诗这一最敏捷、最灵动、最易导播的抒情文体，对制约、网罗、笼络、消纳汉族士子的心性，也就把握了一种主动性和制控权。

所以，清王朝在入关前虽已深渐汉文化，但那只是前期准备阶段。入主中原特别是平定东南以后，这种以儒学儒术为主体的汉族士人文化的养育、习成愈益强化，而且最为集中地体现于对皇子、宗室的教养上。而诗则正是强化教养的必修课目之重要一宗。关于这类皇室的强化教育，不妨读一下赵翼《簷曝杂记》卷一《皇子读书》的一节文字，这是乾隆朝对"永"字辈皇子早读的记述：

> 本朝家法之严，即皇子读书一事，已迥绝千古。余内值时，届早班之期，率以五鼓入，时部院百官未有至者，唯内府苏拉数人往来。① 黑暗中残睡未醒，时复倚柱假寐，然已隐隐望见有白纱灯一点入隆宗门，则皇子进书房也。吾辈穷措大特读书为衣食者，尚不能早起，而天家金玉之体乃日日如是。既入书房，作诗文，每日皆有程课。未刻毕，则又有满洲师傅教国书、习国语及骑射等事，薄暮始休。然则文学安得不深？武事安得不娴熟？宜乎皇子孙不唯诗文书画无一不擅其妙，而上下千古成败理乱已了解于胸中。以之临敌，复何事不办？因忆昔人所谓生于深宫之中，长于阿保之手，如前朝宫廷间逸惰尤甚，皇子十余岁始请出阁，不过官僚训讲片刻，其余皆妇寺与居，复安望其明道理、烛事机哉？然则我朝谕教之法，岂

---

① 赵翼于"苏拉数人"下有注云："谓闲散白身人在内府供役者。"

唯历代所无,即三代以上,亦所不及矣。

查《枢垣记略》卷十八,赵翼以内阁中书入直军机处是乾隆二十一年(1756)。这就是说,清王朝已入主华夏一百十三年,皇子训育仍严格如此。事实上,作为"天潢"的"家法",这至少已是历四代而坚守了。康熙帝玄烨是按此"家法"培养出来的,雍正帝及其"允"(胤)字辈兄弟、乾隆帝及其"弘"字辈兄弟莫不是这样经历过训育。赵翼的记述已不是作为一个汉族士人对爱新觉罗皇室的折服,而是以臣子身分兼史家的眼光颂赞着皇室的家教。但他说得是准确的:"上下千古成败理乱已了解于胸中。以之临敌,复何事不办?"皇帝们要他们的子孙深通文学,"诗文书画无一不擅其妙",绝非意在培植风雅于皇族内苑,不是张扬"闲"情;恰恰相反,乃是为了"临敌"能胜任,无事不能办。"文学"和"武事"的齐习,正是为了"文治"与"武功"常备,目的是使王朝长治久安。

必须指出的是,从顺治朝入关起,清廷帝王们对子孙们"诗文书画无一不擅其妙"的养成现象,始终处在一种矛盾的、高度警惕的心理状态中。因为他们谋求获致儒化教养,绝不是认同汉文化而不惮汉化;正好相反,对汉化现象,皇帝们三令五申予以训饬、警告,而且表现得深恶痛绝。这恰好反映了他们的"文学"和"武事"并重的真实的目的性。尽管事物的发展并不完全按他们的意志运行,深于"文学"的皇子、宗室群从们在严酷的宫廷权力争斗和无情的惩处面前,不少成员竟转化为一种奇特的"朝"中之"野"的心态,借诗歌以自娱或宣泄苦闷,这是后话。且先看皇帝们严防汉化的言论,值得注意的是这种防范主要是针对大面积上的八旗子弟。如《清三朝实录采要》卷四载顺治十一年(1654)福临下令宗室子弟永停"其习汉书",为的是恐惧于"习汉书,入汉俗,渐忘我满洲旧制"。玄烨则在康熙十五年(1676)一度下令旗人子弟停止参加科举之试,因为"偏向读书","有误训练"(见《清朝文献通考》)。胤禛则在雍正二年(1724)干脆说:"(旗中子弟即使力学,)岂及江南汉人？何必舍己所能出人之技,而习其不能及人之事？"(见《八旗通志初集》卷六十七)。到乾隆朝,"居久渐染汉习,多骄逸自安",弘历深多殷忧。这正是一种独特的痛苦的取舍矛盾,所以说是自信又自怯。作为一个王朝的新建阶段,既雄心自持,有力量统摄天下,而内心深处却又颇畏慑着汉文化对其本民族的消融能量。然而从这样的心态出发,恰恰又表明既要稳固政基,不被同化而解体,必须更强有力地控制难以企及的汉族文人,特别是"江南汉人"！因此,爱新觉罗氏皇族在整个统治时期从未轻忽松动过对文化的包括诗文化的制控力,在前期尤为突出。

正是基于上述心态和严格的训育,在康、雍、乾三朝间即已建构成庞大的朝阙庙堂诗歌集群网络,覆盖之面极为广阔,从而严重地影响并改变着清初以来的诗界格局,导引着诗风走向:淡化实感,扼杀个性。

这一庙堂诗群网络大体可分为三个层面,即:"天聪命笔"的帝皇诗群,皇子贝勒们的"朱邸"诗群,以科举仕进为杠杆的"纱帽"诗群。这三个层面组构成一座宝塔型的诗文化实体,后两个群体中的某些先后被缀在网络上的汉族诗人虽时有易位,但基本状态是稳定的,而且通向大江南北、五湖四海。

这确是任何一个前朝前代所未曾有过的诗史景象,其所呈现的翰苑化、贵族化、御用化风尚固是空前的,随之而鼓胀起的纱帽气、缙绅气同样是空前的。于是冲和、典雅、雍容、静穆等审美意义上的气体格调被"天家"又一次扶持、推举为正宗的雅醇品格,诗坛一次次地树起杏黄大纛而被"招安"着。

钱钟书《管锥编》卷二有段关于现象与本质的论述:"'现象'、'本质'之分是流行套语,常说'透过现象,认识本质'。愚见以为'透过'不能等于'抛弃',无'现象',则'本质'不能表示。"这就是说,"本质"从某一视角言,也只是一种现象。同样,换句话说,现象有时就是本质之示。作为一代诗史的本质特点,上述宝塔式三个层面的景象就已是具现这个特点的一侧,即"朝"、"野"离立之势的一侧。为此,很有必要就这三个层面构成的态势分别予以略作例举,这不只是可从数量的密集度上感受到一种氛围,而且还足以显现出清代诗史流变过程中的特有的背景色调。

先看"御制"诗。封建时代,天子之言就是金科玉律,因而"御制"之诗包括诸种"御选",不啻是示以典型,起着一种神圣的倡导以至导向作用。至于"御制"诗是否出于文学侍从捉刀或补苴足成?乃属别一范畴的讨论,无碍于"典型"的存在。清代前、中期三位皇帝的"御制"诗数量是可观的,乾隆大帝尤为惊人:

康熙朝"圣祖仁皇帝"玄烨有《御制文》共四集,存诗一千一百余首。

雍正朝"世宗宪皇帝"胤禛《御制集》仿康熙帝例,以诗从文,凡诗共十卷。前七卷为《雍邸集》,即登基前为"雍亲王"时所作,后三卷为《四宜堂集》。

乾隆朝"高宗纯皇帝"弘历著有《乐善堂全集》,《御制诗》共为六集,前五集即不包括《乐善堂集》及《余集》,已有诗四百三十四卷四万一千八百首。

此外还有《圆明园诗集》、《全韵诗》等。

各种笔记、诗话均载述弘历"赋诗好与词臣商榷","又每出诗稿令儒臣注释"[①],沈德潜等即是其文学侍从中的代表人物。至于康熙帝玄烨身边的词臣,只须举他在康熙二十一年(1682)正月十四日《升平嘉宴同群臣赋诗用柏梁体》一篇的由其首唱、群臣联句的名单,足以见出共奏"雅颂之音"的群体的庞大。此中除去大学士勒德宏、明珠因不通汉文,由玄烨代句,其余数十人中正不乏名扬一时的诗坛闻人。他们是大学士李霨、冯溥,吏部尚书黄机,户

[①] 嘉庆十年(1805)袭礼亲王爵位的昭梿(1776—1830)的《啸亭杂录》于此类载录中最属可信,卷一有云:"(纯庙)御制诗文至于十万余首,自古骚人词客,未有如此之多者。每一诗出,常命词臣注释,不得原委,即许归家涉猎。"

部尚书梁清标,礼部尚书吴正治,兵部尚书宋德宜,刑部尚书魏象枢,工部尚书朱之弼,左都御史徐元文,吏部左侍郎张士甄,吏部右侍郎杨永宁,户部左侍郎李天馥,右侍郎李仙根,仓场侍郎马汝骥,礼部左侍郎杨正中,右侍郎富鸿基,兵部左侍郎焦毓瑞,右侍郎陈一炳,刑部左侍郎杜臻,右侍郎叶芳蔼,工部左侍郎赵璟,右侍郎金鼐;内阁学士李光地、张玉书,翰林院掌院学士陈廷敬,学士张英;左副都御史宋文运,巡抚江宁右副都御史余国柱,通政使王盛唐,大理寺卿张云翼,詹事沈荃,太常寺卿崔澄,顺天府尹熊一潇,光禄寺卿马世济,太仆寺卿张可前,佥都御史张吉午,左通政崔官,右通政吴琠、陈汝器,大理寺少卿荣国祚、徐旭龄,少詹事王泽弘、崔蔚林,翰林院侍读学士蒋弘道、胡简敬、朱之佐,侍讲学士严我斯、孙在丰、卢琦,国子监祭酒王士禛,右春坊右庶子祖文谟,侍讲朱典,侍读王封溁、董讷、王鸿绪、高士奇、郭棻;左春坊左谕德陈论,右谕德朱世熙,司经局洗马田喜嶷,通政使司左参议赵士麟、赵之鼎,右参议张鹏翮、郑重,大理寺寺丞徐诰武,右中允吴珂鸣,左中允李录予,右中允郑开极,左赞善徐乾学、郑之谌,右赞善沈上墉、王尹方,国子监司业刘芳喆,翰林院修撰归允肃,编修王顼龄、曹禾,检讨潘耒、严绳孙,编修杜讷……①

这是一张包括顾瞻大臣、六部九卿、词翰讲读等在内的百官名单,却不能因为乌纱不等于诗冠而轻忽之。从文化背景看,正是他们拥戴着天子一起统制"文治",左右着中枢的文化机制。何况此中有梁清标、李天馥、叶方蔼等著名文人,而陈廷敬、王泽弘、高士奇、王鸿绪、王顼龄、潘耒、严绳孙诸人成就都非同凡响,至于王士禛作为一代宗师,徐乾学所具有的多方面影响,张玉书、张英等后来长期握大柄,无不为康熙一朝的文化要人。从这张名录中人们可以窥探到庙堂诗群的绵密网络,以及由此而寻绎出错综多层次

---

① 《升平嘉宴同群臣赋诗用柏梁体》,《晚晴簃诗汇》卷一选录。

的深广外延。前面提到的典雅、雍和的审美观规范的风源正在此类网络上。

其次说"朱邸"诗群。

这是严格"家法"强化育成的,簇拥于"御制"周围的一股雄大"文治"力量。

"朱邸"诗群中行辈最高的要数镇国公高塞,即号称敬一道人者,著有《恭寿堂集》①。敬一道人又称敬一主人,是皇太极(太宗文皇帝)的第六子,也就是福临之兄,玄烨之伯父。他留居满清发祥地白山黑水间的"盛京",善琴工画,并"礼贤下士"。遣戍辽东的诗僧函可以及科场案犯常熟孙旸(赤崖)均曾得到敬一的照料②,从某种意义上说,他留守关外正起到淡化遣戍者的幽怨心绪的作用,是别一种特殊的"文治"之化。与江南文化圈有深厚渊源的武进蒋铋(驭鹿,1625—1698)尝客于敬一之邸,蒋氏曾辑成《清诗初集》十二卷。在敬一去世后,蒋驭鹿曾落魄流浪,以至阎尔梅赠诗有"西风吹散梁园客,独有枚皋哭孝王"之句③。从敬一主人与汉族名士间的关系上,已透出了不少"朱邸"诗群的"文治"之功,在化解"夷夏"之防的心理界限上尤见突出。

"朱邸"诗群中康熙诸子是一支重要的力量。虽然由于争夺储位而大半铩羽,人们注意力不大关注他们在"文治"方面的表现,其实这批亲王、贝勒除却本身工于诗外,还各自养有一批著名的汉族文人。即以废太子理密亲王允礽(1674—1724)而言,太仓王氏中的王掞,以至王士禛,均与之有程度不同的联系。他如康熙

---

① 高塞(1637—1670),其封镇国公爵在康熙八年,即卒前一年。诗集名又作《寿祺堂集》。
② 函可(1612—1660),顺治五年(1648)流放沈阳。孙旸(1626—1701),字寅仲,号赤崖,又号蔗庵。"丁酉科场案"罹难者之一,流放尚阳堡。常熟《孙氏宗谱》载有"浙西六家"之一沈皞日撰《清故孝廉蔗庵孙公传》。
③ 见《徐州二遗民集》卷八"白耷山人诗四":《赠蒋驭鹿有引》三首之二。

第三子诚亲王允祉(1677—1732)著有《课余稿》,其邸中养有主纂《图书集成》的陈梦雷等。陈梦雷(1650—1741)字则震,号省斋,晚号松鹤老人,曾一度深得康熙眷宠。又如康熙第五子恒亲王允祺、第七子淳亲王允祐、十二子履亲王允祹、十三子怡亲王允祥、十五子愉亲王允禑、十六子庄亲王允禄、十七子果亲王允礼等皆能诗。允礼著有《春和》、《静远》诸集,论者以为"不在慎恪郡王下"①。慎恪郡王就是著名的号紫琼道人的允禧(1711—1758),乃康熙第二十一子。著有《花间堂诗钞》、《紫琼岩诗钞》、《续钞》,诗风"高朗潇洒",以韦应物、柳宗元为宗;《啸亭杂录》称之为"诗笔清秀","擅名画苑",是一位受汉文化熏陶极深的诗画名家。允禧好结交汉族文人在康熙诸子中是突出的一个,慎王府邸撒开的网络,在乾隆前期自成一番景观。当时的诗文别集中随处可见奉和"紫琼道人"之作品,连《郑板桥集》亦不例外。

雍正诸子的"朱邸"诗群紧相衔承叔辈的风气,与允礼、允禧同时构成兴盛格局。其中如第五子和亲王弘昼(1711—1765),与其二十一叔父允禧同龄。著有《稽古斋集》,诗风亦冲淡清远,诸如"地宽月到中天小,气爽风过野水长"(《秋日读书》),一派"观物无心"、超然现世的淡逸风范,典型地表现"盛世"时期天潢嫡裔的气度。弘昼之弟果亲王弘瞻(1733—1765),幼时学诗于沈德潜,恪守"三唐遗轨",著有《鸣盛集》。弘瞻号经畬道人,在"弘"字辈皇子中诗名最高,其虽一度触忤乾隆帝(即其胞兄弘历),降为贝勒,后又进封郡王,忧郁早逝,但以诗"鸣盛",则特质依然是贵胄的襟抱。

"朱邸"诗风的高潮期在乾隆诸子"永"字辈时已大抵趋告结束。这个判断并不是简单地套用"君子之泽,五世而斩"之语,事

---

① 见《晚晴簃诗汇》卷五《诗话》。《诗话》以为其诗"笃雅冲和,具有矩度";"自来谈艺者多推紫琼而不及《春和》、《静远》诸集,殆非笃论"。按允礼(1697—1738)享年仅四十二岁。

实上其后清朝国祚未终,皇室宗亲以诗文艺事名世的仍代不乏人。如乾隆的曾孙一辈中奕绘就很突出,与其侧福晋西林春(顾太清)并著诗名。但朱邸人文盛况确也与爱新觉罗氏王朝国力同沉浮,特别是就影响力,即对国中南北诗坛的潜移默化之功而言。

乾隆诸子中以诗称的至少有三个,一是履亲王永瑊(1739—1777),其年仅幼于弘曕六岁,著有《寄畅斋诗稿》。永瑊的诗同样典型地表呈敛性守心的闲逸境界。《观鹤舞》之"轩翥亦已久,敛翼还自持",《古剑》之"灵宝善藏锋,不须商利钝"云云,诚然是残酷的皇家权力斗争和动辄杀戮或高墙圈禁的另一种"家法"在心理上深刻投影折射;然而皇子们已成为习惯性的个性精神的藏敛,岂不正从一个深层侧面表现了负面效应?朱邸裔亲尚且"不须商利钝"地"藏锋",遑论其他?这难道还不能说明"朱邸"诗群所产生的深远影响和对诗界的"软"威慑作用么?皇子们的"意度高华,风格隽上"的诗风,历数代而持续地发挥其导向作用,该是洞若观火的。

永瑊之弟,乾隆第六子质亲王永瑢(1743—1790)著有《九思堂诗钞》,这又是一位善书工画的玉牒贵裔;而乾隆第十一子成亲王永瑆(1752—1823)则成就和影响尤大。永瑆有《诒晋斋集》,世称"学诣并美,为有清一代朱邸之冠"。《晚晴簃诗话》说他的诗:"年事既高,著作遂富。诗以言志,卓尔不群。同时上斋酬唱诸人,往往附见,具知所法,蔚有本原。唐宋以来帝子工文,实罕其匹也。"按其行年,可知这是位历经乾隆、嘉庆两朝而卒于道光之初的天潢诗人,诗集中屡见与朱珪、洪亮吉、秦承业、郑际唐、茅之铭、姚颐等人酬应之什。在《送稚存先生给假还里》即送洪亮吉的诗中,他写道:"一杯酒,相情亲,人生安得无故人?""去年春寒花未开,榖人先生摇艇走。庭虚情满思念深,一日何尝不在口?"榖人即名盛于乾、嘉两朝的"浙派"后期诗人吴锡麒(1746—1818)的号。从诒晋斋主人与洪、吴二人的交谊,就足知"成王府邸"连结的人文网络不仅面极宽广,而且层次极高。

以上还仅局限于皇子集团的几代朱邸范畴,事实上,"朱邸"诗群的量远不止此。福格《听雨丛谈》卷一的《八旗原起》说:"凡我显祖宣皇帝位下之嫡派子孙谓之宗室。伯叔兄弟之裔,谓之觉罗。自圣祖仁皇帝位下之子孙,谓之近支宗室,凡命名皆随天潢用弘、永、绵、奕、载衍派。嗣圣位下子孙凡在三代服以内者,并下一字偏旁亦排用玉、心、丝、言也。"福格的叙说实还脱漏了"弘"字之前的"允"(胤)字,但不管怎样,这简洁的绍述不仅为治清史者必须知解,而且也是治清诗者应该明了的,不然则很难理清统称"宗室诗人"的流衍脉络及其在"朝"、"野"离立之势中的位置和影响力。

作为绪论之一章,不可能也不必要详论"八旗"诗群的全貌,但从作为朝堂庙阙诗风的背景考察言,则又务必于"近支宗室"之外,对"宗室"诗人予以考查,后者在清代诗史特别是前中期衍变中关系至大。为省头绪,仅以昭梿(号汲修主人)《啸亭杂录》卷二"宗室诗人"一则为审视点。昭梿云:

> 国家厚待天潢,岁费数百万,凡宗室婚丧,皆有营恤。故涵养得宜,自王公至闲散宗室,文人代出。红兰主人、博问亭将军、塞晓亭侍郎等皆见于王渔洋、沈确士诸著作。其后继起者,紫幢居士文昭,为饶余亲王曾孙,著有《紫幢诗钞》;宗室敦诚,为英亲王五世孙,与弟敦敏齐名一时,诗宗晚唐,颇多逸趣。臞仙将军永忠,为恂恪郡王嫡孙,诗体秀逸,书法遒劲,颇有晋人风味。常不衫不履,散步市衢,遇奇书异籍,必买之归,虽典衣绝食,所不顾也。樗仙将军书诚,郑献王六世孙,性慷慨,不欲婴世俗情,年四十,即托疾去官,自比钱若水之流。邸有余隙地,尽种蔬菜,手执畚锸从事,以为习劳;晚年慕养生术,每日进食十数,稍茹甘味即哺出,人皆笑其迂,然亦可谅其品矣。先叔嵩山将军讳永悫,诗宗盛唐,字慕荣禄。晚年独居

一室,人迹罕至,诗篇不复检阅,故多遗佚。……

这里提到的皆清朝宗室中最著名的才人和奇士。昭梿的叙述具有特定的认识价值,首先从政治视角言,"厚待天潢"云云,实系在入关鼎定天下以后,皇帝对宗室功勋殊巨者的后裔的一种赎买政策,而且是在剪除、诛戮之余的补充手段。如红兰主人蕴端(岳端)乃饶余郡王阿巴泰之孙,与康熙玄烨同为努尔哈赤之曾孙;博尔都(问亭)则与红兰主人为再从兄弟,其祖辅国悫厚公塔拜亦系努尔哈赤之子;塞尔赫(晓亭)乃努尔哈赤弟穆尔哈齐曾孙。此三人与玄烨均属同曾祖或同高祖兄弟,父祖几辈无不战功显赫。文昭亦系出阿巴泰,为蕴端从孙;敦诚、敦敏是阿济格后裔,英亲王即入关初人称"八王"者也;永忠是雍正帝在朱邸时夺储劲敌胤禵之孙;书诚则系舒尔哈齐之子齐尔哈朗后裔,而永憙又是皇太极之兄瓦克达的四世孙。以上八九人,除塞尔赫外,全系努尔哈赤的裔孙,然而在顺治、康熙、雍正三朝近百年历史里,这"宗室"网络上的血亲关系间已发生过无数刀光剑影的血腥事件,所谓"厚待天潢"、"涵养得宜"云云,其实已扭曲了几多人性。于是诸如"不衫不履"、"慕养生术"、"独居一室"之类"不欲婴世俗情"的"朝"中之"野"的人文景观,在宗室诗群中日渐展现而愈趋明晰。

其次,从文化意义上说,"涵养得宜"又确实培植着宗室的"文人代出"。失势王公与闲散宗室凭借这种"涵养"作为心灵的逃避渊薮,尤其是汉族文人的闲远隐逸风习更迎合他们特定的心性。就形态上看,这是一支贵胄逸士。可是游离于"朝"之群,不正表明"朝阙"之集群的坚实存在么?这种游离又岂非从特定层面加深着"外结舌而内结肠,先箝心而后箝口"的氛围么?所以,闲逸萧远、流连光景的"朝"中之"野",究其特质仍为清华气体,与草野之士殊不同类。何况在夺爵削位之前,他们固属"近支"朱邸的拱卫之群,即在失去袭封之后也仍团聚着一群东南名士,这在前期更属普遍,从而在淡化现实冲突观感上依然起着在"朝"的作用。兹以蕴端为例。

蕴端(1670—1704),一名岳端,字兼山,又字正子,号玉池生,别号红兰主人、东风居士、长白十八郎。他与博问亭(1649—1708)、塞晓亭(1677—1747)以及文昭(1680—1732)的行年正好表明,这是一群活跃于康熙中期到雍正以至乾隆之初的宗室诗人。蕴端家世显贵而勋重,祖父阿巴泰是太祖努尔哈赤第七子,伐明建殊功,顺治元年(1644)进封为郡王;父岳乐爵进安亲王,平定"三藩之乱"时功尤著。蕴端初袭勤郡王,时在康熙二十三年(1684),五年后降贝子,到康熙三十七年(1698)又黜革贝子爵位。《清实录》载玄烨"谕旨"说是"固山贝子袁端(即蕴端,译音),各处俱不行走,但与在外汉人交往饮酒,妄恣乱行,著黜革",这当然是借口,实质上为政斗所殃及。蕴端的外祖索尼为康熙初年辅政四大臣之一,舅父即大学士、领侍卫内大臣索额图,乃附拥废太子允礽者,后又与允禩有联系。岳乐一家先后为康熙、雍正所恶,寿仅三十五岁的蕴端只是受株连者之一。关于蕴端的诗歌成就的评价实无关诗史大局,他尽管诗词曲剧兼擅,然在八旗文人中较之同时的纳兰性德等均要逊一筹。重要的乃是其邸中曾构成过十分壮观的汉族文士的网络。他与博尔都一样,遍交东南才士,在这网络中有顾卓、朱襄、孔尚任、顾彩、沈树本、陈于王、张潮、蒋景祁、柯煜、周彝等等,甚至还有查士标、龚贤以及黄鼎、张振岳等名画家,而与王士禛、姜宸英等亦频多交往。其中朱襄、顾卓二人以布衣而久客"安邸",顾卓《暮秋重游红兰主人蓼汀园》有句云:"尽道贤王能好士,布衣常到此园来。"朱氏系无锡人,与顾彩同里,顾卓是吴江人,三吴文化人的结交蕴端大多经此二人中介,而朱襄被聘入邸,又与朱彝尊、顾贞观、王士禛的推誉其诗才有关。从这张网络上,"朱邸"诗风的盛起,具体而微地可以考见。从岳乐之聘湖南布衣陶之典入邸为蕴端塾师,到蕴端的礼遇朱、顾二布衣,从而推波助澜地沟通江湖野遗,此种"朱邸"养士并化解现实冲突感的风气,又足以有助于悟解王士禛等在任职外官时"多交布衣"的行径。此乃清诗衍变过程中的重要关目,为梳理一代诗史走向不容忽略的脉络。

综上所述,"朱邸"诗群实系"御制"诗风的羽翼和扩充。犹如整个画面上的一重浓郁的底色,为展开并巡视全幅诗史长卷所必须认真加以审视的,故特先拈出。

最后一个层面即"纱帽"诗群。其依托科举仕进之途的构成,将在后文各章节中有专论和例举,这里不予细述。唯大体态势,即其左右、支配的影响力,大抵正同于"朱邸"诗风,盛衰起伏一与清廷国威相契合。康熙朝以王士禛为宗师的"神韵"之派,乾隆朝以沈德潜为代表的"格调"诗风,以及法式善、铁保等一度祭酒诗坛的八旗"诗文化"领袖人物的活跃,是清诗朝阙庙堂之风炽盛的几个阶段。道光以后,"朝"风不振,已难"一尊";同治"中兴",则形成了以曾国藩等为旗帜的又一代"纱帽"诗群,但其问鼎诗坛的时日已不可久长,色调也犹同残阳落照了。

离立之势一旦把握了相对之一侧,那么,"离坐离立,无往参焉"(《礼记·曲礼上》)的另一侧必容易清晰以显。事实上,甲申、乙酉之变所导引起的诗界裂变和复合,即是诗史行程在清初的转机。遗民诗群乃典型的"野遗"集体,毋论就诗人的人格自我完善抑是诗风的百派融汇而言,都是对"一尊"诗教的严重冲击并有力淡化,可惜佳景未长。赵执信的奋袂相抗渔洋,以诗文化角度视之,乃一场"诗界兴亡,匹夫有责"式的在"野"挑战。其后袁枚的"性灵"之倡,无疑又是一次对"一尊"秩序的冲荡,尽管已多少带有变形走向,有时甚至调侃、揶揄而不免油滑。而自乾隆朝始,日趋密集的寒士诗群则是"纱帽"集群的诗国劲敌,这是截然有异于前朝清客、山人型的群体,清代中后期的诗史性活力有赖于这诗群而得以勉为鼓扬。去"国"(朝)而亡命于"野"的诗界英才则每是寒士群体心灵的盟友,赵、袁等人是如此,后此的龚定庵其实亦是同此,在时代剧变之期,尤易见出。

历史的复杂性和多变性普遍表现于社会的各领域,作为精神文化高层面上的心灵凭借寄托形态的诗,其流变衍化过程更难以简单化条理梳其辨。言清代诗史的变衍过程的特点是不断消长的"朝"、"野"离立之势,是就整体态势而言之。规律不是模式,特点尤非标签。在具体到各别的诗人以至群体、流派时,它们或"朝"或"野"的诗史位置于不同时空的运动中完全有可能相对易位。事物从来不是静止不变的,一切皆在运动中,人及人之心灵尤为如此。所以,"朝"、"野"离立绝非机械论式的站队划线,更不是随意性的臆测和杜撰,它客观存在于二百六十七年的一代诗歌的嬗变行程中。

绪论之三　黑暗的王朝与迷乱的诗坛
——晚明诗史述论

在进入清代诗史的探讨之前,有必要回溯返观一下前续时期的诗风流变。与任何一代封建王朝统治时期的诗史一样,明诗既有它自身演变发展的道路,又有其极为繁富复杂的因变内涵。加之历来对明诗的偏见、成见以及简单草率的一些论断,比起前朝诗歌来,要理清其脉络绝非三言两语所能明,本书无法也无须承担此义务。至于在有关章节中牵涉到明代诗风的某些问题而必须予以辨认时,笔者将陈述管窥蠡测之见。但是晚明诗史在这里不应绕开,因为它直接与清代诗歌的因变承启有着深层潜在的复杂联系,而且晚明诗歌所呈现的多种独异的现象,以及清初诗坛的一些领袖式人物对此类现象所持的同样显得非常独异的态度,足供诗史研究者审视参酌,从中引出认识和教训来。这后一点,也就是本章所以较多地注意竟陵诗派以及对其所施加的诸多严厉抨击文字的原因,其他有关明清之交的诗风启变承续问题,稍为简略,当俟后文补苴。

晚明文学在中国文学史上有着重要的位置。在尊"道"还是崇"文",守"格"还是主"情",昵"古"还是重"今"等一系列重要的关系到文学生命力的问题上,从明代中叶以来几经争辩和实践,到晚明时期可说是已渐见端倪,消长之势亦颇显豁了。戏曲、小说的张扬个性,对传统道德观念的反拨和挑战固甚鲜明,散文小品的求"真"主"情"的创作现象也掀开了古代散文发展的新一页。基于城市商业经济的兴隆、市民阶层的扩展、世俗审美追求的变更而促动的文学新变浪潮,在封建文学最称主要传统形式的抒情诗领域内,同样发生巨大反响。这就是被正统人士称之为"时调"、"时习"以至"末流"、"邪说"的公安、竟陵二派的崛起。尽管诗这一抒情体有着自身形式的制约,加之历史的由积极的和消极的因素糅成一气的负担特重,故而其变革的步子其实远没有其他文学样式跨得大;可是由于这是最为文化圈中的才士普遍运用的"载"情之体,所以一旦新变,即风靡南北,从而深为传统守护派们所恶,从心底里视为异端怪物,甚而恶之为洪水猛兽,惊呼此乃"亡国之音"!而紧接着公安"三袁"而起的竟陵派所遭到的抨击和被冠戴的恶谥尤见凶狠。这个从万历后期方兴,盛行于天启、崇祯二朝,实际上在晚明最有影响,诗风覆盖面最为广袤的流派,终于在连经讨伐,特别是清初钱谦益、朱彝尊等的定谳下,一蹶不振。"浸淫于时调"、"为竟陵薰染"云云已成最不光彩的评骘,谁也怕沾其边。应该说,竟陵派比起三袁来遭际要不幸得多。在清代主张"性灵"说的诗人并不讳言及公安一派的承续,可绝对没有哪个诗群愿声称与竟陵有瓜葛。鞭尸倒不少,香火已断绝。然而,这却是结束有明一代诗歌的流派群体,它是晚明诗歌最具新鲜活力的一种群体风格。

为什么竟陵派得以风靡大江南北?又为什么以钱谦益为代表的诗界大老们要如此讨伐这个诗派?

就诗学主张的渊源言,以湖北竟陵(古时又称景陵,今为天门县)人钟惺、谭元春为代表的这一诗派是沿承了公安派袁宏道三兄弟的"性灵"主张而来。公安的倡导"性灵"是为抗争前后"七子"以来愈演愈烈、大违初衷的昵古、拟古之风,李梦阳、何景明等追求"真诗"的意愿,演化成了一片白苇黄茅般的复古泥淖。袁氏三兄弟追求的其实也是"真",同时更多地要表现新,属于诗人自己的个性的新鲜感受。真则灵,灵必然以新为依归。关于公安诗派的意蕴,历史多有评定,亦为人们熟知,包括它的弊端,即率意性伴随而来的浅与滑。当一个流派初成,带来一片新鲜景象时,必然会团聚进而蠡起一个群体来。当宗法某种理论主张或创作实践时,又必然在将积极因素发挥淋漓尽致时,消极的东西也一起被推向极端。钟惺在《问山亭诗序》中说,当年袁中郎为"恶世之群为于鳞者,使于鳞之精神光焰不复见于世",所以抨击这位后"七子"领袖李攀龙;谁知道"今称诗者,遍满世界化而为石公矣,是岂石公意哉"?① 石公,即袁中郎之号。开派人物大抵属于头脑较清醒者,钟氏说此话就显得很冷峻。所以三袁中最小的那位袁中道在《花雪赋引》中说,他和钟惺及另一友人周伯孔在这一点上引为了同调,以"清绮邃逸"的"胸中无一酬应俗语"的创作实践,"誓相与宗中郎之长而去其短,意诗道其张于楚乎"!②

从现象上看并不复杂,竟陵诗观渊源公安,在袁宗道、袁宏道相继逝世后,中道作为一派的主要代表不仅认可而且支持了钟惺等的补苴之举。而再从审美情趣上言,当年三袁为反对复古风气,扫除"雅"的保护体,是极力张扬"俗"的倾向;现今为校正"俗"的审美观念不流于油滑、浅薄,再从"雅"的走向上来强调一下。竟陵派鼓扬的"幽情单绪,孤行静寄","以其虚怀定力,独往冥游于寥廓之外"(钟惺《诗归序》)③,正是收外向之势为内敛,返俗趋雅,以雅济俗之举。同样是讲"性灵",现在于"真"之外还要求"厚",厚就是为救浅薄;而"厚"之得来,是需要沉静以思,默察以辨,积聚个性内在的潜藏力量和对对象的感悟深度的。按理说,雅俗之辨和雅俗相济,在中国文化史上包括文学文体史在内,属并不鲜见的运动形态,何以这一次竟风靡起来,迅捷地从钟、谭合编成《诗归》之时算起,不到三十年时间里,在贵族化的和寒士圈内各个层面上"风移俗易,滔滔不返"了呢? 这,必须从那个特定历史

---

① 《隐秀轩集》卷第十七。上海古籍出版社1992年版。
② 《珂雪斋近集》卷三,上海书店1982年重印本。
③ 同①,卷第十六。

时代去审辨。竟陵诗风作为一个精神的窗口,正好顺应了特定群体心绪的自我抒展的需要,一种忧郁、迷茫、孤寂、苦涩的时代病态心理的需要。

明神宗朱翊钧是个贪酷又昏聩的无道之君,在他君临的四十八年间,朱明王朝走向了最为黑暗的时期。接着光宗朱常洛似乎有意整饬朝政,却服"红丸"中毒,旋即死去,视朝仅一月左右。熹宗朱由校又是一个混账皇帝,大权旁落到客氏与魏忠贤宦官集团手中,于是阉党横行,清流屡遭毒手。此时山海关外爱新觉罗·努尔哈赤建立的"后金"军事政权已锐势蓄成,虎视而西。而关河上下、大江南北饿殍千里,民怨积深,愤火内郁,只需一把火势将燎原。所以,待得朱由检承大统时,虽清除了阉祸,却已国力四溃,无以应对"辽事",抵御咄咄相逼的爱新觉罗军事集团,同时也治丝益棼地为揭竿而起的以李自成为代表的农民武装所困,终至于在崇祯十七年(1644)他一条绳自缢于景山,宣告朱明中央政权的崩溃。这就是晚明政局。史事纷杂,细说甚繁,此处主要交代的是万历十七年后的社会现实。陈田《明诗纪事》庚签卷八有一段按文,言甚简赅,陈氏说:

> 万历中叶以后,朝政不纲,上下隔绝,矿税横征,缙绅树党,亡国之象,已兆于斯。而公安、竟陵之苦音侧调应之,声音之道与政通,应如桴鼓。①

陈田是清末民初人,在同样是不喜公安、竟陵"时调"的诗学家中,陈氏较为客观平允。他的按语要言不烦地讲了"政"和"文"(声音之道)的因果关系,一个"应"字下得十分精确。关于"政",万历帝二十年不视朝,殿阁大僚们自张居正罢相后唯以自保为要,颟顸之臣充斥朝堂,能无"不纲"?能不"上下隔绝"?矿税横征

---

① 万有文库本《明诗纪事》第二十册二二四七页"于慎行"条后。

事,《明史·食货志》说"或征市舶,或征店税,或专领税务,或兼领开采",是太监们跋扈天下、凌虐商民的恶行之一。而"缙绅树党",造成的门户之见,沆瀣一气,党同伐异,可说是在历史上最为恶性膨胀时期。被视为也是挹竟陵诗风流波的浙江平湖人赵韩有句说:"孤主河山如瓦注,群公门户自金汤。"①可说是对这现象很深刻的抨击和生动写照。如果说,横征暴敛、皇庄圈地、贵戚侵民,导致四海疮痍,那么缙绅树党则是在相互攻讦的同时又壁垒自守,并造成师心自用、用人唯亲恶习。这对举贤荐才、求同存异以养士风来说无疑是倒逆之流。于是真正有志积极用世的才士必然备遭扼制,恬嬉机巧之辈则为虎作伥。这种风气在文化圈子内也已严重剥蚀着生气,划地自守的痼疾在明代中叶的诗坛文苑随处得见。明代前后"七子"的领袖们好标榜,又容不得异己的褊狭气量就是这一风气的具体表现,至于历届台阁文人的排他性的贵族化作风更不待言。处于文人们个性自觉愈来愈强化的时期,网络自紧,门户森严,唯我独尊的风习必然遭到大批位处下层的才士,特别是寒士布衣们的逆反抗争和不平。对此,钟惺有一段很愤懑的议论,他在为奇穷诗人陈昂作的《白云先生传》之末论曰:

  明自有诗,而二三君子者自有其明诗,何隘也?画地为限,不得入。自缙绅、士夫诗,的的有本末者,非其所交游品目,不使得见于世者多矣,况老贱晦辱之尤如陈昂者乎?近有徐渭、宋登春,皆以穷而显,晦于诗;诗皆逊昂,然未有如昂之穷者也。②

因为以垄断造就权威形象,对"非其交游品目"者"不使得见于世",于是尖锐地构成特定文化层面上的矛盾冲突。钟、谭为代表的竟陵派中人,畸士、布衣、孤寒贫贱之辈特多,显然与钟氏力破

---

① 见《明诗纪事》辛签卷二十三"赵韩"条陈田"按语"所引录。
② 《隐秀轩集》卷第二十二。

"二三君子"的自以"明诗"典范模式和他们所固守的樊篱有关。试看钟惺接着上文之后的另一段话：

> 吾友张慎言曰："自今入市门,见卖菜佣,皆宜物色之,恐有如白云先生其人者。"甚矣! 有激乎其言之也。

这是为广泛地处于"市门"的才人争席地的大声疾呼。竟陵"楚风"之所以遍于九州,只要从文化背景上予以观照,应不难理解的。事实上,如陈昂这样的特多心苦语硬之唱的布衣寒士,在竟陵诗廊里真也不少,吴门朱隗、徐白、浙西陈则梁、赵韩、闽中商家梅、徽州王野等等,后先数十年间,名单长长一列。然而这些孤僻寡合,傲对缙绅,甚至"下帘卖药,虽甚饥寒,人不得而衣食之也"(《列朝诗集小传·沈野》)①的文人既有异于明末盛多的"山人"之属,又并非只具小慧才,谱几首寒酸歌的角色。以陈昂来说,据说其有集十六卷,五言律就达七百首,今已佚。仅据《明诗纪事》所录七首中如《夜泊》表现其家乡福建莆田遭倭寇之扰,破城后的情景,即属甚佳之作,诗云：

> 此地知何处? 扁舟系小亭。
> 孤村低卧水,野屋大于瓶。
> 却少犁锄乐,尚余锋镝腥。
> 白头万里客,仰愧老人星。

马之骏《妙远堂集》序其诗时称陈昂系"挫名愤世"之人,陈田在所加按语中又说"孤迥清峭,称其为人",并进而认为："袁中郎识徐青藤,钟伯敬推陈白云,可谓孤情绝照。"②

所谓"孤迥"、"孤情"以及钟、谭常常标拈的"孤怀"、"孤诣"、"幽深孤峭",实际上正是"挫名愤世"的社会心态的凸现。所以,

---

① 上海古籍出版社1983年版,丁集(下)。
② 陈昂诗及诸人评语均见《纪事》庚签卷二十五。

与其说是冷静地自娱,倒不如讲此种心绪是幽愤自燃。因此,指责他们漠视现实,自得其乐,恰恰误会大矣。

其实,这是一个失落了笑的时代,即使狂放也已抽空了自我平衡的骨架,狂不成形,放难展怀。在钟惺、谭元春树帜诗坛的时候,袁中郎式的潇洒脱略、清狂放逸行径已失去相应的社会氛围,尽管他们之间前后相隔不多年。黑暗王朝在进入全面溃烂时期,戕害民气,伤蚀人心,精神的窒息所导致的社会沉沦周期本不需要一代人时光的,何况文化人独持有某种敏感性。不妨简单地排一个年表:

袁宗道(1560—1600 嘉靖三十九年—万历二十八年)
袁宏道(1568—1610 隆庆二年—万历三十八年)
袁中道(1575—1630 万历三年—崇祯三年)
钟惺(1574—1625 万历二年—天启五年)
谭元春(1585—1637 万历十三年—崇祯十年)

从五人的行年和明王朝政况的更变相观照中,可以把握到公安、竟陵二派领袖人物的心态差异或者说心绪底色的差异。袁宗道、袁宏道的早年多少仍感受及明代中叶以来相对繁荣、稳定的现实气息。宗道于万历十四年(1586)进士第一,时年二十七,正当风华;宏道幼于其兄八岁,于万历二十年(1592)中进士,年仅二十五,尤见英俊。宗道早卒,宏道早归,但京华人文、吴门风流烙在他们各自心底上的色调是明畅居多,温煦闲雅居多。钟、谭则不同了,钟惺晚生于袁宏道十四年,袁家二兄弟高中之年他们或尚少年或才及冠,中进士则在万历三十八年(1610),时已三十七岁。也就是说,袁氏伯仲清放狂逸之年,钟惺尚在苦读谋仕时期,其中进士之年也就是袁中郎谢世之时。他不仅没能赶上略可放怀的岁月,而且入仕途之初便身难由己地被卷入党争中去。他的两面得罪,有论者喻之于晚唐李商隐,心境之寒苦可以想见。至于谭元春更幼于钟惺十一岁,万历、天启、崇祯的黑暗、动乱年代他经历了全过程。

对年表粗略的很不深入的分析比较,为理解竟陵替代公安而起的特定条件和基因应多少有助益的。这确实是已失落了欢笑的时代,即使名为笑,那也是较哭更痛苦的笑。王思任是被钱谦益讥之为"入鬼入魔,恶道垄出"的竟陵旁派人物,这位以祭于谦墓诗"社稷留还我,头颅掷与君"句以及《让马瑶草》檄文中"夫越乃报仇雪耻之国,非藏垢纳污之地"警语著称于史的诗文名家曾以谑庵自号。他的"虽谑而庄,虽迂而急"实系他那一代文人愤慨激越、痛心疾首的情态的变异表现,最堪说明时代的凄楚心理。王思任的《屠田叔〈笑词〉序》有"极笑之变,各赋一词,而以之囊天下之苦事"①一语,道尽了以笑为哭,世失笑影的那个时代氛围,同时也是竟陵"楚风"遍南州的演进过程中的典型景观,个中之味是鲜活可觉的。

本章无意对竟陵诗派,对钟、谭以及相关诗群作全面的评析,这需要别有专著来完成。上述点式剪评,只是想论辨史实,表明"后进多有学为钟先生语者,大江以南更甚"(沈春泽《隐秀轩集序》),世人"效慕恐后"的现象是时代使然,并非钟、谭诸人有什么魔法诱人入"恶道"。钟、谭倡导的诗风,当然与诗史上任何流派风格一样,往往是利弊相伴,功过兼任的,再说这诗派盛行期只不过三十年左右,要想在运动中扬长避短,取精用宏,不时校正,还未允予以足够的时间,一场对封建文人来说无异于山崩海立的易代之变就急风骤雨般地狂袭而来了。而对竟陵诗派来说,还不只是遭逢时代的共性噩运,来于诗国的凶猛的绥靖尤见致命,其命运着实凄凉之极。

钟、谭在诗界其实是属于位卑名微的小人物。他们编成的

---

① 《王季重十种》页二〇,浙江古籍出版社《两浙作家文丛》,1987年版。

《诗归》被举世奉为"金科玉律","一时纸贵",并非靠权势,赖大有力者的鼓吹。如前所述,这本是一个歌哭无端的年代,需要有此一格来反拨褒衣博带,甚至是肥皮厚肉式的诗歌腔调。即使谈不上敢哭敢笑,而仅仅是多出寒苦幽峭之吟,毕竟真而不伪,没有描头画足之陋习。处于月黑风高、凄霖苦雨之时,瘦硬苦涩之音无论如何要比甜软啴缓之声更接近历史真实。何况《诗归》编著宗旨说不上离了什么大谱的,钟惺在《诗归序》中说"选古人诗而命曰《诗归》",意在"见吾所选者,以古人为归也";而"以古人为归",就是引古人之精神以接后人之心目,"使其心目有所止焉"。很显然,他们并不是无法无天、踩倒传统的狂妄之徒,对"古"绝无不尊之心,"古人之精神"仍视作"接"之规范的。问题在于他们绝不弃去"后人之心目",一味昵古、迷古,而这正是竟陵的精神旨归点。"孤意相今古,虚怀即是非",钟氏在《友夏见过与予检校〈诗归〉讫还家》诗中提出的"孤意"二字也就是"后人之心目",具体讲即他们自具的手眼。既然自具手眼,就必然跳脱出前人所定的一切定式和框框。谭元春《诗归序》中有一段很关键的话:

  法不前定,以笔所至为法;趣不强括,以诣所安为趣;词不准古,以情所迫为词;才不由天,以念所冥为才。①

"法不前定",是强调"我";"趣不强括",是主张"真";"词不准古"是倡导文随情生,不为文造情,着眼在"情";"才不由天"在此主要指的是:人无贵贱,无亲疏,只要"以念所冥",即有真感受,作深思考,出真情意,就是冥合人天,人皆能"才";不靠天赐,也不必要由谁来封赏、确认。这些事实上是对"后人之心目"的具体阐述,无疑带有对传习成见很大的反叛性。习惯于将"古"与"传统习见"等同者总以为反对了传习之见也就是欺师灭祖,不要传统。

---

① 见湖北人民出版社1985年版《诗归》。

这已成了一种"传统"。于是,钟、谭之论的反叛色彩在这样的背景底色上被硬是强化了,他们无非讲一些符合事物发展规律的实在话,却被视为旁门左道,妖言惑众。因为,封建传统的诗教规范是:中和醇雅、温柔敦厚、怨而不怒。这种诗的承传家法似乎也并不排除"我"、"真"、"情"等等因素;但实质上高悬此一架框子,一切都必须合此框架,不然即离经叛道。"孤意相今古",这"孤意"的坚持,势必会游离诗教的"是非"标准,此种离心倾向在传统守护者来说最易敏感地嗅及。"以诣所安为趣",必非规范之趣,歌哭笑骂,你"安"了,传统就不安了,因为这不敦厚。"以情所迫为词",幽深孤峭的内心独白式踽踽行吟,你的情被"迫"为了诗,但不醇雅,不心平气和了。诸如此类,全被诮为"尖新"、"尖酸"、"诡变"。尖,锐之谓也。锐气锋芒之出原是"诣所安"、"情所迫"、"笔所至"的结果,但这被定为"恶道",可见宗法之严酷。宁钝,宁旧,宁甜,宁模拟,宁因袭;不可蜕变,不必趋新,不能多凄苦(小人才常戚戚),更不容怨而怒,这正是潜居于传统成见中的是非观。竟陵诗派的所以痛遭贬斥,其问题的要害即在这里。于是,并没有立盟,也未结社的这个诗的流派被恶谥为"楚咻",成为诗国的乱臣贼子而被讨伐。诚然,定谳者们也是各有自己的"心目",所以用意和目的各自有异同,需要分辨。

应该说,出于艺术审美情趣的差异,风格追求的各趋,从而与竟陵诗风持反对态度,是诗界正常事。本来,流派虽不免存门户之见,但终究不应是王霸式统治集团,更非独吃一路的草寇或行帮。文学流派固然在自身流变中始能葆其生命力,同时也是在与外部的别的流派或风格群的争辩竞妍、切磋摩荡以至攻守折冲中获取新发展。凡故步自封、只此一家、唯我为尊之类陋见恶习,恰恰都是流派演进的大敌,也是自戕生气的腐蚀剂。所以,在诗的美学观念上存在争论倒是诗的事业的幸事,对峙的哪一方都不必存有你死我活之念头,重要的是通过实践来争得自己应有的位置。

晚明时期，反对竟陵诗风的本就不少见，其中以陈子龙为代表的，由"几社六子"、"云间三子"及宋征舆、宋征璧兄弟子侄群从等为骨干的云间诗派，就是从诗的风格、情趣上与竟陵异趣的最有影响的群体。这个诗派覆盖面甚广，在时空延续的跨度上也甚大，其余音流响直到清代初期以至往后传存很久。

陈子龙(1608—1647)和他的盟中诗友大抵都是松江府属人，此地古称"云间"，故以是名派。较之钟、谭来，陈子龙已是晚一辈人，当他名著诗坛时，竟陵派二位领袖正相继去世。但"楚风"正盛，他在《遇桐城方密之于湖上，归复相访，赠之以诗》①的第二首中唱道：

仙才寂寞两悠悠，文苑荒凉尽古丘。
汉体昔年称北地，楚风今日满南州。时多作竟陵体。
可成雅乐张瑶海？且剩微辞戏玉楼。
颇厌人间枯槁句，裁云剪月画三秋。

此诗作于崇祯五年(1632)秋，陈子龙二十五岁时，方以智(密之)《膝寓信笔》"壬申游西湖，遇陈卧子，与论《大雅》而合"可证，卧子系陈氏之字。其时方以智年二十二，彼此均尚未入仕，正当风华英俊，"流连声酒"之际。"文史之暇，流连声酒"是陈子龙自撰《年谱》崇祯六年条下原文。方以智后来被称为"明末四公子"之一，其父方孔炤，崇祯朝官至湖广巡抚。以智少承家学，随父宦游，此时则正值其"曼游"南北，裙屐风流之年。陈子龙在诗中厌"人间枯槁句"云云，应该说是他们特定的生活情趣陶冶成的审美倾向的合理表现。而且必须看到的是，当其时陈子龙等出之于具体生活情境以及心境，所反映的追求"裁云剪月"的诗美情趣，属于情爱抒述的性格需求为主，尚不是为抒露"忠爱"情。但不管怎样，以诗作为"情"之载体这一要旨他们是确认的，所以，一旦家国

---

① 见《陈子龙诗集》卷十三，上海古籍出版社1983年版。

遭变,山河失色时,其所崇尚的诗风仍能继续载负故国忠爱情而在"体"与"情"的相副上并不乖隔。这当是认识和评价云间派诗的一个关捩,舍此则不可能准确阐释诗史上的许多现象。

但在当时,陈子龙确实只是从审美异趣出"微辞",不扣大帽子。因为他并非从政治权术来绳衡诗风,故不失尔雅文士的风度。诘问以"可成雅乐张瑶海",不雅即俗,如此而已。

他所面对的是"楚风满南州",他所企望的是"汉体称北地"。这是晚明诗史史实的概括,"楚风"取代了"北地"李梦阳为代表的"七子"风尚;又是陈子龙及云间派诗法的渊源所自的表述,他们意欲振"汉体"以御"楚风",实施转变"荒凉"的"寂寞",使心目中的"雅乐"重张。陈子龙是晚明时期绍承"七子"派最称得法,从而深孚名望者,也可以说,是"七子"诗风得以历晚明而入清延续不断的一个关键的中介。关于陈氏的诗史贡献,他的追仰者有不少论述,其中称扼要的如《明诗综》引的钱瞻百语:

> 大樽(按:此系明亡后陈子龙所改称之自号)当诗学榛芜之余,力辟正始,一时宗尚,遂使群才蔚起,与弘、正比隆,摧廓振兴之功,斯为极矣。①

明弘治、正德时代是李梦阳、何景明等"七子"称盛之际,与后继的嘉靖、隆庆年间李攀龙、王世贞"后七子"树帜诗坛时期,向被正宗诗论家奉为明代诗歌最隆盛的历史阶段。钱氏是以"中兴"七子诗派功臣推陈子龙的。子龙曾与李雯、宋征舆共主《皇明诗选》之政,在《序》中揭示有他们的诗学观:

> 揽其色矣,必准绳以观其体;符其格矣,必吟诵以求其音;协其调矣,必渊思以研其旨。于是郊庙之诗肃以雍,朝廷之诗

---

① 此语可与朱彝尊载于《静志居诗话》中之评并参:"王、李教衰,公安之派浸广,竟陵之焰顿兴,一时好异者诗张为幻……卧子张以太阴之弓,射以枉矢,腰鼓百面,破尽苍蝇蟋蟀之声,其功不可泯也。"人民文学出版社1990年版。

宏以亮,赠答之诗温以远,山薮之诗深以邃,刺讥之诗微以显,哀悼之诗怆以深,使闻其音而知其德和,省其辞而推其志惫。①

此《序》所述,主要有二个方面,一是音声体格,即审美取向;一是旨意情志,即诗的功能价值观。前者特别讲究宏亮之音,"准绳"就是"七子"追慕的盛唐音韵;后者则未出于温柔敦厚诗教,主守雍容不迫的中和气度,功能则仍然可归结为"致君尧舜上"式的上赞皇德,下化民风。很显然,云间派所倡导的诗学观很正统,是大多数封建文士乐于标榜的稳健的雅醇正始之论。

然而,宣言必须堂堂正正,实践可以自出手眼。云间诗派与"七子"有不同处,这就是陈子龙诗中的"裁云剪月画三秋"的裁云剪月的审美情趣。前已提到,这是一班既怀济世之志,又甚为风流倜傥的英华青年,歌榭舞楼、花前月下,演出过不少他们的缠绵悱恻、哀乐悲欢的韵事。情爱之写,有明亡之前不绝于陈子龙等的歌诗中。"云间七律,多从艳入。大樽味特深厚,而词更娟秀",钱瞻百氏这话是合事实的。只是何止七律"多从艳入",他那著名的《秋潭曲》、《水仙谣》等等指不胜屈的乐府体、歌行,何尝不"多从艳入"?如果认为陈子龙等云间诗人笔下全皆"香草美人"式寄托有家国之情,那是不实事求是的过誉和夸大,是拿甲申前后的一部分作品以偏概全。但是,情爱之歌,大多真有感受,不徒镂月雕花,才华藻饰,而这恰恰与"七子"余风的空枵、"瞎盛唐"泾渭别分,有真情总会显得灵动多精神的。

所以,云间派的成功在于承沿"七子"诗体形式美的外壳,既加以丽泽,又充实以实情真气,从而使诗的本体获得活力。如果不是这样,怎能有"一时宗尚"、"群才蔚起"的局面?然而,在明末,陈子龙等的诗与社会现实相切的不多,他们那特定层面上的生活

---

① 《皇明诗选》,华东师范大学出版社1991年版。

写照是主体。至于后来声名愈振,与陈子龙抗清殉难、与夏完淳以十七龄之少年壮怀激烈赋"南冠"、与虽非云间籍而诗风相从,又同样悲壮殉亡明国君的张煌言等等的忠爱报国的坚贞形象分不开。在封建时代,忠爱之情是崇高之甚的,连清廷都知道必须抓这面旗帜以顺民气民心,"陈忠裕公"就是乾隆帝追谥的尊号。尽管明末清初殉难尽忠的不只是云间派中有,竟陵诗派中著名的忠爱慷慨之士似更可列举,但云间毕竟正宗色彩浓,于是水涨船高,在诗坛地位愈见显要。

然而,云间派的局限性也是显然的,他们的艺术偏颇和排他性格很突出。具体的表现集中地见于陈氏等编的《皇明诗选》,对此,清初王士禛在《古夫于亭杂录》中已指出过:

> 陈大樽《明诗选》,于弘、正间持择甚精;嘉靖以来,便稍皮相,十得七八耳。至"拟早朝"应制之体阑入,未免可厌。万历以下,如汤义仍、曹能始,不愧作者,概置之邻下无讥之列,此则大误,须合牧斋《列朝诗集》观之。弘、嘉间,虞山先生之论,不足为据,当以陈为正。①

清初所有意在开宗立派的诗苑巨擘以及力求从纷纭杂陈的风尚中自走一路的诗家,莫不要对明代诗歌作一番检讨,进而揭明自己的认识和观点。王渔洋是其中比较能博容的一个,上面一段话表示他既不满云间派对"七子"诗风之外的诗人的一概排斥,又不同意钱谦益《列朝诗集》全盘否定"七子"一派。陈子龙等不取汤显祖(义仍)、曹学佺(能始),其实就是蔑视公安、竟陵诗风,王渔洋在行文中显得很谨慎,他不是从正面来涉及极敏感的问题,以免给自己惹一身虱子。

汤显祖的诗以清劲孤秀著称,后来诗为戏曲成就所掩,人们不

---

① 见该书卷五,中华书局1988年版。

大熟知，其实在当时诗名甚著。这位曾被很正统的论家视为"师古较有程矩"的诗人，只是因与袁宏道诗审美观认同，"舍七子而另辟蹊径"①，被云间诗群排斥在视线之外了。至于那位在明末官至按察使，后又入南明唐王（即隆武帝）抗清政权，官拜礼部尚书加太子太保衔，最终兵败自尽的曹学佺，诗既秀骨清声，多弦外之音，又编有著名的《石仓历代诗选》，盛行于世，竟也被置于"无讥之列"！其原因也无非曹氏"不甚学盛唐"（《闽小纪》），而且颇好竟陵诗风，幕下邸中招聚了不少"楚咻"诗人。曹学佺也被轻忽，足见绥靖尺度在诗界的严刻，竟陵派的遭致蔑视是不待言说的。

说王士禛谨慎而近于世故，是指他在关于汤、曹的评价时，认为《明诗选》"大误"，但在主张合参《列朝诗集》时，又只就"七子"的问题，指出钱氏之论"不足为据"。王渔洋回避了竟陵"楚风"问题。其实钱谦益对汤、曹二人的诗是啧有微辞的。对汤显祖只是肯定了他"自王、李之兴，百有余岁，义仍当雾霁充塞之时，穿穴其间，力为解驳，归太仆之后，一人而已"，即对其反对"后七子"有所肯定，而且主要是指古文方面，归太仆就是归有光。并还盛称汤氏的戏曲"洗荡情尘，销归空有"云云，至于诗，仅"四十以后，诗变而之香山、眉山"，进而引汤氏自己一句秃头秃脑的话为结语："于诗曰变而力穷。"②钱氏在不置可否之中所透现的褒贬之意是清楚的。对曹学佺，他说得具体些，在《小传丁集·下》先引程嘉燧的赏语，认为曹氏诗"以清丽为宗"，这在古代诗评语言中不算很高评价。接着对"其后"的变易多有贬辞，如"而入蜀以后，判年为一集者，才力渐放，应酬日烦，率易冗长，都无持择，并其少年面目取次失之。少陵有言：'晚节渐于诗律细。'有旨哉其言之也！"③此语中"率易"、"无持择"是要害处，熟知钱氏诗论文字者一看即知，

---

① 《明诗纪事》庚签卷二。
② 《列朝诗集小传丁集·中》。
③ 同②。

这些词句正是他力斥竟陵时常用文字。所以,结论是"晚节"趋于诗律"不细",借杜诗来否定曹氏诗。王渔洋的聪明处,在于取其所需,不取其所不需,持一种"各取所需"的态度。他在指责陈子龙等"大误"时,提出参观《列朝诗集》可以合而观之,却又采取视而不见钱氏较陈氏"大误"之见更有过之的论断。不能轻忽这一点,王渔洋所表现的不是模棱两可的取向,此中有深层的意义,关系到清初"神韵说"内核基因的组合问题。对此,研究家均未予注意,故顺笔及此,具体论述则是后文的事。然而王渔洋何以如此"各取所需"于二家诗选呢?实在因为钱谦益给予竟陵派诗所定的罪案令人不愿正面蹚此浑水。如果说陈子龙等只是人各所好地对竟陵派不屑一顾,还属于诗歌艺术范畴的异同之争,那么,《列朝诗集》以及稍后的朱彝尊的《明诗综》的对钟、谭诗体的论定,已远远超出了诗艺高下和是非问题,转演成祸国殃民的功罪的判语。其言辞之尖刻、态度之严厉、抨击之凶狠、结论之酷重,在中国诗歌史或文学批评史上是前所未有的,然而这对竟陵一派的打击所造成的后果却又是致命的,成为在封建历史时期不容辨白、无可甄别的铁案。特别是钱谦益的《列朝诗集》,成书于清顺治六年(1649),正处于二代诗风交接承转之时,更由于钱氏既是旧朝东林党中巨魁后劲,又是入新朝后息影虞山执东南诗坛牛耳这样特定的身分地位和所具的影响;尤其是他声称说"伯敬为余同年进士,又介友夏以交于余,皆相好也",在钟、谭生前就"深为护惜,虚心评骘",只是"往复良久,不得已而昌言击排"[1]。这自然更具有权威性,他是仁至义尽,"不得已"而如此的。

问题是钱氏既然在钟、谭生前当"吴中少俊,多訾议钟、谭,余深为护惜,虚心评骘",那么何以要在友人身后"昌言击排"到以为他们的诗风"为孽于斯世",是"诗妖"以至于"国运从之"的地步?

---

[1] 《列朝诗集小传丁集·中》"附见:谭解元元春"条。

而且《列朝诗集》问世之时，正已是明朝覆亡之后，于是"诗妖"之说似不只是预言，竟完全成为卓具诗识之论，也起到追究祸根的实证作用。由此，钱牧斋的以大义为重而不顾友情私谊的这一"击排"，予人的印象已不仅仅是诗统的护法，更高的意义还在于对政统的卫护，是出于家国之情的义愤。在《列朝诗集丁集·中》，他对钟、谭确是如此讨伐的，兹节录如下：

> 伯敬少负才藻，有声公车间。擢第之后，思别出手眼，另立深幽孤峭之宗，以驱驾古人之上。而同里有谭生元春，为之应和，海内称诗者靡然从之，谓之钟谭体。譬之春秋之世，天下无王，桓文不作，宋襄徐偃德凉力薄，起而执会盟之柄，天下莫敢以为非霸也。数年之后，所撰《古今诗归》盛行于世，承学之士，家置一编，奉之如尼丘之删定。而寡陋无稽，错缪迭出，稍知古学者咸能挟策以攻其短。《诗归》出，而钟、谭之底蕴毕露，沟浍之盈于是乎涸然无余地矣。当其创获之初，亦尝覃思苦心，寻味古人之微言奥旨，少有一知半见，掠影希光，以求绝出于时俗。久之，见日益僻，胆日益粗，举古人之高文大篇铺陈排比者，以为繁芜熟烂，胥欲扫而刊之，而唯其僻见之是师。其所谓深幽孤峭者，如木客之清吟，如幽独君之冥语，如梦而入鼠穴，如幻而之鬼国，浸淫三十余年，风移俗易，滔滔不返。余尝论近代之诗，抉摘洗削，以凄声寒魄为致，此鬼趣也；尖新割剥，以噍音促节为能，此兵象也。鬼气幽，兵气杀，著见于文章，而国运从之，以一二轻才寡学之士，衡操斯文之柄，而征兆国家之盛衰，可胜叹悼哉！……
>
> 唐天宝之乐章，曲终繁声，名为入破；钟谭之类，岂亦五行志所谓诗妖者乎！余岂忍以蚓窍之音，为关雎之乱哉！

在附于钟惺之后的谭元春小传中则有：

> 谭之才力薄于钟，其学殖尤浅，谬劣弥甚。以俚率为清

真,以僻涩为幽峭,……无字不哑,无句不谜,无一篇章不破碎断落。一言之内,意义违反,如隔燕吴;数行之中,词旨蒙晦,莫辨阡陌。……不自知其识之堕于魔,而趣之沉于鬼也。……

而承学之徒,莫不喜其尖新,乐其率易,相与糊心眯目,拍肩而从之。以一言蔽其病曰:不学而已。亦以一言蔽从之者之病曰:便于不说学而已。天丧斯文,余分闰位,竟陵之诗与西国之教、三峰之禅,旁午发作,并为孽于斯世。……

综钱氏之论,钟、谭之罪可以归结成:(一)"驱驾古人之上"、"唯其僻见之是师",此谓"犯上";(二)在"天下无王"之衰世,僭称诗国王霸,是"作乱";(三)撰《诗归》"盛行于世",造成"家置一编,奉之如尼丘之删定",是"篡法统",坏了宗法规矩;(四)以"寡陋无稽,错缪迭出"的"不学"之见,愚蒙喜"尖新"、乐"率易"的"糊心眯目"的"不说学"之辈,是以己之昏昏使人昏昏,或者说是趁人昏昏而兜售一己之昏昏。于是(五):成为"诗妖"而"为孽于斯世",天下大乱,终竟"国运从之",朱明王朝在竟陵诗派所操"斯文之柄"的指挥下,转致亡国矣!

这是多可怕的罪名,又是多可怪的逻辑!"国运从之"四字的因果背反,本末颠倒真可谓何其悖也!对这关涉败国之罪的定谳,今天固可不予置论,不必为此种荒谬之说花费口舌,但对上面四点具体的罪状须作必要澄清。

关于"驱驾古人之上"云云,很简单,今超于古,并不有罪,各抒己见,更属正常,何况钟、谭其实没有舍弃"古人为归"、"古人之精神"。其次,在"天下无王"之际"起而执会盟之柄"一条,也有点莫须有,竟陵派没有也不可能有乱中篡诗国统治权的能量,他们无非是春鸟秋虫,各自鸣吟而已。至于第三,编《诗归》而被人即使"奉之如尼丘之删定",也不应归罪于他们。因为《诗归》盛行不是他们以权力硬派,规定必读,编诗选的在当时又不是他们竟陵一家,王法也没规定谁不能编。钱氏这类言论全属霸道手段,无限上纲,最能说明不顾事实地横加訾议的是竟陵诗风是"不学"或"不说学"的不根之说。人的学问有大小,本属世间正常事,学问大者嘲其小者,很轻薄,而且此类行径也不像大学问家的品行表现。何况钟、谭又岂真是"不学"之徒?至于说趋从或好尚"楚风"的均系"乐其率易"、"相与糊心眯目"之辈,更属诽谤,是厚诬了一大批饱学节烈的名宿。对此,须摆一点事实,以见真相。

黄道周,明末大学者,抗清殉难的名臣。清人陈寿祺《左海文集》中称其"德性似朱紫阳,气节似文信国,经术似刘子政,经济似李忠定,文章似贾太傅、陆宣公,诗则崛奇独造,不施鞿勒,所谓天人之才,独立无传"。其诗实系宗尚竟陵风气,所以《静志居诗话》认为"诗才亦未免踌驳"①。

倪元璐,明末著名学者,也是尽忠殉明王朝的名臣。刘宗周认为"京师甲申殉难者,以诗而言,倪元璐第一"(《自靖录》),而其诗亦系公安竟陵一派。黄宗羲在《南雷文约》中说道:"崇祯末,大臣为海内所属望,以其进退卜天下之安危者,刘蕺山、黄漳海、范吴桥、李吉水、倪始宁、徐隽李,屈指六人。"是皆"君亡与亡"、"国亡与亡"的"一代之斗极"②。其中刘、黄、倪于诗则均属染"时习"者,难道可以定之以"不学"?

此外,如毕拱辰的"博综鸿秘",冯一第的"廉顽立懦","尤精史学",而诗皆"不能尽脱钟、谭习气"(《沅湘耆旧集》);类似的殉难名臣名士还有如文翔凤、杨士聪、陈函辉等等,在晚明卓称才学

---

① 卷二十。人民文学出版社 1990 年版。按,此句后紧接有"要其光焰,不啻万丈也"云,则为赞其气节。
② 见《光禄大夫太子太保吏部尚书谥忠襄徐公神道碑铭》,载《南雷文约》卷一;浙江古籍出版社《黄宗羲全集》收入第十册,页二三四。"忠襄"即浙江嘉兴(檇李)徐石麒。"蕺山"指刘宗周,"漳海"即黄道周,"始宁"即倪元璐,"吴桥"是范景文,"吉水"指李邦华。

人品俱佳而皆"沾染"竟陵诗风,凡此不胜枚举,岂可诬称为"糊心眯目"者?至于清亡后隐居山野、誓不与新朝合作的遗民诗人中如吴中徐波(元叹)、浙西徐白(介白)以及浙东、闽赣等地许多遗逸群均为竟陵一派中人,更是难加一一缕述,有的本书后章中将有涉及。这些又岂是乐于"率易"的轻佻浅薄之徒?

由此足见,说诗学竟陵就是"天丧斯文",纯属恶言相加,博学如钱谦益如此横断,是越出了常理,令人诧异的。诚然,钟、谭都已于明亡前先后去世,人们无法断定如果他们存见于社屋既倾之时,将何去何从?但据文献所载,以他们的孤僻耿介,不喜与俗人周旋的品格看,或不至于热衷到丧失气节。而"深幽孤峭"的诗品既然是黑暗王朝的社会氛围的反映和逆离,那么当山河易主于汉族以外的民族时,深受"夏夷大防"思想教化的忠君爱国之心必会更益发挥他们的"深幽"之情和"孤峭"之性的。

是的,在残酷的铁蹄蹂躏下,在血与火的现实前,要么挺身浴血,要么逃迹山野,不是抗争,就是沉默。沉默,是愤苦之火的内焚形态,虽则迹近消极,但毕竟也是一种抗争,至少励志自守。这样,或许更显得"凄声寒魄"是必然的,"噍音促节"是自然的,"作似了不了之语,以为意表之言"是需要的,甚至在某种高压下,"哑"和"谜"也是无可厚非的。如此一想,不能不感到钱谦益在顺治六年(1649)编成并刊刻《列朝诗集》,如此地借旧时友人作为箭靶,作为"击排"对象,狠予鞭尸,到底是孰人痛孰人快?笔者无意深文周纳,要锻炼钱牧斋的罪名,但从历史大文化背景的辨认中,从特定社会政治特性的思考中,不能不有所感触。退一步言,钱氏将竟陵派与"西国之教、三峰之禅"并列为"为孽于斯世"的"妖"物,已是封建儒教中最保守最悖固的一翼的言论,对昌言朱程理学并钦定为规范思想模式的王朝统治者无疑是配合默契,不说是秋波暗送,至少有点借诗进谏的味道。这是不是也涉嫌越出诗的范畴作政治定评呢?并不,钱氏《列朝诗集》之选本来就不是没有政治因素的考虑,如一大批在顺治六年(1649)前南北殉难的史称烈士节士之作他就未选,这些该列名于《列朝诗集小传》的人均屏退了,陈子龙、夏完淳、徐汧、戴重以及黄道周、刘宗周等等,钱氏全都一刀切开,取消了他们也是明代"列朝"诗人的身分。这不是一种出于政治考虑?避嫌就是为了政治,避嫌和勇于自见往往是某特定时期举止的正负二面表现,可以互为表里。

从诗本身讲,从诗史角度看,钱谦益《列朝诗集》选政之操持,使得诗歌领域内"真"与"赝"、"情"与"格"之争,回归到诗的体格范围内的异同之辨,于是导致了有清一代诗歌在整体上长期胶结于宗唐祧宋、唐音宋调的争辩和宗法的转换。我以为,这是诗史上的一个重要转捩和关目。由公安、竟陵凿宽渠流的强调诗人个性自觉的历史,到清代重新接续时由此而显得那样步履维艰,那样地迂回曲折、隐蔽。清代诗人,特别是才性飙发的诗人走自己的道路时,负荷显得太重,花的代价也更大了。

在这问题上,紧接钱氏之后推波助澜最力,也是影响最大的得数朱彝尊的《明诗综》。《明诗综》的选诗标准不尽同于《列朝诗集》,规模、数量也超过钱氏之选,从文献价值言亦更大,如对崇祯朝诗人及遗民群的甄录,大多足补钱氏有意无意的缺失。这是因为《明诗综》编成并开雕于康熙四十一年(1702)朱彝尊七十四岁时,上距《列朝诗集》的刊刻已半个世纪有余,易代之际的故国之思问题的敏感性和冲突感已淡化,当然朱氏在选编时仍是非常谨慎稳妥的。对于诗人的评价,朱氏较钱牧斋要少一些门户之见,议论也力持公允、简略。可是这部"成一代之书,窃取国史之义,俾览者可以明夫得失之故矣"(《明诗综序》)的总集,在对竟陵诗派的抨击上,与"别裁末流,垂戒后学"的《列朝诗集》如出一辙,"亡国之音"的裁定同样极为严厉。朱氏说:

> 《礼》云:"国家将亡,必有妖孽。"非必日蚀星变,龙鳌鸡祸也,唯诗有然。万历中,公安矫历下、娄东之弊,倡浅率之

调,以为浮响;造不根之句,以为寄突;用助语之辞,以为流转;著一字,务求之幽晦,构一题,必期于不通。《诗归》出而一时纸贵,闽人蔡复一等,既降心以相从,吴人张泽、华淑等,复闻声而遥应。无不奉一言为准的,入二竖于膏肓,取名一时,流毒天下,诗亡而国亦随之矣。

此论见于该书卷十七"钟惺"的评语,在卷十八"谭元春"条下又说:

> 钟、谭并起,伯敬扬历仕途,湖海之声气犹未广,借友夏应和,派乃盛行。《诗归》既出,纸贵一时,正如摩登伽女之淫咒,闻者皆为所摄,正声微茫,蚓窍蝇鸣,镂肝铢肾,几欲走入醋瓮,遁入藕丝。充其意不读一卷书,便可臻于作者。此先文恪斥为亡国之音也。

朱彝尊的断语亦未出二个方面,一是"流毒天下,诗亡而国亦随之",一是"不读一卷书"的"不根"无学。但他的"亡国之音"说却又申明是其曾祖父"文恪公"之见,这就使得此判断更具权威性,助证了钱谦益之论并非臆断,是早有此见的人在,朱彝尊称的"文恪公"就是朱国祚,万历十一年(1583)进士,天启朝官至户部尚书兼武英殿大学士,加少傅衔,卒赠太傅,谥文恪。《明诗综》引陆圻的话说:"景陵诗派初行,公览之,惊曰:'安得此亡国之音,吾不忍见之也。'"从而认为这位文恪公"知几其如神乎"[①]!但仔细一辨,会发现朱国祚的"不忍见之"之说并非断言"诗亡而国亦随之"的必然性,他的"不忍见"多少是不忍见竟陵诗风中透现的衰飒悲凉之气。如果说诗风导自于现实,应和着衰世之象,那么,这因果关系没有倒置。当朱彝尊和钱谦益等将"亡国之音"与"国运

[①] 见卷十五。此语前尚有:"易称知几,诗咏明哲,朱文恪足当之。闻利玛窦进异物,公曰:'此辈小智,足以惑人,将来必有助之更历法者。'"

从之"(钱氏语)、"诗亡而国亦随之"(朱氏语)联构一气,就成了国以诗亡、诗亡其国,这样,原属知微见渐、得风气之先的诗风,当然转换为"为孽于斯世"的"诗妖"了。

亡国"诗妖"之说能被多少人认同?对此倒不必过于认真,但在这恶谥之下的"不根"、"不学"、"不读一卷书"的抨击,影响则很实际。从因果的另一层关系上,著有《经义考》等巨编的大学者朱彝尊强化了钱谦益的观念,人们会引出这样的结论来:何以会堕入似魔道、似梦呓的"亡国之音"的恶障的?"不学","不根"!根,根本,具体到诗上来即是诗的依托基础,安身立命的诗道教义。简言之,就是儒家诗学观、诗教。而要有"根",必须与"不学"作斗争,从"学"中获知"根",醇己之情、雅己之格、正己之心、厚己之声,归依向"思无邪","怨而不怒","温柔敦厚"等等"根"上来。唯有如此,始能挽颓风,救诗之亡,免致"以蚓窍之音,为关雎之乱",从而以雅正之音征兆国家之盛、政纲清明。

关于"学",钱谦益在谈到他最为称赏的诗友程嘉燧时,曾就以这位"松圆诗老"为楷式强调了"学"的内容:"以为学古人之诗,不当但学其诗,知古人之为人,而后其诗可得而学也。其志洁,其行芳,温柔而敦厚,色不淫而怨不乱,此古人之人,而古人之所以为诗也。"①这是将"学"主要纳入对"古人"的行为规范上去,而这行为规范则又正是儒家诗教的"根",是诗之本原所出。诗教原出之于儒家行为典型,是后者的诗形态的外化。《静志居诗话》对此则从诗的儒家功能观之外,别补以诗的体格上、气韵上等本体规范性的"学",同样是论及程松圆,朱彝尊以为程氏"格调卑卑,才庸气弱","如此伎俩,令三家村夫子,诵百翻兔园册,即优为之,奚必读书破万卷乎"?与捧"兔园册"的村夫子相对言,就是饱学经史富

---

① 《列朝诗集小传丁集·下》。下文尚有"知古人之所以为诗,然后取古人之清词丽句,涵泳吟讽,深思而自得之。久之于意言音节之间,往往若与其人遇者,而后可以言诗。盖孟阳之诗成,而其为人已邈然追古人于千载之上矣"。

五车的硕儒。朱氏所着眼点即在此。

钱氏着重指出学"古人"之为人,朱氏则强调格调,即学古人之诗的体格,但"学"的获取是一致的:"读书破万卷。"这五个字出于杜甫诗,紧接一句是"下笔如有神"。看起来倡导"读书破万卷"似无大错,问题在于当规范诗的"学"只能学"古人之为人"以及体格,那么诗人自身所具的主体意识和个性自觉是否重要呢?而后者正是诗的命脉所系。按钱、朱二人之论,必然导入有"古"无"我"、知"古"昧"今"格局,特别是引向唯知从书本中讨生活以为本原的牢笼。明代"七子"主张不读唐以后书,原也是"学"的范畴;清人在力求摆脱"七子"流弊时,却又不断往返反复地胶结在学唐还是学宋的争论上,事实上未跳出"学"的这个受正统思想制约的怪圈。

对于"学"的问题,唐宋诗人固然从来不曾持过"不学"、不屑学的主张,可是也从未见过如清人那样以"学"为诗的生命线,把"学"提到不"学"无诗、不"学"亡诗的严重程度。清代诗人视"学"为诗的原动力源泉,以至发展到以学为诗,大量学人诗的出现,实非偶然事。其逻辑性推进的前提就是上述钱、朱等人对明诗"得失"的断语。"明人不学",竟陵诗派之所以沦为"亡国之音"、"为孽于斯世"则是不学之尤的结果。至此,对竟陵派口诛笔伐的征讨,其对一代清诗的影响当可明晰地意识到。

"学"与"创"应该是互补为益的两面,而且"学"是为了"创",失落了"创"的"学"势必陷入"因袭"、"模拟"的复古泥淖。创造性才是包括诗歌在内的文学事业的生命线。钱谦益等人对竟陵诗派的讨伐,已不只是艺术审美的异趣的冲动,更主要的乃在于对儒家诗教的捍卫,是宗法绪统的守护。然而,当他们树起自己的诗坛领袖的旗纛时,损伤和戕害的恰恰首先是诗的创造力,诗的生气活脉。这就是前面说的,清代那些才华飙发的卓异诗人在创造性建树中须花更大代价的缘故。钱、朱等人自身创作实践中的成就得失是另一回事,此中还有各种具体而复杂的基因,这里并非对他们诗史位置作全面评估;但就他们对明诗,对晚明诗歌,特别是对竟陵诗风的凶猛的抨击,导致中国诗史的某些走向绕出弯路,深刻地影响着一代清诗的发展道路,则是一个客观存在,人们应认真地符合史实地予以清理,逐步深化去认识它。

应该说明的是,对晚明诗史的检讨,在清初诗人自省怎样做诗时,人各有自己程度不同的思考,也并不尽认同钱谦益等的论断。这样的例子随处得见,试以周亮工编的《藏弆集》中的某些诗人在书札中所谈文字为例,书信较之序文、诗话来更易见真切,直截了当。董以宁《与倪阁公》一信说:

> 今之谈诗者,邪说渐消,无不知攻竟陵者,而其弊即在于攻竟陵。知其俚鄙而学为华靡,知其纤曲而学为率直,联篇累牍,诩诩然自号能诗。卑者忘格调而竞风华,高者离性情而言格调,是学竟陵而诗亡,攻竟陵而诗愈亡也!犹之功令既严,无不知摹先辈者,然知浮华之掩理,则趋于枯寂矣;知怪僻之累体,则趋于平庸矣;浅者有波澜而未老成,深者有理会而无神化,此其弊亦即生于摹先辈,譬如古人已往,为土木以像之,衣冠是而人非矣!乃优孟复过而笑之曰:是不如我之能笑能颦,或歌或泣也。呜呼,将遂得为古人乎哉?①

这信说得很干脆利落、淋漓痛快。董以宁(1630—1669),史称其工词,其实诗文俱精,与陈维崧、黄永、邹祗谟并称"毗陵四子",后肆力经史,尤通《易》学。董氏年四十即逝,于钱牧斋属于江东后辈,从他这信中充分表现了顺治末期康熙初年一批思有创获的诗人对由"攻竟陵"而造成的怪圈现象的不以为然,深为厌烦。清代诗歌的得以继续发展,真气不绝,正有赖于三百年间时有

---

① 民国廿五年五月初版《藏弆集》卷六。

清醒认识的才智之士。

更有兴味的是邓汉仪的《与孙豹人》信。邓汉仪(1617—1689)是《诗观》的编纂者,这是清初的一部大型"当代"诗选,共四集。孙豹人即孙枝蔚,隐居扬州的陕西籍遗逸诗人。请看邓氏信中所言:

> 竟陵诗派,诚为乱雅,所不必言。然近日宗华亭者,流于肤廓,无一字真切;学娄上者,习为轻靡,无一语朴落。矫之者阳夺两家之帜,而阴坚竟陵之垒,其诗面目稍换,而胎气逼真,是仍钟谭之嫡派真传也。先生主持风雅者,其将何以正之?①

这很幽默。信中说的"华亭",即指云间派;"学娄上者",说是宗吴伟业"梅村体"的"太仓十子"等诗群。至于"阴坚竟陵之垒"是指谁?邓氏未说,在后面章节中将有论述,此处不赘述,以免枝节。引此信文字,只想说明一个事实,竟陵派经钱牧斋的讨伐后,"名"固亡而"实"犹存续。其所以存续的标志,据邓氏说是"真切"、"朴落",赖以不亡的正是这种"胎气"。此种现象能不发人深思?邓氏颇见幽默的文字中透现有诗的某种史实在。

据朱彝尊《静志居诗话》说:"中吴韩君望,西吴韩子蘧皆辑明一代之诗,君望曰《诗存》,子蘧曰《诗兼》,惜其书均未布通都。"②韩子蘧(1625—1703),名纯玉,浙江湖州人,《诗兼》不见存,却留一篇序,此序文对明初诗评价过高与否不必细究,但对中期以至晚明诗史流变以及钱谦益《列朝诗集》的误失,讲得很中肯,特迻录某些片断作为本章结束:

> 景泰流而为纤丽,成化疏而为清越。北地、信阳,合七子以前;历下、娄东,合七子以后,踵事增华,守而勿化。竟陵淘

---

① 《藏弆集》,卷七。
② 见卷二十二。

汰过当,而溺于幽凉;云间欲还正始,而近乎肤廓,各殊其趣,各持其见。学者又各师其说,操一格以绳天下,必欲人面如我,强我乐为子乐,语言歌啸,异口同声,而始称入彀。是则优孟衣冠,长存千古;新丰宫室,遍列九垓矣。他如石仓滥登庸冗,莫辨淄渑;虞山广肆讥评,偏揭曹郐。一失之宽,一伤于忮,其为病也,又与固执等。余博搜而约采,……从前诸家之褊心局识,悉举而销熔之。①

"褊心局识"应弃去,很不易,"销熔"而能互补之,更难得。然而韩氏有此意愿,堪称具史识者,是值得三致意的。

---

① 见《明诗纪事》辛签卷二十八载引。

第一编　风云激荡中的心灵历程（上）：遗民诗界

引　言

　　遗民诗群是诗史上的一种复合群体，是特定时代急剧的政治风云激漩盘转中聚汇而成的诗群形态。这是一群"行洁"、"志哀"、"迹奇"，于风刀霜剑的险恶环境中栖身草野，以歌吟寄其幽隐郁结、枕戈泣血之志的悲怆诗人。

　　按照儒家传统说法，遗逸之士商周之际即已存在，《论语》中"不降其志，不辱其身者，伯夷、叔齐欤"①云云就是以伯夷、叔齐为逸民史事之冠首的记载。然而从华夏历史的发展言，特别是从封建时代根深柢固地确立起"夷狄华夏"之大防的儒家观念出发，那么真正地在民族战争中汉族王权截断，即所谓"宗国沦亡"的则只有宋、明二朝，所以"孑遗余民"之属，也只存见于元之初与清初顺、康时期。这样，从严格意义上说，东晋末年隐逸诗人之宗的陶潜应是逸民，而当有别于宋、明之季的遗民。凡遗民必是隐逸范畴，但隐逸之士非尽属遗民，"汉官仪"、汉家衣冠的是否沦丧，正是甄别此中差异的历史标志。显然，这之间的差异就在于孑遗之民的不降志、不辱身，其潜在深层心理中已不只是对某姓王朝的忠贞。强烈的民族自尊意识的世代积淀，终于在特定的历史时期被充分地淋漓尽致地激发而起。正因为如此，遗民意识中是足能分

---

①　见《微子》篇。

解析离出爱国主义精神来,成为我们这个民族可贵的精神传统的组合部分。

关于遗民的历史认识意义,黄宗羲在《南雷文定三集·余恭人传》中有个简捷深切的论断:

> 宋之亡也,文(天祥)、陆(秀夫)身殉社稷,而谢翱、方凤、龚开、郑思肖,彷徨草泽之间,卒与文、陆并垂千古。①

从精神、节操而不徒以行迹论高下,黄氏的史识自有其精辟之处。由此,他在《南雷文约·谢时符先生墓志铭》中既畅论遗民精神是一种天地正气,又扬弃狭隘偏激的消极观念:

> 故遗民者,天地之元气也。然士各有分,朝不坐,宴不与,士之分亦止于不仕而已。所称宋遗民如王炎午者,尝上书速文丞相之死,而己亦未尝废当世之务。是故种瓜卖卜,呼天抢地,纵酒祈死,穴垣通饮馔者,皆过而失中者也。②

这当然不应当误解黄宗羲过于持中和折衷态度,事实上他在《文约·时禋谢君墓志铭》里以深沉的悲慨之情写道:

> 余读杜伯原《谷音》,所记二十九人,崟奇历落,或上书,或浮海,或杖剑沉渊,寰宇虽大,此身一日不能自容于其间。以常情测之,非有阡陌,是何怪奇之如是乎?不知乾坤之正气,赋而为刚,不可屈挠。当夫流极之运,无所发越,则号呼欸挐,穿透四溢,必伸之而后止。顾世之人以庐舍血肉销之,以习闻熟见覆之,始指此等之为怪民,不亦冤乎?③

黄氏之所以以"亦止于不仕"作为遗民、特别是明遗民的志节界限,就其本意实有修撰有明三百年之历史的愿望在,即所谓"国

---
① 见卷二,四部备要本。浙江古籍出版社《黄宗羲全集》第十册,页五九七。
② 见《文约》卷二。《黄宗羲全集》第十册,页四一〇。
③ 《黄宗羲全集》第十册,页四二六。

可灭,史不可灭"之旨。而从清初实际的政治环境的凶险看,"止于不仕"亦正非易事。这形似"隐忍苟活"而实际有所期待或企求有所作为的抗争新朝的"不仕"行径,在顺治初期绝不比杀身成仁容易坚持。清廷对明遗民,尤其是对知名度甚高的才学之士的高压逼迫"出山应召",或驱赴新开之科举考试,所运用的手段之阴柔和酷烈远较前代为厉。这正是"亡国之戚,何代无之",而明季的遗民在清初要守志自洁特见艰辛。对此,康熙年间浙东著名史学家邵廷采的《思复堂文集》卷三《明遗民所知传》开篇处有一段重要论述:

> 於乎!明之季年,犹宋之季年也;明之遗民,非犹宋之遗民乎?曰:节固一致,时有不同。宋之季年,如故相马廷鸾等,悠游岩谷竟十余年,无强之出者。其强之出而终死,谢枋得而外,未之有闻也。至明之季年,故臣庄士往往避于浮屠,以贞厥志。非是,则有出而仕矣。僧之中多遗民,自明季始也。余所见章格庵、熊鱼山、金道隐数人,既逃其迹,旋掩其名。窃喜为纪述,惜衰年心思零落,所取益不欲奢。人心亦以机伪,名实鲜真。姑录其耳目得逮可覆稽者,其不为僧而保初服,犹尤尚之。①

清初遗民僧人之多,是一个特有的文化现象。这现象本身已足以表明要逃脱不薙发不"胡服",在那"留发不留头,留头不留发"的严酷年代是多么艰难!遁入禅门,缁服袈裟,是当时躲绕锋锐的不得已之一途,虽似下策,亦需毅力和勇气。至于"不为僧而保初服",并能一再抗拒征召出仕之压力和诱惑,是确实该"尤尚之"的。

清初的遗民是一个庞大的群体,卓尔堪十六卷《明遗民诗》

---

① 浙江古籍出版社1987年版,页二一二。

收有作者五百零五人，事实上远不止此数。清末民初孙静庵编著《明遗民录》立小传八百余人，而无锡病骥老人的《序》说："尝闻之，弘光、永历间，明之宗室遗臣，渡鹿耳依延平（即郑成功）者，凡八百余人；南洋群岛中，明之遗民涉海栖苏门答腊者，凡二千余人。"①至于东渡日本的明遗民中，尤多著名诗人文士，他们或为僧，或行医，或讲学，在《长崎纪事》、《长崎志》、《续日本高僧传》以及《李朝实录》等史籍中尚可考见遗民们在东瀛的行迹。

既然这是一个特定的历史文化现象，是刻印有深深的时代烙印的群体，那么该群体中的诗人们的深寄以家国沦亡之痛而足能感鬼神、泣风雨的血泪歌吟，自然具有巨大的认识意义和审美价值。遗民诗群的哀苦之篇，不但表现了那个时空间的爱国志士的泣血心态，如鹃啼，如猿哭，如寒蛩之幽鸣，而且记录有大量为史籍所漏缺的湮没了的历史事件，具备一种特为珍贵的"补"史功能。诚如《南雷文约》卷四《万履安先生诗序》所说：

> 今之称杜诗者，以为诗史，亦信然矣。然注杜者，但见以史证诗，未闻以诗补史之阙，虽曰诗史，史固无藉乎诗也。逮乎流极之运，东观兰台，但记事功，而天地之所以不毁，名教之所以仅存者，多在亡国之人物。血心流注，朝露同晞，史于是而亡矣。犹幸野制遥传，苦语难销，此耿耿者，明灭于烂纸昏墨之余，九原可作，地起泥香，庸讵知史亡而后诗作乎？②

诗当然不是史，也不应是史。然而，史原本是"人"所演进，同代之人则正是那时世的历史见证者。而诗又是乃"人"之心声，当其身处国破家亡，或存没于干戈之际，或行吟在山野之中，凡惊离

---

① 浙江古籍出版社 1985 年版，页三七二。
② 《黄宗羲全集》第十册，页四七。

吊往、访死问生、流徙转辗,目击心感,无非史事之一端,遗民之逸迹,于是必亦与"史"相沟通。南宋末年文天祥《指南录》、《集杜诗》就是关涉当时八闽粤东一线抗元之史实,汪元量《湖山类稿》(又称《水云集》)则备载亡国宗室北迁为俘之苦情,诗足补史。明末清初史事多赖"亡国之人物"哀唱苦吟而不致湮没,更属数量可观。可憾者历经新朝文网之灾,散佚十之八七,所幸其漏网喁鱼,犹时存见。这就为一代清诗起首之章增添着凄楚蕴结、血泪飘萧的悲歌色调。

这原是一个各不相干的,在诗美情趣上颇多径庭的诗人群体。是亡国之痛、破家之哀、风刀霜剑之惨酷遭际,概言之是时代的剧变将他们推进了一个炙心灼肤的大熔炉。共同的命运即使是尚未泯灭他们审美追求上的畛畦,但当他们的心脉在家国之恨上豁然相沟通时,门户之见、宗派习气终于在特定时期淡化了。遗民诗群并没有盟约,可他们在投入和唱时却共谱着一种基调;尽管在诗风上在艺术风格上各自仍有异趣,然而和唱歌吟的声韵却奇妙地谐协着。情思上的通同、认同、相合,诗艺上的歧异观念原自可以化解的,进而也必可融汇渗透、互相吸取,出现一个诗史上的转化期。当诗人们在非常的年代里冷静反思,各自对原所宗奉的或者是抨击的诗风稍稍客观地辨认、审视时,存在于明中叶以来的热衷门户之见的偏激情绪,理当能够廓清。

明遗民诗群从整体上看具有上述超越自己的艺术趋向,这是该诗群复合体的非常值得审辨的诗史现象。有了这种自我超越的智见和勇力,事物始得以演进,认识也得以升华。清代诗歌本可从明人"因"、"变"关系的反复纠结、胶粘不清的历程上挣脱出来,以谋诗的发展有个更灿烂的前景的。然而,历史不以人们的意志而行进,遗民诗风在随着时间推移而渐见消歇时,新的"唐宋门户"意识又复上涨,这或许是时辰未到吧。但遗民诗群在诗艺上的和衷共济风尚是值得大书一笔的。

第一章　宁镇·淮扬遗民诗群

公元1644年,即明崇祯十七年,岁在甲申。这是中国封建社会后期风暴疾卷、急遽剧变的一个年头。该年农历三月十八日,于民怨沸天的狂潮中崛起的李自成农民武装,转战多年终于挺进由义军将士们以鲜血凝铸的目标,一举摧垮了朱明王朝统治二百七十六年的中央政权,占领了北京。次日,崇祯帝朱由检跣足披发自缢于煤山。据说崇祯自尽时在衣襟上写有"遗诏",中有"皆诸臣之误朕也","任贼分裂朕尸,勿伤百姓一人"等语。怎样评价崇祯?是励精图治之君,还是刚愎自用、狭隘疑忌的"寡人"?可由历史学家去定评,但从其"遗诏"云云而言,他毕竟只是个盲目的不明世事真谛的封建国君。君临天下的传统观念和视民为子的虚假意识,导引着他临死仍不敢正对一个事实:即他家的这个王朝,从其祖父明万历帝朱翊钧起就已朝向倾垮的趋势急速行驰,戕害子民的统治早变本加厉了。明王朝的覆亡是历史的必然,这连封建阵营中的明智之士都程度不同地,当然又是忧心如焚地先后感觉到了的。问题是历史将如何发展?按封建臣民的观念言,该由谁来重建社稷,整饬纲纪?正当朱由检的所谓"升遐之变,千古异常"之时,百官或"随驾九原",捐躯矢忠,或从顺"逆"命,"稽首贼庭"。北京城中,尚未镇静,举国缙绅,凄惶与哀悼相杂,震惊莫名而一片混乱之际,强大的满洲铁骑在吴三桂等前导下已趁大顺政权犹未稳固时于五月初三日攻进北京,李自成军队旋即撤出"行在",从此一蹶不振。清王朝尽管打出过一面代明讨"贼"复仇的旗号,但素受"华夷大防"之教化的汉族臣民无法从感情上接受这种宣传。两三个月之间,风云诡谲,山河迭相失色,"逆贼乱国"转眼间转换成"夷狄入主",苦难深重的士民们几乎与诰命官绅一起迅即从惊惶迷茫中悲慨愤起,被"异族"的抢夺国柄激怒了。

还在北京皇都走马换旗、政变不测的那几个月时间里,福王朱由崧、鲁王朱以海、唐王朱聿键等相继于南京、绍兴、福州,或建立弘光政权,或监国于浙东,或称帝于闽赣。对大江南北、东南沿海的汉族士民来说,这多少还意味着朱明国祚未尽绝,抗清复国尚存一线命脉。谁知这些朱姓贵族建立的小朝廷,无不颠顶腐朽之至,不到一年即已纷崩瓦解,作了鸟兽散。其中弘光朝本应可以有些作为的,论兵力上游有左良玉水师可扼守长江屏障南京,江北有"四镇"军伍尚抗得一阵南下清兵。可是内有马士英、阮大铖专权跋扈,外被"四镇"统帅悍横挟持,特别是朱由崧十足的荒淫失德,于是八旗锋锐得以势如破竹般渡江南下,只用了年把时间就打垮了江浙闽赣三个小朝廷。江东南除了沿海一带尚继续坚持抗清军事活动,西南还有个桂王朱由榔建立的永历政府外,清王朝实际上已大局在握,难加逆转了。应该说,作为明王朝的孤臣孑遗的遗民生涯的背景,至此始称得是真正展开,而诗歌史上的明遗民群体率先构成的则正在以六朝古都南京为中心的宁、镇、扬一带。

这里原是一个政治敏感地区。南京城东的钟山南麓埋葬着朱明王朝开国之君朱元璋,孝陵的存在不啻是朱姓王朝的神圣象征,最易勾起旧朝臣民对先皇的缅怀。生者固不时洟泪于后湖堤岸,哭祭在梅花山前;即使死去,如莱阳姜埰那样哀唱"若有人兮在,竦剑守重关",矢志于"鬼亦戍其间"的更不乏其人①。何况自明成祖迁都北京后,作为"南直隶"的政治、文化中心,此地仍按中央

---

① 姜埰(1607—1673),字如农,晚署宣州老兵。崇祯进士,官给事中。陈维崧有《水调歌头》词哀悼其卒逝,小序云:"莱阳姜如农先生,前朝以建言予杖,遣戍宣州。会遭甲申之变,不克往成所,侨居吴门几三十年。癸丑夏疾革,遗命家人曰:'必葬我敬亭之麓。'"陈氏词有"鬼亦戍其间"云。

政府模式设置一整套官僚机构。南京六部齐全,调节安置着公卿大臣,犹如北京政权的一个虚幻的影子迤逦了二百多年。而南明第一个政权弘光朝的托足金陵,其淫佚侈靡于危亡时势中,又太容易叫人勾起对历史的反顾,于是,南朝"玉树后庭花"式的金粉旧梦特别具有现实政治的观照意义。石头古城的几乎每块砖瓦、每一方泥土,都可成为遗民们俯仰今昔、悲慨哀伤的媒介。至于清兵南下,殆同风扫落叶般地击垮弘光政权时,宁、镇、扬一带无疑成为血与火的第一线。扬州十日,史可法殉难,留在东南人民心头的惨酷伤痛,岂是短时间内所能抚平?梅花岭史阁部祠墓正可成为宣泄故国之哀的一个窗口。

　　说起扬州,在清初这是个相当微妙的城市。扬州本不是个政治中心或军事重镇,但它自明代中叶以来,已成为不仅繁华而且文化氛围十分浓重的大邑。漕运,特别是盐政,使这城市成为江东北岸的经济枢纽,而大批徽籍人士的寄寓,他们亦贾亦儒的行径和作风,在此鼓涨起雅俗共赏的文化高潮。此间既汇集有大江上下各类名士雅人,又有足够供他们展开沙龙式文学活动的歌楼舞榭。"扬州十日"的浩劫当然一度使这城市遭到严重破坏,可是对新朝来说,漕运、盐务同样是必需的经济命脉,所以恢复也快。加之,清廷在顺治、康熙之际,先后派遣任职此间的官员,大抵既稳健干练而又风雅卓绝。遗民原也是封建文人,封建文人既有忠爱的教养,又有清狂的习性,而失路彷徨时又往往纵情于声色。以诗酒浇胸中块垒固是常事,放浪形骸、在醇酒妇人之间打发时光也不算道德沦丧。于是,扬州这块既能歌哭、又能风雅的土地,在白门烟柳、秦淮灯火未见复苏的清初,群集、隐居着大批客籍和本地的遗民诗人,成为清初诗坛的一个绝不能轻忽的重心。

　　特别需要提到的是,扬州虽系运河南北交通的一个集散要地,但毕竟地处江之北,在江南政治中心南京的外围,又远离当时抗清烽火的浙闽沿海。作为政治较为宽松的地域,在扬州四周更有僻冷介乎城乡之间的县邑如兴化、宝应直至今属南通的如皋,那已是近乎江头海角了。这样的地理态势,不管是对有志于恢复行动的还是韬光晦迹者,都是绝好的遁世渊薮。进可以出行向大江南北,退完全能潜处于草堂渔舍;苦闷了不妨到扬州城里倚红偎绿,在曼歌轻舞中大醉一场,寂寥时则轻舟独放一直可以造访到冒辟疆的水绘园前,"得全堂"中既有歌班清唱,又可把杯一倾"国破山河在"的苦情。大量的遗民诗作中确是如此地构成了一幅幅特定环境中的具体景象的。

遗民诗人中是否有不少隐蔽的却又实际的抗清活动?是否存在着秘密的地下反清网络?向来是人们饶有兴趣的话题。然而这该是由清史家来研索并揭示的命题,已不是诗歌史所能承担的。但当顺治十六年(1659)郑成功、张煌言水师三入长江,直驻燕子矶下,包围南京城前,镇江、丹徒、金坛一带作为外沿城邑相继跃迎"王师",一时大江南北的遗民们为之额手称庆,此中诚有无数蛛丝马迹在,尽管文字载录包括诗作已所存无几。遗民们在那个时期频繁社集,联吟往来于真州与京口之间,将大量的文字挥洒在瓜洲渡和金山、焦山的行止中,当非偶然。事实上在郑、张水师失利,清廷严加绥靖之时,镇江、丹徒等地遭害的诗人文士不在少数,遗民诗作中可以发覆的甚多。这真是一个恢诡多变的年代,而在宁、镇、扬这个空间中尤多行踪诡异的遗民诗群。现按时空先后择其要述论于下。

第一节　白门遗老

一　钱串"万历"诗情苦的林古度

清初僦居金陵的遗民诗人中,年辈最长并声名甚盛的当推林古度(1580—1666)。林氏一生历明朝万历、泰昌、天启、崇祯四朝，经清顺治朝而卒于康熙五年，故王士禛称之为"文苑尊宿，此为硕果，亦岿然老灵光矣"（《致程昆仑》）。①

林氏祖籍本福建福清，其父林章以名孝廉彰闻士林，曾入京伏阙上书，不报而归，遂卜居南京。古度与其兄林楸（字君迁）均好为诗，在明末实系竟陵诗派中人。陈文述《秣陵集》卷六《乳山访林古度故居》说：

> 古度字茂之，号那子。……与曹学佺友善。少赋《挝鼓行》，为东海屠隆所知，遂有名。诗多清绮婉缛之致，有鲍谢遗轨，与学佺相类。万历己酉、壬子间，楚人钟惺、谭元春先后游金陵，古度与溯大江、过云梦、憩竟陵者累月，其诗乃一变为楚风。

据王士禛说，林古度诗作始自万历三十二年（1604），但一直未付枣梨。到康熙三年（1664）即林氏创作一甲子之际，王氏"为拣择，仅存其甲子以前诗百余篇"（《渔洋诗话》）②。"甲子"年是指明天启四年（1624），也就是说只刻印存传了他前二十年的作

---

① 转引自《尺牍新钞》卷一，民国廿四年《中国文学珍本丛书》第一辑第六种。时林古度已八十三岁，渔洋在扬州任上，康熙元年（1662）事。此信中王氏尚有"顷相见，询其平生著述，皆藏溧水之乳山中，诗自万历甲辰，未付枣梨"云。甲辰为万历三十二年（1604）。

② 《带经堂诗话》此条收入卷六"题识类"。人民文学出版社1963年版，页一五九。同条尚有"施愚山见之曰：'吾交林翁久，不知其诗清新俊逸，源本六朝初唐乃如此。《诗话》又录入《蚕尾续文》中有关文字："其诗清华省净，具江左初唐之体；逮壬子以还，一变而为幽隐钩棘之词，如明妃远嫁后，无复汉宫丰容靓饰、顾影徘徊、光照殿中之态。今所录篇什率皆辛亥以前之作，而世之浮慕翁者，或未必尽知也。"按：壬子为万历四十年（1612），辛亥为三十九年（1611）。又，王氏《池北偶谈》卷十三有云："因忆辛丑、壬寅间，予在江南，常与林茂之古度先生游，为言白云出处甚奇。时林方携其万历甲辰以后六十年所作，属予论定。予谓：'先生昔能传一陈白云，吾独不能传先生乎？'因为披拣得百五六十首，皆清新婉缛，有六朝、初唐之风。施愚山闱章过广陵读之，惊曰：'世几不知此老少年面目矣，子真茂之知己也。'"中华书局1982年版，页二九五。

品,后四十年的诗被删除了。这一斧头砍得真够狠的,王渔洋的理由是存其"刻意六朝,未染楚派者也",似乎很堂皇也很简单。然而深层用意显然是有虑于文字贻祸,假托标格全系饰辞。可是这一来,林古度后四十年心歌遂失传,今存二卷《林茂之诗选》已难见其故国兴亡之哀,遗民风骨换成为隐逸气派。

但是,钩稽清初诗集仍不难从中得见此老真实形象。《遗民诗》卷五小传中,卓尔堪保留有林氏二句诗:"少为钟、谭好友,攻楷法,宇内名流,奔辏其门。游广陵,有'登高空忆梅花岭,买醉都无万历钱'之句。"原来古度佩有万历钱一枚,是他儿时物,可在清初这无疑具有特殊象征意义,于是此钱成为特定的意象在扬州引起了一番悲慨系之的吟唱。"游广陵"咏万历钱,事在康熙三年,就是王士禛删刊其诗集那年。汪楫《悔斋诗》有《一钱行赠林茂之》七古,诗序说:

> 甲辰春,林茂之先生来广陵,余赠以诗有"沽酒都非万历钱"之句。先生瞠目大呼曰:"异哉!子知我有一万历钱在乎?"舒左臂相视,肉好温润,含光慢人。盖先生之感深矣!更为赋《一钱行》。

显然,前存林氏二句诗正是汪氏之作引出的,而此老音容在《一钱行》小序中亦跃然欲显。再看汪氏特为林氏吟写的诗:

> 前朝万历之八载,茂之林叟生闽海。
> 三十名高走京洛,六十国亡遭冻馁。
> 钟山踯躅几春秋?那有酒钱悬杖头。
> 屈指今年八十五,春风重醉扬州酾。
> 读我诗篇忽失声,老泪纵横不成雨。
> 为言昔曾买藜藋,手持一钱人错愕。
> 方嗟旧物不逢时,又遇孙儿索买梨。
> 市上孩童都不顾,老夫心苦傍人嗤。

>一片青铜何地置,廿载殷勤系左臂。
>陆离仿佛五铢光,笔划分明万历字。
>座客传看尽黯然,还将一缕为君穿。
>且共开颜倾浊酿,不须滴泪忆当年。

诗虽是汪舟次所作,其实无异乃林古度"心苦"之传述,几乎道出了他一生的心路历程。"读我诗篇忽失声"句勾连起伤往哀今之情,"买藜藿"、"买梨"云云不只写其奇穷,更在于表现故国遗恨及随着时光转移,"旧物"情渐见淡化于世的悲痛。值得注意的是"座客黯然"二句,"还将一缕为君穿"正展现着这满座诗客心同感受,情思相"穿"联着。至于"廿载殷勤系左臂"的着意点明二十年,准确地表明甲申、乙酉以来,清廷虽君临天下,而林古度及他的同志者心仍一系于旧朝,含蓄而毫不含糊。

考察一下"座客"尽黯然,是哪些人参与诗的集会是有意义的。孙枝蔚《溉堂文集》卷一有《广陵唱和诗序》,记载了"不同产而同游,不殊调而殊土"的与会者:"甲辰之春,八闽林茂之、鄞县陆淳古、钱退山、杨澧仙、王正之,宜兴陈其年,钱塘蒋别士,海陵吴宾贤,新安程穆倩、孙无言,上人梵伊,皆聚于江都;会海陵陆无文亦适奉两尊人至,寓于天宁兰若之旁。遂招诸君开筵春夜,联句城南。"这几乎全是遗民及他们的子弟辈,特别值得注意的是来自浙东的远客。成员的政治背景及态度,决定了这类"不殊调而殊土"的诗人一次次"同游"的特具的认识意义,是清初诗史首先必须研索的史实。可以说,明末以来政治性结社形态,在清初虽历经严禁,却仍在诗酒流连风雅外饰下继续以松散形式持久存在着。孙溉堂这篇诗序中没提到汪楫,而吴嘉纪的《一钱行》写到"酒人一见皆垂泪"时,环境又在水上舟中:"桃花李花三月天,同君扶杖上渔船。"这恰好说明林茂之的广陵之行,以八十五岁耄耋之龄作为遗民诗人之尊宿,接连"串"起了一次次的社集活动,而成员尽是遗逸之辈。

关于林古度康熙三年春扬州之旅还有两点可推敲,一是王士禛虽与林氏及前面提到的那些诗人均有交往,并还为古度删诗刻诗选,但他绝不参与纯属遗民们吊往伤今的活动,除了一般游宴即没什么政治色彩的诗人集会外,看不见他的身影。这从一个侧面可考见类似出示万历钱的诗群活动均有特定深意。二是这次林氏渡江赴扬的节令,"桃花李花三月天",岂不正是"三月十九"这个难以从遗民心头消退的国丧忌日之时?"甲辰之春"实乃崇祯自缢二十周年祭!由此看"廿载殷勤系左臂"诗句,林古度的形象就愈见鲜明了。还有,这一年春天又是南明最后一个小王朝的君主永历帝被吴三桂杀害的二周年祭期。对原犹心存复国的遗民们说来,此时是真正陷入寒苦之境而无法出拔了,吴野人诗句"江山宛然人代改"①的时世已绝无挽转的可能。

　　依此想去,林古度的不与王士禛删却他四十年心血凝注的诗持异议,听任"拣择",似也无可奇怪处。现实既已如此,他何妨相伴一枚万历钱,在如梦如幻的心境中了结此生。

　　林古度是在甲申(1644)年后先迁居到真珠桥南,从当年华林园侧颇具亭榭池馆之美的环境一变为"蓬蒿蒙翳"的起居之所。后又在溧水的乳山预卜生圹,以为埋骨地。他晚年的生活在一首《冬夜》诗中可以窥见:

　　　　老来贫困实堪嗟,寒气偏归我一家。
　　　　无被夜眠牵破絮,浑如孤鹤入芦花。②

孤寒清峭的生活情境和心境,见之以完全同步相应的诗境,人们可以于此中仍体味到"楚风"的情韵。文献记载说在他卒后,"子贫

---

① 见《一钱行》。《吴嘉纪诗笺校》,上海古籍出版社1980年版,卷二,页四一。
② 此诗初见于施闰章《施愚山先生全集》之诗集卷四十七《贻林茂之纻帐并序》。其序云:"茂之穷老金陵,《冬夜》诗云(略),夏又无帷帐,或遗之,则举以易米。予谓:'暑无帱,病于寒无毡,君能守之,当为作计。'处士笑曰:'愿守之以虎。'客皆绝倒。予在豫章,为寄纻帐,书绝句其上。"

不克葬",俟三年后始由周亮工葬之于钟山之麓。这倒符合他生前意愿的,生伴旧朝一钱,死依孝陵为卫,典型地完成了一个遗民的生命之旅。他的存世诗篇中有首《同喻宣仲鹫峰寺听秋莺》,诗当写在早期,是怀着"孤客万重心"的情绪返游闽北鹫峰山的作品,谁知这首七绝却极贴切地预写了他近九十年的最后归宿的境界,物换星移,山河易主,可他痴魂一缕,啼泣依旧:

> 物候推移伤客魂,啼莺何意恋山村?
> 不因落叶林间满,犹道啼春在寺门!

二 以"嗔"气鼓诗情的杜濬

当时类似林古度那样寄迹白门的遗民诗人为数极多,惜乎他们的诗集大多湮没,已罕为世知。如与林氏长期相濡以沫的何煜(霡明),原籍安徽青阳,飘泊湖海而老死于金陵。据史载他著有《双柑园集》、《青浦集》等①,可现今只能于《名家诗永》中见存诗一首而已。又如著名遗民诗僧祖心在《次林茂之韵二首》中写到的"莫言我去知心少,但过墙东有好朋"的那位"好朋"盛斯唐(集陶),原亦皖籍桐城人,系前明进士盛士翼之孙,《金陵诗征》说其"居金陵十庙西门,毁垣败屋,蓬蒿满径,与林古度相唱和。晚以目眚,屏居不干一人"。②事实上他与江东南大批志士有交往,是个屡见于各家诗集中的高士。然而后世连他的诗集名称都已难知,人们只能从其《怀林茂之》诗的"千里梦回秋雨细,一灯愁拥夜凉迟"的心音中,感知他"羽飘鳞蛰"、"病中添病"的老泪横流形态。

于明清之交流寓南京的遗民诗群中声名最著,亦为后世最熟知的当首推杜濬(1611—1687)。这是一个遨游江、淮间,以狂放

---

① 见《皖人书录》卷三,页二九一,黄山书社1989年版。
② 见该书卷四十"寓贤",下同。

孤傲著称的诗人,生前身后逸事遗闻特多。其中常为人们羡谈的掌故有二,一有关他的生活情状,一涉及其诗才问题。前者如《儒林琐记》载说:"或问贫状,濬曰:往日之穷,以不举火为奇;近日之穷,以举火为奇。"①其实这多少有些佯狂以标举清高的言过其甚。他自称"绝粮而未绝茶",其号即为茶村,有《茶喜》诗说"寂寂忘言说,心亲一盏茶"。在诗的小引中还畅论"茶有四妙:曰湛,曰幽,曰灵,曰远,用以澡吾根器,美吾智意,改吾闻见,导吾杳冥"。对此,有论者以为当时茶价十倍于粮,能不绝茶绝无断粮之理。② 这又未免以史学家笔法论之过刻,杜氏言穷和好茶实质上是种愤世疾俗、寄隐于所好之物的畸行。过于推誉固不必,刺之以矫造亦不公。关于诗才的掌故是吴伟业《送杜二于皇从娄东往武林》诗有"解囊示我金焦诗,四壁波涛惊欲倒。一气元音接混茫,想落千峰入飞鸟"等句,而杜氏在梅村亡故时作《祭少詹吴公文》中也说:"(梅村)去年游梁溪,客有称其五言近体者。先生谢曰:'吾于此体,自得杜于皇金焦诗而一变,然犹以为未逮若人也。'"这是说吴梅村特别推重杜濬诗的才气。

以才气凌厉胜,确是杜氏诗的特点,而原是楚籍人氏却不尽宗"楚风",在清初尤得到正统诗论家的高度评价。《静志居诗话》卷二十二谓"启、祯之间,楚风无不效法公安、竟陵者,于皇独以杜陵为师,是亦豪杰之士"云云即是代表性的论评。可是即使如此,"或过于中庸"的批评仍不乏,朱庭珍《筱园诗话》认为杜氏《变雅堂诗》:"古体粗率颓唐,劣恶已甚,直门外汉耳。近体枯槁粗硬肤廓者,与前明闽诗人郑善夫同病,皆不善学杜者也"。这是责其"正"不足、"变"有余的极端之说。朱氏"颓唐"的批评源自于沈

---

① 见卷一,岳麓书社1983年版,页八。
② 邓之诚《清诗纪事初编》卷二小传有"自言绝粮而未绝茶。茶与马吊为时深害。茶值十倍于粮,苟能不绝茶,其粮无绝理"云。上海古籍出版社1984年版,页一八五。

德潜《明诗别裁》①，显然这是清中叶以来标榜"唐音"，以"宗法"为框架论诗，硬要纳"变雅堂"于师古模式中去的眼光和尺度绳量。从另一方面来的批评是袁枚《随园诗话》中多次谈道："人多重其(茶村)五律，余以为袭杜之皮毛，甚觉无味，独爱其《咏海棠》一句云：'全树开成一朵花。'"袁氏的评骘是嫌他过多雅正而趣味不足。至于袁随园在《与邵厚庵书》中并讥杜濬"借国家危亡，盗窃名字"②，无疑尖刻太过，不尽合历史事实。在杜濬诗的评估中表现出来的大相径庭的言论，集中起来看，全犯有脱离具体时代背景和不顾作家"这一个"的整体而随意判断的弊病。今人在梳理史实和前人诗论时当须有所甄别，既不必盲从，更不能各取所需。

杜濬自言其诗宗法杜甫，这是前人惯于树旗立帜的常事，但他又表明更推重陶渊明诗。他这种诗艺上的追崇，实与一生经历际遇相关。试读方苞《望溪文集》卷十三《杜茶村先生墓碣》，碣文起首说：

先生姓杜氏讳濬，字于皇，号茶村，湖广黄冈人。明季为诸生，避流寇张献忠之乱，流转至金陵，遂久客焉。

方苞说杜濬"少倜傥，常欲赫然著奇节，既不得有所试，遂一意于诗"。《黄冈县志》具体说及杜氏"崇祯己卯副榜，壬午不售，遂绝意仕进。游览名山水，才声雄概，惊艳江淮，士大夫以不识其面为耻，乃益隐避，甘心穷饿，以守道义，老于鸡鸣山右日寓斋"。绝意仕进，益隐避等等心性，必导使他推尊陶诗。可是杜濬又不是个静穆之人，方苞在给濬弟杜岕作的《杜苍略先生墓志铭》中说到

---

① 朱庭珍，语见《筱园诗话》卷二。《清诗话续编》本第四册。上海古籍出版社1983年版。沈德潜《明诗别裁集》卷十二："濬字于皇，黄冈人。茶村长篇颇近颓唐。《又闻灯船鼓吹歌》，以此得名，其实颓唐之尤者也。"见中华书局1975年缩印乾隆四年(1739)刊本。
② 《小仓山房文集》卷十九《与邵厚庵太守论杜茶村文书》。四部备要本。

茶村性格:"峻、廉、隅,孤特自遂,遇名贵人必以气折之于众人,未尝接语言,用此丛忌嫉。"好使气,必与境逆,加之流寓客乡不久即遭国变,这样,"少陵之幽郁"定更多于"靖节之清真"。他在南京四十年,先筑"饥凤轩",后匾"变雅堂",可说是心态演化的外现。晚年境遇凄凉,《墓碣》说:"先生故三子,一子幼迷失,一为僧远方。"一子名世济,在茶村客死扬州,"丧归寄长干僧舍"而无力下葬后不久亦卒。直到十九年后,茶村生前友好瓜洲名诗人蒋易(前民)与江宁知府陈鹏年等通力葬之于太平门外。

离开诗人的身世、心性而论其诗风,只能是不着边际。杜濬他论诗以"嗔"为诗心,就是其以自身的感受观照诗史后判断所得。须知古人诗论主张也就是他们各自做诗的宗旨,是一而二、二而一的事。"嗔",就是气,气之怒的形态。《文集》中有《跋黄九烟户部绝命诗》说:

> 夫一部《离骚》,缘嗔而作也;故屈子不嗔,则无《离骚》。由是,武侯不嗔,则无《出师表》;张睢阳不嗔,则无《军城闻笛》之诗;文文山以嗔,故有《衣带铭》、《正气歌》;谢叠山以嗔,故有《却聘书》。

这是中国诗史上最为直率也最称锋锐的"愤怒出诗人"之说的诗论,就其内涵言则是那个时代的遗民诗人的诗之宣言。从覆盖面看,"缘嗔而作也"是吐倾了亡国之民的心意的。由此,杜濬论诗也就必然主"真",风格可以不同,"真"则不能或缺。他在《奚苏岭诗序》里说:

> 余读苏岭之诗,多清新跌宕之音,余诗多志微噍杀之响,然而贵真不贵赝,同也。夫诗至于真,难矣!

尤可注意的是他将"真"打通了传统诗论的"正变"界限,说:"夫真者,必归于正,故曰正风正雅,又曰变而不失其正。""变"何以能"不失其正"?因为有"真"。这样,还有什么以"正"为正统呢？他的结论是："诗至今日,不能不变,道在不失其正而已。"以"变"养"正",系命脉于"真",这诗歌观念无疑有发展,既如此,他还会去抱残守缺,一味学古吗？杜濬所以名其集为"变雅堂",意即在此,那末还要持"少陵"、"靖节"的尺度去衡量他的诗,岂非毫无意义？他进而以"真"为旨归,痛斥"好新好异,渔猎伪书,饾饤难字,而且凿空吊诡,诘屈其词,用以欺世而盗名"的诗风,同时也厌弃"率易鄙俚,粗恶浮诞"那种"独拾瓦砾"的肤浅之作。他的痛斥和厌弃,维护的正是沛然之气和真挚之情。在家国巨变、沧桑代换的石破天惊之时,持此观念始是正常的合乎情理的,与时世同步,方有时代之精神可言。

　　诗史与诗论史应有别,论诗人于诗史,本不需引述大量诗论,尽管古代诗人的创作实践和理论每互为表里。此节借杜濬论诗较多展开,意在表明遗民诗人的作为群体追求的一种主要诗美倾向,同时又为印证前文谈到的清诗在初期本可渐向更清新深厚的境界演展的,遗民诗从总体上说不会导入"学人诗"。后来清诗的发展中多见"典守"之设、"饾饤"之习,正是遗民诗风中断的一种结果。

　　杜濬诗今见成集的有《茶村诗》三卷、《变雅堂诗钞》八卷等,文献载说其诗未刻和散佚的尚甚多。上述《变雅堂诗》八卷本系乾隆时所刻,另有《遗集》本诗十卷则晚至光绪年间始编刊,故茶村之诗全貌、真貌已不易言。卓尔堪《明遗民诗》收其诗作一百五十八首,邓之诚曾加以比勘,在《清诗纪事初编》里说"多为未刻稿"。可见后出之本虑于有忌,删削已多。

　　历来谈杜濬诗只着重他的五言律句,这是某种艺术偏嗜造致的成见。以情思和气韵言,他的七古长篇实多佳构,如写给其女婿的《赠别叶桐初》,又如《初闻灯船鼓吹歌》等等,后者尤具重大认识意义,缘篇长不予引述。至若《悲哉行赠余子生生》、《椰冠道人歌·为张子虞山作》等不仅抉出世态众生相,而且记录了遗民们的身心之苦,都可补史之阙者。《樵青歌·为黄仙裳作》这篇赠给泰州(古称海陵)著名诗人黄云的七古,更是反映了乙酉年扬州之屠后,海陵地区一群士子抗清的志节,犹如展开来一卷人物肖像图,元气淋漓于纸上:

当时同学十数人,两人引颈先朝露。
一人万里足重茧,一人入海随烟雾。
三人灭迹逃空门,四人墙东长闭户。
一人卖药不二价,一人佯狂以自污。
黄生计划无复之,门前便是青山路。
昆吾宝剑千金值,改铸腰镰应有数。
黄生终日无踪迹,上山清晨下山暮。
有时昏黑犹在山,痛哭身当猛虎步。
不知为樵定何意,黄生安肯言其故。
但闻有一海陵樵,时时偷访钟山树。

或杀身成仁,或南疆效命,或东海聚义,或遁迹空门,或闭门土屋,或隐于市医,或佯狂巷头,诗的前八句几乎可视为遗民整体的缩影。关于黄仙裳(1621—1702),这位和石涛相交三十年的苏北名诗人,《淮海英灵集》也只记述"人目为狂","屡辞聘召","晚年益贫苦",未超出王晫《今世说》所言。[①] 杜濬的诗让世人知晓黄仙裳在国破之后曾隐于樵而祭扫孝陵多年,这就对他的《阳儿之江上中途遇雪》诗中"劳生须信难高卧,未敢怀安守故陵"之句,以及《青溪月夜,续灯庵即事》中"茆庵深坐话清宵"、"月色犹留旧板桥"之类诗情能有明晰的理解。不仅如此,它还丰富了清初遗民活动的具体表现,足证当时踽踽独行于春溪板桥间和钟阜孝陵路

[①] 《淮海英灵集》甲集卷三:"黄云,字仙裳,号旧樵,泰州人,居姜堰镇。善谈论,慷慨负气,遇俗人,稍不如意,辄谩骂,人目为狂";"晚年益贫苦,屡辞聘召,益肆力于诗,所著有《桐引楼》、《悠然堂》二稿。"丛书集成本。《今世说》卷一关于黄云评述实系《淮海英灵集》所本。见古典文学出版社1957年版,页三。

上的诗人并非只有顾炎武三二志士而已。

杜濬此类冷峻清峭的作品在七绝中同样不少见,悲慨苍凉之感皆出之以沉静口吻。如《题朱林修尘外楼图》:

芳草无边似绿江,高楼临眺客愁降。
向东一面尤奇绝,尽放钟山入小窗。

此诗写于壬戌年即康熙二十一年(1682),也即"博学鸿词"特科开后四年。末句"钟山入小窗"而冠以"尽放"二字,把"尘外楼"的原非置身世外而心底难忘时世与故国的遗民情怀抉发无遗,此类长篇短章焉有枯槁粗率之病可指摘?

茶村论诗贵"嗔"气,他的诗作也多以"嗔"见佳之篇。如《龚宗伯座中赠优人扮虞姬》绝句:

年少当场秋思深,座中楚客最知音。
八千子弟封侯去,唯有虞兮不负心。

这是讽龚鼎孳。在杜濬这位"楚客"面前,龚氏等为新朝大僚者自应有愧色。又如《题废寺寄钱宗伯牧斋》:

大树风多叶尽飘,庄严犹是建前朝。
黑头江令残碑在,不记君王旧姓萧。

金埴《不下带编》说:"宗伯见之失色!"①以嗔怒之气鼓苍凉情韵,是杜濬诗歌特有的艺术风格,在清初诗坛上诚不愧巨擘之称。谭献《复堂日记》中推之与顾炎武、吴嘉纪、彭孙贻、屈大均并称,说是"殆五霸不足六邪!"②是灼见之评定。

事实上他的五言律亦多"嗔"气,绝非他人所易学到。以其著

---

① 语见卷三。中华书局1982年版,页五一。
② 见《日记》卷二,光绪丁亥(1887)刊本。复堂于是条尚有"阅楚中新刻杜于皇《变雅堂集》,文为江湖派,无可读";诗则"刘舍人所谓疏放豪逸者是矣。玄黄之会,托体高奇,怆怀隐轸,亦其性学然也"云云。

名的《焦山》组诗六首看,如"触处迷人代,兹山尚姓焦";"饥鹰啼半岭,野马战斜阳";"江分神禹迹,海见鲁连心"等句中,无不回转着"实有悲盈谷"的怒气。他的《古树》一律咏赞的倔强品格,则是直接为浙东抗清志士所谱的颂歌。诗有小序云:"为四明丘氏作。李杲堂记云,家亦有古楝树,与丘松柏相望。"杲堂是李邺嗣的号,下章将会论及。诗云:

> 闻道三株树,峥嵘古至今。
> 松知秦历短,柏感汉恩深。
> 用尽风霜力,难移草木心。
> 孤撑休抱恨,苦楝亦成阴。

遗民诗中不只以惨苦泣血为唱,杜茶村是不多的一个。《古树》诗的腹联诸句简直已是怒目而对"用尽风霜力"的新朝了。他如《楼雨》一律中"鼓鼙喧绝徼,部落拥将军"云云,纯以轻蔑态度横眉冷对"牧马群"的八旗驻兵。《晴》一首:"骑马人如戏,呼鹰俗故狂。白头苏属国,只合看牛羊。"则以苏武持节牧羊的视角写出了对满族军兵的鄙薄。

杜濬在生命最后几年里所作的诗,喷怒气虽多内敛,但在前人所称说的雄浑气韵中仍时见疏放豪逸情致。《十月十日蔡铉升载酒饮我于病榻,练江、南枝二诗衲偕至》诗中小注有"明日立冬"语,据之可确知是康熙二十四年(1685)的作品,其时诗人已七十五岁。诗云:

> 拟上篮舆散百忧,素交排闼且淹留。
> 情亲各出三年字,身老犹怜一日秋。
> 客舍自晴黄叶雨,钟山不动白云游。
> 持螯快饮成今会,大有齐盟在后头。

这和前不久所作的《知秋》二律中"同调相期金可断?异方多难药难知"、"白发丹心千古意,黄花紫蟹一年秋"的诗情一样,仍表现出烈士暮年的悲亢情怀。由此足证,杜濬留传的种种狂狷故事无非表层情态,他紧裹的心胆则始终被一股"嗔"气所托浮。杜茶村的诗史位置亦正缘此气盛而确定。

三 假"六朝"华藻以抒哀情的余怀

被一部以哀感顽艳著称的《板桥杂记》几乎掩尽诗名的余怀,事实上是足堪与杜濬等比肩而诗史绝不该失缺的一位遗民诗人。这倒不只是因为早在明末他与杜氏以及白梦鼐即以"鱼肚白"(三姓谐音)并称,才华卓特于"南雍";更主要的还在于这位素以江南文酒风流领袖名世的诗人,明亡后流转江东南各地,假借六朝华藻抒述故国之哀,是遗民的某种类型的典型人物。余怀的创作生涯长达六十年,著作等身,总数究有多少已难确考。今尚存传的即多达二十种(不包括分集子目)左右,文献著录所知而失传的诗文、学术、戏曲各类作品尚有十数种①,未见著录者而于同时人诗文集中时有提及的还不在其数。余怀写于明亡后的凄艳哀丽的诗,当时即备受称道,阎若璩以为这位父执所作是"今人不能到",王士禛则说他《金陵怀古》诸诗不减唐代刘禹锡。然而奇怪的是卓尔堪《遗民诗》漏收余氏诗,这或许与其诗外传不广或易惹禁忌有关。

余怀(1616—1696),字澹心,一字无怀,号广霞,晚号寒铁道人、曼翁、鬘持老人等。原籍福建莆田,自其父辈即流寓南京,所以直到康熙三十一年(1692)澹心七十七岁时为曹寅题《楝亭图》仍自署"旧京余怀"。明崇祯时为南国子监监生,与冒襄、吴应箕等操持清议。《板桥杂记·丽品》中自谓:"及入范大司马莲花幕中为平安记者,乃在崇祯庚辛以后",据此可知曾在范景文幕中,原

---

① 参见蒋维锬《余怀著作考略》,载《中华文史论丛》1986 第三辑;黄裳《关于余澹心》、《余澹心与金陵》,载《银鱼集》,北京三联书店 1985 年版。

亦有志匡世者。乙酉清兵渡江,余怀开始了飘泊生涯,其《五湖游稿·鸳湖中秋诗》小序云:"辛卯八月,寄居萧寺,木樨满院,风气高寒","忆己丑中秋,遁迹海陵之隅,庚寅中秋,飘泊虞山之下","余亦五年四处见中秋矣。"这是记述顺治六年(1649)至八年足迹或在常熟,或在泰州,或在嘉兴的片断情状。他的南京的家在甲申乙酉之际遭劫甚重,这从《江山集·七歌》可以得见,并能得其某些行迹。这组诗全题为《效杜甫七歌在长洲县作》,写于出亡苏州时。在今存遗民诗中,《七歌》属不多见之佳构,诗云:

有客有客字船子,平生赤脚踏海水。
身经战斗少睡眠,功名富贵徒为尔。
自比稷契何其愚,非薄汤武良有以。
呜呼一歌兮歌激昂,日月惨淡无晶光。

我生之初遇神祖,四海苍生守环堵。
旌旗杳杳三十年,金铜仙人泪如雨。
皇天剥蚀国运徂,况我无家更愁苦。
沟壑未填骨髓枯,河山已异安所取?
胡雁翅湿犹高飞,百尺蛟龙堕网罟。
呜呼二歌兮歌声寒,林木飒飒风漫漫。

小人有母生我晚,幼多疾病长屯蹇。
生不成名老何益,萤尤夜扫兵满眼。
吁嗟亡国甲申年,二竖沉沉婴圣善。
呜呼三歌兮歌思绝,鹈鹕昼叫泪成血。

有妻有妻珮璃玖,十年为我闺中友。
两男一女未长成,索梨觅栗堂前走。
汝病数载事姑嫜,伶仃憔悴供箕帚。

岂知豺狼入我户，使汝惊悸遂不寿。
呜呼四歌兮歌转悲，饥乌夜夜啼孤儿。

我有敝庐东门侧，后种梧桐前挂席。
数椽风雨门长闭，四壁清静苔藓碧。
自从戎马生疆场，使我苍黄丧家室。
我行去此安所之？渔樵无地鸡犬迫。
旧雨今雨花不红，新人故人头尽白。
呜呼五歌兮声乌乌，浮云为我停斯须。

有友有友在远方，或称少年或老苍。
遭乱化作长黄虬，碧血潇洒盈八荒。
王室风尘此亦得，明明落月满屋梁。
呜呼六歌兮歌最苦，春兰秋菊长终古。

有弓救日矢救月，帝阊未开晨星没。
词客哀时双泪垂，饥寒老丑空皮骨。
何时东海翻波澜，暂向西园采薇蕨。
呜呼七歌兮声啾啾，吞声忍恨归山丘。

在遗民著作遍遭禁毁的清代，余怀的诗文居然漏网于各种"禁毁书目"，不能不说是奇迹。这除了善自匿藏、流传不广的原因外，必与他的行踪流离不定，特别是随处寄迹青楼画舫，征歌选妓，犹如林佳矶《江山集序》所说"澹心故布衣，何所艳若是"的形象有关。试想，《七歌》中"蚩尤夜扫"、"吁嗟亡国"、"鹁鸪昼叫"、"豺狼入户"、"渔樵无地"、"遭乱碧血"、"东海翻波"、"西园采薇"等等，哪一句都足够砍首戮尸的，更何况还有"有弓救日矢救月"云云直言心谋复"明"，矢志抗清的文字在。从"身经战斗少睡眠"等语看，余怀在明亡前后、南北奔走生涯中曾入过军伍，顺治年间他流亡江浙各地当绝非徒作"江南之人好事异于古"(林佳矶语)的"乐事"而已。余怀幸存诗作,于清诗研讨特多启示。如果不作广深发掘,仅以清廷严禁之余所能流传的诗文别集,陈陈相因,现成排比,是不可能探讨清诗史实真相全貌的,特别是清初近百年的诗史。所以,对钩沉稽幽、广事丛残以辑存散佚的前辈学者,理当深深鞠躬!①

类似《七歌》之作还有存见于《吴越诗选》中的《醉时歌》,句如:"传来直北旌旗赤,千山万山血凝碧。野哭邻鸡有好音,起舞有谁同今夕?忆昔皇舆败绩年,吞声忍死不敢前。""陵树苍苍云气深,侧身西望泪沾襟。流离每恨草间话,去住彼此伤人心。"如果说国变前余澹心风流秦淮,于醇酒美妇的氛围中挥洒才子名士习气,那末"亡国"后,他的形迹不管是"有时独往万峰顶,搔首扪天痛哭还",抑是"楼头鸣筝小妇怨,香篝绣被寒无眠",其心底强烈的故国之思则是统一的。桐乡吕望《板桥杂记序》说余怀在剩水残山间,"祖香草美人遗意,记南曲珠市诸名姬,述其盛衰,悲其聚散,一寓眷眷故国之思,至一唱三叹",是深得这位先辈之心的。余怀自己就说"岂徒挟邪之是述,艳冶之是传",意在记"一代之兴衰,亦千秋之感慨所系"耳!他的诗与《杂记》正属同一基调。把余澹心视为沉湎酒色者当然是厚诬了他的风骨。

通常称为《金陵怀古诗》的《咏怀古迹》廿九首小诗,是余怀另一种"举目河山,伤心第宅;华清如梦,江南可哀"的心声。这组诗不仅怀古伤今,情思悱恻而清峭,而且记录了当时的不少实况。如六朝诸王氏曾居名"马粪巷"的地方,事实早已不存,澹心借题发挥云:

簇簇人闻马粪香,江东风俗美诸王。

---

① 黄裳先生尚有《金陵五记》,附刊余怀《咏怀古迹》、《昧外轩集》二种。江苏人民出版社1982年版。

>莫言此巷无寻处,处处皆成马粪场。

文字极"俗",而其意极高,在冷峻得似乎已无火气的情韵间,写尽了八旗军马蹂躏金陵后的狼藉相,从"马粪"中透出了多少血腥气?又如《白鹭洲》:

>洲前白鹭几时飞?芳草王孙归未归?
>二水依然台下过,阿谁演念家山破。

类似这样的怨苦始终贯联着组诗,触处可感。

《味外轩集·戊申看花诗》之作在康熙七年(1668)。就心境看,已是"唤回五十三年梦"而"湖海元龙气已平",颇现颓唐之意了,故这一百首绝句较多"倦听催花羯鼓声",吐露"伤心无奈落花何"的心声。但余怀在自序中又说明白:"古人不得志于时,必寓意于一物。如嵇叔夜之于琴,刘伯伦、陶元亮之于酒,桓子野之于笛,米元章之于石,陆鸿渐之于茶,皆是也。予之于花,亦寓意耳。"所以,《看花诗》虽声情似甚平静萧散,然浓郁的沧桑之感仍流转笔端,如:

>宝林双树影婆娑,普照花间系玉珂。
>如此春光独憔悴,可怜只是恨人多。

又如:

>五十年来老病愁,江山佳处几回头。
>齐梁旧事风吹去,柳叶梨花恨未休。

>寺对钟陵第一峰,娑罗树下午阴浓。
>此身飘泊莺花海,踏遍蓬山伏短筇。

而《三月二十日朱本固园中牡丹二百余朵》三首尤有深意,所谓"紫骝嘶入碧云去,正是红香绿润时",显然是祭奠崇祯语。须知此时正值庄氏"明史案"文字大狱后不久,遗民们笔底特须谨慎

之际。其第三首写得含蓄有深意,抒述着他们胸头哀思白花的永不凋零:

> 沉香亭畔方移种,已见黄尘动地来。
> 幸有爱花朱处士,至今留得百枝开。

《看花诗》的意义还在于余怀以创作实践泯灭了诗界"唐宋"、"古今"等习惯思路和争执。《自序》说:"迩年以来,颓焉自放,深恶排比饾饤之学,而最爱白香山、苏东坡、陆放翁,出入必以自随,谓之岁寒三友。顷余写此诗一二首,杂三先生数首中,历试友人,友人或以为唐,或以为宋,竟不辨其为今人,为古人,为三先生诗,为予诗也。嗟乎,予益可以自信矣。"不唐不宋、非"古"非"今",实即"为予诗"的最好论证。这是自然纯真、心头流出的诗学观念的具体实践,也是遗民诗以情遣诗的又一范例。

在论述余怀诗时还应提一下其长子余宾硕。据《戊申看花诗》第二十三首题云"二月十四日同杨炯伯、万餮云、长儿位"看,宾硕或是其字,名位,号鸿客,著有《金陵览古》诗四卷。作为遗民子弟,他的览古诗以"居人犹自说高皇"为主旨,为该诗群谱入了很悲壮的音节。特别是在提到云霾中得见孝陵宫寝时有"老死而不能去"之言,尤可见家国遗恨之难忘。余宾硕生平不能详见,陈维崧《迦陵俪体文集》卷五有《余鸿客金陵咏古诗序》,句云"属在乱离之后,矧当谣诼之辰","李广对军中之符,今何时乎?江淹上狱中之书,君其是矣",其于兵荒马乱际曾历经磨难可以想见。其卒已在康熙末年,明末著名文学家吴应箕之孙吴铭道《复古诗集》中写于壬寅年(1722)的《金陵伤余鸿客二首》之一云:"衰迟偷息倦游身,谩骂天真孰写真?万竹有邻青未杀,盖棺仍是露棺人。"晚境及身后凄寒状,诗中已写尽,鸿客落落傲世的性格也可见。

四 奔突金陵城中的顾梦游与伏处石臼湖畔的邢昉

在白下遗民群中,以动态形象奔走呼号,极力为难友出脱罗网而著称的顾梦游(1599—1660),与大多数苦恨内潜,出以野逸寂寥形迹的孑遗之士迥异,别具一种风采。顾梦游,字与治,江宁籍,为前明副使顾英玉之曾孙。英玉与兄顾璘(华玉、东桥)与文徵明同时交好,诗书俱精,梦游得家传,书法名擅一时,与诗兼妙。顾氏在明末即以急友难、仗古义闻名。著名的竟陵派代表作品《帝京景物略》合撰者之一于奕正客死秦淮,与治为之含殓理丧并刊刻其文集;闽中名诗人宋珏(比玉)系顾氏友,宋珏死,梦游走闽恸哭并伐石表其墓,诸如此类事不胜枚举。顺治初,姜子鬵被难入狱,顾氏力为营救;最关系重大的是遗民诗僧祖心(函可,剩上人)于顺治四年以"谋叛案"在南京被捕,与治周旋奔呼,并株连入狱。施闰章《学馀文集·顾与治传》说:"祸发连系,刃交于颈,梦游词色不变,卒免于难"①。后来祖心圆寂辽东,他又搜其诗传存之。在遗民诗史上这是一位品格甚独特的诗人。

  顾氏著有《顾与治诗》八卷,又名《绿茂轩诗集》,系他贫病老死后由方文搜集,施闰章刊刻。关于他的诗,历来以"诗格近中晚"评之,具体说则"清真绝俗,出于郊、岛"②。如果熟知前人诗论用语,就能明白对明清之交诗人说是学孟郊、贾岛,实即说是宗尚竟陵,无非"为贤者讳",不直说是"楚风"的客气话。由于有此先入之见,如杨朝际《国朝诗话》就专门标举其"空山淡无言,来者成古今"句,以为"十字足留千古"③。于是,所谓"清真绝俗"诗风被强化,似乎这就是顾与治风格。这当然容易构成误解,充其量只赏鉴了他诗歌的一个方面。顾梦游自有极其沉痛之诗,深郁凝重处,真多激越之音。如《乙酉除夕》:

---

  ① 施闰章此语前尚有:"明亡,弃举子业,会当领岁荐,卒不就。僧祖心愤世佯狂,与梦游为方外交,至则主其家"云。
  ② "梦游与葛一龙、邢昉诸人相倡和,诗格皆近中晚",语见《四库全书总目》卷一八一,《茂绿轩集》提要。"清真绝俗"语见周亮工《赖古堂集》卷十三《顾与治诗序》。
  ③ 见卷二。《清诗话续编》页一七一九。

>青萤灯火不成欢,薄醉微吟强自宽。
>何意有家还卒岁?久知无地可垂竿。
>壮心真共残更尽,泪眼重将旧历看。
>同学少年休问讯,野人今已掷儒冠。

由于清初几朝的严酷穷治和禁毁,大批甲申、乙酉年间的诗作被芟除,诗集中已罕见这类真气四溢的悲歌,偶而传于世的也只是遗民箧底篇什不多。顾梦游是崇祯十五年的岁贡生,在科举制度已成为士人安身立命、展抱负谋前程的唯一途径的文化背景下,"掷儒冠"并非容易之举,而在清初这更需有决不与新朝合作的心志。所以,同样是这三个字,写在乙酉(1645)岁就绝非前人诗中常见套语,而顾氏的行迹也证实他不是大言自欺。至于此诗三、四句的深折、沉郁的酸楚情韵尤见揪心之痛。

《腊八日水草庵即事》当亦与上诗同时作,是写劫后难友相聚心情:

>清水塘边血作磷,正阳门外马生尘。
>只应水月无新恨,且喜云山来故人。
>晴腊无如今日好,闲游同是再生身。
>自伤白发空流浪,一瓣香消泪满巾。

只须联想到杜诗中人们熟悉的"黄昏胡骑尘满城"之句,那么诗人出明故宫所在地正阳门时的心态即可想见。解悟到"无新恨"的只是水月云山,第四句中的"喜"字当即转向负面,水草庵中的这些"再生"之人的形象已可毕见。国难当头,绝无心思讲究"字字有来历",去卖弄学问典故,此诗的纯情口语,自然感人,很能代表遗民诗风的一个方面。

今传顾氏诗中有一首《辛卯元六日集黄眉房斋中,时风波初定,卜寓白门。坐中茂之、季公同为寓公,而余与瘖明、澹心游踪未定,慨然有赋》,这一长题让后人能知晓这批"去住同为飘泊人"的遗民,在"伤心已过方思痛,壮色能留未是贫"心境支配下,依然"各醉东风何处春",四出从事救亡图存的抗清活动。梦游诗友林古度、余怀以及何瘄明等人一直予人以与当时激烈的政治斗争关系较远的印象,这诗的"壮色能留"句揭出了真貌。事实是顾氏在顺治八年即辛卯年(1651)确曾"游踪"远出,并且到过福建沿海地区的同安一带,《同安道中见红叶,时冬深矣,有怀今度》是明证:

  望望苍山登复登,梅村柏坞一层层。
  如春天气忘归客,忽乱乡心到孝陵。

同安县在厦门东北向,而其时郑成功正据该地区并不时围攻漳州等府邑,顾与治此去无疑不是闲游而别有使命。今度系祖心弟子,清初天然和祖心的弟子均以"今"字排辈,而皆为遁迹空门之遗民。

  顾与治与祖心有极特殊的交往。关于祖心,在遗民诗僧中将要论述。顾氏诗中为祖心送行和别后深念之篇大多写得极感人。如《送祖心还岭南》:

  一春风雨愁中去,春去还添送别愁。
  心事两年同下泪,莺声明日独凭楼。
  舟车已断寻前路,城郭重归失旧游。
  只恐经台也荒草,吾庐何不且淹留。

祖心是乙酉春从广州到南京,以"印刷藏经"为名联络南北抗清力量的。从"心事两年"句可知此诗应作在顺治三年间祖心第一次返粤时,当时粤东正是桂王朱由榔等从事军事活动的地域。到顺治四年祖心再次出南京时被捕,时在十月,经六个月,顺治五年四月由清廷刑部遣戍沈阳,自此顾与治与祖心生离成为死别。大概相隔十年左右,屈大均去辽阳途经南京,时屈氏易僧服,法名今种,又称一灵,顾氏有《送一灵师之辽阳兼柬剩公》五言律一首:

>　　无物可为寄,持书泪满襟。
>　　一生千古恨,万里十年心。
>　　及见悲何语,重逢乐岂任?
>　　别来空老去,法乳负深恩。

　　诗语惨凄,深以复国无望而痛哀。这应是他们最后的文字沟通,差不多诗到东北时,也就是他俩先后去世前不久了。

　　上述顾与治诗作虽仅略举数例,但已可勾勒出当时东南遗民的心态、行迹以至反清活动的轮廓。顾氏行止于政治漩流的一个中心城市,他的踪迹特具认识价值。当然,顾诗并非尽属上引类型,他确实还写有许多表现自己诗美情趣的作品,有一种清寒萧疏风韵。如《访邹满字溪上》:

>　　言寻居士家,薄暮清溪道。
>　　荒原鸟独飞,寒木云相抱。
>　　入室闻疏钟,开门见秋潦。
>　　落叶坐来多,清风时一扫。

又如《送邢孟贞还石臼》:

>　　月当分手夜,分外冷高秋。
>　　虫响坐来歇,林风相与幽。
>　　到家收晚稻,携子上湖舟。
>　　莫恋衡门好,迟君上酒楼。

　　此类作品充满着幽寂孤冷情味,有一种超越嚣嚣尘世的倾向。然而说这是"清真绝俗"并不准确,实际上此种情态乃是其特定心境的一种折射,既是谋求心态的自我平衡,也是对新朝统治下的现实的逆反,所以不能概视之为不食人间烟火般地"绝俗"。这对顾梦游诗应作如是观,对他的挚友,著名的"布衣诗人"邢昉的诗尤须如此。

兹论邢昉。

伏处于江宁府属高淳县石臼湖畔的邢昉（1590—1653）在清初有"布衣诗人第一"的高名①。与顾梦游唱酬交友数十年，诗风亦多有通同处的这位遗民，身隐无用，一生过得似甚平淡，故论其诗者亦专注于其"冲淡"、"古淡"、"幽秀淡宕"，以为"清越无纤埃"②。定其为"布衣第一"则也是与程嘉燧、吴兆等辈比较而得。其实邢昉诗固非仅止于冲淡，作为真正的隐逸高士更无明季以来某种好事干谒、沽名钓誉的"山人"习气。

邢昉，字孟贞，号石湖。明末为诸生，曾应试于有司，为文奇特遭庸官斥，即弃仕进之心。一度旅食吴门，南游瓯越，明亡遂伏处不出。卓尔堪《遗民诗》卷十说他"性孤介，不慕荣利，不问生产，不屑借交游以博名誉，落落穆穆，多否少可，一语不合，辄拂衣去，耻与尘俗俯仰。"《九朝新语》载说他贫寒至于"拾湖中菱芡菰米"为食，"取石臼（湖）水为醇酒"。这样的文字在古人传记中不少见，习以为常地可用于不同的传主名下，必须作具体分析。以儒家的"穷则独善其身"观念为基核演进而成的隐逸文化在封建时代有悠长的历史传统，覆盖面既广而渗透力极强。但此中有真伪之别，这种文化心态具体体现到各个以隐逸为名的人物身上，差异甚多。例如矫情并不就是清高，退处守志绝非心忘天下忧乐，周旋于豪贵门庭谈不上寒素和孤傲，此中不但有名实可辨，而且关系到形神是否背乖。邢昉可说是隐逸文化在民族危亡之际的那个特定历

---

① 王士禛《池北偶谈》卷十三："六合李侍郎敬，字退庵。……顺治辛丑过扬州，予造谒舟中。因论近日布衣诗，予举程嘉燧、吴兆，公曰：'终须还他邢昉第一。'"

② 施闰章《文集·邢孟贞诗序》："其为诗以陶汰为工，以冲淡为则，以婉恻悲凉为致。""故其诗清越无纤埃，人病之为郊寒岛瘦，不恤也。"又，施氏《邢孟贞〈宛游草序〉》云："孟贞贫，故抗直，其论诗不善媚人。""古澹"之评见郑方坤《国朝名家诗钞小传·石臼诗钞小传》；"幽秀澹宕"语见陈田《明诗纪事》。

史背景下的典型表现者。这主要从二个方面可以考察,一是明末亡前,他不愿在昏浊的世风中沉浮,洁身自好,而明亡后不仅节操坚持,仍至绝不与降过清廷又广事结交遗老以延誉的诗苑文坛大老应酬,生前不见任何依从形迹,此可谓真正的清高;二是野居穷处,但苦情之心一系于民生,他绝非超尘出世,置身于家国之外。唯其如此,所以他的诗风不仅仅有如论者所乐道的"时涉柴桑藩篱","得储(光羲)韦(应物)之自然"或"旁及郊、岛","兼韩(愈)孟(郊)之刻厉"(均陈田《明诗纪事》语);同时还有"凄清悲壮,山峙云涌"的"具体少陵"之处,宋荦《西陂类稿》中谈到这后一点是对的,但又说"多温厚之遗,无怨诽之失"则纯属套话。前人论诗专喜用推源溯流法,拿汉魏以至唐宋诗的大家名家作模式来框定具体的"这一个"诗人风格。渊源当然要探溯,固定模式化则成为陋习。邢昉的诗风在论家眼中或见这一面或见那一格的评定,就是这种陋习的表现。邢氏自己论诗主张是"汉、魏不可为,唐人唯不为汉、魏,故能臻于极"[①],明此奥理的他,怎会从古人那里去寻觅自己的归宿?友人陈伯玑说"孟贞诗无一畅怀语",读之"令人不欢",这不得"畅怀"正是邢昉的精神个性,其诗乃此心魂的外化,舍此即非《石臼诗》。

说邢昉身处苏、皖交界的石臼湖,心却未曾一日忘天下,只须举二首他悼念戴重的诗就可佐证。戴重,字敬夫,安徽和州人,崇祯末授推官,未出任,明亡奔走江浙间,后在湖州组义军抗清兵,中流矢,负伤潜返家乡鹰阿山中,绝食死。二子戴本孝、戴移孝均为著名诗人、画家,乾隆四十五年移孝《碧落后人诗集》罹文字狱,与其子戴昆均戮尸,移孝之孙辈或斩决,或斩监候,或发配为奴,戴重的《河村集》亦毁禁。这是一个悲壮的遗逸家族。邢氏《闻戴敬夫

---

① 按此语最初见诸施闰章《石臼集序》:"盖孟贞谓:汉魏不可为者也,唐人惟不为汉魏,故能臻于极,后之为汉魏者胥失焉。"施氏《序》见《石臼集》初刻本。光绪壬辰(1892)重镌本存此原序,《施愚山先生全集》失收。

由越入闽》作于乙酉(1645)秋:①

> 湖县忽离群,兵车谅未闻。
> 揭竿真草草,暴骨竟纷纷。
> 秋隔苕花岸,心悲建业云。
> 遥思于役意,不为武夷君。

由此诗可知戴重湖州兵败负伤后曾入闽图再振。"暴骨竟纷纷",是邢昉心曲多在民生。再看《逢韩茂贻因赠并追伤戴敬夫》②:

> 莫道相逢久叹嗟,尚怜流落在天涯。
> 故人长隔黄垆面,苕水空余白雪花。
> 行路更无磨镜具,扣门唯识卖浆家。
> 羌村暮雨归何处?青草茫茫去转赊。

僻处湖野的邢家,其时正是江浙皖三省起兵失败后,义士流亡的很隐蔽的匿身地。在兵荒战乱,形势急遽下转时候,他犹能及时得悉戴重等行踪,显见邢昉绝未身闲心逸,而韩某的重逢荒村,又足为之证。此外,如《和祖心游城南访方正学先生祠》等诗,则是他在南京参与隐秘活动的记录。最为惊心动魄的是他那《广陵行》,诗的小序说:"客从广陵来,言城中人请僧作佛事,荐去年兵死者,哭声惨不忍闻,赋此。"诗云:

> 客言渡江来,昨出广陵城。

---

① 按此诗见于《明遗民诗》卷十。中华书局1961年版页三九五。原刻本《石臼后集》此类诗篇均已不存。
② 此诗亦不存见于《石臼后集》。《后集》卷四有《哭戴敬夫》七律:
> 离乱人间少合并,悲君朝露溢先轻。
> 乾坤无路逢流矢,苕水舣舟忆避兵。
> 幸免琴书王粲兴,竟虚婚嫁向平情。
> 江波自逐无穷泪,不待山阳有笛声。

广陵城西行十里,犹听城中人哭声。
去年北兵始南下,黄河以南无斗者。
泗上诸侯卷斾旌,满洲将军跨大马。
马头滚滚向扬州,史相堂堂坐敌楼。
外援四绝誓死守,十日城破非人谋。
扬州白日闻鬼啸,前年半死翻山鹞。
此番流血又成川,杀戮不分老与少。
城中流血迸城外,十家不得一家在。
到此萧条人转稀,家家骨肉都狼狈。
乱骨纷纷弃草根,黄云白日昼俱昏。
仿佛精灵来此日,椒浆恸哭更招魂。
魂魄茫茫复何有,尚有生人来酹酒。
九州不肯罢干戈,生人生人将奈何?

"扬州白日闻鬼啸"七字和小序几乎可当一部《扬州十日》读,当年杀戮之惨如在目前。在清初这无疑是史诗杰作,沈德潜《别裁》的失载应可理解,他岂敢干犯当时的天颜!至于今人多种清诗选本不录邢昉此类诗作,可能是孤陋寡闻所致。

奠祭亡灵,有时每是痛陈生者之苦。《广陵行》结末处则更是直言死者已死,倒茫茫无所感受了,最苦的仍还是"生人"。邢昉是个古时的人道主义者,其对"生存"这一天赋人权特别在意,因而在形态上最为厌战。"揭竿真草草,暴骨竟纷纷",他伤悼生民往往多于其他,甚而高于一切。如果说在社稷倾倒之际,尤其如明清之交这样的历史年头,哭"陵"表现一种民族大义,那末哭"民"则是"民本"思想的升华,即以儒家"仁"的学说绳量之,如邢孟贞的诗也已将"仁"发挥到最接近本来意义的境界。这是中国的"士"的心存天下的精萃所在,也是华夏诗史最宝贵的传统。《石臼后集》七卷虽已不是诗人生前手订原貌,但哀民之作仍存不少,《水次见饥人》的写"高树水侵腹,败茅波动壁"灾祸中一饥馁老人卖屋上茅草"充粒食"的悲怆；《白骨》一诗表现"草根及沙际，众骸莽颠倒"，而人们也"良以所遭多，泯然无复道"地陷于哀不胜哀，臻于问天不语心态，读来确也不能不令人荡气回肠。《捉船行》写"自从海内遍戈铤"以来，船民几代人的被驱入绝境，"前年两男驾一舸，县官捉去黄河边"，去后无音讯，生死不明；现今老船工又在淮南"渡江蓦遇王船过"而被捉。诗人唱道：

　　一王已过二王来，捉得江头一月坐。
　　王船闻说到吴城，捉船尽载辽东兵。
　　老人知向广中没，应是无人收白骨！

农民、船民，还有如《琵琶亭下作》所吟叹的"此地连年兵革苦，前月杀人如刘楚"，因而"孤城未有三家店，旅客曾无一叶舟"的商民等等，无不在血火纷飞的战祸中苟延残喘。毫无疑问，这类伤离念乱的歌吟已不是冲淡幽秀之评所能涵盖的。

《石臼诗前集》九卷是明亡前所作。邢昉病卒在顺治十年，如果算他二十岁左右开始作诗，那末前后集的九卷和七卷之比例，实际上是三十年与十年的诗作量的比例。诗集是后人据手编之稿重加厘定，不考虑康熙末年刊刻时的种种政治因素，就按上述比例看，邢昉最后十年的创作历程应该视作其主要诗艺审美趋向，应该没有疑问。换句话说，他在诗史上的位置，他的成就他的风格的判辨，也当由此作为基本依据。当然这不是说他那些冲淡幽秀的作品没有审美价值，邢昉确实有一种淡宕清远的诗美表现力，前后期均多类此佳作，或示生活情景，或示人生感受。如《早稼》：

　　秋阴满一川，刈获在渔船。
　　及此为农日，空知惜老年。
　　水村连白鸟，溪屋覆青烟。
　　日暮闻舂急，生涯亦可怜。

早秋获稼，是乐还是哀？是伤农还是叹己？情发无端，而语势

婉折,纯是感受心知的抒写。又如《送九水还庐山》:

> 江舟弥不易,此日见朝霜。
> 书寄他僧去,路因寒月长。
> 彭蠡一衲远,云雾六朝荒。
> 数雁烟边没,离心愈渺茫。

律工而不凿,意深而语淡,怅惘之情寓于清远之境,确是淡宕多味,自见功力。

五 魂系钟山的纪映钟

以"吟罢故宫诗,愿化钟山鹤"①而称誉当世的"钟山遗老"纪映钟(1609—1680后)②,早年与顾梦游齐名,为复社在金陵的二位宗主,是大名士;明亡后,"廿年悲落魄",或南北流亡,或栖身陵谷,和方文、林古度同称老诗人。唯身后萧索,著作大多失传,故其诗名几近湮没。

纪映钟,字伯紫,又称伯子、蘖子,号憨叟,世为江南上元(今南京)人,明亡时已三十六岁。从其《钟山道中感怀》的"十载流离愁过此"句,以及《兵至》诗注"闽中旧作"、《同戈驿》注"唐太宗起兵处",可知他曾于顺治年间南去福建,北走山西,参与过复明活动。在客旅灌云县所作《次板浦》诗中有"日月此中生,金丸舒一线。兹来月十五,元阴塞四面。谁能拨层云,见此双宝钿? 载拜尘土中,老目堪一眴"诸句,"双宝钿"此处指日月双环,即"明"也;"眴"是视见,显豁地表现了他恢复故国的心愿。大抵到顺治十三年左右失望归金陵,"野人近宫住",很长一段时间徘徊吟眺于明

---

① 见《金陵故宫》诗,《憨叟诗钞》卷二。《丛书集成》初编本。
② 石椿《憨叟诗钞跋》云:"而诗之编年,则起自本朝顺治己丑,迄于康熙辛酉。据今所见,要非全豹。"《诗钞》卷四有《庚申九日书怀》,庚申系康熙十九年(1680)。其后有"春分前一日"诗,有须考订处,故未据以从。

故宫与孝陵之间。康熙二年应龚鼎孳以"总角交"名义之邀，赴寓京师达十年。康熙十二年（1673）龚氏卒，次年伯紫即南还，遂徙居仪真，直至病逝。纪氏生前著有《真冷堂诗稿》、《补石仓集》、《蘖堂诗钞》多种，均佚。今传《戆叟诗钞》四卷系乾隆五十二年（1787）仪真石椿所编。据石氏跋语"据今所见，要非全豹"，"均非定本"，"残缺漫漶重沓如此"，以及"偶为拈出一二，以为欣赏之助，非敢意存去取也。得诗如干，厘为四卷"云云，闪烁其辞，实已被删选而存今见之《诗钞》。这不奇怪，其时正值《一柱楼诗集》、《芥圃诗钞》、《碧落后人诗集》、《忆鸣诗集》等等一连串文字大狱后不几年，纪戆叟"光怪陆离"的"精神命脉"决不能尽得存传。然而，"金陵故宫"长篇竟被保存了下来，这算很庆幸的了。

《金陵故宫》全长二百零八句，是五言长古。关于此诗，称名"西陵同学弟赵明镳珍留撰"的序说：

> 抑余于故宫作，尤深慨思。昔商之孙子，其丽不亿，而感黍离悲麦秀者独一箕子。今天下文士骚人，不少概见，而赋故宫者独一纪子。悲夫！情之所钟，正在我辈。观夫大川广谷，荆棘生焉，海不可蹈，薇不可采，吹箫无市，被发无山，激楚呜咽，为变徵之声者，独一纪子哉！

这不是常见的那种捧场文字。《故宫》诗中有："野人近宫住，廿年悲落魄。出为露肘行，入不饱藜藿。皇皇丧家狗，慄慄入市玃。掩涕急前趋，蹒跚类羁缴"云云，这"廿年"正是从乙酉算起，诗作于康熙二年他离南京北行时。那是个遗民们极端痛苦的年头，永历帝朱由榔被杀，意味着复明之望彻底落空，如梦前事，如尘现状，失落感是严重之极。可是在清廷愈来愈严酷整治的"海不可蹈，薇不可采"的形势面前，纪映钟竟然"情澜智狱"，悲慨激荡，写下如此抚今溯往的沉痛巨篇，不能不说是大勇之举，赵氏的赞评是准确的。

纪映钟诗以苍劲雄迈见胜。从其诗风气韵开张审辨之，早年当趋奉过"七子"诗派,这在遗民群中殆与顾炎武等略同。纪氏有《赠宋玉叔》七古一篇,在对宋琬丰神高才的赞美时即以李梦阳、李攀龙为比:"国朝二李皆外吏,济南乃是君乡人。清通简要在山水,残碑屐齿关秋春。"诗美情趣倾向当然不等于诗风的沿袭前人,"毗卢阁旧社盟弟汪沐日"即今释益然济①的序说得好,对纪氏诗"或以为少陵宗工,老渐律细;或以为处士归来,不忘永嘉;或以为振羽动股,言念《豳风》;或以为杨柳雨雪,况瘁'仆夫'",他的认识是"似则亦似,是则未是"!"似"不等于"是",言虽简,意极深,道出了诗艺传承因变过程的辩证发展规律。纪映钟随情赋物,乃其固有的"骚自为经,乱以见志"的情感的表现,所以,他的苍劲雄迈是"故宫梓里,鞠为茂草;并州旧游,兵燹几尽"的心境激旋所成。当他步出天津桥,满目"马溲乱芒屝"的故宫遗址,能不勾起"谁问荆棘驼,空怜腐草爝"的悲凉心情?在他"举首瞻故宫,故宫成污泽"的心头能不激发"松梧尽髡"的仇恨愤火?类似苍凉而兀傲,音调凄厉中透发高亢的还有如《玄武湖》。他对先朝太祖皇帝功绩的赞颂说:"逐鹿苦战争,大地如焚枯。神龙蹶淮甸,奋烈四海苏",这与《故宫》诗的"真人起淮泗,一剑驱沙漠。神鼎定金陵,十世过岐亳"一样,均是对"全盛时"的召唤。召唤历史,原是为鞭挞现实,哀伤时世。他在不少篇什中一再提到"真龙",实即否定和不接受新朝的"定鼎"。但现实毕竟严酷存在,拿玄武湖来说,这原系明王朝当年庋藏黄册御档的处所,眼下"可怜今竭泽,波及湖上凫"。反差愈大,情感起落愈大,哀苦苍凉之意和悲慨激荡之

---

① 汪沐日,黄容《明遗民录》卷四有传:"汪沐日,字扶光,歙县人。幼解前因,崇祯癸酉领乡荐。乙酉之变入闽,后入吴山。僧服著书,名弘济,字益然。晚以故人迎归黄山,经广陵题诗留别。以己未五月五日大集友人,午刻自书七言一首,有'五月五日三闻死'之句,掷笔而逝。"陈垣《释氏疑年录》卷十一:"吴山益然弘济,歙汪氏,俗名沐日。清康熙十八年卒,年七十五(1605—1679)。"(《南雷文约》二有塔铭,作己未卒,无年岁;《留溪外传》十八有传,无卒年。今据《黄山志》二。)

气也愈浓重强烈。纪氏诗风正由此构成,当然可以同时感觉到,此中又有其性格、气质特点在。此人既有英爽气度,更具傲岸决断的个性,《国朝名家诗钞小传》曾以"如天半朱霞,可望而不可即"来描述他寄寓京师"未尝轻谒一人,轻投一刺",这还只是性格心志的一个方面表现,从他的诗愤恨情浓却不陷于凄怨而至显衰颓,骨力始终甚挺拔,亦可明证的。

伯紫的律绝亦多老苍味。如著名的《兵至》:

糜烂方完额,军书趣借征。
呼啼通比屋,髡薙净丘陵。
爱养天心啬,追呼吏脧能。
深山犹伏莽,多垒不堪增。

在最谨严难工的五言律中,把清兵入闽时抓丁征粮,薙发捕杀的凶险和跑反流亡、惊恐仓惶的气氛一一传述,流转折叠而绝无生硬之弊,可谓老辣。七言律如《金陵秋感》二章、《历阳书怀》四首等亦苍健峭劲,包孕极广深。作于顺治十六年(1659)的《地震》一律,自注"己亥八月十八日",抒发的正是郑成功占镇江后又失利于南京城外,以致江上师败的感喟。《茅慎言暑中过访》则以真实的口吻道出特定复杂心态的多层次思绪,可说是眼前事心中情的自然流泻,驾驭的却是工整的七律。七律之作老苍而不荒率,白描又能去油滑,诚属难得。诗云:

三旬不出口如钳,君到空斋话不厌。
才及老庄忘楚越,忽闻世事奋髭髯。
欢来岂曰非朋友,贫也无须讳米盐。
赤脚层冰何处所?白云恒岳在荒檐。予斋头有石,题曰恒岳白云,慎言剧赏之。

清初八旗大兵南下时,作为胜者俘获品中有大量的妇女。关于江南女子在战火中的惨事时见于诗文,但纪映钟的《女姬姜》的

具体记写买卖妇女,可说是最称辛辣的一篇,尽管诗人并不着以议论,诗只有二十六字:

> 女姬姜,买自漳。
> 去袘衣,肤凝脂。
> 着眼看,无疤痍。
> 买如一犊,卖得一斛。

类似之作还有《三妇泣》等。乐府小体至此可谓真脉未绝,诚非优游卒岁的骚客们所能企及的。

第二节 "徐州二遗民"与"望社"诗群

史称吴头楚尾的徐淮、维扬地区,在清初是个遗民密集的文化"场"。从学术史角度看,爱新觉罗王朝中叶隆盛一世的"乾嘉考据学派",在这地域有着最称长足的发展,而以"皖派"为基核的维扬朴学思想,在很大程度上正导源于遗民文化的养成;就诗歌史言,这地区从来没有像清初那样荟萃如此众多秀拔诗人,其群体的密度和影响的广度在当时堪称国中罕见,远非别的地区所能比肩。此间既有本地土著诗群,更有大批流寓的名家。以古称山阳的淮安一地为例,当地的"望社"与吴中的"逃社"齐名,举家避居于此的"徐州二遗民"之一的万寿祺则被"归奇顾怪"的归庄尊为"吾徒盟主"的"不世才";维扬地区遗逸诗人的高度集中尤见突出,这里不仅有著名的东台吴嘉纪、泰州黄云以及兴化李氏群从等等,而且侨寓着南北遗民中的名流。河北梁以樟(公狄)、江西王猷定(于一)均先后流亡到扬州和高(邮)宝(应)湖畔,他们声名卓著而又与各地抗清势力联系紧密,所以,如赣东南宁都翠微山上的"易堂九子"亦不时来访。两浙、三吴大批义士在兵败后或易僧服或乔扮商贾,纷纷潜遁来此水乡泽国,而当时隶属扬州府的如皋冒辟疆家更是长期庇护着一群群避难而来的遗老子弟,如方以智之子方中通兄弟,戴重之子戴本孝、戴移孝等。至于白门遗老林古度、杜濬等足迹固然常在维扬,后来纪映钟则索性移居并终老于仪真,连龚贤(半千)也流徙到海安多年。

之所以构成这样的格局,能形成当时特定条件下的遗民文化圈,当然与徐淮、维扬这一地理位置、地域政治、经济的社会背景有关系。昔年庾信《哀江南赋》中所指称的"淮海维扬,三千余里"的这个空间,除了一方面有南北交通动脉运河流经于此,舟楫往来便利,另一方面又是里下河境内水网四布,位处城乡交接,远离都会,宜于隐蔽逃匿外;更重要的是当时这一襟江临海地区,从心存恢复的遗民志士们眼中看来还是个进能联络河北、山东义民,以与秦晋关中一带秘密积聚的反清力量相沟通,退也可和东南沿海的残明军事集团为呼应的战略要地。

所以,淮海地区遗民群的集结,不全是隐而退的态势,而更多地持一种有所企待的意志,是乙酉(1645)江南各路义师抗清溃败后的谋图力量复聚。这或许不是命名的偶然:在太湖一侧的吴江,集合遗民群而建立"惊隐诗社"即"逃之盟",意在"逃秦",不屈从清廷统治之际,淮扬一线的遗老则是"跂予望之",以登高远望之姿,迎望着来于海山之间的好音。全祖望《鲒埼亭集外编》卷九《明礼部尚书武进吴公事状》曾引述吴钟峦的感叹之语:"当此之时,唯见危授命是天下第一等事,唯避世深山亦天下第一等事!"如果说"见危授命"系义士而终成烈士,"避世深山"乃志士持节隐忍为逸士,那末,淮海地域的遗民处似静而心望变,虽避居于僻地荒村却无时不想发愤一逞,成其"见危授命"之志。这在那个时代的遗民群中属于最艰苦危难的一类,心之哀、境之危全因有所"望"而加重,故而诗风特见激楚。"人间歌哭悲风起",无论就行迹或就诗作言,皆足以与顾炎武等媲美,其中万寿祺即是杰出的一个。

一 蛰伏"隰西草堂"的万寿祺

万寿祺和阎尔梅均系徐州籍,然明亡前万氏即居吴门,乙酉南都沦亡,寿祺与陈子龙、吴易、钱邦芑等同时组义军抗清,兵败后被囚,得人救援脱身即流寓淮安,直至病故。阎尔梅则于明亡之初力主纠结冀鲁间黄河南北义军以图中原,在几次被捕并一再流亡之际,均时以山阳为栖息处,与万寿祺"视天画地",长夜密图恢复事。是故,"徐州二遗民"实淮海遗民诗群之领袖人物,故与"望社"诗群共论。

在明清之际,淮安为水陆通邮的要冲。《山阳志遗》卷二《遗事》说:"其能扼河而守,不使有一人一骑渡河者。"此则又从军事上言其是屏障淮海的要塞。被引为实例的如漕运抚督路振飞就组织过"淮安义勇"二万余人,在甲申三月天下土崩瓦解之初一度成为劲旅。那么,出击呢? 一旦天下有事,此间当能切断其运道,以护山左友军。清初遗民一直筹划有经营山东的计划,因为齐鲁绾毂南北,东达沧海,西通中原,南又沟连淮泗一线。顾炎武一再道经淮安旅访山左,阎尔梅屡次"出游"登莱之间,都是目标明确的。直到康熙十八年(1679)病死在胶州湾大竹岛的吴祖锡,就是一个推举故明周藩宗室镇国将军朱丽中为旗帜,联络兖、豫、淮、徐、青、登诸地义士的领袖。而这位徐汧的女婿、徐枋的姐夫吴祖锡(改名吴钜)就是同陈子龙一起作战在太湖东南水域的三吴志士,其与万寿祺等原称密友[①]。由此足见淮安为形势必争之地,万氏等择此地流寓寄身,用意很显然。

事实上,从江南溃散的遗民志士遁走于此的为数甚多,前面邢昉《逢韩茂贻因赠并追伤戴敬夫》诗题中的这个韩某也曾逃亡于

[①] 钞本《明遗民录》卷四、朝鲜阙名人著《皇明遗民传》卷三、孙静庵《明遗民录》卷三十八,均有吴祖锡(钜)小传,事迹并参见《明季南略》等。

此。韩茂贻名绎祖,湖州乌程人,是与总兵金有镒、推官戴重一起起兵湖州的一位秀才,亦能诗,《明诗纪事·辛签》存其诗①。然而,淮安"号难治",清廷很清楚,所以在府衙门之外又增设"漕运"大臣,侍郎衔,以强化整治。阎尔梅《白耷山人文集》卷二《杞县马进士墓志铭》载有:"彭城万年少避地淮上,幅巾衲衣,以书画自娱,市人谤为异服。"当时服饰问题严重关涉政治态度,万寿祺曾处于危境乃无疑。此文又说:"归安前太史韩求仲子,起义兵败遁淮上,为仇者所讼。"这讲的就是上述那位韩茂贻。在那个大背景下,淮安当然不是一块乐土。但是,对遗民们来讲,坚持这一南北沟通的据点,亦有不少可资庇护的力量。在官方,有阎古古墓志文所称许的淮安府推官马颐的善于周旋"保全善类",万、韩等人的得免于狱均赖其力;在民间,则有顾炎武《亭林文集》卷五《山阳王君墓志铭》的传主王略这样的商贾。顾炎武屡访淮安,与万寿祺等等密谈,结识了王氏。这位商人据顾氏说:"与余同年月生,而长余二十余日。其行事虽不同而意相得,凡余心之所存,及其是非好恶无不同者,虽不学古而谙于义。""心之所存","义",在顾炎武说来,无非"恢复"之意而已,王略与之"无不同",可见其心性之大略。后来潘耒少年孑身出行北方,经顾氏介绍特走访王略,王氏说"宁人之友之弟,则犹之吾弟也",不仅周济之,而且将女儿嫁给了潘耒。这样的人物可说是遗民及其子弟的生死之交,足称侠贾。明代中叶以来,徽商和晋商遍天下,淮扬尤为集中。王略妻方氏,方为皖中巨姓,王氏当亦流寓淮安之徽商世家。至于山西籍商人,

---

① 《明诗纪事》录存韩绎祖诗六首。《寄林确斋》"私将痛哭留天地,恐发狂言累友朋";《晚秋卧病雪岩,寄怀诸同志》"患难投人雄气尽,笑言随众苦心违。挽回溃海真无策,流落名山亦当归"以及《九日病起》等,均有裨于遗民社会之观照。又,《明遗民诗》卷十三有韩氏《访潘江如遂登北固》,中"痛哭防人觉,悲歌转自憎"句亦沉痛。钞本《明遗民录》卷九谓韩氏"困于广陵,怀沙不可,洗耳不可,遂悒悒以死"。

"望社"盟主之一阎修龄即由晋迁淮安的盐商后裔,与山西仍有宗支相通关系;此后修龄之子,一代朴学大师阎若璩就以侨籍改归太原。亦贾亦仕的"商籍"出身的文化集团关系遗民群体的行止甚重要。顾炎武的以山西为基地的后半生活动,无疑与北行前的"一二年或三四年"频过淮安有关;而"数世之蓄,一旦都尽",家乡房舍皆已焚毁的万寿祺得以"暂寄淮浦,觅食故交"(《答门师》),显然也是受商界人士的援手的。这就是万寿祺等寓居的淮安地区的政治、文化背景,特别是弥漫于各个阶层的包括复合的民族自尊心态在内的文化氛围,正乃遗民诗群得能植根的一大机制。

作为遗民诗群的领袖人物之一,万寿祺具有他那个时代封建文化所陶冶、所孕育的最高素养和才能,实无愧于一代佳士之称。其始以才子名士之风流称于世,终以遗民节士矢志不衰完其节,因而他又可目之为特定历史时期华夏文化之一精英。

万寿祺(1603—1652),字年少,一字介若,又字内景,明崇祯三年(1630)举人。明亡后于顺治三年(1646)易僧服,名慧寿,号明志道人。

这是一位才艺兼擅而超卓的全能文人,于书画篆刻无所不精。《今世说》更称他:"自诗文画之外,琴棋剑器,百工技艺,无不通晓。"关于书画,《昭代名人尺牍小传》说:"书抚晋人,兼工篆刻,善白描人物。"《无声诗史》谈到他的篆刻:"得汉人章法,随事赋形,不假配搭,绝去柳叶、铁线、急就、烂铜诸习。"书画则是:"行楷遒逸,有鸾鹤停跱之概。画士女作唐装,楷模周昉,不必艳冶明媚,得静女幽闲之态。山水林石,随意点染,夐然出尘。"今存《隰西草堂文集》中尚存《古今墨论》、《印说》以及跋三种《兰亭》帖和各种金石铭文字,足见其艺事修养之一斑。而《自志》六图:《入对》、《居墓》、《受业》、《泛湖》、《负甕》、《静摄》虽已不得见,但"易堂九子"之一的彭士望《山居感逝诗》自注云:"隰西尝写真六幅,其六披红僧衣,袒右,牵一小驴怒视。"图中真气灵动,笔墨间情思淋漓仍可想见。

此处详述万年少才艳而富,并非着意立传。绍介其众艺并擅,旨在佐证这本是个晚明文人的典型,在他身上集中地表现着自娱文化心态。持这种文化心态者,不汲汲于仕途功名,不以载道为诗文职志。万氏虽出身于父祖均为仕宦之家门,可是中举人时他已二十八岁,其时祖、父均亡故。《自志》说:"独母在,上公车辄罢,家居负庭训,每上食母前辄自惭。"他"惭"的是科举"学业不进"。有意思的还有少时从过七个老师,到十九岁才入庠为秀才,最后一个业师王立谷教他《大道论》、《六经指要》之类,似均无甚印象,年少有兴趣的却是从王老师那里学来"晨夕静坐内照"之功。待到中举后五年,其母去世,愈无约束,风流豪迈,好作狭斜游。因他工于画仕女,善为丽人写生,故酒旗歌扇间名妓无不"昵就之"以索画,于是在同辈中倾动一时,均"谢弗及"。

　　然而,甲申乙酉沧桑巨变,这位风流公子振臂而起,尽弃"所买诸歌妓"(《印人传》),亡命太湖从军抗清,民族气节完全取代了自娱心态。而昔日名噪一时之才情恰恰又转化为一种凝聚力号召力,直至潜居淮上时仍继续发挥着其能量。顾炎武在"南方不可托,吾亦久飘荡"而计划"崎岖千里间,旷然得心赏"时,也认为"何人诇北方,处士才无两"(《赠万举人寿祺》),只有先来淮安与年少商讨。而归庄在万氏以"延教其子"名义邀去淮阴时,不仅欣然而行,深感"友道如君少",可以"樽酒论心曲"(《与万年少偕行》),而且到淮上后由衷地兴奋:"吾徒盟主斯人在,愿属橐鞬会乘车。"(《过隰西草堂》)特别是当年少旋即病逝,归庄有《哭万年少五首》,说:"平生闻万子,当今之鸾凤;山川虽阻修,常愿执鞭从。""人才古称难,况经丧乱后。节士不多有,豪杰尤罕觏。唯君不世才,胸臆包宇宙。视天复画地,智略洵辐辏。"[①]并对万氏以僧服而

[①] 《归庄集》有《彭城万年少流寓淮阴特来吴中延余教其子遂挈琨儿与偕行》、《过万年少淮隰西草堂次元韵题赠》、《哭万年少五首》等诗十余首。见上海古籍出版社1984年版《归庄集》。

行脚四方,虽暂作"伏枥骥"而俟时机"犹驰骤",绝非甘老岩穴的心志极为崇拜,认为此人一死,"万事皆灰灭","淮流今涸绝"矣!顾、归二氏的对万寿祺的认识和评价,是具代表性的,彼俩均非轻易能赞评他人的人物。

万寿祺一生所表现的行径中,反射出值得深思的一种文化现象。作为一个风流跌宕的名士,他不会信守迂腐的愚忠观念;在事已难为的时世面前,他也没恪守"穷则独善其身"的信条。他只是一员普通举人,并非朝廷命官,然而他如同陈子龙等一样,无减其使命感;在甲申、乙酉战乱中,他家人骨肉中似也无有遭清兵杀害者,可仍不甘避地隐遁,埋身土中以求平衡。在相对平静的时世环境中不废狭斜游的大才子,当家国破亡时不自暴自弃,不沦于心丧,不颓废,此中只有一种解释:民族正义感实乃华夏文化中内潜的精华,气节问题不只属于忠于某王朝之范畴。如此认识遗民诗群中所透发的正气、元气,应该是问题本质的方面,主要的方面。推而论之,如此认同正邪、善恶、真伪、美丑,当亦可渐趋摆脱封建的传统观念的框架和制约,从而能真正把握和导扬起属于全民族、全社会的是与非之标准。从诗史发展角度审视之,明清之际山崩海飞的大动荡,原亦可说是一次历史的时代的特定契机的到来,它原本可荡涤宗派门户陋习,泯灭由于艺术情趣的相异而产生的成见,诗在正气、元气的推导下充分发挥主体性抒情功能,真、善、美的境界必将获得一次升华和飞跃,然而,这终将成为一种猜想,一种美好的愿望。但是,在对如万寿祺等诗创作进行审视时,不能由于诗的来路和前景的种种已知的成见的积淀,而放弃上述视角,无视新霞曾焕耀过的事实。否则,必无法探知他们的诗心,从而沿袭再一次的历史不公道,这就是本书前几章中何以要再三讨论一种诗史发展的可能前路和已经形成的遗憾的道理,在这种探讨中,万寿祺其人其诗显得特别具有一种感性认知条件。

是的,诗史上曾经存在过的对万氏诗的评述多有框架型的有意无意的曲解处。如《静志居诗话》云:"诗亦清逸,无努目掀髯之状。"这种品评只能带来误解,似乎万年少《隰西草堂诗集》美就美在此。诸如此类的"清丽可喜","隽永秀拔","工整密栗"等等,充其量只是得其一鳞半爪。"工整密栗"说,是表明《隰西》诗风来之于"明七子"。万氏诗诚是从"明七子"一路导出,但时代和阅历已化尽了学从何处的痕迹,这早不足以认识万年少诗风。较为准确的评价是晚近的论述,《明诗纪事》认为"壮丽,有芒砀猛士之风",《五石脂》说"其《甲申》二律,尤悲壮多感"云云。

壮慨诗风原之于壮慨的诗心,悲愤的心境必造就悲愤的诗境,今存《隰西草堂诗》几乎全是万年少心境的再现。从诗中最让人感动的是其所表现的喜怒哀乐已超越了一己私情,在"夕风淮市月,春雨璧湖烟"(《真意》)的晨昏朝暮的起居行止中,诗人心魂所系,尽在家国。试先看最易写得板实、窒滞的五言律在万寿祺笔下是怎样地充满真气,如《行脚》:

　　杖钵孤踪去,凄其驿路间。
　　水喧沂北道,风撼穆南关。
　　飞鸟移前浦,归云满故山。
　　五年江上客,今有几人还?

此诗是他改僧服后"锡杖访才杰"的出行记录。万年少的行踪路线是沿运河北经邳县,而后折入山东境内,行访于临朐县穆陵关南和蒙阴县沂水之北一带。诗的末联既点出心旨又倒卷全篇,他当在寻找浙东溃散下来的义士。"江上"在当时通用为翁洲(舟山本岛定海)之役的指代词,是鲁王朱以海所谓监国的最后根据地。诗中虽有"飞鸟"、"归云"等词,形似陶诗语而略无隐逸味,风格甚为悲凄。"锡杖访才杰"语见归庄后来哭万年少诗中,无疑是写实。此句之前是"禅室究天人",而年少之"究天人"实即究天下形势,身处禅室却无丝毫禅味。《闻雁》五律表现了他长夜难宁静

的心绪:

> 此夕初闻雁,居然知异乡。
> 惊心万里月,回首一年霜。
> 未敢同胡越,非因谋稻粱。
> 天涯沦落者,半夜起彷徨。

时间词在万氏诗中几乎随处可见,这是因为时光的流逝愈快愈多,恢复之事愈未见有成,正意味着痛苦与时光的成正比加多加深。前引诗中"五年"、"一年"云云,即此种心绪表现。在《忆钱大》中说:"如何问滞者,六载滞江船?"这是忆当年同在太湖起义的钱邦芑。钱为丹徒人,亦诗坛名家,后转去西南入桂王政权,终于失志而出家,为著名的大错上人。这里从"六载"的阻隔中透出了恢复的艰难。《送王于一广陵》诗又是说:"八口悬扬子,三年泣楚氓",在伤痛江西王猷定三年流亡的哀情中同样也在伤哀自己。《送严大南旋》是为枫江钓叟严熊回常熟送行,深为双方未能有所建树而怅然:

> 残菊淮西路,西风淹问津。
> 三年同梦客,千里送归人。
> 惭愧余知己,凄凉卜旧邻。
> 怜君天下士,今在五湖滨!

此类诗既是抒情主体心路历程的载录,更可视作歌哭于山阳淮上的一个飘泊南北的遗民群的写照。诗亦是史。如果我们把以下这些诗句集中起来,这群像就愈见明晰了:"几年缘大木,此日向深山。吾道独遵养,雄心暂自删"(《送躬庵还山》);"暗斗移星鸟,晴风起蛰蛟。小儒攻异己,大道爱同袍"(《送曹淡如北还》);"自秘天人策,谁知忠孝心?隔西湖水阔,玄度得相寻"(《送菏水杨大》);"乡邻谁健在?家树再经营。莫滞南州路,归来听晚莺"(《送孙一还竹西》)。像万年少这样持"莫滞南州路"的坚毅韧劲,在那险恶的环境中很不多见,他一再地与朋友相约:"天涯望消息,莫草北山书"(《灯夕集方大家四首》),隐退非其心志所向。唯其如此,在万氏诗中常见的"登临"一词,就赋有别一种意象。在汉初大将韩信曾经蛰伏过的淮阴钓台下待机的诗人,他或是"吟啸悬千夕,登临销百忧"(《题刘三城西水馆》);或是"日夕罢钓登啸台,占星望气不复验"(《鬼鸥》)。他"望",望盼事业有转机,就算很小的征兆,他也会兴奋不已。应该说,万年少有过兴奋之时,《同阎大湖上步月》是一例。这是阎尔梅和他一起在甓社湖(今高邮湖,又名珠湖)畔共同为一个信息而快论时之作:

> 残霭动疏林,平畴入远浔。
> 月圆今夕话,风碎隔年心。
> 麇麇江湖窄,瞿瞿天地深。
> 偶传消息好,喜慰一登临。

今夕月圆与隔年风碎的哀乐对照是如此鲜明,喜慰之余他又想登临"望气",以观形势了。

万寿祺生命的最后几年,见解甚高,他对残明政权几个集团中互相内耗的行径有自己的看法,这就是上引诗"大道爱同袍",应该凝聚而不该散裂。他反对"清浊空持论,贤愚争好名"(《隰西草堂诗八首》),确实很有儒将风度。一个才子名士何时陡转为"吾志在春秋"的?是甲申、乙酉之间血的洗礼,"骸骨垒垒高崔嵬","沉樯破橹鬼聚哭"(《鬼鸥》)。太湖之战以及后来吴江等地的屠杀,万年少无法从心头拂去沉沉阴影。所以,从《甲申》二首以后,他的诗特多肃杀悲凉之气,那种沉慨一往的愤火遍见于笔端,而于七律中尤为多。律体是万氏运用得最纯熟的形式,佳篇迭出,绝不亚于顾炎武。如果说亭林律诗用典独多,书卷气盛,不无学人诗艰涩隐曲倾向,那么,万寿祺的七言律神旺情足,声韵嘹亮,虽亦有典而不艰涩。佳者如《答王大》:

> 楚州风雨夜徘徊，千里双淮极望开。
> 回首渔矶多避世，惊心乔木一登台。
> 二陵残黍西风急，十郡寒笳北吹哀。
> 君自冥冥修雁羽，苍茫海国独归来。

又如《访韩圣秋于乌龙潭，韩时将远去》：

> 乌龙潭上泛菰蒲，舴艋三舟酒百壶。
> 一息尚存犹道路，千秋所恃在江湖。
> 西京冠剑曾前席，南国莺花入大都。
> 我始逢君君欲去，柳稊初放听啼乌。

从他的诗中不难感受有一种南国才情与北地雄气相交融的声韵流转，长夜笛清，残秋枫殷，别具扣人心弦的力度。

二　僻处山阳的"望社"诗群

由靳应升、阎修龄、张养重三人主其盟的淮上"望社"，始立于顺治四年（1647）。其时弘光、隆武等残明政权均已击垮，江南初定；然而浙闽沿海及湘粤一带仍在浴血抗御清兵的军事绥靖，大批败散的孑遗志士则正流亡四地，以逃脱新朝搜捕的罗网。早在顺治初元，清廷已颁布过凡隐匿逃犯不首告者，"邻右九家甲长总甲"俱治以罪的法令，到顺治三年十月的"圣谕"更为具体，牵涉到"薙发、衣冠、圈地、投充、逃人"五事的"一概治罪"（《清世祖实录》卷二十八），其中前二项皆可说是专对东南反清人士而设，是强化惩治遗逸之民的专政。就在"望社"创立的这一年，陈子龙、杨廷枢、侯岐曾、顾咸正、夏完淳等江南最著名的一大批抗清人士被捕杀。黄毓祺兵败亡命经常熟，钱谦益不敢留之，复走泰州，终亦被捕于僧寺。但淮安的张应锡（兼庵）离福建战场北还乡里，却从此时起直到康熙二十四年（1685）仍得保全，而且正当三吴之间风声鹤唳、血雨飘萧时，山东榆园义军起事，降清巨魁孙之獬就是在此年中被义军缚获杀死。可见这是一个令遗民们既疾首痛心、黯然丧气，又于风云诡谲中希望犹存一线的年头。

关于清初社事，杨凤苞《秋室集》卷一《书南山草堂遗集》曾有简要之论："明社既屋，士之憔悴失职、高蹈而能文者，相率结为诗社，以抒写其旧国旧君之感，大江以南，无地无之。其最盛者，东越则有甬上，三吴则有松陵。"结社之风原盛自晚明，但如果说明季社事的以声气相通，不免党争为用，那末清之初时的结社诚如杨氏所论，系以诗文酬应形式掩饰着共怀君国之痛的同气相求。只是杨文所谈，仅及大江以南，事实上"望社"之建不仅早于三吴两浙的遗民社盟，而且在顺治九年（1652）严禁"立盟结社"前，其活动性质也不仅仅"抒其旧国旧君之悲"。"望社"的许多活动内容，由于其隐秘性和文献的缺失已难周详，但它绝不沿承明季余习，力持"大道爱同袍"，不为"小儒攻异己"（均万寿祺诗语）的襟度则是肯定无疑的。所以，尽管不清楚"望社"在秘密组织抗清力量中发挥多少作用，可它所起到的掩护流亡志士的"风雨茅庐"的功能却仍有案可稽。如浙江萧山的毛奇龄在抗清义师败散后，妻儿均被拘入狱，他只身逃亡多年全赖阎修龄等庇藏，否则历史上将不存在这位高龄达九十四岁的大学者①。许多迹象表明，万寿祺的流寓淮安，阎尔梅等避难山阳，均与"望社"中人掩护有关，而"望社"的组成又显然得到万寿祺等的策励，其组建之时恰是万氏定居不久后。

"望社"三盟主以合刻《秋心集》标志此生联袂相携，同袍一心。三人中，靳应升年资较高，明崇祯时已成贡生，他是大学者阎若璩的朴学启蒙师。阎修龄是"望社"实际的领袖，与阎氏青少年时即为同学的张养重外出活动最频繁，诗创作影响在三人中也最

---

① 毛奇龄流亡淮上事，除见于有关碑传外，陈维崧《湖海楼集》等诗词文中亦多有载述。

大。兹分论如下：

(一)阎修龄(1617—1687)，字再彭，崇祯八年(1635)以商籍入庠为诸生。阎氏原籍山西太原，自其高祖以盐商始迁淮安，故家世素丰。修龄以豪贵公子而好读书交游，少时曾从黄道周学，早著诗文名。妻丁仙蕊(字少姜)，系嘉靖己未(1559)状元、礼部尚书丁士美孙女，才慧美贤，晓通琴弈，卒后阎修龄赋《兑阁遗徽词》悼亡十首，陈维崧、毛奇龄等均有和词，故名尤著于天下，子即阎若璩①。修龄原自有一个宁和风雅的家庭，甲申事变，这个家族亦为之震撼。阎修龄在自画图像六帧之三《焚冠图》题记中说："甲乙之交，学业顿废。效殷之箕子而不得，慕尧之巢父而不能，别号饮牛叟始此"，他原号容庵，乙酉后人皆以"牛叟"称之。焚冠后第一个举动是与张养重、靳应升"结世外交"，离城到四十里外白马湖边筑"一蒲庵"，开始以"朝夕行吟，介然自守"(《山阳遗志》)姿态，从事庇护流亡者的事业。《望社姓氏考》载述："同时如李楷、杜濬、傅山、王猷定、魏禧、阎尔梅辈，过淮皆下榻焉，时人称盛。"所谓"下榻"，实即隐匿。

阎修龄充任"望社"实际主持人，有他特定的优越条件。就个人才名讲，他著有《秋舫》《冬涉》《影阁》等多种诗集，魏禧誉其"平生慎检，特以诗名"，王弘撰《山史》称之为"行谊甚高，又淹通坟籍，著为诗文，清真典雅，可以式靡起衰"。高士形象足资号召，"慎检"文静的性格尤令友辈可信赖。这很重要，不然何以称诗文之社领袖？更重要的是家赀仍厚，有足够的物力支持，这是盐商世家形成的条件。此种条件兼具有南北音讯沟通、联络灵便的特点。还有，阎修龄本人在明末虽未及入仕，但其父阎世科是万历三十二年(1604)进士。历任湖州推官，福建同考官，辽东管粮，宁前参议

---

① 阎修龄事迹详见《阎潜邱先生年谱》，张穆编，有丛书集成本。又，"望社"诸子事迹，见李元庚《望社姓氏考》，载《国粹学报》第七十一期，《小方壶斋丛书》，并参山阳地志。

即兵备使。座主、门生、同年、同僚遍及浙、闽、鲁及关内外,世家交好,渊源自深。而浙闽二省在清初更属敏感地域,关系遗民事业甚巨。综上所述,阎牛叟完备地具有:精诗文、谙商贾、通仕宦这样三方面条件,从"谋事在人"角度言,他实在是难得的人物。尤妙的是他这一切全能出之以"高洁无烟火气"的形象。所以,在淮安地区,如果说万寿祺成为遗民群中的精神领袖的话,那么阎修龄实是始终具体周旋于各方的社事祭酒,他的"有置身百尺楼上风概"的面貌既援手过无数难友,也迷惑过不少当政者。而世人又每因其工于"花间草堂"之词,他所首唱的"感青姬"的《青溪怨》又如此词语凄婉,"一时和者如云",于是,这位淮海地域遗民诗群的重要组织者竟被视为一个风雅名士、淡泊高人,并渐已淹没于史,罕为人知。

阎修龄诗大多已失传于世。《山阳志遗》作者吴玉搢(1698—1773)是雍、乾之际著名金石家和诗人,在乾隆二十六年(1761)曾手钞所辑《山阳耆旧诗》五大册,据其在《志遗》卷三说,阎牛叟诗"即其后人亦不复藏有只字。余从旧人选本中及书画册子上录得二十余首,见一斑矣"。牛叟诗曾有"不减储、王"之评,意思是清远多田园风味,这应指鼎革前所作,甲申后其诗已不可能有此心境。如《走别张文峙、杜于皇、苍略,因登鸡鸣山》应是顺治十年前的作品,因张文峙(名可仕)在顺治十一年已卒,诗云:

> 雪里人归急,踟蹰别友生。
> 冲风寻钓港,匹马向台城。
> 庙阙非前代,山川叹远征。
> 太平堤柳在,萧飒不胜情。

登山临水已非复闲逸之举而是凭吊"前代",何况"走别"的是同袍推爱的知友?后来郭麐《灵芬馆诗话续编》谈到此诗以及《闻一蒲庵水涨》的"草堂从此嗟摇落,兰若何堪再陆沉"句时说:"沧

桑之感,溢于言表。"就认为阎氏诗很凄楚苍凉。这种心态从《寓崇福观雨夜怀茶坡》中亦能按知:

> 疾风三日吼,一雨逐连江。
> 古庙松根老,清钟夜半撞。
> 鼠窥寒灶瓮,虫响旅人窗。
> 赖有君诗好,愁心且暂降。①

此诗风格幽冷寒瘦而不乏老到,孤寂情思流转于章句间,又不觉生涩。需要提到的是:阎修龄之父与雷思霈、钟惺师生均交好,与雷氏尤"共事甚欢",修龄又从学过黄道周,父辈的学问和诗艺在这家庭中影响承传极深。阎若璩《潜丘札记》就说到祖辈这些切磋交游,"余家世实闻之"。所以阎修龄在抒写寒寂心境时呈现有近乎竟陵"楚风"的声情,不应觉得是意外事。

(二)靳应升(1605—1663),字璧星,号茶坡,今存《渡河集》一卷。如果说阎修龄予人以逸士高洁形象,那么靳应升有着恂恂老儒的气度,邱象随序其诗时说:"先生怨尤不形于色,愁叹不见于声,与物无忤,绝口不及理乱。"其实这仅仅是一种外部表露现象,其内心绝不平衡。

《望社姓氏考》综述其人谓:"又号茶坡樵子,明岁贡生。有捷才,为诗坛宿望。播迁后风雅如线,结'望社'以励同人,淮安诗复盛,后学能诗者半出其门,继往开来,有功于诗教,不可泯也。"此乃就其作为"诗坛宿望"的建树而言,门下受业者除阎若璩外,著名的还有《茶余客话》作者阮葵生之曾祖阮晋等。"望社"之结,靳应升的麻烦较阎氏为多,先是顺治五年(1648)他所居住宅"为牛马溲渤之场",这是指被圈入驻防清兵放牧地,他不得不迁徙城外河之北岸。他是明贡生,故顺治十三年(1656)被迫去北京就试,

---

① 见《明遗民诗》卷二。

不然"则以违制罪之"。对这一切靳茶坡似均忍辱应之以求全,然而心境极悲慨,故所为诗诚如卓尔堪《明遗民诗》说的:"多流离隐约,声入变徵。"也正因为如此,其诗收存无多,脱手即任其弃散。靳氏诗以率情而写、触绪多怒为主,不很追求雅逸格调,今存作品犹有不少关注民生疾苦之篇,如《田无禾》、《苦雨叹》等题旨极明确。《十月水》五古描述黄河故道暴涨,浸及淮水,在"西风浪拍空,天地皆震怒"之际,淮阴告危,诗人面对"飞涛如沸釜,崩腾转盼间"的洪水,愤怒斥责:"我闻天下平,五行皆得序!水当归壑时,何以无安渚?居者忧墙屋,耕者哭禾黍。"这算什么"天下平"的世道?顺治十五年秋他作了长篇《淮无女》,揭露"风闻自京国,长门须女工"即征搜民间秀女造成的恐惧紧张的罪恶行径。在详叙闹剧式的拉郎配风潮,甚而"背负女",父母亲自"登门送入室"这样的气氛中,痛陈造成了多少不幸:"燕婉归戚施",美女嫁丑汉;"老鳏偶弱息",老夫配少妻;"婚早多成疾",超前早婚,等等。诗人在"且闻朝命来,原不强追责"的冷峻口吻中早已推出了"郡中女既空,采选事仍寂"这一现实,所以,他说"世人亦何愚"看似责备淮中子民的"愚",实乃谴责朝廷的暴虐。作为长篇叙事诗,《淮无女》渲染氛围,描写逃征、择婿的种种情节都表现了靳应升的捷才。他在顺治十六年作的《江宁》诗中"三山道上支千幕,斗米城中值万钱"云云,也表呈了他的一贯风格。至于《广陵杨花篇》纪写"沟里沟外空杨花"的荒芜一片,"觱篥一声塌城角"的惨变,则是对"十日"之屠的追悼。

靳应升与万寿祺的交谊可从《隰西草堂》、《哭万年少》等诗中见出。《哭万年少》诗极工,工在其能得亡者之心:"北上曾三刖,南村乞一塵。喜君存此意,松菊晚能全。"密友亡逝而不多言悲,反在诗中着一"喜"字,喜得"晚全",此属真知己的大悲恸之情。题隰西草堂一首把万氏"升沉日月此茅屋,俯仰乾坤今布衣"的自述心志再次作了准确表现:

虽少冬青树,犹余古薜萝。
闲居真处士,枯坐老头陀。
云水随缘过,江山入梦多。
问津如有客,夜半看黄河。

前半首勾勒其形,后半篇特写其心,结句的盼见黄河能清,心魂激荡殆如黄河涛飞,尤为传神,而遗民们志在河之南北,以求有所图的本意也见寓于末句五字中。"望社"中要数茶坡和年少辈相同,他的知音之感也就尤深切。

(三)张养重(1620—1680),字斗瞻,号虞山,后又号椰冠道人。崇祯中诸生。《淮安府志》称其"不求仕进,子钦世,从子镇世,一门高隐,父子间自相倡和,所著有《一家言》"。其实,张养重踪迹遍南北,交游最广,清初诗文集中随处可见其身影。《遗民诗》卷三小传说张氏"侠骨文心,早有令誉,晚年诗益豪,品愈洁",关于品洁,杜濬的《椰冠道人歌》说得很形象,此歌是康熙初张养重南游琼州归来后杜氏为之专赋的。椰冠,意即南冠,古时以南冠指称"楚囚",喻国虽亡而志不改者。淮上原属楚地,故张氏以此为号,其心迹的曲隐以见于清入主中华已二十年时,足见张养重的心性。杜氏《歌》云:

道人前年行万里,探奇去饮珠江水。
归来一物无所携,独得椰冠大如指。
椰冠华首日相亲,人见椰冠识道人。
…………
我爱道人真急友,长向龙兴寺中走。
八公山南多第宅,道人不作淮南客。
淮阴市上多少年,道人不赋绝交篇。
借问道人何砥砺?所期不负椰冠意。

"急友","不作淮南客"投依新贵,不绝"少年"之交是广结豪士,凡此都属"侠骨"豪气。

张养重著有《古调堂集》上下卷,其诗清雄豪迈。潘德舆说"吾乡诗人,入古人堂奥者,前推宛丘,后则虞山",并在《养一斋诗话》中对这位乡先贤详摘佳句,以为"足使表圣失步,仲晦变色"。但潘氏所摘均为写景之句,衡量标准亦不出中唐诗法①。王士禛盛赞的"南楼楚雨三更远,春水吴江一夜生"联句以及沈德潜《国朝诗别裁》选录诗亦非张氏诗之真正精粹,《别裁》次张养重于曹寅等之后,更是序列错乱,未加细考。其诗豪者如《鸡鸣行》:

> 天上飞星似飞箭,荒鸡喔喔鸣村店。
> 梦里心惊是恶声,挑灯直视床头剑。
> 开门星散喜重明,跃马披衣共北征。
> 丈夫暗昧那能处,会向青天白日行。

一种不安于蛰伏,躁动在郁闷氛围中的心境写得甚灵动。《雨中重过钓台》沉慨一往,别具深意,清壮气韵中蕴含抑郁情浓:

> 再访先生欲见难,空江风雨逼人寒。
> 白云中断千峰树,碧涨新添七里滩。
> 只有阴晴随箬笠,从无兴废到渔竿。
> 回头前日登临地,烟满双台何处看。

五六句极写隐钓世外之清福,然而现今已绝无可能,"欲见难","逼人寒"正道出了遗民之士到康熙初年被迫改志的压力日重一日,处世愈见艰难矣。《板子矶》通篇无议论而感慨系之:

> 荻港东边板子矶,秋高日见雨霏霏。
> 荒城草长埋金镞,废垒沙深卧铁衣。
> 山上群鸦迎客舞,江边孤雁背人飞。

---

① 卷六,《清诗话续编》本第四册页二〇八九。

晚来风起波涛阔,疑是将军战马归。

位于安徽繁昌、无为二县相夹对的大江深处的板子矶,何以引起诗人偌多感慨,触动起隐痛？原来此地为当年江北四镇悍将黄得功迎堵左良玉"清君侧"之师的战场,而黄、左之战正是弘光朝丑恶的内哄,导致淮扬兵削,江防敞开,清兵南渡得以趁隙。所以,这既非山水窟的探幽,更不是古战场的凭吊,而是诗人痛苦地在重拾恶梦,跑到构成民族灾难的一个历史性耻辱的发生地点来一洒伤心泪。晚来风涛起,"疑是将军"之魂归,冷峭中多有愤怼,不加谴责而谴责已见。遗民诗人对当代史事的反思,自有其特定的情味。

据《诗苑天听集》和《望社姓氏考》,该社成员有三十人。其中如卞为鲸(友龙)曾于乙酉作讨伐马士英的《诛逆贼》诗,名闻一时,卞氏作有《长啸阁诗集》十一卷;山东倪之煌流寓淮安并暴卒于此,亦入望社,诗著有《典鹈吟》、《一草堂诗存》,未见传。又如马骏,字图求,号西樵,著有《听山堂集》,并与杜濬合著过诗集,也是望社诗人中著名者。他如陈台孙、陈美典、陆求可、邱象升、邱象随兄弟皆系清初很有名望的诗人或学者,唯后来大多入仕新朝,与初衷已乖隔。

山阳遗民诗人中于"望社"成员外有一奇豪之士不应湮没,这就是咸默。默字大咸,少时补诸生,负气节,以才干被荐为左懋第参军,后随左氏于弘光袭位时北使清廷,乙酉,左懋第不屈被杀于北京,咸默负左氏尸骸葬于山东莱阳,又归葬随同就刑的陈用极于昆山。此后芒鞋流浪,托业堪舆,行迹殆同于松江的蒋大鸿。据张符骧《依归草》卷一《咸参军传》知其康熙三十年(1691)尚在世。咸默曾以《哭莱阳》诗闻名,有"皋羽之徒"之誉,张氏说"默死而东南之遗老于是乎尽矣"。生前曾以所知明季史料供给谈迁,并与归庄交游,归氏序其诗稿《舟车诗草》。今能见到的为《金陵杂感》组诗中一首,句如"芦笳昏岭月,竹笛冷塘烟",景语即情语,寒凄

115

入骨,非庸手所能。诗史上类似咸默而失传的诗人真不知有几多!

三 "不哭穷途哭战场"——阎尔梅论

与万寿祺齐名的阎尔梅,是诗史上不多见的奇杰之士。作为遗民,他在东南残明政权相继覆败之际,依然僧服跋涉于关河间,多次直接介入抗清义军的作战行动,义无反顾,虽九死而无悔;作为诗人,阎尔梅横放杰出,骋情而歌,充分表现了抒情主体的个性自由度,不受传习成见所羁縻。所以,如果说万寿祺多少表呈为狷士的愤郁内敛,那么,阎氏则以狂者进取形象,始终显得激越难安。因而,《隰西草堂诗》犹若夜笛横吹,凄楚清怆,《白耷山人诗》则殆如羯鼓劲擂,悲慨健举。

阎尔梅(1603—1679),字用卿,号古古,又号白耷山人,徐州沛县人氏。明崇祯三年(1630)举人。今存《诗集》十卷、《文集》二卷,均系其晚年删芟自定,过于违碍的文字虽已大量汰去,但仍锋锐时见。阎氏早年为复社骨干,有志于用世。当李自成、张献忠军队横扫苏、豫、皖交界地带时,他与几乎所有的封建士子一样,站在对立面,并参与过对抗农民武装的军事活动,后来携眷属避居淮安。甲申国变后,阎尔梅投依史可法军幕,策动史帅移师淮徐,以主动挺进冀、鲁间。史氏不听,他遂返回沛县,"破产养士",在微山湖畔组织抗清武装,事败,开始流亡生涯。顺治四年(1647),山东榆园军起义,阎氏为谋士之一,旋入河南游说地方武装,以图策应山左。又兵败,逃亡入嵩山少林寺,复潜回淮安,再次北入京师,寓于真空寺,时已改僧服,称蹈东和尚。顺治九年(1652)牵涉榆园军案狱被捕,因于济南,经斡旋释回;顺治十二年再次遭通缉,从此再度亡命南北近十年,足迹遍及十数省,直到康熙四年(1665)其狱事始缓解。此后或偶还乡里,或侨居淮安,均短期,迨七十岁时始结束飘游四方的生活。阎尔梅在散家产万金以结豪杰之初,即抱破釜沉舟决心,据载他不仅"手刃爱妾",而且当狱事紧急时,还事先"虑发冢,预平先墓"。事实是其弟阎尔羹父子即曾同下江宁狱中,《遗民诗》小传说:"被株连者数十百家,时有不及附范孟博之叹。"时人比之以后汉的范滂,足见阎尔梅声望固高,而案情亦严重之极。是的,如果说东南沿海、西南滇黔的抗清军事集团尚可依托边陲,以作辗转余地的话,那末阎氏的意在中原突破,活动在冀鲁豫一线,其雄豪之情既高,所处艰险环境亦尤危。较之顾炎武的经营秦、晋,"易堂九子"魏禧等的串联吴、越,阎古古策谋于腹地的行为,无疑对清廷威胁更大,忌恨也愈甚。以此而言,在心寄枕戈泣血之志的遗民群中,阎尔梅风发凌厉的品格诚有不可取代的典型意义。

但是,在同为幽隐郁苦的遗民诗人中,阎尔梅似更其不幸。论国事,在清廷挥师南下时,他力说史可法移驻徐州,号召并收编黄河两岸游击之军,以攻为守,屏障江淮,结果其策未能为史氏所采用。在阎氏看来,"扬州十日"之屠,江南半壁之丧,本或可免,遗憾于史阁部的游移不决,不纳其言。今《文集》中存留着《上史阁部书》及附录史可法覆函,以存文献见证。可是,史可法殉国,留芳青史,成为一代英伟,阎尔梅的侃侃而言而且不无微辞,倒难免狂生空谈之嫌,此可谓一大不幸。以诗而论,他又遭到王士禛的屏斥。康熙九年(1670)冬,阎古古已六十八岁,又是朝廷名捕而得"恩诏"宽大的罪人,谁知他却仍"老而狂,好使酒骂座",终于在京城引起王渔洋的厌恶。王氏不仅"殊恶阎之僭诞",而且断言:"予观阎作,但工七言八句,然率有句无篇,又皆客气,不合古人风调。至七言古诗,并音节亦不解,直如瞽词,信口演说,世人但为其气岸所夺耳。自法眼观之,不免野狐外道。"(《带经堂诗话》卷二十八"琐缀类")须知王渔洋其时正渐趋高位,已成诗坛宗师之势,"瞽词"、"野狐外道"之评无异于取消了其诗界位置,这打落水狗式的一棒是很厉害的,殆同定谳。到乾隆朝,《白耷山人集》也在禁毁之列,罪名为"入国初后所作诗文,语多指斥"。于是世人但闻其诗"粗率"而更难见真相,这是诗人又一大不幸。生抱赍志之痛,死蒙粗野之诬,诚是"六十年余对一灯,诗书厄与数相承"(《春夜》),其命运也多厄如此!

阎尔梅虽然是一介封建儒士,但他绝非盲目愚忠之辈。他的胆识和主见,从《谏官》、《纳谏》、《人才》、《知人》、《用人》等一系列政论中足能见出。《上史阁部书》中"何期金陵鼎定,一意偏安","忠义未忘,人心可鼓,不忍先去,以为民望"云云,也都表现了他的眼光和锐气。《跋黄石斋为阎磻楚墓志》短文,更可作为其不苟同、不随声附和的个性。阎磻楚即淮安阎修龄之父世科的号,为尔梅同宗长辈,黄道周系当时忠介名高的大儒。但当黄氏"惋惜"阎世科"有先见而不获竟其用"云云,也就是涉及过早"勇退","如报国何"这样严峻的命题时,阎尔梅对黄石斋很不以为然,并批评他是"自用而不肯服善"的刚愎,赞同阎世科的"报国不可托之空言",以及力不足徒逞勇乃"欲报国而辱国"的观念。因为"树党坚则掣肘众"的明末,实际情况是"秦桧忌忠武者多",国势已无法挽转,这样,匹夫之勇只能是愚,是不智。可是明亡后,阎尔梅却奋袂亡命,全不顾"羁栖逆旅,蒙犯冰霜,妻子饥寒,家人散背"(《上史阁部书》),朋友招他归隐不肯隐,亲戚劝他远避不肯避,苦心孤诣,一意抗清,绝不"勇退",又为了什么?这是因为:一是在他看来人心仍可鼓,形势犹能逆转,时机未尽失;二是愤慨于"士大夫居恒得志,人人以不朽自命,一旦霜飞水脱,为疾风劲草者几人乎?"(《陶羽士别传》)他要以凛然正气存一线血脉,破寡廉鲜耻之风习。总之,这是个平素喜辩难,嫉恶至严,好折人过而不怕招致非议的血性汉子,在民族危难的大节面前当然更显得性格坚毅不屈。

这样的性情及经历,决定了其诗风的凌厉飞扬,激越慷慨。特定的心志也构成了他对诗歌这一抒情载体极有个性的见解。观念支配着实践,这对无意于创派立说的诗人来说,似尤为突出,在他们身上,创作实践和创作观念的统一性最为明显。阎尔梅不是诗论家,但他的诗学观有很高的认识价值。

首先他深恶宗派习气。在《跋文衡山墨迹》中,阎尔梅说:"今天下人好党同伐异,以门户争长,唯不解者庶几免!""门户争长"又往往与摹拟风气共生,他在《跋戈靖之画册》等短文中陈述与"有意为工者"的异议,他特意拈出苏轼"作诗必此诗,定知非诗人"诗句,表明与胶柱鼓瑟者的分野。

其次,更值得注意的是他的诗"可以怒"的观念,这可说是对传统诗教的一次大胆的扬弃。作于顺治十八年(1661)的《何御史诗选序》,在谈及明万历朝御史何中寰诗时,阎尔梅尖锐地发挥了诗的怨怒之说:

> 延陵季子观乐至《大雅》,称其曲而有直体。曲即所谓怨,直即所谓怒也。盛世之音曲多而直少,怨多而怒少,何公所处之世盛世也,是可以怒而不可以怨者也。嗟乎,世有知怒而不怨者之为诗乎?始可与言何公之诗也已矣。

初一看语似矛盾,既然"盛世"是"怨多而怒少",为什么何氏"可以怒"呢?细一想,其意原来正在戳破"盛世"之伪饰,处于"盛世"的文人又特多伪饰之辞。阎尔梅在这段话前借题发挥,一语予以道破:

> 他人知而不言,何公言无不尽!

且不说顺治末年康熙之初正是进入"盛世"之时,文士们包括一部分遗老都在"怨而不怒"地鼓吹着歌吟着,阎尔梅却持反调,煞风景;单从清诗演化背景上看,这"诗可以怨",应该"言无不尽"论,也是对诗学观念正渐向传统回归以顺应统治秩序的思潮的反拨。毫无疑问,他的这种诗观念具有一种逆向离心性,然而从诗的发展史程言,它却有积极的建设意义。

"怨而不怒"与"可以怒"实质上关系到诗的生命力是否得

能充分发挥的问题。"怨而不怒"原是"忠爱"观念的特定要求,也是对诗美情趣的一项规定。当这观念浸润为传统模式,诗人的艺术个性必然被扼制并化解,风格怎样变易也难脱出此整体性定型模式的框架。所以,"不怒"的规定性,实即对诗人个性感受的制约。诗教的目的很清楚,为使情感的活动场呈现规范化、规格化:"温柔敦厚"。由此而言,"可以怨"的论辩,不只是大胆,实已属叛离;不仅想改造,而且在深层加以重铸。本来,如果诗人们都能"言无不尽",而不是"知而不言",那么诗的"真"的生命力也就能完满永葆,反之则必然失却其"真"。失"真",何论"善"与"美"?"真",乃"善"与"美"的灵魂。因而,"言无不尽"以至"可以怨",并不是仅仅属含蓄与否的方法问题或审美习惯问题,就诗的特质而言乃关系到诗的命脉、活力依归以及发展史程的趋向的大问题。

  诗的"真"这一命题,关涉着"载道"的底蕴。关于诗能否"载道"、该不该"载道"的分辨其实并无意义,关键在于载怎样的"道",如何"载道"?同样,审视封建诗史上"载道"的功过是非,要害也应从辨认儒家诗教的功利目的性加以剖析。"怨而不怒"的制约,决定了所载之"道"必须吻合法定的是非规范。诗人一己真切感受、个性化认知倘不符合这规范,必须修正,必须削足以就履,以合乎"不怨"之训。于是,"知而不言"的讳避必然派生,分蘖出伪饰、矫情,既要迎合教规和法规,定然剥蚀真实与诚挚。由言不及义而沉潜入诗艺的咀嚼或含茹,绝不是诗的福音,因为"真"气的淡化,也就是生气活力的消解。反之,如果诗人自主其情,怨可以怨,怒可以怒,诗的命脉必将强健,言情、述志、载道也就融合一气,其所抒露的意和境必然丰富、硕厚、深沉、浓烈。诗的天地显得愈发五光十色。然而,这样的追求,几乎成为诗教的天敌现象,传统习俗力量和传统诗艺观念在这天敌面前,采取的手段是简单又致命的,贬斥之为"野狐外道"就行了。阎尔梅的言行和创作实践以及际遇,具体生动地成为一个"野狐外道"的典型形象。

但是,阎尔梅的诗"可以怒"之说不是即兴式信口而言的随意性表现,他有自己对诗的系统认识。与此相关的还有他特别强调"人"重于"诗",至少应"人"、"诗"并重的观点。这当然不是创造性见解,可是考察一下明末以至清初的众多诗歌理论主张,当能发现此种强调很有特殊意义。无疑地这是对伪诗、矫情之诗的有力的对抗。关于"人"与"诗"二者该首先重什么,以什么为贵,阎尔梅在《泊水斋诗序》中说:

> 古人有以诗传其人者,亦有以人传其诗者。以诗传其人者,诗重于人;以人传其诗者,人重于诗,二者殆不能以相兼。然诗重于人者,传其诗未必传其人,而人重于诗者,传其人即以传其诗。盖人足以重诗,诗不足以重人也。唯兼有其长,诗与人各不相附而各能独行于天地之间,使读其诗者如见其人,想其人者又如见其诗焉,则寥寥乎其难之矣。

阎尔梅的"人"、"诗"之辨有其时代特点和针对性,绝非空泛之论。他申述"君子以清修稽古之品,积而为光明俊伟之气,气充于中而采符于外,悲歌讽咏有不知其所以然而然者。苟非其人,必将有言与心违之病,瓦缶而貌钟吕,恐无当于伶伦之一拊也"(同上),这里"言与心违"的抨击与前面主张诗"可以怒",贵其"言无不尽"是互为表里的一致之论。唯其如此,他在"人"、"诗"并重于诗史上"寥寥乎其难之矣"的感喟中,一再地提出屈原来,以为"千秋独绝"(《朱玄洲诗选序》),"《离骚》一卷,举天地间,自古迄今,可感,可惩,可悲,可愕,兴观群怨之情状无一不沉涵于其中焉"(《王又沂云间诗序》),就是一种时代特定的召唤。召唤古人,全为的现实,是痛感于"言与心违"的陋习的呐喊。

同时,在创作方法上阎尔梅提出了与"言无不尽"相符合的

"六义融而为三"之说。所谓"六义融而为三",要旨在反对只讲"比兴",轻视"赋"法,即不认为"比兴"与"赋"有高下之分。所谓"赋"法,就是直陈、铺叙。阎尔梅当然不是不要"比兴",他厌弃的是借"比兴"高名而掩饰"言与心违",甚而闪烁其辞,空枵不真。在《示二子作诗之法》中阎氏说:

> 风、雅、颂,赋、比、兴,六义也。风多比兴而赋少,雅颂赋多而比兴少,其间参差错落,连类生情,触兴而来,兴尽而止。是赋比兴三者,原散见于风雅颂之中,而兴尤灵通于赋比之外。孔子所谓诗可以兴者,此也。

显然,他的阐述"六义融而为三",强调赋比兴"参差错落",意在指出方法只是为抒情服务,方法不是目的。"触兴而来,兴尽而止",似是常识,然而在讲宗派讲门户的诗坛上却久被轻忽,因而,重新为"兴"正名,特有现实意义。

《示二子作诗之法》还详述及"四声"之辨,可知阎尔梅并非"并音节亦不解"。把握了他对"兴"的认知,对"人"与"诗"、"言"与"心"的见解,庶几不至于将其"到天峭壁千寻立,破浪长风万里来"(查慎行《读白耷山人诗》)的诗作视为粗鄙的"信口演说"。

阎尔梅的诗,诚如其友人许承钦所言,是"有年载辑诗中史"①,他的诗集中大量类似山水纪游之作,也是"剩水残山蹑屩游"的流亡日志。所以,就总体言,《白耷山人诗》可谓是政治抒情诗的一个典型,但这又并不意味着只是纪事,事实上,作为抒情主体的诗人的个性,在他的作品中充分得到了张扬,阎古古既不为文造情,更无掩饰之语。即如《惜扬州》这样的长篇,他在痛

---

① 许氏诗见《明遗民诗》卷十一,《送古古还沛》:
不为蹈海不封留,剩水残山蹑屩游。
自此虞翻思吊客,谁从唐举问方州?
有年载辑诗中史,无屋将牵岸上舟。
破砚团棕生事了,萧萧春雨碧湖头。

悼"鸣刀控矢铁锋残,僵尸百万街巷填";"缯帛银钱水陆装,香奁美人膻卒配。妇男良贱苦鞭疮,疾驱枯骨投荒塞。死者未埋生者死,鸭绿江头哭不止"这场浩劫时,仍直抒己见,坦率陈述自己观点:

> 长江全恃两淮篱,篱破长江今已矣。
> 与其退守幸功难,毋宁决战沙场里。
> 谁实厉阶问苍天,谋之不臧祸至此。
> 公退扬州为公羞,公死扬州为公愁。
> 死与不死俱堪惜,我为作歌《惜扬州》。

诗人应是直臣,阎尔梅真正实践了这一点。最为世人称说的,有如《绝贼臣胡谦光》短古,拒清巡抚赵福星招的四首七律,还有被捕在山东时写答漕督沈文奎、大名总督马光辉等的五七言律。无论是"贼臣不自量,称予是故人。敢以书招予,冀予与同尘","生死非我虞,但虞辱此身",还是"岂有丈夫臣异类,羞于华夏改胡装","丧节事人何异死?有家劳梦不如无",全皆纯用"赋"法,直白胸臆而豪气沉雄。这种笔法和雄迈气势,在歌咏民生之苦的如《苦蝗行》、《苦旱行》、《沧州道中》等五七言古体诗中亦能概见。

阎尔梅于七言律最见精警,遣词熔典,气韵灵动,著名的如组诗《歌风台》八首,《汧罝草堂读史诗》十六首,《燕赵杂吟》五首等,悲慨遒劲,章句流转间呈现一种扛鼎之力。这类著作不以赋法,兼多比兴,但又别具赋式笔势,壮健风格有"明七子"的规模,却自有生气和峻严的神韵。阎古古咏史之作还多白描笔法,如《游高阳里》:

> 四野红霜牧笛愁,悲风蹋厉卷河流。
> 高阳里在无人醉,广武坟凋几树秋。
> 作客长眠芦絮榻,寻僧闲坐菊花楼。

田家不解神何氏，操一豚蹄祝满篝。

除了在“自注”中说明高阳里系“郦食其为里监门”之处以及“城西有广武君李左车墓”外，别无僻涩句子，然而流亡生涯的悲怆苍凉心绪丝毫不因句式平易而有减，读来极灵动。又如《访姚文初于绛趺堂，遂哭现闻师》，是悼其乡闱座师姚希孟的诗：

万里风闻海上兵，江南消息未分明。
行藏唯恐惭师友，离乱无因问死生。
再返皋桥迷旧庑，重逢市倅失真名。
潜踪直入趺堂拜，错愕相看忾一声。

特定背景下的潜踪重访，哀生悼死的氛围、场景、举止、形象，在五十六字中无不生动表露，阎古古的善于写逼真之情，可见一斑。

将严肃的甚至是严峻的命题出以明畅迅捷的笔致，又是阎氏七律的又一特色。试读《孟传是携其长郎北游，余于九江遇之喜赠》二首之二：

武昌城下竞舟时，恰好相逢正则祠。余在武昌寓三闾大夫庙。
阻暑聊为无赖饮，游山喜作不情诗。
甘陵自昔多君子，江夏于今诵小儿。
北去有人如问我，但云僧矣尚须眉。

时间是重五端阳，地点是三闾大夫庙，心境则是“僧矣尚须眉”，初衷不改的男子汉，所以，字面上的“无赖饮”、“不情诗”全为一股正气豪气所鼓张，独见劲节。此诗简直可视为数以百计的阎尔梅的纪游诗的纲领之篇。晚年诗作仍不减雄健清刚，当然也绝不是“有句无篇”。《戊申人日》写在康熙七年(1668)，六十六岁时：

繁华速老是春天，花极浓时落更先。
遁野有情看拾翠，封侯无相写凌烟。

> 心悲晚景歌皆痛,士遇奇才恨亦怜。
> 我去君留仍暂事,成功者退记他年。

此诗与《戊申禊日》等表现"渔樵各有伤心事,天地常如中酒人"一样,依然显得老而弥坚,矢志不移①。"大野苍凉朱雁度",如此心态、如此气概、如此诗风,不为一些新贵所喜,当也不应为怪。

说阎尔梅特具政治抒情诗人典型,是指时代造就了这样一位遗民作家,并不等于说他不能作深邃或清婉之篇。且不说他的大量山水游踪的记述,奇险之景毕现笔端,即以其悼亡诸篇的凄惋百转、哀肠盘折言,阎古古也足称抒情高手。《殡室人张氏樊氏于南庄》四首的"三女哀无母,双儿失所天。仓皇棺不及,藁席瘗楼前",写尽紧急危难境遇中的丧情;"沉埋三载半,一刻不能忘","日临冰骨暖,风静土花香"则别见一种凄苦之思;"唯当怀故剑,岂敢御新琴。寄语冥泉氏,双双鉴此心",类此的忠贞语在悼亡之作中实属罕见,非常状态的辛酸情尤为感人。《再哭樊氏》的深挚之哭,更扣人心,试读第二首:

> 君妇持家政,于归尔在前。
> 蕙兰题姓氏,荆布择姻缘。
> 正色常忠谏,平心每善全。
> 嗟乎真畏友,一夕径飘然。

这是一位荆钗布裙式的闺中知己,诗人直称之为"真畏友",可见樊氏乃非一般贤淑明慧女子能相比,然而在国破家亡之际,阎尔梅竟于一夕之间与她们断袂死别,以至"仓皇棺不及",这是何等样的悲剧!悼亡诗代不乏佳作,但是伉俪之丧与家国之痛相合为一的,则属罕见。

阎尔梅的一生是奇崛坚毅的一生,也是悲怆的一生。黄云师

---

① 《戊申人日》、《戊申禊日》诗均见存于《明遗民诗》卷三。

在序《白耷山人集》时引鲁仲连故事而感叹说:"卒不闻始皇以前此之故,必欲罗致就彼戎索,然则秦法犹宽也!"这是说"以东海布衣,不帝虎狼秦"的鲁仲连较之阎尔梅等遗民来,处境要宽松得多,清廷的法网酷治远为严厉,在"图必杀之"的穷搜追捕下,阎氏的遭际不幸和痛苦诚可谓史无前例。他晚年写的《杏堌庄杂咏》五首可作为其一生的总结,如其四云:

> 早岁狂歌晚岁僧,名山赏过几千层。
> 沧桑风景随时幻,兀坐荒林对一灯。

阎尔梅在清初特别是在乾隆禁书之前,深为时人所重。据说吕留良生平目空一世,然听人称道其半似阎古古竟心喜,计东则举古古与孙承泽、顾炎武并称为耆旧之首,足见声誉之高①。查慎行《读白耷山人诗》三首对这位一代雄才极致敬重之意:"眼空江表衣冠族,摇笔犹堪杀腐儒。"警策地抉示了阎尔梅的奇横之气,其中第二首可当诗人的传论读之:

> 人谓狂生本不狂,漆身吞炭事何常?
> 乱余宾客搜亡命,赦后英雄耻故乡。
> 宝剑尘封三尺水,麻鞡寒踏九州霜。
> 随身一掬澜翻泪,不哭穷途哭战场。②

结句七字最深刻地得阎尔梅的精神,"不哭穷途"不只将他与一般的诗人文士界分开来,进而也区别于止步歧路而哭的一些遗子诗人。这确是一位救亡之死士,不仅敢于直面惨淡之人生,而且勇于正视淋漓之鲜血。

---

① 《清诗纪事初编》卷一《阎尔梅小传》。
② 《敬业堂诗集》卷十九,上海古籍出版社1986年版,页五一九。

第三节　吴嘉纪与维扬、京口遗民诗群·兼论"布衣诗"

以吴嘉纪为代表的歌吟隐伏于扬州、泰州、镇江一线的布衣诗群,是清初遗民诗人的极其重要的一翼。可以这样认为,倘若失缺了遗民诗,没有承续自遗民诗所浸润深透的家国兴亡之感,特别是那种深层潜在的掺合于故国之哀的民族忧患、民胞物与意识,一代清诗必将锐减其历史价值;同样,遗民诗史如果不是因为组合有一个个布衣群体的存在,那么遗民诗浓重而褊狭的君国观念不易淡释并化解为广义的忧患意识,从而现实主义的传统在清代不可能再一次张扬。所以,布衣诗应该视为中国诗史的一个重要现象,而清初遗民群中的布衣诗人尤值得关注。

布衣之称,当始于西汉。作为概念,原指平民,系以衣着面料的质地区别尊卑贵贱而来。《盐铁论·散不足》有"古者庶人耆老而后衣丝,其余则麻枲而已,故命曰布衣"云,可得其义。《史记·李斯列传》中"夫斯乃上蔡布衣,闾巷之黔者",是较早以布衣指称某个具体人物的例证。李斯系"上蔡布衣"指的是他原先身分,由此又可知作为对应的一面,平民布衣可以转化向另一面即士大夫或上卿的。中国诗歌史上,平民身分的诗人代不乏见,但作为一种文化现象,"布衣诗人"的特定指称,应是伴随科举制度文化发展的产物,它对称于科举出身有功名的诗作者。所以,布衣诗人在宋代大批成群地涌现,正是与科举制度在赵宋王朝有着新发展,即对旧家世族门荫体制进一步改革所引起的社会文化教育大幅度更变的深层机制有关。

正因为"布衣"身分在概念延展中,由平民而兼容无科第功名的"白丁"之义,所以"达则兼济天下,穷则独善其身"的"穷通出处"观念必然渗透入"布衣"之群。于是,在形态上或行为上,布衣与隐逸之俦的"山人"之称每多复合。然而,布衣群中固多山人形象,但号为山人者并非皆是布衣,文学史上由罢官、弃官或其他各种原因出宦海而入山林的就不胜枚举。一般说来,山人社会地位、身价声望较之布衣要高,除却某些家赀雄厚者外,后者的经济状况通常较清寒。特别是到科举进身发展到可以捐纳得阶时,布衣阶层的这种生活状态愈显然,因而,志节高洁、不事钻营的品格当然也愈多有表现。同时,又由于布衣的经济地位决定着谋生之需,因而布衣群中又常有清客形状,有的则由塾师、幕宾而演化为东家的风雅随从。但是,此中应辨析雅俗、清浊之分,清雅者不失布衣品格,俗浊之流则转化为帮闲甚而帮凶,理当另作别论。

由此而言,布衣诗人的社会特性应是:未得科第进身,生活于平民层面,志洁趣高,品格自持而不阿谀附势。

如果上述辨认大致符合史实,不属臆测的话,那么,布衣诗人的群体数量和才性质量,必然和封建社会的历史进程正好形成逆向同步,即封建社会愈趋衰朽,科举制度愈见弊败,人才则愈多压抑,于是布衣阶层愈益增大,布衣诗人也就愈多涌见。

布衣群和封建社会构成逆向同步发展趋势的判断,并非是简单化的阶级关系的推论,它恰恰是封建文化发展史程必然性的认知。自从科举制度产生以后,科举考试犹如指挥棒,鼓涨着社会文化教育的热情,特别是文化的前期育成风气,以及对这种育成的价值观念普遍地被各个阶层人士所接受。于是,这一制度在发展的过程中,既培育了无数文化知识之士,又积淀了深厚的文化教育的沃土。随着数百年的历史推进,文士的整体素养愈益提高,其中不乏学识俱佳,情志高骞者。然而,当包括科举制度在内的整个封建体制趋入腐朽时期,这个制度所孕育的一批批才士随即日益成为离心人物,因为现实和理想的冲突、才与用的冲突正愈见尖锐。一方面在已成惯性的轨道上大面积育成人才,一方面则在下坠的失控行程中严重地压抑和挫伤人才,上述逆向同步现象无可避免地成为一种必然。在这一审视以及对整体性的必然趋势的辨认中，可以看出，这逆向同步，并不排斥其中可能存在而且确实存在着的另一现象，即不可否认科举制度所推动的文化教育的普及和积累，确是培育和储存了大批才智之士，一当某种特定的历史条件或叫机缘遇合时，布衣中的某些著名或不著名的人物能够转化身分甚至飞黄腾达的。如与本书有关的"江南三大名布衣"中的朱彝尊、严绳孙等的应"博学鸿词"科之征，殿试中式入翰林院即是著名一例。所以，逆向同步的总体现象不等于板结凝固现象，具体到各个布衣人士身上时，则是多有变化，各自有别的。

诗，原是文化形态之一种，在封建社会后期，诗又与科举文化密相关联，这是从训练的角度讲，或者说从诗的特定功用的扩大角度看是如此。因此，诗的普及，布衣诗人的阵容扩大，必然也纳入前述的同步中。所以，清代布衣诗人的数量和成就远超于前代原不是偶然，更非奇怪事。历史上布衣诗人的数量渐多，始见南宋一朝，尤以晚宋时期为甚，但即使拿密集度很高的"江湖派"群体中的布衣诗人言，其总体成就也非清代布衣诗可相比。至若由于政治经济条件和背景的不同所构成的元、明二代诗史上的布衣诗现象，尤难与清代媲美，这也是肯定的。

关于清代布衣诗，清人自己已多有注视，时见论评，其中《盟鸥澨笔谈》的对中叶以前布衣诗人所作的点将录式的评骘文字就很有价值。这价值不在于具体品评，而是它标举出"布衣诗"在清代自成系列并密集存在的客观史实。《笔谈》说：

  本朝布衣诗如彭爱琴之秀拔，吴野人之直朴，蒋前民之真挚，邢孟贞之淡永，潘南村之清折，冷秋江之悲壮，周青士之闲逸，徐东痴之幽奥，沈方舟之警炼，李客山之高老，盛青屿之坚栗，张永夫之澄洁，於亦川之雄骏，鲍步江之超秀，吴淡川之新隽，朱二亭之逸淡，潘兰如之清雄，石远梅之高浑，张竹轩之淳古，能各具唐人之一体，洵韦布之雄也。

文中提及的虽只十九名诗人,且是乾隆以前为限,远不能涵盖一代诗事,但成就卓著者大部分已入论,特别是清初的布衣。这十九人中,沈用济(方舟)、李果(客山)以下系康熙中后期以及经雍正入乾隆时的布衣诗人:彭桂(爱琴)、吴嘉纪(野人)、蒋易(前民)、邢昉(孟贞)、潘高(南村)、冷士嵋(秋江)、周篔(青士)、徐夜(东痴)等八人乃清初遗民。八人中徐夜为山东新城人,周篔乃浙西嘉兴人,余六名均系江苏籍,而且尽在宁、镇、扬、泰地区内。溧阳彭桂后来应赴"鸿博"之试,被称为"征士",诗集流传甚罕,成就亦不如其所填的词;高淳邢昉已见前节。兹就吴嘉纪等四人以及团聚、交游于他们周围的布衣诗人群,分别详略予以论述。

一　吴嘉纪论

洪亮吉《论诗绝句二十首》一起手即以吴嘉纪与顾炎武并论云:

偶然落笔动天真,前有亭林后野人。
金石气同姜桂气,始知天壤两遗民。

洪氏的《北江诗话》还有相似而更为明晰的述论:"顾宁人诗有金石气,吴野人诗有姜桂气,同时名辈虽多,皆未能臻此境也。"[①]这是一则很著名的品鉴语,也深切二位遗民诗巨擘的抒情主体特性。但前人设喻以"气"论诗的这种意象式批评方法,每显得很虚灵,理解时会感到抽象难把握。其实洪亮吉是从诗人的气质入眼而把握诗的气韵,金石之气是坚贞情韵,姜桂之气则是不仅愈老愈辛辣,而且兼用了中药药用效应,即其能祛御邪侵,扶本固正。由是而言,得此二"气"的诗人无疑有殊途同归之情,故予以

[①] 见《北江诗话》卷四,人民文学出版社1983年版。洪氏《道中无事偶作论诗绝句二十首》见《更生斋诗》卷二、四部丛刊本《洪北江诗文集》册四。

"天壤二遗民"之赞。如果再细想,还能发现金石的坚毅,适为志士兼大儒者顾炎武精神写照,而姜桂(生姜、肉桂)的清苦甘辛,岂非野人布衣的形象再现?所以,洪北江以二"气"评二"人",绝非灵机偶动时的即兴自怡文字,他是认真的,深思熟虑而把握了评论对象的精神命脉的。

是这样,诗情寒苦、诗风真朴的吴嘉纪能于艰危清贫的生活处境中守本持正、独标洁志诚足可和顾炎武并称高名。邓之诚《清诗纪事初编》谓:"时钱(谦益)、吴(伟业)声名,奔走一世,片言可以为人轻重。独有不肯随之俯仰者,则(邢)昉与嘉纪二人,集中无一投赠诗可证。"这不肯随之俯仰,实即"姜桂气"的一种体现,能守大节者,何贵乎诗名的能否揄扬?

吴嘉纪(1618—1684)的一生甚为平淡,既无风花雪月的韵事,也没叱咤风云的壮举,是个名副其实的穷处于寒芦野水间,"海上吟诗到白头"的布衣寒士。嘉纪字宾贤,号野人,泰州东淘(即安丰场,今属东台县)人。家世本业儒,祖父吴凤仪系著名理学家王艮的弟子,吴凤仪的学生刘国柱则为嘉纪的业师。二十七岁时甲申明亡,弃举子业,其时他实际上未曾进学,诸生的资格也没有。安丰是当时东海最大的盐场之一,大批徽州籍人在此寓居业盐,治生致富,而吴嘉纪家则已衰落不振,故他曾躲债务至于"乡园咫尺不能返"(《后七歌》),《逋盐钱逃至六灶河作》十六首等具体记述有他"失意东南走"的种种境遇。为了生存,他也曾在当地一些相知的诗友,主要是徽籍流寓的如程岫(云家)等的支助下短暂性贩盐粮做些小买卖,但似经商乏术,终是无济于事。于是,在"一老荒凉芦荻外,半生凄楚乱离中"的心境里穷老以终,留下一部"人当在野名偏著,陋可名轩学不穷"(范崇简《题吴野人集后》)的《陋轩诗》。《陋轩诗》世存版本达六种以上,大抵皆次序凌乱,作品始自顺治十年(1653)左右,也就是说其三十六岁以前的,特别是易代之际的诗已不可见,故据诗以论吴嘉纪,任作怎样的审视评析也难以尽得全貌了。今人杨积庆合诸刻本编有《吴嘉纪诗笺校》十五卷,堪称完善,唯又删去"封建意识特别浓厚"之诗数首,是故非足本,却成了又一种版本。①

"人当在野名偏著",也即康熙朝名诗人王苹《读吴野人诗》所称誉的"一生不出东淘路,自有才名十五州"这样的史实。此乃一个有重要认识价值的诗史现象,从一般意义上说,贫贱苦吟而淹没于史者为普遍存在的事,千百年来真正富具才情的诗人不知失传了多少!吴嘉纪的"名偏著"有着一定的偶然性,他的偶然性存在正具一种必然性憬悟意义。从特殊意义来认识,《陋轩诗》被周亮工竭力赞赏和表彰,则是特定历史背景下一种特定心态的曲隐表现,这一表现于周亮工氏身上的心态又系一个层面上某一类型的群体心态的折射。所以,毋论是赞赏还是非议,彰扬还是淡化,无不带有历史政治的风云印记,艺事的背后正隐蔽有时世人心的各种走向!

顺治十八年(1661)是吴嘉纪所以"在野名偏著"的转折之年,其时正值周亮工任左副都御史被参劾论死又遇赦释回,南来扬州之际,嘉纪诗友汪楫(舟次)将陋轩近作抄录给周氏,周一看顿生"同调之感"。听说嘉纪时正卧病,"生痛宾贤或真死,不及见",于是赋一诗,"急令舟次寄示宾贤",与周亮工的交谊就如此开始。周氏首寄之诗是这样的:"无意间从汪舟次,把君诗卷泪交承。同调于今宁几见?斯人当世未有称。老病行藏一径菊,乱离儿女满床冰。颇恐传闻真即死,新诗呼朋细细誊。"(《赖古堂集》卷十)须加探究的是周与吴论地位论身分,是蓬户朱门,野服轩冕,悬殊之甚,何以一读其诗一听汪楫绍述就再三呼之为"同调"?诚然清初不少大吏喜交山人逸士,鼓吹风雅,而周亮工又特以好士怜才称,本亦为常有事,但"同调"之誉岂是随意吐口的?其实此中有极微

---

① 上海古籍出版社《中国古典文学丛书》1980年2月版。

妙极深层的内涵在。周亮工是个仕途复杂而命运多舛的人物。他字元亮,号栎园,人称栎下先生,又号减斋。明崇祯十三年(1640)进士,官山东潍县知县。在潍县任上,正遇满洲兵进犯胶东,青州各属县皆破,独潍城由周氏坚守获全。对清廷言,这是前愆甚深之事。入清后,屡踬几死,成为满汉、南北党争的活靶之一。这次他刚从狱中出释,而风波仍险,事实上,没过几年他确又再次被捕论绞,终于未死遇赦后也就很快病故。正是特定的感受,有一种难言处,因为对新朝的宦海凶险体验太深,愈发觉吴嘉纪的置身草野中,"诗到乱离真"的可贵可亲。处境虽异,感觉却通同,于是发出"同调"之叹,这叹喟中又含有钦羡的难以企及的,自身已无法解脱的微妙情思。有意思的是吴野人的回复之诗《答栎下先生》,不亢不卑的感谢之余,语多慰劝:

穷冬伏枕何人问?栎下先生寄我诗。
远问只愁身便死,怜才几见泪沾颐。
吟成《梁甫》徒增慨,老遇钟期不厌迟。
冰雪溪头扶病起,为君珍重夕阳时!

此诗实质性句子只有第六、第八两句,一句感激知音之德,语甚得体;末句含蓄,"珍重夕阳时",是珍重晚年,这一年吴嘉纪四十四岁,周亮工则正五十,为谁珍重?谁当珍重?其意极明。珍重,即爱惜,好自为之请及早袖手而退。如果没有相互间心灵的默契,不可能有如此意蕴的表述。所以,周亮工之于吴嘉纪固是"老遇钟期",招之游广陵,遂与四方才士应酬唱和,名声大著;而吴嘉纪之于周亮工则实是借酒以浇自己胸中的块垒,周氏乃以吴氏诗为窗口,一抒胸臆。对此,黄国琦《与周栎园书》乃是一言中的:"(野人)下笔一路萧疏,无半毫朝市烟火气,真有野才。然先生刻其诗而行之,岂胸中无野趣者所能耶。"(《藏弅集》)周亮工确是厌倦、惊悸于"朝市烟火"后倾心萧疏之野趣的。

康熙元年(1662)周亮工第一次为刻《陋轩诗》,从此吴嘉纪"自有才名十五州",称冠于布衣诗人之首。但周亮工说,在此之前,"语广陵人,则绝不知有宾贤者"(《陋轩诗序》)是夸大语,不符事实。扬州流寓诗人中最称著名的孙枝蔚早在易代之际就已与吴嘉纪知交而齐名,《溉堂集》中如《题吴宾贤处士陋轩》三首五律即作于顺治五年(1648),诗中有"是予曾卧处"云云,可知他们相交应在此之前。孙枝蔚(豹人)交游遍南北,从他对吴嘉纪的倾心相知不可能不广为延誉,只是他并非"大有力者"而已,而诗才必得"大有力者"鼓吹揄扬始得诗坛认同乃是那个时代的风气陋习。因此,周氏所谓"绝不知有宾贤",指当时正任扬州通判的王士禛等的回答或是事实。可是王士禛对吴嘉纪的态度本属暧昧,先则有点矫情,后则语带嘲讽,其故值得辨析。因为王渔洋是清初诗史尤其是康、雍时期诗坛宗奉的旗帜,所以,他对吴野人的评骘正如对阎古古一样,不仅是关系到评论对象,更重要的是审视这一桩桩诗史公案,有助于后文把握和认识渔洋诗心以及理论主张的深层基因。

渔洋多次强调"居扬州三年,而后知海陵吴嘉纪",说吴氏"不求知于人,而名亦不出百里之外";"始余知嘉纪,以前户部侍郎浚仪周公(按即周亮工)"(《悔斋诗集序》),这是为时稍后的追记。在此前作于康熙二年(1663)春的《陋轩诗序》则说:"余在扬三年,而不知海陵有吴君,今乃从司农得读其诗,余愧矣愧矣。"这位自称"余在广陵五年,多布衣交"(《渔洋诗话》)者,在"愧矣"的语气间所透现的是作为扬州风雅总持人的自我揶揄,即多少有点被动而聊以解嘲。他在《序》中对吴嘉纪诗的评价是:"古淡高寒,有声出金石之乐,殆如郊、岛者流。"这评价无疑不高,与周亮工的"见野人诗,推为近代第一"(汪楫《陋轩诗序》引述)云云大相径庭。事实是"多布衣交"的王士禛不可能"在扬三年"竟"不知海陵有吴君",除了孙枝蔚、龚贤、黄云兄弟会向他提到吴嘉纪其人其诗外,他的足迹遍扬、泰,深入探访过兴化以至如皋一带,也应从诗友间听说过野人之名。说白了乃是他内心轻慢"郊、岛者流"而故作掩饰。后来他著《分甘余话》时,这种掩饰已不需要,于是对吴野人的诗就直说了:

> 吴嘉纪字野人,家泰州之安丰盐场,地滨海,无交游,而独喜为诗,其诗孤冷,亦自成一家。其友某,家江都,往来海上,因见其诗,称之于周栎园先生,招之来广陵,遂与四方之士交游唱和,渐失本色。余笑谓人曰:"一个冰冷的吴野人,被君辈弄做火热。可惜!"然其诗亦渐落,不终其为魏野、杨朴,始信余前言非尽戏论也。①

"孤冷"不失为雅,"火热"岂不很俗?"本色"失去,"诗亦渐落",是很严厉的批评。魏野、杨朴是北宋的山林隐逸,一号"草堂居士",一号"东野遗民",与高层士大夫频多酬应,并均受过朝廷之征召和褒誉,"不终其为魏野、杨朴"一语既表明王渔洋眼中的吴野人的品位,又奚落他连清客都未做成。潘德舆《养一斋诗话》曾为吴嘉纪抱不平:"人以其穷约而少之,指为山林一派,岂知诗之根本者!"事实上王渔洋是认为他连"山林一派"也没资格。难怪后来康发祥《伯山诗话后集》要发问:"不知野人何开罪于贻上,而诋諆若是也!"

作为批评家按自己的审美倾向以作褒贬,甚而从偏嗜出发是甲非乙,乃习见事。但不合事实地"兼为谰语,颇伤忠厚"(夏荃《退庵笔记》),而且近乎人身攻击,又出之大诗人、诗界权威之口,则很为反常。只须检核一下吴嘉纪的交游,除了周亮工外,政界要员、文坛大老几乎别无来往。即使在周、王约请邀见时,汪懋麟《吴处士墓志》说:"两公官省郡,强致之,力疾一出,布衣草履,低

---

① 《分甘余话》系王士禛于康熙四十三年(1704)他七十一岁罢官家居后所著。初刻于康熙四十八年(1709),即其卒前三年。

头座上,终日不出一语。两公善谈论,每说诗树义钩致,处士数语微中而已。"完全是种"生平不妄与人交"的个性。至于经济生活,虽不时得到友人资助,但始终未见好转优裕,为躲债逃避到六灶河就是康熙十九年(1680)前后的事。孙枝蔚《溉堂前集》卷三的《雪中忆吴宾贤》具体写到吴氏嗜茶而买不起的情状:"故人有茶癖,不合生长海之涯。积雪寒如此,妻儿乞米向谁家?高贤受饿亦寻常,且复烹雪赏梅花。平生不识孟谏议,何人为寄月团茶?"吴嘉纪年年靠安徽友人送茶过瘾,有些年友人亡故就断供应,显得很狼狈,这从他的诗集中可以随手检读到。生活情事的一个细节,足能见其大概,他并未"火热"过。

说他"名偏著"后诗"渐落",失"本色",更不是事实。著名的《一钱行》就写在康熙三年(1664)广事交游之时,《李家娘》、《挽饶母》、《打鲥鱼》、《王解子夫妇》等佳制亦均作于此后。最简单地说明问题的可以《冶春绝句和王阮亭先生》组诗为例证。王渔洋康熙三年清明修禊,在扬州红桥主持了一次著名的吟唱活动,其所以著名是由于声望甚著的遗民诗人应邀参与并酬和了王氏的《冶春》首唱,如林古度、杜濬、张纲孙、孙枝蔚等。不必轻率断论王氏的文化活动有何政治意图,但毋论如何在上距甲申整二十年的春三月,在扬州这个曾遭大屠杀的城市,"红桥修禊"即使不是粉饰祥和,至少起着淡化家国之感作用,他的《冶春绝句》俱在,可作辨认。吴嘉纪的和作今剩十一首,当已经删选过。从总体上说,虽也写春光,但调子低冷,无多欢愉情,大抵都是实写耳目见闻的小镜头。最堪玩味的是末三首,轻灵的笔触下渗透着悲慨甚至凄怆、愤怒的情思。如第九首含蓄地表现了八旗军营的严控城池:

> 杂管繁弦奏野航,听来声调是《伊》《凉》;
> 边关子弟江南老,今日曲中逢故乡。

"老"于南者北人也,北兵在当时也即旗兵的指称,《伊》《凉》曲其实就是"胡音",说得隐蔽而已。诗人在巧妙地改造边塞诗式的句意中流露的情绪是不难把握的。第十一首以冷峻口吻抒述的是凄凉的景观:

> 寒烟生处有归鸦,短棹残阳各去家。
> 依旧笙歌满城郭,黄昏留与玉勾斜。

这哪里是春景?氛围和色调一如肃杀的秋日,在"笙歌"的粉饰之下乃是昏黄死寂的物象。玉勾斜,原指葬宫人的坟丛,此系泛言乱坟葬地。最震撼人心的是第十首:

> 冈北冈南上朝日,落花游骑乱纷纷。
> 如何松下几抔土,不见儿孙来上坟?

结句的答案很清楚,后嗣已绝!这岂不让人回想到乙酉年的十天灭绝性的屠戮?毫无疑问,这样的诗篇在其时司李扬州,职责以刑法为主的王士禛看来,是不识时务者杀风景之作,惹出事故来他能无干系么?这样的诗人,在他心目中,当然"不终其为魏野、杨朴"的;至于陋轩诗的风格不合神韵之说,更是显然的,所以他不可能真正赞称吴嘉纪。

由此而言,王士禛的评价吴野人之所以给人不符事实之感,究其实是何谓"冷"?何谓"热"?渔洋有偏见,或者说是先入为主。他以诗史上常见的山林之士的诗作品位来绳衡野人,即其《序》中所说的"古淡高寒","托寄萧远,若不知有门以外事者,非夫乐天知命,乌能至此"!这就是"孤冷"的"本色"。然而吴嘉纪其实并非"若不知有门以外事者",在王渔洋见到的周刻本即一卷本《陋轩诗》时的感觉与后来陆续刊印的多卷本以及有所交接时的感受发生变易后,他自然不需要再虚与周旋,来赞称充其量"殆郊、岛者流"的诗。这里可以分辨出,周亮工的读陋轩诗竟至"心怦怦动",是一个失意者"凄心欲绝"的别有意会的沟通,而王士禛的赞赏"古淡高寒"则是得意人居高临下的品鉴。因而,周氏只意会到"如入冰雪窖中,使人冷畏"的野人诗情可疗热衷,让人清醒,而王氏却以规范化的"孤冷"作为本色,当诗延伸及"门以外事"就成了厌烦的"火热"。诗论史或诗话史上种种评述,如不加以辨析,每易沿前人陈说而相因袭,于是难辨认史实、理清楚诗史的某些特定轨迹。在吴嘉纪诗的褒贬差异中又一次证实着这种辨析的必要。所以,《退庵笔记》为吴氏辩解说:"若夫交游唱和,诗人所有事,孤冷如野人,讵能废此?渔洋乃欲并绝其交游唱和,是何说乎"云云,仍只披及表层现象。王士禛何尝只是不满于吴氏的与四方之士交游唱和?他本人不是声称"多布衣交"吗?他的著作中不是记载有大量的与布衣们交游唱和之作吗?交游唱和原是一种社会活动,都在特定时空背景下进行,任何一个参与的人更不是游离于背景和种种社会关系而孤立的。王士禛的"多布衣交"而又以交游为托辞来批评吴嘉纪失去"本色"的这一矛盾现象,只有从王的政治背景以及由此而生发的行为标准、诗艺追求、审美理想上去审视始能辨知。

是的,任何历史时代的诗史的梳理,不能以离开群体性社会活动的静止孤立的诗人观照作为依据。无视特定背景,舍弃群体活动,游离交游关系,必不能详得史实;史实无据或史实未详,评判和论断无疑没有了立足的基石。"禾黍悲歌千古泪,乾坤俯仰一吟身"的吴嘉纪其人的确切面貌,也只有在各种心态支配下的群体交游的考察中方能把握到。

吴嘉纪的诗当然不能凭过誉之辞"近代第一"以作定论,他的诗集中泛泛酬应于村野社交的作品不少,也难免酸腐之气,诗人自己原也无意鸣争诗坛高位。但是,"郊、岛者流"的评价吴嘉纪不可能接受,绝非如王士禛在《居易录》所说:"为其诗序,驰使三百里致之。嘉纪大喜过望,买舟至广陵谒谢,遂定交。"吴氏有《王阮亭先生远寄陋轩诗序及纪年诗集,赋谢》为证:

>阮亭先生,莅治扬州。东海野人,与麋鹿游。玉石同坚,贵贱则别。光气在望,不敢私谒。先生鸣琴,野人放歌。春晖浩荡,忽及渔蓑。六一荒台,东山别墅。阮亭新编,颉颃今古。花树盈堤,风轻鸟啼。愧非郊岛,陪从昌黎。

"贵贱则别","不敢私谒"句是不失身分的自谦语,春晖"忽及"算是感谢意,"风轻鸟啼"则又很得体地道出了渔洋诗的风神,这和"鸣琴"句一样属回敬。"愧非郊岛"句则显然是并非什么"大喜过望"表示。只要翻检一下前人浩如烟海的诗序就会发现,序言大多免不了溢美之辞,只提"殆郊、岛者流"乃少有的简慢,吴嘉纪在这问题上表现出他固有的风骨。

吴野人诗真朴深挚,擅苦寒之韵却并非苦吟风调;《陋轩诗》中淡朴篇什虽多,但激荡悲慨之唱不绝,即若孤寒清冷情韵中仍盘旋着忧患热肠。所以,这既是一个"不傲公卿不苟同"的清操独特的真正布衣,更是一位"半生凄楚乱离中"高志自守的遗民畸士,他的诗,林昌彝在《海天琴思录》中援钟嵘《诗品》论诗语"以骨气奇高为诗品第一"许之,是确当的。

因为吴野人生活层面最切近赤贫者,故而他笔下的民生疾苦特见真实具体,大多是身同感受的哀唱,与旁观者人道怜恤之作迥异。如《凄风行,伤饥灶也》写饥荒:

>凄风细雨何连绵?昼暗如夜飞湿烟。
>几千万家东海边,六七十日无青天。
>生计断绝,老人幸先就下泉。
>孩提无襦,长随母眠;阿母眠醒,腹馁不得眠。
>壮者起望西邻,乞食尘市,不复来还。
>回望东邻,八口闭柴扉,扉外青草春芊芊。
>水响溅溅,鬼泣涟涟。
>官长怒然,分俸籴谷,更日夕劳苦,劝富户各出籴谷金钱。

> 富户跳踯聚议,此户彼户,一斛两斛商量捐。

此为覆盖面极广的一条饥饿线,灶无炊烟,或为饿殍,或成流民,而官吏则发灾荒财,借口捐赈大肆中饱,富民的应付态度于末句亦复毕现。天灾人祸,有时更以人祸为可怕,《临场歌》写苛捐杂税、敲骨吸髓真是入骨三分。序曰:"虽曰穷灶户,往岁折价,何曾少逋?胥役谓其逋也,趣官长沿场征比,春秋两巡,迩来竟成额例。兵荒之余,呜呼!谁怜此穷灶户?"诗云:

> 掾豺隶狼,新例临场;十日东淘,五日南梁。
> 趋役少迟,场吏大怒;骑马入草,鞭出灶户。
> 东家贳醪,西家割彘;殚力供给,负却公税。
> 后乐前钲,鬼咤人惊;少年大贾,币帛将迎。
> 帛高者止,与笑月下;来日相过,归比折价。
> 笞挞未歇,优人喧阗;危笠次第,宾客登筵。
> 堂上高会,门前卖子;盐丁多言,箠折牙齿。

盐民之苦,在陋轩诗中占有独多篇什,吴野人的表现盐场灶户生活的诗,是诗史上特殊的专题之章。《海潮叹》、《秋霖》、《堤决诗十首》等等数十篇写水患的灾难之作与上引诸诗一起组合了罕见的苦难图长卷。著名的《绝句》更以冷峭而貌似轻快的手笔,加一倍法揭示了盐民灶户非人的苦力生涯:

> 白头灶户低草房,六月煎盐烈火旁。
> 走出门前炎日里,偷闲一刻是乘凉。

诗句真朴之至,纯系白描口语;诗情沉郁之至,一片怨怒声闻。逆笔拗折,愈拗愈显,愈折叠愈真实。野人诗艺由此可见真谛,其风格亦据此足可感知。

吴嘉纪在前明略无任何功名,但作为儒士,强烈的民族正义和家国兴亡感难以去怀。举目四顾,他时时觉得天地逼仄,人境凄

寒,《次韵答黄鸣六见怀》三首可作为他"万寻愁"挥不去的一个例证,其三云:

> 乾坤何处可题诗?画里江山雨洗时。
> 水起峰低人不见,云生树冷鹤先知。

江山只存见于纸上画里,人间已无处可题诗,是大悲恸语,大感慨语。这悲恸与感慨是起之于严峻的现实,而扬州之屠简直更如恶梦般的缠绕心头。见到或谈起这话题有关的人事,甚至是关涉及劫里逃生者也似乎又重现着当年情景。《挽饶母》中一节写"祸害百万家",情景仍令人心悸:

> 忆昔芜城破,白刃散如雨。
> 杀人十昼夜,尸积不可数。
> 伊谁蒙不戮?鬼妻与鬼女。
> 红颜半偷生,含羞对新主。
> 城中人血流,营中日歌舞。
> 谁知洁身者,闭门索死所。

《一钱行·赠林茂之》在当时咏万历钱而伤"江山宛然人代改"的诸多酬和之作中,最具声誉,是篇睹物兴叹的佳制。《泊船观音门十首》则是故都重游即景伤怀,一吐"亡国恨无尽"的组诗。吴嘉纪足迹极少出扬、泰地区,南京似是他所到的最远的地方了,这次他当是应诗人吴晋(介兹)之邀再吊钟阜建业,并拜访了著名遗老张怡(瑶星)。这十首诗语皆朴灵,写触目所感,情真意切,绝无涂饰文字。如第四首:

> 即以山为郭,坚完世所稀。
> 云鸿应得度,塞马竟如归!
> 陇雨耕时大,人烟战后微。
> 年年禾与黍,养得骆驼肥!

以塞马归、骆驼肥之意象抒述山河易主，"坚完"的旧都成了放牧地，别具一种手眼。第七首：

> 鼓鼙声飒飒，道路色凄凄。
> 盘髻妇驰马，横刀兵捉鸡。
> 山城常罢市，帝里已成畦。
> 黄屋光辉瓦，纷纷碎入泥。

顺治初期江南城市的破坏萧条情状由此诗与下一首的"饥民春满路，米店昼关门"等句可以想见。

《陋轩诗》的价值还应数它大量的哀生悼死的交游友情诗。这数十百首涉及一大批遗民寒士的长篇短章，无论其认识意义、诗史价值或审美品鉴，均不亚于著名的《王解子夫妇》等歌行。其中除了《赠别李艾山五首》《赠陆悬圃二首》《寄李小有》等有关兴化遗民群以及另一些较著名的隐逸诗人的作品外，特别应提到一批淹没已久，少有人知的苦心畸人的行迹被吴野人保留在诗作里，得以传流于世。如果说诗乃抒情物，那么，这类心灵相通、甘苦与共的充满人情味的作品绝不可轻视。兹举《挽王秀才斌》二首，权作尝鼎一脔：

> 怀抱人难测，衣冠自不迁。
> 传经多弟子，结友半屠沽。
> 死去文章在，年凶产业芜。
> 故林沧海畔，鸣噪尽饥乌。

> 赋诗悲乱世，易箦及芳春。
> 凤昔宁知佛？精魂实避秦。
> 老妻单冷墅，残帙委流尘。
> 杖履难重遇，桃花处处津。

王斌字为宪，系野人安丰场同乡，"淘上诗社"成员。据《中十场志》等载述,斌弟王莱衣尤工书法,乙酉扬州乱时遇害,王斌终身不复出,诗中"精魂实避秦"即写此情事。据说王斌临终有诗云"沉沦苦海几多春",诚是"怀抱人难测"的苦节之士。当时类似这样的文人真不知有几万千,时代惨酷,"残帙委流尘",他们与著作一起沉沦到了苦海之底。由此而言,吴嘉纪的得遇周亮工以及那些同道好友汪楫、程岫、孙枝蔚等实是大幸事。

在结束吴嘉纪的论述时,对他的《内人生日》一诗不能略去不谈,这是伉俪情深的上乘之作,堪为古代爱情诗史增添一缕灿烂色彩。吴野人夫人王睿,字智长,能诗词,据传有《陋轩词》之著,今仅《众香词》中存传单篇零章。吴氏赠内诗云:

> 潦倒丘园二十秋,亲炊葵藿慰余愁。
> 绝无暇日临青镜,频过凶年到白头。
> 海气荒凉门有燕,溪光摇荡屋如舟。
> 不能沽酒持相祝,依旧归来向尔谋。

糟糠夫妻的哀乐悲欢溢于笔端,清苦中一片温馨,正衬现出王氏夫人的贤而慧,形象如在眼前。

吴嘉纪的诗"纯是天籁,随手拈来,都成妙谛"。《海天琴思录》论诗以为"乐有天籁、地籁、人籁,诗亦有天籁、地籁、人籁。近代国初诸老诗,吴野人,天籁也;屈翁山、顾亭林,地籁也;吴梅村、王阮亭、朱竹垞,人籁也。此中精微之境,难为不知者言也"。这个论断从自然纯真、清朴深挚审美角度言,是不错的。也正是由此而论,张符骧《依归草二刻》卷下《闵宾连墓表》一文说:"自王于一死,而扬州无古文;自吴野人死,而扬州无诗"云云,不能说是乡曲之好的断语。

二 东淘诗群

东淘诗群,文献罕见载录。史籍失载当然并非等于这一史实的不曾存在。东淘诗群的应该予以表征,是因为它特具以下三点诗史观照意义:一,它作为明清之际徽州文化的一个典型的集焦点,提供着徽商对东南文化所起的推促力的一个重要参照系;二,东淘诗群所表现的浓重的苦郁心态,不啻是"胜国"遗民具体而微的缩影,布衣阶层中如此广泛和强烈的民族情绪,足见遗民层面的宽广度,说明故国之思并不只属于缙绅之士专有;三,东淘诗群的客观存在,表明诗史上出现吴嘉纪这样的大诗人不是偶然的事。它再次证实了任何杰出的人物都是特定时空条件下育化而出,是历史文化的一种具体现象。

今属江苏东台县的安丰场即东淘,僻处东海之滨,除非研讨中国盐务史,这块荒寒土壤已不大引起世人注目。然而,作为明清时期沿海大型盐场之一,曾设置盐课大使的安丰以及富安、梁垛一路,乃历史上盐贾密集之地,而徽州籍人氏尤多流寓或侨居此间。徽商早在明代中叶就成为一股巨大的社会力量,俗有"无徽不成镇"之说。关于徽商的行迹,《康熙徽州府志·风俗》载述说:"徽之富民尽家于仪扬、苏松、淮安、芜湖、杭湖诸郡,以及江西之南昌、湖广之汉口,远如北京,亦复挈其家属而去。甚且舆其祖父骸骨葬于他乡,不稍顾惜。"万历时修的《歙志·货殖》也早有记载:"岂唯如上所称大都会皆有之,即山陬海堧,孤村僻壤,亦不无吾邑之人,但云大贾则必据都会耳。"《休宁县志·舆地志·风俗》更有总结性的概述:徽商"藉怀轻赍遍游都会,因地有无以通贸易,视时丰歉以计屈伸。诡而海岛,罕而沙漠,足迹几半禹内"。盐业是徽商重要的经营项目,所以滨海盐场之一的东淘成为他们主要的寄迹处。

以徽商为主导体的后期徽州文化不仅仅是经济与文化之间一般意义上的因果现象,也超越了徽州地域的所在空间。这是文化史上由贾而仕或亦贾亦仕的重要演化时期,其对华夏文化特别是东南文化的推进发展的意义,需要著一部专史来阐释。只须指出一个事实就足以说明"足迹几半禹内"的徽籍人氏文化投入的巨大：汪、程、江、洪、潘、郑、方、吴、马、许等徽州大姓自明清之际以来在东南地域的文学、艺术、学术、出版、收藏等类文化事业上的建树和贡献是如此面广量大，他们足迹所到，一种富具后期封建文化特点的氛围就随之遍地蘖生。东淘在明代原已涌现过王阳明"心学"左派的大师王艮（心斋），王艮父祖辈系明初迁自吴门，遣戍为盐丁。当心斋崛起东海后，其学被誉为能"使顽廉懦立"，尽管他也"力倡圣学"，但"切近明白，虽日用平常而至道显著，不似训诂家迂阔繁杂，徒启天下以辩论之端"（孔尚任《告王心斋先生文》）。切实日用的学风和论旨，显得平民化世俗化，而实用则不仅为平民知识者易接受，也切合商仕阶层的心性。所以，本土文化的传习与徽州文化特质的渗合，东淘一地经传之学和辞章歌赋之风早已炽盛。

但明清之交东淘遗孑之士群集特多还有其时代特定原因。徽商足迹半天下，与社会的政治经济体制已深相契入，颇有祸福衰荣与共之势。对此，著名的抗清殉难名人金声的《建阳令黄侯生祠碑记》说得很清楚："天下有不幸遭受虔刘之处则新安人必与俱。以故十年来天下大半残，新安人亦大半残。"（《金太史集》卷八）新安就是徽州。明末的农民起义烽火，对徽商的打击固不小，而清兵南下，徽州以及各地的"新安人"蒙受的灾难尤大。在这场尖锐的民族矛盾冲突中，徽籍人氏后先有三种表现，一是义无反顾地誓死抗击，于其乡邑和客居所在均大批地浴血饮刃，扬州、江阴、嘉定等城徽籍商民破家者特多，如程壁在乙酉（1645）年清兵围江阴时，即"散家资充饷，而身乞师于吴淞总兵官吴志葵"（《徽志补遗》）。商贾的流动性行业特性此时正有助于四出联络的掩护。二是"不愿立他人地上，饱食令终"而自尽，如吴嘉纪"相慰相寻已十年"的"贱贫交态比金坚"（《赠程云家，时四十初度》）的密友程岫之父程懋衡一类；三是逃隐，与清廷坚决不合作。"新安人"的避世隐逸,在乡邑则深居黄山、白岳(齐云山)等当时人迹罕至的岭壑间,在外则穷乡僻壤四处皆有。东淘既是徽人熟悉的有根基的处所,又远离都邑,诚如侨寓于此的诗人戴胜徵(岳子)认为的"乐其地辟而钓游可适"(《石桴诗钞序》),于是一大批原已流寓数世的与当时陆续移居而来的徽籍人氏,和该地世代相居的乡里名士构成了甚为庞大的遗民群。

与吴嘉纪相纽结的东淘诗群按年序大抵可分为前后二个部分。前一部分本籍人氏占多,著作大多在动荡时期未刊刻而散佚,后一部分则徽州籍流寓者为多。

世称"东淘诗社"的成员是吴嘉纪前期诗友,袁承业《拟刻东淘十一子姓氏》说他们"萃生于万历年间,同处东淘左右。国变后,隐居不仕,沉冥孤高,与沙鸥海鸟相出入"。除去吴氏外,其余十人是:季来之(1594—1667),字大来,号绮里;沈聃开(1615—1673后),字亦季,著有《汲古堂诗存》、《尔尔词》;王大经(1621—1692),号石袍,著有《独善堂文集》等;周庄,字元度,号蝶园,著有《桴窝草》、《蝶园诗草》;王言纶,字鸿宝,号钝夫,著有《棘人草》等;王衷丹,字太丹,著有《朝寻集》;王剑,字水心,后为僧,改名残客,著有《逃禅集》;傅瑜,字琢山,著有《雨轩集》;徐发荄,字赟阶,著有《岭云集》、《默庵诗稿》等;周京,字浡吉,号柳隐。此外,杨集之原名王大成者亦应是重要成员,系与吴嘉纪、王大经、沈聃开合称"东淘四逸"的诗人,明亡后托迹于医以隐,野人悼诗有"看山垂泪眼,蹈海独醒人"句,可知其为人。

上述群体中,王剑与王衷丹最堪注意。陋轩诗有《哭王水心》一首说:"同里有四人,异姓称兄弟。郑侨急友难,七尺早徇义。道人王衷丹,肃默古松类。学佛忽有得,中岁谢尘世。论齿君最长,羸躯寒惴惴。"又说他们结盟的背景:"吾辈为樵渔,始自乙酉岁。"后来的刻本将"始自"句改为"相订终年岁",以掩去"乙酉"这敏感字眼,正好说明清兵渡江之初,他们有着反抗的实践行为。

王衷丹是王艮的五世裔孙,崇祯年间为诸生,乙酉福王立都南京,他献策过,力图中兴。后来显然是见事已难为,隐去,擅书法,靠卖字糊口。他卒于顺治末年,仅四十七岁。据传,其《朝寻集》系毁于禁书。王剑,为抗争清廷,薙发为僧,"八载走山川,缁衣备劳瘁",回东淘后,"亲朋还隔绝,故妻终摈弃",寄迹在荒寺里。吴野人和王大经曾驾扁舟"沿村呼姓字"找他回来。《明遗民王水心先生小传》说他"耽吟嗜饮,国变,痛哭,大饮"。吴野人说其作诗"一字不孤冷,终夕弗肯置"。"孤冷",是东淘诗群的群体风格趋向,足见并非野人诗所独具。王水心卒在顺治末康熙初,略后于王衷丹,他的《逃禅集》未曾刻。

　　东淘村镇虽小,但上述群体中却是遗民形象各色齐全,岂非具体而微?何况在此之外,还有如:曹应鹍,字僧白,号白羽,原籍歙县,侨居东台李家堡,世称"任侠好施有隽才",诗法中晚唐,以及"乡路虽咫尺,生死总不归"而"混入屠沽号酒民"的徽州休宁籍的戴酒民等年辈较长的遗老。戴氏系汪楫的岳父,吴野人《伤戴酒民》悼诗云:"独惜兰蕙质,委化荆棘间。酒伴不相顾,风雨鸣杜鹃。"当年东海之滨,草野潜处的情景据此能窥见一斑,而这就是吴嘉纪置身于中的环境氛围。

　　东淘诗群后期的主要成员是郝仪、程岫以及后来出仕清廷的汪楫。兴化陆廷抡《江村诗序》说:

> 予自客广陵,见汪子闲先、吴子后庄、郝子羽吉、乾行诸诗,皆简洁得野人度矩,最后读云家诗,尤心折。昔昌黎以古文辞鸣于唐,其后李翱、皇甫湜、张籍、郑樵之属,踵接而起,而翱名尤盛,故当时有韩、李之目。然则《江村》一帙,当与《陋轩》并传千古无疑也。野人之后复有野人,盛矣!虽然云家之与野人,可并传于世者,独诗也乎哉?

　　陆氏之评述,当然有过誉,上述诸人诗或佚失或难见全貌,已很难确论。然而郝、程、汪三氏为吴嘉纪生死道义交,则应肯定。诚然,周亮工的大力揄扬,是陋轩诗名"在野名偏著"的契机,但确如吴野人《咏古诗十二首赠郝羽吉》中所说:"吴楚几原泉,气味本孤清。汩没山谷里,几与众水并。"如果没有郝仪等的常相资助,没有汪楫的中介推誉于周亮工前,没有程岫在野人病故后悉心捃拾遗稿并予编辑,那末也必将"汩没山谷里",失传于世的。

郝羽吉(1632—1680),名仪,号山渔,歙人。孙枝蔚《郝羽吉诗序》称其为"不独诗人,固今世隐逸之士也"。当时他以鱼盐之业客居扬州与东淘之间,所作诗"至性缠绵"。他是吴野人的主要救济者,"时出粟与布周之"。可惜已难觅见他的作品。吴周(1627—1669),号后庄,亦歙人,诗极得王又旦等称道,早卒,诗亦未传。汪次闲系汪楫之弟,郝乾行乃郝仪之子。应该介绍一下的是程岫。

程岫,字云家,歙人,流寓东淘梁垛。甲申国变其父自尽,时程岫尚在襁褓,他大约生在崇祯十五年(1642)后,与吴野人为忘年交。野人死无以殓,赖他左右料理,并葬吴氏家属中未葬之棺三,同归坟穴。他的《江村诗》,曾与《陋轩诗》合纂,未见传本。今传《江村诗》及《明遗民诗》所选大抵已去锋芒而仅存简淡清逸情韵,但这位家遭变故,年资较晚的诗人的抑郁之思仍可把握一二,其人情志是很具布衣高士品格的。《赠徐凤麓》透露有故土非我有的流徙之哀,诗甚深沉:

　　积雨消春日,羁人叹暮年。
　　淮流寒照树,乡梦夜闻鹃。
　　旧业浮云外,游装短棹前。
　　亲知零落尽,去住总凄然。

《杂诗》一首写出了很不平凡的人生态度:

> 木棉初种时,其子皆露天。
> 意在衣被人,不肯为人怜。
> 我行忽见之,三叹心惕然。
> 感此复再拜,草中有大贤。
> 丈夫生宇内,岂止图自全!
> 鹑衣瓮牖下,措意在八埏。
> 杯水虽至微,味亦同深渊。
> 泰山非不高,远视等一卷。
> 但使志念存,何必快目前。
> 惜哉彼下士,白发守遗编。

如此地表述"匹夫有责",微民亦可尽此"有责"之志,显得平易而深切,胜过高谈阔论多矣。他的乐于助人,特别是义交吴野人,从这诗中可以探得一种必然性。

吴嘉纪诗弟子中,兼工篆刻的吴麐成就和名声最高。吴麐字仁趾,歙县人,侨寓扬州一带[①]。著有《樵贵谷诗稿》,姜宸英序称"以为今诗人自南海屈大均殁后,少有类此者",这似是有些夸大,后来《清诗别裁》编者沈德潜认为:"仁趾与宾贤有二吴之目,而宾贤以性灵见,此以情韵见,几于莫能相尚。"时代的变迁,吴仁趾已不可能具有野人的特定感受。吴姓为新安望族,江都一线的吴姓大多迁自徽州,故吴仁趾与著名诗人吴绮为本家兄弟,他的《展园次兄遗札》既可见其诗"情韵",又可感知东淘诗群的"孤冷"之风已消散了:

> 草绿池塘梦已残,西堂无复共盘桓。

[①] 《淮海英灵集》丁集卷三,吴楷有《题从父仁趾先生诗集后》三首。其三曰:"生当两戊寅,吾兄亦下世。掩面向蓟云,更屑真州涕。"有注云:"先生年六十一,得仲子阿强,集中有示阿强诗。先君子入都,携之南归,继真州子蕃从父后,今吾兄亦没。"据此可知吴麐生于崇祯十一年戊寅(1638)。

空余怀袖三年字,零落银钩忍眼看。

三　兴化李氏群从及其他

古称昭阳的兴化,位处淮、扬道间,明清之际堪称人文渊薮。兴化为水乡泽国,其地文化蔚兴与科举仕进密切相关,孔尚任《清晖亭诗序》云:"昭阳旧为文人之薮,宋元以上者无论矣。前代如高文义公穀、李文定公春芳、宗子相臣数先生,皆能致大位,成大名。"高穀(1391—1460)位至大学士,李春芳(1513—1585)曾为首辅,宗臣(1525—1560)以福建参政、提学副使衔卒。三人皆以直声称,而李春芳尤以一代名臣闻于世,宗臣文学成就最高,为"后七子"中重要成员。近二百年间的人文薰陶,兴化不仅才士辈出,而且志洁品高,耿介之风甚盛,至于与故明政体的渊源特深自不待言,所以,甲申、乙酉之际,李、宗后裔中守节不移者至多。在兴化遗民群中,既有以《三垣笔记》等著称于世的大史学家李清(1602—1683),更有以坚拒王士禛相访的李沂等不趋时势的布衣诗群,而与魏禧、冷士嵋等结为性命之交的宗元豫则为宗氏群从中突出的遗逸之士。

兴化诗群延续的时间很长,直到孔尚任于康熙二十六年(1687)任职淮扬,随工部侍郎孙在丰疏浚黄河海口时,犹得及见"昭阳诗群"诸名家,他在前引《序》中说道:

>今之作者,如李小有(长科)、艾山(沂)、若金(淦)、汤孙(国宋)、陆悬圃(廷抡)、王景州(仲儒)、歙州(熹儒)诸子,余皆得交其人,读其书,其可传如前代高、李诸先生必矣。

然而"昭阳诗群"的著作大多罕传于世,这和乾隆四十四年(1779)李沂从子李骥的《虬峰文集》、四十五年王仲儒《西斋诗集》先后罹禁书专案并遭戮尸枭示,无疑有着深切关系。从康熙二十六年(1687)到乾隆四十四年(1779)约九十年之间,是兴化以及扬州地区乃至整个华夏文化发生又一次胚变时期,这期间兴化出现过号称"三绝"的巨擘,即"扬州八怪"中的李鱓(1686—1762)、郑燮(1693—1765),李鱓系李春芳的六世孙,亦即李沂等从孙①,而郑燮则早年正师事陆廷抡之子陆震,由此可溯及"八怪"诗书画中狂怪之气的文化渊源。此后,昭阳人文则大抵转而沿任大椿(1738—1789)的《小学钩沉》、《弁服释例》等一路朴学考据而演化了。

兴化诸李以李盘年资最尊。李盘,原名长科,字根大,号小有。生年不详,卒于顺治十四年(1657)②。据《重修兴化县志》谓其"博综古今,务为经济之学,尤精韬略。弟嗣京及乔从受业,皆成进士,长科数奇,两中副榜。崇祯十三年始以贤良方正辟授广西怀集令"。李乔是万历四十七年(1619)进士,李嗣京为崇祯元年(1628)进士,据之可推知李盘大致行年。明亡,以隐逸终,然《县志》载述:"晚年侨居丹徒,造渡生船,建避风馆于江口,拯活甚众。"此极值得注意。其"晚年"正值郑、张水师三入长江,丹徒为江上口岸,著有《金汤十二筹》等书的韬略家能不有所图?他又著有《遗民广录》,诗集为《李小有诗纪》二十五卷。兴化诗群承"七子"余响,但大多不介入派别之争,他和钟惺、陈子龙同时为诗友。

---

① 关于李氏世系,见民国十七年李氏师俭堂刊《李氏世谱》,谱共四卷,按房分为十二房。此谱详于世系,年齿生平较略。

② 据孙枝蔚《溉堂前集》卷四,有《挽李小有》五言律一首。诗下自注"丁酉",即顺治十四年。又:《李氏世谱》卷四有附录之《李氏别纪》,吴甡为作序,序末云:"小有昆季以予为知言,因书简端。"署"甲申嘉平月后学吴甡柴庵识。"吴序之后为李小有自作题记,中有:"先大夫不可复见矣,仲弟京今且亡,予年六十有六,其又能久存乎?爱取《别纪》附以遗事授之梓。"按《别纪》系小有兄弟之父李思聪撰,李氏昆季增益遗事三七则。据《李氏家传》谓李嗣京"乙酉后杜门养疴,绝意世事",是卒在乙酉(1645)后数年间。《家传》又据《句容县志》说李小有"万历中与同邑张宾王齐名"。张宾王即张榜,万历三十一年(1603)举人。综上述,大抵可推知李盘(小有)生于万历十年(1582)前后。其"年六十有六"则当在顺治四年(1647)间,享年在七十五岁以上。

其诗抒述家国沦亡以及痛悼忠烈的山阳暮笛之情,沉痛而壮慨,未失"七子"一派气势却又能实之以真挚哀思,如《挽先兄维曼大司农》悼南明隆武朝的李长倩,其二云:

> 不向青山正首丘,愿倾热血溅刀头。
> 出师表上风雷动,转饷筹空日月愁。
> 蝴蝶三更思汉鼎,子规万里怨吴钩。
> 英魂到海流无尽,张陆应同把臂游。

李氏群从以诗名者有李清之兄李潜(启美)、弟李瀚(士翔)、从兄弟李沂(子化)、李沛(平子)以及瀚之子国宋(汤孙)、沂从子辚(西骏)等。其中李沂与辚、国宋人称"三李",名最著。

李沂,字子化,号艾山,又号壶庵。陈瑚《离忧集》说:"沂少于沛二十余岁,恂恂谨饬,闭户株守,两人者,一狂一狷焉,顾又深相知也。"《江苏诗征》引《遗佚录》谓:"沂与沛订诗社,王文简司理扬州,闻其名,致欲见之意,不可。会行县,访于门,固辞不见。"由此可见,《明诗综》偏重绍述其"与物无忤,酒酣益觉温克"以及"往往逃于神仙家言,冲雅淡远"云云,不足以尽其人之情志。李沂得高龄,康熙三十六年(1697)仍在世①。《扬州府志》说他"以诗歌自娱,深入盛唐大家之室,江淮南北言诗派者以为依归",又说"性和平坦易,于物无所碍滞,独于名义不少假"。不多交友,唯与同里陆廷抡、宝应王岩、泰州吴嘉纪为莫逆,有《赠吴野人》诗云"把君诗句忽惊呼,便欲追随卖酒炉"。著有《鸾啸堂集》九卷,曾选编《唐诗援》,传世的有《秋星阁诗话》等。

李沂《听杨怀玉弹琴歌》的"弦鸣指咽绝复生,黍离麦秀伤人

---

① 李沂《秋星阁诗话》自识云:"予衰年闲放,人事一无所与。邑中诸子,不察谫陋,以诗属订。辛酉偶过维扬,维扬诸子亦难。予非敢曰知诗,既蒙დ来质,不敢不揭,兹数则乃促膝相晤之语,虑其忘也,书而授之。壶庵李沂识。"辛酉,为康熙二十年(1681)。张潮《秋星阁诗话小序》谓:"艾山年已八十,精神充裕,步履矍铄,不减强健少年。"均见《昭代丛书》甲集卷三十二。

情。感时述事语不明,四座慷慨谁能平"以及为王弘撰奠祭崇祯墓葬而作的《鹿马山人歌》等均系写亡国痛的名篇。赠新乐小侯刘文炤(雪舫)诗,哀其劫后余生,躬耕高邮,有"万死惊身剩,全家与国亡"句尤著名。《重过金陵》写得凄清而绵邈,情思弥浓:

> 秋风又到秣陵关,独客穷途尚未还。
> 武定桥头新月上,朦胧遥望紫金山。

李沂写有不少民生疾苦之作,如《筑堤谣》的"持畚来,筑河堤。饥死老父冻死妻,谁者堤,我筑之";《插秧歌》的"谁者造屋?吾为尔操版筑。谁者有牛羊?吾愿为尔牧"!《野望》一绝苦情特浓,以氛围衬祸害,笔致简洁:

> 风卷蓬根野日昏,含凄倚杖望孤村。
> 村中昨夜逃亡尽,还有催租吏打门。

《丙寅元日》是康熙二十五年(1686)的作品,狷介强项的个性形象依然无改,情韵苍凉而别见峭拔:

> 老屋河干渐不支,年来河伯故相欺。
> 颓檐缺壁还风雪,浊酒辛盘自岁时。
> 浪把一生供敝帚,独留双眼看残棋。
> 阳回少慰幽人意,检点梅花放几枝。

李沂从兄李沛(1598—1655)字平子,著有《平庵诗集》和《江淮稿》。关于李沛的生平,清初时人大多讳言,朱彝尊《静志居诗话》亦失载。《遗民诗》小传仅言及"善诗,工书法,好负气,人不如意,辄叱之"。康熙后期张符骧《沧浪水樵传》在为李季子传述的结篇处谈及"窃闻南京之不守也,李氏平庵、籀史、艾山三人及顾叔尚、何元长过雷伯籲,约同死。伯籲曰:死不易言也,吾辈皆有亲在,唯矢不仕而已。后诸君子果不食其言"。

平庵诗郁勃之情每寓之于"年年孤立大江心"似的寒苦形貌

中。其《看云》曰:"芒砀占龙气,苍梧望帝乡。何年凌倒景,天汉共回翔。"《甲午立春》又有句云:"十载疑天道,荒城又立春。雪深埋白骨,风急乱青磷。"甲午是顺治十一年(1654),可见"十载疑天道"等句的份量,此类诗仍得以流传,实属幸事。《人日雾过樊汉》更是意在言外,心境含蓄:

> 野水孤村合,荒林晓雾霁。
> 断桥寻宿舸,前路听鸣鸡。
> 江汉何时净,乾坤此日迷。
> 白头飘短发,俯仰望朝曦。

此诗托"雾"而斥不"清",企盼"朝曦"以去"迷",以求"时净",毫无疑问他借题发挥在抒述复"明"之意。其《闻雁》诗则愤慨于"海滨矰缴满,声断有余哀"的险恶迫害;《九日晚生孙》直言"相韩五世后,恩养亦艰辛",内心所期待的是子孙们永不帝"秦"。然而,这也确是不易,在时势和科举制的习惯力量促迫下,李沛弟侄辈中如李滢(1618—1682)、李柟(1647—1704)就先后应试出仕,很难坚持到孙辈的。

李瀚,李清从弟,字士翔,号籀史,又号严庵,著有《严庵稿》。年长于李沂,甲申后逃于禅,然不剃发。其诗以血泪心伤为多,唯韵味深浓,且特多"月明"意象。如"夜静月明天一色,不知何处下鱼钩";"元夜扬州月正明,琵琶弦索尽边声";"回看四十年前事,明月春风总是愁"[①]等等。《伤春曲》二绝最耐咀嚼:

> 池塘春草绿依依,万古愁魂唤不归。
> 羡杀南来鸿雁影,月明天外一行飞。

[①] 诸句分别见《象山王丈扇头见徐山甫表兄偈,有"秋来黄叶满江头"句,用为起韵,口占一绝》、《广陵元夕》诗。《明遗民诗》卷三。

> 隔城三里水之涯,中有秦人几百家。
> 未许外来窥渡处,至今不肯种桃花。

羡鸿雁是因为它们虽从北飞来,却是自由飞翔在"月明"中,意即能不受清廷统制;"秦人几百家"是不知有汉,焉论魏晋的世外乐土人,"不肯种桃花"则坚拒来访者,意志决绝之义。二诗集中表现了李瀚不与新朝妥协的心志,魂寄"月明天一色"中。但是现实是酷烈的,能逃世到何处?"明月"毕竟虚幻得很呵!《春夜书怀》正是这类遗民怅苦心境的写照,颔联堪称名句:

> 村舍独愁人,寒窗坐一灯。
> 馀生同短烛,世态更春冰。
> 避地思何往?低头愧未能。
> 长怀无限恨,不觉泪沾巾。

李骥(1634—1710),字西骏,号虬峰。著有《虬峰集》、《楚吟集》等。《虬峰集》罹文字狱,其深为清廷痛恨切齿可从两江总督萨载等奏折中见之:"查李骥生于明末崇祯甲戌,当胜朝鼎革之时,年仅十一岁。其在本朝食毛践土已六十余年,且身为岁贡生,乃于集内肆其狂悖,甚有系怀胜国,待'明'重兴之意;且布袍幅巾,不遵本朝制度,大逆不道,至此已极。""应将李骥照大逆凌迟律剉碎其尸,枭首示众,以彰国法。""食毛践土"多年而仍未忘前朝,是清廷最以为犯忌之事,文字狱的兴起,其意正在警惩生者。对兴化李氏,即奏折中着重点明的"明季宰相李春芳之后"则是一次严厉的清算,以斩断异心。李骥被斥为大逆不道的文字主要是《壬申元日》中的"杞人忧转切,翘首待重明",以及"白头孙子旧遗民,报国文章积等身。瞻拜墓前颜不愧,布袍宽袖浩然巾"之类诗句。"待重明"云云实乃他父辈诗作中常见之词,由此可知,《虬峰文集》的禁毁,也就意味着李沛、李沂、李瀚一辈著作不允存于世,兴化李氏诗群无异于被"钦定"为不法之辈。

在兴化诗群中,陆廷抡(1627—1684后)是很突出的一位。廷抡字悬圃,别号海樵子。据《离忧集》说:"成童时,才锋横出,吾师汤司理以国士目之。经国变,坐卧一室,授徒养母,唯与同邑李平子讲《易》,李艾山谈诗,宗子发论史,三人外,跫然足音也。"甲申后,他居城郭外,三十年不入兴化县城,吟啸狂歌于一小楼,著有《酩酊堂集》。陆廷抡这种心性,后直接影响了其子陆震(仲子),前已提到,陆震乃郑燮终身不忘的启蒙师。

关于《酩酊堂诗》,可引其《过史相国坟》为例,以见借"酩酊"浇胸中遗恨:

> 广陵城北一孤坟,云是先朝旧督臣。
> 冢上断碑题汉字,路旁荒草拜行人。
> 沧波呜咽三江戍,碧血凄凉万古春。
> 一自前军星坠后,至今无复见纶巾。

四　秋江散人冷士嵋、黄云、宗元鼎兄弟

清初广陵(扬州)、海陵(泰州)、昭阳(兴化)、京口(镇江)之间布衣诗群中,黄云与冷士嵋是两个品节、名望和成就都很卓著的高士。泰州黄云作为维扬地区的诗老,联结着各个层面的文人,而其兄弟子侄亦无不能诗,"广陵五宗"中的宗元鼎又是他的儿女亲家,所以黄氏家族群体具有当时苏北一带特有的亲族相随、清逸高蹈的遗隐风范。至于蛰居丹徒山墅间的"秋江散人"冷士嵋则不仅和对江的布衣群有千丝万缕的关系,而且还与吴中遗民如文点以及"易堂九子"中的魏禧等密相往还,称性命之交,这是一位沟通着大江南北的重要的隐逸诗人。

黄云(1621—1702),字仙裳,号旧樵。关于黄云在甲申、乙酉之际的行踪出处,前引杜濬《樵青歌》已见大概。他还有一事史多称述,即其于崇祯末赴童子试时受知于泰州知州陈素(淡仙),后陈氏在南京遭马士英、阮大铖迫害入狱,黄云卖去田产以

营救,并与陈素"同卧起于囹圄中"。陈得释,两人同离白门。陈氏旋卒,黄仙裳赶赴浙江桐乡陈家吊哀,并哭之以诗云:"白门多难后,生死亦相依。阅历一心在,苍茫万事非。"王晫《今世说》对此载述甚详,谓当时黄"举声哀号,感动行路"。王晫介绍黄云说其:"负气慷慨,逢俗人,稍不合意,辄谩骂之,人多目以为狂,不敢近。"然与同里著名诗人邓汉仪、宫伟镠却称莫逆,和冒襄、邢昉、顾梦游、纪映钟皆为诗友。邓汉仪《诗观初集》说:"当代作者如林,求如仙裳之风神秀上、格法婉惬者,目中实罕其俦。"一生著作甚富,诗集先后刻成《樵青》、《康山》、《悠然堂》、《桐引楼》等多种,然存世仅末一种之七言律部分以及诸家选本所选若干首。黄云与著名大画家石涛交好近三十年,晚年又导引孔尚任交游江东遗逸之士之尚存世者,故而黄氏又系书画戏曲史上关系很深的人物。邓汉仪认为黄仙裳诗"风神秀上",是指其诗风格以韵胜,情思摇曳,不事雕绘。他的作品即若写哀情亦较清婉,如《青溪月夜,续灯庵即事》:

　　莫信繁华擅六朝,茅庵深坐话清宵。
　　金陵万事都如梦,月色犹留旧板桥。

但是婉委之笔并不是空枵其内而徒求格法,黄云的诗中均有"事",像《送何龙若归京口》:

　　米家画里放船回,一路看山倦眼开。
　　只恐还乡无旧业,桃花空傍战场栽。

　　何铁(字龙若)是原籍丹徒而逃亡流寓于泰州的遗民子弟,书画兼擅,尤精篆刻,并能词曲,曾从陈维崧学。这位小字阿黑的艺术家是清初的一位怪才,与黄云族侄以围棋称国手的黄龙士(月天)都是海陵享誉全国的奇才,足与也是泰州人的大评话家柳敬亭先后媲美。但何龙若身世极惨,怀抱深沉的家国之恨,黄云的这首七绝相当洗炼地勾勒了这后辈的心境,尽管字字简易,毫不着力。①

黄云的儿子黄阳生(上木)、黄泰来(交三)均擅诗,泰来又系宗元鼎之婿。此外,他的女婿戴舆(宁斋)以及泰来之子黄鸾祥(瀛客)也都有诗作传世,一门唱和,盛称当地。黄云兄弟群从中以诗人称者众多,其中从弟黄九河尤著名。九河字天涛,号浮螺,著有《玉照堂稿》,构秋嘉馆、杜来阁于姜堄江边,杜濬等均曾避居其家。

黄云的亲家宗元鼎(1620—1698)与宗元豫(半石)、宗观(观问)、宗子瑾(完爱)、宗子瑜(不掩)世称"广陵五宗"。宗元鼎字定九,号梅岑,又号小香居士等,为清初扬州最著名的诗人之一。著有《芙蓉集》、《新柳堂集》,早年诗风近晚唐的温、李。据《扬州足征录》辑存的孔尚任所著《诗人宗梅岑小传》称:康熙二十三年(1684)玄烨"圣驾南巡"时召见他,他"因垂竿江上,未获进见",但在这之前他已贡太学,考授州同之职,只是没有受职。令人奇怪的是"憔悴江滨,扛户高吟"(邹祗谟《芙蓉集序》)的宗元鼎年长王士禛十四岁,却"从王士禛学诗"(《四库全书总目》),《渔洋诗话》也称"门人宗元鼎梅岑诗,以风调为主,酷学《才调集》"。王士禛司李扬州时,宗氏已年四十岁,何以出此举?从文学史角度看,此类事与王氏等"多布衣交"均说明清初诗坛上存有种种复杂现象,政治权力的因素正在文学艺术领域内多渠道地发挥影响和制约。

宗观诗名在当时也高,到康熙四十一年(1702)应试中副榜,官安徽贵池教谕,后迁居常熟,为宗氏别一支。在宗氏群从中始终矢志无改,隐居兴化土室以卒而足称逸民高士的是宗元豫。

宗元豫(1624—1696),字子发,号半石。元豫与元鼎、观为从

---

① 陈维崧有《贺新郎·赠何生铁》词,并有诗见于《湖海楼诗集》。吴嘉纪有《送何龙若》二首、《篆隶印章歌赠何龙若》等,见《吴嘉纪诗笺校》卷十一。

兄弟,均系宗名世之孙。兴化宗氏系由京口迁入,又曾著籍上元(今南京)。宗元豫年十五岁补诸生,后其父宗万化殁于潮州州判任上,接着甲申国变,他就弃诸生服。冷士嵋《宗子发墓志铭》说其"避地高邮湖西,再徙昭阳土室中,谢去一切,唯日穷订经史;即羹藜饭藿,时有不继,如是者垂二十年"。著有《两汉文删》、《古诗赋删》、《唐二十家明二十家诗删》等,自作诗为三卷。于文尤"思而振之",力挽颓风。平生与冷士嵋交最契,《墓志铭》云:"余与君缔交久,意相得甚。聚合时,非登高凭远即商榷诗文,正订经史。间烧灯夜坐,烛跋漏沉,至述往事,话衷曲,感遭逢,则辄共低垂哽塞无一语。"康熙二十七年(1688)孔尚任与他俩相晤时有一诗《宗子发同冷又湄过访》:"冷君交最冷,宗叟独与亲。诗卷江间气,颠毛乱后身。买舟芳菊候,访我病僧邻。茶熟无多语,萧然见古人。"此为宗元豫六十五岁时形象,冷士嵋则六十一岁。

宗元豫《半石诗钞》风格苍劲严冷,结辂抑郁。诚如《忆昔行寄陈确庵》诗中所述:"风光仍似旧,人物已疑非。到处登临肠欲断,每逢戎马泪沾衣。"他只是在"河山俯仰伤今昔"的怀抱中"日暮荒郊采蕨薇",行吟草莱间。《七夕集晓榭》吐露了只求拙不求"巧"的心声,以坚贞心作"七夕"诗,在千百年同题诗中别开生面:

逃暑偏宜竹,观云更有台。

双星天上会,二妙日南来。闽中二客适至。

露逼枫林老,凉催菊蕊开。

白头甘抱拙,那望鹊桥回。

在京江遗民诗人中,冷士嵋是成就最高的一个。

冷士嵋(1628—1710),字又湄,号秋江,丹徒人。甲申岁明亡,士嵋年十七,已补诸生。其兄冷之曦,字子晋,原系史可法牙将,乙酉南都破,之曦在丹阳组织起义,兵败被执不屈死。据黄中坚《蓄斋集·秋江散人小传》等,知冷士嵋亦曾往依义军,故杨宾

《晞发堂诗集·亡友》诗有"冷士举义旗,全家著忠烈。秋江百死余,毵毵满头雪","终身白衣冠,表此一生节","赠言井中诗,看君语悲咽"云云。家破后,他服古衣冠而隐,终身不入城市。《丹徒县志》说大学士张玉书"归里省亲,尝访之,及还朝,招之,不往"。又说人们对他"襄衣箬笠、竹杖芒鞋,晦明寒暑不易"。很奇怪,他回答说:"吾戴箬笠,痛胜国之天不复见,着芒鞋,痛胜国之地不复履。"著有《江泠阁诗集》正续共二十四卷。

冷氏诗感慨深沉,清折激壮之音特多。如《哭子晋兄》:

吾兄虽弱冠,忠义古人难。
愤血千秋碧,操心一寸丹。
旌旗落泗水,魂梦绕金坛。
痛作包胥泪,霜飞六月寒。

今存诗集中尚多见这样的诗题诗句:《壬辰春孝陵山下作》"一盂麦饭谁陈荐,空对空山哭杜鹃";《和南云先生三月十九日云岩送春作》"此日断肠谁识得,伤心那独为春归";《三月十九日岁再逢甲申,感而有作》"海棠花落东风里,此事伤心六十年"。他在《三月十九日圣忌日偶成》诗中更直说:

一年一度逢花发,每见花开辄黯然。
往事有谁来记忆?春风空老白头年。

"三月十九日"作为一个符号,已成为民族情绪的标志。冷士嵋径称这一日为"圣忌日",极罕见,他要人们始终记忆"往事",简直有点明目张胆了。

顺治十六年是镇江遭大劫的年头。郑成功水师占领镇江一线而又撤退后,清廷大肆镇压迎奉郑氏、支持郑氏的各界人士,此即"己亥通海大案"。冷士嵋在《诔张烈妇夏氏》中写道:"己亥值大乱,杀人如草薪。蹈刀赴汤火,视之同袵茵。见危即授命,不复顾逡巡。""巾帼乃能尔,愧彼轩组伦!"《海天别》记述己亥之役,既写了郑成功舰队"乘波直指京江来",清军"骁骑三千一时没"的威势,又写了郑氏师败而退时,"两岸人家百余万,尽被戈兵拥都市"的遭殃。一边是郑成功军队带走了大量壮丁,一边是清军的威逼,只见"父兮叫号母兮啼"而又"不敢相亲只相视"。战争给京口万姓黎民带来的是"城里纷纷出城死","奔号投窜城东西"的灾难。

长古《文太史椅歌为姜仲子赋》是一篇有关文化史的佳作。诗以文徵明的座椅起兴,借物抒情,抒述了二百年间"异代兴亡","兵火身经几更改"的历史。此椅在文徵明卒后归文氏弟子彭年,彭年亡故又转回到文徵明曾孙文震孟处,震孟身后不久"国难崩奔乱似麻,门阀一时漂没尽",吴门文氏在清初遭到重大打击。于是,椅子到汪琬家中,汪琬之子又将之赠姜埰之子姜实节(仲子)。此椅辗转过程,除了令人感喟"世间无事不沧桑"外,还让目睹此物者不能"不怀旧"。文、彭、汪、姜四家是吴中文化之族,四姓的不断兴替变迁,正划出了一条三吴文化世族的演进史程,而其中文、姜二家与前朝关系又最深切,所以,冷士嵋对此"前朝物"百感交集。

吴门文家在明亡时遭际极惨,文震亨顺治二年病死于阳澄湖上,第二年文震孟的次子文乘因抗清于太湖被捕遭害,震亨之子文果出家为僧,名超揆(轮庵),确实是"门阀漂没尽"。冷士嵋与文震孟之孙即文秉(大若山人)之子文点友谊深厚,他在文点死后为作《南云文先生墓表》,并一再哭之以诗。文点(1633—1704),字与也,号南云,著有《南云山樵诗集》十卷。文点与江浙遗老有深远的联系,他的死使冷氏伤心之至,其时冷士嵋也已是七七老翁了。试读《哭文与也》:

人没琴亡竹坞东,到来不与旧时同。
白云秋石荒凉尽,空对寒山落木中。

又《过文与也墓下》:

不道寻君薤露边，一抔宫陇卧荒烟。
山深路僻人来少，野草茫茫没墓田。

这已是康熙四十三年的事，正好也是甲申年，上距明亡整一甲子，文点卒在农历四月初十日，又是三月十九后二十天。所以，上引诗的境界的凄寒萧瑟恰好意味着遗民心事已将衰竭，康熙"盛世"的现实已严重地击破了一切幻梦。于是，冷士嵋《梦里青山图为桐上人题》二首似可作为遗民诗的结穴，其诗境实在就是遗老们心态的写照：

竹屋蒲团万壑东，萧然一幻坐来空。
十年尘虑都亡尽，留得青山入梦中。

片云孤鹤寄人间，心自禅空梦自闲。
莫把画图看作画，画中山是梦中山。

扬州、镇江一带遗民诗人中尚有潘高、蒋易等为当时著名者。潘高（1624—1678），字孟升，金坛县人，有《南村诗稿》二十四卷，《句溪诗稿》三卷。清初人曾以潘高与邢昉等齐称，以为系布衣诗人之杰出作手，一般称赏他的诗古淡而味腴。沈德潜又认为其五古"清真"之格，可与李邺嗣的"刻峭"并雄，"求参立者或难其人"（《清诗别裁》）。潘高行迹与邢昉、吴嘉纪等略异，早年受知于钱谦益，后曾与龚鼎孳、徐乾学兄弟交游，并不伏处草野，但又不愿入仕。诗也不是一味幽深古逸，《缫丝行》、《当窗织》、《贩茶行》等诗表现织女、丝工以及茶商生涯，都较切近现实。《杂感》组诗以及《咏怀》一卷，也见苦心。

与杜濬、王于一、石涛、龚贤等交往甚密的蒋易，是广陵布衣中很活跃的一位。蒋易（1620—1689后），字子久，一字前民，号蒋山，江都人，善诗工画，兼擅戏曲，故晚年与孔尚任甚友善。著有《石间集》以及传奇《遗扇记》等。蒋易在布衣诗人间较多山人色

彩,诗以五言律最工。如《十五夜默庵招饮》:

  应为冰蟾好,羁凄共野亭。
  醉开双泪眼,寒动一天星。
  战鼓春风寂,渔灯夜气腥。
  炉存先世物,香爇蔗浆青。

工于对句而又情韵不匮。又如《乱后过瓜洲旧居》:

  鸟散瓜洲渡,书归杨仆船。
  荒城无马迹,广厦几人烟?
  晴日江光凛,秋星杀气缠。
  蓬蒿原自满,此别更萧然。

这些均系较早作品,能写出时代氛围,后期则酬应诗多,意转轻浅。

第二章　以方文、钱秉镫为代表的皖江遗民诗人——兼说地域文化世族

地域文化是华夏文化整体组合的构成部分。随着政治经济的发展变迁，地域文化各自在兴替盛衰的历程中发生着衍变，这种衍变不断地导致地域间的文化差异，从而也促动着华夏文化整体重心的播迁。自从北宋末年"靖康之耻"，徽、钦二帝被俘"北狩"，赵构南渡建都于杭州以后，随着中州衣冠之族的"扈从"南迁，以及历经一百五十年人文蒸薰，由汉民族为整合主体的文化重心决定性地移向了神州东南。江、浙、闽、赣人才辈出，几乎主宰着此后的八九百个春秋，直至封建历史的告终。东南人文，江、浙尤见兴隆，此即史书所谓的"吴越称盛"。但自南宋以来，吴越人文亦有兴衰交替的历史阶段性差异。明中叶以前，两浙盛于三吴，特别是明初朱元璋深恶吴地文士趋附张士诚，统一后打击甚酷烈，太湖流域以吴中为核心的文化氛围一度消散，萧条至甚，大致要到景泰、成化年间（1450—1487），吴地人文始复苏再兴。此后，江南经济，主要是城市工商业的迅猛发展，推促着文化高涨，加之科举制的刺激，吴、越之间的地域人文再次出现构变。这种构变在诗人数量上体现得相当具体，而"诗"恰恰是封建后期文化最基本也是最普遍的表现形态。关于诗的作为知识教育被掌握的普及程度，前文有关章节已有所论及，其实这种普遍性早在唐代已形成，并深深渗透到人们的生活的各个方面，只是到明代以后更为发展罢了。最近，湖南长沙郊区望城县出土大批唐窑瓷器，在上千把酒壶中有题诗的达大半，有不少为《全唐诗》所未见，这正好又一次证实着上述普

及性,而此类现象到明清时期则更屡见不鲜。

清初有人说过,当时诗的选本中吴、越作者作品的比例要占整个中国之半,而吴又远多于越,这个数量估计大体是准确的。但明末清初人言"吴",其概念具体指"江南"省,即包括在明代隶属于南直隶应天府(即南京),清初与江苏同为"江南省"的安徽。直到康熙六年(1667)始独立设省的安徽,是明清时期文学、文化史必须特予关注的地域。这是因为除却徽州仕商文化的影响和建树外,皖地尚有大批在这一历史时期十分活跃而成就卓荦的群体和个人,尤其是呈现为十数世绵延不绝的家族群,如桐城方氏、姚氏,宣城梅氏等等。他们为文学史、诗歌史提供了丰富的文化审视的参照系。

皖中文化世族的涌现,同样与科举制度密切相关。据《明清进士题名碑录索引》,按当时隶属安徽辖区范围作不太精确的统计,在二百零一科进士考试中该省共有二千三百名左右中式,占全国进士录取数五万一千六百二十四名的百分之四点五左右,其中明代进士有一千一百八十余人。这是一个相当可观的数字,大抵仅次于江苏、浙江等省,足见安徽人文与科举文化以及明王朝政治契入之深。皖地文化的重镇又分布为二,一是以歙县为中心的包括休宁、祁门、宣城、泾县、旌德、绩溪、广德县的皖南地区;一是以桐城为中心的延及怀宁、太湖、宿松、贵池、全椒等邑的沿江地区,这中间还不包括今属江西的婺源和江苏的盱眙等县。欲探讨近五百年来涵盖各个层面的文化史现象,几乎不可能不关涉这些地区的人文史实。

作为一部断代分体文学史,当然不可能详说地域文化、家族文化的演变过程,犹如难以具体论述科举文化的多层次深广影响一样。然而,诗人的涌现、群体的构成、诗史的演化,无不受诸多种文化机制的制约。如果忽略这些有机整体中的重要中介因素的影响,政治的经济的也即社会背景的审视必将显得空泛,甚至是教条式的僵硬;而事实上不管是群体的还是个别的文学或是诗的现象，原本都十分丰富，绝非干巴巴的枯燥的模式化的罗列。所以，在相关章节分别予以某种侧面的删繁就简的，甚而是挂一漏万的述论，很有必要。或一角度的文化审辨，对诗歌史演变过程的认识，有可能提供较为真实而生动的事实，从而有助于辨认历史过程中复杂微妙的轨迹。

皖地文化家族的兴衰史实，具体而微地表证着诗作为心灵的窗户，作为一种最敏捷的抒情形态在社会剧变时期不得不变的必然性。宣城梅氏、桐城方氏在诗史上的踪迹则又是最能说明易代之际诗心、诗风播迁的过程。

梅姓是宣城巨族，素以诗、书、画代传著称。明代前期，梅继芳（陵峰）、梅继英（吉山）、梅继勋（峄阳）三兄弟著《埙篪集》，到晚明，梅守箕（季豹）与侄辈梅蕃祚（子马）、嘉祚（锡于）、台祚（泰符）、咸祚（以虚）、国祚（景灵）、鼎祚（禹金）称"林中七子"，各有诗集。其中守箕和鼎祚最有名，鼎祚曾与徐渭、陈继儒、王稚登等一起被时人合称"皇明七山人"，选有合集，自著《鹿裘石室全集》有六十五卷。梅家科举盛自明中叶，梅继善四子，长子守相是万历十七年（1589）进士，第三子守和、幼子守峻先后中万历十四年（1586）、二十六年（1598）进士，次子守极为万历四年（1576）举人。"守"字辈从兄弟中还有梅守德系嘉靖二十年（1541）进士，更早；"祚"字辈则有梅鹍祚为万历十一年（1583）进士。梅鼎祚是守德之子，所以他的得以归隐书带园，并筑名闻江南的天逸阁，显然与此特具的门第有关，从而他也有条件拍曲制剧，兼为名戏曲家。到明末时，鼎祚之孙梅朗中（朗三）以及梅磊（杓司）均为诗坛名人，与方以智、陈贞慧、吴应箕等交游甚密，朗三还是陈维崧早年的业师之一。然而，正是甲申、乙酉剧变，使这个与明王朝政治关联甚深的家族不仅门第渐衰，而且以诗鸣于世的传统亦中断，转而专力于书画或天文历算之研究。直到晚清梅氏迁南京的一支中梅曾亮以古文名世为止,梅氏家族没有出现过稍有名望的诗人。

甲申、乙酉之前夕梅朗中去世,他著有《书带园集》十六卷,死时年仅三十六岁。梅磊卒于康熙四年(1665),著有《响山集》。梅磊病故时,方文有首悼诗《梅杓司隐君·岁暮哭友五首之四》足能见其为人:"多病缘多欲,吾尝为尔箴。君言生此日,速死是初心。向子识诚卓,陶公恨转深。响山遗集在,终古有知音。"(《嵞山续集》卷三)生不如死,纵欲速死固然消极,然愤急之情可见。方文在此前即顺治十八年(1661)作的《题梅杓司藏卷·卷中乃诞北、颖侯、昆铜、伯宗、定生五亡友手札》说得更明白:

乍开此卷即沾巾,多是当年死难人。
浩气尚能凝碧血,遗言终不化青磷。

余公亢烈首捐躯,周沈同心亦与俱。
莫羡陈刘考终命,肝肠寸折眼全枯。

梅生海内结交繁,架上邮筒无数存。
独宝数公残翰墨,欲留书种在乾坤。

诗中"定生"即陈贞慧,伯宗是刘城的字,昆铜则乃沈士柱。沈士柱号惕庵,芜湖人,这是个清初极敏感的忌讳人物。李天根《爝火录》卷二十九载述有顺治十六年(1659)沈氏被杀事:"士柱字昆铜,一字奇公……癸巳,以通李定国牵连被执,寻得脱。丁酉,复被执,因于南京三年,作故宫词以见志。至是,以交通郑成功诛之,妻方氏绝粒五日死,妾汪氏、鲍氏俱自经死。"《县志》等也都载述其:"少负奇气,倜傥豪贵,明末奔走国事,不避祸患。鼎革后,古冠大带,不忘故国。"后来他的孙子也被逮病死,遂绝后嗣。沈士柱能诗,为芜湖遗民诗人中的高手,如《无题》四首变艳情为遗恨,句如"美人今向《离骚》忆,读到更深泪似泉";"正气歌成歌板

断,刚肠莫浪作柔情"等都独具面貌。《闻有长流之信拟出塞曲》虽在狱中仍芒锋毕露:

> 生平不射猎,麋鹿随我游。
> 入山复不深,未闻虎豹愁。
> 今将弃诗书,买刀系马头。
> 筋力虽不强,臂后矢可抽。
> 雁雉宿高岗,狐兔穴深丘。
> 将令飞走惊,一洗诸生羞。

他竟把出戍东北视作去虎狼之地而欲搏击之,诚是大胆语,如此危险人物能不"诛之"?著有《土音集》,不传。梅磊"独宝数公残翰墨,欲留书种在乾坤",其人其诗,其行径举止当可想见。施闰章连序也不敢替他做,称之佯狂之人,说他"喜触忌讳",《响山集》的失传是必然的。梅磊死后,梅清(1623—1697)、梅庚、梅铜、梅南亦才士,但皆以画著于世,为"新安画派"(或称天都、黄山画派)骨干。清的辈分较尊,庚乃朗中子,先后在复杂的背景下出应科举试,旋即隐于书画。梅清著有《天延阁集》,又辑有《梅氏诗略》前集十二卷。梅氏子弟中如梅文鼎则负经济才而专攻历算成学问家,诗文虽尚多郁勃情,然已为学术盛名所掩,且其时亦届康熙晚年矣。梅氏家族的中衰于明清易代之际,与吴门文氏、四明李氏、阳羡陈氏、史氏等等殆同,时代风云变幻的印记极为鲜明。

第一节 真气淋漓的方文的诗·附说方氏族群

  桐城方氏是皖中最负盛名的世家大族之一,较之宣城梅家,不仅族巨裔繁,而且屡世官宦,与明朝依附至深,并以刚直称。所以,甲申、乙酉之后,毋论方氏族裔归顺与否,在相当长一段时期里均深遭疑忌,案狱频起。于是,这个家族诗人群体的不同层面均遭际坎坷,诗的锋芒也备受摧挫,以至到康熙中期以后,歌吟的生气命脉在这个族群中几近衰歇。至于伴随以"桐城文派"为指目的"桐城诗派",那已是"盛世"时期的别一种风貌,与这一素以诗闻的家族无关。

方氏与明王朝政权几乎兴衰相始终。建文之初,方法受知于天台方孝孺,官至四川都指挥使司断事,明成祖朱棣以"燕藩夺统",方法不从被逮,自沉于安庆境内的江中。方法是著名的"明末四公子"之一方以智的八世祖。此后,方法的长子祯懋有五个儿子,分五房,其第三子方佑在天顺四年(1460)中进士,"中四房"方瑜之孙方克则中嘉靖五年(1526)进士。方氏科举鼎盛时期亦在万历、崇祯期间,方以智之祖父方大镇系万历十七年(1589)进士,官至大理寺卿;叔祖方大铉万历四十一年(1613)进士,官户部主事,大铉即方文之父。此外,大镇从兄弟方大任是万历四十四年(1616)进士,官至副都御史;方大美是万历十四年(1586)进士,官至巡按、太仆寺少卿。其子即方拱乾,崇祯元年(1628)进士,官左谕德。方以智之父方孔炤亦系万历四十四年进士,崇祯末官至佥都御史、湖广巡抚,方以智则在崇祯十三年(1640)成进士。至如未从进士出身而入仕途的方氏族群在晚明尚有数十人,这个家族与朱明王朝的关系诚是千丝万缕,盘根而错节。[1]

明亡,方氏族裔中持反抗或不合作态度的为多,方以智是代表人物,他从北京逃出后即转辗各地,先在岭南继去黔滇供职南明,后出家为僧,其弟方其义(直之)国变后悲愤而卒。子侄辈方中德、方中通、方中履、方中发均隐逸而专力于学术。方以智父子于

---

[1] 桐城方氏家族史事,综见焦竑《献征录》、《明史》以及马其昶《桐城耆旧传》、桐城地志、诸家文集。

残明政权覆亡前后累遭清廷逮捕入狱,险境不绝。又,方大钦之子方孔时亦隐遁,人称介节先生,而方大美之孙方授(应乾之子)则参与浙东抗清活动,于顺治十年(1653)劳瘁病死于象山,年仅二十七。

政治形态上另一种类型是方大美第五子方拱乾父子。拱乾字肃之,号坦庵,后更字甦庵,入清官少詹事,顺治十四年(1657)因第五子方章钺罹科场案,父子兄弟同戍宁古塔。时其长子方孝标(楼冈)亦已于顺治六年(1649)中进士,官侍读学士,次子方亨咸(邵村)顺治四年(1647)进士,官监察御史,全遣戍。顺治十七年(1660)纳赎放归后,方孝标于康熙九年(1670)曾入滇,著《滇黔纪闻》述南明史事,又与吴三桂等往还,终于到康熙五十一年(1712)因戴名世《南山集》案发,遭戮尸之祸。亲族或死或流放,有的遣戍黑龙江卜魁城等地,如方登峄、方式济父子,方世举、方贞观从兄弟辈,至于方贞观、方苞等又皆隶旗籍。方氏一族元气沦丧之甚,足见清王朝为稳固统治,对与旧明渊源至深的氏族即使归顺朝廷也予剪除,不遗余力,一有借口即加诛伐。从方拱乾到方贞观、方苞,前后为四代,方贞观、方世举是方章钺之孙,方苞则是方象乾的曾孙,而方登峄乃方大钦之子方仲嘉之孙。这种株连打击已不仅是"五服"之内,而名副其实地是祸及九族。这批方家子裔大多在当时是名诗人,方拱乾著有《坦庵诗钞》,方孝标有《钝庵诗选》,方登峄有《述本堂诗集》,方亨咸有《栲舟诗集》,方世举有《春及堂诗钞》以及《韩昌黎诗集编年笺注》,方贞观有《南堂诗集》,而方贞观、方世举与方文世称"方氏三诗人",为数代族群中最著名者。

如果说,诗乃心声,诗心的演化正是诗史的轨迹,那么,从方氏四世诗作的变异过程能清楚地看到:方拱乾虽已归顺清廷,但心态时多失衡,牢骚语与幽愤情时见流露,其类型殆同于吴伟业等;到方孝标一辈,大抵未多变更,孝标、亨咸分别生于明万历四十六年(1618)和四十八年,入清虽仕,但旧朝印象仍深,故诗中吟咏南明残迹以寄缅怀,不免情不自禁。迨第三代方登峰及子侄方贞观等则深味法网严酷,文网紧密,才情既富也就只能抒述戍边之哀或记写边地风物风情,诗心已是自相紧裹,岂敢放胆而吟?方登峰《述本堂诗集》卷六《葆素斋今乐府三十章》最能见出他们的衷情。随同父辈流放的方式济、方贞观则心绪尤为复杂,式济遣戍时已成进士,官内阁中书,后来先其父卒于戍所,年方四十,究其心原本无他;而方贞观乃方章钺之孙,其祖父已是科场案遭殃人,现今自己又罹文字狱株连之罪,心境辛酸苦涩无以名状,他的《望见京城》诗说:"潞河西面绕祥烟,遥指觚棱是日边。独有覆盆盆下客,无缘举目见青天。"正是其苦心的真实写照。但在流放的方氏族众中,方贞观的《南堂诗钞》是尚敢出怨言的一家;雍正初释归后,他又坚决不出仕,乾隆元年(1736)当局荐举其为"鸿博",拒不赴试。然而正因如此,乾隆中期禁书终于也禁到《南堂诗钞》。是的,诸如"中华多少未耕土,偏爱荒边一片沙"(《拟古边词》)之类诗句确实皮里阳秋,不那么驯服。看来,诗对方家来说已成不祥物,远祸之法最好少写或不写,方贞观的从兄方苞不作诗而专工文,似亦非偶然,方苞之父方仲舒的处置诗集的态度最能说明问题。仲舒(1638—1707),字南董,号逸巢,自少即弃时文之学而好为诗,一生著有《江上初集》、《棠林集》、《爱庐集》、《渐律草》等共三千多首作品,据方苞《跋先君子遗诗》说:"(仲舒)弱冠即与宗老嵞山、邑人钱饮光、黄冈杜于皇游,诸先生皆耆旧,以诗相得,降行辈而为友。"嵞山即方文,论行辈为仲舒叔祖,钱、杜亦皆遗老,可知《棠村集》等诗情概貌。然而仲舒是谨慎的,邓汉仪选《诗观二集》欲收录其诗,仲舒"再致书必毁所刻而后止",方苞在他晚年曾"请录诸集贰之",即录副本,仲舒也不许,一则说:"凡文章如候虫时鸟,当其时不能自已耳。"再则曰:"人惧名,豕惧壮,尔其戒哉。"所以,方仲舒以"汝诵经书古文未成熟,安暇及此"为理由力禁其子作诗,方苞也非不能诗而终身不以诗名,实系别有隐衷。方仲舒死后四年,方苞罹祸被捕,其父三千余首诗为免招致罪名全付之于火。①

方拱乾祖孙四代诗情的嬗变以及方仲舒父子对诗的警戒,从一个层面上展示了清诗初期蜕变的史实。这种蜕变究其实是生气的锐退和钝化,而生气则正是诗的命脉。严胤肇《崟山续集序》中论"气"的文字恰好可借以观照上述锐退和钝化势态,由此亦可见出诗转而馆阁化、缙绅化的潜在趋向。严氏说:

> 昔人有言文章以气为主,夫诗与文一也。而今言诗家往往较短长、争工拙于字句音响之间,以为苟能是是,亦可以无憾矣。试问其中之所以勃然而来,沛然而往,喤然而钟吕鸣,凄然而风雨至,如怨如慕,欲泣欲歌而不能自已者,谁为为之?曰:不知也。此之不知而自附于能诗,吾不知于古宜风宜雅之旨何若也?盖孟子所云:不得于言,勿求于心;不得于心,勿求于气。此天下之通患也,而于今之号能诗者为甚。……
>
> 夫古之能诗者,其初皆非有意于为诗也。其气积乎其中而溢乎其外,悲愉感愤、浩歌淋漓,有不知其所以然而然者。譬之空山绝壑,本非有声,忽而大风鼓之,怒号汹愬,陵谷为之动摇,草木为之吟啸,岂非气之所至,声亦随之。而彼所为不得而勿求之气者,果何说之遵而若是欤!

作于康熙七年(1668)前后的严氏之序所指出的"通患",实即诗史不断反复呈现的"真诗"的消长之势,而审视了方氏某支裔族的诗作的嬗变,则在相观照中愈显出作为遗民诗人杰出代表之一的方文《崟山集》的真气淋漓,诚为难能可贵。

在方家遗逸群中,方以智兄弟父子固亦皆精于诗,但他们的主要精力投注于学术,特别于经、子以及音韵学研究颇深,而天文历

---

① 《跋先君子遗诗》,载《望溪先生文集·集外文》卷四,四部备要本。文中有云"广陵人邓孝威尝于杜于皇所见先君子诗,以入《诗观二集》;先君子再致书,必毁所刻而后止"。

算之成就更为超卓。一生以诗为性命所寄的唯方文而已。

方文(1612—1669),字尔止,号嵞山。初名孔文,又名一耒,字明农,别号淮西山人、忍冬子。在方氏族众中,他辈份较尊,系方以智从叔,年龄则幼于以智一岁,青少年时为同学友伴前后达十四年之久。明末为诸生,入清以卖卜、行医或充塾师游食为生,气节凛然,交游遍南北。著有《嵞山集》及续集、又续集共诗二十一卷。乾隆年间,续集列入禁书,正集和前续集《四游草》分别板刻,故未并列。

方文为人率直,《明遗民诗》说他"性不能容物,常以气凌人。有以诗投者,必曲为改削"。其实方文笃于友谊,极富人情味,诗集中大量追悼亡友之作,一片赤忱溢于言表,可为明证。唯严于是非,尤重大节,如其与溧阳陈名夏(百史)原系旧交,陈氏亦诗人,为崇祯十六年进士,官兵科都给事中,入清官至大学士,后于南北党争中"赐死"。朱书《方嵞山先生传》载:"陈溧阳以假归,乞嵞山定其诗,执礼甚恭",方文"反复读之曰:甚善,但须改三字即必传无疑耳!"陈名夏问改哪三个字?方"厉声曰:但须改陈名夏三字。时坐客满,举座愕然,不能出声。陈亦厉声曰:尔谓我不能杀尔耶?适代巡来谒,陈拂衣去"。同座客人都怪方文太尖锐,他却"笑曰:吾自办头来耳,公等何忧?顷之,陈复入,执嵞山手,涕流被面,曰:子责我良是,独不能谅我乎?竟相好如初。"①这不是小说家言,而是纪实,写出了方文的风骨。他作于康熙七年(1668)的《三藏庵见陈百史遗墨有感》足可与朱书《传》互为表里:"蓦见僧房大幅悬,回思三十五年前。斯人雅志千秋事,仅仅科名亦可怜。"方、陈

---

① 宿松朱书《方嵞山先生传》,附见于康熙原刻本《嵞山续集》后,朱书此《传》不载于道光庚戌重刊本《朱杜溪先生集》。按朱书此文署名"宿松朱书紫麓",今人言朱氏但曰"一名世文,字字绿,号恬斋"而已。《传》又谓:"嵞山在怀远城外,周世宗望之谓'濠州有王者气'。文以自号,不忘濠也。"按,"不忘濠"者,不忘朱明王朝之根本也。

曾于崇祯六年(1633)结盟此庵,故有"三十五年"之句,末句"科名可怜"则道出了科举仕途的名利导致着多少人在重大历史关头迷而忘返,陈名夏即其一也。在这类大节问题上,方文是不姑息、不宽容,泾渭自分,其于顺治十五年(1658)写的《会试榜发,久不得报,有怀同社诸子》直言各走各路:

诸子皆耆旧,亡何试礼闱。
便应骧首去,未许倦怀归。
辇下新朝服,山中老布衣。
高鹏与低鹨,各自一行飞。

这是丁酉科场案发的第二年所作,尽管时风是"古人重高士,今世贱遗民"(《谈长益永平书来却寄》),方文却依旧蔑视"辇下新朝服"的仕进之路。作为"山中老布衣",方文不与新朝趋合的心志的具体表现形态之一是年年农历三月十九必有诗哭奠,在遗民群中他的"三月十九日"诗是有幸保存得最多,愤慨悲哀之情写得最直白的一个。从乙酉年(1645)在镇江与邢昉、史玄、潘陆、钱邦寅、范景仁登北固山拜哭的《三月十九日作》的"奄忽岁已周,哀情若新丧","何忍处华屋,对酒鸣笙簧"一诗起,方文直到老死,确是"纵使海枯还石烂,不教此恨化寒烟"(《戊子三月十九日作》)。试举二首激愤情郁者为例,一是顺治四年(1647)的《三月十九日作》:

年年今日强登高,独立南峰北向号。
漫野玄云天色晦,美人黄土我心劳。
虚疑杨柳牵愁绪,不忍沧浪鉴鬓毛。
前辈有谁同此恨,雪庵和尚读《离骚》。

另一是康熙八年(1669)也就是方文病逝那一年的同题诗:

野老难忘故国恩,年年恸哭向江门。

> 南徐郭外三停棹,北固山头独怆魂。乙酉、丙午、己酉三年三月俱在京口。
> 流水滔滔何日返？遗民落落几人存？
> 钱生未死重相见,双袖龙钟尽血痕。是日遇钱驭少,故云。

诗中提到的钱驭少名邦寅(1614—1683),号铁斝,系钱邦芑(1602—1673,字开少,后为僧,名大错)之弟,能诗,著有《若华堂诗集》等。钱邦芑是抗清遗老中名人,邦寅之二兄钱邦韶(字虞少)为顺治十七年(1660)镇江"通海案"死难者,故"双袖龙钟尽血痕"云云自有实事相系。①

方文顺治十五年(1658)上述同题之作结尾说:"犹有野夫肝胆在,空山相对暗吞声。"事实上,诗人亦并未只是"暗吞声",其诗集中冷嘲热骂,直指新朝的文字正也不少。康熙五年(1666)的《旅食叹》组诗之四有"良方岂必凶年试,大药应从此日尝"等句,他要用"麻仁黑豆"来清理时势,而《六月》诗中唯一的一次提到清廷年号,则实在是心祈这个政权在凶年得到相对的报应:

> 六月重衾更着绵,阴寒浑似暮秋天。
> 我生半百何曾见？记是康熙丙午年。

顺治十六年(1659)作《徐杭游草》中的《太湖避兵》则是热骂诗,这类作品在方文笔下屡见。其一云:

> 将近枫桥路,唯闻人语喧。
> 北来兵肆掠,东去艇皆奔。
> 震泽烟波迥,高秋风雨繁。
> 此时期免患,艰苦复何论。

---

① 钱邦寅昆仲行年及传略,均见载于《吴越钱氏京江分支宗谱》十六卷,民国十年万芝堂刻本。

方文诗笔锋芒不蔽,尖锐直入,以"气"与"力"胜,故早在顺治八年(1651)前就常有人劝戒他,他却在《客有教予谨言者,口占谢之》中回答说:

> 野老生来不媚人,况逢世变益嶙峋。
> 诗中愤懑妻常戒,酒后颠狂客每嗔。
> 自分余年随运尽,却无奇祸赖家贫。
> 从今卜筑深山里,朝夕渔樵一任真。

他当然没有真的卜筑深山,倒是充分"一任真"的。"自分余年随运尽"乃其心态,国既破亡,身无顾忌,这是他"一任真"的情怀所以能施展的前提,同时又是其诗所以能不受羁绊、自在骋情的缘故。方文极自信也极自豪地称他的诗是"布衣语",绝不惮人讥为俚俗,试听:

> 有客慈仁古寺中,苍龙鳞畔泣春风。
> 布衣自有布衣语,不与簪绅朝士同。

从一般意义看,此诗后二句恰好从大概念上划开了诗史领域的两大范畴,"布衣语"与"簪绅朝士"文字乃历代诗歌的二种流向;从特定意义说,他正是在宣称绝不附从的独立意念:我就是我,任何依赖权势者压不住本人,也不会来趋奉哪位有大力者!上引绝句是《都下竹枝词》的末篇,这组二十首《竹枝词》本身就足以表现他"布衣语"的特点,历代竹枝词重在吟咏风土人情、民间生活,视角较细小具体,情调轻捷活泼。方文的组诗既保存有这些共同特点,却又以敏锐、辛辣的笔力,揭去了清初新朝驻在地的特定氛围,特见其能透过现象切入本质,视野宏阔。最有名的是第十一首:

> 自昔旃裘与酪浆,而今啜茗又焚香。
> 雄心尽向蛾眉老,争肯捐躯入战场?

诗人深刻地觉察到八旗王公及将士们入关十五年左右,已锐减雄悍之气,在"汉化"程度愈深,沾染文人习气愈多的同时,其劲健之风也愈衰。方文的"北游"是否有心考察而别怀所图,这是很难下结论的。以下各首为同类竹枝词中少见的佳篇:

都门本是利名关,来去纷纷各不闲;
亦有京官十数载,从无偷眼看西山!(其二)

前朝勋戚盛如云,后裔同归厮养群;
莫向灞陵嗔醉尉,何人犹识故将军?(其三)

投认师生法不轻,其初只为杜逢迎。
因而场屋真知己,怀刺无他止姓名。(其五)

东戍榆关西渡河,今人不及古人多。
风吹草低牛羊见,更有谁能《敕勒歌》。(其十二)

故老田居好是闲,无端荐起列鸳班;
一朝谪去上阳堡,始悔从前躁出山。(其十七)

自古长安似弈棋,一番客到一番悲。
许多大老休官去,几个名娼又嫁谁?(其十八)

这组《竹枝词》可说是易代之初辇下京城的特写镜头,不能移其具体时空,诗的价值也就在此。其二是骂某些降清官吏的没心肝,"西山"为明朝帝后避暑驻跸之所,指代旧朝。忙着名利,无"闲"去"偷看"一眼西山,岂不寡义薄情。其三写故明勋戚子弟大量沦落为八旗奴才;其五写清廷严禁官员认师生、同年等关系,是密防联络结伙;其十二写汉人被流放之多,故无人能唱《敕勒歌》;其十七写归顺清廷者复被贬谪,方文认为此亦咎由自取。无疑,他

177

的讽刺是针对包括从兄方拱乾等在内的众多名士、闻人的；其十八则是清初京城特多的走马灯式的"大老"更替现象，这是满汉之间、南北之间党争的结果。组诗的第四首写裁革宴会，第六首写"新法逃人律最严"而逃者转多等等，也深具时代印记。最有趣的是第一首写清廷严禁吸烟，这当然不会想得到，这个王朝最后恰恰致命地受到鸦片的腐蚀和侵略，诗云：

> 金丝烟是草中妖，天下何人喙不焦？
> 闻说内廷新有禁，微醺不敢厕官僚。

方文为数众多的悼诗写得既深情哀苦，真挚感人，又别具史乘参酌意义。在数以百计的悼念之作中，哭其从侄方授的一组堪作典型。方授（1627—1653），字子留，一字季子，更名留，号明圃、圃道人，明亡为僧，密与浙东抗清活动，擅于诗，著有《三奔浙江草》、《浙游四集》、《奉川草》等，《龙眠风雅》录其诗一百八十首，但最能见其心志气节的却是方文悼诗中保存的二句。方文《水崖哭明圃子留》十首真是血泪迸泻，兹录一、二、六诸首：

> 圣代遗民本不多，频年锋镝又销磨。
> 衰宗尚剩农兼圃，至性同归笠与蓑。
> 只道阳春回律管，岂知长夜闭烟萝。
> 瑶华且受霜风折，冉冉孤根奈若何？
>
> 少小能文气似兰，里人谁不信弹冠。
> 只因丧乱身当废，纵使沉埋性所安。
> 故国有怀唯涕泪，新诗无字不悲酸。
> 漫劳铁匣藏枯井，此日流传血已丹。
>
> 忆昔相携吴楚游，日同匕箸夜同裯。
> 奇欢东坝千钟酒，苦恨西湖一叶舟。

共把愁心对陵阙,独将佳句播沧洲。

河山犹未归尧禹,痛尔飘零先白头。子留有"河山若不归尧禹,从此飘零到白头"之句。

这组诗在颂赞方授品格时,对族中归顺出仕新朝者从对比角度狠予鞭笞。如其四云:

里门裘马日纷纷,鸾鹤宁同鸡鹜群?
如以衣冠坐涂炭,不徒富贵等浮云。
家人愚暗还相劝,异类腥臊孰忍闻?
十世国恩蒙者众,独将破衲报明君。

在今所存见的遗民诗作中,这是篇堪称尖锐激越的文字,"坐涂炭"、"异类腥臊"、"报明君"等,无不可招致灭族之罪的,但方文难以抑制悲愤,一腔苦水化为怒火,喷薄而出以至一无忌惮。"里门裘马"、"鸡鹜"云云,与第三首的"同堂群从争荣朊"是一个指向,即指方授嫡堂叔父方拱乾父子。前明太仆寺少卿方大美(字思济,号黄中)有五子:方体乾、承乾、应乾、象乾、拱乾。应乾即方授之父。比起在明末仅是个十几岁的诸生,后来走甬上参与"五君子"义举,又回皖中预英、霍二山寨起兵事,破家,为僧,入狱,备尝苦辛的方授来,方拱乾、方孝标父子确实有愧。所以方文要呼啸:在"同堂群从争荣朊"时唯有方授"绝岛游魂独怨嗟",天理在哪?"茫茫天道属谁家"?当方授灵柩回乡后,天人相隔,永难相见,方文更见悲哀,在《与钱幼光入山同哭子留因有赠》中他唱出了堪称撕心裂肺之歌:

虽在人间亦长夜,那能白日照重泉!

方文的诗"朴老真至"四字足可概括之,诗语明白如话,诗心深挚苍凉,诗境清朴纯真。他因自己生于壬子年,而陶潜、杜甫、白居易亦壬子生,故请人绘《四壬子图》,从其诗风观之,他是对诗史

179

上三位伟大诗人心向往之而也确实各得其长,并呈现出自家面目的。纪映钟《徐杭游草题词》中一段话基本上把握了方文诗的特点:"以自然为妙,一切纤巧华靡、破裂字句,从不泚其笔端,垂三十年,守其学不变,而日造坚老纯熟,冲口而道,如父老话桑麻,不离平实,却自精微。"方文的诗又一特点是以叙事法写抒情诗,这是手法为情思所驱的一种表现,诚如李明睿《徐杭游草序》所谓:"世人读尔止诗,或称其气格雄浑,或称其音节和畅,或称其用意曲折,种种不一,而吾以一言以蔽之曰:妙于序事而已。""盖天下之景多同而情各异,情或同而事各异。尔止妙于序事,故其诗千态万状,无一事相同,良有以也。""事",实即经历际遇、兴衰起废的具体过程,通常所说的"生活"就是"事"。

然而,方文诗在当时颇有讥为俚俗率易的,从施闰章等为之力辩,可知"时论揶揄"之事不少。最有代表性的是王士禛,在《古夫于亭杂录》卷四中王氏说:"桐城方盦山文,少有才华,后学白乐天,遂流为俚鄙浅俗,如所谓打油、钉铰者。予常问其族子邵村享咸曰:'君家盦山诗,果是乐天否?'邵村笑曰:'未敢具结状,须再行查。'"这显然口吻轻蔑,在另一则诗话中渔洋更以揶揄语气说《四壬子图》。①

对此种"口实",孙枝蔚题《盦山续集》诗回答得好:"看似寻常最奇崛,成如容易却艰难。盦山诗合荆公语,轻薄儿曹莫浪弹。"陈维崧题诗更说:"字字精工费剪裁,篇篇陶冶极悲哀。白家老妪休轻诵,曾见元和稿本来。"邹祗谟题诗"平淡尽从攻苦得,时贤未

---

① 王士禛有嘲《四壬子图》语,见《渔洋诗话》:"方盦山(文)桐城人,居金陵,少多才华,晚学白乐天,好作俚浅之语,为世口实。以己壬子生,命画师作《四壬子图》,中为陶渊明,次杜子美,次白乐天,皆高坐,而己伛偻于前,呈其诗卷。余为题罢,语座客曰:陶坦率,白令老妪可解,皆不足虑;所虑杜陵老子,文峻网密,恐盦山不免吃藤条耳! 一座绝倒。"《带经堂诗话》卷二十七"诙谐类"亦辑存此语。

许斗清新"二句也能得要旨。这实在是诗坛上"簪绅朝士"风尚与"布衣语"的冲突,也是诗史上常见的一种跋扈现象。关于这一点,李楷《盍山集序》中的论述别具理论意义,可视为透过现象攫住实质的诗史论:

> 夫论诗而好讥议人者,此其人不足与言诗也。其意以为不排人无以自见,故于古人亦反唇焉。由此推之,必律天下之人皆归于己一轨,凡古人之不合于我者,辄訾其瑕疵,使闻者无不惊而畏之,曰:夫夫也且出古人上,其谁敢与之争?嗟乎,古人何易言也!古之人先得我心,亦犹我之先得乎天下后世之心也。与我同者,我趋之;与彼同者,彼趋之,古今一揆,是非无定,必引彼以就我,与强我以适彼,皆不然之事也。或彼或我,自成一家而已矣。乃世所援以为口实者:元轻、白俗、郊寒、岛瘦。予窃以为不然。夫微之、乐天、东野、阆仙,岂复有堪为姗笑之资哉!后之学者,不得其精神之所存而皮相之,耳食之,群而吠之,以"轻俗寒瘦"概古人之一生,古之人其心折乎?若四公者,皆自成一家者也。夫家者,异于游历与寄寓者也。跋涉之途不足以当一宿,一宿之旅不足以当流寓,流寓之所不足以当故庐。以是知歧出歧入,泛泛然而无所归者皆失其家而家他人之家。不能以自立,我之亚旅、我之苗裔将安归乎?古人为人之所归,而或以其异己,则曰非我家也,然不谓之汝家,乃遂訾之曰:"此未足以为家。"嘻!其甚哉!……

"定于一尊"与"自成一家"之争,是诗歌史上重大的又是不断反复的事实。"定于一尊"倾向严重,诗的活力必转衰竭,而"自成一家"之风盛行后,则又复转为兴隆,这已成通同规律。明清易代之际,政治的社会的动荡,人心的剧烈震撼,"定于一尊"的势态失控,造就了特定年代中的诗的生气强旺。随着清廷统治的渐趋稳固,"一尊"观念又将顽强地重新抬头。观照这样的史实,李楷的论述显得相当深刻而精微,对认识遗民诗、辨识清初诗史流程很有助益,而于其时呼唤"自成一家"的心灵之声的把握尤足资佐助,所以整段引录,以便于参照。

第二节 钱秉镫及其他

皖中遗民诗人著名的尚有蒋臣(1597—1652)、刘城(1598—1650)、许楚(1605—1676)、沈寿民(1607—1675)等。蒋臣,初名姬胤,字子卿,更字一个,号谁庵,桐城人。崇祯九年(1636)以拔贡生应廷试,应得知县,不就,后官户部。明亡一度为僧,著有《无他技堂遗稿》十六卷。蒋臣早年受知于张溥,为复社成员,后得范景文、倪元璐赏识。甲申国变走淮上入史可法幕参军务,见四镇跋扈,事已难为,辞归。诗文与姚士晋、沈寿民齐名。身处末世,人生多艰,故其诗辛酸语多,抑郁情深。《感遇赠刘伯宗》有"天路苦荆棘,豺虎弥川原。关洛数十郡,战哭皆新魂。子才陋微管,奋翮必鸾骞。余方恋南陔,蓺黍供晨昏。出处各有适,素节谅自敦"云云,可见其志。沈寿民,宣城人,字眉生,号耕岩。明诸生,崇祯九年举贤良方正,著有《剩庵诗稿》,与沈昆铜称"江上二沈",与"吴中二张"张溥、张采并称,卒后黄宗羲为撰《墓志铭》。沈寿民一生有二件事著称于世,一是于崇祯末以诸生劾首辅杨嗣昌,一是与周镳(鹿溪)相善而被阮大铖视为《留都防乱揭》的主谋,周被阮诬杀,寿民变姓名遁入浙江金华山中多年。据《明语林》载述,明亡后"足迹不入城市垂四十年",授经于乡,门弟子多才士,吴肃公(雨若)即其一。诗沉思多慨,述志高洁,有句云"丈夫忍饥耿介死,不学鹅雁鸣嘚啾"①。许楚,字芳城,号旅亭,歙县人,著《青岩

---

① 转引自《明诗纪事》辛签卷十六。

集》十二卷。许楚为明诸生，入清后弃去，先隐遁黄山，后与抗清事，顺治四年间因牵涉金华王朱由榨一案被捕，后得释，闭门著述。其人少时曾举"白社"，与复社相呼应，林古度、沈寿民、黄周星等均为诗友。擅书画，世少人知，诗极苍老沉郁，《阅常山志感赋》云：

> 万户凋伤战伐余，登丰旧里尽丘墟。
> 浮空石烂思遗履，清献岩深塞著书。
> 瘦马半飨邻县草，哀鸿常拥令君车。
> 灵符纵革南山虎，泽竭谁援泣釜鱼？

歙县许氏为巨族，人文颇盛，然有清二百七十年间，亦唯许楚与晚近《疑庵诗》作者许承钦为最卓特。刘城，字伯宗，号存宗，贵池人，诸生，崇祯九年保举廷试授知州，不就。著有《峄桐诗集》十卷。刘城与吴应箕（次尾）合称"贵池二妙"，系著名文学家和高士。早年为复社眉目，《遗民诗》称其曾被史可法荐授刺史，辞受，"肆力诗歌，履道自娱。会江东再建，上策匡时，柄臣不听，长揖归田，息影峡山"。他自刻一印曰"谢发郑心"，志比谢翱、郑思肖，《峡居》诗又有"新诗句句吟皋父，旧史重重续忆翁"句，亦此意。吴应箕于乙酉起兵贵池，壮烈死难，刘城为之营葬，并抚养吴氏遗孤多年。应箕长于史，《启祯两朝剥复录》、《留都见闻录》、《复社姓氏》皆名于世。故论者以为吴应箕文胜于诗，城则诗优于文，其诗激楚而情深，于死生交谊弥笃。如哭史可法、黄道周、戴重等诗，均和谢翱韵，所谓"不死儒冠已负惭，谢皋郑肖欲成三"，最有名。《哭戴敬夫》之三云：

> 青山来此赴，白日欲成阴。
> 已痛故人绝，更伤节士心。
> 衣冠犹就殓，宗祐不俱沉。
> 洞腹逃禅事，千秋名自今。

《寄白门余澹心怀》亦意蕴甚佳：

> 重问当年旧六朝,干戈经处可萧骚?
> 隐囊麈尾应零落,石阙华林自寂寥。
> 白板扉存知尔在,黑头公贵有人骄。
> 孝标著论交堪绝,犹向兰心说梦蕉。

皖省诗人以清初最盛,除上述诸家外,世传著称的还有萧云从、汤燕生等,萧氏又为大画家,后来黄钺辑成《萧汤二老遗诗》。桐城姚港姚孙棐,以及"白苓姚氏"的姚士晋亦皆擅诗,戴重之子戴本孝、戴移孝均以诗画称名家。本孝著有《余生诗集》,移孝的《碧落后人诗集》则于乾隆四十五年构成一大文字狱,被"照大逆律戮死"。大抵自诸遗民以及"南施北宋"中施闰章而后,要到晚清程恩泽等出,皖籍诗群始又多名家。如姚鼐虽诗艺亦卓,然终非专力者。

清初遗民诗群中,皖籍而堪与方文比肩称名宿的当推钱秉镫。钱秉镫(1612—1693),字幼光,号田间,桐城人。明诸生,避祸削发为僧,名幻光。后入隆武政权,官漳州府推官,旋仕永历朝,授礼部仪制司主事。迨广州、桂林相继陷,于顺治八年(1651)间道归里,改名澄之,字饮光。著有《藏山阁集》二十卷、《田间诗集》三十卷等。

钱澄之在遗老中称高寿,卒时已是康熙三十二年,上距明亡几五十载。作为诗坛宿老,钱氏一生作品繁多,前期诗于乙酉年烬于火,大部佚失。其《生还集自序》谓于诗"始能明体审声",是在崇祯十一二年间(1638)。然该阶段仍不外"欲出入于初盛之间,间有中晚者,亦断非长庆以下比",即宗唐为多。后来,"难后无赖,遇境辄吟,感怀托事,遂成篇帙。既困顿风尘,不得古人诗时时涵泳,兼以情思溃裂,凤殖荒芜,得句即存,不复辨所为汉、魏、六朝、三唐矣","其间遭遇之坎壈,行役之崎岖,以至山川之胜概,风俗之殊态,天时人事之变移,一览可见。披斯集者,以作予年谱可也,诗史云乎哉?"这就是说,钱澄之诗的脱略前人轨迹而自成其一家,乃在明亡之后。"不复辨"以下这番话,实系真正的诗人所以自立的规律性概括之论。纳兰性德《通志堂集·原诗》记述钱氏的诗学态度很生动:

> 近时龙眠钱饮光以能诗称,有人誉其诗为剑南,饮光怒;复誉之为香山,饮光愈怒;人知其意不慊,竟誉之为浣花,饮光更大怒曰:我自为钱饮光之诗耳,何浣花为?此虽狂言,然不可谓不知诗之理也。

"我自为钱饮光之诗耳"一语其实何尝"狂"者,入而能出,学而不泥,不甘囿死于前贤脚下,应是诗之史得以延续的基因,感怀托事,不拘一格,此"理"最可贵。

关于钱澄之的诗风,潘耒《钱饮光八十寿序》中概述得很准确:"质直真挚,如家人对语,未尝稍加缘饰,而情事切至,使人欲喜欲悲,不能自已。"①白描自然,冲淡深粹是《田间诗集》的风格整体特点,晚年之作,后一点尤突出。

毋论家国情、手足情、交游情以至哀泣民生之情,钱澄之确实无不能"情事切至"地抒之于笔端,感人至深。先看其写亲情,如《暑中走椒岭省方氏姊示诸甥》:

> 十七年前椒岭路,短驴疑在梦中行。
> 兵烽几度门无径,灵雨初通涧有声。久旱得雨。
> 牛屋半楹啼寡姊,蔬盘一夜费贫甥。
> 老来万事心灰尽,益重人间骨肉情。

乱世荒凉从情亲哀诉中溢出,手足之情愈见其意深沉。《还家杂感》中写生还与死别:

---

① 转引自《清诗纪事·明遗民卷》。江苏古籍出版社1987年版页三七〇。

此生谁料有还期,哭罢相看梦里疑。
同产仅余三子在,一门犹仗两兄持。
箧中泪渍游人信,壁上蜗残忆弟诗。
不是天涯归意懒,归懒原怕到家时。

近家才听丧吾兄,望见柴门百感并。
得病只闻思弟剧,远归虚拟出村迎。
哭爷娇女帷前识,绕膝孤儿别后生。
素喜拮据遗迹遍,经行何处不伤情。哭四家兄若士。

此中生死骨肉、哀乐莫名的心境无不印有深深的时代烙痕。最凄苦的要数《伤心诗》的追悼亡妻及同难的子女。乙酉秋钱澄之联同浙江嘉善钱棅起兵抗御南下清兵,事败,其妻孥均遇难于震泽。诗云:

屈指吴江死别时,孤情此日已全痴。
子山漫著伤心赋,孙楚休传除服诗。
海外无香回玉树,帐中何术召蛾眉。
故园小阁经年锁,花落花开见阿谁?

着眼空花一刻徂,苍天何意夺童乌?
玉台已碎怀中镜,明月还沉掌上珠。
早信灵氛逃大劫,难将因果问浮屠。
平生儿女钟情甚,此际黄泉舐犊无?

三十年来底事忙?梳头一半已成霜。
宵寒被裂山僧绽,病卧药香小竖尝。
羡尔渔樵能絜耦,看人儿女喜还乡。
飘零莫忆家园事,记得团圞夜绕床。

186

写同道友情的则以《遇曾庭闻芜阴市上》一诗为最出色：

> 自着淄衣万恨平，穷途遇尔转伤情。
> 我从岭外经年至，君向江南何处行？
> 瓢笠喜无乡里识，须眉犹使故人惊。
> 相持莫便当街哭，为到郊原一放声。

于记叙中一句一转，托出心态的还有《寄吴梅村》，八句中既写尽共同的情愫，又切合友人复杂处境和微妙的心绪：

> 秣陵烟树已全空，回首登临似梦中。
> 只课诗篇销晚岁，别填词曲哭秋风。
> 同时被召情偏苦，往事伤怀句每工。
> 却忆清江阳伯起，屡辞麻诏荐娄东。

诗人对民间疾苦甚多关注，《大水叹》、《催粮行》、《田家苦》、《捉船行》、《沙边老人行》等即是。如《水夫谣》的表现人命如草芥：

> 水夫住在长江边，年年捉送装兵船。
> 上水下水不计数，但见船来点夫去。
> 十家门派一夫行，生死向前无怨声。
> 衣中何有苦搜索，身无钱使夜当缚。
> 遭他鞭挞无完肤，行迟还用刀箭驱。
> 掣刀在腰箭在手，人命贱同豕与狗。
> 射死纷纷满路尸，那敢问人死者谁？
> 爷娘养汝才得力，送汝出门倚门泣。
> 腐肉已充乌鸢饥，家家犹望水夫归。

以平驭曲，淡语苦情，是钱氏诗最所擅长处，即使抒述故国沦亡亦能举重若轻，如《金陵即事》组诗中的二首：

> 秋山无树故崚嶒，几度支筇未忍登。

>　　荒路行愁逢牧马,旧交老渐变高僧。
>　　钟楼自吼南朝寺,佛塔还燃半夜灯。
>　　莫向雨花台北望,寒云黯淡是钟陵。

>　　城郭人民迥未移,夕阳鼓角不胜悲。
>　　屋檐几处添官瓦,石路何年践御碑。
>　　祠废已无官树禁,寺荒端为赐田追。
>　　酒楼遍唱关东调,谁听秦淮旧竹枝?

　　五言律诗向以典雅求整饬,白描最难措辞,钱澄之则轻捷地写得既工稳又老到,语言平直,句意转进而深,《江村杂述》即是佳例:

>　　老屋江皋近,兵船上下愁。
>　　只求连夜过,怕被斗风留。
>　　烽火沿村放,鸡豚比户搜。
>　　芦中多难妇,莫劝土人收。

>　　自来生计少,难后更何营?
>　　襆被让寒女,稻粱分老兄。
>　　儿知盐米贵,天与利名轻。
>　　得饱殊非易,明年我欲耕。

　　他的《田间杂诗》五律一组以及《夏日园居杂诗》组诗都是著名之作,此类诗平淡全从锤炼而得,又不见斧凿痕。关于钱澄之诗的炼字炼句,不炼而炼的功力,可举《水村即事示诸从子》的第一首为例,诗艺的炉火纯青,足以见出:

>　　近水山都小,穿湖路尽通。
>　　帆低归浦雨,伞敌到家风。
>　　门绣苍苔涩,堤号老树空。

>全家生活计,都在淼茫中。

感受之具体,体味之深细,言足尽意而又留余味于言外,景在笔底复能即小以见大。"绣"、"号"与"涩"、"空"的炼锤,质感和形象同显;"伞敌"句纯属家常话语,却是入人意中而又出人意外,一种清朴中别具精微的审美情趣,从自然圆润的文字中溢出,能不令人动心?诗歌技艺发展的高精程度,于此足见。清诗的令人惊叹,这当然仅是一家之例,但由点及面,应可以把握到诗本体的发展趋势的。

往昔论者很少谈及钱澄之的七绝诗,其实长篇固需才学,短章尤贵情韵,钱氏小诗极多佳制。《和方有怀孤鸳鸯诗》是和方文所作,方氏妻金鸳在一场豪强势力凌辱下惊吓而死,诗人一腔悲愤倾注于诗,澄之有类似伤心事,故写得极凄绝,同时也复得知方文又一字曰"有怀"。诗云:

>十首诗成尽可怜,怜他只影小窗前。
>也知岭外归来客,独宿松间十七年。

>此生交颈梦难成,愧煞人间伉俪情。
>唤作鸳鸯单不得,时时顾影怕呼名。

《马上看月》的清圆情韵,亦不亚于历代七绝名家的身手,秋夜月旅的行色,风情如画:

>露白烟消欲夜天,冰轮却向马头圆。
>此时见月唯行客,一路人家尽早眠。

不言羁旅之苦而其苦尽见于末句,很是空灵摇曳。钱秉镫深于《周易》,娴熟经史训诂,是位造诣甚高的学者,然而他作诗不以学问腹笥来填塞诗行,纯以情驱,是诚可贵。《桐旧集》转述钱氏"诗说":"诗有其才焉,有其学焉。有才人之才,声光是也;有诗人之才,气韵是也。有学人之学,淹雅是也;有诗人之学,神悟是也。故诗人者,不唯有别才,抑有别学焉。""别学"之说,为深有创见语,他的身为学者而不以"淹雅"作筏,不愿做学人之诗,正是其大高明处。

第三章　喋血于山岭海涯的两浙遗民诗群

　　清初终顺治一朝，人文渊薮的两浙地区几乎没有间断过抗逆新朝的策动之举。即使在一再事败后，凝结的亡国之恨久久不解，民族气节所构成的怨愤心态历劫难消，而钱塘江、曹娥江、甬江这三江流域所在的浙东地区尤为激烈。正是这种弥漫于呼吸之间的浓重的悲凉之雾，加之该地域固有的文化学养性格，传统恪守的道德操持，所以，浙江遗民群体所显现的强项愤急、苦涩冷峭的情貌极其鲜明，每多出则饮刃溅血，凛然不返；守则穷伏山野，劲节难拔。于是，行吟于山岭水涯间的数以千计的遗民诗人构成为易代之初诗国的一支重旅。

　　两浙遗民诗的必须重视，从上承的角度言，作为明代诗歌的结穴，它更见密集地表现出与馆阁缙绅风气相逆溯的在野个性的一面；由下衍的视线看，它则是贯串一代清诗的"浙派"诗风的肇始期。作为文学流派，"浙派"不可能不在流转中发展、变易、起伏、兴衰，但是，这一诗派的先导乃在遗民群，应不容置疑。

　　在展开两浙遗民诗群的论述之前，有必要概说在那特定年代这一地区的社会背景和文化氛围，着重说浙东。

　　顺治二年即乙酉（1645）的五月南京破，弘光朝覆亡后，清师直驱而南。在浙西湖州、嘉兴虽遇义师抗战，均迅即破灭，潞王朱常涝称"监国"于杭州，仅三日而降。钱塘江以东则燃起了抗清烽火，这就是钱肃乐迎鲁王朱以海监国绍兴，时在该年的闰六月。其同时，唐王朱聿键在福州成立抗战政权，旋称帝，建号为隆武。此时虽有两个残明政府,然"监国"的朱以海却是在迎面第一线,浙东义兵包括依岩结寨的武装从宁波、绍兴直至台州、处州(今丽水、缙云、遂昌、青田、龙泉一线),摆开了抵御的态势。张煌言、李长祥、王翊等均为军事指挥的著名人物,而王翊的大兰寨兵力称最强盛。

钱肃乐甬上起事并联同张煌言、孙嘉绩等迎鲁王上表劝进称监国,是浙东抗清的树帜标志,而钱氏的举义师的契机则是鄞县"六狂生"的鼓动。"六狂生"是董志宁、王家勤、张梦锡、华夏、陆宇燝、毛聚奎。在明末他们先曾结社盟于乡邑,与黄宗羲、陆文虎、万履安等同有文名,后均合并入复社。在"六狂生"推戴钱肃乐起义同时,余姚黄宗羲、黄宗炎兄弟和慈溪冯京第昆仲等也在黄竹浦起兵,称"世忠营"。"六狂生"等的起义,从精神上更鼓起了浙东士人同仇敌忾之气,尽管后来也出现过谢三宾之类告密者和软骨虫,但沿海诸邑大部分文士都投入了抗清阵营,不少人毁家纾难,资助军饷。这种大面积的反抗,以及后来必然招致严重的株连杀戮,无疑深深形成了浙东士人与新朝裂痕难泯的冲突关系。

残明政权虽然有广大臣民支撑,但内部争斗和小朝廷间的"天无二日"的排斥,决定了它们难以持久。鲁王政权在绍兴不到一年即败退舟山,继又流亡入福建。因不容于郑彩氏,在张名振等人支持下又于顺治六年(1649)也就是"永历三年"重新返守舟山。就在钱肃乐作战于闽海沿线、鲁王尚未回浙东定海前,"六狂生"中的华夏、王家勤合杨文琦、屠献宸、董德钦等密谋在宁波起义,从清军手中夺回城市。结果,事泄,谢三宾告发于清廷,五人于"永历二年"(1648)被捕,遭害在杭州,是称为"五君子翻城之役"。"五君子"一案株连密酷,黄宗炎即是被友人设法从法场救出的一个,李邺嗣之父则是同案遇害者。"五君子"继"六狂生"而将民族仇恨又上推鼓涨,至于肃杀悲凉氛围也愈加浓。后来,四明山地区的义军维持甚久,舟山政权则在"潚洲之役"被清兵摧破,鲁王再逃去福建沿海。对于这样一个顽强抗御的地域,清廷的加重镇压和密以罗致是势所必然的,浙东遗民志士的处境险危无疑也远过他处,而此间民众遭受的苦难,在反复拉锯中血泪洗面情状更可想见。这正是个不幸时代中尤为不幸的地区。

浙江特别是浙东这块古称"越"的土地上的子民,前人有此间山川之气郁深,故报仇雪耻之心生成若性之说。自然环境和生存其中的人群的性格有一种潜在深层、积渐久成的关系,是不应无视的客观事实,故论诗者每有如"北人诗隽而永,其失在夸;南人诗婉而风,其失在靡。虽有善学者,不能尽山川风土之气。盖山川风土者,诗人性情之根柢也。得其云霞则灵,得其泉脉则秀,得其冈陵则厚,得其林莽烟火则健"(《湖海集·古铁斋诗序》)之类的阐释。但是,社会的历史教养作用在构成地域人文性格上较之自然环境的蒸育更见具体,浙东子民虽也南人,强韧坚毅而耐苦劳的心志显然于山海地形的历练之外,更多的得之于先民的遗教。"卧薪尝胆"的"十年生聚,十年教训"的史实所转化孕育的精神信仰已是如此渗透人心,作为越地子裔似亦很为此而自豪。王思任讨伐马士英、阮大铖的著名的《攘马瑶草》檄文中,"夫越乃报仇雪耻之国,非藏垢纳污之地也"二语可视为特定地域性格的一种典型。他的大书"不降"二字于门扉,抒发了浙东人的名节正气,有其一定普遍意义。

具体到这一地区在晚明的学风,尤值得注意。浙东是明末刘宗周(蕺山)的讲学基地,蕺山之学上承王阳明,属姚江学派。其"证人书院"授徒众多,由良知格致而进重世,与墨守训诂之习或高谈性命之理者迥异。这种哲学观念与儒家其他传习品德相渗合,在国难当头,"华夷大防"失控之际,绝不甘坐视颓溃的。黄宗羲乃蕺山嫡传传人,后又成为浙东学派领袖,于国难前影响已大,难后复立"证人书院"于甬上,浙东地区从其学者甚夥,群体氛围随之而益浓。领袖式人物无论在学术抑或是在文学的领域内影响和作用,最突出的是团聚号召力,其对养成或开创一种风气的推促能量,往往不是轻易估量得出。

地域的自然环境、历史传统、文化背景以及社会网络,无不构致着浙东遗民诗群的个性意志,透发其自有的风神。

第一节 浙东遗民诗群

一 "浙派"先导黄宗羲

浙东遗民诗群的领袖是黄宗羲。虽然黄氏以思想家、史学家著称于世,并不以诗称大家,存世作品亦较顾炎武、王夫之等少得多;但作为诗人,他的血泪之吟固足传世,其诗学观的深远影响,更不允轻忽。

黄宗羲(1610—1695),字太冲,号梨洲,余姚人。父黄尊素,东林名宿,为魏忠贤阉党残害。崇祯改元,宗羲年十九,袖长锥入都讼父冤,声名大振,隐然为东林子弟领袖。崇祯十一年与周镳、吴应箕百四十人,草《南都防乱揭》,讨阮大铖。乙酉夏,从孙嘉绩等起兵江上,号"世忠营"。败,入四明山结寨自固。旋入海赴鲁王政权,拜左副都御史。不时潜往内地,联络部署,清廷极畏忌之,悬名逮捕,几濒于死。及见恢复无望,大局难改,遂奉母乡居,著述以终。其《明夷待访录》阐述民本思想,最著名;其他史著及传文甚多,《南雷诗历》五卷删汰成四百余篇。

黄太冲诗在宗唐成风的时期,独以硬语写哀愤情,摈弃软甜之习和华丽藻绘,故颇招非议,《龙性堂诗话初集》甚至不独说"天下不以名家许之",而且诋之为"其实不知诗而强言诗"①,诚非公允

---

① 叶矫然《龙性堂诗话初集》:"黄梨洲诋卧子诗嘘北地、历下之寒火,故见诎于艾千子,为学未成,天下不以名家许之。吾每读至此处于其《南雷集》中,直掩卷不欲观之。其实不知诗而强言诗,故人言两失。"见《清诗话续编》第二册九九六页。

之论。太冲虽不专力为诗,然其以真情思遣驱文字,佳篇甚多;而有意张扬宋诗风格,实系为情之真朴劲直所需,钱钟书《谈艺录》以为"独梨洲欲另辟途径,尤为豪杰之士也",是为名论①。如《寻张司马墓》情固深沉,韵味亦厚,难言之处尽见纸端:

> 草荒树密路三叉,下马来寻日色斜。
> 顽石呜呼都作字,冬青憔悴未开花。
> 夜台不敢留真姓,萍梗还来酹晚鸦。
> 牡蛎滩头当日客,茫然隔世数年华。

《三月十九日闻杜鹃》七古一篇不类通常之悼诗,而议论骏发,别具多讽之意,这显然是文生于情,借吐鲠骨之作:

> 江村漠漠竹枝雨,杜鹃上下声音苦。
> 此鸟年年向寒食,何独今闻摧肺腑。
> 昔人云是古帝魂,再拜不敢忘旧主。
> 前年三月十九日,山岳崩颓哀下土。
> 杂花生树莺又飞,逆首犹然逋青斧。
> 燕山模糊吹蒿薤,江表熙怡卧钟鼓。
> …………
> 静听呜咽若有谓,懦夫不难安窭薮。
> 何不疾呼自庙堂,徒令涕泣沾草莽!

捕捉一霎间感受,轻捷流利地抒述以出的诗法,历来论家往往归隶于"宋调",以为纤仄不如"唐音"。其实,诗人表现日常一己感触,应是抒情主体最得以显示的现象,不该对立于宏深的载"道"述"志"类型。黄宗羲有些小诗写得很清婉多味,且又不无感

---

① 然颇耐寻味的是沈德潜于《明诗别裁》、《国朝诗别裁》均不选黄宗羲诗。今人钱仲联、钱学增选注《清诗精华录》,选录诗人一百六十多家,《前言》有题诗云"诗国曼珠三百载,不教伪体领风花",却也不选黄宗羲诗。见齐鲁书社1987年版。

谓,如《五月二十八日书诗人壁》三首:

> 不识山村路纵横,但随流水小桥行。
> 一春尚未闻黄鸟,玉女峰前第一声。

> 水晶宫殿玉雕阑,丝竹丛中墨未干。
> 却道诗情多富贵,故教村落写荒寒。

> 不钩帘幕昼沉沉,难向庸医话病深。
> 不识诗人容易病,一春花鸟总关心。

这三首小诗既可视作实际生活行吟,又可看成黄宗羲在借题论诗。他表现的是追求自在、自然,富有生气的活泼泼的境界。第二首"故教村落写荒寒"尤可注意,他厌弃雕阑玉宇、丝竹轻唱式的"富贵"气十足的诗风。

关于诗,黄氏自题《诗历》文中说过:

> 盖多读书则诗不期工而自工,若学诗以求其工则必不可得。读经史百家则虽不见一诗而诗在其中,若只从大家之诗章参句炼,而不通经史百家,终于僻固而狭陋耳。夫诗之道甚大,一人之性情,天下之治乱皆所藏纳;古今志士学人之心思愿力千变万化,各有所至处,不必出于一途。今于上下数千年之中而必欲一之以唐,于唐数百年之中而必欲一之以盛唐。盛唐之诗岂其不佳?然盛唐之平奇浓淡亦未尝归一,将又何所适从耶?是故论诗者但当辨其真伪,不当拘以家数。若无王、孟、李、杜之学,徒借枕籍咀嚼之力以求其似,盖未有不伪者也。一友以所作示余,余曰:"杜诗也!"友逊谢不敢当。余曰:"有杜诗,不知子之为诗者安在?"友茫然自失。此正伪之谓也。

只分辨诗之真伪,不拘泥宗尚的家数;反对"一尊",主张"各有至处",此即黄太冲诗学观。毫无疑问,这是诗人主体性自觉意识的强调,太"似"必伪,岂非提倡自出性灵?由此而言,他的力主"多读书",亦系诗外工夫,为综合提高功力,并不是倡导以"学"为诗,与"学人诗"判然有别。

黄宗羲不赞成专以盛唐诗为"一尊",当然不是不珍视唐诗,他讨厌的是"今日之假唐诗"(《姜山启彭山诗稿序》),因为"假唐诗"实际类似"干啼湿笑,总为肤受"(《黄孚先诗序》)。同时,他又厌烦"主奴唐宋",特别是互相攻讦的门户派别纷争如"里妇市儿之骂",他直截了当地提出:"但劝世人各做自己诗,切勿替他人争短长。"以为此乃"诗道其昌"(《范道原诗序》)的正途。

应该说如此论诗眼光,方称得大家气度,也始能跳出怪圈,推陈出新,可惜的是事实并不能照此轨迹以行。但黄宗羲论明中叶以来诗派纷争之弊的文字仍值得一读,他在《靳熊封诗序》中说:

> 百年之中诗凡三变。有北地、历下之唐,以声调为鼓吹;有公安、竟陵之唐,以浅率幽深为秘笈;有虞山之唐,以排比为波澜。虽各有所得而欲使天下之精神聚之于一途,是使诈伪百出,止留其肤受耳。

"各有所得",是贡献。欲天下诗人之精神"聚之"于一己,是荒谬。

作为史学家,黄宗羲有自己的"诗史"观,《万履安先生诗序》的论述极充分:

> 今之称杜诗者,以为诗史,亦信然矣。然注杜者,但见以史证诗,未闻以诗补史之阙,虽曰"诗史",史固无藉乎诗也。逮夫流极之运,东观兰台,但记事功,而天地之所以不毁,名教之所以仅存者,多在亡国之人物。血心流注,朝露同晞,史于是而亡矣;犹幸野制遥传,苦语难销,此耿耿者,明灭于烂纸昏墨之余,九原可作,地起泥香,庸讵知史亡而后诗作乎?是故景炎、祥兴,《宋史》且不为之立本纪,非《指南》、《集杜》,何

由知闽广之兴废?非水云之诗,何由知亡国之惨?非《白石》、《晞发》,何由知竺国之双经?陈宜中之契阔,《心史》亮其苦心;黄东发之野死,《宝幢》志其处所,可不谓之诗史乎?元之亡也,渡海乞援之事,见于《九灵》之诗,而铁崖之乐府,鹤年席帽之痛哭,犹然金版之出地也,前代干戈,久无条序。其从亡之士,章皇草泽之民,不无危苦之词。以余所见者,石斋、次野、介子、霞舟、希声、苍水、密之十余家,无关受命之笔,然故国之铿尔,不可不谓之史也。先生固十余家之一也,生平未尝作诗,今《续骚堂》、《寒松斋》、《粤草》,皆遭乱以来之作也。避地幽忧,访死问生,惊离吊往,所至之地,必拾其遗事,表其逸民,而先生之诗亦遂凄楚蕴结而不可解矣。夫蔓草零露,仍归天壤,亦复何限,先生独不能以余力留之乎?故先生之诗,真诗史也,孔子之所不删者也。

这是遗民心目间的"诗史"观,也可说是遗民诗的价值观的论定。诗有真伪,史亦有真伪,特别是易代之后,新朝为"胜国"修史,必有删芟,必有其自持自定的绳衡取舍标准,于是脱漏、曲隐、篡改、瞒骗,种种手段不一而足。亡国人民的"野制遥传,苦语难销"则正是足可补其缺漏,烛其曲隐,戳穿瞒骗,败露篡改。黄氏如此诠解"诗史",即强调"以诗补史之阙"是有异于通常所说的"以史证诗"的,这为人们认识诗的历史价值指出了重要的一面,诗歌史应酌以参佐的。只是黄氏的苦心孤诣导扬其遗民"诗史"观的意图,恰恰是新朝必须扼制以护其统治的大忌事,所以,当人们还未能充分珍视秘藏之际,文字狱频仍而起,清王朝政府是深知此种"以诗补史"论的要害和锋芒所指的。浙东诗集的佚失,数遗民之作独多,除却兵火之灾祸于枣木外,禁毁则是最烈之劫。

不专尊唐,必兼挑宋;以史为重,尤贵宋籍,他说"唐自天宝而后,李、杜始出;宋之亡也,其诗又盛"(《陈苇庵诗序》)。凡此皆为黄宗羲广事搜罗庋藏宋人集部的动机,他是与吕留良、曹溶等可媲美的所得最多的一个。后来其门弟子如郑梁(寒村)之宗尚东坡,查夏重(慎行)之专注苏诗,以及陈订的选存《宋十五家诗》,"浙派"滥觞之势,于黄氏先导言行中已可探知。

宗羲有弟二:黄宗炎、黄宗会,世称"浙东三黄"。宗炎字晦木,号立溪,人称鹧鸪先生,擅画善诗,厌时人甜熟,诗宗宋人,《二晦山栖集》绝类杨万里一路。黄宗会,初名宗燧,字泽望,号缩斋、藤龛等,人称石田先生。著有《缩斋集》。宗会有首《象田山赠石雨》诗,形象具体地载录了苦隐于深山僻谷的"不呈面目真高士"的生活情状,堪称浙东遗民中狷介冷峻型群体的写照:

> 杖头已拨千峰雾,入水拖泥何处去。
> 岭头日落黄庐暗,老麋呼风毛欲竖。
> 岭底溪深泥正紫,中有幽人草茅住。
> 长年袖钵垂手归,濯足溪头弄新句。
> 天寒路冻寂无人,钁头铿然掘枯芋。
> 我来一笑调偶同,摩挲寒崖数烟树。
> 深夜孤灯倒牛筐,戛更病雁亦哀诉。
> 雄峰大刹列相望,两宗法席纷旁午。
> 子独何为饿空谷,笑勘诸方多不顾。
> 垂钩岂解钓狞龙,元赏时与古人遇。

二 浙东"诗社"述论

清初浙东遗民诗社之结集最盛,全祖望《鲒埼亭集》载述极详,可备"社事史"之稽考。如《外编》卷六《湖上社老董先生墓版文》即具述宁波一地诗社概貌,当时鄞上著名的为四个:"西湖八子"社:陆宇燝(赣庵)、毛聚奎(象来)、董德偁(天鉴)、纪五昌(衮文)、李文缵(昭武)、周昌时(韫公)、沈士颖(心石),加上流寓此间的桐城方授,即方文之从侄。此社为首主持人为李文缵。"南湖九子"社:徐振奇(青雷)、王玉书(水功)、邱子章(梅仙)、林时跃(荔堂)、徐凤垣(霜皋)、高斗耀(废翁)、钱光绣(蛰庵)、高宇泰(隐学)、李文胤(呆堂),后来倪爱楷(端卿)、周元初(立之)也入此社。高宇泰为此社主持。"西湖七子"社:宗谊(正庵)、范兆芝(香谷)、陆宇燝(披云)、董剑锷(晓山)、叶谦(天益)、陆昆(雪樵)、流寓于鄞的四川青神人著名诗人余鏊(生生)亦预此社,董剑锷为社主持。"南湖五子"社:林时对、周立之、高斗权、朱钱、董剑锷。全祖望说"有明革命之后,甬上蜚遁之士,甲于天下,皆以蕉萃枯槁之音,追踪'月泉'诸老"。这是确论,事实上清初甬上遗民诗远较元初遗老"月泉诗社"为盛,成就亦高得多。惜乎言清诗、论诗史者大抵不及谈,连李邺嗣(文胤)所编《甬上耆旧诗集》、全祖望继纂《续甬上耆旧诗集》一百六十卷也已少为人知。兹就其有诗存世者择要概述如下。

先说钱光绣(1614—1678),字圣月,号蛰庵。少侍其父侨居碛石,参与"萍社"、"彝社"等社事,经学曾师事黄道周。国变后峻拒归顺者,宋徵舆以中书舍人随大将军宜尔德幕,欲一见光绣,托疾不往,昆山朱应鲲为上虞令,颇鱼肉故国遗民,钱光绣面斥之。后归乡里,筑"茎斋庵"自隐,与高宇泰举"耆社"(即"九子社")。全祖望《钱蛰庵征君述》说他随其父游吴中,宛中时尽交江左名士,友"夏瑗公、杨维斗、姜如农、陈卧子、林茂之"等,"契好者陈玄倩、陆鲲庭、翁坦人、黄九烟……徐闇公、麻孟璿、沈景山、沈耕岩、吴次尾、沈昆铜"以至陈定生、阎古古、余澹心、谈仲木等等,钱蛰庵是吴越文化群的重要沟通者。著有《从慕堂集》,删存十六卷。钱氏是自杀而亡的,时正值开征"鸿博"之举的康熙十七年,很值得注意。其诗早年以瑰异称,晚期"枯心守寂,空中鹤声"(李昭武《从慕堂集序》)[1]变为苍凉。《哭邱含三子章》写出了他们这一辈

---

[1] 转引自《四明清诗略》卷首(上),李昭武曰:"圣老二十年前诗俊拔已久,已而游于吴会,一变为瑰异。今则洗钵中条,枯心守寂,空中鹤声,乃益进而上矣。"

人晚年的风波生涯:

> 岂为烟波震泽宽,肯贪虾菜足盘餐。
> 青衫泪湿白司马,皂帽尘蒙管幼安。
> 去日朱颜频抚镜,归来华发漫垂竿。
> 只应不负金川恸,入地犹惊碧血寒。

光绣胞弟钱昭绣,字观文,著有《让水集》,居安徽宁国,与沈寿民昆仲唱和,沈氏称其与光绣以及从兄钱退山为"钱氏三逸"。退山名肃图,钱肃乐之弟,字肇一,以诸生倡义,历官监察御史。顺治八年(1651)翁洲战役中被清军俘,不屈,后得释归,卒于康熙三十一年(1692),七十六岁。著《东村集》,其与淮上、京江遗民交游独多。钱肃乐有兄弟十二人,肃遴、肃典等皆系江上遗臣而具文名,从兄弟人数尤众,而退山诗名最著。

浙东遗民中以奇狂名于世,时人喻为徐渭的周容,是一位重要的诗人。周容(1619—1679)字茂山,号鄮山,又号躄翁,鄞县人。少即能诗,钱谦益喻之为"独鸟呼春,九钟鸣霜"①,工书画。国变后弃诸生,放浪湖山,白眼骂座,无日不饮,无饮不醉。与海上诸营多交识,后倦游归乡邑。晚年复不得已北游,适值"鸿博"诏下,朝臣争欲荐之,以死辞。著有《春酒堂诗集》十卷、《诗话》一卷。全祖望《周征君墓幢铭》说"先生以布衣诗人名","踪迹遍天下,所至皆有诗。于浙最厚查方舟,于山右则申凫盟、傅青主;于江右则王于一,于闽则许有介,于山左则于公冶、纪伯紫"。《明诗纪事》引徐文驹语评周容诗说:"或僧寮野店,忍泣吞声;或剩水残山,章皇恸哭,又以诗泄之,振笔一挥,清词丽句,风发泉涌,傲岸突兀,独来独往。"

周容的诗在表现雄心消长失落的情思时相当深细,如《早

---

① 语见全祖望《鲒埼亭集外编》卷六《周征君墓幢铭》:"钱侍郎牧斋称之,谓如独鸟呼春,九钟鸣霜。所见诗人无及之者。录其诗于《吾炙集》。"

起》：

> 四海人同梦,鸡声忽起予。
> 千秋心未已,一日事何如？
> 酒趣刘伶减,年华邓禹虚。
> 凭栏空自笑,抱瓮灌园蔬。

又如《今归》：

> 鸡声催橹急,才到旧渔矶。
> 月淡人争渡,霜浓犬出扉。
> 招魂思昨险,拭眼悟今归。
> 邻叟墙头问,应先泪湿衣。

甬上诗人既以公忠体国称,又洁身自好、淡于名利的宗谊,是个性格独异的狷者。全祖望《宗征君墓幢铭》说："改玉之际,吾乡诸遗老社会极盛,而湖上之七子苦节为最。七子之中以诗言,正庵先生为最。"宗谊(1619—1688后),字在公,号正庵。祖籍歙县,父以商迁鄞县而豪于赀。浙东抗清义师起,宗谊倾家产十万金供钱肃乐为饷,钱氏荐举授官,辞不赴就。又继续卖去田园之未尽者以供军需,于是贫落,至为塾师,即使常绝粒不继,耿介不改。著有《愚囊集汇稿》。董剑锷以为其诗"如异峰幽涧,嵯峨淡洌,不类人间所著"①。据载,传世六卷均为外集,"颇和平",内集则无人见之者。其时浙东文人编集多分内外,内集秘不示人成风气。

在"老既攖吾怀,贫知节不变"(《喜余生生至》)的身老境贫的生涯中,宗谊的乡国迷茫心态最见深切,《喻子规》二绝,平直中寓曲隐心衷,一种无可奈何的怅惘写得甚生动：

> 举目无从觅蜀天,只呼归去乞人怜。

---

① 转引自《四明清诗略》卷首(上)。

倘然当日能归去,未必襃斜便万年。

曾为越旅与吴栖,惆怅春风畏汝啼。
今日老归茅屋下,要啼啼到日头西。

咏物之作,历代充栋,杜宇子规之吟更为多见,然如此翻转一层写法,表示啼亦徒然,啼又奈何者,则属出新之笔。这自然只是遗逸人氏方能有的心态。《饿中得句未能自裁,就正晓山三十韵》是首很峭奇的诗,写相知之谊,写癖诗之心,写清苦之境,层翻波澜而语皆易晓,篇末不言志而志洁芬芳,令人可感知,尤具功力。读这样的作品,深感黄宗羲"遗民者,天地之元气也"之说的确切。"身前罹迍邅,身后或蒙洁。即使覆酒瓿,良亦近香冽。"因为这是心声,是心魂相寄的文字。这就是诗人即使无钱买纸买笔,却竟自感"鲁鱼千百中,反疑出金石"地如痴如狂的缘故。

宗谊诗中提及的晓山,是董剑锷之号。董剑锷(1622—1703)字佩公,一字孟威。明诸生,国变,其父董士相训言曰:"儿曹无庸读万卷书,且挽五石弓耳。"父子相砺为遗民,焚衣巾。[①] 鄞县董氏为巨族,代有文采,钱肃乐、张煌言均系董氏婿,故当时牵连独多。晓山曾参与"五君子"之密谋,迨烟沉潮息,亲友相继沦亡时,独固守节气。烈士王翊被害后,首级被陆宇燝盗出,董氏每岁哭祭。著有《墨阳集》内外编、《晓山游草》等。

关于晓山诗风,《四明清诗略》等皆避而不谈。其实《续甬上耆旧集》多次谈到,评骘虽寓褒贬,但揭示了浙东诗风的概貌,值得注视。《续甬上耆旧诗集》在谈到周斯盛(字屺公,号铁珊,顺治十八年进士)诗时说:"先生之诗本出自竟陵,其后讳之,虽痛自淘汰,而膏肓之痼卒不可疗。"这个周斯盛系宗谊最相得的后辈,《续》继续说:

---

① 见《鲒埼亭集外编》卷六《湖上社老晓山董先生墓版文》。

吾乡桑海之交,诗分二派,非学王李则学钟谭。杲堂初亦从王李入,其后一变始以谢康乐、刘文房为宗,渐攻王李矣。晓山诸公皆从钟谭入,然未尝变,特晚年稍洗去竟陵之谬,渐近韦柳。……予则谓二派佳处皆不可没,其习气皆所当戒。必欲以门户之见把持其间,犹是残明党人之习也。

晓山诗属竟陵一派在浙东不是个别现象,《续甬上耆旧诗集》于周嗣升(字长如,号虚舟)的诗评述中说到:浮石周氏诗分前后二派,前派风流蕴藉,"后派自立之、唯之两高士暨殷靖则宗竟陵而更求深焉,先生尝问诗于立之"。立之是"南湖诗社"中周元初之字,殷靖名周志嘉,号蒿庵,均鄞人。由此足见,钟谭竟陵诗风在浙东甚盛,是为审视浙东诗史必须参照的事实,可借之辨明诗的演化轨迹。

董晓山有《瘗鹤》一篇,为陆宇燝葬王翊首级而作,是首别具史意的诗,诗云:

长蛇嘘雾毒暗天,老鹤俯视心为怜。
引雏振翮下啄蛇,反为蛇噬身不全。
嗟嗟鹤死群鹤怨,中有一鹤负机变。
徘徊蛇旁衔骨归,瘗之中野酬孤愿。
此中地气大吉非偶然,蛇灭雾息还青天,老鹤心魂耿耿
　悬。

托物象以写一段悲壮史实,意象所指明确、恩怨是非亦清晰,然若不是诗末"为披云葬王侍郎而作"小注,整篇则隐蔽其情。在短章小叙事诗中此为别备一格之作。

陆宇燝(1619—1684),字春明,号披云,"六狂生"之一陆宇㷆的五弟,明亡弃诸生服,与其兄内外共事恢复之役,宇㷆遇害,他亦家败落,以隐终。筑"观日堂",流寓来甬上,余㵾、方授、宋龙等均先后投居其家。著有《观日堂集》。为人外和内刚,诗以羽徵变

声,如凤如雷为多,唯大多不传。他的《代琵琶妇解嘲》揣摩失节者口吻而写,敲骨剔髓,讥刺尖锐,将鲜廉寡耻面目揭皮无余,为罕见之讽刺诗佳作:

> 不见春风花,花落随地飞?
> 不见南山鸟,年年择新枝?
> 抱此区区意,红颜须及时。
> "非不慕古人,礼法难疗饥"!
> 但博旦夕欢,宁顾谁为谁?
> 还取故夫意,宛转事新知。
> 新故转盼间,生死酒一卮。
> 可怜东邻妇,白首柏舟诗!

陆扱云的诗佳篇迭出,句字精炼而清新,情理皆透,中边俱厚,如《寒食题宋先生草堂》:

> 天妒梅花更妒人,风风雨雨不知春。
> 杜鹃啼处孤灯梦,寒食樽前一病身。
> 易理愁中才得力,交情乱后始能真。
> 天涯相对忘形迹,拥被微吟乐贱贫。

佳句如"干戈在眼家何在,山水多情诗更多"(《怀余大生生》),"虫阶心与切,杵月泪同并。一叶开霜色,千山落雁声"(《秋怀》)等,均属炼而自然,情韵不匮,在浙东诗群中陆氏无愧名家作手。

在流寓浙东的遗民诗人中,陆宇燝称之为"廿载明州作故乡"的余鹾,是位"交遍江湖新剑侠,诗成冰雪古奚囊"(《戏讯眉山余子》)的畸人,清初江东南诗家集子中遍见他的名字,诗史不能不一提此人。

余鹾(1607—1685),字生生,号钝庵,四川青神人。世袭锦衣,自蜀徙燕已非一世,余生生思由甲科取,故未仕。国亡,"黄冠羽衣,避难江东,卖古文诗字自给"(《锦里新编》卷五)。在流亡初,曾参军事,不济,始至鄞县,居"借鉴楼",与遗老及子弟相唱和,悲歌叱咤无虚日。余氏足迹遍四海,而流寓浙东最久。著有《增益轩草》,卒后散失,"通国传为恨事"①。

明清之际,蜀地诗人以费经虞、费密、费锡琮、费锡璜祖孙三辈名最著,乾隆时蜀人张邦伸《锦里新编》所谓"至今蜀中谈诗者尚推费氏为大宗"。费家祖孙国变后流寓江苏,较稳定,故学术、词章均有成,余生生则飘泊四方,流离失所时多,然以诗言,实可与费密父子相匹敌。《听雨楼随笔》引倪永清语云:"钝庵诗,闲情逸致,超然尘表,如鲁仲连、陶元亮一流人。"只是说对了他的一面。其实,余氏"阁道依人探虎穴,吴门乞食问渔蓑"的际遇以及"干戈在眼家何在"的心态,怎可能真正闲逸?尽管只剩零缣断章,仍也能见其悲凉怆楚心情,如《咏梅》之三:

  花时归客怕花残,烽火漫漫道路难。
  断送东风多少恨,凭谁留寄一枝看?

沧桑变迁,兵火倥偬,在他心头阴霾密笼。《新滩观捕鱼歌》在目睹"土人竹篓满背归,户户门前盈百十。霜刀直下乱雪飞,弃置头颅人不食。干鱼家家挂满壁,腥臭漫漫气难息"的情景时,他也会不由想到"呜呼廿年杀戮人民空,今复毒流鳞介中"的社会惨苦景况。而对自己的一生际遇和前路茫茫之哀,《中秋后一日曾

---

① 《锦里新编》卷五:"尝过江都,与野人高士游,寓吴门客舍,自言为梅花作主人。康熙乙丑仲夏卒于琼花观中,时年七十有九。有《增益轩草》共五七古诗若干卷。易箦时属其甥焦氏付其友张谐石选辑,焦竟失其稿。新安姚纶始于扇头壁上搜录遗诗仅十余首,不能窥其全豹,通国传为恨事。"巴蜀书社1984年影印嘉庆嶍峨周氏敦彝堂刻本。按:张谐石,名韵,江都诗人。又,《鲒埼亭集外编》卷二十《余生生借鉴楼记》述余氏行迹甚详。至于其诗作,《明遗民诗》选录八首,陈田《明诗纪事》存六首,均不相重出。《全蜀诗钞》录入五首,其中《赏梅》五古一首,亦系不重出者。《听雨楼随笔》卷八所引述《元旦》一首亦不见上述诸书。可知存世之作当不只"仅十余首"。

青藜寓斋燕集》则披露无遗,结句最凄切:

> 昨宵对月今宵雨,两日阴晴不可凭。
> 客里招邀常赖友,山中栖止但依僧。
> 才高何必愁贫贱,时至无烦感废兴。
> 几度浪浪檐际水,随风飘洒湿孤灯。

这"随风飘洒湿孤灯"七字直可作流亡诗人的命运判词和生活图象看。

三 李邺嗣及其他

浙东遗民诗人中,上承耆老余绪而其力足以张扬甬上风气,与吴楚骚雅相鼎峙的当推李邺嗣。盖四明文人不若三吴同道广通声气,相对言之较为僻处闭塞,加之著作零落淹没,真貌难窥,故世人知少,如李邺嗣诗文集幸得存传诚属大不易。关于浙东文献严重佚失状况,全祖望《杲堂诗文续钞序》所述甚详,可备考稽:

> 残明甬上诸遗民,述作极盛,然其所流布于世者,或转非其得意之作,故多有内集。夫其"内"之云者,盖亦将有殉之埋之之志而弗敢泄,百年以来,霜摧雪剥,是以陵夷。以余所知,董户部次公、王太常无界、林评事荔堂、毛监军象来、高枢部隐学、宗征君正庵、徐霜皋、范香谷、陆披云、董晓山,其秘钞甚多,然而半归乌有。余苦搜得次公、荔堂、披云三家于劫灰中,水功、隐学尚余残断者存,而象来、正庵、霜皋,则不可得矣。然诸公犹非其绝无者,若骆寒崖、李玄象、高废翁,则竟不可得。即以李氏而言,戒翁、岩叟,其与先生共称"三李"者也,皆无完集得贻于今。①

这还只是上距易代之初仅"百年以来"而言,此后愈益陵夷

---

① 《鲒埼亭集外编》卷二十五。

自更不待言。李邺嗣诗在清初,邓汉仪《诗观三集》和卓尔堪《遗民诗》均有选录,其在遗逸寒士群中原本影响甚广,然而台阁大老们却声闻乖隔,少有揄扬者。所幸他的"弗敢泄"一类的"内集"之作后来在文网渐宽之时陆续刊存,精神终于出露,所谓"可死者身也,其不可死者心也",其"心"赖以得见,诗史应为之大书一笔。必须指出,沈德潜《国朝诗别裁集》卷七录入李氏诗五首,并评之云"诗品刊落凡庸,不肯一语犹人,浙人中独开生面者",系未见内集或虽见亦不敢言的无关痛痒语;而《四库总目》置《杲堂文钞六卷诗钞七卷》(按即"外集")于"别集类存目",所评更是泛泛不切其旨,至于说他是"顺治中诸生"则尤属无据之厚诬。①

李邺嗣(1622—1680),原名文胤,以字行,更字森亭,号杲堂,鄞县人。崇祯十年(1637)为诸生,时年十六,后随侍父李枘官岭外。明亡,鲁王监国于浙东,他们父子同奔走于山寨海岛间从事抗战;顺治五年(1648)初,李枘被捕囚杭州,杲堂亦被逮囚于蛟关七十日,当他得脱身时其父遇害。同年七月又被捕入府狱,案情仍还是"五君子翻城之役"事,均系谢三宾告密造成的未了余患。继又得营救,出狱后依然暗中为忠义奔波,先后参与营救黄宗炎等,并为张煌言殡葬两世遭害者。在里中为"鉴湖社"(即南湖九子社)祭酒,康熙十七年(1678)浙江大吏欲荐举"鸿博",李氏以死力辞。对李杲堂之一生,全绍衣《李杲堂先生轶事状》(《续甬上耆旧诗传》同)有一概评,甚切其人:

---

① 《四库全书总目》卷一八二"别集类存目"九。提要云:"邺嗣字杲堂,鄞县人,顺治中诸生。""(黄)宗羲序称其'皆胸中流出,无比拟皮毛之习'。盖破除王李钟谭之窠臼而毅然自为者也。"按,黄宗羲之序系序李氏文集,《李杲堂文钞序》亦收入《南雷文案》卷二。黄氏"杲堂之文具在,故未尝取某氏而折旋之,亦未尝取某氏而赤识之,要皆自胸中流出,而无比拟皮毛之迹,当其所至,与欧、曾、《史》、《汉》不期合而自合也"云云,意甚明白。所谓"破除王李钟谭之窠臼"云者,乃馆臣所加之套话耳。

一身流离国难,则宋之谢翱、郑思肖;委蛇家祸,则晋之王裒、唐之甄逢;周旋忠义之间,则汉之云敞、间子直。而卒以其余力任甬上文献之重,辑前辈遗诗,遍为作传,枌社风流,藉以不坠。

李氏编《甬上耆旧诗》事,黄宗羲所作《墓志铭》说:"先生愍郡中文献零落,仿遗山《中州集》例,以诗为经,以传为纬,集《甬上耆旧诗》,搜寻残帙,心力俱枯。其布衣孤贱,尤所惋结,宛转属人,则顿首丁宁,使其感动,夺之鼠尘、绩筐、饧笛之下,以发其光彩。"此事得其长婿协助,据载当万斯备有新收获时,杲堂惊喜而至于向所得乡贤遗集整衣冠下拜。① 李氏自著诗有《杲堂诗钞》七卷、《续钞》六卷、《外集》三卷等。

李邺嗣诗古奥而不失瑰丽,奥丽之藻又全被鹃泣猿啼的气韵所融化,故悲凉怆楚之诗心毕见,特多惊魂动魄之作。即使形似摹古拟古,其实亦仅借旧躯壳寄一己之苦厉心志而已,如古乐府体《善哉行》:

> 登山采薇,重茧下山。幽壑飞霜,百草失颜。(一解)
> 蟋蟀就田,行复入户。秋气迁人,我栖何所?(二解)
> 抠衣夜立,瞻拜天枢。明明华汉,下烛微躯。(三解)
> 壮气不居,我发易迈。志郁万年,其过乃大。(四解)
> 采薇硁硁,是为末节。臣靡不死,复兴夏室。(五解)

诸如此类,皆系中夜唏嘘、佗傺啸吟之歌,绝非仅为拟古而制。他的遭难狱囚诸作写得极悲慨雄直,为同俦中罕觏的佳篇,如《钳头一章招华、杨诸公》,是顺治五年秋再次被捕下狱,所囚系之处正是"五君子"中华夏、杨文琦等先前羁囚的地方,于是作诗招魂兼自招:

---
① 见《续甬上耆旧诗传》,《四明清诗略》卷首(下)有节录。

209

> 忆向西台哭不禁,钳头此日续南音。
> 冰城初筑君先入,剑树犹开我复临。
> 干弱支天留士气,霜青薤草见臣心。
> 重泉疑隔无多路,预逐香风梦去寻。

《铁围》诗小序云"戊子春,余被镣六十三日,至初秋,再下郡狱中,既而得释,自顾余生,潸然赋此",二次死里逃生,并无气馁或怨天尤人之意,诗极冷峭:

> 铁围重入骨余劉,满国荆茨不可芟。
> 野旷侧身愁短褐,园荒托命失长镵。
> 三更自啮明茎草,一叶图开弱水帆。
> 欲逗残生竟何事?日来新制稻畦衫。

当时人论诗动辄以王李"七子"或钟谭"竟陵"为标签,出主入奴,是非丛生,然如李杲堂此类诗岂是宗派门户所能限?其诗音调铿然作响,情思溢然欲溢,泪枯血沥,纯以气胜。类似的如《从仆夫处得一小裘,是先公狱中所服,败毛俱寸寸落》中的"柴骨与经冰雪苦,麻衣同逐虎狼嗥";《三月十九日同掖青》的"纸钱亦辨枯坟主,盂饭谁浇旧寝寒?"《瀹信》的"岛门仿佛飘神火,宫井苍茫葬宝裙"等等,全属隶事切情、戛戛自铸之句,毫无为文造情之弊。

瀹洲(即舟山定海)之役,几度反复,杲堂的《瀹洲词》写"七十二岛同时焚","十家五家徙鱼腹",揭示了战败赶徙岛民的惨状。《泊定海夜哭》四首渲染的氛围尤见凄戚苦郁:

> 惊心前日事,野立久仓皇。
> 鲲鲤沉楼舰,鼍官葬国殇。
> 空城霾日脚,旧垒堕星芒。
> 横海威名重,何时下战洋?
>
> 频年国破泪,此日更难收。

积血知龙斗,遗民问马流。时方徙瀹洲人。
乾坤迷鼓角,风雨溅刀头。
太息残生在,黄冠何所投!

我实愁来此,荒荒天地昏。
悲风嘶虎石,毅鬼立蛟门。
国史千年寄,臣心一日论。
关河戎马在,何地可招魂?

飘泊吾生事,孤篷复一方。
江烽催鬓雪,野爨燎衣霜。
草木俱兵气,亲朋半战场。
犹怜心未已,啼眼望南阳。

此外《兵燹后野步哀甬东》、《江上四首》、《八哀》、《杂哭十三首》等不胜枚举,无不组合再现了其时浙东劫难之惨重。《哀甬东》所展现的无异于一幅人间地狱图:

穹庐夜徙后,野哭动江东。
乱瓦栖云脚,荒炊坐马通。
霾深天未白,雾瀹日难红。
庙火睢阳见,悲吟动晚风。

江干一夜雨,何处洗腥尘?
赤野丰乌食,青烟杂马磷。
鬼房愁近夜,怨草虑无春。
此日高苍意,应怜三户民。

战垒村村见,愁云日日浓。

211

> 乱骸争白草,旧鬼失青松。时墓木尽砍。
> 不断三江鼓,难消八月烽。
> 山居何处好,比屋有新春。

> 筚栗频吹断,经旬敢一行。
> 巷初投犬吠,市稍贺人声。
> 家在移前尽,身从定后惊。
> 太平真足慕,容易偃柴荆。

然而如此惨苦,人魂欲断之时,在"天地创痍满,何人血战归"的境地中,剥削之爪居然照样伸来,《江上》之四云:

> 乱余野老哭,天地黯然愁。
> 绝爨吹磷火,颓垣凑髑髅。
> 梦依荐黍定,家对旅葵秋。
> 尚有征租吏,频从白屋搜。

列举以上诸诗,可以看到,说呆堂"专事摹古"固是不确,认为其诗"失之生涩"也不符实际,《清诗纪事初编》作者只见到外集七卷诗,是不足以下论断的。①

李呆堂的小诗亦自名家,在历代绝句中应有位置,名篇如《西陵绝句诗十四首》,兹录其尤多意味者:

> 五寺钟声送夕曛,女冠犹着旧宫裙。
> 葫芦井畔伤心语,只许东洲遗老闻。

> 沙涨钱塘事莫无,赫山浪到定山枯。
> 莫言白马扬波缓,尚有重潮文大夫。

---

① 《清诗纪事初编》卷二"李邺嗣小传"云:"论诗与梁以樟相得,不薄七子、钟谭。专事摹古,古体大半皆乐府,失之生涩。然工力甚深,似在其文之上。"

春雁仍飞竟不还,两湖风物总潸潸。
北来高士今谁在?可有人登望洛山。

三台夕照尚余曛,相望于坟与岳坟。
一自苍公藏骨后,湖山如画遂三分。

司马坟前客过频,灰飞常见纸钱新。
岂如哭祭文山客,只有西台甲乙人?

《杲堂诗钞》另有一值得提出的现象,即他善于以口语式句调入诗,亲切自然却又洗炼工巧。清代诗歌中这一被人们常常归之于"宋调"而实系渊源流长的文、白间中介形态的风调,不应简单粗率地与"唐音"对立起来。此类诗作当视作格律近体诗极度成熟期的超格律化现象,如果说这也足以成为一种流向,那么历经乾、嘉,以至晚清近代,是可以梳理出其走向趋势的,后文将要谈及,李邺嗣则是清初较早的一家。试读《续钞》卷六的《口占呈全完白四首》:

全家豆种晚逾良,粒粒肥甘荚亦香。
记得白斋诗句好:"满园秋兴过南庄。"白斋先生诗:"豆荚箸
　　长瓜杵大,满园秋兴过南庄。"

每到秋深摘满筐,须教烂煮妙非常。
诸公任设盘中馔,不及先生豆荚香。

一盂佳豆一编诗,两物相当请易之。
若说尝来风味好,杲堂犹自略便宜。先生赠余,答以《诗
　　钞》。

先生七十健非常,好事频来索寿章。

但使岁餐园豆饱,人间何用"大还"方?

诗人在五言律中亦多浅淡句辞,如前后《幽居》诗中"收归半亩芋,开过一篱花";"眉舒增一饭,心喜近高眠";"草香通谷口,鸟语近床前";"秋深桐尚荫,雨过豆能花"。被沈德潜赞为"一语卓绝,能当此者,宇内曾有几人"的"天护草堂尊"之句,其实也是意胜语淡一例,句出《赠周唯一先生山居四首》。当时周氏已为僧称囊云大师,除却这"地容方丈洁,天护草堂尊"一联外,他如"万山迎汝止,一钵避人来";"疏钟晨易省,宿火夜难昏";"落日庭前宿,幽霜坐上飞"等亦均佳胜。杲堂诗艺是非凡的,不只是"妙有新趣相发"地"以秀胜"而已。

鄞县李氏系著名世族,人文辈出。《四明清诗略》云:"砌里诸李,其居道南者为南李,居道北者为北李。南李世擅风雅,北李世擅宦达。"几乎人人有诗文之著。与李邺嗣同辈称"三李"的他的从兄李文纯(戒庵)、李文缵(岩樵)亦享诗名,为甬上诸社的中坚。李文纯的《广陵行》,今昔对写,盛衰互见,沧桑在眼,感喟良多,亦称名篇。李邺嗣有一子李暾(1660—1734),字寅伯,号东门,能诗,著有《松梧阁诗集》四卷,师郑梁(寒村),黄宗羲称其与郑性、万承勋、谢绪章为"四明四友"。暾虽生已甚晚,然庭前耳濡目染,家国之思仍浓,好山水,不求仕进。有《甲申三月寿林殿飏先生九十》云:"六十年前事若何?黍离旧恨已消磨。谁知尚有孤臣泪,流落鄞江百尺波。"

李邺嗣长婿万斯备长在经史之学鼎盛之族,而特擅于诗。《续耆旧传》谓其相助岳父收辑《甬上耆旧诗》情况:"先生搜访之功最多,如金白云、李中林诗,叶郑朗晚年诗,吴鼓和、胡百药诗,皆先生所得。每得一卷,杲堂为之惊喜下拜,先生亦拜。翁婿相依二十余年如左右手,昕夕互相唱和。杲堂尤称其五律,搜索意匠,疏理血脉,一字一句无不雕磨,自以为不如。"万斯备,字允诚,号又庵,亦鄞县人,万泰之子。著有《深省堂集》。万泰字履安,号悔庵,生八子:斯年、斯程、斯祯、斯昌、斯选、斯大、斯备、斯同。斯年、斯大、斯同名素著,斯大(充宗)精于经学,斯同(季野)则为清前期大史学家,而斯备独好于诗。其诗气和性平,如其为人,五律清朴淡逸,多好句,如"数家榆火熟,一路豆花肥。鸟聚春生户,山深夜不扉"(《山行》);"径转迷来迹,舟行隔旧游"(《天童寺》);"醉眠三户酒,吟谢一篱花"(《溪上》);"不约风生户,无言月到庭"(《独座》)等。其《嘉禾寄怀巢端明先生山居》则不专以淡逸见,深沉写出了巢鸣盛其人的一生。人称贞孝先生的巢氏为松江名士,遗民诗人,经历甚奇,诗云:

> 戎马偏南国,荆扉独隐沦。
> 琴书娱白发,板荡失青春。
> 世事袁闳老,生涯阮籍贫。
> 向来高蹈志,寂绝更谁邻。

颔联文意足而句工语老,能看出万斯备的功力。《卜居》的"六者弟兄三者客,一天风雨各天愁"写棠棣情亦工妙。

第二节　浙西遗民诗群

一　魏耕和他的盟友

顺治之初,浙东、浙西遗民志士意图恢复,潜踪于山海间的群体林立。其中以祁理孙、祁班孙兄弟山阴梅墅为基地,后来终于构成"通海"大案的由慈溪魏耕、归安钱缵曾、山阴张宗观、朱士稚、长洲陈三岛等人为核心的一群,应该在遗民诗史上占有地位。魏耕则是这诗群中的翘首人物。

祁理孙,字奕庆;班孙,字奕喜,明殉节名臣祁彪佳之子,世称祁五、祁六两公子。祁彪佳自沉于池未及一月,甬上兵起,鲁王监国,彪佳长侄祁鸿孙将兵东江,理孙兄弟罄家产饷军。旋江上兵败,祁氏兄弟潜结死士,密谋联络。全祖望《祁六公子墓碣铭》说:"祁氏自夷度先生以来,藏书甲于大江以南。其诸子尤豪,喜结客,讲求食经,四方簪履,望以为膏梁之极选,不胫而集。及公子兄弟自任以故国之乔木,而屠沽市贩之流,亦兼收并蓄。家居山阴之梅墅,其园亭在寓山,柳车踵至,登其堂,复壁大隧,莫能诘也。"①一个秘密群体就形成在祁氏宅第,他们主要活动是与浙、闽沿海的义师联系。康熙元年(1662),事泄,捕魏耕于祁氏家,魏与钱缵曾俱斩于杭郡,班孙遣戍辽东,后贿赂宁古塔将军于康熙十六年(1677)南遁,削发为僧于吴中,称咒林明大师,卒于雍正十一年癸丑(1733)。祁理孙则在其弟遣戍后即郁郁而死;陈三岛在事发前已忧愤死于顺治十七年(1660),时正郑成功、张煌言长江败退之际;而朱士稚也病死在顺治十七年(1660)冬十二月,年四十七岁。

这原是一个诗人集团,朱彝尊早先也参加过这群体的活动。其中朱士稚、陈三岛等都是吴越二地的名诗人。陈三岛(1624—1660),字鹤客,江苏长洲人,著有《雪氅遗稿》。与金俊明、归庄、叶襄、陈济生等均为至密亲友,《遗民诗》小传说他"所居蓬户席门,中怀孤愤"②,朱彝尊谓其诗"初神游于大樽(陈子龙),后心折于朗诣(朱士稚),华整之中,间以清商变徵之调"③。这是个抑郁症患者,卒时只有三十七岁。他在《赠魏允枬》诗中写道:"寥寥千载下,四望无知音","抱膝一室内,俯仰增悲心",是真实心态的写照。

朱士稚(1614—1660),字伯虎,更字朗诣,与同乡张宗观(一名近道,字用宾,又字朗屋)被人们称为"山阴二朗"。朱彝尊《贞

---

① 《鲒埼亭集》卷十三。
② 《明遗民诗》卷十四。
③ 《静志居诗话》卷二十二。

毅先生墓志铭》述:"先生少好游侠,蓄声伎,食客百数。"他原也是贵介公子,系明代大学士朱赓的孙子。明亡,浙东乱,他"散千金结客,坐系狱,论死",经张近道营救始得脱。朱氏诗以乐府、古风胜,昔年陈子龙为绍兴推官时曾赞称"二朗"为"越国山川出霸才"。士稚卒后门人私谥为贞毅先生。诗集今不可见,仅得选本中觅得数首。《寄童师远》有"浮云难自托,单丝不易长"句,对时势已不易逆转,诗人感受既切,故怅苦也巨。《腊月》一诗写流亡生活,凄凉孤寂,语甚真朴:

> 今年腊月归未得,独在乌程县可怜。
> 隔岸横飞西塞雁,前门数缆下江船。
> 高城哀柝兵戈侧,短布单衣雨雪边。
> 笑语逢迎随契托,故园何处泪潸然。

文献载述,朱士稚与张宗观"尝以管、乐自命"(《遗民诗》)。张氏尤"好黄老管商之术,以王霸自命",尽管他亦能诗,却"见诗人则唾之曰'雕虫之徒也'"(《鲒埼亭集·雪窦山人坟版文》)。钱缵曾、陈三岛等则均为"称莫逆"之交,志趣无疑为一致。以管乐王霸之才而处末世亡国之时,事又难济,亡命江湖,这势必由原本"好游侠","为人慷慨,不负然诺"的心性一面进一步发展为隐于风尘中的诡异之士。他们既有儒家的经世济时之志,更多墨家"义可以利人",为"天下之良宝"(《墨子·耕柱》)的观念以及"赴火蹈刃,死不还踵"的精神。他们既豪义自恃,勇于牺牲,又能艰苦坚韧地伏处草野,加之原已涵养有素的才干学识和根深柢固的华夏民族意识,于是在特定的历史时期构成了儒、墨相补,纵横家与游侠兼具的一种畸形文士群体。也许在民间未曾断绝过,但在"士"阶层的文人群中久已不多见的挟裹着风尘气、侠义气的人物,于特殊的政治搏击的变幻风云中重新孕育并涌现。此乃一批与"屠沽市贩之流"相混同,有时几乎已一而二、二而一地形影难辨的文人,亦儒亦侠,箫剑相合。其形态则或卜、或医、或贾、或佣,贩夫走卒、僧道缁服,三教九流无不皆有。

这是汉民族处于山河沉沦之际出现的某一新的文化现象,当然也是特殊的诗史现象。这种现象的特点是更多湖海气、草野气、飞扬气和辛寒清苦气,从而相对言来,也就少了许多贵族气、缙绅气、闲雅气、迂阔气。传统的"醇正"、"无邪"以至雕绘涂饰、华丽藻采的审美习气无疑受到又一次的逆反走向的非难,对"定于一尊"的意图大一统的思潮也势必是一场冲击。所以,前面说罹于"通海"大案的朱士稚、魏耕等为代表的群体是个"诗人集团",准确地说应该称之为特定的流亡文化诗群。

朱士稚等人的诗作已无法窥全貌,有的典型性也不明显。祁六公子班孙有《紫芝轩集》流传,但正如陈田所说:这位"早矜豪侈,晚遁瞿昙"者的诗并未成家。所幸魏耕《雪翁诗集》于绝续存亡过程中犹得存于世,而魏氏则正足称该诗群的领袖。

魏耕(1614—1662)[①],谱名时珩,又名璧,字楚白,改今名后字野夫,号雪窦。又曾名甦。浙东慈溪人。据全祖望《雪窦山人坟版文》说他"少失业,学为衣工于苕上"。其从弟魏霞《明处士雪窦先生传》说是十四岁时母卒,其父携至湖州归安县,入赘凌氏,后补诸生,故流寓苕上。乙酉夏,魏耕参与湖州起兵之役,败即亡命

---

① 魏霞《明处士雪窦先生传》云:"先生……予从兄也。生明万历甲寅四月六日","康熙元年六月一日殉节于会城官巷口。"又《魏氏谱传》所载同魏霞《传》。全祖望《雪窦山人坟版文》则谓:"癸卯,有孔孟文者,从延平军来,有所求于(钱)缵曾不餍,并怨先生,以其蜡书首之。先生方馆于祁氏,逻者猝至,被执至钱塘,与缵曾俱不屈以死,妻子尽殁。"于《奉万西郭问魏白衣〈息贤堂集〉书》亦谓"白衣之死,先张司马一年,竹垞、西河两集可考。先生以为甲辰,因司马事同殉,则未尽合。"张苍水殉身于康熙三年(1664),前一年即癸卯年。全祖望认定魏耕被杀于康熙二年(1663)。今浙江古籍出版社1985年版《雪翁诗集》之"前言"取全氏说:"清康熙二年,鄞县杨文琮、慈溪魏耕死难于杭州。第二年,张苍水也于杭州就义。"按魏霞之《家传》及魏氏谱所记应可信,全祖望所述有误。

江湖,"妻子满狱,弗恤也"。过了几年,返回归安,与钱缵曾交,旋结识陈三岛,复归故籍,游山阴,遂与朱士稚等集合于祁氏"淡生堂"。在此之前,在鲁王监国之初,魏耕已赴天台从钱肃乐,所以与海上早多联系。顺治中期,他"又遣死士致书延平(即郑成功),谓海道甚易,南风三日可直抵京口"(《坟版文》),据此,则郑、张水师三入长江实与魏耕有关。顺治十六年(1659)郑成功"几下金陵,已而退卒",败于垂成之际,张苍水被孤悬于上江巢湖地区。魏霞《传》说:"江宁之败,先生遮道说张忠烈:'焦湖(按即巢湖)入冬水涸,不可驻军。英霍山寨,耕皆识其魁,请入说以迎公'。"张煌言乃焚舟登陆,间道返回海上。由此足见,魏耕不仅一再为郑、张谋,而且海山各路武装势力他均能沟通,实在是位神秘人物,传奇色彩极浓。康熙元年被清廷逮捕,六月一日杀于杭州,妻凌氏"以发自经"而死,长子魏峤戍尚阳堡,次子魏崿亦自缢。当时同被害的除钱缵曾外,还有潘龙基,株连者除三家籍没,妻子流徙外,钱氏族人钱价人,以及曾予留宿的闵姓兄弟、南浔朱某等均连坐死,魏耕岳父凌祥宇亦论绞,惨酷之甚。魏耕《雪翁诗集》初曾名《息贤堂初后集》,与朱士稚、钱缵曾合选有《吴越诗选》二十二卷。

在魏耕被害后,屈大均曾哀恸知音之失,《屡得友朋书札感赋》中有"慈溪魏子是钟期,大雅遗音独尔知。一自弹琴东市后,风流儒雅失吾师"之唱。《怀魏子雪窦》则云:"平生梁雪窦,是我最知音。一自斯人殁,三年不鼓琴。文章藏禹穴,涕泪满山阴。说起今朝事,魂应起壮心。"屈翁山的知音之感,当然首先在魏氏其人,他们流亡奔走,行径有许多相似处,但"魂应起壮心"的"壮心"又是诗的心魂,壮慨飞扬,恰是他们笔挟风霜的特证。

关于诗,魏耕认为只是情之载体而已,既非风雅自赏之物,也不必刻意矜饰,其诗集《自序》说:"苟无所为而为之,虽拟议尽变,曲肖曩篇,无疾呼痛,伪托可笑!故余之于诗,初无矜饰,务达其情。凡博弈饮酒、朋友酬酢,以至山川风俗城郭之所历览,遗迹之所辨证,杂然前陈,有触于怀,发之咏叹,以为合于作者不能自已之指。"所以他骋情驰志,或高歌,或沉吟;或张扬,或静谧;或奇矫,或平淡,无求工意而自工。说他学李学杜,学陶潜,学郭璞,不免枝枝节节,难切其精神。

从形态意象言,魏氏诗颇多拟古情味,然其内核却是衷怀之音,如《赠钱肃润》:

> 扶桑海水波,烛龙光景微。
> 蟾魄相沦惑,天地纷无禧。
> 苍梧狩不还,烈士志亦危。
> 喟然起西游,泛舟昆明池。
> 黄姑不驾箱,织女缣靡储。
> 阴风昼夜兴,卉木顿已凄。
> 抚躬怀洛邑,顽民良足悲!
> 遁匪依岩穴,散发吟郊畿。
> 漆身余隐痛,蹈则陷焱机。
> 二心何所愧,慷慨欲报谁?
> 令名荣丹青,丹青未可訾。
> 商山遗素风,终南多佳期。
> 深谷路匪远,玉液可疗肌。
> 行将憩我辙,斯道尚能追。

披开古丽芬藻,内里抒述的原是亡国之哀和一腔赤忱热血情。丹心留青史,名节自珍就是他所要追的"道"。诗情也即"予虽在草莽,亦君臣也"(魏霞《传》中载述语)之意。类似之作,遍见诗集各卷。有时他也会生发逸栖之念,如说"举世尚营营,达者贵乐生。古人居树下,茅茨亦已荣";"开荒淡素襟,虚室养颓龄。敛性就幽逸,淳闷返无名。庶几自然极,栖迟任流行"(《己亥岁移居南阳竹素庄作》),似真的要"遂有终焉之意",很带点归隐色彩,故论者可以说他学陶,志同渊明。可是,这无非是短暂的歇力,他在《岁暮远游与峤崿二稚子》诗的序里说得明白,"不愿屈迹虏廷,自甘穷饿"是素志,要儿子们牢记"覆巢之下,岂有完卵?理所自然,夫何足怪"!"潜有五男,曾不以为怨,堪为汝等标格也"。原来他学的正是陶潜"耻事二姓"精神,并要子女们也以之为"标格"。

作为诗人载情之吟,如《醉歌行·姜大行宴中作》一类作品最能见出魏耕的精神面貌以及他流亡奔走的艰苦生涯:

> 明州布衣家已倾,几岁亡命乞余生。
> 褴褛百结脚不袜,伶仃枯槁无人形。
> 奔走东吴与西楚,满城尽是商与贾。
> 各自全躯保妻子,捶胸何处诉愁苦?
> 今年飘泊长洲来,性命如丝更可哀。
> 一餐饱饭襟怀好,输心写意倾深杯。
> 秋雨注墙蝼蛄叫,菊花倒地金钱开。
> 三盏两盏筋骨活,将醉未醉春姿回。
> 欢乐填填彻晓夜,何知矰缴遍尘埃。
> 姜生姜生不须虑,圣贤豪杰终荒苔。
> 人生三万六千日,会当日日眉头开,富贵于我何有哉!

什么叫脱略形骸?这才是真正的舍弃一切斯文酸迂的形相,敢怒敢骂,敢哭敢笑,毫无佯狂之意,也不是借酒浇愁。结句很似李白诗情味,但亡命于"矰缴遍尘埃"的漏网之鱼,"奔走东吴与西楚"的枯槁斗士,绝非唐代的李青莲,而是不可重复和替代的魏白衣(诗人曾自号白衣)。这类诗岂非风尘气十足?湖海侠义气十足?而其中紧裹的又是一股名节坚守的凛凛正气。当然,从历史的客观性看,也许魏耕等人在奔波的是徒劳的没多大价值的事,但是他的信念的坚定、意志的坚毅,能不说是民族文化和精神极可贵的积淀的一种表现?如果扬弃蒙在他们心魂中的一层原不易清理

的忠爱尘埃,那么魏耕等期望、追求的本是一种很朴素的民生安乐境界。试读《湖州行》:

> 君不见湖州直在太湖东,香枫成林橘青葱;
> 山川迢迢丽村渚,秋城淡淡遮苍穹。
> 亭皋百里少荒土,风俗清朴勤桑农;
> 充肠非独多薯蓣,宴客兼有锦鲤红。
> 白屋朱邸亘原野,黔首击壤歌年丰。
> 今岁野夫四十一,追忆往日真如梦!
> 腐儒营斗粟,闾阎挽长弓;
> 盗贼如麻乱捉人,流血谁辨西与东?
> 又闻大户贪官爵,贿赂渐欲到三公;
> 豪仆强奴塞路隅,獀貐豺狼日纵横。
> 皇天无眼见不及,细民愁困何时终?
> 安得圣人调玉烛,再似隆庆、万历中;
> 天下蚩蚩安衽席,万国来朝大明宫。

诗人所念恋的如梦往日的景况,显然不是达官贵人的模式,一种平民的小康安居生活的憧憬,表现得十分明晰。这有其代表性,能理解何以有那么多下层的士子,布衣知识者跃身投入如此血与火相燃的抗争中去的道理。此诗写在顺治十一年(1654),明代隆庆、万历间当然不是什么大治盛世,可是明亡十年多来江南、浙东西战火兵戈中民生凋零固苦甚,新贵豪门的横行更是戕民如芟草,不能不令人伤今不已。

现实人生的惨苦,世间诸多的不平,理想大志的落空,坎坷历程的艰辛,使得魏耕也常常心态失衡。但他无意逃世,更不愿遁入象牙塔咀嚼莫名的闲愁,自然也没心思去争执诗的宗法和门户,愤慨的心情唱起了《弹铗歌》,从而留下了一个迥异于常见的诗侩式的草野诗人形象:

我生岂无命,何为使我漂流天南海北陬,日与腐儒小子论诗书,唇干口燥不得休。谁言人生直如矢,苍苍反复曲如钩。不见城中达官骑大马,杀人多者居上头。会须觅取百个钱,日醉洞庭岳阳之酒楼。俯观波涛千里相横击,销我千古万古之忧愁。

从整体上看魏耕诗所表陈的心态,没有对科举功名、高官厚禄的钦羡而产生企达不及的幽怨,也没有以诗文抬高自己、傲视别人的霸道,更少头巾气酸腐气。所以,他在诗的王国里表现得自在自由,人称豪侠情味即从此出。

《雪翁诗集》的价值除了表现诗人自身的个性意志外,还体现在它记录了广泛存在的遗民活动的网络,吴越各地的人氏大多见之于他的诗中。如《归吴兴草堂,寄怀吴门周灿、顾樵、徐松、周安、徐耿、吴炎、沈自铤、顾万祺、潘柽章、周抚辰诸子》,诗中有"相爱相将尽故人,一歌一咏壮颜色"句,这些全是他的同道,有的闻名于世,有的隐约见于文献而不详面貌,魏氏作品里则清晰能见身影。《送姚宗典、王廷璧、俞南史、归庄、葛云芝、费誓、严祗敬、叶世佺、方将、文果十子游越州》一诗尤值得注意,他载录了吴地遗民文人与越州海山间活动的关系,"三江天子地,十哲竟同游",起首十个字已写明其游非常游,三江即钱塘、曹娥、甬江。"迹寄寻庐趣,风回摘叶愁",一个"寄"字点明了"游"之真相。其中文果是文亨第三子,字园公,后为僧名超揆,号轮庵上人,是个著名诗僧。叶世佺(1614—1658),字云期,叶绍袁之长子,也就是大诗论家叶燮的长兄,他卒于顺治十五年。这证实"十哲同游"时间应在郑成功、张煌言第三次入长江之前,瀛洲(舟山)仍为张煌言驻师基地,此"游"的真相当可考见。

在清初诗史上,一批气节凛然的遗民与清廷誓不合作,对出仕新朝哪怕是挂名者也不无口实。最典型的如阎尔梅《太仓过王文肃旧第》二绝:"娄江桥畔采芙蓉,俯仰金华旧鼎钟。怪道主人常避客,应惭无泪哭神宗。""子夜歌残玉树尘,江南花月变金鳞。孤帆直挂沧洲去,不吊乌衣巷里人。"这是针对王时敏父子所言,"文肃"是时敏之祖王锡爵的谥号。阎古古是激烈了些,但这大抵代表了一种情绪。可是,许多相当著名,世称清贞的遗逸人士却都在顺治后期与钱谦益、吴伟业频多过往,于是成为诗史一桩颇多争议的公案。一种态度是深感费解,如魏耕就有《上宗伯钱谦益》、《欲谒虞山钱大宗伯途中书怀先柬呈览》二诗,孙德祖《息贤堂诗集跋》有云:

> 而西河、竹垞、秋谷、迦陵诸子之流,皆有赠答之什。白衣在前朝,初不挂仕籍,可以死,可以无死,与诸子同。乃身殉故国,巢覆卵破,谊无瞻顾。良以江上之役,浙东慷慨赴义之士尤夥,气类所感,有以成之。其视诸子,为昭代词臣,为胜朝烈士,各行其志,不必同归,要于文字之契,形迹无可疑者。有若娄东学士,异时迫于朝命而出;虞山尚书,则终始热中,早更初服,白衣何并有柬寄?殆不可解。岂文人结习,犹有取于几、复风流,未能屏绝耶?[1]

另一种意见则借此为钱牧斋张目,以遗民足迹不绝于常熟红豆山庄来佐证钱氏的"晚节"[2]。这诚是个微妙复杂的问题,但倘若就行迹实质审视之,应不难作出辨认。"晚节不终"四字是铸鼎之语,既非轻易能定,也不是随意可翻改。钱、吴晚节的鉴定,史实俱在,或主动或被动失节,以及失节的特定时间、背景又关系到各自心性

---

[1] 见《雪翁诗集》卷十七"附录下"。按,文中"西河、竹垞、秋谷、迦陵"云云之"秋谷"当有误。秋谷乃赵执信之号,执信生于康熙元年,即魏耕死难之壬寅(1662),不及交游。故"秋谷"应是"秋岳"之讹。《诗集》卷八有《留别曹使君溶》五律一首,溶号秋岳。然曹溶实亦仕二姓者也。

[2] 钱仲联《梦苕庵诗话》:"余亦以为牧斋七律,为清代第一。后人以不齿其人,并废其诗,不知牧斋志行,亦何可非议。牧斋为东林党魁,其降清乃不得已,欲有所为也。仕清仅五月,即回里,与海上遗臣暗中通声援,毁家纾难者,不只一二次。白茅口之红豆山庄,其联络各处之秘密机关也。当时黄梨洲、归玄恭、吕晚村、魏楚白、屈翁山诸先生,皆密与往来,规画排满者。""近日金丈叔远翀鹤为《牧斋年谱》,搜罗材料至丰,三百年冤案,一日昭雪,亦文学界一大快事也。"

之异和价值观取向的差别,从而决定着程度的辨别。诸如此类,世有公论,即使在当时已不乏表现,对吴梅村的惋惜而多宽宥语,本身就是舆论倾向。关于钱、吴二人的此一相关情节,后文将专章论析。这里只简述几点,一是海上郑、张军事集团,需要有多渠道足够的粮饷支撑,故江、浙各地儒商士绅中多有暗相援助者,魏耕等奔走吴楚间此乃一大任务。钱谦益家赀既厚,兼营海上走私贸易,作为精谙政治权术的原东林骨干,深知要挽回失足变节形象这该是重要的时机,作这种资助是有价值的必需的。二是钱谦益等原为东林或复社的名宿,于官场文坛都位处耆老祭酒之尊,门生故旧、亲族乡谊网络四布,影响深远,无论从哪方政治势力言,他们都是重要的旗帜和牌子。《慈溪县志》说魏耕、钱缵曾编《吴越诗选》,"征古今诸名家诗稿,汇选成帙。一时名宿如虞山钱宗伯谦益、山左姜侍御埰、湖广曹翰林允昌、姑苏吴学士伟业,并不惮间关持稿乞评选",则正说明文化文学方面的相互依存,其他方面可以类推。《吴越诗选》对钱牧斋、吴梅村、龚孝升(鼎孳)、曹倦圃(溶)"尤着意,别为一条论列之","似朱、魏等不避新朝斧钺而翻于此数人别有戒心,其故可深长思之"(《翠墨集·藏书题跋》)①,黄裳先生这个跋识语极深刻锐利。所以,遗民诗人的先后"愿邀一榻白云间"来访谒"角巾啸咏东山头"的前"大宗伯",是无须"不可解"的。魏耕访问钱谦益确实是为反清复明之事,他的《途中书怀,先寄柬呈览》说得很明确:"前岁纵横计不成,仰天大笑还振缨。授书恰思下邳去,采药乃向玉山行。"屡蹶不馁,四方谋策,是他广结旧人的动机。

魏耕以古体诗最擅长,七古尤见气势飞腾,近体格律之作虽亦有佳制,总的说较弱,这当与情性和亡命不定不耐锤铸有关。《晓发苏州逢故人》、《奉赠山阴朱骅元》等较为意足味浓,如前一首:

鸡鸣残月下金阊,白鹤孤栖城上霜。

---

① 黄裳《翠墨集》一二七页,三联书店1985年版。

匹马萧萧衣后短,重关杳杳路初长。
相逢屠狗皆亡虏,对泣南冠半故乡。
回首东吴遗恨在,胥门犹自向江湘。

凡此之类,魏耕的诗展现了一个隐蔽的秘密社会的层面,沦于湖海间的"南冠"、"屠狗"之群由此可踪其迹。

二 浙西遗逸诗人述略

其时托迹于市廛的遗民诗人遍布海内,而地处吴越之交的浙西嘉兴以及相邻的松江府属尤多而著名。至若隐于工艺的如萧芷崖更属诗史罕见,后来郭麐《灵芬馆诗话》等载录衣匠木工之能诗者成群,其风尚似当上溯至萧氏等人,故务必一论。

萧诗(1608—1687后),字中素,号芷崖。钮绣著于康熙三十九年的《觚賸》以及《江苏诗征》引录《留溪外传》等都谈及其约略生平:原籍浙江萧山,明诸生,国亡潜居松江的壮行镇,隐于工艺,为棺匠。《觚賸正编·吴觚上》说他"以攻木为业,博学能文,尤长于诗。斤削之暇,间以吟咏。盖吕徽之、朱百年之流而以艺隐者也。所著有《南浦集》"。吴骐又编次其作品为《释柯集》,宋咸熙《耐冷谭》则说"己卯秋,予于杭城书摊,得《南村草》亦署曰'芷涯萧诗',诗止六七十篇,笔意高淡"。可见遗存作品甚多。晚近徐世昌编《晚晴簃诗汇》时编纂人曾见《释柯集》,故《诗汇·诗话》说:"年八十作述怀诗",享寿甚高①。又说"同时有富水李衣工亦能诗,与芷崖齐名","又有胡玉如铁工,为芷崖诗弟子"。萧诗为

---

① 萧诗行年据《柳南随笔》。该书"续笔"卷二"芷崖赠妓诗"条云:"萧中素,字芷崖,松郡木工也。善为诗,所著有《释柯集》、《赠妓》二首,虽游戏弄笔,而有运斤成风之妙,因录之。"其诗云:"我年八十君十八,相隔戊申一花甲。颠之倒之是同庚,好把红颜对白发。"又云:"我年九九君十九,配成百岁真佳偶。无孙恰与长庚对,千古风流一杯酒。"《江苏诗征》引述:"《留溪外传·呱呱和尚传》称和尚与会稽萧山人中素善。山人本诸生,国变后居云间,为棺匠。"

人高洁傲岸,可以《荻汀录》所述为证:"某绅士托友召之,谓此行可得卒岁资。曰:'世自有此种游客,我非其人也。'坚却不往。"语之冷峭,令人拍案叫绝。诗人有《答董子绍舒》一首,为心性志意的自我写照:

> 南村有遗叟,寂寞居河滨。
> 一褐常见肘,数椽聊寄身。
> 所志在不苟,食力甘苦辛。
> 闲来把鱼钓,终日无纤鳞。
> 晴霞映眉宇,野水光磷磷。
> 坐久发清啸,怡然全我真。
> 于此颇有得,勿谓原思贫。①

萧诗的诗属于以冲淡气韵自我平衡心态,即所谓"学陶",实乃"避秦"的一种。正如他《题徐湘波俨然室》中所吟:"草堂深掩"的"旧隐"之人,眼前是"平桥古树溪村午",心中却展开的乃"宿雨荒烟故国春"。他和友朋辈都不是叱咤风云的豪杰,无力回天,所以唯有"携手殷勤说避秦"。在《柬胡玉如》诗中戒教这位铁匠弟子:

> 十年招隐士,杖策走荒芜。
> 我癖将无偶,君来始不孤。
> 於陵还绩履,南郭耻吹竽。
> 莫为浮名误,低眉向畏途。

这种隐沦生涯,自然不可能是真正冲和淡逸,悠然自得,他们的内心伤灼之痛,正需有极大的毅力和忍耐力。《冬日村居十首》反映了这样的心绪,夜半思潮如涌难平,兹录二首:

---

① 《晚晴簃诗汇》卷十七,此诗题为《述怀寄佘峰董得仲先生》。"怡然"句后尚有"古树落高荫,远水怀故人"二句。

十载悲摇落,犁锄已作缘。
得闲收刈后,守拙乱离边。
乌鹊喧朝暮,冰霜历岁年。
伤心青海畔,闻道有烽烟。

洹寒知岁晚,积雪遍村庄。
朔气来南国,重阴满大荒。
饥乌啼夜漏,衰柳忆春阳。
岂学袁安卧?诗成懒下床。

《瓠臏》摘录萧诗佳句不少,如"稻粱谋自远,霜月韵偏哀"(《闻雁》);"山寺落梅伤别易,天涯芳草寄愁难"(《赠别诸远之》)等。并说他的《度关》一律"最为时所传诵",该篇字研句炼,意境极佳,"辽海吞边月,长城锁乱山。马随鸡唱发,心逐雁飞还",工而有致,情韵老苍,声调亦琅琅响亮。

嘉兴在清初有王翊和周筼,先后以市井布衣而称名诗坛。

王翊(1602—1653),字介人,号秋槐老人,著有《秋槐堂集》,几经水火之灾,作品大多不存。其家开染坊,《橋李诗系》传述:他少时"一手挟书,一手数钱,与布贩菜佣相应答",遭世变后,感愤叹咤,所吟愈多。本擅于词曲,后特以诗名,早年王思任甚赏识之。其诗朱彝尊赞为高华,《静志居诗话》摘其五七言"律髓"十数联,这和后来沈德潜一样,主要着眼于他的"无竟陵习气"。其实,写心之作清婉近凄,哀生民、悼时势的吟章又最见笔力。《与范尊甫》的"风尘孤剑冷,天地一身多"及"有时归梦里,尽日处愁中"(《冬日》)都见其心态。《清河县》写所见之实景,绝非无病而吟者所能企及:

小县无城郭,河流到县门。
客舟经近市,渔网集空村。

> 饥馑年频告,逃亡屋半存。
> 唯余谯鼓在,犹是警黄昏。

又《荒原》中"野水同天尽,寒烟入树多。此生嗟老大,满眼又干戈"等句亦均善以冷色调写烽火人生,清劲之气时溢于篇外,较《杂感三首》的咏史咏事过多遣词运典,似更饶诗味。

与朱彝尊早年为诗友的周筼,是浙西亦儒亦贾的布衣诗人之卓荦者。按其成就言,实超越一班缙绅士人多得多。

周筼(1623—1687)[①],初名筠,字青士,别字箬谷。明亡后,于里中卖米为业,急人患难,生计日窘,遂往来嘉善、桐乡间为塾师,后徐乾学招入史局,拒不赴。著有《采山堂诗》,存八卷。

周氏有《醉书》自述诗说:"似士不游庠,似农曾读书;似工不操作,似商谢奔趋。立言颇突兀,应事还粗疏。饥冻不少顾,吟诗作欢娱。"是个很有个性,立身处世自持主张的文人。许灿《梅里诗辑》说他的诗"清超朴淡,五言尤胜"。但清朴并不是超然物外的同义词,昔人论诗以"五言胜"赞之,往往概视为超逸之风,在清初这一绳衡习惯不适用。周青士的诗很有棱角,只是星芒潜射,不甚显露而已。

他的《寄彭仲谋兼柬令弟羡门》长篇,堪当清初康熙十七年"鸿博"词科之前的诗史读。其意义是周青士截然划开朝野阵营,隐然以草野遗逸与缙绅朝士大名家相对垒,当时还不多如此明确的申明文字,清理清诗脉络者不应遗却此诗不顾。至于写出彭孙贻的节操品高,诗中有事,自亦可贵。须说明的是当时朱彝尊等尚未出仕,诗的末段谈彭孙遹的亦删去不录:

> 文人更相轻,此事古已然。
> 况今衰薄日趋下,谁从屠钓推贞坚?

---

① 阮元《两浙轩辀录》引《视昔编》云:"丁卯秋,友人龚主事蘅圃携之南旋,舟抵淮上,卒于徐塘,年六十有六。"朱彝尊《布衣周君墓表》则谓"年六十五"。

盐官独有彭夫子,汲引幽遐世无比。
郭泰人伦许劭评,坐合末俗敦懿轨。
胡山天岫阳羡一书生,卖药来栖海上城。
新诗满箧不堪煮,瘦妻病母愁空铛。
君能裹饭相寻数,不使颠连赴沟壑。
属和羊何世并称,谢家群从多名作。
吾宗福柱白门才弱龄,亦有林生枚初发硎。
昨者携诗走门下,辱君奖借增光荧。
归来佳咏相传示,贱子姓名蒙录记。
无盐刻画难作容,小巫神气徒深愧。
海内名高汪(琬)与王(士禄、士禛),娄东(吴伟业)合肥(龚
　　鼎孳)不可当。
清真共挹王方伯(庭),雄健皆推曹侍郎(溶)。
吁嗟我党多贫贱,朱(彝尊)李(绳远、良年、符)才华世方见;
渐川隐者(俞汝言)释东关(通复),老成得自千锤炼。
杜陵(平阶)声誉早著闻,番禺屈子尤不群。
陆(嘉淑)姜(宸英)李(因笃)顾(炎武)及三魏(际瑞、禧、礼),
　　直上皆欲干青云。
自馀才俊分超轶,推挽后先安可失。
读书曾不慕浮荣,朴与南村(缪永谋)同矩律。
…………

此诗以"文人相轻"起句,继而说彭孙贻的相重胡天岫则是"贫贱"不相轻。世风衰薄,"谁从屠钓推贞坚",正是"贵"者轻"贱"的人间相,周青士言外之意甚明。当时特定的贵贱之别,恰恰是出仕和不仕的判分,诗篇接着从两个系列列举各方面代表人物,其意显豁可见。尽管具体的人在时间的推移中将不可避免地发生转化,相互间关系也有纠葛复杂处,可是从整体上讲,此诗的记述和感叹是历史真实的揭示,它从一个侧面提供了认识意义,对人们理解诗史

的原生状态极有助益。当然从中也可见周氏的情志所系。

关于周笃的逸事佳话在清初人笔记和后此文献中载录甚多，但大抵绍述其或自得、或迂诞、或狂放、或奇痴，以趣事为佳谈，讳言其真精神处。朱竹垞《布衣周君墓表》也乐道其狂放壮浪，诸如"有漆人头为饮器者，坐客莫敢视，君满引三朼"（《曝书亭集》卷七十二）等等而已。《静志居诗话》论其诗，一曰："句敦字琢，不轻袭前人片语。"一曰："晚年诗趋率易，好与浮屠、道士游，题咏极多。"均未能切合他深挚老苍的风格。《采山堂诗》沉着真朴，富于情思，写世情如《感事》：

> 魑魅江南地，戈铤蓟北天。
> 亡秦还逐鹿，徙蜀自啼鹃。
> 晓日明军骑，秋风滞客船。
> 回看故陵树，拥护尚苍然。

写友情则悼死者如《庚子春吴门陈汉公过五里追哭王山人翃、时山人没八年矣为感》：

> 河流渡口浑，有客自吴门。
> 言访山阳旧，重过栗里村。
> 琴台春草合，陇树夕阴昏。
> 旅舍应无寐，何由感梦魂？

哀生者有《招云崃》，云崃即王之梁，乃诗人乡里友好，流亡金陵，诗云：

> 咫尺传烽隔往还，故园流水自潺湲。
> 寒烟岂限重湖雨，春树能深二月山。
> 结客徒然开竹径，避人应复闭柴关。
> 他乡纵有怜君者，何似归来十亩间。

情浓意切，笔端句间真气流转，沁人心脾。他在《梅花诗》中吟道：

> 谁识闲中别有情？酒醒时已夜三更。
> 须眉影落溪光里，人与疏梅一样清。

所以，其晚年"欲向荒寒参妙谛"的寻僧访玄，原是长夜之际"别有情"的一种寄托，并非徒作"晋人风趣"的仿效。

清初嘉兴地区有"梅里诗派"之称，系"浙派"诗发展过程中始初阶段的组合体之一部分。梅里诗派实际上只是一个群体，并无明确标帜。后来因朱彝尊名高一世，遂被尊为领袖。事实是起初作为布衣集团，王翃、周筼的影响却是主要的，《雪桥诗话余集》说："梅里诗派盛于竹垞，而实开于介人。"是符合史实的论断。

与周筼等交善，共同切磋诗学的诗人尚有范路、朱一是、王汸、沈进、李麟友、周篁、褚标以及朱彝尊之弟朱彝鉴等。范路和朱一是较有特点，名望也高。

朱一是（1610—1671），字近修，甲申后又名恒晦，字以养，别称林居士、养明子、梅溪旅人等，晚号欠庵，意为"唯欠一死耳"。在该群体中年较长，明末已为举人，诗文驰誉一时，是杭州登楼社、海宁观社、濮溪社、临云社的主要成员。明亡后矢志不仕，以授徒为业。擅丹青，山水画有名，著《为可堂集》及《续集》据载达百卷之多。

朱一是初曾流亡海上，事解回里后固守操持，与陆嘉淑（冰修）既才艺相抗，又俱以志节终，故世称"二修"。朱氏诗与竹垞等初为一路，以响高而气华为旨归，属"七子"余韵。当时登楼社中陆圻等称"西泠十子"，西泠派实即云间派支脉，而云间一派的诗风原本是导承自"七子"诗格变化所致。朱一是有《赠梅村》诗说："近时高华推四杰，边徐何李词源绝。山左更数白雪楼，江南莫如王弇州。弇州梅村一梓里，后来者胜投袂起。"朱一是私淑吴伟业，梅村及"娄东诗派"则也是渊源于"七子"高华而衍变新貌的。

但时代的风云变色，身世的流连颠沛，决定了调雄气逸的诗艺追求的必然变易,悲凉之气已欲去不能地渗透情韵。既然已无心专事矜炼,意不在诗,那末情文兼至之作就必非前人框架所能限制,流派的影响痕迹自也淡化。如《归澦溪杂咏》:

> 丧乱人从老,间关道已穷。
> 有身惭故旧,无泪哭英雄。
> 投笔心仍苦,登楼赋讵工?
> 归来唯独寐,多病畏秋风。

又如《还过为可堂即事》:

> 四壁萧条外,平芜即战场。
> 殷勤逢父老,涕泪满衣裳。
> 白日扃荆户,青磷照草堂。
> 鹪鹩聊可息,惭愧赋灵光。

这些诗都已不是高华风格,也谈不上音响清锵,所谓"唐音"渐退,"宋调"转多,欲不变而不能。

范路,生卒年不详。一名瀔,字遵甫,原兰溪人,流寓嘉兴,卖药市门。明亡初亦曾流离海上,后隐于医。《晦堂诗话》称其"贫等黔娄,和同柳下",常悬破席避风,夫妇啜糠守岁。好研性命之学,颇多与朱熹之旨出入处。时人称之为"乍愚乍智,人莫测其所诣","广不混俗,峻不污物"。① 诗峻洁,乱后写郡城破败之作不亚于朱彝尊,如《遥经郡城作》:

> 愁云黑雾压城头,丁令重来隔几秋。
> 折戟尚沉沙底铁,残阳空照水边楼。
> 风吹牧马千群出,浪打寒塘百道流。
> 未到新亭肠已绝,何须极目望神州。

---

① 许灿《晦堂诗话》以及《明诗综》引述周篔评范路语,均转见于《明诗纪事》辛签卷三十一。

《晚步》云：

> 气侵林木晚，归步自原田。
> 旧业愁中尽，馀生乱后全。
> 人烟孤垒断，衰草夕阳连。
> 何处悲笳动，依然似去年。

范路又有《一丘山远望》诗，不仅"白浪秋高渔艇没，黄茅霜老野花空"可入摘句图，结句"万山开处一孤篷"境界开阔而萧瑟苍凉，洵非庸手所能得。

嘉兴朱氏在清初能诗者甚多，例如朱彝尊叔父辈朱茂曘（子蕃）、朱茂晥（子苇）、朱茂晭（子蓉）等均很活跃。茂曘行六，著有《唯木散人稿》；茂晥行八，号苇园，著有《顀颌集》；茂晭，行十五，著有《镜云亭集》。朱十五见之各诗集最多，交游甚广。此辈均为散逸名士，未出仕。

历代以来，叹老嗟卑、言病诉穷之诗不绝于史，然而大抵言过其辞，虽不全是"心画心声总不真"，但文情不合，饰辞为多。清初遗民诗人中却真正出现不少名实相符的穷老以死者，为前代诗史所罕有，其中浙西李确等最称典型。如果承认诗歌史不只是名家诗史，并非文学名家的缀连之书，更不是庙堂仕进之士的记传专史，那末，失志落魄的布衣寒士理该按史实予以充分的评述。至于若存若亡的、人品与文品皆高洁的作家尤应网罗散佚于绝续之史事间。何况，知名与否，原有其种种历史原因。成就与知名度并不必成正比，知名度每与大力者推誉揄扬是否得力相关着，而封建时代大力者的鼓导舆论则又多特定动机，或为朝政整治效力，或为有关群体服务，有时则只是为其自己需要。所以，文学史家不必尽去步趋古人之大力者，依成见而区划流别；无须以为未见有名家之评定者即贬低其价值，如李确。

李确（1591—1672），原名天植，字因仲，号蜃园，浙江平湖乍浦人。明崇祯六年(1633)举人,《鲒埼亭集·蜃园先生神道表》称:"浦上之以科名起者自先生始。"①乍浦为港,未通商前本甚荒寒,李氏亦非缙绅之族。崇祯十六年其子李观亡故,天植痛自刻责,绝意仕进并改今名,易其字为潜夫。第二年明亡,散家财尽,削发别妻室入山中,十年足不入城,自号"村学究老头陀"。后返家,卖文自给,不足食则与其妻编棕鞋等售之以换米,拒不受各类济援。又十年,卖去所居园,以妻委之婿家,自己再次寄食寺庙。继之,耳失聪,病卧终日,依然坚拒入新朝为贵官者之资助。李确说:"吾本为长往之谋,顾蜡屐未能,乘桴又未能,至于今日,悔之无及,待死而已。"终以穷老饿死。他有段自铭之言:"无欲则心清,心清则识朗,识朗则力坚";"无欲则心真,心真则情挚,情挚则气厚。"前句可视见其人品,后一语则能见其诗品。据说他所赋诗"皆吊甲申以来之殉节者",《檇李诗系》谓"每岁必赋三月十九日诗,悲凉感怆,读者哀之","又和梅花百咏,多以自况"。著有《蜃园集》等,其嗣子李震死后,子裔绝,著作散失,十不存一。

李确今存诗中,《赋伤郑婴垣冻死》七绝特有认识价值。这首悼诗不只是伤悼郑氏,并可视作一个特定群体的写照,当然也是诗人自身的写照。金石之交冻死,己则饿死,奇穷志坚则一。诗前有序云:"老友婴垣,年八十一,无妻无子,兼无食。性高傲物,不肯干人,真介守者,冻死雪中,殊深悲悼,赋此唁之。"《神道表》亦提到此人:"乍浦人也,孤子绝俗,与先生称金石交,前数年冻死雪中。"诗云:

> 贫居傲性不干人,楚楚衣冠迥绝尘。
> 昨夜雪中骑蝶去,白云堆里一遗民。

"饿死事小,失节事大"之说,无疑渗透了浓重的封建意识。

---

① 《蜃园先生神道表》,《鲒埼亭集》卷十三,以下引文均同。

但作为一种文化观念和道德规范,它的"大节"须重持的合理内核,并不一定就是吃人的纲常伦理。节,从来不抽象,尽管可以作各式解释,然而"大是大非"则是具体的本质,"节",作信仰言、准则言,应属人所必持的。在特定历史背景下,坚守信仰,而且该所信仰的内涵又大体不悖反民族心理民族性格,就应该肯定应该彰扬。尤其是,千百年之间,总是以"饿死事小,失节事大"来规范、戕害女子,强制之名谓"妇道";而男儿们口口声声高谈"首阳采薇",又能有几个真能临命实践之的?有的心中正好倒转地想其"小"与"大",愈益可鄙。相对而言,李确等人,高洁多了,"白云堆里一遗民",真正是清白来清白去。这不是愚忠!

李蜃园诗有隽味很足,不做作却又精炼的地方,如《冒雨寻菊戏简知己》:

> 冒雨相寻忆骆丞,兹游不独古人能。
> 芝兰只许来三径,裘马遥知谢五陵。
> 紫蟹肥时君莫惜,青山晴日我还登。
> 谁将老圃图秋色,添个看花白发僧。

第四章 顾炎武与吴中、秦晋遗民诗人网络——兼说遗民诗僧

第一节 吴中遗民诗人网络

一 吴中文化世族与"惊隐诗社"

作为东南文化的一个重镇,以苏州为中心的包括吴江、昆山、常熟诸邑在内的吴中地区的人文,自明代中叶起振兴而臻于鼎盛,毋论文学、艺术还是学术、工艺,莫不人才辈出,冠甲江南。至于与科举文化密迩相关的历经世代雄厚积累而构成的文化世族的簇拥迭兴,在这个地域尤蔚为壮观,成为大江南北最称密集的灿烂景象。若吴门文氏,自迁吴第二世文洪起,经文林,到文奎、文璧(徵明)兄弟已人文隆兴,由此,文伯仁(五峰)、文彭(三桥)、文嘉(文水);文肇祉(雁峰)、文元发(湘南)、文元善(虎丘);文震孟(湛持)、文震亨(启美)、文从简(彦可);文秉(孙符)、文乘(应符)、文果(园公)、文柟(端文);文点(与也)、文掞(宾日)、文然(弓云),及于甲申、乙酉之际,历六世而诗画兼擅,群从如云,这里提到的只是名尤著者而已。① 类似文氏而与诗歌史关系甚大的还可举三吴叶氏在吴江汾湖的一支,即叶燮家族为例。

据《吴中叶氏族谱》可知,宋元以来叶姓在太湖流域繁兴,派衍极多,除吴门外,大宗尚有昆山、湖州等派,而汾湖只是吴江同里

---

① 以上文氏历世盛况见《文氏族谱续集》。

分派之一支。然而汾湖支自明代永乐年间以来屡世科甲,人文代兴,存见于世的著作绵延十数世。到叶绍袁一辈时,以文学名世者指难胜屈,绍袁夫妇及七子三女,雕龙绣虎更成为文化史上不多见的景观。叶绍袁(1589—1648),字仲韶,号鸿振,晚号天寥道人。明天启五年(1625)进士,与堂弟叶绍颙同榜,官至工部虞衡司主事。明亡为僧流亡而卒,其《甲行日注》著名于世。他的妻子沈宜修(1590—1635),字宛君,系吴江曲派宗师沈璟从侄女,兄弟群从几乎皆为诗人、曲家,乙酉年间沈自炳、沈自駉等均举义殉身。沈宜修生育八子五女,除一子一女早夭,存子女十一人无不能文。长子叶世佺(1614—1658)字云期;次子叶世偁(1618—1635)字声期;三子叶世傛(1619—1640)字威期;四子叶世侗(1620—1650)字开期;五子叶世儋(1624—1643),字书期;六子即叶燮,原名世倌,字星期;七子叶世倕(1629—1655),改名孚,字弓期。长女叶纨纨,字昭齐;次女叶小纨,字蕙绸;三女叶小鸾,字琼章,均称才女,尤以小鸾为惊才绝世。

叶绍袁诸子女大抵短于寿,除世偁、世傛、世儋三人亡故于甲申之前外;世侗、世倕同时"误食毒菌而卒"于杭州皋亭山佛舍,叶燮《谢斋昆弟传记》说是"兵燹后衣食不给"之故,实即逃亡生涯中遇不幸。叶世佺同样是在国破家亡后"以饥寒而逝"①。叶绍袁父子的遭际,与文氏一族文震亨、文从简、文乘、文果的或殉节或出亡为僧尽同,典型地反映了吴中世族在鼎革之际遭受打击的惨重。这些鼎盛于前明的文化世族大抵从此蹶而不振,地域的人文结构易代之后发生着巨大变迁。

还值得注意的是叶世佺兄弟的婚姻网络,除世傛婿于舅父沈自炳外,世偁是明钱塘知县顾咸建之婿。咸建系昆山宰相"文康公"顾鼎臣之孙,与其兄顾咸正,及咸正子天逵、天遴相继殉难,归

---

① 《谢斋昆弟传记》,见《吴中叶氏族谱》卷五十二"汾湖支·二十五世传记"。

庄、顾炎武均有诗文痛悼之。又,世佴之妻为明大学士周用曾孙女,而世佺外家则为金氏,即与金圣叹同族者。吴江叶、沈、吴、潘、周、金等大族,世为姻亲,如康熙二年罹"南浔庄氏史狱"而被杀于杭州的潘柽章就是沈自炳婿,与叶世俗为连襟。这种姻属网络及其与前明政权的深层渊源关系,既避免不了乙酉年间遭严酷的摧残,又意味着入清之后必在相当长时间里与新朝持对抗或不合作态度。潘柽章《赠顾宁人》一诗很足以考知这网络中人的心志,真是一饭未尝忘恢复之事:

> 相对何须学楚囚,便当戮力向神州。
> 但令舌在宁论辱?除却天崩不是忧!
> 意气自惭河朔侠,行藏谁识下邳游?
> 感君国士深期许,事业千秋尚可酬。

"相对何须学楚囚"是乙酉、丙戌即顺治二、三年间以太湖地区为基地的抗清武装溃败后,吴中遗民志士韬晦行迹,以俟时机的普遍心态。作为这一心绪的集群形态被历史地记录下来的则是构成于顺治七年(1650)前后的"惊隐诗社",又称"逃之盟"或"逃社"。这是吴中一个覆盖面远及杭、嘉、湖地区的遗民诗群,成员几乎囊包三吴之间的所有高士,有的后世虽已罕为人知,但广事稽考仍可得其行迹梗概。就诗史背景材料言,这是极为重要的一桩史事,兹先录较为详实的杨凤苞《秋室集》卷一《书南山草堂遗集后》文字:

> 明社既屋,士之憔悴失职高蹈而能文者,相率结为诗社,以抒其旧国旧君之感,大江以南,无地无之。其最盛者,东越则甬上,三吴则松陵。然甬上僻处海滨,多其乡之遗老,间参一二寓公;松陵为东南舟车之都会,四方雄俊君子之走集,故尤盛于越中。而惊隐诗社又为吴社之冠,汾湖叶桓奏,社中之领袖也。家唐湖北渚之古风庄,有烟水竹木之胜,岁于五月五

日祀三闾大夫,九月九日祀陶征士,同社麇至,咸纪以诗。今考入社名流,见于桓奏《南山堂集》者略具。

惊隐诗社领袖叶桓奏,名继武。关于叶继武的情况,谢国桢《顾炎武与惊隐诗社》(《中华文史论丛》第八辑)曾引《松陵文录》卷十七戴笠之《高蹈先生传》予以考索。所遗憾的是《文录》转载之《传》系节取,脱漏去极重要的戴笠在《传》末的论。戴氏的论曰:

先生之族有水部先生,为首阳后人,卒于戊子,予既为之作传,又二十五年而得先生,犹水部之志也,予故为高蹈传,以俟千秋。噫,甲申、乙酉之交,弃诸生者多矣,然原无所短长。若先生者可以进而能不进,得不谓之高蹈乎哉!长君敷夏少负英敏之资,亦能承父志隐居,而惜早年以殁,可谓父子高隐矣。

此据《宗谱》卷五十二"汾湖支传记",全称为《桓奏叶君高蹈传》。戴笠的论中提到的"水部先生",即指叶绍袁,缘绍袁曾官工部虞衡司主事,管辖水利,故称水部。据"又二十五年而得先生",则知叶继武卒年比叶绍袁晚二十五年,《传》文中曾有"栽桃种菊,著书自娱,寿五十有九"语,由此可推知叶继武生于明万历四十三年(1615),卒在康熙十二年(1673)。继武与绍袁同为"汾湖支",查《宗谱》可知其乃绍袁已出五服之从孙辈。继武自康熙二年吴炎、潘柽章罹祸,"逃社"亦无形中解体后,杜门谢客,复自号为懒道人,高蹈先生是他卒后同人所私谥。著有《南山堂稿》、《壬子懒余草》、《带五散人诗集》均未刻散佚。按《宗谱》,其子当为三个,长敷夏,字康哉,号苍霖,又号唐湖渔隐,著《南阳草庐全集》等数种,卒年四十二,最有名。次敷柰,字兰操,著有《环碧堂遗稿》。其三名敷藻。说"子二,敷夏、敷藻"云,是讹传。

叶继武的诗作除《吴江叶氏诗录》中存一首《九日寒斋同逃社

诸子祭陶元亮杜子美两先生诗》外,已不可见。他的"持晚节"、"任浮荣","千载同怀北极情"之襟抱固甚可贵,而尤不应湮没的是其于世事艰险之际,不惜破家产结"岁寒交",立"逃之盟",以唐湖北渚的"古风庄"作为三湖高士遮蔽血雨腥风的"武陵柴桑"。

惊隐诗社即"逃社"成员,杨凤苞《书南山堂遗集后》依据叶继武《中秋对月寄怀同社诗》等篇什开列了近五十名,实际情况当不止此数。其中著名于世的有湖州一带的陈忱(雁宕)以及昆山归庄、顾炎武,无锡钱肃润(础日),苏州陈济生(皇士)等,而吴江的吴、金、周三姓群从占员尤多,此外则是顾有孝(茂伦)、顾樵(水樵)、潘柽章、叶世侗、王锡阐(兆敏)、沈永馨(建芳)、沈泌(彦博);还有两个戴笠:杭州戴笠(曼公)、吴江戴笠(耘野)。下面分别略予介绍。

吴江吴宗潜、宗汉兄弟实是"逃社"核心成员,而宗潜与叶继武同称该社"祭酒",尤为突出。宗潜,兄弟七人,及从子吴炎,并称隽才。先是族中吴易(日生)与沈自炳、沈自骅等均为"复社"成员,乙酉(1645),吴日生与沈氏兄弟入史可法军幕,授命督饷吴中。南都破,吴易、孙兆奎及沈自炳等起兵太湖,宗潜之兄吴振远(字日千,号石仙)亦部署里中子弟为一军,鲁王擢为监军佥事,晋职郎中,宗潜与弟宗汉、宗泌等均往来兵间。吴易兵败,义军云散,顺治三年(1646)吴易与振远相继被清廷追捕而遇害,宗潜兄弟即遁迹隐于严墓村等处,后三年,与叶继武结"逃之盟"。

吴氏与叶氏原为姻亲,叶继武妻吴氏,继武长子敷夏受学于宗潜、宗泌兄弟。而吴氏兄弟据潘柽章《松陵文献》载述系昆仑山人王叔承之外孙,是则与王锡阐乃属中表,至如潘柽章、叶世侗各为沈氏、周氏婿已见前述。姻亲、社谊、乡谊网络,以及科举试同学、同年关联(明清之际,吴江士子每补归安、嘉善学籍,地属毗邻之故),在同志集结事宜中之作用,由此可见一斑。这是审视清初遗民群体集合情状必须关注之点,"逃社"不失为一典型。

241

吴宗潜字宗轮,号东篱,钮琇《觚賸续编》说"康熙丙寅,年已八十余,其将易篑也,忽起坐曰:'尚有诗债未了。'亟呼孙口授《挽沈介轩长歌》,令书之,烂漫数十韵,诗成,瞑目而逝"。康熙丙寅是康熙二十五年(1686),据之其生年当为明万历三十三年(1605)前后;然《松陵文献》则谓"年七十八卒",则当生于万历三十七年(1609)。宗潜著有《东篱草》,辑"逃社"唱和之诗为《惊隐篇》,弟吴宗汉在其卒后又辑社集之诗为《岁寒集》,然皆不曾传世。"惊隐"社中叶、吴、周诸族著作命运大抵相同,《明遗民诗》之类均未见能存其诗。

吴宗汉(1614—1654),字广平,号南村,又号九畹。宗汉为钮琇(1632?—1704)塾师,故幸赖保存诗若干首于《觚賸·吴觚》中。其《咏梅花》一绝,殊有深意:

百卉千妍竞艳阳,有人篱角问孤芳。
寒交近与苍松绝,滥籍秦官亦可伤。

松梅素称岁寒之交,然既然暴秦封松为"五大夫",则松亦难称"寒交"而绝之。这在篱角孤芳、人格自我完善的遗民诗中堪谓某种极致的表现。又如《寄故乡诸友》则表现了一个亡命志士的悲郁心绪和不屈情操,意蕴韵律亦佳:

白云红树隐溪塘,何处登高可望乡?
百里畏途天外梦,两年愁鬓客中霜。
刺秦惭负千金诺,归蜀空回九曲肠。
倘有贫交问流落,尚悬双眼看苍苍。

宗汉之弟吴宗泌,字邺仙,号西山,杨凤苞《吴氏四子纪略》说他"意有不得,则发之于诗,思致深沉",最终亦"侘傺以死"。又宗汉之兄吴宗沛,字芳时,号苍峦,诗也沉思独往。他如吴珂字匡庐,吴棻字京蕃,号北窗,均宗潜从兄弟辈,所著俱已不传。

吴炎(1624—1663),字赤溟,又作赤民,号愧庵,为宗潜兄弟的从侄,有《赤溟集》和《今乐府》。明亡后隐居教授,锐志著史,与潘柽章为同志,康熙二年同罹"庄氏史狱"遭害,妻张氏自杀,家人北徙。在杭州囚系虎林军营,临刑前,吴、潘皆有诗唱和,吴的《营中送春》有"不堪往事成回首,总付钱塘东逝波";潘的《与美生对酌绝句》之"此日尊前须尽醉,黄泉还有卖浆无",无不读来令人酸鼻。吴、潘之遭极刑,"逃社"亦随之涣散,吴中劲节之气严遭摧挫,遗民诗风转入低沉,悲慨心音渐为淡化。极盛百年的吴门人文在康熙年间出现断谷现象,或者说进入了另一种组合结构,吴、潘之死及"惊隐"解体,实为转折点。

"逃社"诗人有几个现象值得注意,这关系着上述的断谷趋势的出现和人文风气的转变。一是不少成员短寿,如叶世侗的贫病以卒,吴氏叔侄的或侘傺早亡,或死于非命。他如陈济生(1618—1664)乃《启祯两朝遗诗》的编者,又与徐崧合编过《诗南》十二卷,是吴中影响甚大、交游极广的诗人。康熙三年他就病卒,年四十七,三年后《遗诗》成案,虽因编者已死未酿大狱,但给后人心理上造成的惊悸阴影至深。著有《新结草堂诗稿》的沈永馨(1632—1680)寿仅四十九。而且大多无后人能嗣传,即使寿过五十的如王锡阐(1628—1682)亦无子。

二是治学术为多。王锡阐,据文献载述诗文均峭劲有奇气,然《晓庵诗集》无传,而其历象之学则为世所熟知,系清初著名的数学家。与学术并传的则是书画,如顾樵(1614—1697),号若耶居士,以画名称一时,诗则多为雅和之音。至如顾有孝(1619—1689),晚号雪滩钓叟、雪滩头陀,享高寿而锐气随岁月变迁渐销,为愤激的遗民转型成名士的代表性人物。顾氏前期常以"恒饥非士耻,道丧乃为贫"自勉勉人,在《和陶寄毛子晋》诗中深以"叹子固同调,心迹若比邻。笠泽千顷波,照见两遗民"为高蹈自豪。他有一组《三嫁娘词》,讽刺变节者:

  事欢屡不终,侬貌端然好。

> 新欢胜故欢,侬情倍颠倒。

> 昨梦故欢来,回头不与语。
> 侬自有新欢,那复忆及汝。

> 新欢病支离,玉骨瘦难举。
> 感彼道旁人,目挑冀侬许。

那种朝秦暮楚、水性杨花式的政界小丑在其笔底揭皮见骨。诗亦很有特色,小乐府情韵甚佳浓。当历经"哀箔不与魂俱断,清漏偏将恨比长"(《感兴》)的离乱生涯后,顾有孝与许多遗民一样,"更从何处问沧浪"的迷茫感无法挥去。在《自伤》中此类茫然心绪表现得很典型:

> 暮宿投何处？惊闻战马嘶。
> 窜身憎犬吠,匿迹畏儿啼。
> 天地恩真少,英雄气已低。
> 煌煌一社稷,回望使人迷。

进入康熙朝后,顾有孝一以选诗为事业,成了出版家。但他又与毛晋不同,所热衷的乃在广征四方投诗,以通声气,迹近标榜。选诗自《唐诗英华》到《闲情集》、《名家绝句钞》,种类甚多,后几种皆以哀感顽艳为准。平时幅巾方袍,须鬓苍然,广交四方名士,故在清初众多诗集中几乎都能见到这位"雪滩钓叟"的名字,此即《松陵诗征》所说的"海内名流过松陵,必停桡问钓叟起居,赋《雪滩钓叟歌》者盈数十百家,钓叟倾身交接,至破家不顾也"之事实。至于《明诗综》中载述的"松陵女子沈关关,刺绣作《雪滩濯足图》,一经装池,过江人士以不与题辞为恨"云云,一方面说明顾有孝后期声名愈显,已成诗界耆宿,韵事班首;但另一面则也表证着这位人称"穷孟尝"的遗民诗人身上闲逸淡散的风习日浓。明代盛见于吴中的"山人"式清隐习气在新的历史时期又露其端倪了。

"逃社"成员中最后应一谈的是同名戴笠的那两位。《明诗综》、《遗民诗》都误二人为一,其实吴江戴笠初名鼎立,字则之,改名后字耘野,他乃潘耒的老师之一,与顾炎武至交,明亡一度为僧,后返服。长于史,著有《殉国汇编》、《骨香集》、《耆旧集》及《鲁春秋》等。享年六十九,晚年"居同里之朱家港,土屋三间,旁穿上漏,炊烟时绝"而一意著述,是吴中遗民高士的一种典型,迹近王晓庵。《明遗民诗》所收《秋望》、《有感》二首是耘野的作品。

杭州戴笠(1596—1672),原名观胤,字子辰,明亡改名笠,字曼公,又号天涯戴笠人、就庵、天外老人、独立一闲人。明天启初年学医于曾任太医的龚廷贤,尽传其术。年三十尚未习为韵语,后始寄情声律,以诗名。他在顺治十年(1653)渡海去日本长崎,次年依东渡高僧隐元,削发为僧,释名性易,字独立。著有《一峰双咏》、《就庵独语》、《痘疹治术传》等。这是惊隐诗社飘去海外的一粒种子,倒成了真正"逃"于新朝统治之外的"独立"之人。戴曼公不仅为遗民诗群添了一抹异彩,而且成为东渡诗僧群的杰出一员。在中日文化交流史上他应占有重要地位。

二　徐枋等吴门隐逸诗人

明亡以后,吴中地区的遗民诗群无异于一个盘根错节的隐性社会,他们的生活和生存形态为中国隐逸文化的研讨提供着极丰富的史实,对诗文化的审视当然也同样别具价值。

如果说"逃之盟"是曾经以集群形态存在过的一翼,那么,如徐枋以及在他的《怀人诗》、《怀旧篇长句一千四百字》、《五君子哀》等诗中提到的一批呈散点状态的遗民诗人,则是近于枯禅式守志固穷者的另一种类型。他们潜隐避世的行径似更具有"逃"于新朝统治的那种心灵特点。"逃"而不逃,以"逃"为抗,构成了清初诗国的奇特景观。

与平湖李确、嘉兴巢鸣盛并称"海内三高士"的徐枋,是潜隐于吴中的众多遗民的核心人物,那些僻行穷居的踪迹诡谲者无不若隐若显地与他有着深密关联。所以,徐枋是提挈纷繁复杂的吴中以至东南遗民群的关键,由他说起,可省不少头绪,何况其诗艺亦足副他的声名。

徐枋(1622—1694),字昭法,号俟斋,晚称秦余山人。长洲籍,崇祯十五年(1642)举人。其父徐汧,明末官至少詹事,乙酉殉身,名节高天下。昭法深怀家国之恨,与姐夫吴祖锡(钼)先共避地汾湖、芦墟一带,后吴氏奔走南北,矢志恢复,康熙十六年(1677)奉前明旁支宗室镇国将军朱丽中于山东胶州大珠山,将起兵而呕血死。徐枋则一直隐迹在苏州天平山麓,筑涧上草堂。他二十年不入城市,二十年不出庭户,终其身以鬻画自给。① 他有几件事最为人称道:一,汤斌巡抚江苏,驻节苏州,三访之而徐氏拒不见。汤氏在虎丘为徐汧立祠堂,落成日徐氏族群毕集,唯枋不到。二,潘耒原是他门人,当潘应"鸿博"试官检讨,归吴求见时,跪门外三日始允入。徐枋严斥之曰:"吾不图子之至于斯也。"责其忘记乃兄潘柽章之惨亡。潘耒奉赠一砚,涕泣请收,徐命其悬之梁上,以示不用!三,家贫至于子女衣不蔽体,仍一丝一粟不受于人,只接受灵岩山弘储和尚的香火资济,他说:"此世外清净物,得独留。"其实,许多史料证实,当时灵岩山寺庙正是个沟通沿海和西南抗清军事集团的地下据点,南北遗民志士与之均有程度不同的联系。

徐枋著有《居易堂集》二十卷,又有《读史稗语》二十四卷、《读史杂钞》六卷。研史之风,三吴独盛,实也是感时伤国的另一种抒

---

① 徐枋《居易堂集自序》:"而此四十年中,前二十年不入城市,后二十年不出户庭"云。此《序》作于甲子(1684)秋。见《四部丛刊》三编集部。徐氏事迹见《徐先生枋传》(王峻撰),载《碑传集》卷一二六,以及《小腆纪传·徐枋传》、罗振玉《徐俟斋先生年谱》等。

怀形式,在当时几与韵语作用同;而他的《怀旧篇长句》长达一千四百字则又正是韵文之史。"五十年间似反掌"的往事,"音容历历犹堪想"的岂止是他个人的身世交游,那实在是明清易代之际江东的人文史录。诗从其祖父与申时行为师生之谊写起,记述到自己十四岁随父谒见申用懋受到奖誉,接着忆念一系列"于今无一存"的耆旧,全属矢志不二的忠烈和遗逸。如房师姜荃林、业师朱集璜,前者甲申之变,"一朝扫迹栖蓬蒿",终隐不出;后者于昆山破城时赴水死。又如"稚齿即多长者游",早年曾受知的陈子龙、张溥、杨廷枢、郑敷教、李模、申绍芳,或为徐枋之师,或结忘年之交,均系三吴之间高风亮节的人。随之展现的交游网络,全面揭示了一个遗民社会。钞录虽颇占篇幅,但有价值:

> 草堂宾从尝屣履,素交频来矜旧雨。
> 周袁交我纪群间,周仪部玉凫先生之玛。袁贡士公白先生征。
> 杨万求于翰墨里。杨曰袾隐君补。彭城万年少孝廉寿祺。
> 嶷如断山千载人,卧雪高风百世士。
> 山头薇蕨每同甘,慷慨分忧生死谊。
> 乱后心期称最深,伯仁邵公真莫比。仪部周急,袁先生捍患,俱人之所难。
> 樊泾遗言心恝如,隰西绝笔吾师矣。
> 古人交情十二年,千里同心书一纸。隐君乱后居樊泾,乙酉至丁酉,与余契谊无间。谓余画得古人正脉,临终遗言,以其家所藏画归余。孝廉精绘事,亦亟称余画,尺书见寄,赠我画幅,乞为作《隰西草堂图》。及归彭城,遽卒。

关于杨补,诗史是不能遗忘的,特别是其子杨炤。杨补(1598—1657),字曰补,一字无补,号古农,亦长洲籍,素以画名著于世,与杨文骢(龙友)齐名。其实当时他诗名亦高,与邢昉、顾梦游、方文等交游,以清新古淡诗风胜。著有《画船室随笔》、《怀古堂诗集》。顺治二年(1645)起隐于苏州邓尉山,于徐枋为父执,谊深二世。其子杨焮（1618—1692），字明远，号潜夫，诗画均承父传，其诗无不系之时事，风格与方文近，脉自白居易、汪元量一派。《明诗综》说"明远诗，评者比之雪山醍醐，吾嫌其太滑"，正好从另一角度道出了其诗的切近现实，任情随"意"，不以古雅为宗。焮与徐枋、徐柯兄弟为性命交，世谊最深。著有《诗选》十二卷，存诗一千五百余首。诗多故国之哀，如《上元》、《辛亥三月十九日》、《癸丑三月十九日》诸篇，多谢皋羽吞声之音，《岁丁未六月二十四夜梦杨龙友先生哭以诗》长古尤属泣血之歌。杨焮诗特多纪灾异之作，哀民生苦艰，感人至深。如康熙九年（1670）所作《纪异》，景况惨不忍睹："烈风复震撼，湖村忽荡扫。高卷太湖水，排击墙屋倒。流棺触塘坳，浮尸饲鱼鸟。存者半死生，折肱兼破脑。"当民众骨髓已干，勘灾的官吏仍"恣意鞭里老"，以至"一图灾浅深，全凭贿多少"！康熙十八年（1679）的《久阴感时述事》更概述着四海疮痍："异域死刀兵，至今死不已。於戏五年间，流毒几万里。淮民死河决，晋民死大雪。燕民死地震，种种不忍说。吴民近死饥，去岁犹见稀。"毫无问题，这是民胞物与观念极深的遗民诗人类型，虽遗其形迹于世外，心则始终难逸安于世间。

徐枋《怀旧篇长句》继续忆念深悼的是又一批或本籍或流寓的遗民：

> 季江视我同雷陈，仲海因之亦孔祢。
> 同被恒矜孝友偏，联床常妒埙篪美。
> 流连风景悼兴亡，寄托离骚同怨诽。
> 两贤前后赴修文，敬亭竺坞垂青史。莱阳姜如须行人垓，与余为通家兄弟，交最善，如农给谏，因亦莫逆。给谏以当年谪戍宣城，葬敬亭山；行人遗言以延陵为法，即葬吴门，墓在竺坞。
> 镌鳌山人时命驾，淋漓歌哭人争讶。
> 百六征书絮未休，十千沽酒罚无赦。
> 高士例须怜曲糵，衔杯每欲穷晨夜。

> 时人尽道次公狂,坐客时遭祢衡骂。昆山归玄恭处士庄,性放达,嗜饮酒,自号钽甃钜山人,每草堂为酒令,征古事人物之极隐蔽者,应迟即罚酒。酒尽,玄恭辄出囊中钱沽之,尝夜半扣酒家门沽来,罚如数乃已。
>
> 避地当时亦屡迁,数椽茅屋天池边。
> 买山空囊苦羞涩,卜邻喜得逢名贤。
> 徐摛年老爱泉石,落木庵中启禅窟。
> 竺坞天池称比邻,征诗问字相络绎。诗人徐元叹波,隐居天池,筑室名落木庵,余移家竺坞与相邻。元叹老而好学,时时书方寸纸,令童子持来,有所征考,余立答之,或言在某卷某叶者,元叹尝夸之同人。余则时以诗致元叹,元叹亦喜为论说。

姜垓(1607—1673)、姜垓(1614—1653),是流寓吴门的著名遗民,原籍山东莱阳。垓,字如农,晚号敬亭山人、宣州老兵。原为崇祯四年(1631)进士,明末官礼科给事中,以建言廷杖下狱几死,改谪戍安徽宣城卫,赴谪所途中闻北京破,转吴门,与弟姜垓同隐,借居文震孟兄弟之"艺圃"(即"青瑶屿")建"敬亭山房"。姜垓,字如须,崇祯十三年(1640)进士,官行人。明亡,先流亡浙东,号伫石山人,后卜居吴中。姜氏兄弟交游遍海内,"敬亭山房"每成为遗老及他们子弟聚会之所。姜垓之死,即遗命归葬前朝遣戍之地宣州一事,引起过极大震动,不啻是一次故国之吊的大集会,为清初文学史上一大公案。后来,姜垓之子姜实节、姜安节及垓之子姜寓节分别留居宣城、苏州二地,亦为诗画名家。姜垓著有《敬亭集》十一卷,其诗清壮激烈,《自序》谓"托哀鸣于异鸟,感音节于候虫",甲申后始专工于诗。世以其"先皇千滴泪,独在敬亭山"十字尽见大节而称名宇内。实则他的诗如《杂咏》之一写尽流亡生涯中痛苦心绪,他是个感情很深沉的人士:

> 歌哭何曾是,谁堪泪眼穷?
> 思吴失张翰,化蜀愧文翁。

> 百战千家在,三年一字通。
> 白华常有恨,凭着马头东。

他既伤国破,又哀家亡,心魂常羁于乡里而仅能梦中"凭着马头东"!姜垓著有《筼笤集》和《伫石山人稿》,诗名高于乃兄。其诗密润,与姜埰疏朗气雄风格殊,但离忧沉慨之思则同。如《己丑仲春邓尉探梅以雨阻留玄初先生斋中七首》之三云:

> 万峰渺渺路难穷,衣白山人自老翁。
> 坐卧荒山愁对雨,飘零故蒂乱经风。
> 草堂置酒寒花细,小艇归庄雪浪空。
> 寥落丛香应未减,夜来遥忆翠微中。

"淋漓歌哭",时人称之为狂士的归庄(1613—1673),字玄恭,号恒轩,昆山归有光之曾孙。明亡,改名祚明,别取字号甚多,随时更变,晚年居僧舍时则号圆照。归庄与顾炎武同里同学,又称同志相善,人目之为"归奇顾怪"。顺治二年昆山城破,归氏家难甚惨;清廷薙发令下,归庄发动士民杀县官抗命,随即亡命。顾炎武去淮上联络豪杰,归庄亦与之,受万寿祺邀作塾师,实为掩饰之举。著有《恒轩诗集》十二卷,已佚,后人辑存《归庄集》,诗编为一卷。归庄诗文皆以气势雄浑酣畅胜,文名和《万古愁》曲子名高过于诗名。他的《悲昆山》、《伤家难作》、《哭二嫂》、《避乱》等均可作为诗史读。他的和万寿祺《狗诗六首》痛诋人间丑类,是当时最为淋漓尽致的作品。归庄诗骋情使气,但真挚一出衷怀,故放而不觉其粗。长篇难以尽录,兹以《述哀》小诗三首为证:

> 六旬苦块痛无声,今借诗篇曲诉情。
> 三十三年恩似海,一思一泪一哀鸣。

> 常年冬至拜高堂,兄弟斑衣捧二觞。
> 今日中庭吊形影,一觞和泪洒灵床。

> 哀来岂复虑危身,死去犹能见我亲。
> 最是入门闻昼哭,无由安顿未亡人。

上引徐枋《怀旧篇》中称之为"徐摘年老爱泉石"的徐波(1590—1663),是吴中行辈甚高的遗民诗老,著有《谥箫堂集》、《染香庵集》以及《落木庵诗》等。徐波,字元叹,早年与竟陵钟惺、谭友夏善,与林古度等亦称莫逆,其"落木庵"斋名即崇祯六年(1633)谭友夏所为拟者。他究于内外典,曾与姚希孟、姚宗典一起与苍雪大师论禅于中峰寺一滴斋,崇祯十三年(1640)会同王心一结"真社"于里中。明亡,筑落木庵于天池山下,与灵岩山弘储共分钵中餐,自筑生圹,并《志》曰:"喜登陟,而筋力遽衰。未废吟诗,而发言莫赏。"徐波诗属竟陵一派,清凄入骨。与前述诸家宗旨殊而心相通,乃时代使然之典型例证。故钱谦益也不能贬一言,反而赠诗称:"天宝贞元词客尽,江东留得一徐波!"试读《七月望后寄碧上人》,诗作于明亡后,碧上人即寒碧,曾为钟、谭弟子,徐波此诗实为异代祭吊故人,情极凄苦,末句意味尤深沉:

> 楚鬼微吟上峡谣,中元法会可相招?
> 凭师为譬兴亡恨,雨打秋坟骨亦销。

亡国之"雨",魂骨亦销,那么生者的痛苦还用说么?《寄邵陵王侍臣》诗可以见出这般"以枯禅终"于世的遗民长夜不宁的凄迷心绪:

> 土壁昏灯鸡再啼,夜阑楼色转低迷。
> 秋来积水无情阔,此夕愁君梦画溪。

徐波的一首《宿弁山积善寺同周虚生作》中的两联,其意象最足以体现这群诗人的压抑、凝重的心境:"霜蔓悬瓜重,风庭聚叶圆。残灯连曙鸟,众响入鸣泉!"心魂危悬,形如风叶,残灯枯对,心似乱泉,诗人提供的是一种独异的审美色调,又是三吴遗民普遍心态的表露。

吴中遗老除上述诸人外,至少还应提及金俊明(1602—1675),俊明初名衮,字九章,改字孝章,号耿庵、不寐道人。吴县诸生。明亡弃诸生籍。著有《春草闲房诗集》,以诗书画"三绝"著称,是吴地著名的高士之一。他的诗苍老凄郁,如雨边雁鸣、风外蛩吟,声情悲苦。"客老兵荒夜,秋穷孤愤心",其《暝愁》诗中的这一联可以概见风格。"老鹤一声秋磬残",将心底的苦啸一倾之于焦墨梅竹,形迹与徐枋同而略较飘逸。清初独多持此种心绪的隐于书画的遗老,吴门尤多。

辈分较高的还有徐枋《五君子哀诗》中《故文学叶先生襄》所追怀的叶襄,他是徐氏"未束发"时即从业的老师。这是当时极孚盛名,活跃于诗坛的一位诗人,惜乎所著《红药堂诗》已不传,而今也少为人知。叶襄(1610?—1655)①,字圣野,长洲人。明诸生,复社成员,崇祯十一年(1638)列名《留都防乱公揭》发起人,徐枋十岁时就从其读书。《明遗民诗》说他的诗"有鬼号爇焚,天荒地沸之景",这是指甲申以后所作。前期诗工俪语,具有六朝风致,一变而得"建安"苍郁风骨。叶襄卒时,孙枝蔚挽诗以为"失大贤",见《溉堂前集》卷四,"酒负一生债,诗齐七子肩",十字可见其心境和诗境。徐枋哭他"苍天酷斯人,中年病消渴。遗书委风尘,岁月同芜没",足知生前心苦,身后萧条。今存诗中,《端午》七古长篇沉痛抒述"虎丘松柏摧为薪"、"荒原落日余青磷"的"太平已往乱始煎"的现实,在"唯有菖蒲好颜色"的萧寥中哀苦于"谁吊灵均向湘汨"的寂寞,诗的气体甚为怆楚凄紧,又不乏古藻沉博。《焚书坑》也有深意:

  七国烟销霸业墟,咸阳宫阙总灰余。

---

① 孙枝蔚《挽叶圣野》作于乙未,即顺治十二年(1655)。

萧何自索关中籍,不向空坑问蠹鱼。

叶襄感喟的是萧何只求"关中籍"以强化法典,无意救劫灰于"焚书"之灾后。他哪知道在身后不久,文字狱频起,远过秦皇"焚书"之烈?《焚书坑》客观上不正揭示了某种历史规律么?

其时与金俊明、叶襄、陈三岛等同为"吴门隐君子"而有诗名的还有徐晟(1618—1683后)。晟字祯起,一字损之,号陶庵,吴县人,徐树丕之子,著有《陶庵诗删》。徐陶庵诗以情之真挚,不稍矫饰为世人称道,《题瞿氏遗象诗》八首,《送屈翁山游秦岳》等最佳。此外,文枬(1597—1668)、文点(1633—1704)叔侄亦诗画兼佳,为吴中遗民知名者。文枬,字端文,号曲辕,又号慨庵,文从简(1574—1648)之子,女诗人文俶(端容,1594—1634)之弟,著有《慨庵诗选》。文点,字与也,号南云山樵,文秉(1609—1669)之子,文震孟嫡孙,著有《南云山樵诗文集》。乙酉,文点年仅十三,其叔文乘殉难,家尽破,即随父依墓田而居,足迹罕入郡城。中年出游,与冷士嵋等为性命之交。他的《呈芸斋先生》诗"偶谈先世频挥涕,为破家园只负薪",既是周家身世的写照,也是自己族中惨史的记述。芸斋即周顺昌子周茂兰(1605—1686)的号,茂兰字子佩,亦能诗,与文秉、徐枋以及浙东之黄宗羲曾于康熙三年(1664)聚于灵岩山天山堂作七昼夜长谈,为遗老史事一大掌故。

在三吴遗民诗群网络中,最后不能不一谈与徐枋结物外生死交的浙东戴易(1621—1702)。戴易字南枝,原名冠,字峨仲,山阴人,崇祯诸生。明亡,浪游四方,以《孝陵二十首》、《钓台六百首》、《吴门春感百六首》名动江湖,康熙二十六年(1687)年已六十七,侨寓苏州,与徐枋交,并自筑生圹于吴;枋卒,出招贴卖字,力谋为徐氏营葬,并恤嫠媳孤孙。康熙三十八年(1699),姜埰之子姜实节赠其诗有"月明夜静千人石,只有酸心两个人"之句。戴易曾从学于刘宗周,他是江浙遗民群之间重要的沟通者。其《钓台怀古》累至数百首,一以见志明心,不是为诗而诗之作。《客广陵有感柬王勿斋》是赠兴化王熹儒之作,熹儒字歙州;其兄王仲儒字景州,所著《西斋集》为乾隆一大文字狱案,遭戮尸。熹儒著有《勿斋集》八卷,不存。戴易的诗很飘萧凄清,他对王氏唱道:

> 江山何日到今宵?汉晋隋唐又宋朝。
> 安得二分明月在,白头孤客听吹箫!

> 风尘自爱沧浪馆,谁望中原拱极台?
> 木塔几经兴废后,知君愁见野梅开。

又,徐枋之弟徐柯(1627—1700)字贯时,著有《一老庵遗稿》四卷,与杨炤、曾灿等善,亦以诗画兼擅称,兹略。

三 遗民诗僧综论

甲申、乙酉之际,士林抱节守志之士和密图恢复事业者,为应对严酷惨烈的形势而愀然遁迹空门,寄身禅林的数以千百计,于是诗僧辈出,为清初诗文化平添了一抹奇谲色彩。

遗民僧人中如弘智(方以智)、今释澹归(金堡)等名最著。弘智(又号药地)博学广识,艺文兼精而更以学术成就卓称,《通雅》等著作迄今不失其经典性。诗虽甚富,然为余事,本不欲以诗著称于史。澹归较着力于文学,主要指其于永历政权败亡后披缁为僧时期,但他词的成就高于诗。清初遗民诗僧相对而言,较集中于吴地,又以灵岩一山为渊薮。所以,徐枋《怀旧篇长句》的第四段历数禅门遗逸,恰可视为这一特定形态的诗群之缩影,诗云:

> 澄江尚书莲社贤,开封太守髡华颠。澄江大司农张公有誉,
>   开封薛郡伯寀,毗陵人。
> 尚友每寻高士传,登仙独上孝廉船。
> 居士现身栖宝地,头陀说法皈金仙。
> 大圆镜中续无垢,堆山米汁真逃禅。郡伯乱后剪发为头陀,

居玄墓真如坞僧舍。自谓吾名宷,今不冠,当去宀,又剪发,当去一,仅存米字。玄墓有米堆山,因名米,号堆山。天真烂然,饮酒终日不醉,与余最善。余尝载酒饮之,过其宿处,室中唯有《高士传》一卷。司农自号大圆居士,尝居灵岩,往来玄墓。余尝玄墓看梅,司农亦在,将返灵岩,时同人舟颇多,司农独附余舟,笑曰:吾自上孝廉船也。

争言万法还归一,逗我禅心耽寂灭。

灭界遥闻大导师,邓山更有弥天释。天界觉浪和尚盛禅师。邓尉剖石和尚壁禅师。

一笠披云出石头,一叶浮杯来震泽。

再宿湖庄惠话言,十年湖畔逾阡陌。浪杖人素未识面,乙亥春,从金陵至吴门,特过金墅访余。安其随行诸人于莲华寺,独信宿余居易堂中。及别,余将送往解维。余隐居金墅十五年,从未过市中,因纡道至寺。

紫云仙人不可求,黄面瞿昙今再出。

慈心为结人外契,时时清盼成莫逆。

山中丘壑启津梁,烟云供养披昕夕。剖师与余最契,尝留余参紫云仙人公案,闭方丈门云:直须悟却才放出。其真切如此。诸方谓剖师为古佛,余画邓尉十景册以赠师。

天上灵岩一退翁,蔚然忠孝开宗风。

瀰空慈云覆世界,亘古正气蟠心胸。

欲令大地出火宅,欲令长夜闻晨钟。

顾我尤深知己感,一言一笑心无穷。

挥戈炼石有精意,只履双树垂芳踪。灵岩继起和尚储禅师,晚号退翁。山头殿屋金书"天上灵岩"四字,其遇余尤异。

嶪嶪黄山气无上,徽音无忝明师匠。

昔在朝端现凤麟,后归法苑称龙象。

过余土室何殷勤,自谓当仁诚不让。黄山檗庵和尚名正志,灵岩嗣,故给谏熊公开元也。建言廷杖,乱后出家。前往华山,尝与灵岩先后过草堂。

这是遗民社会的一个特殊层面，甚至完全可说也是清初秘密抗清网络的极为重要部分。本节仅从诗史角度择要予以绍述，而略涉禅宗临济、曹洞二派中有关僧诤事，则正好从"空门亦易腥"（《鲒埼亭诗集》卷八《太白山中吊二公子》）角度，有力证实"朝"、"野"离立势态之无处不存在也。

清初"遗民诗僧"原是一个统称概念，究其实应有二个层次：一是遗老而为僧者，一是僧之为遗民者。前一层次是原有家室而为固守志节，遁走空门，后一层次则指原本僧人而仍不忘故国之恨者，此即陈垣先生《清初僧诤记》卷二所说："世变之来，宗门不能独免，虽已毁衣出世，仍刻刻与众生同休戚也！"

薛寀、张有誉是前明官宦隐避禅门的著名人物。薛寀（1598—1659），字谐孟，武进人，薛敷教之孙。崇祯四年（1631）进士，历官刑部主事、郎中，至开封知府。顺治三年（1646）遁居苏州邓尉山，削发为僧，称米堆和尚。著有《岁星集》、《堆山诗余》、《鱼罾忆录》等。与顾梦游、周钟、林浚、来集之等均称至友，据尤侗《艮斋杂说》谓，薛氏是"佯狂以终"，意即愤苦而死。他的诗大多不传，但其行迹遍见同时人之诗集中。张有誉，字难誉，江阴人。崇祯朝官至户部尚书，以军饷无所筹措，呕血去官。明亡遁迹荒山，号大圆居士，后寄居灵岩，为弘储弟子，卒于康熙八年（1669），享年八十一岁。

需要着重一提的是灵岩寺的继起弘储（1605—1672）。继起弘储，俗姓李，南通州人。他是临济宗密云圆悟的徒孙，汉月法藏的弟子，著有《树泉集》。弘储是当时东南遗民的一个重要的联络者和蔽护人。全祖望《南岳和尚退翁第二碑》说："丙戌（1645）以后，东南之士，濡首没顶于焦原，相寻无已，而吴中为最冲，退翁皆相结纳，从之者如市。"退翁是弘储的号。顺治八年（1651），坐浙东抗清"舟山之役"事，被拘捕，后营救得释，其弟子之一大庾行韬则赴难死之。关于弘储,徐枋《居易堂集》卷十《书先文靖公墨刻后赠灵岩老和尚》一文有这样的评价:"见其往还昕夕,率多遗民故老,而所为流连风景,举目山河者,又多殷麦周禾之悲焉。此实唐宋以来诸大善知识中所绝无者也。"唯其如此,弘储备遭其本门师叔木陈道忞之攻击。道忞(1596—1674)是在顺治十六年(1659)受清世祖福临"宠召入京","赐号"弘觉国师,从而一面依仗其新"君父"之势,炙手可热地威临吴越僧俗"贤士大夫","播宣上意"以挟众体知"宸衷攸尚",即俯从新朝,另一面则肆意诽谤并罗织罪名,欲置"故国派"僧人代表弘储于死地。道忞和玉林通琇(1614—1675)均清廷为控制禅林反抗势力而笼络的煊赫一时的"新朝派"大和尚,玉林通琇亦"赐号"为"国师"。

《树泉集》为弘储集合"杜老吞声"之作编成的,顺治十年(1653)道忞未应召前亦编集同人诗文为《新蒲绿集》,取意于杜甫《哀江头》之"江头宫殿锁千门,细柳新蒲为谁绿"句。及其忽而成佛门新贵,人们咸以"新蒲绿"嘲之,如张立中"新蒲依旧绿,莫忘旧时因";董道权"从今不哭新蒲绿,一任煤山花鸟愁"等等,为清初诗史上重要一掌故。"朝"、"野"判分,禅林亦分明如此!

弘储以道德文采为天下重,所著《湘云馆集》乃自为诗文,不传。《明遗民诗》存《闲居拟古三首寄毗陵邹子》,其一值得一读:

> 黄金无角,穿我层岳;
> 腥雨无牙,啮我岩华。
> 君子憔悴,屡以易蕢。
> 坎坎鼓缶,大吕将坠。

写出了一种险恶的令人愤懑的时势氛围。

弘储门下著名诗僧最多,其中如檗庵正志、月函南潜、轮庵超揆(即文果)等均卓称于世。超揆晚年亦应召入都,赐号"文觉禅师",卒葬玉泉山,可勿论之。檗庵正志(1599—1676),即熊开元,原字玄年,号鱼山,湖北嘉鱼人。天启五年(1625)进士,官行人司副,因劾周延儒下锦衣卫,廷杖遣戍杭州,时正值北京破。唐王朱聿键称帝,授大学士,右副都御史。汀州破,皈依灵岩继起为嗣。今存《鱼山剩稿》是为僧前文稿。其《吴门与金正希夜哭》系与金声同声恸故国之作。"碧血何曾洒,丹心不可砭",对虽犹存吴越半壁,然而"群奸布网箝"的局势深为悲哀。

在弘储法嗣中,南潜最称杰出。南潜(1620—1686),即浙江乌程(湖州)董说。说,字若雨,号西庵,明诸生。南浔董氏在明代中叶科第不绝,礼部尚书董份即董说之曾祖,而文采独盛于明末,说之父董斯张(借庵)著《吴兴艺文补》等著名于世。明亡,董说弃诸生,改名林蹇,别号甚多,漏霜、补樵者皆是。世人据《南浔志》定董说从弘储落发于顺治十三年(1656),然依徐枋《居易堂集》卷二《与尧峰月涵和尚书》,应在灵岩"辛卯之难,寺中星散"后不久。据《丰草庵诗集》亦可知他在顺治十年(1653)已二次上灵岩。徐氏的信说:

> 杞人之天既坠,然岂无断鳌足而柱之,炼五色石而补之者。鄙意百凡宜以静镇之,即此天而终坠矣,尤宜以静镇之,何也?动固无益也。况人定自能胜天乎?近者颇闻山头不无纷纭,我心怅然。及双老札来,云"一众星散",我心益怅然。及闻道兄独襆被书卷,振策登山,不觉以手加额曰:"赖有此耳!"……古德云:出家乃大丈夫事,非将相之所能为。今日若无道兄一人,不几疑此语为欺我耶?亦不几令天下后世谓法门无人耶?心折之至,不觉开怀饶舌,唯心亮之。近来闻见,颇多不惬鄙望处,独赖吾道兄一人为狂澜一砥耳!

在"合众下山之时",董说独负书策杖入灵岩,当其时诚为一维系人心壮举,特为时人所重。董说剃度后名南潜,字月函,号宝云,住尧峰山。著作极多,《丰草庵诗文集》有四十一卷,诗为十一卷。又有《西游补》十六回,与同里陈忱的《水浒后传》一样有名于世,此外《杂著》十二卷,还编有《文苑英华诗略》等。

董说为人奇倔,不落俗习。先以"鹧鸪生"自称,为僧后又蔑弃传钵开堂、飞锡住山之事。其诗亦或奇谲、或清峭,甚至遁迹空门后仍不废绮语,以托寄心伤之情。其作于顺治十一年(1654)之《感怀》最能表现特定心态,诗语绝无雕琢:

鹧鸪十载阅风霜,难问当年结客场。
妄想延龄栽白术,伤心厄闰抚黄杨。
几时合社听莲漏?若个分赀构草堂。
南史床头堆一角,六朝如梦雨茫茫。

次年又有《吊古桧和张非翁》一绝,非翁名文通,为其金石交:

空遗鹤骨傲湖滨,忍逐飘摇陌上尘。
还倚枯根结亭子,从今野老往来频。

《入吴不及晤昭法》及《黄九烟居士重过宝云》等是披缁后的作品,前一首叙与徐枋的相知,以不及晤谈之怅然衬现之:

濛濛旧事破山雷,痛定重提转自哀。
涧上垂垂泥路滑,愁中番番竹舆来。
同闻病榻声三唤,忍弃前言土一堆。
不道肝肠无分吐,吴船风雪又空回。

在徐枋《怀旧篇》中提到的剖石弘璧(1598—1669),俗姓郑,无锡人,与弘储为师兄弟,亦为名僧;至于往来于吴地的江宁天界寺觉浪道盛(1592—1661),在清初遗民僧人中名位尤高。觉浪号浪杖人,属曹洞宗,门下遗老最众,世人皆知的无可(方以智)、啸峰(倪嘉庆)等均为其弟子。顺治五年(1648)因在论道书中提"我太祖皇帝"等名号,被清廷搜捕,系狱一年。他不断往来于天界、灵岩间,显然只不是为禅法。须知曹洞与临济原本颇有门户之争,可是"与众生同休戚"之心在遗民高僧间终究泯淡了这种界限。弘储、觉浪以及黄宗羲、徐枋等在调停二宗关系上均曾起过巨大作用,此为禅宗史上大事。

曾长期驻杖吴门的支硎山中峰寺僧苍雪读彻(1587—1656),是清初又一名诗僧,吴伟业《梅村诗话》说:"其诗苍深清老,沉着痛快,当为诗中第一,不徒僧中第一也。"全祖望称之为"僧中遗老"。读彻,字见晓,苍雪为号,俗姓赵,云南呈贡人,著有《南来堂诗集》及《补编》共八卷。他的《自咏》典型地表现了方外之人的兴亡感:

> 剪尺杖头挑"宝志",山河掌上见图澄。
> 休将白帽街头卖,道行终为未了僧。

《金陵怀古》诗尤悲慨,流传最广:

> 石头城下水淙淙,西望江关合抱龙。
> 六代萧条黄叶寺,五更风雨白门钟。
> 凤凰已去台边树,燕子仍飞矶上峰。
> 抔土当年谁敢盗?一朝伐尽孝陵松。

在清初众多遗民诗僧中,担当普荷(1593—1673)和他山大错(1602—1673)是很突出的二个。担当俗姓唐,名泰,号大来,云南晋宁州人。原明诸生,入清剃度于鸡足山,著有《橛庵草》。这是一个工诗善画的高僧,其诗时而哀慨,时而峭逸,清韵味厚。如《题画》诗即情韵兼具:

> 僧手披霜色有无,千层林麓尽皆枯。
> 尚留一干坚如铁,画里何人识董狐?

> 地偏惟恐有人来,画个茅堂户不开!
> 陵谷虽无前日影,老僧指点旧时苔。

此类诗均言外有意,弦发凄音,极见功力。

他山大错即钱邦芑,原字开少,江南丹徒人。明诸生,乙酉(1645)为唐王御史,桂王永历时为贵州巡抚,右佥都御史。孙可望跋扈,遂削发为僧,法名大错,他山为号,又号知非。据《吴越钱氏京江分支宗谱》"宏祖分三房图四"云:"著述甚富",有《知非庵稿》、《怀人诗》、《梅柳合刻》等。大错原与弟钱邦寅(驭少)俱工诗,与万寿祺等称密交,唱和甚多。他是顺治十一年(1654)在贵州为僧的,其《途中口占》三首即被孙可望械押途上祝发时所作。前二首云"精忠大节千秋在","忠孝原来是法身",写出了西南小朝廷里充满苦涩的忠节人氏的幻灭心态自我平衡。第三首虽写心志坚定,但那是弱水难渡中的苦叹,读之令人悲怆:

前劫曾为忍辱仙,百般磨炼是奇缘。
红炉焰里飞寒雪,弱水洋中泛铁船。

据其《祝发记》,知先后随之为僧的门人有十一人。即古心、古道、古雪、古愚等。其子钱志辅(1631—1690),字古臣,号左车,又号天涯隐君,先随父黔蜀,后失散。东南起大狱,被捕,获释后隐于开封,以医糊口。能诗,事见贺国璘《天涯隐君传》[①],京江一支际遇诚可哀。

从吴中诗僧而概论遗民僧众,最后当谈到函可上人。辽阳千山寺函可(1611—1659),字祖心,号剩人,曹洞宗三十二世道独沟弟子。俗姓韩,名宗骒,明礼部尚书韩日缵之子,广东博罗人。宗骒于崇祯十二年(1639)见国是日非,遂与番禺举人曾起莘同投牒于道独门下,起莘即法名函昰(1608—1685),字天然者,住庐山栖贤寺。乙酉南都破后,函可与顾梦游等密交接,时岭南尚处抗清态势,故欲有所沟通以谋事。函可当时著有私记国变之史的《变

---

① 《吴越钱氏京江分支宗谱》卷十六。

记》,被洪承畴捕获,下刑部狱,减死戍沈阳。不久,其弟宗骐等三人、叔日钦、从兄如琰父子,均从张家玉、陈邦彦等起兵而阖家殉难。函可有"地上反淹淹,地下多生气"之吟,"每以溘忍苟全,不得死于家国,以见诸公于地下为憾",载述见于屈大均《广东新语》。在辽阳,函可得居关外之宗室敬一主人(高塞)等礼遇,开坛七大刹,收徒众六七百之多。并立"冰天诗社"。《粤东遗民录》卷四云:"时遣谪诸臣,若莱阳左懋泰、沾化李呈祥、寿光魏琯,定州郝浴、泰兴季开生及李龙衮、陈心简辈,始以节义文章相慕重,后皆引为法交。函可因招诸人为冰天诗社,凡三十三人,自称槛擡和尚,其称北里先生者即懋泰也。""冰天诗社"为东北第一个诗社,成员却较复杂,一部分是东南人士罹"通海"、"科场"等案遣戍东北者,一部分则如上述皆被清廷列入"贰臣"者。所以,冰天社应不属遗民诗群范畴。

函可著有《千山诗集》、《剩诗》等。其诗以前期及出关初为多,如《丁亥春将归罗浮酬别黄仙裳次原韵》之一:

> 春尽雨声里,扬帆趁晓晴。
> 路经三笑寺,归向五羊城。
> 末世石交重,余生瓦钵轻。
> 悲凉无限意,江月为谁明。

诗语不失僧人身分,又无蔬笋气和偈语味。《皇天》显系痛悼死难族众之篇:

> 皇天何苦我犹存!碎却袈裟拭泪痕。
> 白鹤归来还有观,梅花斫尽不成村。
> 人间早识空中电,塞上难招岭外魂。
> 孤雁乍鸣心欲绝,西堂钟鼓又黄昏。

情致真挚凄凉是剩人和尚诗的特点,以《弼臣病阻白门寄书并诗次答》为例:

惊传一纸到辽阳,旧国楼台种白杨。
我友尽亡唯汝在,而师更苦复予伤。
孤舟卧老长千月,破衲披残大漠霜。
共是异乡生死隔,西风吹泪不成行。

以诗而论,函可功力在僧人中是上乘一流,且善以白战法出之,绝无门户宗统习气。

函昰的行迹与函可略异而心迹通同,在南方先后主归宗寺、栖贤寺,最后返居雷峰寺而圆寂,专以掩护遗子之士为事。门下弟子皆以"今"字排辈,如今释即金堡,今竟即陆圻,今灵即屈大均,他如今离、今璧、今回等。此外尚有祖心之侄函静(韩履泰),以及今羞、今何、今育、今日、今庐、今又、今南等也都是函昰或祖心弟子,分处南北者。函昰亦工诗,著有《瞎堂诗集》。

综观遗民僧人之诗,不仅可见"世变之来,宗门不能独免",而且表现出一种僧、俗同步的文化态势。作为一个禅林社会,它原本是大文化背景下整体社会的组成部分之一,在特定的非常时期显得尤其明晰。因为僧界遗民与南北各地诗群交往频仍,在审视清初诗文化,披阅千百种别集时,不时关涉到诗僧事,故言清代诗史,不应回避这一群体,略予轮廓式勾勒,是必要的。

四 常熟冯舒、冯班·兼辨"虞山派"

江东遗民诗人中,常熟冯舒、冯班兄弟原在诗风上自成一路,社稷凌替、家国兴亡的大潮将他们一起抛进了遗民社会的诗界和声音域。

冯氏兄弟的际遇很凄凉。冯舒(1593—1649),字已苍,号默庵。明诸生。著有《默庵遗稿》十卷,《诗纪匡缪》二卷,并编过《历代诗纪》一百卷,辑同邑亡友数十人诗为《怀旧集》。幼承家学,与弟冯班并专于诗,称"二冯"。又曾问诗学于钱谦益称弟子。为人直肠负气,动与俗忤,终因触忌县令瞿四达坐狱,借《怀旧集》为口实,拷掠以死,时为顺治六年。冯班(1602—1671),字定远,号钝吟居士。明诸生。著有《冯定远集》一卷、《钝吟杂录》十卷,并与兄冯舒合作评点《才调集》行世。为人亦率真,人目为迂怪。

关于冯氏诗学观,本书论赵执信专章将一并绍述。冯氏诗以晚唐为宗,出入李商隐、杜牧、温庭筠之间,而独好李商隐《玉谿生诗》。他们的宗李义山,迥异于北宋"西昆体",本旨在于借比兴而寄感慨。明亡后此种特点益明显。《明遗民诗》称冯班为"隐士之冠",而未录及冯舒诗。冯舒《丙戌岁朝》二首是顺治三年(1646)的抒愤之作:

> 投老余生又到春,萧萧短发尚为人。
> 世情已觉趋时便,天道难言与善亲。
> 梦里山川存故国,劫余门巷失比邻。
> 野人忆着前年事,洒泪临风问大钧。

> 喔喔荒鸡到枕边,魂清无梦未安眠。
> 起看历本惊新号,忽睹衣冠换昨年。
> 华岳空闻山鬼信,缇群谁上塞人天。
> 年来天意浑难会,剩有残生只惘然。

鼎革后冯舒之诗,已难辨识《静志居诗话》所说"善于风怀"的特点。时代推促着他们真正由"玉谿上溯少陵",从而诗审美差异引起的流派之争全被融解之。

冯班的诗较其兄清苍,《杂书》七首之一、三两首云:

> 日暮沙风起,驽马不肯前。
> 平生旧行处,黄河古岸边。
> 战地添新垒,荒坟露坏砖。
> 试问辽东鹤,如今是几年?

> 诵君恸哭书,咏君黍离诗。
> 悠悠寸衷事,百岁谁当知?
> 臧获驾驽骞,骐骥无所施。
> 山崩与海竭,共尽亦何辞。

这组诗写在顺治八年(1651),情绪远未平静,冯班的小诗情中见理,韵味不匮,如《题友人〈听雨舟〉》:

> 篷窗偏称挂鱼蓑,荻叶声中爱雨过。
> 莫道陆居原是屋,如今平地有风波。

清初常熟有"虞山诗派"之称始见沈德潜《国朝诗别裁集》,在卷五"钱陆灿"条下说:"字湘灵,江南常熟人,顺治丁酉举人。湘灵为牧斋族子,然其诗不为虞山派所缚,别调独弹,戛戛自异,毗陵学诗者多宗之。"沈氏此"虞山派"三字乃模糊概念,意实指钱谦益耳。牧斋固有心雄称诗界,然其志绝不止以创一乡邑派别,而是意在南北一尊。故沈德潜之"虞山派"应是钱氏"师法"的指代。冯氏兄弟曾在牧斋门下称诗弟子,然如合之均谓为"虞山派",则无当。《柳南随笔》作者王应奎(1684—1757),系邑人,又与沈德潜同时交游,在《随笔》卷一云:

> 某宗伯诗法受之于程孟阳,而授之于冯定远。两家才气颇小,笔亦未甚爽健,纤佻之处,亦间有之,未能如宗伯之雄厚博大也。然孟阳之神韵,定远之细腻,宗伯亦有所不如。盖两家是诗人之诗,而宗伯是文人之诗。吾邑之诗有钱、冯两派。余尝序外弟许日滉诗,谓:"魁杰之才,肆而好尽,此又学钱而失之;轻俊之徒,巧而近纤,此又学冯而失之。"长洲沈确士德潜深以为知言。

上文中的"某宗伯"即指钱谦益。王氏深于诗,于乡邑诗文化之文献蒐讨尤有独精,他的话已将所谓"虞山派"说得很清楚。所以,只能认为,在明末,以钱谦益为核心有一个诗的群体存在于常熟,但在诗审美取向和诗学观念上并不一致,审美取向的不一致是难以成派的要害。

至于冯氏兄弟,冯舒早亡,冯班与吴乔虽相善,但他们没有树帜之事。冯班的诗学观由其子裔及乡后辈转辗沟通于赵执信,于是,《钝吟杂录》由京师而扩展影响。由此而言,冯氏诗学渊源之下延,当俟赵执信出。

第二节 遗民诗界南北网络的沟通人
　　　　——顾炎武论

在清初遗民社会中,顾炎武足堪称为南北忠节义士的灵魂。如果按黄宗羲所论,遗民群体大抵可分为矢志恢复和彷徨草泽两大类,并均系"天地之元气"所钟;那么,顾炎武不仅自身兼具这两种行为类型的品格,而且自甲申(1644)他三十二岁那年起,直到清康熙二十一年(1682)以七十高龄病逝于山西曲沃止,整整历三十八年漫长岁月,全身心地致力着沟通南北同志,胼手胝足于"博学于文,行己有耻"的信念之实践。

"行",是顾炎武全部遗民生涯的基核。作为清初最伟大的思想家和学术大师之一,如果架空或轻忽其在特定历史背景下的艰苦卓绝、坚毅不拔的行为实践,必然不足以认识他的思想和学术力量的底蕴,从而对其成为后世"乾嘉朴学"的启导人的赞评也不免陷于形而上的误区。同样,作为遗民诗群中影响深广的杰出爱国者,倘若人们无视顾炎武之为诗,究其本意只是相副于诸如"五谒孝陵,四谒攒宫"之类践行,作为明志和张扬舆论、鼓舞士气、激励同志的一种器具的话,那么,岂止有悖于诗人原不欲以诗鸣世的初衷,也难以确定其在诗史应有的切实的位置。这样,沈德潜的"风霜之气,松柏之质"之评,洪亮吉的"金石气"之赞,潘德舆的"诗境直黄河、太华之高阔也"之誉,每易被空泛地譬解和引述,最终又必不可避免地归结于"学少陵神似者"(林昌彝《海天琴思录》)一类近乎套话的论定。

　　顾炎武《亭林诗集》六卷的诗史意义,正在于较之同侪更为宽广地展示着色彩悲郁、氛围严峻、网络诡秘、活力深潜的隐性的遗民社会的景观,为后世提供着丰富的认识依据。就这一点言,顾氏诗有类似于阎尔梅、万寿祺等人的特点,而较之阎、万诸人更见恢伟,从而也是吴嘉纪、方文类型的遗民诗人所少见具备的。正是因为顾炎武的诗是他"取天下者,必居天下之上游而后可以制人"①的理想和实践的行迹载录,所以,他的由南渐北,南北串联的行为轨迹,构成了清初遗民诗史以至整个古代诗歌史上罕见的南北诗群的融通。这乃诗史上极为奇异的光辉一页,即以此而论,顾亭林诚是其功甚巨的了。

　　顾炎武(1613—1682),谱名绛,初字忠清,入庠时一度更名继坤。明亡,更名炎武,亦作炎午,字宁人,从学者称之为亭林先生。南北飘泊时曾别署蒋山佣、顾佣、顾石户、圭年等名号。江南昆山人。顾姓为江东旧族,与陆、朱、张并称四大姓,炎武著《顾氏谱系考》说"江南无二顾",乃确论。之所以被人尊称"亭林",即与南朝梁、陈之际顾野王曾有亭林之胜,以至称该地为"野王读书堆",后名顾亭湖、顾林亭,又称亭林镇有关。顾炎武一支虽也屡有播迁,但自南宋末即重返昆山。世族网络,姻亲相联,在炎武救亡图存、潜踪湖海的生涯中均有千丝万缕之关系,如与陈氏,《启祯两朝遗民诗录》编者陈济生(皇士)乃其姐夫;与徐氏,徐履忱及从兄弟徐乾学、徐秉义、徐元文均系他二个姐姐之子,而同族中顾咸建、顾咸正兄弟既与交殊密,皆为前明宰相顾鼎臣之家孙,咸建又与吴江叶绍袁为姻属,诸如此类,不胜枚举。炎武本支自高祖以下在明代有

---

① 见《亭林文集》卷六《形势论》。中华书局1959年版《顾亭林诗文集》。

进士四名,其曾祖顾章志官至应天府尹、南京兵部右侍郎,赠右都御史;本生祖顾绍芳历任经筵讲官、翰林院编修、知制诰。嗣祖顾绍芾,是个学者兼书法家,并留心世务时事;嗣母王氏未婚而寡,在清兵破常熟时绝食死,遗言"汝无为异国臣子,无负世世国恩,无忘先祖遗训,则吾可以瞑于地下"(《亭林余集·先妣王硕人行状》),这是对顾亭林青少年时期以至明亡后三十八年影响至深的二位庭训家教者。

顾炎武在明末科举不利,仅仅是个庠生。崇祯二年(1629)入"复社",此为亭林后来隐图恢复活动时所依存的又一重要网络。他是与归庄一起入社的,"归奇顾怪"之称大抵自此而得。甲申明亡,次年乙酉(1645)弘光朝立,经曾任昆山令之杨永言推荐,炎武被授兵部司务职。弘光朝溃后,隆武朝又曾授予兵部职方司主事,然未赴职。在南京沦陷,清兵横扫江南太湖地域时,顾炎武"从军于苏"(《文集·吴同初行状》),与归庄、杨永言、吴其沆(字同初)等属王永祚所部抗清义军。旋败。退归昆山、常熟。昆山战役中,其生母何氏断臂重伤,亭林二个幼弟均遇害,接着嗣母绝粒于常熟,家国之痛无疑深深戕伤着他的心灵。从此,他飘然去邑,开始了三十余年的流亡生涯。顾炎武后半生可以分为两个阶段。

第一阶段大致为顺治三年(1646)至顺治十三年(1656),往来于吴中、南京、淮安一带。其时浙闽沿海鲁王朱以海所部张名振曾进占崇明岛全歼清军,并抵达镇江金山;西南李定国等也还撑持着战局。顾炎武栖迹江南,还在南京租赁住房,并不时流转奔走四出,过着"釜遭行路夺,席与舍儿争。混迹同佣贩,甘心变姓名"(《旅中》)的生活,显然是不仅仅为便于哭祭孝陵,而更隐蔽的意图乃联络抗清志士。笺注家都很重视他的《出郭》二首六言小诗的第一首:

　　　　出郭初投饭店,入城复到茶庵。
　　　　秦客王稽至此,待我三亭之南。

王稽其人,三亭地名,均见《史记·范雎传》,王氏为秦国秘密使者,三亭系王稽私约范雎联系之处。此诗二十四字所构成的情节确是一种地下隐秘活动,很可见出顾炎武这一阶段的行迹。

特别值得注意的是这些年间顾炎武交接的畸行之士。如《赠邬处士继思》诗提到的"筇穿北固雪,艇迷京口烟"的以卖药掩饰身分往来于京口、扬州之间的邬继思。这是一个神秘人物,与万寿祺等均有交往,万氏有《再过京口邬大继思宅》、《早雪渡江赠钱二邬大》等诗。邬氏亦能诗,亭林有"每吟诗一篇,泠然在云天"句可证。家于京口而穿梭于江淮一带的此人,显然肩任有某种使命。又如顾炎武曾是"惊隐诗社"成员,似并不经常参与吟集,然而在飘泊无定的行踪间,与"惊隐"诗人王仍等"来往数相寻",见《酬王生仍》诗。此外和上元(今南京)籍"穷途"之伴王潢"携手宿荒郊,行吟对宫阙",见《王处士自松江来拜陵毕遂往芜湖》诗;与宝应籍浪迹四方的朱四辅(字监纪)一起"愁看京口三军溃,痛说扬州七日围"于扬子江畔,见《赠朱监纪四辅》诗。朱四辅著有《铁轮集》不传,其时此人刚从粤东北返,顾诗"碧血未消今战垒,白头相见旧征衣"足证这又是一个曾服"征衣"的义士。见之于亭林诗的还有故明将军而现今卖药行医吴门的郝太极、原长洲教谕刘永锡及淮安富商王略等。王略行迹,已见前,此为顾炎武淮上的一个密友。

淮安一线的引起顾炎武极大关注,从理论上说:"克襄汉,平淮安,降徐宿,而后北略中原,此用兵先得地理之势。"因为这一线是当年朱元璋"取天下"的一个战略要地,见《形势论》;更重要的是淮安地区在"甲申三月以后,天下土崩瓦解,吾淮当南北要冲,其能扼河而守,不使有一人一骑渡河者,则漕抚路公振飞、巡按王公燮之功居多,而淮安义勇之名实有以夺其魄"(《山阳志遗》卷二)。路振飞曾在清江浦一带组成过义勇二万余人,后虽被刘泽清遣散,但潜在势力仍在。复社领袖人物张致中之子张弨(力臣)

以及侨居此间的万寿祺,更有山阳遗逸阎修龄等正是据这南北交通要冲而暗中有所经营。顺治前期,路振飞作为隆武朝大学士,与淮安隐潜的抗清力量频多联络;隆武败,振飞亡后,路氏二子路泽溥(甦生)、路泽浓(吾征,又名太平)流寓苏州洞庭东山,继承父志,沟通着海上鲁王、粤西桂王与淮海以至鲁豫之间的消息,而顾炎武作为路氏兄弟的密友,实际上参与着谋划和联络的机密。他的倚万寿祺为东道主,在淮安赞称万氏为"诇北方"的才识无双,殆如归庄的以训蒙为名主于万氏家一样,志意甚为显豁。

至于路泽溥兄弟与顾炎武的亲密关系,《亭林诗集》中多有表现。路泽浓又是河北最著名的遗民诗人申涵光的妹婿,可以这样说,顾炎武后来与河朔、秦晋遗民诗群的广泛沟通,路氏是重要中介之一,这个家族原籍本是河北曲周。顾氏《赠路舍人泽溥》诗把这兄弟俩的心志行迹表述得很清楚:"君从粤中来,千里方鼎沸。绝迹远浮名,林皋托孤诣。东山峙太湖,昔日军所次。奉母居其中,以待天下事。……君才贾董流,矧乃忠孝嗣。国步方艰危,简在卿昆季。经营天造始,建立须大器。敢不竭微诚,用卒先臣志。《明夷》犹未融,善保艰贞利。"诗的结末"敢不竭微诚"云云,也道出了他与路家兄弟合谋共事的心迹。炎武又有《赠路光禄太平》、《赠路舍人》诸诗,是对路氏为其"杀仆讼系案"解救的感激之作,均为亭林诗中重要作品,直到约二十年后即南明永历二十八年(郑成功奉朔年号)也就是康熙十三年(1674),顾炎武还写了《路光禄书来叙江东同好诸友一时徂谢感叹成篇》:

削迹行吟久不归,修门旧馆露先晞。
中年早已伤哀乐,死日方能定是非。
彩笔夏枯湘水竹,清风春尽首阳薇。
斯文万古将谁属? 共尔衰迟老布衣。

又有《路舍人客居太湖东山三十年寄此代柬》一绝尤著名,历

来称为亭林与其密友明志的代表作,感慨深沉之极:

  翡翠年深伴侣稀,清霜憔悴减毛衣。
  自从一上南枝宿,更不回身向北飞。

"翡翠年深"、"清霜憔悴",固然见出诗人暮年哀苦心绪;但"一上南枝"、"更不回身",又足证顾炎武后期虽身在秦晋,但与江东同志始终心相通同,坚贞自守,形迹略分而心迹密合无变。所谓南北沟通者,其基石正在于此。

  顾炎武后半生的第二阶段从顺治十四年(1657)到康熙二十一年(1682)病卒,是北游以至定居"久不归"时期。这个阶段,他是先到山东。其北上的直接原因似乎是归庄《送顾宁人北游序》所述的:与叶方恒为田产纠纷而被激怒,杀了"叛奴"陆恩,结果被叶氏抓获讞于有司,后经路泽溥、归庄等大力营救得释,但怨仇未解,唯有北走。可是从深层心态言,顾炎武北走齐鲁,并又继续深入河朔、秦晋,又自有他的特定的观念支配,换句话说是其某种意愿的实践,否则他何必一定要北去避祸而为什么不南走闽峤一带或别的地域呢?须知其时沿海郑、张水师正值"北伐"高潮,西南永历政权也一度呈现较振作态势,岂非是救亡图存的好归宿吗?事实上,顾炎武有自己的战略设想。这种设想在《形势论》里有集中的阐述,要旨是:"夫取天下者,必居天下之上游而后可以制人!"何谓"居天下之上游"?这"上游"在何地?顾氏要而言之有这样二点:一,"尝历考八代兴亡之故,中天下而论之,窃以为荆襄者,天下之吭,蜀者,天下之领,而两淮、山东,其背也。"二,"若辑蜀之人,因其富,出兵秦、凤、泾、陇之间,以撼天下不难。故战先蜀。赵鼎言:经营中原自关中始,经营关中自蜀始,幸蜀自荆襄始。"在当时,持这种观念的不只是顾炎武,如阎尔梅等屡入中原,西去秦晋,徘徊荆襄间,并率先经营淮北、山东反清武装,无疑亦同此设想。基于这样的观念,顾炎武早在《上吴侍郎旸》诗已有"作

271

气须先鼓,争雄必上游。军声天外落,地势掌中收","莫轻言一战,上客有良谋"之议。"上客",指沈自炳,陈去病《五石脂》所述是对的,沈氏曾从军幕塞上,熟知天下形势。到顺治十六年郑、张水师溯江北伐时,顾炎武又作《江上》一首,重申了上述观点:

江上传夕烽,直彻燕南陲。
皆言王师来,行人久奔驰。
一鼓下南徐,遂拔都门篱。
黄旗既隼张,戈船亦鱼丽。
几令白鹭洲,化作昆明池。
于湖担壶浆,九江候旌麾。
宋义但高会,不知用兵奇。
顿甲守城下,覆亡固其宜。
何当整六师,势如常山蛇。
一举定中原,焉用尺寸为!
天运何时开,干戈良可哀。
愿言随飞龙,一上单于台。

顾氏战略思想与郑成功的歧异,其集焦点乃在"顿甲守城下"。即不应攻坚于金陵,而理当北略淮扬,与西进芜湖(即诗中"于湖")之军一起向淮北、鲁豫一线及赣、鄂腹地纵深挺入。因为在亭林看来,即使占了南京,可以鼓舞天下人心,却难以固守并发展,《形势论》曾历论八代以来:吴"以长江之险,先为晋有",刘宋"守江"而败,陈朝"守江"亦亡,南唐"以江为境,国遂不支",等等。总之,他认为"古之善守者,所凭在险,而必使力有余于险之外。守淮者不于淮,于徐泗;守江者不于江,于两淮。此则我之战守有余地,而国势可振。"所以,对只知将力量投注于江上的郑师,认为"不知用兵奇","覆亡固其宜"。顾炎武似从战事实践中更坚定了自己的战略思想,"愿言随飞龙,一上单于台"云云实即强化了他经营晋北关中的信念,汉时之单于台在山西云中(今大同)北百余里。有关这一观念的认知,十分重要,因为不仅能从实质上把握顾炎武不断北上并滞留晋北秦中的深层心态,而且对本编首章所论之淮上以万寿祺、阎尔梅等为代表的遗民诗群的活动背景和所以依为基地的心绪也足资观照。

顾炎武在山东期间,进行了广泛的社会历史和山川自然的实际调查,足迹间亦出冀、晋太行山两侧。考查所得大多写入其力著《肇域志》、《日知录》及《天下郡国利病书》等。山东德州程先贞是当地原"复社"的领袖人物,先贞(1607—1673)字正夫,祖父程绍系前明工部侍郎,明亡后先贞一度仕清为工部员外郎,不到两年即告归,著有《海右陈人集》。顾炎武并未因程氏仕过新朝而弃交,为不多见之例外。过山东德州必居其家,唱酬多拳拳意,如《酬程工部先贞》曰:"剑术人谁学,琴心尔共知。三年嗟契阔,只羽倦差池。尚愧劬劳忆,还添老大悲";《德州过程工部》尤见交谊之深:

> 海上乘槎客,年年八月来。
> 每逢佳节至,长得草堂开。
> 老桂香犹吐,孤鸿影自回。
> 未论千里事,一见且衔杯。

迨程氏病卒,顾炎武并作哀诗。而《海右陈人集》也有《寄顾亭林》五古二首,有"尚赖梦魂通"之句;《顾亭林从大同来暂过东昌》二律中又有"一夕三年别,疏灯话旧游。长征还带剑,远望欲登楼。月落青山夜,云回紫塞秋。故乡何处是,此地即并州"的殷殷之情。《酬亭林》诗更有"梅作姬人竹作朋,胸中无炭亦无冰"句,可知彼此相得心通。亭林诗极少闲散应酬,其与程氏当有某种默契。

在山东又与著名学者张尔岐(1612—1677)相交,尔岐字稷若,号嵩庵,济阳人。顾炎武《与汪琬论师道书》说:"独精《三礼》,卓然经师,吾不如张稷若",推崇如此。此外,亭林还与徐夜(东痴)、马骕(宛斯)等有交往。

康熙七年(1668)春,顾炎武住在即墨黄培、黄坦家时,被牵入《启祯集》文字狱,囚系济南府七个月,赖外甥徐元文等周旋营救始得释。这场案狱促使他继续移迹西北,开始了先在山西后到陕西华阴的长期定居。其时,西南永历政权已覆亡,郑成功亦病没,顾炎武在恢复事业愈趋无望,"翡翠年深"之感渐见浓重的心绪下,一边从事著述的整理增修,一边仍广交贤豪之志,并积累财力以期一旦有需,共济艰难。在康熙十七年(1678)坚拒"鸿博"之征,《寄次耕时被荐在燕中》诗,既严责潘耒"何图志不遂,策蹇还就征"! 又赞称傅山等"关西有二士,立志粗可称。虽赴翘车招,犹知畏友朋",而自己则明确表示:"嗟我性难驯,穷老弥刚棱。孤迹似鸿冥,心向防弋矰。或有金马客,问余可共登? 为言顾彦先,唯办刀与绳!"如果他外甥徐乾学等"金马客"仍要敦劝他应征,就准备一根绳子一把刀了结此生! 顾炎武确是以"行己有耻"为一生准则,作为一个"完人"结束其堪称光辉的一生的。

顾炎武定居西北前后,所交北方志士遗民极多,其中以与傅山、王弘撰及"关中三李"之一、后出应"鸿博"试的李因笃为最亲密,此外与河北的申涵光也交往颇深。就其与傅山的关系言,《赠傅处士山》、《又酬傅处士次韵二首》等诗可作史证。前一首云:

> 为问明王梦,何时到傅岩?
> 临风吹短笛,剧雪荷长镵。
> 老去肱频折,愁深口自缄。
> 相逢江上客,有泪湿青衫。

后二首尤可见这南北二大遗民间的音弦和鸣,矢志无二,允为诗史上名篇:

> 清切频吹越石笳,穷愁犹驾阮生车。
> 时当汉腊遗臣祭,义激韩仇旧相家。
> 陵阙生哀回夕照,河山垂泪发春花。
> 相将便是天涯侣,不用虚乘犯斗槎。

> 愁听关塞偏吹笳,不见中原有战车。
> 三户已亡熊绎国,一成犹启少康家。
> 苍龙日暮还行雨,老树春深更著花。
> 待得汉庭明诏近,五湖同觅钓鱼槎。

"苍龙日暮"、"老树春深"所体现的那种坚如金石的志意,正是一种事虽难为而依然勉力为之的精神;两首诗的结末联句尤可表明他们怀抱的乃是"天下兴亡,匹夫有责"之心,蹈危履险原不是为一己功利。

从顾炎武一生行迹中已能察见他的大志所寄,诗乃其践赴心志的表现形态之一种,包括沟通同志情怀所需在内。正因为他本非刻意为诗人,时势紧迫着事业感,也无暇多用心于诗艺,更不必说有闲情逸致去吟弄风雅。但是,自幼家学和平生素养,雄厚的积累已造就着他出手不凡。"事必精当,词必古雅",朱彝尊《静志居诗话》所论定的这八字以及"诗无长语"即无赘累多余废话,就是厚积薄发,喷薄笔端的诗艺的确切简要之评;加之,一腔忠爱义愤,所以情韵高亢悲壮,佳篇甚夥。尤以长古五言之什见长,如《哭陈太仆子龙》等系列哀悼志士友朋之作,《子房》等咏史述怀之吟,一系列的哭祭孝陵和十三陵诗等均是。七律如《海上》组诗等则为残明"诗史"的重要组成部分,而大量的题赠之作更是遗民社会隐形网络的生动写照,特定时代的诸多人物的行迹据之得能考见。

《亭林诗》整体风貌是凝重苍劲,诚如前人所设譬喻如"清景当中,天地秋色"①,沈德潜说"风霜之气,松柏之质,两者兼有"②也即把握其这一特质而言。顾炎武自己是主张"诗言志"这一本旨的,也坚守"为时"、"为事"而作,所以,他的"风霜气"或"金石气",从实质上说乃是自我价值、自我人格完善在时代大潮中得以相贯融的外观表现。唯其如此,说他"诗独爱盛唐"(李因笃《受祺堂文集》卷三《钮玉樵明府诗存序》语)或"亭林之诗,导源历下"即由学"明七子"起步云云,已没多大意义。从艺术渊源,启蒙始导角度看,这都有一定根据,但学识、经历已使一个明白"诗文之所以代变,有不得不变者"(《日知录》卷二十一论诗语)的思想家、学术大师在抒露心志时,焉会老是在想学盛唐学七子?顾炎武诗的被世人视为"诗史"范畴,这本身已属于一代一家自出手眼之诗,摆落了一切因袭相沿,可能被重复和取代的窠臼。顾炎武的诗在时代风云的陶铸下已无"七子"在前明时所导致的某种弊病,音调高亮而不肤廓,气体雄健而不空枵。然而,亭林之诗也启逗着一种倾向,来之于学人宗师的不自觉的倾向:用典用书太多。诚然,这有特定环境的因素,再敢于言别人不敢言的顾亭林也须有所顾忌,某种意思必得曲而言之,借典实借史实言之。但典故史事多,易生滞塞,情韵凝而不畅。这一倾向在清人诗发展到一定阶段,即社会相对平宁,较能从学术以至诗艺上反思明人多空疏的弊病时,特别是乾嘉朴学兴起,清代学术大振、学人辈出而顾亭林被推崇以至成为偶像之一时,上述多用书、以学问入诗的倾向也被一起推向极致。当然,这不全是亭林的主观所愿,不能算作他的过错,可是倾向的始启端倪,乃是事实,不必为之讳。事实上,《亭林诗集》中

---

① 朱彝尊《静志居诗话》卷二十二"顾绛"条云:"诗无长语,事必精当,词必古雅,抒山长老所云:'清景当中,天地秋色。'庶几似之。"
② 沈氏语见《明诗别裁集》卷十一,评亭林诗全文为:"韵韵其余事也,然词必己出,事必精当;风霜之气,松柏之质,两者兼有。就诗品论,亦不肯作第二流人。"

不用典实、明白畅朗的佳作并不少,如《重谒孝陵》:

> 旧识中官及老僧,相看多怪往来曾。
> 问君何事三千里,春谒长陵秋孝陵。

情致沉郁而心灵形象逼现,言少意丰,似浅而实深。名篇《精卫》世人耳熟能详,"我愿平东海,身沉心不改",物我相化,精神透亮纸上,略无涩味,类此的还有《一雁》。至若《淄川行》的写"国人皆曰可杀,然后杀之"的汉奸孙之獬被义军活捉杀死,更属明快之极:

> 张伯松,巧为奏,大纛高牙拥前后。
> 罢将印,归里中,东国有兵鼓蓬蓬。
> 鼓蓬蓬,旗猎猎,淄川城下围三匝。
> 围三匝,开城门,取汝一头谢元元。

此诗只借取《汉书·王莽传》中媚莽为祟的张竦(伯松)来比拟孙之獬,而且诗下加"原注",余无用书处。氛围、情感、景象、论评,均在这首小乐府式的诗中得到生动表现。大抵看来,顾亭林短篇歌行、七言绝用典较少,长篇五七古及七律则学问入诗见多。清代诗歌自中期以后,长篇巨章日见其富,这是一种发展,殆如组诗的被大量运用一样,扩大容量,于诗体功能不失为是推进;然而在长篇中充斥腹笥,以博学为炫,则不能不说又是对传统诗歌体式的某种戕伤,这乃后话了。

第三节 傅山及秦晋诗群·附论河朔诗群

一 傅山的诗心

北南之间由于地域人文的差异,诗风文格迥然有别,原乃一种客观的历史存在,而西北之与东南的差异尤为明显。但对这种差异并不是局中人都很自觉意识到,后世论者也罕有多加注视者。当顾炎武自南而北时,初抵山东,曾诧异地感到山左习俗风气与江东无大差别,在《莱州任氏族谱序》中说:"至其官于此者,则无不变色咋舌,称以为难治之国,谓其齐民之俗有三:一曰逋税,二曰劫杀,三曰诈奏。"自己往来十几年,对"人心之日以浇且伪"也确有深感,不由想起汉末袁术的话:"但求禄利。见危授命,则旷代无人。"迨至关中,感觉大变,《与三侄书》不仅讲到"华阴绾毂关、河之口,虽足不出户,而能见天下之人,闻天下之事。"地理形势极佳;而且还说:"秦人慕经学,重处士,持清议,实与他省不同。"后来实践证明,他得以流寓长期,尽管也有风波,然毕竟较为平宁,无疑与秦晋人文环境的不甚"浇且伪"有关。顾炎武的关于地域人文风尚的表述当然有失之偏颇处,特别是对山左习俗的具体感受,但他的地域差异的特定指认,很发人深省。

身为秦晋之人而对"西北之文"持清醒省识的,傅山是深刻的一个。他在《叙枫林一枝》中所论述的:"有佳处亦有疵处,俱带冰雪气味"的"晋诗一种"的判语;在《序西北之文》里所说的"取精多而用物宏,其文沉郁不肤艳利口耳,读者率侸偏之"的与"东南之文"相异的特质等等,均系自觉地判认到"天地之气势然"的地域诗文特有其不相混同的面貌。而"敛华就实",如"大雪落树皆成锋刃,怪特惊心"的艺术个性之说,又不啻是傅山为代表的西北诗群的概评;至于"洁而孤"的狷者性格,导致"其言之体亦廉而不贪",则傅青主尤称为这一遗民群体的典型。

傅山(1607—1684)[①],字青主,初名鼎臣,一字仁仲,别号甚

[①] 傅山生卒年有多说,兹据其《甲申守岁》"三十八岁尽可死,栖栖不死复何年"诗,定生年。邓之诚《骨董琐记》卷一《傅青主二十三僧纪略》之结末载有傅山语:"右书二十余僧,或习于往来,或一时交臂,其事迹未能详著。聊约略记之,为异日作传之资。乙丑秋七月丹崖居士傅山。"乙丑是康熙二十四年(1686)。录之备考。又,《鲒埼亭集》卷二十六《阳曲傅先生事略》亦可资参酌。

多,有公之它、石道人、啬庐、丹崖子、青羊庵主、侨黄老人、朱衣道人、酒道人等,受道法于龙池还阳真人时又更名真山;山西阳曲(太原)人。年十五即被山西提学副使文翔凤拔补博士弟子。文翔凤诗"离奇㒺兀",《山西通志·名宦录四》说文氏"力振晋人萎靡之习","今三晋士振奇者犹多祖其习",傅山诗文有尚奇奥处,正是受此影响。崇祯七年(1634)间,宜春袁继咸(袁山)、兴化吴甡先后任山西提学和巡抚,袁、吴均系晚明名臣,吴甡(鹿友)后来官拜大学士。傅山深受二氏所器重,擢为"三立书院"祭酒。袁继咸为阉党诬陷入狱,傅山伏阙以争,得直,由是义声震天下。年三十五时多病,因受道法于还阳真人,服道士装,甲申明亡,遂不复改,居土堂山筑青羊庵(后改名"霜红龛")以居,参与隐秘复明活动。顺治十一年(1653)因宋谦案下太原狱,宋谦系永历朝和"夔东十三家"的秘密信使,宋的指定联络活动地点为二,一是太原傅山住处,一是河北永年、曲周,即路泽溥兄弟故乡,申涵光居住地。经辩争,傅山获释,此中有龚鼎孳、纪映钟等人的助力营救,狱始缓解。此后以不与世事,行医研书画蔽行迹,顾炎武说"萧然物外,独得天机",自己不及青主,其实傅山之心未有一日忘天下。康熙十七年(1678),被荐"鸿博",坚拒不允,称疾辞亦不允,被官役舁板床就道,至北京城外三十里以死相拒不入城,终于得"诏免试,放还山",但仍强加以"中书舍人"衔。著有《霜红龛集》四十卷,前十四卷为诗并附词赋。

傅山博识宏通,不仅经、史、子娴熟且多有发明,并精内典、道藏,时见精警阐发,为遗民中兼学者、文人于一身的思想家和艺术家。对于诗,他的《杂著》中时多真知灼见,如:

高手画画作写意,人无眼鼻而神情举止生动可爱,写影人从耳,妆点刻画便有几分死人气矣,诗文之妙亦尔。

曾有人谓我曰:君诗不合古法!我曰:我亦不曾作诗,亦不知古法。即使知之,亦不用!呜呼,"古"是个甚?若如此言杜老,是头一个不知法三百篇底(的)。

庾开府诗字字真,字字怨。说者乃曰:诗要从容尔雅,夫《小弁》、屈原,何时何地也?而概责之以从容尔雅,可谓全无心肝矣!

傅山信奉的宗旨是"一派天机",也即是"真"。因为既厌弃妆点伪饰,更屏除泥古,对于定一"从容尔雅"以概烈士壮慨之情,自要斥之为"无心肝"。从三二片断例举中,已可见到他的思想锋芒之光。他论书法的"宁拙"而勿媚,正与论诗的求自家面貌之"真",同出一个心源。在清初遗民诗人中,傅青主诚是一个奇崛的才士。

《霜红龛诗》从总体讲实践着"气厚"、"力雄","变化则神"的审美追求,"老"与"淡"则是其特有的诗美品格,从"厚"与"淡"的特质中又不能不让人感觉到文翔凤影响的变易,其间有竟陵的遗响在。只是,一切都融进他一己的"天机"和"变化"中,所以,人们已不再从诗派渊源上去追溯了。

傅山诗如《甲申守岁》的"三十八岁尽可死","掩泪山城看岁除"等固然血泪情苦,他更有不少篇什以"写影人从"之法传述心绪,如《沙城断碑》云:

夜半沙城月黯然,秋风犹是雁连翩。
杜鹃不解相思死,血口空啼二月天。

《霜红龛集》卷三十七《杂记二》中有一则说:"言语正到快意时,便截然能忍默得;意气正到发扬时,便翕然能收敛得;忿怒嗜欲正到沸腾时,便廓然能消化得;非天下大勇者不能,张公艺《百忍图》亦是此意。""尽可死"而"栖栖不死"是一种大痛苦,忍此痛苦需大勇气,傅山许多诗写此类惨酷之"忍",从而"冰雪气"、"风霜气"溢于纸端。诚然,他也有大量近乎偈语的,或近乎生涩的诗,不能说都是佳制,但此类即使是疵点也是属于道人傅山自己的疵点。

《沙城断碑》有盘郁难言苦情,《青羊庵三首》则在看似野逸的情致中挺出着荦确突兀的风骨,悲慨别见:

> 芟苍凿翠一庵经,不为瞿昙作客星。
> 既是为山平不得,我来添尔一峰青。

他改名"山",改字"青主",原来是要在易代的社会里硬插进一峰不平之气峭然的巨石!

《程生二首》中的第一首,可视为"以拙见巧",淡中出厚的好诗:

> 华发程生吹洞箫,一声两声不肯高。
> 生怕陌头好杨柳,明春三月懒抽条。

诗人并未明言洞箫中吹出何调,只说"不肯高",高了明春柳不发。但正从"生怕"二句中可以感受到一种肃杀、霜苦之气,较之描头画足、雕琢藻采以言愁苦岂不高明多多?第二首也耐读,可以据之而知《莲华》贝叶经下的那一颗颗赤灼又伤痛的心:

> 月中流韵过南村,定有《莲华》卷叶闻。
> 应念龙钟老箫史,吹来孤雁落行云。

在众多的赠傅青主诗中,阎尔梅和山西范阳的杜樾所作最能写出傅山的心魂和品性,可作为对这位奇杰之士的结语。阎古古《游崇善寺赠傅公》云:

> 宝玉之人寻古物,飞云鸿雁两相扑。
> 茫茫四海似无声,且把长歌代痛哭。
> 百万峰头一声啸,西风吹动黄花窈。
> 小五台边望松庄,处士行藏难可料。①

---

① 此诗见存《霜红龛集》附录之二,《白耷山人诗集》未收。

白耷山人确是青主真知音之一,此诗句句切入神髓深处,起句则物以类聚之写,他们是同道同志。杜樾诗说:

> 论交白首几津梁,天半霞红古晋阳。
> 诡到衣冠庸爱癖,杯于歌笑任疑狂。
> 啄非鹦鹙不为凤,和止鹤阴俱辍凰。
> 闲气古今谁目"我"?良嗣寿毛。传家露布是文章。①

"闲气古今谁目我"句提到的是傅山长子傅眉(1628—1684)所著书皆以"我"为名,如《我子》、《我诗》、《我赋》等。傅眉,字寿毛,一字须男,别号糜道人,因父号老蘖禅,故又称小蘖禅。《晚晴簃诗汇·诗话》说"青主举鸿博,坚以不入试,时寿毛已前卒矣"云,误,是失检而将傅山侄傅仁(寿元)卒于康熙十三年(1674)错植为傅眉②。傅眉尽得父传,诗赋书画均精似乃父,先傅山卒,青主《哭子诗》一组极哀痛之情。《我诗集》有十一卷,戴廷栻《高士傅寿毛传》说"变化自新,不蹈袭前人一字","我"者意即我自不同于人!《老生常谈》著者延君寿认为傅眉诗"幽折深静之致"能与其父并称。《丹崖无论朝夕杂诗》等如独茧抽丝,孤蝉吸露,这是一组返观自省,静参天人的诗作,同时抒述了一己抱节守志的心性。《自江口寄寿元弟》语浅易而意真挚,拙笔纷披却又色调绚烂,大有父风:

> 一身穷苦偕吾出,四壁饥寒累汝支。
> 独自老人容易闷,喜欢茶饭莫伤迟。
> 间赊碧酒邀贫客,旋买红梨与小儿。

---

① 亦见附录二,诗题为《寄呈青翁先生兼博鄳和》,作于"丙辰三月",即康熙十五年(1676)。

② 按此误植实始自全祖望,其《阳曲傅先生事略》即云:"戊午天子有大科之命,给事中李宗孔、刘沛先以先生荐,时先生年七十有四,而眉以病先卒。固辞,有司不可,先生称疾,有司乃令役夫昇其床行,二孙侍。"

二月紫荆香满院,吾归犹及盛开时。

《明遗民诗》传称:傅眉"常负竹或铁皆数百觔,逾太行,市以养亲,亦一奇士"。他的奇更在于通兵书,精武艺,曾从缵宗上人学技击,一时武勇皆出其下,见《阳曲志》卷十五《傅寿毛先生传》,"握拳击钟,响立应。跃纵山阪,上下如飞。横槊舞剑,挽劲弩能左右射"。在遗民社会中诚是一大奇人。

二 王弘撰和关中"三李一康"

顾炎武在秦、晋所交密友有所谓"关中三友"者,即王弘撰、李颙、李因笃。其中王弘撰以志节与古文称,顾炎武说"好学不倦,笃于友朋,吾不如王山史",王氏实为亭林在关中的重要依靠者。王弘撰(1622—1702),字文修,又字无异,号山史,陕西华阴人。明亡后又署鹿马山人,即李沂所以为作《鹿马山人歌》者;因书斋名砥斋,又曰待庵,故人们又以之称为号。其父王之良,曾官明南京兵部侍郎。山史著有《砥斋集》、《山志》等。在顾炎武北走关中期间,王山史却在力为经营,相助亭林的同时屡游江南,形成了顾、王南北对应交通的奇特格局。康熙十八年(1679)王氏被力荐"鸿博",被迫入京而托病不预试,被放归;当李因笃应荐预试并出仕后,山史愤怒与之疏交。王氏长于文,倡导"简"、"淡"、"洁"之风格;不以诗名世,但其疾革绝笔二首,足能表现他卒后被门人私谥"贞文"的品格:

  负笈江南积岁年,归来故里有残编。
  自从先帝宾天后,万事伤心泣杜鹃。

  八十衰翁泪溺徒,祖宗积德岂全孤。
  平生不作欺心事,留与子孙裕后谟。

徐嘉炎《抱经斋诗集》卷四《赠别华州王山史兼呈秦晋诸同

学》一诗说:"东南称材薮,不如西北士。西北崇朴学,东南尚华靡。朴学必朴心,华靡徒为耳。""平生不作欺心事"的王山史堪称"朴学必朴心"的西北士的一个代表人物。

"关中三友"中的李颙是理学家,但与他并称"关中三李"中的李柏、李楷则是著名诗人。

李柏(1630—1700),字雪木,郿县人,著有《槲叶集》五卷附《南游草》。生平见吴怀清《关中三李年谱·雪木先生年谱》。其诗以峭异著称,钮琇《觚賸》评之为"冷艳峭刻,如其为人"。他终生隐居太白山,甘心寂寞,但世事看得极透,《南游草》说:"嘉靖、天启以来,笃实君子在野,虚文小人满朝廷,上欺其君,下虐其民。民不堪命,聚而为盗。盗满天下,由盗满朝廷也。"这正是振聋发聩,入木三分的论析。所以,他在《避世》诗中说:"一入深山抱月眠,华胥国里梦年年。觉来白眼看浮世,枫化老人海变田",其"白眼看浮世"实已悟彻了整个人间世。"不如无心浑忘却,兀坐山月但茧茧"(《太白山月歌》),"茧茧",超脱一切尘俗的本原状态。毫无问题,这里已没有任何华靡的成分。李柏当然不是由于悟彻人生而去游仙,诗集卷四的《老人》写一个八旬老人惨苦的生活,结句说:"今日观此老,可知天下势。"诗人的心其实是仍灼痛于人世间的黑暗的。《觚賸》作者很欣赏李柏二首小诗,以为前一首"有古谣遗响",后一首"落想空妙",《阅耕者》云:

> 农无谷,不农则肉。
> 农无服,不农则縠;
> 农蔽恶木,不农则渠渠夏屋。

此诗岂止是"古谣遗响",实质道尽了贫富二极分化的反差景观。后一首《雁字》则见出李柏诗思新异,想像空间极灵跃:

> 纸有长空砚有山,毫端蘸雨拂云间。
> 年年绝笔衡峰下,剩得南天万里闲。

李楷生活年代较早,所作大多为入清前诗。后于李柏而被王士禛誉为"关中三李,不如一康"的康乃心(1643—1707),已是遗民社会即将结束的晚辈诗人。乃心字孟谋,号太乙,陕西郃阳人。后人搜其遗著为《太乙遗书》,未刊刻。康氏与傅山、王弘撰、李因笃以及顾炎武等均有密切交往,他是个学者型诗人,于谱牒学造诣尤高,《居业堂集》作者王源亦系其方志学的学术挚友。王渔洋称道太乙的诗见《居易录》,不算佳,他的诗,刘迫俭《岳麓断句》跋认为"苍然、兀然、黯然、淡然,绝无无聊不平之音,而天时人事之系念于中者,每触景而酝藉出之"。① 其《终南野望》可作为代表作读:

> 渐觉民生瘁,流亡见几家。
> 中原疲战戍,万井断桑麻。
> 绝塞生秋气,长林带晚霞。
> 河汾吾道在,倚剑向天涯。

康乃心的位置恰好处在关中遗民诗群渐趋星散之际。黯然于战乱中的民生,"倚剑向天涯"只是一种兀然的心愿,实践只能如李因笃为其所作的诗序中说的:"畴昔平原河朔之游,旷若隔世。"从而怆然埋首学术,如此而已。于是,诗风也日趋蕴藉,而这种呈显中和美的"酝藉"是很容易被"神韵说"宗主接受的。诗风随时代大趋势的更变,确是任何地域都难免的。

三　申涵光及河朔诗群

论平原、河朔遗民诗群,必以申涵光为诗家一巨擘。以申涵光与曲周路氏之关系,以及其与傅青主同属"夔东十三家"消息相通者言,则这位世称"河朔诗派"的盟主诚不是纯属心枯草野的逸

---

① 转引自赵俪生《顾亭林与王山史》附录之一,《清初关中二李一康诗之比较的分析》。齐鲁书社1986年版。

民,犹如王渔洋《诗话》所说①。至若晚期师事孙奇逢,究心理学,不复为诗,并连部分诗稿都以"稍深之语,又难传播"为借口而不出示于世,显然均别有难言之隐痛②。故置于北方诗群终篇,定其为顾炎武、傅山一系南北沟通之名家。

申涵光(1619—1677),字孚孟,又作凫盟,号聪山,晚号卧樗老人。北直隶永年(今属河北)人,殉明大臣谥"节愍"申佳胤长子,路振飞姻属。与弟涵煜、涵盼并有名,计东有诗谓"当代论人物,三申洵伟人",而凫盟才学为最高。明诸生,痛父之殉节,入清绝意不仕。时往来于南北,与流寓太湖东山之妹婿路泽溥等联系频密,顾炎武《雨中送申公子涵光》所谓"并州城外无行客,且共刘琨听夜鸡",足可见证其心迹和行踪。著有《聪山诗选》八卷。

《明遗民诗》评其诗为"风神俊逸,论者谓可敌何大复云",这是暗示他诗近"七子"一路。其实他对"诗必盛唐,文必史汉"之说,深为厌弃,认为只能造成"生吞活剥世界"。并认为南人"功纯气薄",北人"朴简";唐以后苏轼、真山民、萨都剌倒是"自出手眼"等等。他诗的功力极高,今所见存诗大抵凄怆悲郁,意蕴浑厚,情韵淡宕流转而锋锐潜藏,佳者如《己丑生日》云:

> 行歌何处问幽栖,滏口孤城郡堞西。
> 渐觉悲欢从俗懒,漫将怀抱向人低。
> 惊猿莫讶频移树,羸马犹能惜障泥。
> 烽火近连冬未雪,每逢喧乐倍凄凄。

己丑为顺治六年(1649),时其年三十一岁,颔联"从俗懒"是

---

① 《带经堂诗话》卷十九:"永年申和孟(涵光),节愍公长子,有文章志引,以诗名河朔间。同学多为大官,申独隐居不出。有故人自京师寄书,申报以诗云:'日日秋阴命笋舆,故人天上落双鱼。荷花未老新醪熟,为道无闲作报书。'其简傲如此。"

② 参见邓之诚《清诗纪事初编》卷二申涵光小传。

守志,"向人低"是隐迹;颈联"惊猿""羸马"之喻则正写出动荡中的特定境况。又如《寄恽十四含万》①,表现的是他那一群共有的心绪和企盼,都具有时代印痕:

> 秣陵积雪拥蹄轮,生死论交十二春。
> 醉记隐忧同涕泪,老逢喧乐总酸辛。
> 天边甲胄疑无路,海畔菰芦合有人。
> 闻道近骑缑岭鹤,大河南望隔风尘。

此外《刘云麓避乱来居郡中》、《怀太原傅青主》等,无不深心多苦而语辞清稳,自然回环,略无生涩。申涵光五言律诗似尤工,佳篇迭见,如《午桥》的写情景氛围:

> 野店临滏口,凄凉老树存。
> 断桥分小市,落日下荒墩。
> 无复千家聚,曾伤万马屯。
> 西来云木秀,径转即吾村。

又如《春旱》:

> 海上戈初罢,方隅亦渐宁。
> 风多天早赤,春旱草迟青。
> 车马军输急,帆樯战血腥。
> 不眠思往事,饥馑恐重经。

诗集中心系民瘼之作如《插稻谣》、《哀流民》等都是不可移易时空的"新乐府"式写现实之惨景,后一篇写道:

---

① 《寄恽十四含万》系寄恽于迈(1603—1686),于迈原名含初,字函万。号建湖,江苏武进人,乃恽寿平从叔,排行十四,故寿平称之为"十四叔父"。顺天府贡生,明亡入空门云游四方。见《恽氏家乘》正编卷三十三《世表》。又据钞本《恽氏先世著述考略》知恽于迈著有《退耕堂诗草》,已佚。《家乘》辑得诗三十三首。又邓汉仪《诗观》选录四首。

287

> 流民自北来,相将向南去。
> 问南去何处?言亦不知处。
> 日暮荒祠,泪下如雨。(一解)
>
> 饥食草根,草根春不生。
> 单衣曝背,雨雪少晴。(二解)
>
> 老稚尪羸,喘不及喙。
> 壮男腹虽饥,尚堪负戴。
> 早春粮,夕牧马。
> 妪幸哀怜,许宿茅檐下。(三解)
>
> 主人自外至,长鞭驱走。
> 东家误留旗下人,杀戮流亡祸及鸡狗。
> 日凄凄,风破肘。
> 流民掩泣,主人摇手!(四解)

此乃清初统治特有的严酷写照,流民连"流"的一线生路也在禁留"旗下人"的法规下被堵绝,岂非惨绝人寰?《泛舟明湖》一类小诗形似清灵却哀思潜转,景语全系情语:

> 女墙倒影下寒空,树杪成桥度远虹。
> 历下人家十万户,秋来都在雁声中。

河朔诗人中申涵光显然是更多地有着情韵美追求的一位,在较为奇拔的群体风尚间,他表现较为淡逸。

与申涵光并称"畿南三高士"的鸡泽殷岳、永年张盖,以及永年赵湛、曲周刘逢源等,共构成当时人称"河朔诗派"的群体。其中以张盖、赵湛最值得称述。

张盖,字覆舆,一字命士,生卒年缺。朱彝尊《曝书亭集》卷七十三《张处士墓志铭》说他"以能诗闻,工草书,寇乱后谢去学官弟子,悲吟侘傺,遂成狂疾";沈涛《交翠轩笔记》卷二则直言"甲申后得狂疾,筑土室村外,闭户绝人迹,穴而进食,岁时一出拜母,虽妻子不见也。人潜听之,时有泣声,盖古之伤心人,有托而逃者欤!"著有《柿叶庵诗选》一卷,系申涵光辑存,"录其甲申以后诸作,语不雅驯者又削去",申氏明言已删削不少有忌讳者,沈涛上述语则实本之申序。

张氏诗人多熟知其《赠申涵光》一绝,此篇前二句讽纷纷出仕之辈,后两句则自坚心迹:

> 草泽贤豪尽上书,奎章阁外即公车。
> 我甘渔父因衰老,独有涵光是隐居。

其实《柿叶庵诗选》凄音入骨之作高者颇多,如《郊园早发留寄凫盟》:

> 郊园独卧野风秋,晓角声悲满郡楼。
> 霜月渐沉荒徼远,黄云低压大河流。
> 心惊四海空挥涕,家在三山且掉头。
> 寄与箕亭申处士,早携乌几过林丘。

又如《赵秋水见访》一律句老情凄,十分凝重:

> 北地歌声奏暮笳,东来衣色带霜华。
> 君归膝下翻如客,我日楼居不是家。
> 竹杖动侵愁内雨,菊瓶看老病时花。
> 寒宵暖坐宜桑落,莫道邻翁酒易赊。

考殷岳(1603—1670)卒于康熙九年,张盖先殷氏卒,享年六十,其行年与殷岳相近而均长于申涵光。殷岳著有《留耕草堂诗集》,"畿南三高"(又称"平干三子")中唯其一度出仕为睢宁县令,诗只作古体,不具论。

289

赵湛为河朔诗人之杰出者。湛字秋水,号石鸥,行年不详,著有《玉晖堂诗集》,得五卷。其诗亢爽,多幽燕之气,以《登太行山》"雪压雁门塞,冰齐熊耳山"十字著名,为当时布衣中能诗的一个。他有《商丘道中感吟》一绝,备资文化史考索,可知中原世家之嬗变:

雪苑词人久寂寥,城边商水不通潮。
土人竞说诸公子,习罢山鸡吹玉箫。

诗下自注曰:"侯朝宗兄弟皆逝,其子孙日以斗鸡骑射为乐,非复文献家风矣。"世风推移,兵灾渐消,故国之思随时光共趋淡散,遗民野老们也无法在寂寥心境中自拯。于是不狂发以死,即幽栖终老,以至为申涵光等视为畏友,一时名士多从之游的刘逢源等也均湮没无闻了。

第五章 "交广从来是楚乡"
——湘粤遗民诗界

晚清道、咸年间南海颜君猷《论岭南国朝人诗绝句》①的第一首系论屈大均：

交广从来是楚乡，湘累苗裔擅词章。
顽民不颂周家圣，手掬寒泉吊首阳。

这首论诗绝句有两点值得称道：一是从地域空间探溯楚《骚》流变渊源，二是更多地把握心灵脉动，以揭示诗人家国兴亡之慨。较之简单地只是从"屈"姓氏族关系来论述屈大均为"灵均苗裔"，颜氏这二十八字的提示显得更富史识，从而以点见面，由此及彼，具有湘粤遗民群某种共性认识的概括意义。

就特定历史背景言，三湘与岭南的界通并不只是因为在春秋战国时期同属于楚，那毕竟已太遥远。现实的态势乃在于几乎终顺治一朝，这五岭南北一直时盈时亏地拉锯式般处于南明那个短命的绍武帝朱聿𨮁以及后来维持了十六年的朱由榔永历政权的军事行动间。毋论是穷处石船山，一灯孤明的王夫之，还是先则浴血鸣镝，继则一度潜踪南北的犹若群星映辉南天的屈大均、陈恭尹等，均与立于肇庆，流徙梧州、全州、桂林一线的永历小朝廷有千丝万缕的联系，他们都应属于残明最后一个宗室政权的遗子臣民。而当王夫之（1619—1692）、屈大均（1630—1696）、陈恭尹（1631—

---

① 转引自《万首论诗绝句》第三册第一二一五页。

1700）相继谢世之时，已是康熙三十年（1691）后，他们的离开人间可说是最后宣告遗民社会的终结。

王夫之与屈大均等的通同之处，还不仅仅表现在酷烈的家国危亡的经历中，而且更重要的还呈现一种诗史共性。这就是他们都是所在地域诗歌振兴的划时代的坐标，对湘、粤两地后世诗风无不起有先导作用，影响之深远诚可谓"莫之与京"。

以三湘诗史言，明以前原甚冷寂，自李东阳于弘治年间创"茶陵诗派"后也少有名家，而"茶陵"的"和雅元音"亦只是台阁之体的略有新变，影响多在京苑。到晚明，江盈科（雪涛）作为公安三袁的羽翼，"近体清新洗绿罗"的诗风虽有名一时，但随着公安诗派的被贬抑而渐汩没。明末以《夏狗斋集》"重开生面"的黄周星（1611—1680）为遗民诗人中名家，少年时育于湘潭周氏，原系江苏上元（今南京）籍，明亡后踪迹多在江南浙西，最终自沉于湖州，只能算半个湘人。真正在清初以诗称誉潇湘的并对湖南诗风有潜深影响的乃王夫之。尽管王船山当时与南北诗坛几乎隔绝，没有联系，声闻不彰，但方以智、顾炎武等均知其人、推其才学。到清代中后期，船山著作渐出问世，其诗学在三湘更见泽被之广。

岭南诗史或可上溯到唐代张九龄，明人胡震亨《唐音癸签》称之为"首创清淡之派"；可是那不过以张九龄籍贯韶州，尚谈不上开岭南诗风。明代岭南诗人渐多，初有以孙蕡为代表的"南园五子"，嘉靖年间复有"南园后五子"。但无论"南园"前后五子成就如何，其附庸中原诗风则同，"后五子"中的梁有誉就是以李攀龙、王世贞为首的"明后七子"之成员。岭南诗风炽盛当起始于明之末，黎遂球、邝露、陈子壮、陈邦彦、张家玉等先后抗清殉身，作为屈大均、陈恭尹等的父师辈，他们慷慨赴难的悲壮雄劲之气，无疑播下了精神种子和诗品基质。以屈大均为首的岭南诗群随之应运而起，终于构成如洪亮吉所说的"尚得古贤雄直气，岭南犹似胜江南"的"雄直"风调。洪氏"论诗绝句"中对"岭南三家"的赞评实际上是一种诗史式的品位论定,也是对历史的公允确认。从此,岭南诗人脉延相承,虽变化不断,但宗风法乳则无可置疑地启开于清初屈大均等手。

纵观南北,遗民诗群在地域诗风的养成并推促中所具的影响,实无过于湘粤而尤以岭南为团聚力大,故联章以论。

第一节　鹃泣猿啼不胜悲的王夫之

与顾炎武、黄宗羲并称清初三大思想家的王夫之,在当时穷处山野僻乡数十年,声影不出林莽,世人知之者最少。当然,这不等于王夫之之名在海内未之闻,事实上顾炎武作于康熙十五年(1676)的《楚僧元瑛谈湖南三十年来事作四绝句》之第一首就是咏的王船山:

共对禅灯说《楚辞》,《国殇》、《山鬼》不胜悲。
心伤衡岳祠前道,如见唐臣望哭时。

又,在清初时期交游遍东南的句容人张芳(1612—1695),字菊人,号鹿床,顺治十一年(1654)起任湖南常宁知县前后八年,《常宁县志》载有《张芳与王船山先生书》,提到读船山《落花诗》,说是"初不知薑斋何许人,展读一终见其绮绣嶙峋,浏漓顿挫……掩卷长思,当非而农王子不能"。然而张芳"虽私心愿言,难觊识面",似终竟未与王夫之见过面,顾、王之间自然也没有直接交往过。王夫之身后始名上"史馆"入"儒林传",其时在康熙四十五年(1706)即其已卒十四年之后,系湖南督学宜兴人潘宗洛所荐报,足见其隐迹之深。道光年间新化邓显鹤(1777—1851)汇刻船山遗著,其名其学始大彰。

王夫之,字而农,号薑斋,又有卖薑翁、一瓠道人、双髻外史、夕堂先生等别号,晚年居石船山,学者称船山先生,湖南衡阳人。明崇祯十五年（1642）举人，明亡，永历朝立，瞿式耜留守桂林，引荐授行人司行人。此前曾参与管嗣裘衡山起义军事行动。永历四年即顺治七年（1650）桂林陷，王夫之间道归乡，遂深隐不出。他自书堂联云："六经责我开生面，七尺从天乞活埋。"后又自题墓石谓："抱刘越石之孤愤，而命无从致；希张横渠之正学，而力不能企。幸全归于兹丘，固衔恤以永世。"此联此铭已可尽见其生平怀抱；发愤著作，终以学术大师了结一生。

王夫之在清初大儒中尤以哲学思想博深称，代表作有《黄书》、《张子正蒙注》、《思问录》、《周易外传》、《读通鉴论》等，后人整辑为《船山遗书》。诗有《五十自定稿》、《六十自定稿》、《七十自定稿》等十数种，通编为《薑斋诗集》。对王夫之诗，晚近以来评价甚不一致，邓显鹤《沅湘耆旧传》誉称为"词旨深复，气韵沉郁，读之如夏鼎商彝，如闻哀猿唳鹤，使人穆然神肃，悠然意远"。陈田《明诗纪事》评之云："其遭时多难，嚣音瘏口之作，往往与杜陵之野老吞声，皋羽之西台恸哭，同合于变《雅》、《离骚》之旨。"钱钟书《谈艺录》四十二则说："当时三遗老篇什，亭林诗乃唐体之佳者，船山诗乃唐体之下劣者，梨洲诗则宋体之下劣者。然顾、王不过沿袭明人风格，独梨洲欲另辟途径，殊为豪杰之士。"其实，赞誉者重其情思品性，贬之者着眼在体格。王夫之诗艺术取径上偏重正统，前人所谓"取径甚高"，即较多汉魏、初盛唐诗风相拟痕迹；唯其忠爱情深，缠绵悱恻，故别具一种楚骚嗣音风调，读之感人易悲。"长伴沅湘兰芷芬"，论船山诗不妨宽其体格而重其高韵，如王闿运《湘绮楼论诗绝句》所言可矣。

船山之诗往昔多赞称其《落花诗》正、续、广、补等九十九首，凡诸《夕堂戏墨》总题目下之咏物咏景之作，大抵寄兴哀深，托物言怀，均属缠绵悱恻，犹如前引张芳信中所评。但总览《薑斋诗集》数以千百计篇幅，似只须例举《续哀雨诗四首》及《初度口占》一组六绝即已能概见其诗心、诗风，较《读指南集二首》等更可见鹃泣猿啼般的心声。这二组诗均作于顺治十八年（1661），时桂王朱由榔已垂亡逃缅甸。这年六月船山妻郑氏卒，十二月清兵入缅俘获朱由榔。《初度口占》系其九月初一日四十三岁生日之作，诗极哀怆，兹录其四：

> 横风斜雨掠荒丘，十五年来老楚囚。
> 垂死病中魂一缕，迷离唯记汉家秋。（其一）

> 一万五千三百三，愁丝日日缠春蚕。
> 天涯地窟知音绝，新剪牛衣对雨谈。（其二）

> 十一年前一死迟，臣忠妇节两参差。
> 北枝落尽南枝老，辜负催归有子规。（其三）

> 十载每添新鬼哭，泪如江水亦乾流。
> 青髭无伴难除雪，白发多情苦恋头。（其五）

初度日而伤苦于不死，极哀生悼逝之悲凄。王夫之的悼亡妇兼哀国殇，在《续哀雨诗》中写得尤其深切。诗前序中他明言"余之所为悼亡者，十九以此，子荆、奉倩之悲，余不任为，亡者亦不任受也"。如此将悼亡与伤国之情相贯一的悼亡之篇，是该题材发展史上罕有的特例，也可说是《山鬼》与《国殇》的变体承传。试读前二首：

> 寒烟扑地湿云飞，犹记余生雪窖归。
> 泥浊水深天险道，北罗南鸟地危机。
> 同心双骨埋荒草，有约三春就夕晖。
> 檐溜渐疏鸡唱急，残灯炧落损征衣。

> 晴月岚平北斗移，挑灯长话桂山时。

峒云侵夜偏飞雨,宿鸟惊寒不拣枝。
天吝孤臣唯一死,人拼病骨付三尸。
阴晴旦暮寻常极,努力溯洄秋水湄。

所谓《续哀雨诗》是因为十一年前桂林破时,船山与郑氏在淫雨中曾受困两月,以至绝食四天,"已旦夕作同死计"而苦吟《哀雨》之作。这是一对与残明国事共命运的同命鸳侣,故诗情极真挚极沉痛。王夫之大量的伤悼忠义之士、同道友人的诗,基调大抵类此,且略无着意锤炼,讲究技巧之意,咏物诗则稍见凝滞晦涩。

王夫之一生编过《古诗评选》、《唐诗评选》、《明诗评选》等书,是个自具手眼的选评家和诗论家。他的诗论集中见于《诗译》、《夕堂永日绪论内编》、《南窗漫记》等,后人汇编为《薑斋诗话》。船山论诗颇多精辟之言,如关于诗功能的张力和弹性问题,他独具悟性地发展了"兴、观、群、怨"这个旧命题说:

"诗可以兴,可以观,可以群,可以怨",尽矣。……"可以"云者,随所"以"而皆"可"也。于所兴而可观,其兴也深;于所观而可兴,其观也审。以其群者而怨,怨愈不忘;以其怨者而群,群乃益挚。出于四情之外,以生起四情;游于四情之中,情无所窒。作者用一致之思,读者各以其情而自得。……人情之游也无涯,而各以其情遇,斯所贵于有诗。①

他的反对"井画而根掘"式的机械地解说诗的本质,在"以其情遇"这个诗的本质特性上阐释抒情功能,是深刻地接触到了诗美学命题。又如论诗的"意",深入到了抒情主体的个性情志问题,这就使"意"的内涵从简单化地等于"内容"的范畴升华为一个至关诗的生命力的大旨,往昔人们恰恰轻忽了这一重要认识:

无论诗歌与长行文字,俱以意为主。意犹帅也。无帅之

---

① 见《诗绎》,收入《薑斋诗话》为卷一。

兵,谓之乌合。李杜所以称大家者,无意之诗十不得一二也。烟云泉石,花鸟苔林,金铺锦帐,寓意则灵。若齐梁绮语,宋人捃合成句之出处,役心向彼掇索,而不恤己情之所自发,此之谓小家数,总在圈缋中求活计也。①

"役心向彼掇索"、"不恤己情之所自发",鞭辟入里,又简捷明了地阐释着抒情主体的自我个性,船山是以此作为判别"大家"与"小家数"的试金石的。试问,"寓意则灵"这"灵"离开"己情",即一己主体抒情还有何"灵"可言?对船山论"意"的要旨,历来文论诗论研究家似均忽略了这一点。

《薑斋诗话》中别具只眼的论述不可能在此尽述,但他对"门户"、对"党同伐异"的深恶痛绝既是对诗史的反思,也是对现实中某种根深柢固的陋风的抨击,话说得极为精警:

> 一解弈者,以诲人弈为游资。后遇一高手,与对弈至十数子,辄揶揄之曰:"此教师棋耳!"诗文立门庭使人学己,人一学即似者,自诩为"大家",为"才子",亦艺苑教师而已。高廷礼、李献吉、何大复、李于鳞、王元美、钟伯敬、谭友夏,所尚异科,其归一也。才立一门庭,则但有其局格,更无性情,更无兴会,更无思致;自缚缚人,谁为之解者?昭代风雅,自不属此数公。若刘伯温之思理、高季迪之韵度……徐文长之豪迈,各擅胜场,沉酣自得,正以不悬牌开肆,充风雅牙行,要使光焰熊熊,莫能掩抑,岂与碌碌余子争市易之场哉?李文饶有云:"好驴马不逐队行。"立门庭与依傍门庭者,皆逐队者也。

他又深入论述曰:

> 建立门庭,自建安始。曹子建铺排整饬,立阶级以赚人升堂,用此致诸趋赴之客,容易成名。伸纸挥毫,雷同一律。子

---

① 见《夕堂永日绪论》,入《薑斋诗话》为卷二。

桓精思逸韵,以绝人攀跻,故人不乐从,反为所掩。子建以是压倒阿兄,夺其名誉。实则子桓天才骏发,岂子建所能压倒耶？①

王夫之嘲讥"所翕然从之者,皆一时和哄汉耳","是知立'才子'之目,标一成之法,煽动庸才,且仿而夕肖者,原不足以羁络骐骥。唯世无伯乐,则驾盐车上太行者,自鸣骏足耳!"

如果注意到王船山上述批判"门庭"、"党同伐异,画疆墨守"等恶浊风气的论述,系其康熙二十九年(1690)前后所作的《夕堂永日绪论》中的话,那么,不能不惊异地发现,这位真正的草野之民既是对历史的某种清理,以资鉴照,又是有意无意地针砭着现实社会中诗界的"立阶级以赚人升堂,用此致诸趋赴之客,容易成名"之庙堂风尚。只需观照一下后文关于王渔洋等开宗立派的史实,这时间上的对应当不尽属于一种偶然的巧合。由此而再深味其对"意"的强调,对"寓意则灵"和"不恤己情"正反两面的辨认,愈益能见出一位大思想家的理论锋芒和洞穿诸种现象的锐敏之力。显然,世人虽不熟知他,特别是名利场中人不识此野老为何人,可是他冷眼看世道,倒是清醒地揭示着又复鼎盛一时的诗坛真相。为此,引读一段《读通鉴论》卷十二中的话,极有必要。它能有助于人们去认识文人包括诗人的与大有力者权要们的某种反人性关系,进而得能更清楚地辨识特定的诗史现象：

> 君子之有文,以言道也,以言志也。道者,天之道;志者,己之志也。
>
> 上以奉天而不违,下以尽己而不失,则其视文也莫有重焉。乐以(文)之自见则轻矣！乐以(文)自见,而轻以酬人之求,则人不择而借之以为美。为人借而以美乎人,是翡翠珠玑

---

① 见《夕堂永日绪论》,入《薑斋诗话》为卷二。

以饰妇人也;倚门者得借,岂徒"象服是宜"之子哉!

尽管王夫之的思想观念仍不免有儒生卫道的成分,从整体思维中未能摆脱尽传统的某些羁缚,可是他终究直言不讳地提出了一系列"尽己而不失",维护一己个性和人格完善的理论并渗透进谈诗文字中,无疑是大进步。他的唾弃"帮闲"式的充当升平摆设,类同妇人头上的美饰,以及不屑于"倚门"卖笑般的邀宠媚贵,应该说是充分表现了野逸遗民的风骨,从而成为"狷者有所不为"的品格的更高境界的焕发。

王夫之的诗论在一定程度上集中体现了遗民诗群的诗学审美观,他自觉或不自觉地承担了将诗创作实践上升到理论意义的历史性总结任务。

谭嗣同在二百年后作《论艺绝句六篇》时,特别颂赞王夫之说"万物昭苏天地曙,要凭南岳一声雷",在自注中更有:"国朝衡阳王子,膺五百之运,发斯文之光,出其绪余,犹当空绝千古。"王氏的观念之所以成为其三湘后辈图变自强的一泓法乳,岂不正反映其有着反陈腐的离异性?

第二节　慷慨任气屈大均

关于岭南诗史,陈恭尹在《岭南五朝诗选》的序文中说道:"余童年侍先大夫读书于云淙公写叶山房,睹所积粤中前辈诗集,自唐以下,凡千有余家,大半为抄本,丁亥之后与劫灰俱烬矣。"[1]"千有余家",以数量言,从张九龄而下,诚是"源流相接,代有其人",然而陈恭尹在《别后寄方蒙章、陶苦之,兼柬何不偕、梁药亭、吴山带、黄葵村,定邮诗之约》一诗中对岭南诗歌的历史状况又作出不带乡曲之见的价值判断:

---

[1]　此文见《独漉堂集》,1988年中山大学出版社版"补遗"部分。

> 曲江千载下，作者未全湮。
> 笔墨无生气，光芒愧昔人。
> 谁能师日月？可以喻清新。
> 大海波澜在，骊珠自不贫！

"笔墨无生气"，是因为不脱优孟汉唐的轨迹，这就是本章小引中所以说晚明以前岭南诗风乃中原附庸。"大海波澜在，骊珠自不贫"，前句言"生气"的客观渊源，后句则谓"自不贫"的生气之源还须探珠者勇于下海，不然，虽有骊珠成堆，你也只能空手而返，此中言外之意甚明。

这是一种诗的自觉的表现，换句话说也就是抒情主体自我觉醒的反映。陈恭尹在《岭南五朝诗选序》起首处所下论断可作为此种觉醒最简切的表述："诗所以自写其性情，而无与于得丧荣瘁之数者也，故不以时代而升降！"岭南诗风的得以拔戟自成一队于清代，其契机正启开于"自写其性情"的诗观念的振兴。必须指出的是，上述觉醒乃是时代的特定性选择的结果，而且是一种群体形态的行为，而其中世称"岭南三大家"的屈大均、陈恭尹则足称为这一地域诗群的行为表率。不仅如此，当人们回溯清初遗民诗史时，又将发现：从林古度算起，到屈、陈为止，他们行年和经历所构成的间距正好为半个世纪。在清顺治朝及康熙前期二十年中，遗民诗群大抵均深陷于心灵颤栗、情思悲慨境地，尽管有如杜濬的以"嗔"论诗等，毕竟尚未能沉潜深思，不免带有浓重的愤急心绪。其时孑遗野老们只能充分凭借诗为窗棂，于创作实践中各自体现"自写其性情"，以抗争世道，明示心志，理论性的思考和归纳尚非其时。经五十年左右的反思和情心积淀，迨至屈、陈一辈已有足够的实践感受和时空体验，于是，始得以渐至上升为理念性的思辨。关于这一点，如果说屈大均由于其飘泊时久，所以相比之下，诗的创作实践仍多于诗学思辨的话，那么，陈恭尹在后者的思考方面似较从容，且见新锐。历史运行的日程表上已显示，陈恭尹在诗学见解,特别是对抒情主体的个性特质的认辨上,已与赵执信(秋谷)等相贯通,甚而从中已能感知到后来袁枚"性灵说"的某些先导信息。就这一点而言,作为遗民诗界庞大群体和后此清代野逸诗人体系的一个承启中介,陈恭尹的值得史家的关注,当不止是其诗的创作实践。

兹分别绍述屈大均、陈恭尹诗实践成就。以影响广被南北而又名世较早言,屈大均为当时岭南第一人,故先论屈后论陈。

屈大均,字翁山,广东番禺人。一生数易其名,字号极多。其写于康熙八年(1669)的《春山草堂感怀十七首》中有"半生游侠误,一代逸民真"之句,这十字足能概括其平生,虽然这一年他虚龄刚四十,事实上尚未结束所谓"游侠"生涯。他的"游侠",实系抗清与流亡这两个概念交替混合的指称,忽儒忽僧,屡易字号,恰是其特定飘泊行迹的具体标志。关于其颇富传奇色彩的生平,《广东诗汇·屈大均小传》叙述得最简要:

> 生于南海邵氏,年十六,以邵龙姓名补南海县学生员。其父携之归沙亭,复姓屈氏,易名绍隆。永历元年,从师陈邦彦起义,邦彦殉难,大均赴肇庆行在,上《中兴六大典书》。大学士王化澄疏荐,将官以中秘,闻父病遽归。父殁,入雷峰为僧,名今种,字一灵。逾年,出游大江南北,遍交其豪杰,联络郑成功,入镇江攻南京。郑败,大均归里,反于儒,更今名。复游秦、陇,回粤。吴三桂反清,以蓄发复衣冠号召天下,大均建议始安,以广西按察司副使监安远大将军孙延龄于桂林。后知三桂有僭窃之意,谢归。年六十七卒。

只须补述几点,一,甲申明崇祯帝自缢死,时屈大均年仅十五,顺治三年(1646)农历十二月广州第一次为清军攻占,大均时年十七岁。二,永历元年即顺治四年(1647),陈邦彦、陈子壮、张家玉等先后遇难,邦彦即陈恭尹之父。参加此年军事行动的屈大均为十八岁。次年,清将李成栋反正拥护桂王,朱由榔驻肇庆,上《中兴书》即在其时,并留肇庆供职。三,入雷峰为僧,师从的是函昰(即天然禅师,原南海举人曾起莘)。之所以僧服削发,主要是顺治七年(1650)清兵再陷广州,大均为隐迹所需。返儒服时在顺治十八年(1661),三十二岁时。四,最终结束飘泊流亡生涯已在康熙十五年(1676),年四十七岁时,此后二十年岁月大抵在粤中。综上可知,屈大均几乎与残明永历政权和郑、张军事集团相始终地度过了大半生,而从其一度还寄希望于"三藩"之反清动乱,足见其矢志恢复,不与新朝合作的政治态度。所以,虽则在遗民诗群中,大均行辈较晚,可是特殊的成长环境,却使他年未及冠时即投入了抗清斗争。在顺治十五年(1658)前后又先后出山海关与函可沟通,匿迹两浙,通谋于魏耕等,联络海上之师;康熙四年(1665)春又再次北上,目标在秦、陇一线,从而与顾炎武、傅山等交游,这都足以使他遍交天下,名闻四陲。岭南出此别字"骚余"的屈翁山,诗如惊风掣电,万壑奔涛,"超然独行,当世罕偶"(毛奇龄《岭南屈翁山诗集序》语),"灵均苗裔"之誉迅即鹊起海内,从而奠定了"岭南犹似胜江南"的雄直之风的舆论影响,屈大均自然是功难以泯。大均诗有《翁山诗外》、《道援堂集》、《翁山诗略》等三种,数量以千计。别有《广东新语》诸著,流播甚广。和许多遗民诗文著作的命运通同,《翁山诗外》曾罹雍正、乾隆二朝数次文字案狱,但从龚自珍《夜读〈番禺集〉书其尾》的"灵均出高阳,万古两苗裔。郁郁文词宗,芳馨闻上帝"、"奇士不可杀,杀之成天神;奇文不可读,读之伤天民"等诗可以考知,翁山诗文不仅未能禁尽,却是事实上仍如一闪电般激动着后世的才志之士。那种跃动郁勃的心灵脉承,从龚定庵的诡谲的诗意中足以按知。

屈大均的诗名最早是由朱彝尊宣扬出岭外的,对这一点,翁山到晚年仍很志念,《屡得友朋书札感赋》中有一首专咏此段往事说:

名因锡爸起词场,未出梅关名已香。
遂使三闾长有后,美人香草满禺阳。

朱彝尊是顺治十四年(1657)到岭南的,他们相交自此始,时翁山二十八岁,较朱竹垞幼一岁。次年朱氏北返,屈氏诗当是"未出梅关名已香"于此时。其实顺治十六年大均即到浙西,旋即渡钱塘江访会稽祁氏园,往返吴越之间,他的被东南诗群所接受,主要还是靠其自己的志行和情怀。大均《怀魏子雪窦》说:"平生梁雪窦,是我最知音。一自斯人殁,三年不鼓琴。"《屡得友朋书札感赋》在忆念魏耕时复有"大雅遗音独尔知"和"一自弹琴东市后,风流儒雅失吾师"句,翁山无疑更多地还是感念魏耕等烈士。尽管今存《雪翁诗集》已难觅与大均交往痕迹,但愈密愈秘,这岂非正说明他们"知音"之唱酬忌讳特多?

诗风的演进,基因乃心灵的嬗变,正是心境的变易、诗审美意识始会蜕旧更新。屈大均以原本沿承"七子"余风,未脱尽"南园"一派的作手,经血雨淘洗一变为光怪陆离,如蛟腾龙跃,不能不说是心灵激荡的外化,舍此任何阐释都难以尽其底蕴。从他反复地称言魏耕为"知音"为"吾师"的情怀中,除去是对魏氏志节和事业的礼赞外,不也能探得诗风相通的奥旨么?据全祖望《奉万西郭问魏白衣息贤堂集书》说:"其诗远摹晋魏,下暨景纯《游仙》、支遁《赞佛》,游行晋宋之间;近律纯祖杜陵,已复改宗太白。尝言'诗以达情,乐必尽乐,哀必尽哀',一切樗蒲六博,朋友燕酣,城郭之所历览,金石之所辨索,有触于怀,不期矜饰,务达而止"(《鲒埼亭集外编》卷四十四),并归结为"气益厉"三字以论定魏氏。对翁山的评价?请读其《序于子诗集》:"两汉气纯,故辞多质;魏气爽,故辞多华;六朝气俳,故文质多伤。故为诗贵养其气,古今人才皆相及,所争者气而已耳。""气"的问题,既是个旧话题,又是个新命题。在"游魂余烬,出没山寨海槎之间"的"荼毒备至"的年代,这"气"显然是特定意义上的"侠之气",盘结着同仇敌忾的怒气和匹夫有尽天下之责的豪气的那种郁勃生气。历来论翁山文字可谓多矣,其中宋俊(字长白,号岸舫)作于康熙四十三年(1704)的《柳亭诗话》的一句转语似最得要旨:"翁山《诗外》力祖唐音,而于太白为最近。……吾欲以竟陵所云'有霸气而不必其王,有菩萨气而不必其佛',移以赠之。"撇开"祖唐音"之类话头不说,宋氏以"气"论翁山,并切合对象具体心绪、行迹,言其有"霸"气有"菩萨"气而又"不必其王"、"不必其佛",诚是深刻有得之语。后此则陈融《颙园诗话》以为"翁山之诗,以气骨胜","如燕赵豪杰",也非泛泛之论。那些游离诗人心灵搏动,悬空探究其诗法渊源,最易夹缠不清。

屈翁山诗前人一致认为最精于五言律①,五言律诗四十字向来视为难以灵动,易致板滞,翁山何以独此能佳? 其关键正在于"气"的雄劲,腾越变化之而特见其佳。试先看被《清诗别裁集》编者赞为"一气赴题,有神无迹"的《自白下至檇李与诸子约游山阴》一律:

> 最恨秦淮柳,长条复短条。
> 秋风吹落叶,一夜别南朝。
> 范蠡湖边客,相将荡画桡。
> 言寻大禹穴,直渡浙江潮。

所谓"气"和"神",即指情感沛然喷薄以发,自"最恨"句起首,盘旋而下,词为情遣,格随意转,全不像通常作五律者那样雕词琢句,俪红配白。只要与前几年他所作《过朱十夜话》相比较,就能发现出岭后诗风渐变的轨迹。翁山五律意足情挚,别有撼人心灵之势的佳作至多,试举数例,如作于顺治十五年(1658)的《鲁连台》:

---

① 《明诗纪事》转述朱彝尊《静志居诗话》谓:"要之七言不如五言,五律胜于五古,至歌行长句,可无取焉。"按今本朱氏诗话无此一则。又,朱庭珍《筱园诗话》亦谓"药亭古七,翁山五律,元孝七律,当代夸为三绝。""近代诗家,工五律者,莫如屈翁山、施愚山二君。"见卷二。

> 一笑无秦帝,飘然归澥东。
> 谁能排大难,不屑计奇功?
> 古庙千秋月,荒台万木风。
> 从来天下士,只在布衣中。

三、四句以鲁仲连之精神自拟,是明志;最后两句则道尽了以天下兴亡为己责的遗逸草野之士的劲节心声,豪气十足而又悲壮已极。

七年以后,康熙四年(1665)北游秦晋时,作《登潼关怀远楼》同样健笔生风,苍凉气浓:

> 山挟洪河走,关临隘地开。
> 八州高仰屋,三辅迥当台。
> 戍晚栖乌乱,城秋班马哀。
> 茫茫王霸业,抚剑独徘徊。

雄关险隘,山崎涛走,情词与声律化合,近体而具古歌行的健举气韵,诚为大手笔之作。他如《秣陵》之吊前朝,语悲苦而无套话陈句:

> 牛首开天阙,龙冈抱帝宫。
> 六朝春草里,万井落花中。
> 访旧乌衣少,听歌玉树空。
> 如何亡国恨,尽在大江东。

至如《舟泊宿迁》,情见景中,凄怆荒寒境界中渗入孤臣孽子的无尽苦心:

> 月出黄河白,微茫带晚霞。
> 一蓑同野鹭,双鬓入芦花。
> 乱火归渔艇,寒云覆酒家。
> 悲来还自遣,不忍赋怀沙。

翁山近体诗五律固多佳什,七言律亦不乏力作。他以此种诗体构成组合多章,寄情寓理,哀生悼逝,虽亦时有用典,却绝不奥衍

僻涩,如《寄沈阳剩人和尚》四首之一、二两首:

> 衰草黄云满塞天,穹庐深处一灯然。
> 三更望断罗浮日,十载吞残北海毡。
> 水月道场聊宴坐,山林心史好重编。
> 苏卿有节终归汉,只是须眉白可怜。

> 布帽羊裘好自持,六朝如梦不堪悲。
> 关山尚有秦时月,烟水聊歌楚客词。
> 莫厌天花随玉麈,何妨霜鬓老燕支。
> 故园芳草今销歇,却羡春风雪窖吹。

"关山尚有秦时月"与"故园芳草今销歇"之句对读,倍觉情苦,"却羡"一结尤是加一层法。《哭顾炎武》一组四首的第二首尤能切入逝者心魂而吐抒一己积郁:

> 昌平山水是天留,海岳朝宗此帝丘。
> 一代无人知日月,诸陵有尔即春秋。
> 书生得尽唯哀痛,故老难存苦白头。
> 遗骨故应园下葬,年年天寿守松楸。

颔联十四字把顾炎武七谒孝陵、六谒十三陵的行迹铸成史实,永垂于世,可谓是对亭林崇高的褒赞。诗人在《乙亥生日病中作》六首中有"松为先朝根半固,桂生南国味全辛"联语,此"根"此"味"可视为"布衣"中之"天下士"的共识通感,与"年年天寿守松楸"的心志苦魂是一脉相同的。

翁山长诗如《秋夜恭怀先业师赠兵部尚书岩野陈先生并寄家世兄恭尹》的悲壮沉慨,如《登罗浮绝顶》、《华岳一百韵》的气势磅礴,浮想联翩,无不才思雄横,显现出扛鼎之力。短歌行则如《过涿州作》、《大同感叹》等伤时哀民,或奇崛,或悲怆,也称名篇。《大同感叹》作为小叙事诗很具特色:

> 杀气满天地,日月难为光。
> 嗟尔苦寒子,结发在战场。
> 为谁饥与渴,葛履践严霜。
> 朝辞大同城,暮宿青磷傍。
> 花门多暴虐,人命如牛羊。
> 膏血溢槽中,马饮毛生光。
> 鞍上一红颜,琵琶声惨伤。
> 肌肉苦无多,何以充君粮。
> 踟蹰赴刀俎,自惜凝脂香。

这是怎样的一种惨酷世道？从《菜人哀》到这首《感叹》,屈大均写了南北所见以人肉充粮的灭绝人性的现象,历史有此一页,华夏民族不只可哀,也深为之感到屈辱。屈翁山的大量作品又一次证实:清代诗歌在初期的惊心动魄的创作实践中透发出来的血火和苦泪交织的光芒,是空前而几乎难有后继的。大均在《寄费滋衡》诗中唱道:"开元大历十余公,尽在高才变化中。谁复光芒真万丈？谪仙犹让浣花翁!"这是诗人的社会责任感的高度自觉认识的表现,在诗史上如此将"高才变化"有意识地纳入"浣花"精神,是不多的,这较之空言"学杜"不知要高出几头。浣花翁杜甫的"诗史"传统在遗民诗群中确已被发挥得淋漓尽致,作为遗民诗群殿军中一员健将,屈大均让人们又一次清晰地看到这一点。尽管这是位不大标榜自己"宗杜"的诗人。

《国朝岭海诗钞》引张超然的话评翁山说:"其气浩然充塞于两间,故其诗汪洋灏瀚,见称当世!"张超然系翁山友人之一,曾作诗自颂秃发如薙,以抗争"薙发令",翁山亦因之作《秃颂》,作《藏发冢铭》等,可见他俩乃是深相知心的同志,所以张氏浩然之气充塞天地之语应视为具权威性的赞论,翁山之诗固是可据以为定评,同时又何尝不可移之为清初遗民诗的整体断语。至如晚清谭献《复堂类稿·明诗录序》说:"至若屈、顾处士,鼎湖之攀既哀,鲁阳之戈复激,慷慨任气,磊落使才,凭臆而言,前无古昔。乃有怨而近怒、哀而至伤者,则时为之也"云云①,语调虽未尽脱去儒家传统诗教的规范,但"任气"、"使才"、"凭臆"即一以己怀"而言"的评估是切入实际的,"怨而近怒"八字尤确切,说这一切都是"时为之也",也是客观的。这"时"正是清代初期特定的时代,是时代造就了"前无古昔"者!

第三节　遗民诗界殿军陈恭尹

大凡积怨积怒、积愤积郁者总要求"凭臆而言",因为他们除却作为心灵的载体如诗文词之类外,已一无所有。被时代的漩急浪涛、被黑暗的高压统制抛入深谷、网进牢笼,精神无所伸仰时,这种企谋保持一线个性的真诚自在的时空间隙,无疑是合理的而且是必然的。这就是为什么在动荡时代、恶浊世道中,身处草野、备遭摧折的才士必与爵高位重、清华荣贵的庙堂缙绅们在一切文学艺事上观念和实践均大相径庭,并且又总会有相应的代表人物涌现,立论相争,抗衡于诗苑文坛。统观文学或文化的演变发展历程,举凡雅与俗、正与变、醇与漓,以至主格还是主情、重意抑或重韵等等的争辩的深层底蕴,莫不是上述心灵反差所导发。揭去表象,一切应不难辨认。

号称"岭南三家"的屈大均以诗创作实践雄健地体现着"凭臆而言"的宗旨,而陈恭尹不仅在诗的实践上与屈翁山联袂同心,并且在诗学观上简捷明了地直陈其诗为情而作的主张。虽然陈恭尹其实未构成系统论诗文字,他也不以诗论家见称,但是,前文曾谈到,古代的诗论家与诗人本就是二位一体,从不分家,而且片言只语有时每胜过数卷只载掌故、本事、佳话、逸闻的专著。尤其是时

---

① 《复堂类稿》文卷一。

值历史行程的转折或过渡阶段,诗创作上卓有成就的诗人的诗学见解,其所起的潜在影响更见深远。陈恭尹就是这样的诗人,可惜历来论《独漉堂诗》者对他的此一方面的诗史意识未曾充分予以认识。

陈恭尹,字元孝,号半峰,晚号独漉子,又称罗浮布衣,广东顺德人,陈邦彦长子。顺治三年(1646)冬清兵陷广州,时恭尹年仅十六岁。次年,其父起兵抗清,乡间家属被清军拘捕,仅恭尹逃出,得父执湛粹庇护而幸免,湛氏后来为恭尹岳父。未几,陈邦彦殉难,恭尹三幼弟亦相继遇害。顺治五年(1648),也即残明永历二年,陈邦彦被追赠兵部尚书,恭尹得世袭锦衣卫指挥佥事,成为南明政权一臣子。顺治七年(1650)广州二度陷于清军,朱由榔西奔南宁,陈恭尹避居西樵山,从此,与永历小王朝失去联系。顺治八年(1651)秋恭尹入闽,又由闽而赣、而浙,以图与郑、张水师联系,未果。顺治十一年(1654)返粤,与湛氏完婚,并寄居何绛家,何绛与兄何衡,以及梁梿、陶璜,并为恭尹密友,世称"北田五子"①。顺治十五年(1658),与何绛出崖门,渡铜鼓洋,访南澳诸岛义军残部。次年欲间道入滇,阻于兵火,北走湘、赣,于皖江值郑成功围南京,张煌言取徽、宁诸府邑。据温肃《陈独漉先生年谱》引《龙山陈氏族谱》说:"己亥抵湘潭,游衡岳,出湖口,泛舟彭蠡。出池州,寓芜湖。七日谒世子,上奏记言事,与张玄箸、张书绅、朱子成参谋。"②是则恭尹与共策划。旋见恢复事已无望,于顺治十七年(1660)回岭南,此后四十年间不复远游,"年年寒食一增悲"(《春

---

① 湛粹以及何衡、何绛、梁梿、陶璜等生平行迹,均可参见《独漉堂集》之《明明经如玠湛公墓志铭》、《何左王墓志铭》、《梁寒塘墓志铭》、《陶握山行状》等。
② 中山大学出版社版《独漉堂集》所附年谱,误"张玄箸"为"张立著"。按"玄箸"系张煌言之字。又,据《张苍水集》所附录之"人物考略"可知张书绅、朱子成二人均见于张苍水诗文。《奇零草题中人物考略》云:"朱子成,未详俟考。近人赵君之谦撰年谱按:'子成疑即高河卖药朱君是也。'""张书绅,据本题是赠还钱塘,或为杭人。余未详,再考。"

感十二首次王础尘》之四)地终老一生。唯此期间,于康熙十七年(1678)秋涉嫌通"三藩",入狱二百天始得解,时年为四十八岁。晚年锐气渐消,韬光和尘地颇与新朝地方缙绅应酬,但拒不出仕。五十岁作《听剑图自赞》云:"五十年前,非不可追;五十年后,是未可知。以昔之图,较于今兹:其中怀之耿耿者犹是,而两鬓之苍苍者渐非。"可见其心绪深处,仍不改初衷。大约一甲子后,浙江诗人杭世骏入粤,有《题独漉先生遗像》四首,前二首足概恭尹一生心志,并见"劫已归龙汉,家犹祭鬼雄"的门风未泯,以至礼赞称"岭南论风雅,平生一瓣香":

> 南村晋处士,汐社宋遗民。
> 湖海归来客,乾坤定后身。
> 竹堂吟暮雨,山鬼哭萧晨。
> 莫向崖门去,霜风政扑人。

> 秋井苔花渍,荒庐蜃气蒸。
> 飞潜两难间,忧患况相仍。
> 挂策非关老,裁衣只学僧。
> 凄凉怀古意,岂是屈梁能。

陈恭尹所著《独漉堂集》,其中诗有《初游集》、《增江前后集》、《中游集》、《江村集》等十卷。恭尹诗以七言律最擅长,又独佳于咏史怀古。俯仰今昔,借题抒情;清苍高浑,警策意深,又能密而不涩,爽而不滑,唯时亦有典实过多处。独漉诗最负盛名的如《崖门谒三忠祠》,广东新会临海处有崖门山,为南宋末陆秀夫负宋帝赵昺投海处,"三忠"祀的是文天祥、陆秀夫、张世杰。南宋残亡的史实太易勾起现实的哀恸,顺治十五年(1658)恭尹与何绛出崖门访"故人"于海外,诗作于其时。所谓"海外故人"实指广南诸岛残明余部,如当时王兴在文村,王氏死后恭尹有著名的八百字长诗《王将军挽歌》;龙门岛有邓耀,拥持宗室两郡王,又巡抚、六部监司、知府等数十人在岛。可知恭尹"三忠祠"诗并非一般怀古咏史,诗云:

> 山木萧萧风又吹,两崖波浪至今悲。
> 一声望帝啼荒殿,十载愁人拜古祠。
> 海水有门分上下,江山无地限华夷!
> 停舟我亦艰难日,畏向苍苔读旧碑。

声情凄苦,沉挚入骨,洵亦足称为"代无数人,人无数篇"①之作。以南明与南宋相比,后更不如前,恭尹《西湖》一律正冷峭地写出了悲慨痛苦心情,较一般借西湖吟兴亡更转进一层:

> 山中麋鹿若为群？岭外双鱼杳不闻。
> 贫甚独存冯客剑,雪深特上岳王坟。
> 西湖歌舞春无价,南宋楼台暮有云。
> 休恨议和奸相国,大江犹得百年分!

诗人说,秦桧可恶,南宋犹苟延残喘百年,南明弘光、隆武诸朝的结局却仅一年而已,"休恨"二句深讥在骨,对邪恶又无能的殿臣鞭挞特别深刻。这就难怪《送善丹青者吴碧山》诗要呐喊:

> 纱巾长啸复何之？文采风流杜老诗。
> 颇怪世间男子少,烦君多为着须眉。

"男子少"者,媚骨多、软骨多、没骨多也! 陈恭尹感受世事,心里是直觉冒着令人丧气的寒意,慨叹英雄男儿太少了!

《独漉堂集》中佳制还应举《邺中怀古》:

> 山河百战鼎终分,叹息漳南日暮云。

---

① 张维屏《听松庐诗话》谓"独漉先生七律尤多杰作。《邺中怀古》一篇,议论含蓄,熔铸自然,七律到此地步,所谓代无数人,人无数篇者也"。

乱世奸雄空复尔，一家辞赋最怜君。
铜台未散吹笙伎，石马先传出水文。
七十二坟秋草遍，更无人表汉将军。

陈恭尹在"半生岁月看流水,百战山河见落晖"(《秋日西郊宴集,时翁山归自塞上》)、"松楸永隔兴衰地,陌路多逢太息人"(《太息》)、"莫令亡国月,得照渡江人"(《次凤阳逢中秋》)、"世难兼多事,为欢苦不常"(《喜陶苦子还自鹿步》)的苍凉心境里，有时却又能超出时空，透见到黑暗终究网不住所有心灵，人间毕竟仍留得一点正气的，《读秦纪》一绝就有这样的人生哲理，而不只是就史论史：

谤声易弭怨难除，秦法虽严亦甚疏。
夜半桥边呼孺子，人间犹有未烧书。

从针对现实的文网酷密而言，此诗亦别具反讽意味。暴秦焚书，"人间犹有未烧书"，新朝大兴文字狱，毁尽野史私著，能禁得住民心？

陈恭尹在其诗集《初刻自叙》中说：

余自志学以往，皆为患难之日，东西南北不能多挟书自随，而意有所感，复不能已于言，故于文辞，取之胸臆者为多，而稽古之力不及，于昔人矩度，盖阙如也。每以自愧，不敢示人。而亦妄自谓丈夫当有以自见，何至作此冷淡生活？今四十无闻，老矣。念方将请教于大人长者，吾之善，当与天下共见之，何有区区诗文之末哉！

此叙所言充满一种自信，其时在康熙十三年（1674），恭尹四十四岁。"取之胸臆者为多"是诗人一生宗旨，前引诗例足证其实践是相符的。作为一种诗学观，陈氏可说老而弥坚，而且愈见锋锐，针对性尤强。关于这方面的问题，拟从《次韵答徐紫凝》诗谈起。徐紫凝,名逢吉(1655—1740),浙江杭州人,工诗,尤擅倚声,并有《清波小志》之作,是较陈恭尹晚一辈的著名文学家。恭尹《次韵》诗约写在康熙三十四年(1695)后,时其年已六十五岁以上。从《次韵》之三,有"四十余年如昨梦,计君犹在未生时"可证。陈恭尹是在顺治九年(1652)初到杭州,结识紫凝之父,那时他确是"犹在未生时"。这组诗的第四首,把诗人早年"取之胸臆者为多"的观点发挥到一个新高度:

> 文章大道以为公,今昔何能强使同!
> 只写性情流纸上,莫将唐宋滞胸中。
> 维扬不入删诗地,百越咸归霸国风。
> 终古常新唯日月,金乌先自海东红。

在五十六字中,涉及许多诗学重大命题。首联二句提出了一个各见面目、勘破"一尊"的问题,从而也必然否定了是古非今、尊远贱近的陋见。颔联强调自写性情,不立门户,更无需在胸中先植一块宗唐祧宋的界碑!颈联从空间范畴上提出后来可以居上,江浙、岭南地域在"诗三百篇"的《国风》无有诗作存见,但这何碍今日的繁荣。末联进一步申述"常新"是诗的生命标志,而且还体现出一种运动出新的规律的认识。读此诗时,不能不惊异于赵执信《谈龙录》以至稍后的袁枚"性灵说"的一系列核心论点,已在陈恭尹的诗中启露端倪。

《次韵》诗绝非即兴之作,而是陈恭尹数十年深思熟虑的结撰。还在康熙二十年(1681),梁佩兰北上应会试前夕刻诗集时,陈恭尹作《梁药亭诗序》一篇,中说:

> 诗有意于求工,非诗也。古之作者必不得已而后有言,其发也,如涌泉出地,若有物鼓籥之,高深夷险,因形制流,初无定势……故性情者,诗之泉源也;气骨者,诗之鼓籥也;境物者,诗之高深夷险也。人各有其泉源,然其始未尝不掩闭抑塞

于土石之间,疏之,涤之,澄之,去其旧而引其新,而后泉之真出焉。

近世之言诗者,或用心于模拟补绽,或矫之以酸涩枯瘦,否则枝蔓平衍,斩然无味,皆未得泉源者也。尝窃譬之:模拟补绽者,厨人百和之汤也;酸涩枯瘦者,医师破除之剂也;平衍无味者,鼎中百沸之水也。未尝非泉,去泉之真则远矣。泉之真者,味之轻重,品之高下,各各不同,而皆具有生气。诗之真者,长篇短句,正锋侧笔,各具一面目,而作者之性情自见,故可使万里之遥,千载之下,读者虽未识其人,而恍惚遇之。

此序要旨在论一个"真"字,真,就有生气,能各具面目,从而也即肯定了千秀竞尚,破除了伪、矫以至一统四海之霸心。与《次韵》诗的旨意无疑是一脉贯连的。论之既深,却能浅出,设譬准确而生动,毫无玄学鬼色彩。

这里需要附论梁佩兰(1629—1705),佩兰字芝五,号药亭,广东南海人。王隼于康熙中期编《岭南三大家诗选》,列梁氏于卷首,王煐序又称其诗为"才人之诗"。或说王隼列佩兰于"三大家"之首乃为掩当道耳目,但不管怎样,其为"岭南三家"之一的名位已被确定下来。而从其与屈、陈的交往以及所具才情看,合称"三家"也不是硬凑人数。然以心志出处,以至诗创作成就言,梁佩兰较之屈大均、陈恭尹均逊色得多。他是顺治十四年(1657)的解元,后屡应会试不售,康熙二十七年(1688)中明通榜,改庶吉士,一年后告假归,康熙四十二年(1703)被召赴翰林院供职,因不通满文,开革。著有《六莹堂集》。梁氏在赴京会试以至入翰林院期间,先后与王士禛、朱彝尊等交游,诗学观念受影响很大。如果说陈恭尹《梁药亭诗序》还只是阐释自己的观念,那么,《答梁药亭论诗书》则是基于诗美情趣的差异的论辩了。《诗序》作于康熙二十年(1681),其时正值王士禛升任国子监祭酒,为京苑诗坛领袖之际。《论诗书》的论辩在此后数年,从梁佩兰的审美观中已明显见出"神韵说"倾向,也就是说,该时梁氏在诗学观上程度不等地成了辇下诗风的附庸,与在野人氏异其趣了。试摘引《论诗书》辨析之,陈氏说:

> 来示云:"性情欲流,规格欲别,词语欲化。"此三言者皆至言也。弟无以易之。然皆欲下一注脚曰:"性情欲流,流而不俚;规格欲别,别而不离;词语欲化,化而不佻。"至所云"于灯取影,水取空,风无声,云无色,烟无气"。此皆气象之似,须成诗后观之,非可按为实法,必信斯言,韦苏州犹有惭色,王仲初去之益远。

上文中关于"性情欲流"三点的补苴,是为防微杜渐,免致矫枉过正,即在纠正寡情、板滞、陈腐时切莫"过犹不及"。这还是一般的讨论。重要的是对灯影水风云烟之喻的辨认。梁氏所见的诗境诗法的比喻,全属强调"虚"与"无"的审美趣味,实际上就是"不着一字,尽得风流"的神韵诗法。恭尹直言不讳指出"非可按为实法",针对性很强。《论诗书》下文进一步有辩驳:

> 于兄灯影水风云烟之喻,觉不相似,兄首推韦苏州,则近似之矣,然苏州有道之士,养心养气,久乃可臻其妙,未易以笔墨蹊径求也。弟窃以为当求新于性情,不必求新于字句;求妙于立言,不必专期于解脱。……

这里"笔墨蹊径"与"实法"是一个意思,但角度不同,"蹊径"实即"门径",门庭之径;"实法"则是特定的遵循之法或规则。此中言外有音,其反对宗派式的门户定见是很明白的。至于强调"养心养气",强调"求新于性情"、"求妙于立言",而否定只在字句上求"解脱"("解脱"者实际就是离"实"就"虚"的那种"摇曳"、"空灵"法),陈恭尹此番诗论与"神韵说"的针锋相对,当可不言而喻。

于是,也就无怪乎康熙三十五年(1696)冬赵执信南游广州时,这两位年龄相差近三十岁的忘年交有相见恨晚之感。陈恭尹在《送赵秋谷之潮州》诗中一则说:"何以乐新知?青尊共游衍。"再则说:"归来读君诗,灯下终长卷。如有神物凭,顿使心目展。东海与泰山,真形入裁剪。"三则说:"人言之子傲,我独钦其善。群惊叶县龙,信有蜀州犬。性情难各适,去取良无舛。倘君非不狂,即我狂难免。"谁要说赵执信"傲",那是叶公好龙式的大惊小怪!陈恭尹与赵执信成了"狂"的知心人,无疑连王渔洋一起骂进去了。不仅如此,恭尹还为秋谷作《观海集序》①,畅论"狂"之旨,其意实以"狂"为抒情主体的个性精神之一种特定形态而大加评赞,《序》中说:

> 孔门七十子,曾晳独号为狂。考其鼓瑟师庭,志存风咏,意其为诗酒中人也。李太白以诗名唐代,嗜酒放旷,苏子瞻目之为狂。余每疑狂者近于粗疏,而尼山有"与点"之言,思归有"斐然"之叹。太白能识郭汾阳于缧绁中,不可谓非奇士。然则人固不易狂也!益都赵秋谷……士以诗文贽者,合则投分订交,不合则略视数行,挥手谢去,是以大得狂名于长安。……比者逾岭南来,相见于五羊。接其言议,深心远识,介然有不可拔之操,非狂也!然后知古今所目为狂者,特以其异于时而狂之也。问其近作,示以《观海》一集。气则包括混茫,心则细若毫发,片言只字,不苟下笔,其要归于自写性真,力去浮靡。如是,士亦何妨于狂哉!……夫非至巨不能狂,非至细不能鉴,非至和不能生:海之观止是矣。秋谷观于海而有得焉,则其狂益未有极也,独诗也乎哉!

"狂"者持真性情,有一己是非观,不盲从、不附庸、不阿谀;具大才力,敢大冲击,这对传统的宗法秩序,凝固僵化的一尊观念和

---

① 《观海集序》,《独漉堂集》未收,今本"补遗"亦失收。此序见《饴山堂诗文集》诗集卷四《观海集》。

权威意识,以及矫情粉饰诸多陋习,无疑是一种威胁和破坏力。从庙堂角度言,其叛逆性的本质是无疑的,然而,陈恭尹却为之张目,予以大颂扬,其深层的心态和不言之意,能不发人深思! 这样,再来看赵秋谷的《独漉堂诗集序》①,似更有意义,赵氏《序》的要点有:

> 若世之所论,则固尝闻之,其于修饰声貌者,则目之曰学唐者也;于穿凿章句者,则目之曰学宋者也。其实不过沿明季之末流,承时贤之谬习耳。然未有不强以名其似,独先生无讥焉。余疑其必有异。今者过岭晤先生于羊城。坐语始定,余辄以诗为请。先生曰:"吾不工诗也。吾有意而不自达焉,则以韵语达之。其始也,格格焉;继也,亹亹焉,后遂出于吾意之外,而不能自止。人之见之,以为似某代某某也,吾故不自知也。"余俯而笑曰:"是矣。固疑之,顾先生之言诗,何其适合于余之言也。余言之而为世所怪且忌,相与诟辱排斥之不遗余力。先生独以与世隔远,仅不入于品目而已乎!"……余晚得读先生之诗,既大快其积愿,又自以言为世忌,不能改悔,失意薄游于万里之外,而得持论之同于先生,兼以坚其所自信,而幸其不孤也。

赵秋谷专门拈出一个"似"字(即"宗法谁"、"像谁")加以批驳,并引陈恭尹为"持论之同"的长者,并"坚其所自信",他的理论锋芒所对的"时贤之谬习"毫无疑问是王士禛。从岭南北归后不久,赵氏即有《谈龙录》之著,"坚其所自信","幸其不孤"云云,都足以证实得到陈恭尹的支持和鼓励。关于赵执信的诗实践和诗学观,详后文专章,这里引述他俩的"何其适合于余之言"的理论沟通情状,恰好助证着远在南天的"罗浮布衣",以遗民诗人晚存

---

① 赵执信《独漉堂诗序》见之于《独漉堂集》,《饴山堂诗文集》失收。

317

者的身分已投入到对新朝特种文化统制之翼——诗界的争斗中来,从而在新的一轮朝野离立之势中,表现着"从来天下士,只在布衣中"的气概。所以,说陈恭尹是清诗前期向中期过渡阶段的在野诗论的承启中介人氏,并非是无根之谈。

顺便一说,任何事物的发生发展都不是孤立的,一种思潮的涌动,其代表人物的思想力量也每得之于多方面的启导、补益、浸润、激荡,以至于支撑。本书后文所论赵秋谷的诗界的"匹夫"之争,其实就是一股贯通南北的在诗文化领域内与庙堂群体相论战的思潮,并非是秋谷个人的意气相斗。赵、陈之间固然是南北、长幼的沟通。此外如常熟的邵陵(1643—1707,字湘南,号青门、别号雪虬)在《青门诗集》中有《自题疏园集》诗云:"安用雕锼镂肺肠,辞能达意即文章。性情原自无今古,格调何须辨汉唐。人道凤箫谐律吕,谁知牛铎有宫商。少陵甘作村夫子,不害光芒万丈长。"是为又一例子。秋谷与常熟冯舒、冯班兄弟的诗学渊源诚为世人熟知,但上述岭南江东诸多实证,却久为论家疏略。从中似可得以导出这样的认识:作为大文化的一个组合部分,诗文化的演展、推进或顺逆流向嬗变,实际上是在整个华夏大地空间,南北东西各地域中程度不等地同步发生着的,而且从时序流程言,又是不中断的。

所以,当本书一开编即略按地域分论遗民诗群时,并不意味着是分割、隔离状态的存在,恰恰是意欲从空间广度上来表现清诗于血与火的时代中启开,原是整合群体态势的心灵体现。论述中不时关涉地域间诗群的绵密联系行迹,亦即此意。至于时间流程的贯联,思潮与观念的前后承续,则从诗人们的行年、踪迹以及创作实践和观念的变易年月考订中,可得按见,无待复述。总之,经纬纵横,历史是整体的昨日存在,人,诗人是永远活动在具体的时空间的。

第二编　风云激荡中的心灵历程(下)：清初诗坛

引　　言

　　历史的整体性每每具有难以变易和无可分解的凝合伟力。当人们回溯史程时,会发现不仅从纵向历时性言,史的运行不可能中断,而且在流程的各个共时性阶段,其丰富的内涵以及所呈现的繁复现象,也甚难分割或剥离之。特别是互动性极其活跃的人际网络、群体运动,更难能抽刀划开。史家的努力只是尽可能地去贴近已成为往事的史实,追踪当时的原生状态,梳理其所组合的各个侧面、各个支脉,以求把握相对的整体性。清诗史程的探研也不能例外。

　　遗民诗界的表现,当然也就是清初诗坛整体组合所呈现的面貌的一部分,而且是极其重要的一部分。从朝野离立态势言,遗民诗界无疑是清初诗史的主翼,不仅如此,这种离立之势作为一种深层的文化心态,其影响久远地潜延于漫长的诗史流程中。作为隐逸文化传统力量在新的历史时期又一轮长足育成,在清诗研究中几乎不可轻忽的。

　　离立之势的构成原不是单向的或是虚幻的对峙。诗文化现象其实是整个社会历史的文化的某种折射,换句话说,是心灵之焰的耀现。清初遗民诗界的离立态势本就是民族家国动变激越的结果,所以谋求收拾局面,以整合一统诗界,自亦是历史翻进的题中必有之义。事实是,清初诗史的运行是多面多向,而作为爱新觉罗氏王朝统治时期严格意义的清代诗歌的新格局已在同一时空间演绎着,并逐渐形成其新的态势。这就是本编所要展开的各章的论述。

清初诗坛是个大家名家辈出,极称繁荣的文化领域。千百年间特别是明代中晚期以来近二百年的人文教化与积累,加之史无前例的数十年血火淬砺,人情与才情均具备有发扬蹈厉的储藏。随着王朝统治渐趋稳固,社会日益安定,新一代诗界领袖已呼之欲出。

清初顺治、康熙两朝诗坛的兴隆,只须检索一番文献遗存即可见出。如大抵刊刻于康熙三十年(1691)前的魏宪编的《皇清百名家诗》,很足以从数量上表证其兴盛。这部没有收录朱彝尊诗以致引起竹垞愤怒的总集,不但少录遗民诗人之作,而且不收布衣寒士或官阶低微者。从某种意义言,魏宪此辑恰好表呈出离立的相对一方的阵容。诗有百家,名家固多,亦有平庸之辈,然这是四五十年间诗家蜂起的一个佐证。魏宪的《名家诗》并非个别之例,邹漪选编的《名家诗选》是现成的又一例。邹氏所选为二十四家,刊刻于康熙七年(1668),远早于魏氏《名家诗》。这二十四家中有中过进士而罹"奏销案"的黄永、邹祗谟,还有董以宁,都不是有品级者。他们是因与编者同乡均为武进人,其时诗文名亦高。其余则均为大吏。比较一下二个选本,阁僚而诗其实并不出色的如魏裔介、王崇简、杨思圣等是两本重出的;魏本更有:钱谦益、吴伟业、龚鼎孳、曹溶、曹尔堪,以及诸殿阁大学士、六部堂官如李霨、梁清标、沈荃、陈廷敬等等,当然还有王士禛、施闰章、宋琬等。邹选则有金之俊、周亮工、赵进美、程正揆及王渔洋。一种廊庙体派、金台集群的气势是显见的。

从这类选本中又可见到,包括号称"江左三大家"钱、吴、龚在内的旧明故吏而入仕新朝的人物,在顺、康之际仍占很大比例,而且影响广被。但这些诗人实属过渡人物,他们或无意或不可能重振庙堂诗的大纛,也难能开新门户、立新坛坫。诚如《晚晴簃诗汇·诗话》所说,即若钱牧斋人称"为明清两代诗派一大关捩",可是"誉曰别裁伪体、转益多师;毁之者曰记丑言博,党同伐异"。毋论以天时、地利、人和言之,他均已不可能获得朝野各方的普遍认同。他与同侪的"两截人"心病,亦无精力专注于诗的建树。诗,只是成为他们自饰、自救或自讼、自谴以谋自慰的载体而已。

清初诗坛的渐趋雅饬,化成一统大势,须俟王渔洋登坛坫。这是清诗史程中第一位堪称诗国宗匠、骚坛祭酒的领袖人物。从此,诗的走向进入一段新的雅正之途,又一轮馆阁风气启开了。

然而离立之势并未消弭。历史时空运转未及一个甲子,从官绅台阁阵容中又分化出持异议者。满汉民族间激化矛盾的形态在诗界固已淡化,新的离立态势却是以"匹夫"与握大权力者的相峙。赵执信作为世称"清初六大家"之一,是这幕诗坛争执的主将。

排比一下时序,我们可以发现,赵执信犹及交接岭南的陈恭尹。他的晚年与雍正、乾隆朝的诗坛巨擘们正有着承续的关联,诗的史事并未中断千丝万缕。同时也能看到,本编从"江左三家"到"清初六家",诗人们生存和活动的时间与遗民诗界的各群体运动实系同一段历史时期。所以,与前一编均以"风云激荡中的心灵历程"为标目而分之成(上)、(下)论述。

第一章　江东三大家

第一节　钱谦益与龚鼎孳

一　"三大家"辨说

向来论清初诗史,必以"江左三大家"冠其端,于三家诗之评骘,又每多以诸如"适当诗派中衰之际,实开熙朝风气之先"(凌凤翔《初学集序》)一类断语独尊钱谦益,认定其为结明诗之局而实为清诗之先行者。

然而,何谓"诗派中衰"?明诗之局又当"结"于何穴?明代诗歌与清代诗歌的断续离合的界碑应定于何处?怎样辨认明、清两代诗歌发展走向的异同?如果不将凡此之类一些模糊问题阐释清楚,诗史的真相固难辨轮廓,特定时空的诗界人物的是非功过也无法予以较为符合史实的论评。倘若一依前人"趋于正道,还之大雅"八个大字来绳衡诗史的消长起伏,那还需今人爬剔史料去梳理史程么?

关于晚明诗史的演化态势以及钱谦益的所谓"结明诗之局",本书绪论已有《黑暗的王朝与迷乱的诗坛》一章作简略论述。为清眉目,在具体评价钱谦益、吴伟业、龚鼎孳等诗歌成就和诗史地位前,拟再就"三大家"之称号的确认由来,以及钱、吴、龚等和遗民诗群中那些代表人物创作实践的时空对照谈起,以获取对清代诗歌演变走向的进一步认识,从而对上述问题作出补充阐释。

首先,"江左三大家"之称并非构成于晚明,也不是甲申易代之初二十年间诗界确认的名号,它更不是诗学群体倾向意义上的实体。

"三大家"之称初始见之于一个选本,即吴江顾有孝、赵沄(山子)辑刻于康熙六年(1667)间的《江左三大家诗钞》。关于顾有孝热衷选政、广通声气的行迹,前文论述吴中"逃社"诗群时已有附说。他的选刻《三大家诗钞》,一方面固然因为"三家诗"位高名大,另一方面也是基于顾氏诗学观念,目的为了"正"风气。《国朝松陵诗征》的编者袁景辂(朴村)说他:"闭户隐居,以著述为事。明季钟、谭并起,流毒东南,钓叟选《唐诗英华》以矫之,风气为之一变。"《唐诗英华》的序即钱谦益所写,赞之为"择其真赏","不立阡陌,不树篱棘","焕然复睹唐人之面目"①。以诗观念言,这位世称"生平所交率高尚之士"的顾有孝与牧斋在肃清竟陵"流毒东南"的努力上是一致的;而当"书成,凡扶余日出之国,无不争购。于是茂伦诗名及于海外"时,他自也不能不深怀这位诗坛前辈的知己之感。《三大家诗钞》刻成于钱牧斋身后,其所以与梅村、芝麓合成"三大家",除才情标准外,若沈德潜说的"声望"、龚炜《巢林笔谈》提到的"才望同"、"官位同"、"出处同"②等都从不同角度切中了顾氏原意。

诗家并称,凭恃门第、清望以至官位、身分标准,而不究诗艺成就和诗美倾向,这在封建诗史上乃屡见不鲜事。论"江左三大家",倘衡之以"出处",即仕宦经历,确是通同,尽管同中有所异。但要论诗艺,龚鼎孳难与钱、吴相称,是无可置疑的,绝非王赓《今传是楼诗话》之类乡曲私阿之见所能曲说③。不仅如此,其实钱与吴之间在诗学观念上,特别是对晚明诗史的认识和估价上,分歧就

---

① 钱谦益《唐诗英华序》,载《牧斋有学集》卷十五。
② 《国朝诗别裁集》卷一龚鼎孳小传:"合肥声望与钱、吴相近,又真能爱才。有以诗文见者,必欲使其名流布于时,又因其才品之高下而次第之,士之归往者遍宇内。时有合钱,吴为三家诗选,人无异辞。"《巢林笔谈》卷三:"虞山与合肥,真兄弟也。其才望同,其官位同,其出处亦同。"按,龚炜(1704—1769 后)与沈德潜实同时代人。
③ 王逸塘(揖唐)《今传是楼诗话》中有谓龚氏绝句"丰神明秀,突过渔洋,至虞山、太仓,非其比矣"云云。

不小。例如梅村《与宋尚木论诗书》中对竟陵诗风的评判显得不甚偏激,至于说:"吾只患今之学盛唐者,粗疏卤莽,不能标古人之赤帜,特排突竟陵以为名高,以彼虚骄之气,浮游之响,不二十年嗒然其消歇,必反为竟陵之所乘"(《梅村文集》卷三十二)云云,无疑与牧斋异其趣。吴梅村的提醒宋徵舆兄弟不要也陷入"粗疏卤莽",从本旨上说是维护"云间"诗派,而"云间"与梅村为宗师的"娄东"(即太仓)一派本同导源前后"七子"。所以,论竟陵、论云间的得失愈表现得公允,其旨意正是批驳牧斋的一味党同伐异。这在《太仓十子诗序》中表露得尤明显,说详后章。

揭示"三大家"的差异,尤其是略述钱、吴之间的诗学观念分歧,既实证着这原不是个同群的诗学实体,而且还生动地表明了钱谦益没有也不可能"结明诗之局",至少他自以为总结或了结的明诗格局,并未为诗界名宿所承认和接受,"三大家"中的吴梅村就是持异议的一个。尽管他们相互间在序跋、书信文字中说着那么多崇仰、赞颂的话,但一关涉诗学和诗史的实质性问题时却绝不含糊或缄默不言的。

既然谈不上结前朝诗歌之格局,自也无有开风气之实可言。风气之谓原不是抽象的,它也不是存在于主观想像中。风气是人开启的,人无不是具体地生活和运动在特定时空,所谓特定时空就是不可移易的历史社会。因而,"风气"应该是时势人心的映现,它不可能摆脱现实社会的潜在制约,何况诗乃心灵的载体,诗的风气又焉能游离世风民心?诗人既不仅是社会群体之成员,又是那个历史时空中感受最敏锐者,那么,世情体现的集焦点正是他们那颗诗心。所以,谈诗的风气须从世运人心与诗人行年相对应并相契合的刻度上着眼观照,唯有如此,始不至于抽象谈诗,并可跳出各种宗法的怪圈,进而摆落儒家传统诗教的羁缚。

排比一下明清易代初期卓具影响的诗人的年齿,可省却许多史事的复述。下列年表以甲申（1644）作为审视的年代基点，分别标出三类诗人甲申之时的岁数、卒年和入清生活的年数。三类诗人中第一类型为仕两朝者，第二类型是遗逸之民，第三类型则系新朝闻人，凡在前明获乙科功名即举人而入仕两朝的亦列入第三类。

姓　名	甲申(1644)年岁数	卒　　年	入清生活年数
Ⅰ 钱谦益	六十三岁	康熙三年（1664）	二十年
吴伟业	三十六岁	康熙十年（1671）	二十七年
周亮工	三十三岁	康熙十一年（1672）	二十八年
曹　溶	三十二岁	康熙二十四年（1685）	四十一年
龚鼎孳	三十岁	康熙十二年（1673）	二十九年
Ⅱ 林古度	六十五岁	康熙五年（1666）	二十二年
邢　昉	五十五岁	顺治十年（1653）	九年
冯　班	四十三岁	康熙十年（1671）	二十七年
万寿祺	四十二岁	顺治九年（1652）	八年
阎尔梅	四十二岁	康熙十八年（1679）	三十五年
傅　山	三十八岁	康熙二十三年（1684）	四十年
纪映钟	三十六岁	康熙十九年（1680）	三十六年
黄宗羲	三十五岁	康熙三十四年（1695）	五十一年
杜　濬	三十四岁	康熙二十六年（1687）	四十三年
方　文	三十三岁	康熙八年（1669）	二十五年
钱秉镫	三十三岁	康熙三十三年（1694）	五十年
顾炎武	三十二岁	康熙二十一年（1682）	三十八年
吴嘉纪	二十七岁	康熙二十四年（1685）	四十一年
申涵光	二十六岁	康熙十六年（1677）	三十三年
李邺嗣	二十三岁	康熙十九年（1680）	三十六年
屈大均	十五岁	康熙三十六年（1696）	五十二年
陈恭尹	十四岁	康熙三十九年（1700）	五十六年

Ⅲ宋琬	三十一岁	康熙十三年(1674)	三十年
宋徵舆	二十七岁	康熙六年(1667)	二十三年
施闰章	二十七岁	康熙二十二年(1683)	三十九年
程可则	二十一岁	康熙十二年(1673)	二十九年
朱彝尊	十六岁	康熙四十八年(1709)	六十五年
王士禛	十一岁	康熙五十年(1711)	六十七年

从上表三种类型人物的行年可以整合分析得以下认识：

一，从甲申起至少有三十年时间，新朝秩序尚未及巩固而力谋稳定，其时风云诡谲，心魂难宁。这还不是一个重新建立诗派，以求与庙堂文化统制同步的年代。而在这三十年中，"江左三大家"均先后去世，以奖掖才人、扶植文艺之事著称的周亮工也病死；曹溶为这类型中又一名望较高者，然其于诗之建树无卓称，影响亦大致不出浙西。二，时世的急变所激起的家国兴亡之痛弥漫回荡着南北诗界。晚明以来的诗派争讼以至党同伐异习气固被时代悲凉之气刷洗淡化，甚至原各宗尚"七子"、"竟陵"、"云间"等诗风的群体于腥风血雨间转多相濡以沫，在颤栗的心灵相沟通中呈现出互补嬗化格局。如果承认诗的历史就其最深刻的意义说实即是心灵的历史；如果不否认时代潜在地选择着特定风格的要求的合理存在性，在诗的群体性主导风格与时运人心、时代呼吸具有同步感应的问题上能获致共识的话，那么，必须确认：在清初期三十年甚或更长的时间里，遗民诗界群体的创作实践确实是诗从泥古的、唯美的、形形色色的由于历史传统沉积下来的种种包袱、枷锁和泥淖中假释而出，是诗的一次本质特性以及功能价值的空前复苏和还原归位。遗民诗群的悲慨之唱，已不仅仅是"忠爱"诗教的又一次召唤，而且是从深层意义上开始焕耀出一种寄慨于"穷年忧黎元"后升华的个性人格的自我完善的光芒。是的，从整体上讲，他们守志持节与"济时肯杀身"的意识已不是惯性式的"忠"于一姓观念的潜意识滑行，因为，"致君尧舜上"的幻念已破灭不复存于现实。

个性精神在艺术表现中的再度振起,是"一尊"教义溃散制约力的结果;"一尊"观念随着汉族政权的倾垮而一起崩溃离析,实是诗文化的大幸。所以,要说收结明代诗歌之局,转见充沛生气活力的风气的萌兴,当以此景观为审视点。关于这一命题的具体论证,已见前编,此处只需对上表反映的遗民诗群行年略作印证即可。从表中可知,除了邢昉、万寿祺在清初较早逝去外,林古度、方文等与"三大家"年寿相近,而更多的诗人一直活动到康熙中期甚至后期,前面曾谈到,如陈恭尹已与赵执信交接。这就表明,遗民诗人不仅与"三大家"等同时空活跃在诗坛,谁也不曾"先行"谁。诗界没有一统局面,整治要到康熙二十年(1681)左右始渐见施行;而遗民诗群从实践中形成的某些关于诗的特质的认识和理论表述,实际上影响深远地绵延流贯向清代中后期,并未被新的"一尊"秩序所整肃尽。所以,断言"三大家"开清诗风气,为先行者,不符历史实际。清诗新的一轮"风气"的导扬者,要推王士禛。"南施北宋"称名家尽管是王渔洋所标示,但宋琬、施闰章洵属有成就之诗人,然而他们只是过渡阶段大批无所归属者的典型:有造诣、有影响,唯无与"风气"的播扬。朱彝尊与王士禛齐名一时,亦有雄心树帜诗坛,可是,他名高位不济,宦途生涯的波折,构成了其有意创建诗风而力不从心的格局,远不及其在词的领域内的创获。究其实,因他原是个界于上表第二、三两类型的边缘,并由前一类转来,他得不到新王朝的真正的信任。上表第三类中列入程可则(1624—1673),意在通过这位著有《海日堂诗文集》,一度与宋琬、施闰章,王士禄、士禛兄弟,陈廷敬、沈荃、曹尔堪合称"海内八大家"的岭南诗界闻人,在清代广东诗史上却无崇高地位和重大影响力的例子,从一个侧面表明:风气的播展并不是仅靠名位身分所能推导。野遗之士屈大均、陈恭尹超越于庙堂诗人程可则(周量,湟溱)对地域诗风的启导作用,恰好佐证着上述的论断,而岭南诗歌发展态势实为清诗史的很重要的部分,尤其是在中后期。

但完全无视"三大家"对风气的推波助澜作用也不符史实。如吴伟业之与"娄东(太仓)诗派",毋论从实践抑或观念言,这个群体的涌现和存在既是事实,又开之于梅村。但娄东诗派无关全局,梅村自身进退失据,心力交瘁,似亦无心于诗事业的大建树。他在成为"贰臣"的近二十年时间里,几乎把诗思诗情都集注于自悔自忏、自责自讼的哀叹中,不再有领袖欲。龚鼎孳入清后除偶作江东之游外,二十九年基本上在京城。他的官位时升时降,在满汉、南北党争中屡遭其殃,俟其贵为尚书时,已存日无多;但在京苑诗坛龚鼎孳曾一度被拥为"职志",即掌纛者,这对辇毂诗风的缙绅化起过不小作用。以此而言,王渔洋跻登诗坛与龚氏的扶持有相当关系,然此段关系也仅是指渔洋初调六部郎官那几年,因为不久龚鼎孳即病逝。钱谦益的鼓励王渔洋开风气、树己帜,扶"大雅"、立"正宗"则较龚氏为早,而且潜在作用远较龚大。这还是王士禛初到江东任职不久的事,作为朝外大老的钱牧斋曾面授诗学机宜。渔洋的获致一代宗师之荣,与借助牧斋声望以调动"布衣"们的接受殊深有关系,说见后文专章。那么,这事实又岂不正证明:钱谦益的欲"结"明诗之局固未能结,就连开"风气"的心愿也还得寄于故人后裔,借王渔洋之手来略慰一己暮年寂寞么?在梳理史实,排比时序后,人们会发现,钱牧斋的选择是高明的,有识见的,因为,无论就时空背景、人物条件看,渔洋均称适逢其时,是有才力收拾遗民诗风所播扬之局面的最佳人选。

因此,推钱谦益为开一代风气的先行者,从这个角度言,似不无根据。然而,这于钱氏当时心绪看,毕竟是明日黄花了,何况渔洋一当登坛扬帜,诗学观自成体系后,即对牧斋多有贬语,略无对先行者的尊崇可言,这同样是个事实。

问题还不止于此。凡人间事都得有是非,审视史实更应有个扬榷标准。没有是非功过地泛论"风气",与随意打扮历史殆如一纸之隔;至于不问历史是非,纯出私心随意性言史事,实际上亦持有特定的是非观。清诗"风气"既不是抽象事,也并非只存某一种。即以王渔洋所导引的风气及其所推促的诗歌发展走向,也须作历史的是非功过评判。今人不应站在传统诗观的任何一隅择取扬弃尺度,当然更须杜绝机械论、庸俗社会学的手眼。唯一合理的观照,应是如上所述的衡之以时势人心,尤其是不游离诗的本体特性。毋论论牧斋、论渔洋抑其他,概莫能外。

对风气,对史实需有个扬榷标准,对人的论定自然更应有功过是非的评判标准,特别是处于社稷倾垮、民生离乱、民族危亡之际,能没有一个大节的衡量准绳?诚然今人不必守持封建家法去要求人必"忠节"、事必"孝义";再说凡人无不是个复杂体,"水清无鱼",纯粹无瑕的人原不存在。寸有所长,尺有所短,短长优劣每是共生,且多互补。但是,这不应该成为导致此亦一是非、彼亦一是非,甚而陷入无是无非、是非颠倒之泥淖的理由。如果说率先降于新朝,并代新主檄文四出、胁迫归顺,"亦何可非议?"那么遗民志士岂不均成为逆天行事、不识时务之可议者了?凡此之类,似无折衷可言。历史人物均为具体存在于往昔时空中的生命体,凡具体对象均应具体分析,可是不能没有基本尺度,特别是在讨论清初人物时。失却标准,也即无视史实,从而也必难理史程,于诗人行为所构成的诗史概不能得。为此,在前后交接,辨认旧说"三大家"与清初诗风之关系时,笔者认为有必要附说行为标准,以便进入具体列论。

二 钱谦益的诗境

钱谦益是个复杂的人物,但又是个大节易认的对象。以前者言,须作具体分析,不应粗疏;就后者讲,当明整体判断,不容含糊。作为诗史人物,固须探其心迹,但又应实证他的创作成就和诗学建设。心迹乃是韵事构成的深层机制,不能不探而明之;然"心画心声总失真"既是自古即有,则又完全可能存在"心"假"声"真和"心"真"声"假的双向悖反状态,因而不能简单化地以"心"辨"声",或者以"声"论"心"。何况人的心绪的启变衍化,在不同时空中迭见转辗反侧亦属正常,故而心迹的总体辨认不应取代对诗创作实践的具体价值判断。

钱谦益(1582—1664),字受之,号牧斋,又号尚湖、蒙叟、绛云老人、敬他老人,最后自称东涧遗老,江南常熟人。明万历三十八年(1610)进士,历官至礼部右侍郎,以党争罹"阁讼",革职归里,时在崇祯朝初。甲申明亡,福王朱由崧立南都,牧斋任礼部尚书,颇亲于马士英、阮大铖,并为阮讼辨阉党"冤"。弘光元年即顺治二年(1645),清兵屠扬州后渡江,钱氏与王铎等迎降。顺治三年(1646)授秘书院学士兼礼部右侍郎,充修《明史》副总裁,任职六月以病辞归。旋牵连山东淄川谢陛案,被逮北行,经斡旋释回,顺治五年(1648)又涉嫌黄毓祺之狱,系于江宁,马国柱以"与毓祺素不相识"定谳释之。瞿式耜与郑成功均曾先后执贽称弟子,故钱氏皆与有联络,论者以为其间姬人柳如是与有功焉。

钱谦益著作极丰,《初学集》一百十卷刻成于崇祯十六年(1643)秋;《有学集》五十卷刊于康熙初年,此外又有《投笔集》二卷、《苦海集》等,后三种系牧斋入清后作。

牧斋在明末已是东林党巨魁之一,深于权术,所望在入阁。政争失败后,则改志修史,以耆宿称东南。甲申明亡,政局多变,牧斋迹似进退失据,然就本质言,实系其晚明政治生涯的习性的延续。诚然,方苞的"其秽在骨"之类诛心之论容或过刻,乾隆帝"朱谕"痛斥"以从前狂吠之语列入集中,其意不过欲借此以掩其失节之羞","非复人类","可鄙可耻"云云,也无非是专制帝王出于其政治需要的姿态,不足为据。然而如金鹤冲《钱牧斋先生年谱跋》以钱氏比之范蠡入吴,李陵降匈奴,是"泣血椎心,太息痛恨于天之亡我者,且不为死生祸福动摇其心"一流人物,又未免太离谱。据佚名作者的《吴城日记》卷上载:乙酉五月二十五日,"南京差来安抚鸿胪寺卿黄家鼒、通判周荃、参将吴某","二十六日,按抚入坐府堂,告示张挂厅前,称大清顺治二年,奉钦命定国大将军豫王令旨。……钱牧斋另有印记告示,招谕慰安。"[1]按"范蠡之入宦于吴"云云,乃"古今豪杰,志事昭然"之举,以之为比拟,牧斋岂非"曲线救国"之先贤了?如果说,金氏等当年出于排满反君主思想而借题发挥,言过其实,那么张鸿《年谱序》赞钱牧斋"耿耿孤忠","委曲求全,亦止尽其心而不使复仇之机自我而绝而已"之类文字,纯属清朝遗老加乡曲私阿的心理反映。最能攫住钱氏心魂而言之公允的是黄人的《牧斋文钞序》,这位晚近卓特的常熟籍文学家说:

> 观其点将东林,蒙叟有天巧星之目。而其一生之俛得俛失,卒之进退失据者,皆以巧致之。其初巧于科名,欲为宋郑公、王沂公,而一败于韩敬,再败于温体仁。时重边才,巧于觊觎节钺,欲为王威宣、韩襄毅,而有张汉儒之狱。迨清师南下,首签降表,不能取巧于先朝者,欲为冯道、王溥,以收桑榆之效。而老臣履声,新主厌闻,则又巧假郑、瞿二杰师生之谊,欲为朱序助晋,梁公反唐。……盖蒙叟才大而识暗,志锐而守馁,故愈巧而愈拙。

黄人以一"巧"字论钱谦益,可谓刻而不薄,谈言微中。巧者,善于机巧机变,唯以私欲役巧,无有不弄巧成拙者,牧斋亦不例外。所谓"愈巧而愈拙",是乃天道难蔽、人心难欺、正义难侮之故,此亦其所以"识暗"的要害处。巧者必多作伪,故论者有牧斋诗多貌为忠愤而实系自饰之评,反驳者则申之曰:"然则先生

---

[1] 见江苏古籍出版社1985年版第二〇一页。

于死国之臣,必经纪其家,输饷义师,破产结客,举出于伪乎?"见金鹤冲等《年谱跋》和《序》。对此,章炳麟《訄书别录》说得很透彻:

> 世多谓谦益所赋,特以文墨自刻饰,非其本怀。以人情思宗国言,降臣陈名夏至大学士,犹拊顶言不当去发,以此知谦益不尽诡伪矣。

太炎先生讲到了一个具体的活生生的人的复杂性。任何一个历史人物,大抵都有长夜反思、扪心自问的时刻,何况名节大事对深受传统教化的士人来讲,当知重于生命,更何况时值视为大防的"夏夷"之变。陈名夏降清位至大学士,这不等于说他连反省自问的良知也都已沦丧么?然而尽管陈氏在满汉、南北党争中最终仍丢了命,在其被"赐死"时肯定反思更多,但这却改变不了他的历史的判语:"降臣"。在南都"首签降表"的钱牧斋入新朝后远较陈名夏"不得志",当新主厌闻"老臣履声"时,他的反思之心无疑与其广博的才学同步活跃,诚如黄人所下的结论:"拙于谋身者未尝不巧于谋文焉!"这样的心绪体现于诗或文,自不能一概目之为伪。然而,同样是凡此之类改变不了历史对他的判词,太炎《别录》有与黄人几乎一致的评断:"谦益为人,徇名而死权利。江南故党人所萃,已以贵官擅文学为其渠(即巨,首领),率自熹也。""徇名而死权利"之辈岂能与"穷年忧黎元"、"济时肯杀身"类型的野遗义烈之士同日而语?所以,其诗固不必尽伪,其心其行则大抵为"巧",旨归仍在徇于名利。至于东南遗逸每有问讯访谒于"拂水山庄"者,这不难理解。姑不说其时沿海军事态势和西南拉锯多幻变,牧斋与郑成功、瞿式耜既然时有消息往来,遗民有所信赖原非突兀事;单以牧斋曾是东林党魁、复社前辈这一渊源言,在当时就有着错综复杂的网络关系。须知当其时如金声桓、李成栋、姜瓖等反复倒戈于前线,均能被抗清力量所接受,甚至后来吴三桂等动乱在初始也迷惑过不少孑遗之士,一个耽内典逃禅于"十里青山半在城"的红豆山庄或拂水山庄中的自称"东涧遗老"的钱牧斋有什么不可与之往来的呢?

总之,后人不必因钱谦益曾率先签表降清而抹杀其心迹的复杂性以至有自渎之意,但绝不能以此滥加引伸,甚而断言"牧斋志行,亦何可非议?""其降清乃不得已,欲有所为也!"并横斥持异议者为"妄人"①。那样论史,焉有知人论世可语!

以诗而论,钱谦益才情雄赡,笔势恢张,加之腹笥宏富,故在晚明即称大手笔。即以《初学集·东山诗集》卷二黄山纪游组诗言,毋论《天都瀑布歌》、《莲华峰》、《天都峰》,还是《登始信峰回望石笋矼》,无不有种磅礴雄奇气势,五七言古体写景的矫健入神,笔底境开,洵为史不多见之力作。至于其与柳如是定情、结缡的《合欢诗》四首、《催妆诗》四首,旖旎秾丽,却又情韵灵动,绝非一般香艳之篇可比肩。

钱谦益于甲申年已是六十三岁老人,崇祯自缢时,其仍息影在虞山。关于这一段在汉族士民说来无异是天崩地坼的时间里,牧斋心绪若何?《初学》与《有学》二集交接处正好缺略,《苦海集》恰有所填补。其中《甲申端阳感怀》七律十四首多涉及诗人的心事。虽则明朝崇祯政权是垮于李自成军,牧斋对如"妖"似"盗"的农民军也必仇视多诬蔑之词。但李自成大顺政权从入京城起到出京一共只四十天,农历四月卅日即西撤,消息不会这么快到江南,端阳之时牧斋当还未知京城军事态势详情,但吴三桂引借清兵拟入关的举动或已有听闻。牧斋当时以"衔哀闭户

---

① 钱仲联《梦苕盦诗话》:"瑀隐张丈论诗,极推重钱牧斋。题余诗稿云:'蒙叟文章绝代称,二冯奔走作疑丞。愿君重振虞山派,含咀西昆入少陵。'余亦以为牧斋七律,为清代第一。……近有妄人,著文论牧斋《投笔集》,以与杜甫《秋兴》比较,诬钱为文造情,出于伪饰,彼殆未读太炎《訄书》也。"转载于《清诗纪事·顺治卷》页一二七五。

333

老人心"的先朝闲臣情怀对崇祯的死是伤悼的,第一、第二首写道:

> 萧条节序夕阳斜,草莽凄然忆翠华。
> 荧入斗南惊下殿,髾扳天上泣升遐。
> 迎风空惜蒲如剑,向日深惭葵有花。
> 憔悴不须怜泽畔,故宫离黍正如麻。

> 三百年来历未过,如何阙下起风波?
> 无端拍案心俱碎,有恨填胸剑欲磨。
> 云暗燕山迷玉鼎,雨淋宗社咽铜驼。
> 普天蒙耻终须雪,望望英雄早荷戈。

应该说,这是"泣血椎心"之唱,"太息痛恨于天之亡我者",似无伪情可摘。出于一种"蒙耻"心,牧斋表现有愤慨感和责任感,在第四首中一边痛斥:"谁主逆谋歌楚曲?坐看宗庙泣秦关!普天苍赤皆流涕,四海英雄尽厚颜。"一面明己志说:"莫道衰残空恤纬,顽民今日老尤顽。""顽",顽强、倔强、坚强之谓,矢志不二,信念无改也。在第八、第九首中表述了他的心事,是上述责任感的具体化:"管弦凝碧天衔恨,麦饭唐陵我独悲。渺渺身家飘似梗,纷纷世界战如棋",他要在冷眼观棋式的位置上"董笔千秋肯放谁"地用史笔痛诛"朋奸纵贼"之辈。但更强烈的感受是:"雷霆日月山河在,灵魄何惭见祖宗。"还应奋袂而抗的,所以他特别愤怒于贪生怕死的在朝百官,第十二首的前半首云:

> 满朝肉食曳华裾,殉节区区二十余。
> 名谊居平多慷慨,身家仓卒自踌躇!

这说得何等深刻,"居平"之时与"仓卒"临危言行竟如此悖反,殉节于京师的大臣们只二十人左右!牧斋坚信朱明国祚仍有新续之时,不应以眼前论成败,第十三首后半说:

> 血书点点苍生泪,正气轰轰天上雷。
> 成败世情何足论？皇灵千古自昭回。

所以,当朱由崧监国南京消息传来时,牧斋老人兴奋、振奋,他看到了希望:

> 喜见陪京宫阙开,双悬日月照蓬莱。
> 汉家光武天潢近,江左夷吾命世才。
> 地自龙兴留胜概,人乘虎变勒云台。
> 王师指日枭凶逆,露布高标慰九垓。

钱谦益也就在这样的激动中从常熟出山,赴"龙兴"之地金陵,一展"乘虎变"之时"勒云台"的大志。遗憾的是仅仅一年,钱氏自己竟也"身家仓卒自踌躇",成了另一种"顽民今日老尤顽"的人物,难道真有诗谶？"四海英雄尽厚颜",一个"有恨填胸剑欲磨"的慷慨白首、壮心未已者最终与"厚颜"联成一气,任怎样也难以令人不生疑窦。章太炎说:"同族迭主谓之易,异族入主谓之荡。荡与易孰悲？宜户知之。"这里的族之异同概念当然是历史概念,太炎是在论清初的人事。那么,钱牧斋何以在"易"时大悲恸,当面对"荡"之现实时却率先奉表以降,与"普天苍赤皆流涕"的时势人心相悖逆了呢？说牧斋此组诗"表现其复明意愿",读牧斋诗者"不可不知",诚然不错,可是,一年三百六十五日之初始和结尾的截然背反,难道以前遮后,可以成为盖棺之论？读牧斋这组诗愈益启示史家:必得详察人、事之年序轨迹,随意错乱时序以言心迹,结论势将是淆混真相的。

牧斋在顺治年间写过大量体现复杂难言之心绪的诗作。特别是睹物思人、触景生情,俯仰今昔、百感交集,在他人难以措辞,而牧斋却能转侧语之;只觉纸上一片濛濛,言哀则哀,思悲即悲,读来令人酸涩,相对尽在不言中。这无疑是很高妙的诗艺表现力,才与学缺一不能。如《为友沂题杨龙友画册》,友沂是赵而汴之字,入清而仕;杨龙友即杨文骢(1596—1646),崇祯时江宁知县,弘光朝官兵备副使,南京破,举兵于镇江、苏州一线,继经杭州入隆武朝,唐王朱聿键拜为兵部右侍郎兼右佥都御史,提督军务。隆武二年(1646)兵败浙西衢州、退福建浦城,被清兵所俘,不屈死。杨氏为著名画家,吴梅村所称"画中九友"之一,他原籍贵阳,后长期寓江南,与阮大铖等亦有交往,然这位名士气十足的诗画家,最终大节凛然,很光辉地结束了一生。钱牧斋与杨龙友原为旧交,星转斗移,人亡物在,牧斋心中的滋味真是复杂难辨。诗云:

> 杨生倜傥权奇者,万里骁腾渥洼马。
> 双耳朝批贵筑云,四蹄夕刷令支野。
> 空坑师溃缙云山,流星飞兔不可还。
> 即看汗血归天上,肯余翰墨污人间。
> 人间翰墨已星散,十幅流传六丁叹。
> 披图涧岫几重掩,过眼烟岚尚凌乱。
> 杨生作画师巨然,隐囊纱帽如列仙。
> 大儿聪明添树石,侍女窈窕皴云烟。
> 忆昔龙蛇起平陆,奋身拚施乌鸢肉。
> 已无丹磷并黄土,况乃牙签与玉轴。
> 赵郎藏弆缃帙新,摩挲看画如写真。
> 每于剩粉残缣里,想见刳肝化碧人。
> 赵郎赵郎快收取,长将石压并手抚。
> 莫令匣近亲身剑,夜半相将作风雨。

此诗以龙驹宝马喻人,从气概、风神、际遇、归宿各个方面传写杨文骢,个性精神均被生动写出,尤其是含蓄地以"空坑师溃"事点染了他的忠贞、义无返顾。中间则扣住画册,切合画艺和风雅传家情状;"忆昔"句起转入沧桑巨变,物皆毁于兵祸,故嘱"赵郎"应特加爱护珍藏。当然在"想见刳肝化碧人"句中又回应了前段"不可还"之写。不能说此中没有牧斋的感慨和哀思,但一种异常客观、平静的气韵从诗中明显能感受到。诗写在顺治十一年(1654)①,诗人犹似在讲一个遥远的故事,十年前故友的壮烈形象并未激发他多少深层的思绪。对一个大家巨擘来说,缺乏抒情主体个性印记的作品,不啻是一种矛盾现象,然而这或许正是不易措辞的原因,而牧斋却以其固有的手法来处理这种"文"、"情"之间的不平衡性。此种情态,在著名的《丙申春就医秦淮,寓丁家水阁浃两月。临行作绝句三十首,留别留题,不复论次》同样可见。秦淮"丁家水阁"是个与遗民网络相联结的活动中心,后来王士禛到江东,也是很快就访问于此,广结"布衣"的。牧斋与渔洋在身分、资格、名望上都不同,按说他在重新与一班大多为旧相识者相聚时是应有更多心事吐露的,可是这组诗依然摇曳其辞,深心茧裹。如第六首:

> 东风狼藉不归轩,新月盈盈自照门。(梦中得二句)
> 浩荡白鸥能万里,春来还没旧潮痕。

陈寅恪先生《柳如是别传》对这组诗各首各句用"字字有出处"的笺疏法,探其微言大义,固极精彩,然而诗意似谜,包扎太密之弊亦显然见出。而这其实也正是牧斋诗的一种倾向,以至后来笺注家纷出,他的侄孙钱曾(遵王)尝从学,故所笺典实世称翔实,能详其委曲,最称权威。可是张尔田《遯盦书题》仍还认为"遵王亲承砚席,藏书满家,诗中故实,尚多有未尽举其出处者"。于是赞之者称为"才大学博"、"浩无涯涘",厌之者则以为"驰骋为豪"、"征引涂泽","不无蛟螭蝼蚓之杂"。本书前又曾多次提及清诗趋入"学人"化倾向,而钱谦益于此倾向的导扬最力最早,意为如此方可纠明人空疏不学或肤浅油滑之弊。学人诗其实还应分析

---

① 此诗见《有学集》卷五《敬他老人诗》为"起甲午年,尽乙未秋"所作诗。甲午,即顺治十一年。

为二种现象,一为学者化、二为缙绅贵族化,钱氏兼而有之,于诗的贵族化倾向的推波助澜尤为严重。

在入清后众多诗作中,《金陵后观棋》六首是很能体现其复杂心态的一组"心"、"声"相谐的作品,其三、其四云:

寂寞枯枰响泬寥,秦淮秋老咽寒潮。
白头灯影凉宵里,一局残棋见六朝。

飞角侵边劫正阑,当场黑白尚漫漫。
老夫袖手支颐看,残局分明一着难!

从甲申年的"纷纷世界战如棋",到此时顺治四年(1647)秋的"残局分明一着难",五年时间里他似愈来愈觉得进退维谷,"一着"难落了。从诗乃心声审视之,牧斋最后二十年间的歌吟,也并非"心画心声总失真"的。

三　龚鼎孳的诗才

名列"江左三大家"之一的龚鼎孳,后世颇多以为其不足能配钱谦益、吴伟业。若朱庭珍《筱园诗话》甚至认为"当时幸得才子之称,后世难入名家之列"。然而,人们又大抵承认龚氏"才气自大","有不可一世之概",似颇矛盾。

龚鼎孳诗就功力之深言不若牧斋,就情思之浓看非梅村比,确系事实。但是,以知人论世按之,会发现:龚氏既没有于诗坛称宗臣之意,去深究诗学,也不存心以诗来忏悔自讼;他以当年"才华重白下"的倜傥一公子而位处新朝政治中心,浮沉于险恶宦海,诗只是他应酬世事、调剂人事、平衡心绪的工具,如此而已。所以,不深不厚,"词采有余,骨力不足"云云是一定的,他的被列入"三大家",就是凭的才望、官位,凭他在辇毂之下的主持风会。何况,他的"自救"之法是好结交而尽力急人之难,赈恤孤寒以至"逸老江湖半故知"①。傅山、阎尔梅、陶汝鼐等得龚相助,能免大狱,尤使他博取令誉。

龚鼎孳(1615—1673),字孝升,号芝麓。安徽合肥人。前明崇祯七年(1634)进士,历官兵科给事中。为人有才干,调兵科前,任湖北襄樊地方官时曾孤城坚守于农民军之强围中,很得"能吏"之称。迨李自成破北京,顺降,授通指使。旋又降清,起为吏科给事中,又转礼科。顺治二年(1645)擢太常寺少卿,到十一年(1654)已升至户部左侍郎,迁左都御史。时值南北党争,龚氏颇持南人立场,屡上疏为江南请命,为北党乘机弹劾,先后降十四级,做过上林苑蕃育署署丞。康熙元年(1662)以侍郎候补,次年再起为左都御史。这时期他开始腾达,历转刑、兵、礼三部任尚书,卒后谥端毅。乾隆三十四年(1769)被削去谥号,入"贰臣传"。著有《定山堂诗集》四十三卷。

龚鼎孳的诗,沈德潜有个很妙的评价,在《国朝诗别裁集》中说:"合肥……又真爱才,有以诗文见者,必欲使其名流布于时,又因其才品之高下而次第之,士之归往者遍宇内。时有合钱、吴为《三家诗选》,人无异辞,唯宴饮酬酢之篇多于登临凭吊,似应少逊一筹。"所褒所贬其实都是指的龚鼎孳以诗作为"公关"手段。这确是诗歌史上发展了"诗可以群"功能的现象,足可见出不大讲操守,为人"实无本末"的龚合肥迥异于一般的士大夫,很值得研讨。至于沈德潜嫌他"登临凭吊"少了点,这是句空话,置身于政治漩涡中的历仕三个政权的人,多登临凭吊岂非自找绳套?沈氏许多

---

① 郭曾炘《杂题国朝诸名家诗集后》之九:"钜公晚节事羁縻,逸老江湖半故知。栎下较贤滟水否?暮年焚藁意堪悲。"原注云:"随园与某君论茶村文,谓鼎革时诸名士江湖结社,其诸老生多晚节不臧,争罗致噢咻,冀免清议云。其文颇伤轻薄,然亦微中当时情事。所谓诸老者,即指栎园、芝麓数公也。栎园罢官后自悔为虚名所误,取平日诗文杂著尽焚之,见本集年谱。"见《万首论诗绝句》册四页一四八〇。按郭氏此组诗共一百二十三首,有排印单行本。

评语本就以空话敷衍的。

关于龚鼎孳的诗应酬才能,邓汉仪的《诗观初集》早已有具体生动的介绍,这是诗文化很有意义的一则资料:

> 公赋诗有三异:每与同人酒阑刻烛,一夕可得二十余首。篇皆精警,语无拙易,此一异也。当华筵杂沓之会,丝竹满堂,或金鼓震地,而公构思苦吟,寂若面壁,俄顷诗就,美妙绝伦,此二异也。他人次韵每苦棘手,而公运置天然,即逢险韵,愈以偏师胜人,此三异也。

这"三异"集中起来就是:有敏捷之才,有适应弹力,有"偏师"之慧。龚鼎孳即以这些才力博得皇帝的赏识,获得诗人们的信服,成为京师诗坛的一时领袖,顺治朝"燕台七子"是以他为"职志",后来王士禛侧足诗坛,"金台十子"的构成,初也借助他的声望。

龚鼎孳的应酬也并不全无真情,他善于贴切对象以适当措辞。《如农将返真州,以诗见贻,和答二首》,这是面对明朝时的同事暨诗友的姜垓,敷衍固然不该,惭愧之心也确实有的,所以其第一首云:

> 天涯羁鸟共晨风,送客愁多较送穷。
> 黄叶梦寒如塞北,黑头人在愧江东。
> 九关豺虎今何往?一别河山事不同。
> 执手小桥君记否?几年衰草暮云中。

第四句是自惭形秽,第五句则骂一声"闯贼"和当时的权相。而首句最聪明,一个"羁鸟"之词含糊地把双方都笼统说成羁旅之人,言下之意又有大家不自在不自由的情思。凡此都是龚氏"偏师"之才的表现。

姜垓是隐退了的,万寿祺却仍有活动,《万子年少自清江过访,值余他出,阙焉倾倒,返舟既迫,后晤未期,临发惘然赋此寄谢》,这题目就耐人寻味,两人或许谁也不真想见遇。诗的二三两

首又是既称"吾党",又表示对万年少"心折",微妙之至:

> 彭城悲战色,岁晏客心同。
> 一饭怜青眼,千年想《大风》。
> 中原从逐鹿,吾党各飞鸿。
> 厨俊相看尽,幽人得桂丛。

> 门外清江路,张融万里船。
> 道穷宽出世,书就痛编年。
> 丰沛英雄老,曹刘壁垒坚。
> 过江诸侠少,心折祖生鞭。

"丰沛英雄老",当泛指万氏和阎古古。龚鼎孳与阎尔梅关系较深,《老友阎古古重逢都下感赋》,勾起许多往昔交游情事,是《定山堂集》中不多见的感情饱满之篇:

> 十载逢人问死生,相看此地喜还惊。
> 破家仍可归张俭,无礼真当责晏婴。
> 过眼山川来倚杖,吞声宾客纵班荆。
> 姓名已变诗篇在,尚恐人传变后名。

> 城南萧寺忆连床,佛火村鸡五夜霜。
> 顾我浮踪唯涕泪,当时沙道久苍凉。
> 壮夫失路非无策,老伴逢春各有乡。
> 安得更呼韩赵辈,短裘浊酒话行藏!为圣秋、友沂。

阎古古这次是明亡后第一回进京,身分隐蔽,相会有点地下活动味儿,诗写得较真切。

龚孝升的长篇古体逞才使气,敷衍更多些,绝句则有很见才情之作。他的七绝有二种较佳类型,一种是写得很机智,有义理却不直露,一种是以情韵潇洒空灵胜。前者如《乌江怀古》,对权力争

341

斗中的双方都陷入悲剧的史实的慨叹,不无现实感:

> 萧萧碧树隐红墙,古庙春沙客断肠。
> 真霸假王谁胜负?淮阴高冢亦斜阳。

政治就是如此残酷,韩信与项羽的下场有何不同?后者如《上巳将过金陵》中的一首:

> 倚槛春愁玉树飘,空江铁锁野烟消。
> 兴怀何限兰亭感,流水青山送六朝。

空灵有时很能在含蓄中遮却一点难以言传的情貌。龚鼎孳过南京,想的东西很多,有国事、有情事、有盟事、有雅集事。国事不可能不有所感,此命题在金陵最敏感,可是他龚鼎孳怎么说呢?"兰亭感"三字择选得好,家国事与风雅以至风流事都可概言之。这里曾经是他和顾媚共度过好些天定情甜蜜日子的地方,时间流速,回忆起来也能令人喟然的。

作为"三大家"之一的龚鼎孳也是有他自己的诗风特点的。

第二节　吴伟业及"娄东诗群"

清初"江左三大家"中,太仓吴伟业最数声闻深远,口碑称佳。吴氏的声誉之所以超著同侪,获致诗史上异乎寻常的地位,一方面固然由于其诗具有独特的成就,另一方面又与其人的身世经历有关。就诗而言,吴伟业才藻艳发,富于丽泽,却又专长于以诗存史,"梅村体"张扬骚坛,饮誉一世;以其人而论,他"草间苟活"而终竟失节,与钱谦益、龚鼎孳等同属"两截人",然而独能得人恕谅,用舒位的话说是"君子爱其才,愈以悲其遇矣"(《瓶水斋论诗绝句二十首》注语)。总之,毋论于诗于人,吴梅村均呈现一种特有的形态,而后一方面尤见微妙复杂。

一　吴伟业的心路历程

吴伟业(1609—1671),字骏公,号梅村,江南太仓州人。明崇祯四年(1631)会试魁元,殿试一甲第二名进士及第,授翰林院编修;崇祯十二年出为南京国子监司业,翌年升中允,转谕德,以请养未赴任。南都弘光朝起补少詹事,缘马士英、阮大铖专权,供职仅二月即辞任归里。入清后初始杜门不出,顺治十年(1653)由大学士陈名夏、陈之遴等相继策动,经江南总督马国柱力荐,敦促出仕,授弘文院侍讲,转国子监祭酒。顺治十四年(1657)以奔继母丧得假南归,遂不出。

顺治十年吴伟业的"出山",不仅就其个人说来事关气节丧持,得失心苦,深深波荡着灵魂,为其一生的大关目;而且从当时风云诡谲的政治背景看,他的仕清究其实质正是"科场"、"通海"、"奏销"三大案狱之前清廷对江南士人的一次软性威劫,新朝意在力迫其出山,树起一个遗老而转化为"事二朝"的典型。所以,二陈(名夏、之遴)等汉官因南北党争之故而争致吴伟业以壮阵容声色,无非是正投合了新朝主子的心战所需,而梅村的怯懦私心又注定了难以跳脱高张的这面网罗。

应该考察一下吴氏在江东士族群特别是东南政治文化网络中的重要位置。通过这一考察,清廷何以敦迫其必出的意图固可了然,吴伟业之所以尊为江东诗坛的精神领袖亦就无须赘言。

封建王朝的更替,从各个地域来讲必也是新旧士族的兴衰存亡之际,而清初抵抗最烈的是江浙两省,故新朝对江东南与前明政权渊源深远的世族打击、防范、软化也最力。就江东即今江苏、安徽一线的出于"华夷大防"观念以及愤慨于哀鸿遍野心绪而反抗势力的密集状况言,清廷在以酷严的高压手段外,务需有淡化以至软化"忠节"信念的策略为补充。顺治之初迅即开科举之试以驱赶和诱引大批文化人入彀就是出于此种谋略的一大措施。但是,领袖式的权威人物的依附,对一个新政权是更见重要的,尤其是在满汉之间民族情绪极强烈的那个特定年代。八旗贵族集团对汉文化以至心态谙晓有素,攸关忠爱、节操之类儒教信条尤为熟知,而且也已深深掺合入他们族群的文化精神中。所以,清王朝满族核心阶层从心底里对甲申、乙酉之际率先降服的汉官既严加防范又相当蔑视,新朝高层权要者更深知东南人士对这批降臣的厌弃和轻蔑。

顺治十年间,清王朝政权的能否巩固似仍处于严峻的态势中。西南残明永历政权撑持着,李定国等军事力量的威胁尚在,而东南沿海郑、张集团不时北上,这年秋冬,张名振水师入长江,驻崇明;二年后再次入长江,破真州(仪征),泊舟京口金焦山间,遥祭明孝陵,东南为之震荡,汉族士子和民众重睹"汉官仪"之心大振。值此时势,新朝实施上述心战之策益显迫切急需。吴伟业恰好是瓦解、涣散东南士子异己之心的最佳人选,他如能出仕,其导致的深层心理效应将远超出钱谦益等人的降顺。是的,龚鼎孳于甲申年即事二君,"清望"早失,影响力亦不大,而钱谦益则声名狼藉多年,于世族背景上也不如吴梅村远甚。兹先考察梅村与江东世族网络的深远背景联系。

吴伟业籍贯太仓,是从其祖父吴议幼年入赘太仓王氏始起的,吴家原系昆山名族。张溥《七录斋集·古文近稿》卷二《寿吴年伯母汤太淑人寿序》中说:"溥又闻吴氏为昆阳上族,先生祖裔,多公卿巨人。"这里的"先生"即指吴伟业之父吴琨,汤太淑人则是其祖吴议副室。作为"昆阳上族"的吴氏从伟业五世祖吴凯在明宣德年间官礼部主事开始隆盛,而到吴凯之子,即梅村高祖吴愈一辈真正称望族。吴愈(1443—1526)字惟谦,号遁翁,成化十一年(1475)进士,官至河南参政。这是一个身历天顺、成化、弘治、正德数朝,也就是吴中文化复苏、重振时期的重要人物,乃昆山著名画家夏昶(1388—1470)之婿。夏昶(仲昭)官至太常寺卿、直内阁,与兄夏昺(孟旸)均以书画名世,尤以墨竹称第一。而吴愈本人则正是"吴中四才子"之一文徵明的岳父。关于吴愈,文徵明有《明故嘉议大夫河南布政司右参政吴公墓志铭》[①],《铭》文最后有"风流雅尚,奕奕照人。盖以高年令德,为乡邑之望者,二十有二年"云云的评赞。

吴愈有四子六女。值得注意的是三个女儿所嫁者,这是吴氏家族撒开的姻亲网络。长适王银,其子王同祖,为正德十六年(1521)进士;次适陆伸,系正德三年(1508)进士,死于刘瑾之害,追赠太理寺评事;第三女即文徵明妻。吴门文氏世称名族,人所皆知,而陆伸则系《菽园杂记》著者陆容(1436—1494)之子,陆姓乃太仓巨族,陆容与张泰、陆钱当年世称"娄东三凤";至于太仓王氏,"太原王"的王锡爵,"琅琊王"的王世贞兄弟,共构成文化世族则尤显于世。按辈份,王银、陆伸、文徵明系吴伟业曾祖姑父;此后其曾祖父、祖父、父亲三代所构成的姻亲,相继又有郑氏、袁氏、席氏、周氏、朱氏等,皆系吴中名族,几乎覆盖着江东各个文化层面。

这种姻亲网络的认识意义在于:能见出吴伟业在吴中的影响力。仅以文家为例,按行辈,伟业与文震孟、文震亨昆弟系同辈中表,文秉、文乘、文果(僧超揆)、文柟等均系梅村表侄辈,至若太仓陆世仪(桴亭,1611—1672)等著名遗老亦皆为姻属中外兄弟。由此可知,在顺治中期,吴伟业的进退出处所发生的正负两面的作用和影响,其心理震撼力将是怎样的巨大!何况,吴伟业本人在社团集群中又是处于掌大旗的祭酒席位,牵一发而动全身,对此,清廷无疑是深有谋虑的。

关于吴伟业在"复社"以及后来三吴各社团中的领袖地位问题,历来论述已多,相比之下要较其在世族网络中的身分明晰。他

---

① 见《文徵明集》卷第三十,上海古籍出版社 1987 年版。并见顾师轼《梅村先生世系》。

十四岁受知于张溥,称高弟子,当张氏合大江南北诸社统一为"复社"时,吴伟业已是社事骨干,名列"十哲"中。入清后,吴中、浙西文社仍盛,通声气、立门户的明末陋风也相沿不改。吴中"同声"、"慎交"两社冲突甚激烈,梅村以前辈身分出面斡旋调解,殊具权威。《王巢松年谱》是太仓王时敏第九子王抃自编,记录时事尚存实录,其顺治十年谱文说:

> 是年上巳,郡中两社俱大会于虎丘,"慎交"设席在舟中,"同声"设席在五贤祠内。次日,复于两社中拔其尤者,集半塘寺订盟。四月中,复会于鸳湖。归途在弘人斋中宴饮达曙,此后始稍得宁息。两社俱推戴梅村夫子,从中传达者,研德、子俶两君,专为和合之局,大费周旋。

虎丘大会,集合"九郡人士至几千人",吴梅村被推尊为宗主,主持订盟,其声望之能登高一呼而百应,自不待言。从清廷方面言,此等人物当然不能任其自在活动于野的。

社群中的声望原是与世族群体中的声价密合有关,并非只凭才学超众而已,说透了乃是某种特定政治势力的外部形态的表露。应该说新朝的必欲罗致吴伟业,与其说是慕其才,还不如说是忌其势,借其力——微妙地借他之力来促迫社群的解体,成员的转化。马国柱的荐举吴氏出仕正在虎丘大会后不久,显然不是偶然的巧合。

值得探究的问题是吴伟业既然自称一直提心吊胆度日,何以却敢于出面主持如此盛大声势的盟会?是忘了韬晦,还是名心未除?真韬晦,应无名心,特别是在民族冲突激烈尖锐之时;存名利心则必谈不上韬晦,此二者不可能相兼而存。试读其著名的《与子暻疏》中这一段话:

> 南中立君,吾入朝两月,固请病而归。改革后吾闭门不通人物,然虚名在人,每东南有一狱,长虑收者在门,及诗祸史

祸,惴惴莫保。

如果说这些话语全是真实的处境和心态的表述,那么"虚名在人"的吴伟业应该是惴惴自保地韬晦在家,不可能一时疏忽而于顺治十年出来充当宗盟之主。需要指出的是当时吴中著称于世的遗民如顾炎武、归庄、陆世仪等均未介与此会,梅村是以独尊长者作为才高气盛的后辈导师形象出现的,他略无"惴惴莫保"之状,也不是虚与委蛇的敷衍。

吴伟业的性格中有懦弱和首鼠两端的缺憾,这是导致他失节的一个因素,而缙绅士大夫的虚荣好名,特别是热衷于政治派别活动的那种名心未除则是起决定作用的基因。名心与抱负每每只一纸之隔,抱负旨在济世,故于大节是非较能自持操守;名心则进退之际,独多私念,当私心和大节在天平上失衡时,就很难守持后者。吴伟业在崇祯朝作为新进士,又是"复社"英俊哲才,有过"直声动朝右"的美誉,但就在那时候他其实也是并非不斟酌利害而有所保留的,这考之以疏劾蔡奕琛等人而不敢直接抗争温体仁的举止是能见出的。更能说明问题的是他在《翰林院修撰陈公墓志铭》中所记叙的与陈于泰的一段对话。这篇《墓志铭》未收入《梅村家藏稿》,最新整理的《吴梅村全集》也没有补辑入,此文存见于《亳村陈氏家乘》。这段对话文字云:

> 公自负才具,好谈兵事,往往以国步为忧。余曰:"史职方殷,讵宜出位?"公曰:"是何言也!方今剧贼横行,所过屠灭,加以东事孔棘,内则战守无资,外则骄兵悍将不为我用。土崩之势已成,国不可日矣,公犹勖我复事雕虫小技耶?"

陈于泰是崇祯四年状元及第者,与吴伟业同榜高中。明亡,陈氏拒不仕清,先则削发为僧,继则逃匿于荒庄以抗督抚之"荐",终于在顺治六年(1649)病死于躲藏的复壁夹墙中,故与卢象升、堵允锡同称"宜兴三完人"。上述对话可以看出,自保心态在吴伟业身上相当突出,他缺乏的正是舍生忘死的那种勇气。有名心者不甘寂寞,难耐独处;重自保者怯于风险,必屈于高压。梅村之所以"咫尺俄失坠"(《送何省斋》),就其主体性格构成的弱缺而言,自有其必然性。若真要保名节,效法众多遗民遁于空门,并非不能自保及保家门,有论者指出此点虽似尖锐,但不是苛论①。对吴梅村的心迹作这样的剖析是必要的,有助于把握其诗的意蕴得以整体辨认。

梅村性格中的弱点还有太重私谊,而这种私谊主要是指政治权势纽带盘结的情亲交谊。处在风云变幻,面临大是非必须明确抉择的年代,重私谊无疑会导致不智的结果。他先是对周延儒、吴昌时等人的同情,哀挽之心难去。周氏为崇祯末年权相,是借党争而上浮的魁首人物,品性和政迹殊不佳,而吴昌时更属一党棍,长袖善舞,劣迹尤多。梅村深为他们的不得其死惋惜,他的名篇《鸳湖曲》即系为吴氏之死所作。后来他又难以忘怀陈之遴,陈与吴为儿女亲家②。梅村的仕清,陈之遴所起作用极大,而陈氏则为南党骨干,后与陈名夏先后被清廷所厌弃,一贬死东北,一被新主"赐"死。梅村的《咏拙政园山茶花》长篇就是悼念陈之遴之作。正是二陈相继覆败,南党势退,吴伟业始幻梦破灭,悔心涌动,借口丧礼守制而南返,其实此时清廷已达目的,也并不需要他了。足见所谓虚相位以待者,原是对名心甚重、首鼠两端者的诱饵而已。名位既成空梦,大节更已失落,梅村不能不痛苦地哀唱"浮名悔已

---

① 王曾祥《书梅村集后》:"或言梅村老亲在堂,未宜引决。夫求生害仁,匪移孝之旨;见危授命,实教忠之义。苟其不然,隐黄冠于故乡,受缁衣于宿老,身脱维絷,色养晨夕。惜哉,梅村迹乍回而心染也。"转引自黄裳《银鱼集》六九页《关于吴梅村》,三联书店1985年版。按,王曾祥,字廖徵,号茨簪,浙江仁和(杭州)人,著有《静便斋集》,未见。王乃厉鹗、杭世骏、丁敬、金农等诗友,《两浙輶轩录》、《国朝杭郡诗辑》皆有小传。

② 吴梅村有九女,次女适陈之遴子陈容永。见顾师轼《梅村先生年谱》卷一,也见《渤海陈氏宗谱》。

迟"(《别孚令》)、"盛名为不祥"(《送何省斋》),这是真实的。于是,《与子暻疏》后段这些文字也属真实记述:

> 吾归里得见高堂,可为无憾。既奉先太夫人之讳,而奏销事起。奏销适吾素愿,独以在籍部提牵累,几至破家;既免,而又有海宁之狱,吾之幸而脱者几微耳。无何陆崟告讦,吾之家门骨肉当至糜烂,幸天子神圣,烛奸反坐,而诸君子营救之力亦多,此吾祖宗之大幸,而亦东南之大幸也。

> 吾于言动,尺寸不敢有所逾越,具在乡党闻见。……吾同事诸君多不免,而吾独优游晚节,人皆以为后福,而不知吾一生遭际,万事忧危,无一刻不历艰难,无一境不尝辛苦,今心力俱枯,一至于此,职是故也。岁月日更,儿子又小,恐无人识吾前事者,故书其大略,明吾为天下大苦人,俾诸儿知之而已。辛亥冬十一月二十八日书。

"奏销案"又称"逋粮案",是顺治十八年(1661)清廷借清理欠租的经济账对江东士子展开的一场扩大化的威劫,苏、松、常、镇四府受祸极惨,牵累的官绅文士数以万计,且大多属已出应新朝科举试并入仕的在籍官员。吴伟业也未幸免,可证前文所述,新朝需要他并非为的其富具才华;他的归里后生涯实际上处在监护之中,"具在乡党闻见"云云可怜话语岂不正表现了这样的情状?"海宁之狱"指陈之遴再次罹罪遣戍的株连,说明吴伟业早被视为南党中人。陆崟的诬陷虽未得成,但从吴氏诚惶诚恐的颂祷中,"亦东南之大幸也"则恰好说明他在东南氏族和文化圈中的关系和身分。这一案狱之所以未成,用杜登春《社事始末》的话说是"幸素不讲海南事,两社得以屏息偷生,无及于难"。因为吴伟业此时确是"惴惴莫保"地过日子,他与"通海"一案没沾边。顺治十四年(1657)他归里不久,江南"科场案"杀戮遣戍之惨,惊心动魄,作为原系文社前辈领袖的他真正处于"每东南有一狱,长虑收者在门"

的惊恐心境,又在当局严密监视下,梅村岂敢不"屏息偷生",行为"有所逾越"?

《与子暻疏》实际上是篇遗嘱,不到一个月,吴伟业病卒。此《疏》对理解梅村晚年诗作是重要的,他的酸楚哀悔的心声也极动人恻隐之心。"天下大苦人"之自怨自艾,下面这段话之自责,均能获致世人的宽谅:

> 唯是吾以草茅诸生,蒙先朝巍科拔擢,世运既更,份宜不仕,而牵恋骨肉,逡巡失身,此吾万古惭愧,无面目以见烈皇帝及伯祥诸君子,而为后世儒者所笑也。

尽管此《疏》中他一再有"蒙世祖皇帝抚慰备至","今二十年来,得安林泉者,皆本朝之赐","天子神圣"之类对新主的颂辞;也尽管他将"失身"之因主要归之于"牵恋骨肉",等等,但吴伟业毕竟是严酷的民族斗争中的牺牲品,是被玩弄于政治权势的股掌上的可怜人物。诗人是聪明的,他生前先自责"失身"而"万古惭愧",必为"后世儒者所笑",后世之人也就真能宽宥、同情他。"君子爱其才,愈以悲其遇矣"正是从此角度而顺乎逻辑,这样的温柔敦厚之道是可以无异议的。

据顾湄《吴梅村先生行状》说,吴伟业弥留时嘱言:"吾死后,敛以僧装,葬吾于邓尉、灵岩相近,墓前立一圆石,题曰诗人吴梅村之墓,勿作祠堂,勿乞铭于人。"陈廷敬为吴氏作的《墓表》亦有此语,并载吴氏关于自己的诗的愿望之语:"吾诗虽不足以传远,而是中之用心良苦,后世读吾诗而能知吾心,则吾不死矣!"应该承认,吴梅村在自责以至自赎的用心上堪称良苦。活着未服"僧装"以愧对"烈皇帝",死后"敛以僧装"则是一种很能令人喟叹的自我拯救的谢罪形态,这种自赎以至自我挽回一点"失身"的方式很感人。特别是梅村自觉地以诗文字的传世视作一己生命的继续延存,他自信所留下的诗能挽转、弥补留给世人的已是残损的形象。

姑勿论其诗,即以其人心态的层叠复杂看,以他对诗的深具生命价值的认识而言,已是诗史所罕见。吴梅村的存在,意味着作为言志抒情的诗这一文体,进入了载负能量更见深广,其承托的"心声"也将愈见转曲襞积。从此起始的清代诗歌宗唐祧宋之类的纷争和流变,究其实已不是单纯的"唐音宋调"的声韵体格的追逐,更多的着眼处乃在于各自对如何表述一己"心声"为佳妥的认同和选择。

吴伟业的自责以期自赎的表现除却《与子暻疏》等外,更集中地存见于他的《临终诗四首》,这四首七言绝可以说是梅村心期后人"读吾诗而知吾心"的自拟提要,诗云:

忍死偷生廿载余,而今罪孽怎消除?
受恩欠债应填补,总比鸿毛也不如。

岂有才名比照邻,发狂恶疾总伤情。
丈夫遭际须身受,留取轩渠付后生。

胸中恶气久漫漫,触事难平任结蟠。
块磊怎消医怎识?唯将痛苦付汍澜。

奸党刊章谤告天,事成糜烂岂徒然?
圣朝反坐无冤狱,纵死深恩荷保全。

我国素有"人之将死,其言也善"的观念,所以人们对吴伟业病危以至弥留之际的自忏陈述语是惋叹怜惜之情油然而生的,能接受并理解它,尽管组诗的末一首在情态上颇予人别扭感。"僧服"入葬是为平衡失节自愧的心绪,也是对"蒙先朝巍科拔擢"的前半生的一种交待;而"圣朝"、"深恩"的口号则是出于身后保全其子功名前途的谋虑。梅村居士临终前的头脑是清醒的,心思仍很缜密。

对于吴伟业,还在他生前时遗老故旧已多宽谅语,钱澄之作于康熙十年即梅村病故前不久的《寄吴梅村宫詹》很有代表性。宫詹,少詹事的称名,钱氏是以旧朝官衔尊称他的。诗共四首,中如"同时被召情偏苦,往事伤怀句每工"、"山涛启事真无故,庾信哀时岂自由"云云,体谅其情可谓亲切,只是"江东词客才华盛,岭外逋臣忌讳多"毕竟还是分了彼此。钱氏为南明永历旧臣,自称"逋臣"是对新朝的异己之言,以"忌讳多"对"才华盛",弦外之音颇为波峭。

到乾隆、嘉庆时期,诗界对吴伟业气节问题的宽容又一次成为热门话题。令人饶感兴趣的是吴氏与一大批降顺清廷的汉官恰恰是乾隆朝定为"贰臣"的,此中多少体现着清代政治历史中满汉关系的复杂性在文人们心态上投射的特定反映。这时唐诗学家管世铭的《韫山堂诗集·论近人诗绝句》说得最透彻,他说:"白衣不放铁崖还,斑管题诗泪渍颜。失路几人能自讼?莫将娄水并虞山!"①应该把吴梅村与钱牧斋区别开来,管氏的话比洪亮吉《论诗绝句》中所说"山上蘼芜时感泣,息夫人胜夏王姬"显然直截了当得多。而与管、洪同为史学家并且皆为常州同乡的前辈赵翼,则在《瓯北诗话》中列吴伟业为上继元好问、高启而后的清代第一大诗人。赵瓯北说:"梅村当国亡时,已退闲林下。其仕于我朝也,因荐而起,既不同于降表签名,而自恨濡忍不死,跼天蹐地之意,没身不忘,则心与迹尚皆可谅。"这是一次非常努力的诗史式的挽救,虽然不免将本很复杂的历史背景和人物性格简单化了点。于是清初类似将其和钱谦益、龚鼎孳、陈之遴、曹溶一起划入"江浙五不肖"(《重麟玉册·李映碧传》附记语)的激烈的论评终于澄清。②

---

① 见《韫山堂诗集》卷十三,组诗共十六首,此为第一首。
② 王曾祥《书梅村集后》,见《银鱼集》页六五。

吴伟业品节问题的考论几乎贯串于整个清代诗史,此一公案的讨论既关系着各家各派审美情趣的辩难,更涉及人文观念涵盖面甚广的史识的变异。一个诗人的出处进退、际遇身世引起如此广泛的论评,这本身就是值得重视的文化史实。

二 "梅村体"的"诗史"意义和艺术成就

吴伟业的诗集,自顺治朝到清末宣统年间,版本众多。通常以康熙九年刻的《梅村集》四十卷本和清末始出的《梅村家藏稿》为主要版本。近人又辑佚增补,并综校各本而合成《吴梅村全集》。梅村诗在清代已有笺注多种,著名的有靳荣藩《吴诗集览》、程穆衡《梅村诗笺》、吴翌凤《梅村诗集笺注》,均著成于乾嘉之际。梅村诗版刻与笺本之多,诚表明其诗的成就和影响程度,而史称"梅村体"的长篇歌行则是吴诗的灵魂及标志。

吴伟业诗以歌行成就最高在清代中叶已成定评。着眼其以诗存史的论评当数程穆衡《娄东耆旧传》中所述为切要:

> 其诗排比兴亡,搜扬掌故,篇无虚咏,近古罕俪焉。论曰:梅村之诗,指事传辞,兴亡具备,远踪少陵之《塞芦子》,而近媲弇州之《钦𪂿行》,期以撼本反始,粗存王迹,同时诸子,虽云间、虞山犹未或识之,况悠悠百世欤!

程穆衡(1703—1793)不愧为吴诗专家,他对这位乡前辈的"诗史"式特点抉示得要言不烦,从这角度追踪统绪上溯至杜甫的某类诗作,近承"后七子"王世贞的长篇,也不是空泛之论。就诗的情韵、语势、藻采而言,王士禛《分甘馀话》和《四库全书总目》属于较早的论评,而且是缙绅朝士的官方诗论眼光。王氏语简,不无轻慢意:"娄江源于元、白,工丽时或过之。"①《总目》较具体,说得

---

① 《分甘馀话》卷二:"明末暨国初歌行,约有三派:虞山源于杜陵,时与苏近;大樽源于东川,参以大复;娄江……"

也多要领：

> 其中歌行一体，尤所擅长。格律本乎四杰，而情韵为深；叙述类乎香山，而风华为胜。韵协宫商，感均顽艳，一时尤称绝调。其流播词林，仰邀睿赏，非偶然也。

后此众多评骘，或褒或贬，大抵未出此范围。全面综论吴诗，尤其是歌行的是《瓯北诗话》，赵翼在《诗话》卷九用了一整卷论述了梅村之诗。

世称"梅村体"的长篇歌行最明显特点是"指事传辞，兴亡具备"的"诗史"品格。对此，赵瓯北列举了十数篇代表作：

> 梅村身阅鼎革，其所咏多有关于时事之大者。如《临江参军》、《南厢园叟》、《永和宫词》、《雒阳行》、《殿上行》、《萧史青门曲》、《松山哀》、《雁门尚书行》、《临淮老妓行》、《楚两生行》、《圆圆曲》、《思陵长公主挽词》等作，皆极有关系。事本易传，则诗亦易传，梅村一眼觑定，遂用全力结撰此数十篇，为不朽计，此诗人慧眼，善于取题处。白香山《长恨歌》、元微之《连昌宫词》、韩昌黎《元和圣德诗》，同此意也。

但应该指出，吴伟业的歌行所存传的史事，大多包孕着时代巨变中的血泪印痕，"题既郑重，诗亦沉郁苍凉"，实非元、白等作可简单化地相比拟。

梅村"诗史"又可分为两类，其一为记写明亡前夕时事，另一类则是鼎革后的沧桑变幻之作。先说前一类，其中历来首称《临江参军》诗，是感喟并赞颂临江杨廷麟的五言长古。杨氏为卢象升的参军，卢氏抗后金（即入关前之满族军事政权）殉难于河北贾庄，杨廷麟为之大恸，并直忤误军机之杨嗣昌，声震朝野，后守赣州死于抗清之役。梅村与之深交，故有"风雨怀友生，江山为社稷。生死无愧辞，大义照颜色"之句，在《与子暻疏》中提到愧对"伯祥"云云，伯祥即杨氏之字，他的号为机部。但《梅村诗话》中明说到：

"余作《临江参军》一章,凡十数韵,以文多忌,不全录。"可知今存于集子中之诗是已几经诗人删除和改动过的。有关卢象升苦战于巨鹿悲壮阵亡以及杨廷麟哭悼事,见存于《吴越诗选》的梅村《读杨参军〈悲巨鹿〉诗》,远较《临江参军》悲慨激越,因太干犯清政权大忌,吴氏不敢收进集内。诗云:

> 去年敌入王师蹙,黄榆岭下残兵哭。
> 唯有君参幕府谋,长望寒云悲巨鹿。
> 君初出入铜龙楼,焉支火照西山头。
> 上书言事公卿怒,负剑从征关塞愁。
> 是日寒风大雨雪,马蹴层冰冻蹄裂。
> 短衣结带试羊羹,土锉吹灯穿虎穴。
> 横刀高揖卢尚书,参卿军事复何如?
> 宣云士马三秋壮,赵魏山川百战余。
> 岂料多鱼漏师久,谓当独鹿迁营走。
> 神策球场有赐钱,征东戏下无升酒。
> 此时偏将来秦州,君当往会军前谋。
> 尚书赠策送君去,滹沱之水东西流。
> 自言我留当尽敌,不尔先登死亦得。
> 眼前戎马饱金缯,异日诸公弄刀笔。
> 君行六日尚书死,独渡漳河泪不止。
> 身虽蒙落负知交,天为孤忠留信史。
> 呜呼美人骑马黄金台,萧萧击筑悲风来。
> 乃知死者士所重,羽声慷慨何为哉!
> 即今看君《悲巨鹿》,尚书磊落真奇材。
> 君今罢官且归去,死生契阔知何处?

卢象升战死于崇祯十一年(1638),杨氏《悲巨鹿》诗据梅村《诗话》说"通首俱妙,惜佚落不全",其实吴氏他是读到过全篇的。

《悲巨鹿》为卢氏"孤忠留信史",这首《读〈悲巨鹿〉诗》则又复为"横刀高揖卢尚书"的杨廷麟"留信史"。

从上引诗例中已可见到"梅村体"特具的风采。他叙事不虚,却又不滞,善于出境而氛围毕现,声色皆壮;人物则在事态和特定环境中须眉跃动,神情如在眼前。这就是吴梅村的胜场处:以气韵振起色泽,故即使丽泽藻采却不觉得浮艳;以情愫激穿情节,所以描述以至口吻之传写,能予人一种贯连而不松散破碎的感受。一气呵成,一气贯转,于是转韵跌宕,愈转愈能产生流转圆旋的声韵效应,如这首《读杨参军〈悲巨鹿〉诗》篇幅不算长,但已用了十个韵。更须指出的是,明亡前后直到出仕清廷前,梅村作诗能放胆放笔,语言风格也就畅朗无隔,情韵尤见丰润。这样,用典亦少,说梅村"熟于两《汉》、《三国》及《晋书》、《南北史》,故所用皆典雅"云云,在前期歌行中很少如此。《松山哀》可以补证这些特点,与上引诗互参:

> 拔剑倚柱悲无端,为君慷慨歌松山。
> 卢龙蜿蜒东走欲入海,屹然擂拄当雄关。
> 连城列障去不息,兹山突兀烟峰攒。
> 中有垒石之军盘,白骨撑距凌巑岏。
> 十三万兵同日死,浑河流血增奔湍。
> 岂无遭际异?变化须臾间。
> 出身忧劳致将相,征蛮建节重登坛。
> 还忆往时旧部曲,喟然叹息摧心肝。
> 呜呼元菟城头夜吹角,杀气军声振寥廓。
> 一旦功成尽入关,锦裘跨马征夫乐。
> 天山回首长蓬蒿,烟火萧条少耕作。
> 废垒斜阳不见人,独留万鬼填寂寞。
> 若使山川如此闲,不知何事争强弱。
> 闻道朝廷念旧京,诏书招募起春耕。

两河少壮丁男尽,三辅流移故土轻。
牛背农夫分部送,鸡鸣关吏点行频。
早知今日劳生聚,可惜中原耕战人。

崇祯十四年秋到十五年春(1641—1642)的松山战役,以洪承畴被俘告结束,明军惨败。这是决定性的一次大仗,关系着明王朝的命脉,至此关外除宁远孤城外,城池土地尽落清军之手。确如《清太宗实录》卷六十二中皇太极所判断的:"今明国精兵已尽,我兵四围纵略,彼国势日衰,我兵力日强,从此燕京可得矣。"《松山哀》所哀者亦正在此。但如此重大题目,梅村却举重若轻,起首悲歌慷慨,情在事前,事随情转,而后叙松山险要、叙战线态势、叙血刃惨败,全从宏观处把握整体,又能不浮泛空枵,因而磅礴气势缓缓透出。梅村歌行往往在行转中细写一笔,色泽敷设,情景兼见,如"废垒斜阳不见人,独留万鬼填寂寞",上首诗则如"短衣结带试羊羹,土铓吹灯穿虎穴"。此种均系近体格律诗句法,组合入古体歌行,特具或怆楚或凄清、或苍凉或哀婉的情韵美。叙事中恰到好处的带笔议论,则又是梅村长篇的绝技,如此诗中的"若使山川如此闲,不知何事争强弱",前诗里的"身虽濩落负知交,天为孤忠留信史",或冷峭、或激昂、或锋锐、或婉委,每多奇警意,故而每成诗眼警句。

后一类"诗史"之作,即入清后的部分歌行,相比之下,哀婉未改而气韵渐见衰飒,具体说来是情多于事,在伤感氛围中"史"多泯灭于事中。锋芒锐钝,议论胆缩,"史"识必然消散,当然,从叙事诗善加抒情角度言,诗的感染力仍未淡失。这可以集中记写顺治十四年(1657)江南科场案有关的歌行为例证。这场大狱震撼着东南士子,历来科举试中发生的案狱没有如此惨酷,打击面之广,杀戮、流放之严厉均为史无前例。此中无论就新朝统治之用心,还是从视科举之途为渊薮,在正负各个层面深处都是大有文章在的。梅村对此写过很有名的作品,如《赠陆生》、《悲歌赠吴季

子》等,大抵写人、记事而隐没了背景,诗人的笔已不敢刻入深探,只是点到而已。《悲歌赠吴季子》最称绝唱:

> 人生千里与万里,黯然销魂别而已,君独何为至于此?
> 山非山兮水非水,生非生兮死非死。
> 十三学经并学史,生在江南长纨绮。
> 词赋翩翩众莫比,白璧青蝇见排诋。
> 一朝束缚去,上书难自理,绝塞千山断行李。
> 送吏泪不止,流人复何倚?
> 彼尚愁不归,我行定已矣!
> 八月龙沙雪花起,橐驼垂腰马没耳。
> 白骨皑皑经战垒,黑河无船渡者几?
> 前忧猛虎后苍兕,土穴偷生若蝼蚁。
> 大鱼如山不见尾,张鬐为风沫为雨。
> 日月倒行入海底,白昼相逢半人鬼。
> 噫嘻乎悲哉!生男聪明慎勿喜,仓颉夜哭良有以。
> 受患只从读书始,君不见,吴季子。

诗是赠吴兆骞的。兆骞字汉槎,虎丘大会上被梅村称为"江左三凤凰"之一,系吴江才子。吴汉槎远戍宁古塔后著有《秋笳集》,是名诗人。梅村此诗被视为佳制绝唱,主要在于哀苦情浓,一种抑郁难言之意蕴从低回盘转的笔调中渗出,声韵节奏又异常动人。然而细加辨味,此诗在回答"君独何为至于此"时,归结为二点:一是"白璧青蝇见排诋",遭人诬陷;二是"受患只从读书始"。据有关笔记载述,由于文社门户之争而引起宵小乘机构陷,似非无稽之谈,但这不应是本质性的原因,科场大狱的背景被淡化了。"读书"致祸,是诗人别有痛感之语,他想到了自己的际遇,老少二吴全属名士高才,通同的境遇,不能不为之一恸。"仓颉夜哭"也最能勾起江南文人的共鸣心。然而,他们的身世经历的起落反复,岂仅是因多才呢?梅村此时虽未是噤若寒蝉,可已不敢"横议"是显然的,后半篇全以想像之辞为吴兆骞前路悲愁,声色生动,但已纯属虚拟的无风险语。《赠陆生》是为同罹科场案的另一才士松江陆庆曾所吟,与《悲歌赠吴季子》相同,诗中也以"嗟君时命剧可怜,蜚语牵连竟配边"作为戍边流放的归因。但在借题发挥,以表述自己心意方面较前首具体:"习俗谁容我弃捐?才名苦受人招致";"古来贫贱难自持,一食误丧生平守"。与其说诗为陆庆曾作,毋宁说是梅村借陆生之题夫子自道,自诉心迹。所以,《皇清诗选》编者孙铉之评说此诗"无数奖借,无数牢骚,无数怜惜。深情丽笔,驰骋温、李之间"云云,仍还隔了一层。

《后东皋草堂歌》和《楚两生行》为入清后诸名篇中之佳者。《后东皋草堂歌》系悼瞿式耜之作,笔法吞吐延续,感喟深切真挚,为梅村仕清前的精心结构之篇。诗中"一朝龙去辞乡国,万里烽烟归未得。可怜双戟中丞家,门帖凄凉题卖宅。有子单居持户难,呼门吏怒索家钱。穷搜废箧应无计,弃掷城南五尺山。任移花药邻家植,未剪松杉僧舍得"等等写尽了当道对瞿家的追逼,花木移于邻家,杉松植之僧舍,一派败落景象。诗的声情也转叠起伏,多梅村固有韵味。后段尤深沉:

> 摇落深知宋玉愁,衡阳雁断楚天秋。
> 斜晖有恨家何在,极浦无言水自流。
> 我来草堂何处宿?挑灯夜把长歌续。
> 十年旧事总成悲,再赋闲愁不堪读。
> 魏寝梁园事已空,杜鹃寂寞怨西风。
> 平泉独乐荒榛里,寒雨孤村听暝钟。

事、理、境、情,一脉沟通,意味既浓,诗心亦真。《楚两生行》是吟写音乐家苏昆生、评话家柳敬亭的名篇。苏、柳不是一般的民间艺人,而是自晚明、南明以至清初始终与政治力量密切关联的遗子之士。吴梅村为柳敬亭立传,又作此长古,意在表陈"痛哭长因感旧恩"。这正是清初诗史上一个重要关目。遗老、志士、逸民与仕清的"两截人"每多共此话题,在苏、柳的身世、生涯的吟叹上和弦同奏,这应是值得注意探讨的现象。其时柳敬亭仍混迹于抗清军事组织间,凭着机智和江湖浪迹的身分不时脱险于事败之际,《楚两生行》在高华中透悲凉的沧桑之叹后转入为柳氏而忧危,很写出了诗人自己的心态,不只是记叙了友情:

> 我念邗江头白叟,滑稽幸免君知否?
> 失路徒贻妻子忧,脱身莫落诸侯手。
> 坎壈由来为盛名,见君寥落思君友。

看似轻捷随口而吐的语言,实则很洗炼,平淡间意多层次,情甚凄切。深情丽藻,是构成"梅村体诗史"特色的关键因素。若情不浓深,"史诗"徒成史论,失落了诗的特性,了无意味;但如褪去藻采之丽,则将必是仅仅成为通常所说的少陵诗史的沿续,不成其为"梅村体",从而也难从元、白"长庆体"中分离而自成面貌。丽词藻采,是梅村歌行的重要形态标识。

梅村诗的藻丽之色,原基于他擅长艳体。徐釚《本事诗后集》说他早时"蹑屐东山,纵情声伎。当歌对酒,只字流传,人争购焉,论者以为杜牧风情,乐天才思,不是过也"。此乃晚明世家子弟和新进举子们流行的风气,所以《四库总目》说其"少作大抵才华艳发,吐纳风流,有藻思绮合,清丽芊眠之致",是确切的。他的诗所以能时见沉博瑰丽而又情文兼备,是时代造就了他。"倘不身际沧桑,不过冬郎《香奁》之嗣音,曷能独步一时?"朱庭珍《筱园诗话》的这个论断爽辣之甚,确是一言中的。但也正因为如此,故而梅村诗叙事的哀怨悱恻,端赖其白描与芊绵繁缛的藻采相间而兼美,爽心豁目之际声色并娱;从另一角度看,一旦多用书卷,使典过繁,则翻致腻滞。丽词不伤其气韵,典雅用古则转而损诗脉络,这是把握"梅村体"风格的必要认识。

丽藻艳情与沧桑之恨相融合而构成绝妙佳篇的当可以《听女道士卞玉京弹琴歌》为典型,如与《琴河感旧》、《过锦树林玉京道人墓》对照参读则体味更能具体,诗云:

> 驾鹅逢天风,北向惊飞鸣。
> 飞鸣入夜急,侧听弹琴声。
> 借问弹者谁?云是当年卞玉京。
> 玉京与我南中遇,家近大功坊底路。
> 小院青楼大道边,对门却是中山住。
> 中山有女娇无双,清眸皓齿垂明珰。
> 曾因内宴直歌舞,坐中瞥见涂鸦黄。
> 问年十六尚未嫁,知音识曲弹清商。
> 归来女伴洗红妆,枉将绝技矜平康,如此才足当侯王。
> 万事仓皇在南渡,大家几日能枝梧。
> 诏书忽下选蛾眉,细马轻车不知数。
> 中山好女光徘徊,一时粉黛无人顾。
> 艳色知为天下传,高门愁被旁人妒。
> 尽道当前黄屋尊,谁知转盼红颜误。
> 南内方看起桂宫,北兵早报临瓜步。
> 闻道君王走玉骢,犊车不用聘昭容。
> 幸迟身入陈宫里,却早名填代籍中。
> 依稀记得祁与阮,同时亦中三宫选。
> 可怜俱未识君王,军府抄名被驱遣。
> 漫咏临春《琼树篇》,玉颜零落委花钿。
> 当时错怨韩擒虎,张孔承恩已十年。
> 但教一日见天子,玉儿甘为东昏死。
> 羊车望幸阿谁知?青冢凄凉竟如此!
> 我向花间拂素琴,一弹三叹为伤心。

361

暗将《别鹄离鸾引》，写入悲风怨雨吟。
昨夜城头吹筚篥，教坊也被传呼急。
碧玉班中怕点留，乐营门外卢家泣。
私更装束出江边，恰遇丹阳下渚船。
剪就黄绝贪入道，携来绿绮诉婵娟。
此地由来盛歌舞，子弟三班十番鼓。
月明弦索更无声，山塘寂寞遭兵苦。
十年同伴两三人，沙董朱颜尽黄土。
贵戚深闺陌上尘，吾辈漂零何足数！
坐客闻言起叹嗟，江山萧瑟隐悲笳。
莫将蔡女边头曲，落尽吴王苑里花。

卞玉京，原金陵名妓，余怀《板桥杂记》中卷"丽品"门介绍说："卞赛，一曰赛赛，后为女道士，自称玉京道人。知书，工小楷，善画兰鼓琴。"明清之交，秦淮名妓多与复社名士相善，这是一批特定时代文化背景薰化成的风尘奇女子，她们的浮沉身世大抵都联系有一段兴亡之际的哀乐悲欢，成为相当独特的时代见证人。历史曾残酷地展示，凡大动荡年代，烽火兵刃之间，妇女受涂炭最烈，被蹂躏最苦，而乙酉（1645）年间弘光朝朱由崧的苟且无能却又极端荒淫，给江东南特别是金陵的红颜弱柳带来的惨苦尤见严重。此诗即揭示了弘光帝选妃与清兵渡江后疯狂掳掠所造成的"贵戚深闺陌上尘，吾辈漂流何足数"的痛苦史事。这里名门闺秀和青楼薄命女的遭际通同无异，全成了世间大恨、千载伤心的牺牲物。吴梅村诗笔的高超处，是将卞玉京本人和所奏唱的见闻相糅一气，"中山好女"指徐魏公宗女，明初徐达封爵，世袭居于南京者；"祁与阮"指浙东祁彪佳族中女子和阮大铖之侄女，系"中三宫选"而"零落委花钿"的后宫佳丽。靳荣藩说"此诗胜处，在'闻道君王'十六句，如急管繁弦，凄清入耳，又如惊风骤雨，震心荡魄"，因为这一段写尽了这班红颜薄命人的惨痛，也记存了历史上宫闱最黑暗的一页史实。此种"月明弦索更无声"时的"江山萧瑟隐悲笳"之唱,无疑已超越出了白乐天诗所曾有的意境,时代已如此迥异,本亦不可能重复或取代的。

吴梅村能这样"细细叙来,悲泣莫诉",如邓汉仪在《诗观》中所说"有此等恨事,却有此等好诗",除了得有元、白法乳,确实应看到得力于诗人"善言闺房儿女之情"的艳体根基,不然叙事难达此等动人楚楚的境界。艳体诗患有浮艳轻薄之痼疾,一当沧海桑田大变故激荡起的风云气、悲怆情,洗涤、冲刷去浮艳的脂粉气、轻佻情后,缠绵悱恻的藻采色调和委婉音律就奇妙地转成陵谷巨变时期哀感顽艳的声色了。

"梅村体"的诗史风范和哀艳情韵相组合的第一名篇当然是《圆圆曲》。但这首梅村代表作的作年不明,诸家系年说法不一,而大体确定其创作时间既能把握诗人心态,也就可以较准确地理解诗意。顾师轼《梅村先生年谱》系于顺治元年(1644),程穆衡《吴梅村编年诗笺注》系于顺治十六年(1659)。顾氏所系过早,与诗情不合,程氏所系之年则太后,于梅村心迹难符。吴梅村自顺治十年仕清后,对"事二君"行径除了自责以至自讼、自罪外,已不可能去谴责别人;何况谴责降于清的吴三桂,岂非亦同时谴责了入主中华的新朝主子?"惴惴莫保"的他此时不会去惹此事端的。因而《圆圆曲》应作于顺治十年前,以吴三桂驻师陕西,于顺治八年(1651)进京"入觐"即其最称走红之际为宜,也合诗中吟及的情节。此时吴伟业以野老身分,谴责吴三桂"恸哭六军俱缟素,冲冠一怒为红颜",三桂对立面既是李自成大顺政权,固然无讦清廷,而"恸哭"句亦多少流露了对故主的哀悼情,不失应有的立场。尤微妙的是诗中"若非壮士全师胜,争得蛾眉匹马还"等句,"壮士"、"全师"云云无疑是指归顺清廷的吴三桂所帅的将士。诗人在全篇中前后夹叙夹议时组织进上述诸句,骂了"逆贼"、"蚁贼"的"黄巾",追悼了"鼎湖当日弃人间"的旧君,但又能不开罪入主华夏的新朝,只是鞭挞了"尝闻倾国与倾城,翻使周郎受重名"的新封平西王的吴三桂,吴梅村就是在如此缜密的构思下完成了这一名篇的。凡论吴三桂者,都说此人是"引狼入室"之祸首,其实从历史大背景看,没有吴三桂"冲冠一怒为红颜"之举止,八旗铁骑也是要入关的;退一步说没有吴氏的入引,也会有别的什么人引入,乃必然之趋势。事实上吴梅村也并未认定吴三桂是"引狼"者,《圆圆曲》中固然有着辛辣讽刺,但要旨只在讥讽他"全家白骨成灰土"时,仍持"妻子岂应关大计"态度,置家国安危于不顾;倒是因为"英雄无奈是多情"之故,却"冲冠一怒为红颜"了!所以,《圆圆曲》的主旨应是为陈圆圆立传,"一代红妆照汗青"是全篇的诗眼。陈圆圆充其量只是个"蕙心纨质,淡秀天然"(陈维崧《妇人集》转述冒襄语)的色艺擅一时的青楼女子,何以能"照汗青"呢?其因乃在"白皙通侯最少年"的吴三桂的"英雄多情"!这"多情"使他"冲冠一怒",终于"电扫黄巾",又终于在继续进军途中"蛾眉马上传呼进";而陈圆圆则最终也得以"错怨狂风飏落花,天边春色来天地",历经"惊魂"而贵为王妃。这正是一段惊心动魄又曲折离奇的悲欢离合的儿女情事,透过这段儿女情,诚然大背景上有兴亡事,但导致吴、陈离合的劫波迭起的乃是"薰天意气连宫掖"的明朝贵戚"豪强",特别是"遍索绿珠园内第"的将陈圆圆"认作天边粉絮看"的"黄巾"贼,梅村的"史"笔着重点仅此而已。要说诗人真藏有锋芒的话,其思路走向当从"电扫黄巾定黑山,哭罢君亲再相见"句中去辨味。八旗入关,最振振有辞的舆论是为明崇祯帝报仇,代汉人平"黄巾";"冲冠一怒为红颜"的吴三桂的"哭罢君亲再相见"的姿态正与新朝的谋略如符若契,同步一辙。后人认为吴梅村此诗"用《春秋》笔法,作金石刻划"(《梦痕馆诗话》)。问题是吴梅村有此胆量与否,很可怀疑。如果只是谴责了吴三桂,而抽空关键性背景,像上面所述矛头指向避开了清廷,那么这样的史识不能算高明,也能为新朝所接受,鞭挞"贰臣"并不悖逆新政权的。而以吴梅村的才学而言,他不可能不想到诸如此类的复杂关联,从而为自己留下一串串难圆其说的破绽。因此,说《圆圆曲》主旨乃为陈圆圆遭际而作,较为实事求是,结篇"君不见馆娃初起鸳鸯宿,越女如花看不足。香径尘生乌自啼,屧廊人去苔空绿。换羽移宫万里愁,珠歌翠舞古《梁州》。为君别唱吴宫曲,汉水东南日夜流"八句固可不成泛泛空话,前段"家本姑苏浣花里"二十句写圆圆身世以及"梦向夫差苑里游,宫娥拥入君王起"的憧憬,直至几番际遇哀乐也不嫌臃肿。尤其是后半篇"传来消息满江乡,乌桕红经十度霜。教曲妓师怜尚在,浣纱女伴忆同行。旧巢共是衔泥燕,飞上枝头变凤凰。长向尊前悲老大,有人夫婿擅侯王"八句,表现曲院旧坊的伙伴们的种种艳羡心态,方始觉得是整篇不可或缺的极佳组合部分。

由此而言,梅村佳构《圆圆曲》原系对当年秦淮旧识的系列感慨吟唱之一,此中当然有"难为回首"的兴亡之叹,殆同余怀作《板桥杂记》一般。只是余澹心笔以散文,吴梅村出之韵体;《板桥杂记》重在记述当年秦淮之盛,以昔伤今,梅村歌吟则每多载写今日佳丽归宿,借近哀远。归宿,自是人各相异,"薄命只应同入道,伤心少妇出萧关。紫台一去魂何在?青鸟孤飞信不还",是吴梅村生前见到的一种,所以《过锦树林玉京道人墓》诗,必然不同于《圆圆曲》的"专征箫鼓向秦川,金牛道上车千乘。斜谷云深起画楼,散关月落开妆镜"的气派和氛围。可是,尽管这班秦淮佳丽际遇、命运各自有别,但"莫唱当时渡江曲,桃根桃叶向谁攀"的世事变迁、沧桑更变之感则是共通的。从这一点而言,梅村歌行体固多此题旨,其实近体诗亦不乏此类吟写,《赠寇白门六首》、《题冒辟疆名姬董白小像八首》等皆是。从某种意义上说,这类秦淮旧人的系列追念之篇,与写赠柳敬亭、苏昆生的短长各章,甚至与《画中九友歌》等一样,都是把易代之际的各类人物视作兴亡之唱的中介载体罢了。也许各个具体的人层次、地位、心志、出处均不相同,然而作为符号,作为触兴而感的媒体则是一回事,犹如《毛子晋斋中读吴匏庵手抄宋谢翱西台恸哭记》一诗里的"俾我愁千斛"、"哀吟同击筑",其效应没有两样,尽管这之间有今与古、物与人的区别。

所以,当年《筱园诗话》批评梅村《圆圆曲》诸篇"虽情文兼至,姿态横生,未免肉多于骨,词胜于意,少沉郁顿挫,鱼龙变化之巨观"云云,是似是而非。问题出在期望过高,求之过深,只从"诗史"尺度去探究"沉郁顿挫",而轻忽了他已变化为"凄丽苍凉"的顽艳之才。朱庭珍既深刻地看到了吴梅村"身际鼎革,所见闻者,大半关系兴衰之故,遂挟全力,择有关存亡,可资观感之事,制题数十,赖以不朽,此诗人取巧处也",又埋怨"数见不鲜,惜其仅此一枝笔,未能变化",这是苛求,也是朱氏只盯住梅村歌行一体之故。吴伟业的诗从内容到形式都具有很深的时代烙印,题材也足称丰富。他擅长歌行叙事之体,并不是等于五七言近体不足观,事实上他的律绝颇多佳处。即以《赠寇白门六首》的记写又一位秦淮才艺丽媛的归宿和沉沦,就别有一种音余弦外的情味,为上述系列诗作增入了多样性。诗前注云"白门故保国朱公所蓄姬也。保国北行,白门被放,仍返南中,秦淮相遇,殊有沦落之感。口占赠之"。诗云:

> 南内无人吹洞箫,莫愁湖畔马蹄骄。
> 殿前伐尽灵和柳,谁与萧娘斗舞腰?

> 朱公转徙致千金,一舸西施计自深。
> 今日只因勾践死,难将红粉结同心。

> 同时姊妹入奚官,㧙酒黄羊去住难。
> 细马驮来纱罩眼,鲈鱼时节到长干。

重点卢家薄薄妆,夜深羞过大功坊。
中山内宴香车入,宝髻云鬟列几行。

曾见通侯退直迟,县官今日选蛾眉。
窈娘何处雷塘火,漂泊杨家有雪儿。

旧宫门外落花飞,侠少同游并马归。
此地故人骀唱入,沉香火暖护朝衣。

吴伟业五七言律诗佳作亦不少,尤以一部分白描见工整,情真意深少用繁典缛词者为好,如《哭亡女三首》、《中秋看月有感》、《过淮阴有感》等,均不以"文采错绮绣"为胜场,如《中秋看月有感》:

今年京口月,犹得杖藜看。
暂息干戈易,重经少壮难。
江声连戍鼓,人影出渔竿。
晚悟盈亏理,愁君白玉盘。

诗写在顺治十七年(1660),其时镇江刚过去一场战火洗礼,郑成功师退出长江,清政府正进行肃清地方异己分子。梅村对圆月想人生,从月之"盈亏"而想得很多,但他心病一块总难去。"重经少壮难"五字似平而实曲深,诗人只觉得想重来一次"少壮"即重新再写自己的历史已难以可能了,别的事缺而圆,圆再缺,盈亏相转,唯有名节之失落缺残,将无可弥补,能不"愁君白玉盘"?

"后世读吾诗而知吾心,则吾不死矣!""晚悟盈亏理"正寄寓着诗人之"心",而期后人能"知"之,徒赏其绮绣文采、宫商声调,又焉能知吴梅村诗心?

三 "太仓十子"·王摅·唐孙华

江苏太仓的娄江(又名刘家河)之口刘家港,位处长江入海口的南岸。它东临大海、南接松江、西连吴会,具有优越的自然条件。由于"三江"变迁,东江淤塞,吴淞江仅存一线,是故刘家港于元明时代成为长江三角洲唯一良港,是当时东南最大的海港之一。明人张寅《嘉靖太仓新志》说:"凡海船之市易往来者,必经刘家河,泊州之张泾关,过昆山抵郡城之娄门。"于是苏州府属的太仓州日益繁庶,"名楼列市,番贾如归",经济贸易促使这港口城市的繁荣景象一直延续到明代前中期。经济的勃兴必推助文化高涨,明代戏曲的"昆山腔"以至后来发展成为"昆剧"剧种,其基因正导自这海港的繁华。而科举仕进的鼎盛则鼓动着雅文学诗文词的雄振,明代"后七子"领袖王世贞、王世懋兄弟的家乡就是这太仓州。太仓王氏自明代中叶以来成为乡邑巨族,实由二支不同宗的王姓构成。一为郡望琅琊之"王",明成化年间进士王倬官至南京兵部侍郎,其子王忬,嘉靖进士,官至都察院右都御史兼兵部侍郎、蓟辽总督。王忬即王世贞之父。万历年间位至首辅的王锡爵则是"太原之王",其即后来称为"清初四王"之首王时敏的祖父。关于太仓二王姓的官宦盛况,王世贞在《弇山堂别集》卷十七中自述:"万历壬午、甲申间,世贞以南大理卿还里,而王礼侍锡爵给假省亲不出。余弟世懋与礼侍之弟鼎爵,俱以提学副使一自陕西一自河南乞归。二子生同岁,同为礼部郎,同岁迁提学,又同岁请告。而余召为刑部侍郎不赴,一时颇称之为'四王'者,以其名位里居之相埒也。"在卷三中,又有"万历己卯、壬午,南畿解元连为吾州人陆大成、吾子士骐。又一科为戊子,王衡复为解元,而武解元为吾州人徐申山"的载述,王衡,就是王时敏之父,而王士骐则系王鉴(圆照,染香庵主)的父亲。如此文化氛围,足见太仓在明代中后期直至清初之际作为诗坛画苑之重镇的特定气象,而就诗的发展史程言,太仓正是"七子"诗风在清初承延的一个中心。

吴伟业博丽藻采的诗风原与陈子龙一样,都与"明七子"流派有着很深的渊源,虽然已有了变化。对此,朱一是的"弇州梅村一样里,后来者胜投袂起"(《赠梅村》)诗句已点明了脉承关系。钱钟书《谈艺录》的"清初诗家如天生、竹垞、翁山,手眼多承七子,即亭林、梅村亦无不然"的判辨,端称笃论。在太仓,"多承七子"的诗风也不仅吴梅村个别现象,但梅村作为江东人文领袖,其影响殊大。在他周围团聚的诗群"太仓十子"(或称"娄东十子")以及余韵流响所及凝集而成的"娄东诗派",从整体上讲诚如姚莹《识小录》所说"大抵师法梅村,故诗皆以绵丽为工,悲壮为骨"①,换个角度讲就是《晚晴簃诗汇·诗话》表述的:"瑰词雄响瓣香弇州者。"高华其格、响亮其声,作为"七子"余脉,"娄东"与同源分流的"云间"、"西泠"鼎峙而立,构成了清代初期宗尚"唐音"的一大宗支。

"七子"流风在清代始终未中断过,到乾隆年间沈德潜立"格调说",选"别裁集"则是又一次高涨。由此考辨,"娄东"一派实应视作"明七子"宗风流延至清中叶沈氏师弟诗群之间的过渡中介环节。这样,也就能理解《国朝(清)诗别裁集》在论评梅村诗时何以出此手眼:"梅村七言古专仿元白,世传诵之,然时有嫩句、累句。五七言近体声华格律,不减唐人,一时无与为俪,故特表而出之。"此中消息极明,"声华格律,不减唐人"云者正是宗奉"明七子"法乳之专用术语。

所以,言清诗发展历程,不能忽略"太仓十子"或叫"娄东诗派",切莫以为苏州府属一州弹丸之地何足道之!

---

① 《识小录》卷五:"桑民怿、徐昌国本亦州人,家穿山与凤里,名成后徙去。至琅琊、太原两王公而后大。两王没二十年后,十子出。然余考十子,大抵师法梅村,故诗皆以绵丽为工,悲壮为骨,中以端士、伊人、虹友为最。"按,姚莹此语实本于吴伟业《太仓十子诗序》,唯"余考十子"以下为姚氏之评论。

"太仓十子"是指以下十人组合的群体：

周肇(1615—1683)，字子俶，顺治十四年(1657)举人，官青浦教谕，卒于新淦知县任。著有《东冈集》诗一卷。

王揆(1619—1696)，字端士，号芝廛。王时敏第二子。顺治十二年(1655)进士，授推官，不出。康熙十七年(1678)被荐"鸿博"，辞不赴试。著有《芝廛集》。

许旭(1620—1689后)，字九日。明诸生，入清未见应试，曾入福建范承谟幕。著有《秋水集》十卷。

黄与坚(1620—1701)，字庭表，号忍庵。顺治十六年(1659)进士，康熙十八年(1679)"鸿博"中式，授编修，历官赞善。著有《愿学斋集》四十卷。

王撰(1623—1709)，字异公，号随庵。王时敏第三子。著有《三余集》、《揖山集》等。

王昊(1627—1679)，字惟夏，王世懋曾孙。康熙十八年"鸿博"试，与邓汉仪、孙枝蔚同以"年老"特授内阁中书，旋殁。著有《硕园诗稿》三十五卷。

王抃(1628—1692)，原字清尹，明亡后改字怪民，又改鹤尹，号巢松。王时敏第五子。著有《巢松集》六卷。

王曜升，字次谷，王昊弟。诸生，暮年客死北京。著有《东皋集》。

顾湄(1633—1684后)，字伊人。诸生。本惠安令程新之子，幼育于顾梦麟(号织帘先生)，遂为嗣。著有《水乡集》。

王撼(1635—1698)，字虹友，号汲园，王时敏第七子。著有《芦中集》，为诗十卷。

作为一个群体，"太仓十子"之称当始于顺治十七年(1660)顾湄刊刻《太仓十子诗选》之时。其时年最长者周肇已四十六岁，而王撼最幼，年方二十六。这是一个兼及两代人的诗群，周肇早在崇祯二年(1629)已是复社成员,与梅村谊在师友,故梅村《与子暻疏》有"执友则托诸端士、子俶可也"一语;而其余则皆称梅村门下士。从出处身分看,既有进士出身入仕清廷的如黄与坚、王揆等,又有一介布衣如王摅的,几乎涵盖了易代之初的各种面貌的文士。

关于"十子"诗群,《诗选》卷首程邑《太仓十子诗叙》有较详尽的绍述,程氏说:诗史上有"建安七子"、"大历十子"、"嘉靖七子"等称号,"然生虽同时,产则异地。聚四方之英隽,成一代之国华,为力甚易,未有生同时,产同地,如太仓十子者也。"这指出了一个重要的现象,即地域人文到这个历史时代愈益显示出发达和相对集中,而地域文化呈此类现象又正是文化世族的积累性增强的表现。应该注意到这种发展现象,因为它恰好是有异于前代的"史"的推进中的新景观。接着程氏从"十子"的"体格风韵,亦自不同"的方面辨认着他们的同中之异。这是流派或群体的重要命题,如无异中之同,难成其群,不成为派;然而若没有同中存异的地方,其群面貌划一,焉有活力?生命力原本源之于差异的运动中。程氏这样分辨"十子"的各自特点:

> 子俶沉骏,故兴踔而藻清;端士雅懿,故思深而裁密;九日淹茂,故气杰而音翔;庭表雄赡,故志博而味深;异公笃挚,故才果而趣昭;惟夏俶傥,故响秾而采烈;怿民赡逸,故言远而旨微;次谷静迈,故锋发而韵流;伊人淡荡,故情深而调远;虹友颖厚,故骨重而神寒。

值得称道的是程邑这段话没有旧式诗话批语每多玄虚抽象、泛不着边的那种弊病。语虽简约,却能切实不空,扣住各人的情性、才气、进退出处的身分心态以论诗风。如说王摅(虹友)骨重神寒,极合其布衣飘游而独多家国兴亡之情的特点;说王曜升"锋发",正抉取了他抑郁心态的反激诗貌,而王揆的"雅懿"、深密,黄与坚的"雄赡"、"味深"之类,则无疑透现出缙绅大夫的气度,至于

王抃的"赡逸"、"言远",完全言中了一个隐逸飘然的诗人心境,凡此之类,略无应酬套头语病。最后谈到"十子"与梅村的联系:

> 抑娄江诗才,推梅村吴先生为领袖,十子晨夕奉教,故能各臻胜境,斯编亦其手定者。先生之诗,不独冠娄江,因不入十子之列,然则娄江信多才哉!

吴伟业当然不只局限于乡邑诗群的班首,他的"手定"此选,而由弟子顾湄主持(《王巢松年谱》云"庚子,三十三岁,顺治十七年。……《十子诗》已刻成,全是伊人为政"),显然要组织起乡邑子弟诗群立派树帜,以与他地抗衡,其意甚明。试看梅村《太仓十子诗序》,他说:"今此十人者,自子俶以下,皆与云间、西泠诸子上下其可否,端士、惟夏兄弟则为两王子孙,乃此诗晚而后出,雅不欲标榜先达,附丽同人,沾沾焉以趋一世之风习。"这是明言要与"云间、西泠"一争雄风。更须注意的是梅村持"不矜同,不尚异,各言其志之所存,诗有不进焉者乎"的观点,又不指名地抨击了"虞山诗老"钱谦益。钱牧斋为了确立起自己的诗坛霸主地位,对"七子"、公安、竟陵,左右开弓,横加扫荡:《列朝诗集》在不得不入选这些诗派中人时则随意择取,上下其手,梅村对此表示了近乎愤怒的批评:

> 晚近诗家,好推一二人以为职志,靡天下以从之,而不深惟源流之得失。有识慨然思拯其弊,乃訾警排击,尽以加往昔之作者;而竖儒小生,一言偶合,得蹠而跻于其上,则又何以称焉?即以琅琊王公之集观之,其盛年用意之作,瑰词雄响,既芟抹之殆尽;而晚岁隤然自放之言,顾表而出之,以为有合于道,诎申颠倒,取快异闻,斯可以谓之笃论乎?

"晚近诗家",指公安袁氏,竟陵钟、谭;"有识"云云,即指对牧斋而言。他为王世贞辩护,并申言"士君子居其地,读其书,未有不原本前贤以为损益者也",意在有所"损益"即变化地张扬"七子"诗风的意向,已可不赘言的。

"太仓十子"论品位,王撰、许旭、王曜升等为高,诗成就亦超著,周肇、王昊卓称名家,也自有特色。兹综而略述诸家,着重论评《芦中》一集。

吴梅村称之为"生同时,居同里,长同学"的周肇,诗稿已大多散佚。梅村文集中存有《周子俶东冈稿序》则仅论其人而未及其诗。此人鼎革兴亡之感应同于梅村,怀才不遇和对新朝的酷严之政的认识似要深刻些。为人颇仗义,他是丁酉举人,此科酿成大狱,同考官论死,是为他的座主房师,他特出面为死者治殓,很为世人所重。从其《杂感》诗中"绾侯将摇落,桃李不自知"、"一朝恩宠去,梁燕从此辞"以及"覆辙相寻续,累卵高必危"、"行路尽掩鼻,能勿摧肝肠"等句的感慨,尚可体味到他"沉骏"即沉郁骏发的风格。今存《吊圆鉴》二绝句,悲情入骨,雄响犹存,很能见"娄东"诗群的某种特点。圆鉴,即嘉定殉难的侯峒曾幼子侯玄瀞(1624—1651),字智含,遭清廷追捕,亡命为僧,病死在杭州灵隐寺,时在顺治八年。周肇的诗是这样的:

> 袁尹全家赴汨罗,九阍梦梦诉如何?
> 只今灵隐猿三叫,怕听天宁放马歌。

> 寺楼遥挂海门潮,鹫岭龙宫夜寂寥。
> 精卫不知何处去,冷泉亭下独吹箫。

曾经寓居太仓多年,暗中从事反清活动的福建余不远①批评吴中诗风"字雕句琢,唯摹三唐",有一种百人同一人,百篇同一篇的痼疾。唯余氏与许旭甚善,除了心性有相通处,许九日颇称高洁外,与诗也清雄深折有关。许旭在"十子"中是唯一略带"宋调"的

---

① 余思复(1614—1693),字不远,号中村老人,福建将乐人。事迹见邓之诚《清诗纪事初编》卷二,页二八五—二八六。

一个,气格宏敞而议论锋芒时见,即以《赠余不远》为例:

> 挥毫纵酒一时倾,牢落天涯多盛名。
> 客路每怜烽火隔,文人偏为乱离生。
> 家山变后归难定,羁旅兵间累喜轻。
> 袖刺三年全漫灭,纵横犹笑陇头耕。

可以发现,藻采一旦被气韵淡化,骨力锐现,肥腻之弊必消失,这似很能印证"唐音"和"宋调"之善处者的手眼。黄与坚也有不废词采而富情韵之作,于"飘零故剑秋江上,回首长干冷暮钟"(《金陵杂感》)之外,他的《沂州客店遇同乡友人》七律堪称佳作,读多了丰蔚壮丽辞句,会觉到此中气脉清通,别具意味:

> 江郭萧条尚苦兵,讶君北走得班荆。
> 地悬淮海艰消息,人历冰霜倍老成。
> 同话寂寥皆逆旅,两经离乱即馀生。
> 故园风物无堪问,但说梅花已系情。

在王时敏九子中,王抃与王撼最称多才,也最为萧索。据归庄《王怪民诗序》可知王抃"读书好古,又方为进士业",可见他亦曾谋求过科举试者。诗以乐府为擅长,记述感时之篇甚多。王撼当好几位兄弟出应新科,如王掞(藻儒、颛庵)还官居高位时,他却穷愁以没,始终抗节自守,"十子"中这是位才品均佳的诗人。关于其诗《芦中集》,今有"善学斋版"自订刊刻之本。王士禛称其所作"幽奇悲壮,二者殆兼之",自谓"语言之工,不逮虹友远甚","才之相远又岂可以斗石计哉"!王撼诗前期独多陵谷变迁,山河兴亡之吟,诗人虽生也较迟,甲申明亡只有十岁,因久与遗逸之士酬交,故驼棘之感甚深。如《过润州有感》、《至白门》、《秦淮闲泛》、《教坊老叟行》、《侯掌亭移居吴门赋赠》等不胜例举。若《教坊老叟行》中"宁为漂泊琵琶妇,不向穹庐听暮笳";"乾坤板荡家何在?骨肉存亡世已非";"当时曾说冬青恨,亦有愁魂与共销"之类语句,乃师梅村夫子亦不能吐,长篇促节繁弦,气韵流转,足可与梅村歌行媲美。《送文介石先生归滇南》是为文祖尧(字介石)送行诗,文介石为著名遗老,顺治十八年(1661)卒于归滇途中,王摅作此诗时仅二十六七岁,写得老辣悲怆:

> 烽烟初息碧鸡关,行色匆匆惨别颜。
> 故国已无三户在,残年犹得一身还。
> 石头亡后衣冠尽,金齿归来道路艰。
> 知与儿孙相见日,几回长恸哭厓山。

诗人与吴兆骞乃总角之交,兆骞罹"科场案"戍宁古塔是江南士人心头一大创痛,或为之心寒,或为之愤怼,有的则由此益为谨小慎微。当时人的诗集中一般讳言此事,即使涉及也措辞颇多顾忌,王摅《芦中集》存见有《和吴汉槎就讯刑部口占韵》、《闻汉槎谪戍宁古塔》、《怀吴汉槎》、《喜吴汉槎南还次徐健庵宫赞韵》、《汉槎归自塞外见访》等前后跨度二十年的一整组作品,堪称"科场案诗史"珍贵文献。"海内正怜余失侣,天涯谁料汝为囚?""放逐真何罪?羁离且固穷。""追思往事惊颜面,呜咽交情尽酒杯"等诗句,情既绵邈凄苦,愤怒之心更是毕见。其实,王摅还有《喜吴弘人闻夏南还》诗,是为兆骞一案株连者吴兆宽(弘人)、吴兆宫(闻夏)幸经援救而还所作,诗中直抒了对"网"及兄弟的酷法的憎恨:

> 相逢只道此生休,解网归来话昔游。
> 幸免无家投朔漠,那堪有弟作累囚。
> 云山渐慰思乡梦,风雪仍含出塞愁。
> 不觉喜深悲转集,潺湲双泪为君流。

此外尚有《同顾梁汾舍人饮汉槎寓赋赠十韵》也是该系列的完整组合部分。王摅的诗是体现梅村宣称的"不矜同,不尚异,各言其志之所存"的宗旨的。它又一次证实,如果真正实践此原则,那么在心魂震撼的历史年头是能产生"真诗"的,不管在艺术审美倾向上趋从何种流风。"七子"一派的瑰词宏响本身如同公安、竟陵的艺术追求一样，无所谓形式主义云云的，关键在于能否贯之以一己的真气韵、真情思、真意蕴。

《芦中集》后期多山水纪游之作。寄情山川，俯仰关河，乃是事已难为之时跳脱网罗、洁身自好的一种人生形态，顾炎武、阎尔梅、屈大均、方文等人在不同时期大抵亦都如此，王揆的心态正与之相类，虽则具体时空已多有变易。如《居庸关次顾亭林先生韵二首》、《谒刘谏议祠次顾亭林先生韵》等则是这类作品题旨最明白的例子。《居庸关》诗云：

　　曾闻蜀道上青天，陟绝居庸一线悬。
　　险尽八陉将出塞，居庸为太行第八陉。徙来三郡本防边。
　　　汉建武十五年徙雁门、代、上谷三郡民置常山、居庸以东。
　　崎岖客路关城下，寥落人家戍垒前。
　　剩有先朝陵寝在，伤心石马卧荒烟。

　　不尽浮岚接大荒，橐驼满地夕阳黄。
　　西来山势临关险，北向城形抱塞长。
　　将相无谋资寇盗，朝廷有道倚金汤。
　　天涯羁客肠应断，迢递音书过白狼。

此类诗悲壮情心无改，声调高亮，风发之气甚劲。

群体间相互倾述情怀，是古代诗歌中比例很大的部分，但这类作品往往应酬语多，关痛痒语少，意味难足。王揆《寄许九日用杜梦李白韵二首》属于此类诗的上乘之作，它写出了太仓诗群中或一层面上的人物情态和心境，第一首尤真挚具体：

　　犹记我别君，君情甚凄恻。
　　谓我老将至，乌倦当知息。
　　别来梦魂牵，彼此各相忆。

贫贱逐人行，萍踪谅难测。
南北异景光，风尘面黧黑。
安能久滞留，恨乏双飞翼。
还复念君贫，忧伤损颜色。
有志希古人，忍饥吟亦得。

太仓诗群除"十子"外，著名者尚多。年资较长者如郁禾（1622—1678），字计登，著有《就正集》、《云坊集》，康熙十七年辞不赴"鸿博"荐，旋卒。名登梅村弟子列的则以沈受宏（1645—1722）名最著，受宏字台臣，其《白溇诗集》声闻甚广。又，王摅侄辈中王吉武（1645—1725），字宪尹，著《冰庵诗钞》，当时与唐孙华齐名。郑方坤《国朝名家诗人小传》说他"于诗固由天性，亦禀家风。祖孙父子兄弟人有集，而母吴夫人及三女咸工诗"，此可见王氏诗风兴盛之一斑。

在清前期向中期过渡初始，唐孙华的诗歌成就称高，是太仓诗群中名著南北的代表性人物。唐孙华（1634—1723），字实君，号东江。幼聪颖，得织帘先生顾梦麟奇赏，弱冠为"慎交社"主将。素以制艺文闻名于世，其《学山园选文》出，业科举者人抱一篇视为金针宝筏，然唐孙华本人却乡试屡不第。年五十一始以明经贡入太学。康熙二十七年（1688）成进士时已五十五岁。到康熙三十三年始铨授朝邑知县，改礼部主事，再改吏部，三十五年典试浙江乡试，旋即被诬降职，遂告归，仕宦不到三年，坚不出。唐孙华入仕之时，恰值徐乾学与权相明珠树党相争之际，徐氏系其座师，唐又应明珠聘教授揆方、揆叙二子。乾学失势，孙华独为之辨诬；揆叙贵幸居高位时屡欲唐氏再出，均不应，在政治上两不依附。

唐孙华专力为诗已在中进士之后。其时学殖极厚，尤邃于史学，故发之为吟唱，文质相宣，正变迭奏，虽承"唐音"，然已非"娄江"一体。情辞激越，深沉多慨，朝局民隐，发露无余，甚得杜陵史诗神髓，而又不废风华。康熙后三十年的诗坛正是"神韵说"炽盛之时,清初变徵之声已息,"盛世"气象笼遍。唐孙华能不趋时风,独标风格,甚为难得,故论其成就造诣,足可与并世享大名的诗人如查慎行等齐驾而驱。最可注意的是他论诗"以为学问性灵缺一不可。有学问以发抒性灵,有性灵以融冶学问,而后可与言诗"(转引自《国朝名家诗钞小传》)。因而他大不满"诗霸"习气,《东江诗钞》卷六《读列朝诗选》二首对钱牧斋严加讽责:

> 一代词章缀辑全,鸟言鬼语入余编。
> 独将死事刊除尽,千载人终笑褚渊。

> 高下从心任品裁,东林意气未全灰。
> 看渠笔舌风霜在,犹是当年旧党魁。

唐孙华抓住了二个原则性问题,一是钱氏"刊除尽"殉难死事诗人,这能称之为"列朝诗集"吗?此中有"诛心"之论。二是"党魁"作风,党同伐异,师心自用。显然,他的抨击已超越了吴梅村的界限,高深多了,是一种史家手眼。

《东江诗钞》共十二卷,首先值得称道的是表现了清廷高压统制下的网密政酷气氛和士人渐趋转为沉默无言的心态。这是社会历史的又一个大转捩,也是华夏文化的再次发生曲转发展的动因。如《记里中事》:

> 胶庠汹汹日扬波,叹息无端触网罗。
> 但为人穷轻性命,岂知吏法重摧科。
> 书生群聚游谈出,世上危机笔舌多。
> 侧足焦原轻试险,千寻无绠待如何?

> 时事何容口舌争?畏途休作不平鸣!
> 藏身复壁疑无地,密语登楼怕有声。
> 书牍人方尊狱吏,溺冠世久厌儒生。

> 闭门塞窦真良计,燕处超然万虑轻。

愤激之情出于自慰式的调侃语调,不由让人们思索到民族心理的某种变态特征之所以构成的原因。《客谈维扬事有感》是又一例子,唯写法近乎李商隐,较上例隐蔽,用典事多了:

> 襜帷荣戟集扬州,将谓根株次第搜。
> 只有蜩螗喧永日,曾无鹰隼击高秋。
> 烧词未肯穷梁狱,泣玉翻怜作楚囚。
> 唯是饩气将告竭,柳堤锦缆尚淹留。

第三句说全城恐怖,只有蝉鸣之声,则是写人们的噤若寒蝉,第四句写秋高无鹰翔游,正反照出城中全人网罗里被"根株次第搜"。这类作品诗史上属于少前例的,特别是写得如此精彩。以上均系写文字狱案,书生罹祸,时间大抵与戴名世《南山集》案相差无远,可知康熙五十年前后的掩盖在太平盛世之下的尖锐斗争。

《东江诗钞》里表现民生疾苦的作品是大量的,《厮养儿》写的则是清代独有的一种奴隶制度:

> 南人养儿鬻旗下,朝刈薪刍夜喂马。
> 羝羊可乳乌可白,此生已分归不得。
> 日日西出河倒流,此生辛苦无时休。
> 一斗黄粱不济饥,失意动复遭鞭笞。
> 败簀裹尸弃坑谷,爷娘在南知不知?
> 君家有犬得人怜,朝朝食肉常安眠。
> 为畜翻贵为人贱,物情颠倒容谁辨?
> 自悲生死草菅轻,不如作君堂下犬。

"南人"之儿何以"鬻"八旗属下?是一种严惩手段。犯罪者大抵为政治案犯,妻孥归入旗隶,遂成为可以买卖的人口,其痛苦之过于犬马,诗人已言之极明。为此,在《徙边妇》中,唐孙华一开始就类同控诉地指出：

> 萧何制法律，妇女无严条。
> 独有从夫刑，死生无所逃！

诗人说"妇人岂预谋，薄命随所遭"，深以为哀。诗作于康熙四十七年(1708)，《东江诗钞》卷十还有《哀群盗》一首，注云："时南浙有大狱，捕索妖僧一念甚急。"可知其时江浙各地案狱正紧，太仓作为港口，正处于风浪中，所谓"妖僧一念"，即"江南金和尚"，称"朱三太子"者之一，为康熙后期一大政治事件。他如《发粟行》、《虎丘即目》、《吴歈》、《官仓》等均极有价值，《吴歈》一篇对审视吴中文化尤有意义。

关于唐孙华最后录存其《双凤友人数举诗会，戏示四绝句》一组，这是组《论诗绝句》，今人编《万首论诗绝句》竟未见存。这四首论诗诗不仅表现了唐东江对诗的审美追求，如自然（"水流花落春禽语"），新得（"珍食寻求市上无"），真切（"休将剽窃作生涯"）等，而且提示了"宗唐祧宋"说到底不应是作为"拾来竹马"就骑的门户标榜，其见识之高实不亚于诸诗论大家。诗云：

> 莫读唐诗便赋诗，拾来竹马不堪骑。
> 水流花落春禽语，总是当前绝妙词。
>
> 无穷书卷总膏腴，珍食寻求市上无。
> 饼肆浆家成底物，给鲜须出大官厨。
>
> 休将剽窃作生涯，酝酿诗书气自华。
> 譬似游蜂采花去，蜜成何处更寻花。
>
> 颜谢才华并绝伦，微分高亚只风神。
> 镂金错采非容易，那及芙蓉映日新？

由此我们可以论定,唐孙华已从"梅村体"、"娄东诗派"析离而出,他在自处的时空阶段,生新自铸,予诗注入了又一股特有的生气脉流,所以,这是一位有艺术个性的名家诗人。

四　附论——吴兆骞

吴梅村的诗弟子远非仅局限于娄东一地,故"娄东诗派"也有包纳进陈维崧、吴兆骞等之说。陈维崧早年学诗师从过多人,有李雯,有姜垓,也问诗学于吴伟业①。《湖海楼诗》中年以后转多东坡雄气,"湖海楼高揖子瞻",清初以来大抵都把握了这一认识。陈维崧的诗与骈文均为一时高手,但其于长短句的成就和影响尤大,作为阳羡词派的宗主,词史地位已尊,诗则从略不予细说。吴兆骞则命运安排他"胡琴羌管,独奏边音"(史承豫《国朝人诗评》),人们都目之以"边塞诗人"。然而这是一个大伤心者,他何尝想充一名"边塞"中人?"秋笳"名其集,原是心音苦。从这一点说,吴兆骞倒真与他老师梅村先生流派相始终的,故特附论于此。

吴兆骞(1631—1684),字汉槎,江南吴江(今属江苏)人。出身世家,少具隽才,与彭师度、陈维崧并被吴伟业所器重,目之为"江左三凤凰"。后为"慎交社"眉目,宋实颖、汪琬、侯玄泓兄弟、陆丽京、计东、顾有孝、赵沄等无不服称其才。顺治十四年(1657)应江南乡试,罹震惊海内之"科场案",遣戍黑龙江宁古塔,居塞外二十三年。后经顾贞观之周旋,明珠父子和徐乾学等资助,醵金赎归,于康熙二十年(1681)生还入关,三年不到即病卒。今存《秋笳集》八卷非其诗文全部,系辑存而已。

吴氏诗初亦"明七子"一路,惊才绝艳,诗笔英挺,出塞后一变为苍凉浑茫,乃不能不变,诗心所支配者。

---

① 参见《陈迦陵文集》卷四《与宋尚木论诗书》。又,杨际昌《国朝诗话》云:"予观其集,歌行佳者似梅村,律佳者似云间派,大约风华是其本色,惟少骨耳。七言绝清词丽句,足擅一家。"

其早年诗如《金陵篇》、《秋感八首》、《秋日感怀》极雄丽悲壮。兹录《哭友》：

> 当时痛哭向秦庭，岂意风尘老岁星。
> 报国陈丰还寂寞，破家张俭独飘零。
> 十年亡命乌头白，千里思君杜若青。
> 满目山川争战后，遥怜何地更伤灵。

《戊戌三月九日自礼部被逮赴刑部口占二律》是吴兆骞诗生涯的转折标志。其第一首真正写出那种"报主"不纳反类犬的悔恨怨屈之情：

> 仓黄荷索出春官，扑目风沙掩泪看。
> 自许文章堪报主，那知罗网已摧肝。
> 冤如精卫悲难尽，哀比啼鹃血未干。
> 若道叩心天变色，应教六月见霜寒。

于是，从《出关》起，诗无不带风沙雪霜味，同时不断咀嚼"吴越歌吹地"的"杨花楼阁玉骢骄"的昔日生活。表现手法非常像遗民回忆"秦淮风流"，但吴兆骞却比他们更有说不清楚的失落感。在塞外，他的写景诗，表现白山黑水的景光应是最有价值的一部分。短篇如《长白山》：

> 长白雄东北，嵯峨俯塞州。
> 迥临沧海曙，独峙大荒秋。
> 白雪横千嶂，青天泻二流。
> 登封如可作，应待翠华游。

末联仍未去"士子"美梦习气。但第二联是有气势有美感的。《小乌稽》写的是"黑松林"：

> 连峰如黛逐人来，一到频惊暝色催。
> 坏道沙喧天外雨，崩崖石走地中雷。

千年冰雪晴还湿,万木云霾午未开。
明发前林更巉绝,侧身修坂倍生哀。

对一个南人来说,这正是来到另一个世界;作为谪戍之人,他的惊惶、悲哀感也完全泪没着山水赏心的情绪。俟稍长些时,才惊魂略定,与难友们苦中作乐,恢复一些逸致闲情,这时赠行、送别之作又多起来。奉差应酬,当然仍带有塞外戍人的特有心灵印记,但逞才之习气不免又流露出。吴兆骞的诗让人们又看到一个被特殊历史背景摆弄得变了心态的形象,不可一世、目空一切的才子成为了一泡苦水浸透神魂的寄人篱下的苟活者。

第二章 "绝世风流润太平"的王士禛[1]

第一节 诗界"开国宗臣"的认识意义

清代诗歌的衍变发展史上,王士禛"神韵"诗风的倡导和盛行,是个关系到一代诗歌演进走向的重大转折关键;它意味着甲申、乙酉以来,百派急漩、千帆竞扬的诗国格局将面临一次整饬和制约,以就范于新的"醇雅"、"正宗"之"一尊"。"风气原随世运移"[2],这种以一驭万的统领之策,正是新朝继"武功"之后而弘扬其"文治"所必需;王士禛则恰好具备最佳的条件,适应着特定的时机,成为"绝世风流润太平"的骚坛宗主,从而也实践了钱谦益当年所期许的"瓦釜正雷鸣,君其信所操。勿以独角麟,媲彼万牛毛"(《古诗一首赠王贻上》)的宏愿大志。

这应该说是一种必然的难以逆悖的趋势,所以,同时又是时代和某个特定人物之间双向选择的必然现象。沈廷芳《隐拙轩文钞》卷四《方望溪先生传书后》(亦见《碑传集》卷二十五)中转述方苞的一段话,足资对这种必然性的憬悟和认识,方望溪说:

> 贤文笔极清,体法具合,将来定以此发声。但南宋、元、明

---

[1] 于祉《澹园诗选·论国朝山左诗人绝句》十二首之六:"一代骚坛此主盟,胸罗万卷又神清。诗成味在酸咸外,绝世风流润太平。"转引于《万首论诗绝句》第八四八页。
[2] 江肇塽《读诗》八首之七:"风气原随世运移,摹唐仿宋亦何为?七篇《孟子》谈仁义,大似机锋《国策》词。"见《万首论诗绝句》九六〇页。

以来,古文义法久不讲,吴越间遗老尤放恣,或杂小说家,或沿翰林旧体,无一雅洁者。古文中不可入语录中语、魏晋六朝人藻丽俳语、汉赋中板重字法、诗歌中隽语、南北史俳巧语。老生所阅:《春秋》三《传》、管、荀、庄、骚、《国语》、《国策》、《史记》、《汉书》、《三国志》、《五代史》、八家文,贤细观当得其概。……

"吴越间遗老尤放恣"八字是对山飞海立大动荡时代的文风的定谳语,也是必须予以整肃拨正的对象。方苞自觉不自觉地表现出的一种使命感,其实正好是时代的历史的某种潜在选择的体现。而"吴越间遗老尤放恣"又岂止是散文领域中独有的景观,那是包括诗词文在内的整个文艺原野上呈露的未能规范化、驯雅化现象。这就是为什么词苑树帜起"浙西派"、文坛则高扬有"桐城派",虽则由于各个文体领域的特定的因素相异,它们构成的时间略有后先。较之被习惯地视为"小道"的诗余来,以"温柔敦厚"、"思无邪"为教义的"言志载道"的诗,无疑更须规范化于前列,"神韵"诗风在康熙十九年(1680)前即已畅行于京师,殊非属偶然事。

所以,《四库》馆臣在《精华录》提要中说的下列一段话并未切入本质,只是持"宗唐"诗观的纪昀等人的泛泛之论:

> 我朝开国之初,人皆厌明代王李之肤廓,钟谭之纤仄,于是谈诗者竞尚宋元,既而宋诗质直,流为有韵之语录;元诗缛艳,流为对句之小词。于是,士禛等以清新俊逸之才,范水模山,批风抹月,倡天下以"不著一字,尽得风流"之说,天下遂翕然应之。

若按提要所言,王士禛充其量只是承继钱牧斋称霸诗国之雄图而已,"一切党同伐异之见"也诚如馆臣们所轻描淡写的:"置之不议可矣。"然而,这样的议论,是低估了"神韵"诗观及其实践的作用,难副"泰山北斗"之誉。于是,文渊阁大学士兼礼部尚书王掞在为渔洋所作《神道碑铭》中的"公之诗,非一世之诗;公之为功于诗,亦非一世之功已也"之论,岂非纯属不根之谀辞了?倒是陈维崧《迦陵文集》卷一《王阮亭诗集序》说得实在,此乃当时同辈人中坦率而深刻的解知,《序》正作于"鸿博"科开之后,到康熙二十一年(1682)陈迦陵病逝前这二三年中,陈氏说:

> 五六十年以来,先民之比兴尽矣!幻渺者调既杂于商角,而亢戾者声直中夫鞞铎,淫哇噍杀,弹之而不成声。夫青丝白马之祸,岂侯景、任约诸人为之乎?抑王褒、庾信之徒兆之矣!新城王阮亭先生,性情柔淡,被服典茂。其为诗歌也,温而能丽,娴雅而多则。览其义者,冲融懿美,如在成周极盛之时焉。吾闻君子欲觇世,故先审土风;故大夫作赋,公子观乐,矇瞍所掌,盖其慎之。今值国家改玉之日,郊祀燕飨,次第举行;饮食男女,各言其欲。识者以为风俗醇厚,旦夕可致,而一二士女尚忧家室之未靖,悯衣食之不给焉。阮亭先生既振兴诗教于上,而变风变雅之音渐以不作。读是集也,为我告采风者曰:劳苦诸父老,天下且太平。诗其先告我矣!

"振兴诗教",也就是重整相副于"天下且太平"之时势的诗的规范教义。合此"诗教",其所作则必成为沈德潜说的"诗有春秋",这也就是为什么在王士禛卒后五十多年时,即乾隆三十年(1765)要追谥其为"文简"之故。关于这追谥事,宗室昭梿《啸亭杂录》一书的载述无疑最可信:

> 渔洋先生入仕三十余年,以醇谨称职,仁皇帝(按即康熙)甚为优眷。因与理密亲王(按即废太子)酬唱,为上所怒,故以他故罢官,没无恤典。纯皇(按即乾隆)时与沈文悫公(按即沈德潜)谈及近日诗道中衰,无复曩日之盛之语,沈公乘间曰:因不读王某之诗,盖以其卒无谥法,无所羡慕故也。上因命同韩文懿菼补谥焉。

诗教与政体的关系,从乾隆帝的眷注"诗道"、沈德潜的善仰圣意以及借"钦旨"推助诗风的措施中,岂非洞若观火!

因而,如"清庙之瑟,神听和平","兰田春玉,温润含光"的王士禛"神韵"诗风,以其"中和敦厚,可觇世运"而在康熙一朝被尊为诗坛圭臬;到乾隆朝又蒙"圣谕",推为"在本朝诸家中,流派较正,宜示褒,为稽古者劝"(《清史稿·王士禛传》),其影响及清诗演变之走向是毋容置疑的。同时,由沈德潜倡引的"格调说"以至翁方纲畅言的"肌理说",在乾隆、嘉庆时期鼓扬的搢笏垂绅的诗界风气,其深层意向的与"神韵"说的脉延关系,当亦不难看出。

所以,可以论定:王士禛是有清一代被王朝政权认可的诗的"开国宗臣"。不认识清楚这一史实,无以梳理清代诗歌自康熙中叶以后错综复杂的发展网络,也不可能辨认流派风格之间牴牾纷争的实质内涵。

然而,王士禛何以能如王掞在《神道碑铭》中所说的"盖本朝以文治天下,风雅道兴,巨人接踵,而一代风气之所主,断归乎公"的呢?也就是说,王士禛为什么会在清初诗坛上"巨人接踵"的态势中独能成就为扶轮大雅、宏奖风流的一代盟主的?为此,有必要辨析王氏在天时、地利、人和诸方面的得天独厚的史实,当然,也必须阐明此中包纳着王渔洋本身所特具的主观条件。不探究客观存在的诗史真相,无法解释王士禛现象。

第二节　时代与个人双向选择中的王士禛

王士禛(1634—1711),字子真,一字贻上,号阮亭,别号渔洋山人。雍正朝为避清世宗胤禛讳,被改名士正;乾隆朝高宗又以"正"字与原名笔画"不相近,流传日久,后世几不复知为何人",赐改为士祯。山东济南府新城(今桓台县)人。顺治八年(1651)中举,十二年(1655)会试中式,年仅二十二岁,未殿试而归。十五年

(1658)殿试居二甲,次年授江南扬州府推官,在任五年。迁礼部主客司主事,又四年迁仪制司员外郎。康熙八年(1669)榷清江浦关,专司造船;十年(1671)内迁户部福建司郎中;康熙十七年(1678)入翰林院,改侍讲,转侍读;十九年(1680)迁国子监祭酒。康熙二十三年(1684)迁少詹事,仍兼侍讲学士,冬奉旨祭告南海。康熙二十九年(1690)迁都察院左副都御史,充经筵讲官《三朝国史》副总裁;九月迁兵部督捕右侍郎。两年后调户部右侍郎。三十五年(1696)奉旨祭告西岳西镇江渎;三十七年(1698)迁右都御史,直南书房,编纂《御集》;次年,迁刑部尚书,直至康熙四十三年(1704)秋罢归。康熙四十九年(1710)诏复原职,因老病未赴,第二年五月即病逝。

王士禛先后服官四十五年,扬历中外,位跻六部九卿之列。数典乡试、会试,二奉祭告之命,再直南书房,确是深得圣眷,"风华映一时",在封建时代堪称为"旷世奇遇"。但他之所以得能"宗盟海内五十年","海内公卿大夫、文人学士,无远近贵贱,识公之面,闻公之名者,莫不尊之以为泰山北斗","著籍称门弟子者,不下数千人"(均《神道碑铭》语),而且凡此之类又皆非虚誉溢美之辞,极须作具体分析。兹就主客观各个方面分别述论如下。

一 清华世家,一门人文

新城王氏始迁自元末明初,科举鼎盛,成其为仕宦世家则起之于士禛的高祖王重光。王重光为明代嘉靖二十年(1541)进士,历官贵州按察使、参议,"殁于王事",追赠太仆寺少卿,世称"忠勤公"。曾祖王之垣,嘉靖四十一年(1562)进士,历官户部左侍郎,赠尚书。伯祖王象乾,隆庆五年(1571)进士,贵至兵部尚书、太子太师;祖王象晋,万历三十二年(1604)进士,仕至浙江右布政使。此外,三伯祖王象蒙,万历八年(1580)进士,官至光禄寺少卿;伯祖王象坤为嘉靖四十四年(1565)进士;叔祖辈中,王象节为万历二十年(1592)进士、王象春为万历三十八年(1610)进士。王象蒙、王象节、王象艮、王象春、王象明等均有诗名于时,象春名尤著,与文翔凤友善而齐名。

这样的门第,对王士禛来说,其意义除了族群氛围的熏陶和庭训教养之益外,更在于具备了广通声气的渊源网络。现成的例子有二个,一是钱谦益与士禛十七叔祖王象春(字季木)为同榜进士,同榜者还有文翔凤、钟惺。当王士禛访谒牧斋时,这种网络背景一下子就起了作用,钱氏在《序》文中说:"季木殁三十余年,从孙贻上复以诗名鹊起,闽人林古度论次其集,推季木为先河,谓家学门风,渊源有自"云云,于是对故人之孙裔大加揄扬,悉心指点,以期成大器。例子之二则是王士禛与江南太仓王氏联谱,与王摅、王揆兄弟称本家昆仲。江东在清初为人文渊薮,而虞山钱氏、太仓王氏均系文化世族中巨擘,声闻被天下,这对王士禛的为高层次文人所认同及支持关系非细。

王士禛之父王与敕,清顺治元年拔贡,声名不甚著,然生四子皆成才,士禛乃季子。

长兄王士禄(1626—1673),字子底,号西樵,著有《表余堂集》、《十笏草堂集》等,诗名卓著,尤工倚声,著有《炊闻词》,为清初一名家。士禄为顺治九年(1652)进士,官吏部考功司主事,迁员外郎。王士禛在《书〈考功年谱〉后》有"文章经术,兄道兼师"之语,《渔洋文》中也有"与西樵先生为兄弟四十年,抚我则兄,诲我则师"的话。这位长兄实是士禛诗的启蒙人之一,士禛八岁时读唐诗王、孟、常建、王昌龄、韦应物、柳宗元数家,即抄授于士禄者。

仲兄士禧,字礼吉,著有《抱山堂集》;叔兄士祜,字子侧,号东亭,康熙九年(1670)进士,著有《古钵山人诗集》。关于他们兄弟少时生活,《蚕尾续文》中有一则描述,可以见出王士禛早年诗学训练情状:

予兄弟少读书东堂,堂之外青桐三、白丁香一、竹十余头而已。人迹罕至,苔藓被阶,纸窗竹屋,灯火相映,咿唔之声相闻,如是者盖十年。长兄考功先生嗜为诗,故予兄弟皆好为诗。尝岁暮大雪,夜集堂中置酒,酒半出王、裴《辋川集》,约共和之,每一诗成,辄互赏激弹射,诗成酒尽,而不止。……

王士禛就是在这样的家庭人文背景下幼慧而颖异,八岁能诗的。有其祖以遗老居田间,号"明农隐士"者亲教诸孙,有从叔祖工草书的大名家王象咸(号洞庭)授书法,有长兄指点诗学,有诸兄共同切磋,士禛十五岁就成诗一卷曰《落笺堂初稿》。据《倚声集》邹祗谟说,士禛髫年时尝作《落叶诗》数篇,大得先辈所赏。从上述情状推想,似不属夸大事。

二　《秋柳》四章,名播南北·兼说齐鲁诗文化背景

惠栋注补的《渔洋山人自撰年谱》"顺治十二年乙未,二十二岁"条下说:"山人北上至赵北口,有《竹枝词》十首。是年,西樵以殿试与山人同上公车,东亭亦以太学生廷试入都,始与海内闻人缟纻论交,时号'三王'。"可知王士禛与海内名人交游始自此年,时声闻犹未彰。其名噪天下,大江南北之知有王阮亭其人者,实由其赋成《秋柳诗》四首之故。这是他早博大名于诗坛,在舆论和心理上构成其为一代宗师的重要铺垫之一。

《秋柳诗》作于顺治十四年(1657),这年王士禛二十四岁,会试中式已二年,只俟补殿试即为年轻英俊的新科进士。《秋柳》诗是在济南大明湖上诸名士举"秋柳社"的社集上所作。正当玉树临风、多才潇洒之年的王士禛此举一鸣惊人,获得了齐鲁诗坛的高度声誉。这事关系重大,因为明末清初之际,青、齐、海岱地域人文鼎盛之势足与大江以南相匹敌,李攀龙"白雪楼"遗风尚披靡此间诗坛。所以,在"历下此亭古,济南名士多"的诗群中得到承认,正意味着他的声闻将会迅捷传播于天下。

关于齐鲁诗坛盛况,从下列名单及简历中即可窥知。按年资为王士禛长辈的有如下:

卢世㴆(1588—1653),字德水,号紫房,晚号南村病叟。德州人。天启四年(1624)进士,官至监察御史。入清以原官起用,未赴任。著有《尊水园集略》。

邱志广(1595—1677),字海粟,又字洪区,号蝶庵。诸城人,为邱石常从叔。著有《柴村集》。

丁耀亢(1599—1671),字西生,号野鹤,晚年病目,又号木鸡道人。诸城人。入清以贡生选教谕,升福建惠安知县,辞归。著有《丁野鹤集》。少时曾从董其昌等游,与陈古白、赵凡夫等结"山中社",贾凫西辈亦其密友。

刘正宗(1600?—1662),字可宗,又字宪石。安丘人。崇祯元年(1628)进士,入清官至文华殿大学士,顺治十七年(1660)革职。著有《逋斋诗》。此人为曹贞吉、曹申吉兄弟之外祖,诗主"七子",笔力雄举。

程先贞(1607—1673),字正夫,号茝庵,后号海右陈人。德州人。入清官工部员外郎,顺治三年(1646)即辞退。著有《海右陈人集》。系卢世㴆门人,与钱谦益故交。顾炎武每过德州,亦客其家。

冯溥(1609—1691),字孔博,号易斋,益都人。顺治四年(1647)进士。官至文华殿大学士。著有《佳山堂集》。喜延才士,与野老逸民交接。"鸿博"科开时,有"佳山堂六子"者如陈维崧等均客其邸。其子与赵执信为儿女亲家。

高珩(1612—1697),字葱佩,号念东,晚号紫霞道人。淄川人。著有《栖云阁集》。崇祯十六年(1643)进士,入清官至刑部左侍郎。王士禛为作《神道碑铭》。诗集为赵执信所论定选辑。

孙廷铨(1613—1674),字伯度,又字枚先,号沚亭。益都

391

人。崇祯十三年(1640)进士，官永平府推官。入清官至秘书院大学士。《沚亭诗集》宗学"七子"而能有变化。其人系赵执信之岳祖父。弟孙廷铎，字道宣，号烟梦居士，著有《说研堂诗》，诗清警称名家。

法若真(1613—1696)，字汉儒，号黄石，又号黄山。胶州人。顺治三年(1646)进士，官至河南布政使，归隐十八年后卒，撰有《黄山诗留》。

赵进美(1620—1692)，字嶷叔，一字韫退，号清止。益都人。著有《清止阁诗集》。此人系赵执信从叔祖，为山左名诗人。

此外尚有与王士禛先后同辈之"南施北宋"中的宋琬(1614—1674)、蒲松龄等挚友唐梦赉(1627—1698)、安致远(1628—1701)、李澄中(1630—1700)、孙蕙(1632—1686)以及王士禛为撰《墓志铭》的杜濬(湄湖)等等，均是海内知名人物。

考之文化背景以及社会网络，王士禛原具有深厚的历史渊源和良好的现实条件，从上列不很详尽的名单更能得其消息，何况其《秋柳》诗从内涵到艺术表现诸方面确实能引人遥想。

当时同此集会的济南名士有丘石常(海石)、柳㴋(公䍐)、杨通俊(圣宜)三兄弟以及孙宝侗(仲孺)等。其中丘石常(1606—1661)年辈为尊，而且诗名早著，著有《楚村诗集》，是与丁耀亢齐名的山左闻人。其人诗文有奇气，辩才若江河，交游遍南北。士禛《秋柳》出而名噪一时，与彼等鼓吹极有关。

据王士禛《菜根堂诗集序》自谓："顺治丁酉秋，予客济南，时正秋赋，诸名士云集明湖。一日，会饮水面亭，亭下杨柳十余株，披拂水际，绰约近人，叶始微黄，乍染秋色，若有摇落之态。予怅然有感，赋诗四章，一时和者数十人。又三年，予至广陵，则四诗流传已久，大江南北，和者益众。于是，《秋柳诗》为艺苑口实矣。"对于王士禛来讲，《秋柳》四章不啻是一块里程碑。历来论者说他主盟诗坛五十年,即从此诗之流传唱和算起。事实上其时士禛尚谈不上"主盟诗坛"的地位和身份,但是,《秋柳》诗的意义至少有二点:一是正因有此四章诗,在人未到扬州时已声夺广陵诗群,其诗中似有若无的故国沧桑之思最易被聚集于扬州地区的遗逸野老、布衣才士所接受,而这种接受和沟通,关系渔洋日后"宗主"地位之确立至巨,此点后文将要详说。二是《秋柳》四诗实指则无,朦胧其意而又风神摇曳情韵清远的体格,实已启"神韵"诗风之端倪。尽管其时王士禛诗风尚未定格,甚至在扬州时还和彭孙遹等唱和艳体香奁之作,倚声填词的兴致亦极浓;但当他官阶渐高,于世事愈益练达之后,反思艺事以树其帜时不能不深味《秋柳》之作所带给自己的佳益效果,从而进一步构架其"神韵"之说。由此而言,这组诗诚堪称为渔洋诗歌生涯的一重大转折。当然,在赋此诗章时,其发生如此巨大的后期效应,实也是他始料未及的。为便于后文有关问题的述论,对王士禛这一前期作品中的代表名篇有必要先加引录,略予辨析。诗云:

> 秋来何处最销魂?残照西风白下门。
> 他日差池春燕影,只今憔悴晚烟痕。
> 愁生陌上《黄骢曲》,梦远江南乌夜村。
> 莫听临风三弄笛,玉关哀怨总难论。(其一)

> 娟娟凉露欲为霜,万缕千条拂玉塘。
> 浦里青荷中妇镜,江干黄竹女儿箱。
> 空怜板渚隋堤水,不见琅琊大道王。借用乐府语,桓宣武曾为琅琊。
> 若过洛阳风景地,含情重问永丰坊。(其二)

> 东风作絮糁春衣,太息萧条景物非。
> 扶荔宫中花事盛,灵和殿里昔人稀。

相逢南雁皆愁侣,好语西乌莫夜飞。
往日风流问枚叔,梁园回首素心违。(其三)

桃根桃叶镇相怜,眺尽平芜欲化烟。
秋色向人犹旖旎,春闺曾与致缠绵。
新愁帝子悲今日,旧事公孙忆往年。
记否青门珠络鼓,松枝相映夕阳边。(其四)

  诗前有小序曰:"昔江南王子,感落叶以兴悲;金城司马,攀长条而陨涕。仆本恨人,性多感慨。寄情杨柳,同《小雅》之仆夫;致托悲秋,望湘皋之远者。偶成四什,以示同人,为我和之。顺治丁酉秋日北渚亭书。"

  这组诗借咏物以托史事,当可无疑。然而所寄寓的"本事"究是那桩?自来众说纷纭。归纳起来大抵为二说:一说以为"吊明亡之作。第一首追忆太祖开国时,后三首皆咏福王近事也"。主此说者乃李兆元的《秋柳诗旧笺》和郑鸿《秋柳诗笺注析解》,李、郑二氏虽然在各首字句的诠解时略有差异出入,总的旨解是一致的。另一说以高丙谋《秋柳诗释》等为代表,认为是"为明福藩故妓作也","妓,洛阳产。后随至金陵。鼎革后流落济南,每于酒筵客座,谈及当年旧事,因叹人生盛衰无常,秾华易谢,故托《秋柳》以寄意";"诗中引用白下、洛阳、永丰坊、隋堤水等字样,无非伤其流落他乡萧条景况,实无关于迁革大故也。"后来徐嘉、况周颐等更具体指出这福藩故妓就是郑妥娘,秦淮之名媛。

  说王士禛羌无故国之思,似不合情理。新城王氏自明代嘉靖朝以还,科甲鼎隆,其曾祖以下三代仕明多显宦,他一个伯父王与允(斯百)在甲申年还"阖门自经",事载《明史·忠义传》,顺治十四年(1657)上距这场大迁革仅十三个年头,当不至于记忆全已泯灭。但是,又必须实事求是地确认这样的史实:甲申、乙酉鼎革时,王士禛虚龄十一岁;入清后其父王与敕于顺治元年(1644)充拔贡,或系迫于时势,到他兄弟辈皆主动应清廷试入仕新朝。其本人二年前会试已是贡士,行将成新进士,正处少年得志之时,他毫无必要以"吊明亡"之题招惹是非,如诗的《序》所说"以示同人,为我和之"。据年谱载述,当时"和者数百人",他王士禛难道要发动一场"故国之思"的大酬唱,向新朝示威?这太不合情理,也不符合王氏一生所展示的"醇谨"的心性。所以,《序》文中的"仆本恨人,性多感慨"云云乃是为做"悲秋"题目而说的文人惯见套语,是不必认真的。还是皇帝们清醒,在有人吹毛求疵欲兴文字狱,却不意横炮打在无二心的王士禛头上时,据管世铭《韫山堂诗集》卷十六《追记旧事》二章的注说:"丁未春,大宗伯某,掎摭王渔洋、朱竹垞、查他山三家诗及吴园次长短句内语疵,奏请毁禁,下机庭集议。时余甫内值,唯请将《曝书亭集》寿李清七言古诗一首,事在禁前,照例抽毁,其渔洋《秋柳》七律及他山《宫中草》绝句、园次词语意均无违碍,当路颇韪其议。奏上,报可。"丁未,是乾隆五十二年(1787),弘历绝非昏庸之君,这位"十全老人"对王文简公相当能理解。管氏在另一段注中又说:"秦人屈复注王渔洋秋柳诗,泥'白下'、'洛阳'、'帝子'、'公孙'等字,妄拟为凭吊胜朝,最为穿凿!"

至于李兆元《旧笺》认为第三首"为南都遗老诸公作也","'好语西乌莫夜飞',则以我国家奉天承运,代明复仇,闯、献余孽,胥已歼灭,不必复效沈攸之妄兴恢复之兵,自取灭亡"云云;郑鸿《笺注析解》对第三首第六句则解为"指郑成功、李定国诸人也。言我朝诞膺一统,立万代丕基,诸人不识天命有归,犹然进犯,不过自取灭亡耳"。诸如此类,不仅如方恒泰《橡坪诗话》所抨击的"支离附会、转失生机",而且这种一派御用奴才式的语势也真厚诬了王士禛。要真这样的话,三年后渔洋莅任扬州时,江东的遗民诗群岂能接受他、容纳他?

顺治十四年正当郑成功、张名振、张煌言三入长江的风云多变时期,西南永历政权李定国等军事实力亦未全衰。王士禛犹未殿试,他不可能预知成进士后会司李扬州。济南一带在鲁西南榆园军义兵溃败后,与抗清军事前线远隔,士禛在名士雅集的诗会上绝无必要去议时事政局,更不会充当新朝的舆论工具去喊话劝郑、李等莫要"自取灭亡"而"天命有归"。因为这样的议论固然不醇,有失风流多情雅度,而且也未免太杀风景了。"秋柳社"原非政治社团,王士禛也毋须如此急功近利,以媚新主。

　　据上所述,《秋柳诗》本事由郑妥娘之类女子身世起兴而讽责福王朱由崧祸国,自取覆亡,似最妥切题旨。如此地托物以咏南明史事,既不违碍新朝,因为弘光荒淫,天人共怒,理当遣责;而又能兼得遗逸野老们共鸣:太祖艰辛开业,不意后裔昏聩不能持守神器,焉能不为之一恸。至于秦淮烟云,白下衰柳,尤能触引哀思,所以曾经亲见过王士禛的伊应鼎在《渔洋山人精华录会心偶得》①中说《秋柳》诗特别是第二章"可与《板桥杂记》参看",倒是颇见手眼之说;虽然,余澹心与王渔洋年龄相差十八岁,彼此有亲历和传闻之别,因而《杂记》以记实来抒述"时移物换,十年旧梦",发"一代之兴衰"的感慨,《秋柳》诗则"实处转虚,空际见巧",呈现的是一片烟雨空濛情韵。

三　广陵五载,遍交遗逸

　　清初顺治、康熙之际,遗老逸民、布衣诗群在高层次文化圈内依然有着巨大的凝聚力,从各个层面上与朝野文学之士有其紧密关联,程度不等地左右着文化氛围和群体结构;而扬州恰好是文化

---

① 伊应鼎(1701—1787),字元吉,又字戒平,号侗叟,山东新城人。乾隆元年进士,官河南安阳知县。其《渔洋精华录序》有:"康熙甲申之岁,吾邑王大司寇渔洋先生致政归里,时余在龆稚,随先君子往候起居。……八九岁时,得先生所选《唐贤三昧集》。读之晨夕,讽咏不厌。先生时召与语,取其易晓者,间为指点"云云。

重心的江东南地区一个遗逸文人集合中心。能否得到东南文化士群的承认和接纳,几乎关系到一个文人能否在全国性的诗文词坛上占有地位的问题,这种承认和接纳的关键在那个特定时代又往往取决于遗民逸老的倾向态度。扬州作为江东的繁华都市,于清初的重要地位除了系经济交通一大命脉之外,更在于它是新旧二朝文化名士的朝野之间沟通、社交、融会的一个独特渠道。如果说,曾经是朱明王朝开国之都,太祖皇陵奉安所在,甲申鼎革后又被称之为"南都"的金陵,可以作为一种象征,成为遗民野老们故国之痛的精神纠结的符号的话,那么,虽则遭受过"十日之屠"的古广陵扬州,却极其微妙复杂地成了清初新朝皇都北京与"南京"之间的文化缓冲前沿。这只需看周亮工、龚鼎孳等与扬州诗文词坛的频繁交往、深层联系就能明白这一态势,此间有着一架贯联四方、交通天下的文化网络。

王士禛有幸于顺治十六年(1659)谒选得扬州府推官,这一任命没有明证可以说是清廷有意识的安排;但职居"司李"即专管刑法的王士禛却如吴梅村所赞扬的"贻上在广陵,昼了公事,夜接词人"①,以其风流儒雅的才华取得了朝廷所未曾预料的文化实绩,而他本人则由于取得了江东遗逸的承认、接纳以至赞誉、倾倒,为日后领袖诗坛、主盟天下获取了决定性的条件,坚实地奠定了基础。

从王士禛的家族文化背景和社会关系言,他与扬州原就有历史渊源,和江南文化族群也早有一定联系。如他祖父王象晋即曾于明崇祯元年(1628)春以按察司副使备兵淮阳,驻节扬州,这只是三十年前的事,当地父老犹可记忆;其叔祖王象春(季木)更与江东文人交接频多,故人犹存,而与王士禛大明湖共赋《秋柳》诗

---

① 吴伟业此语见于《渔洋山人自撰年谱》卷上"康熙五年三十三岁"条中。亦见《居易录》。

的至友杨通睿、通俊、通久、通偓兄弟,则与江南关系尤深,足可为士禛交游之中介,这是同辈中人的事。杨氏兄弟系崇祯四年(1631)与张溥、姜垛、吴伟业等同榜成进士,系官至左谕德,明亡后避居丹阳、金坛一带,顺治五年(1648)"郁郁不得志死"于常州的杨士聪(号鳬岫)之子。杨氏兄弟原应是山东济宁人,因自幼流寓江南,以至被人视为籍丹阳。通睿兄弟共五,最幼名杨通佺,生于顺治四年(1647),后来诗词均著名。通俊字圣及,号樗庵,著有《斫老庵漫草》;通睿字圣喻,号是庵,著有《鸰社近稿》;昆弟唱和则有《鸰原诗文》等,这班富具文采的兄弟与江南遗逸及子弟们多有联系,《左谕德济宁杨公(士聪)墓志铭》即出梅村之手。

　　王士禛是顺治十七年(1660)赴扬州任的,到康熙四年(1665)七月离去,整五年。五年中,以政绩论,颇得好评,据载"完大案八十有三",多有雪冤之事,尤其是为当地人氏清还积逋二万余金,"手疏募诸当事"、"募诸商人",豁免了一大批牵涉成员。至于江苏严治"通海案"狱时,据说王士禛也"力保全良善,严反坐,以息诬陷"(均见《神道碑铭》、《墓志铭》、孙星衍《刑部尚书王公传》等)。这无疑都为其被遗逸文人接受并赏赞创造了清名之条件。何况同时在公差途中,雅游之际,大露才华,广事交接,《今世说》载有他到南京充同考官,抵燕子矶,"会天雨新霁,林木萧飒,江涛喷涌,与山谷相应答",士禛在"从者顾视色动"之时从容上山,题诗石壁,"翌日,诗传白下,和者凡数十家"。诸如此类的风雅潇洒行径在常州、镇江、苏州均留下了不小的影响,这都是顺治十七年秋冬和次年春天间的韵事。他号"渔洋山人"就是公事过吴"望太湖",见湖中小山"一峰正当寺门,爱其秀峙,无所附丽,取以自号"的。这就为其构成一种既风雅又清超的形象,完成了点睛之笔,无疑是深能获得时誉佳评的。清狂,向来被视为文人逸致高情的表现形态,也是与司李之官的严酷形象脱钩的淡化之举。

　　然而,王士禛真正被融化进遗老逸民的文化圈,关键一环节是顺治十八年（1661）三月公差南京，与布衣丁继之交游，并经丁氏的中介而结识遗老中年资最高的诗人林古度。否则，仅如前述，充其量只能与同榜进士、适值"奏销案"革除功名的邹祗谟合编《倚声初集》，作艳诗，填花间、草堂一路的词而很难上升到高层文化氛围中去。前面论吴嘉纪的章节中曾提到渔洋"在扬三年，而不知海陵有吴君，今乃从司农得读其诗，余愧矣愧矣"一事，从王氏角度言，固有轻慢的原因，从另一方面看，要进入遗逸布衣圈子也不是轻易能做到的。

南京丁继之（1585—1673后）是个精擅拍曲的音乐家，其与昔日秦淮名妓们关系深密，熟知"曲中遗事"。著名的"丁家水阁"直至易代之后仍是名流下榻之所，顺治十三年钱谦益"就医"金陵就是寓于石坝街丁氏"河房"的。据龚鼎孳《定山堂诗集》等可考知丁继之与遗老们繁多的交游活动，类似顺治六年（1649）"容与台重九会"那样的聚会指不胜屈。"重九会"集合的就有陈丹衷、张可仕、纪映钟、杜濬、余怀、邓汉仪等。据载丁氏与林茂之（古度）交情最深，王士禛与林、杜等白下遗民诗群的结识，正是由此起始。这年春士禛寄居丁家时，丁氏为详述当年秦淮旧事，王士禛掇拾其语成《秦淮杂事》组诗，后请画家绘成"清溪遗事"一册，陈维崧为之题诗七首，见《湖海楼诗集》卷一。王士禛自己又据之成《菩萨蛮·咏青溪遗事画册》八阕，迦陵和邹祗谟、彭孙遹等均有和作。

记述"樽前白发谈天宝"的《秦淮杂诗》二十首七绝，可谓是《秋柳》四章的续篇。如果说《秋柳》诗是声先人到，已为江东南诗群所认可，那么，这组绝句则是在新的交游群中进一步沟通了感情。《秦淮杂诗》在意蕴以至语词上几乎均表现有《秋柳》翻版的印痕，兹录其四首，两者可互相对照：

年来肠断秣陵舟，梦绕秦淮水上楼。
十日雨丝风片里，浓春烟景似残秋。

结绮临春尽已墟,琼枝璧月怨何如。
唯余一片青溪水,犹傍南朝江令居。

桃叶桃根最有情,琅琊风调旧知名。
即看渡口花空发,更有何人打桨迎?

三月秦淮新涨迟,千株杨柳尽垂丝。
可怜一样西川种,不似灵和殿里时。

不难发现,"年来肠断秣陵舟"其实就是《秋柳》首章"秋来何处最销魂,残照西风白下门"之意,只是"浓春烟景似残秋",季节更变,眼前是阳春三月罢了。至若"桃叶桃根"、"琅琊"、"灵和殿"等等用词,更无不类同,组诗后几首中"欲乘秋水问湘君"云云则显然即《秋柳》自序的"望湘皋之远者"的换一个语气而已。要说差异,《秋柳》使事用典过密,《杂诗》较疏宕明畅,时人誉为"流丽悱恻,可咏可诵";然其咏秦淮烟梦,惋叹"栖鸦流水空萧瑟"的风流歇亡则已可无疑。

紧接着渔洋在扬州大事进行雅集酬唱活动,如康熙元年(1662)的"红桥唱和",与会者有袁于令、杜濬、邱象随、蒋阶、朱克生、张养重、刘梁嵩、陈允衡、陈维崧等,他的《浣溪沙》名句"绿杨城郭是扬州"即作于此时。前年冬王士禛作《岁暮怀人绝句》六十首,杜濬曾赞称"使君才藻如许,当是天人"(见汪琬《说铃》载述)。现在杜茶村已常为阮亭座上客了。康熙三年的又一次修禊红桥,"冶春诗唱和"则标志王士禛已完全取得了江东遗逸诗群的首肯,这在诗史上是很兴旺热闹的一件韵事,如林古度即以九十高龄渡江来扬州参与了这一雅集,与会的有杜濬、孙枝蔚以及来自杭州的张祖望等人。在扬州此一活动后来几乎成了传统,曹寅、孔尚任、卢见曾、曾燠这些相继官于此的名流,直把这一唱和之风推延到了乾嘉时期。接着,在康熙四年春他公干去如皋,拜访了冒襄,在水绘园又进行了一场规模甚大的唱和。陈维崧《水绘园修禊诗序》记录了这一盛事,与会的有南通八十五岁的老遗民邵潜、陈维崧、冒襄及其子冒禾书、冒丹书,还有太仓的毛师柱以及如皋名诗人许嗣隆。类似集会已表明王士禛介入遗逸野老的圈子渐大渐深入,须知水绘园当时正是遗民子弟的一个避难之风雨茅庐。水绘园吟集,杜濬后一日到,没赶上,有人问杜茶村"阮亭诗何如"?杜氏回答说:"酒酣落笔摇五岳,诗成笑傲凌沧州。"①这无异于江东南人士对渔洋的一个总体评价,从才情、气度诸方面肯定了这位行将成为"泰山北斗"的不凡人物的诗界权威地位。至此,王士禛完成了其确立成为一代宗主的全部前期准备过程,只俟仕途的进一步通显,"神韵"大纛就可招展天下了。

在这里,有必要补述其"多交布衣"的问题,这是他曾在《居易录》等著作中一再提到的事。当时,布衣实即遗民之意,王士禛在扬州时期确实对此颇为用心,而且有个过程,开始时并不是很顺手的。只需读一下孙枝蔚《溉堂文集》中的第一封与王氏的答函,可知渔洋山人还曾采取要"选布衣诗"的方式来广事结纳的,孙溉堂起先对他的态度就很冷漠,有礼貌地谢绝了。当然,"布衣诗选"其实是说说而已,后来未有实践的。孙氏的信很有史实价值,不长,备录于此:

> 吉节未敢趋贺,非山人之无礼也,循例逐队之后,唯恐转劳贵驾耳。然读先生之书,友先生之友,如日见先生焉;形迹之间,故当无关疏密,而世士往往不知,徒为贤者所笑,仆复何能蹈此也。昨从程穆倩处读手札,知有"布衣诗选",欲采及拙诗,感甚愧甚!既不敢久负雅意,而春寒不解,誊写为苦,未免呈教迟迟。读书人少一书记,此正如老人无杖、行人无车,

---

① 此则系王氏自述,《池北偶谈》、《香祖笔记》均有载,《带经堂诗话》卷八"自述类"亦录存。

虽不废行，然色已沮矣。此中情事，想蒙察及也，谨先白谢，不一。

穆倩是著名画家、篆刻大师程邃（1607—1692）的字，程氏是歙县人，明亡隐于扬州，晚年又迁居金陵，工诗，《萧然吟》于乾隆中遭禁毁，《会心吟》世无传本。显然，王士禛的"交布衣"是滚雪球式的，于孙枝蔚，乃通过程穆倩为中介。从孙氏的信中，见出一种很冷峭的幽默，说因为天太冷，抄写太苦，所以谢谢了！"少一书记"云云实为托辞，其乃山西大贾后裔，长子又在经商，再所谓清寒也不至于如此。这一事实表明渔洋山人初莅广陵时，没少碰那批在野的山人的软钉子。后来，情况当然大好转，到他五年任满离去，诸多诗人名士在禅智寺硕揆上人方丈室内外饯行之盛，正意味着他是成功者，这种成功的重大转折是该归之于林古度、杜濬等的折节相交的。

但是，王士禛有一点是绝对谨慎的，即凡遗民野老们带有浓重政治色彩的雅集活动绝不介入，前文林古度、吴嘉纪有关章节中已点明此关目，这里还须引述孙枝蔚在康熙三年（1664）林古度到扬州时举行的"广陵诗会"的有关文字。因为，此类史实对理解从《秋柳》诗直至《冶春诗》的究属有多少"故国之思"，对王士禛"多交布衣"的真实心思，以及悟解此后他何以得能"谨醇处世，深蒙圣眷"，无不具有重要的参酌意义。《溉堂文集》卷一《广陵唱和诗序》即详列了与会的名单，而且明确了界限，一种政治性的界限：

> 盖闻梁园赋客，不同产而同游；邺下诗人，不殊调而殊土。世虽永传为盛会，事实难望于布衣。若乃绮食雕盘，谁是扶风豪士？银灯璧月，忽遇东平刘生。妙句擘七香之笺，情人来千里之驾，此则可谓萍水奇致，金石古欢者也。

这就是说"广陵唱和"乃是一群飘泊湖海的"布衣"之会，与当时的宦途人物不同道！"甲辰之春"的与会者是：林古度，浙江鄞县的陆介祉、钱肃图、杨瀿仙、王存雅,宜兴陈维崧,杭州蒋别士,东台吴嘉纪,安徽程邃、孙默,僧梵伊,以及泰州陆无文等。全是"或白发满头,不丧丈夫之勇;或齐眉在远,绝无儿女之仁"的流亡之士。凡属这样的集会,王士禛的身影是不现的。

更可注意的是,《居易录》有一大段自述生平交游的文字,先后开列了数十百人的友朋名单,几乎皆为官宦缙绅诗人,而略去不提广陵时期的布衣遗逸之交。试读其入仕后各个时期的记录:

> 戊戌廷对,不与馆选,以观政留京师,始与长洲汪(琬)苕文、南海程(可则)周量、武进邹(祗谟)讦士辈唱和为诗,己亥再入都,谒选吏部,汪、程皆官都下,又益以颍川刘(体仁)公䤴、鄢陵梁(熙)曰缉,是冬昆山叶(方蔼)子吉、海盐彭(孙遹)骏孙皆来定交相唱和。庚子之官扬州,扬州衣冠辐辏,论交遍四方,又数之金陵、姑苏、毗陵,所至多文章之友,从游者亦众。甲辰迁礼部,与翰林李检讨(天馥)湘北(今兵部尚书)、陈检讨(廷敬)子端(今都察院左都御史)、台中董御史(文骥)玉虬,洎梁、刘、汪、程辈,切靡为诗歌古文,而合肥龚端毅公芝麓方为尚书,为之职志。己酉奉使淮安,庚戌冬入都,会考功兄再官吏部,莱阳宋按察(琬)玉叔、嘉善曹讲学(尔堪)子顾、宣城施参议(闰章)尚白(后复入翰林、官侍读)、华亭沈副使(荃)贞蕤(后复入翰林,官至詹事兼侍读学士,加礼部侍郎,谥文恪)皆集京师,与予兄弟暨李陈诸子,为诗文之会……

在排年历数诗文社交活动,详尽记述"海内闻人缟纻论交"时,王士禛不惮其烦地准确载明交游对象的当时官职、现今官衔,却在叙述到扬州五年这阶段时,不著一人名,仅以"论交遍四方"、"从游者亦众"二语带过,其轻忽"布衣交",与"从游"之门人等量相观,态度极清楚。这段自述写在他荣升国子祭酒之后,也即声价地位益尊之时,他已无需再"多交布衣"了。这就好理解,在此后王士禛何以一再非议、攻讦阎尔梅、方文、吴嘉纪这批遗民诗人中的杰出人物,以至揶揄、嘲弄,不一而足!从中不难看出,渔洋山人的诗学学术交游或唱和酬应活动,实在是多与权术心机相辅而行的。这正如其在所有的著作中,凡关涉到曾列门墙或以其为"座师"的有关诗人时,无例外地在人名之前冠以"门人"二字一样,均属诗歌史上前此罕见的现象。诗歌活动的权术化、诗坛的官场化,至此得到了空前的长足发展,从而制约并支配着清代诗歌流变的很长一个时期的走向。

四 牧斋法乳,"门户"衣钵

在家学、才华、交游诸条件外,权威的大力揄扬是一个诗人得以成大名的不可或缺的又一条件,这在封建社会已是不成文的法则。拉大旗、借名号、倚门户,几乎是近古以来诗史上的普遍现象,而王士禛的借重钱谦益的声望以壮一己声色,似更有深层的诗史认识意义。

王士禛在广陵五年期间,于到职的次年冬就赴吴中,先后谒见吴伟业、钱谦益,以诗贽业称弟子。渔洋从梅村处的收获,主要是前文提到过的那句赞语:《居易录》载述:"吴梅村师谓予在广陵日了公事,夜接词人,以拟刘穆之。予岂敢望古人,若山水之癖,则庶几近之耳。"吴伟业对王士禛当时"多交布衣"之举是深以为善的,所以大力推荐过太仓的布衣诗人许旭。从《古夫于亭杂录》所说"余少奉教于虞山、娄江两先生,五十年来书尺散佚,偶从鼠蠹之余得两先生赤牍手书,不胜感叹,谨录左方"的梅村一通书札得知,吴伟业说过:"江表多贤,正恐不鸣不跃者,或漏珊瑚之网。如吾友许九日兄,为寒斋二十年酬唱之友,十才子推第一,篇什流传,定蒙鉴赏";"门下延华揽秀,或亦倦于津梁,然如此客,急宜收之夹袋,咳唾所及,增光长价。且此君青鞋布袜,由是而始,无使寥落,便增旅况,则皆名贤传中佳话耳。"①其结果许旭寥落如常,他们之间并未构成佳话,王士禛反应是冷淡的。对吴梅村诗风,渔洋从心底里不欣赏,这与他视元、白为"俗"的观点有关。《分甘馀话》中王氏有论明清之际歌行三派之语,是其七十岁后的文字:"明末暨国初歌行,约有三派:虞山源于杜陵,时与苏近;太樽源于东川,参以大复;娄江源于元白,工丽时或过之。"而在《蚕尾文》里他明确说过:"乐天诗可选者少,不可选者多,存其可者亦难。"《香祖笔记》则直斥白居易论诗"悖谬甚矣"②!由此可以想见对梅村诗歌的评价。

钱谦益的嘉许,渔洋是重视的,直到晚年还有"平生知己"之感。《古夫于亭杂录》卷三有一则回忆:

> 予初以诗贽于虞山钱先生,时年二十有八,其诗皆丙申后少作也。先生一见,欣然为序之,又赠长句,有"骐骥奋蹴踏,万马喑不骄。勿以独角麟,俪彼万牛毛"之句,盖用宋文宪公赠方正学语也。又采其诗入所撰《吾炙集》,方鉴山自海虞归,为余言之,所以题拂而扬诩之者,无所不至。予尝有诗云:"不薄今人爱古人,龙门登处最嶙峋。山中柯烂蓬莱浅,又见先生制作新。""白首文章老钜公,未遗许友入闽风。如何百代论《骚》、《雅》,也许怜才到阿蒙。"今将五十年,回思往事,真平生第一知己也。

---

① 梅村此札见于《古夫于亭杂录》卷三,前文尚有"论诗大什,上下今古,咸归玉尺。当今此事,非得公孰能裁乎!"后又有说许旭(九日)"近诣益进,私心畏且服之,而独苦其食贫无依,即宿春办装亦复不易,而出门求友之难也。今春坐梅花树下读《阮亭集》,跃起狂叫曰:'当吾世而不一谒王先生,谁知我者!'樸被买舟,素筝浊酒,特造门下。虽幸舍多贤,谁复出九日上者乎? 其姿神吐纳,书法之妙,见者倾倒,当以为长史、玉斧之流,不徒继美乎丁卯桥也"云。
② 《香祖笔记》卷五:"白乐天论诗多不可解,如刘梦得'雪里高山头白早,海中仙果子生迟','沉舟侧畔千帆过,病树前头万木春'等句,最为下劣,而乐天乃极赏叹,以为此等语在在当有神物护持,悖谬甚矣。元、白二集,瑕瑜错陈,持择须慎,初学人尤不可观之"云云。

怎样理解"平生第一知己"呢？是牧斋赏识其诗特佳？不，"丙申后少作"即二十三岁后前期诗什，凭牧斋的眼力，嘉奖后进是可以的，真要说好到什么程度却未必；对此，渔洋老人回首往事也不会看不清楚的。其实，牧斋与渔洋之间的"知己"感，着眼的是人，即牧斋深为期许的是：顺治十八年（1661）时的王士禛已是个将来足可主盟诗坛的人才，凭他阅人多矣的老眼不至于看花的，所以他的《序》和赠诗都从晚明诗史角度展开议论，将其体现于《列朝诗集》里的观念复述了一遍，意在渔洋能从中悟其三昧，以继替完成这位虞山老诗翁未竟的一统诗国的大愿。五十年后渔洋也成为老诗翁时"回思往事"，能不发生"真平生第一知己也"的感叹吗？钱牧斋的《序》和赠诗五古一首是被冠于托名"门人"盛符升、曹禾、林佶等编选而实系王士禛自定的《渔洋山人精华录》之开卷处的，且看此《序》有关文字的节录：

万历庚戌之岁，偕余举南宫者：关西文太青、新城王季木、竟陵钟伯敬，皆雄骏君子，掉鞅词坛。太青博而奥，季木赡而肆，踔厉风发，大放厥词。太青赠季木曰："元美吾兼爱，空同尔独师。"盖其宗法如此；而伯敬以幽闲隐秀之致，标致《诗归》，窜易时人之耳目。迄于今，轻材讽说，簸弄研削，莫不援引钟、谭，与王、李、徐、袁分茅设蕝，而关西、新城之集孤行秦齐间，江表之士莫有过而问者。三子之才力伯仲之间耳，而身后之名飞沉迥绝，殆亦有幸不幸焉！千秋万岁，古人所以深叹于寂寞也。季木殁三十余年，从孙贻上复以诗名鹊起，闽人林古度论次其集，推季木为先河，谓家学门风，渊源有自；新城之坛坫大振于声销灰烬之余，而竟陵之光焰熸矣！余盖为之抚卷太息，知文苑之乘除，有劫运参错其间，殆亦可以观天咫也。……往余尝与太青、季木论文东阙下，劝其追溯古学，毋沿洄于今学而不知返！太青喟然谓季木曰："虞山之言，是也！顾我老不能用耳。"今二子墓木已拱，声尘蔑如，余八十昏忘,值贻上代兴之日,向之镞砺知己,用古学劝勉者,今得于身亲见之,岂不有厚幸哉!书之以庆余之遭也。

牧斋此文要点是:其一,"七子"、"竟陵"全皆是"今学"而非"古学",或"赝"或"妄",故而"诗道沦胥,浮伪并作";其二,渔洋"家学门风,渊源有自",既可喜亦可忧!"季木为先河"者实系李梦阳、李攀龙之余裔也。所以今天有幸亲自"劝勉"以"古学",具体说来应"平心易气,耽思旁讯,深知古学之由来",而汰洗去上述种种症结,以图"代兴",挽"诗道"之沦亡。这也就是《古诗一首赠王贻上》中指出的"敢云老识路?昏忘惭招邀。河源出星海,东流日滔滔。谁蹠巨灵手?一手埋崩涛。古学丧根干,流俗沸蟛蜩。伪体不别裁,何以亲风骚?"其三,怎样才能"勿以独角麟,媲彼万牛毛"呢?牧斋似未说明,实已讲透:自标"古学",以上承"风骚"独居,裁去所有"伪体"。此乃钱谦益自晚明以来的诗歌批评的不二法门,左右开弓,批"七子",丑诋"竟陵",以自占位置。

这是牧斋在讲解当年诗坛门户之争的史事,以及传授门户之学的真谛。他在寄王士禛的一通书札中说了内心话:"輇才朴学,本不敢建立门户,厕足艺林。幸奉先生长者之训,稍知拨弃俗学,别裁伪体,采诗余论,聊示发挥,遂使谣诼纷如,弹射横集。俗习沉痼,末学晦蒙,醯鸡井猿,良可愍叹。日星在天,江河万古,欧阳公有言,岂为小子辈哉!"现今自己已老,际世又不佳妙,但渔洋既"不惜过而问",则"禅力未固,猎心复萌,繙阅再过,放笔为糠秕之导"。同样是以"先生长者之训"姿态出现,激励王士禛"回浣狂澜,鼓吹大雅",以扬"古学"。①

史实证明,王士禛是深悟"建立门户"的训义的,也不负重望。

---

① 钱谦益致渔洋札亦载见《古夫于亭杂录》卷三,共三通。渔洋自谓:"余少奉教于虞山、娄江两先生,五十年来书尺散佚,偶从鼠蠹之余得两先生赤牍手书,不胜感叹,谨录左方。"

渔洋较之牧斋条件自优越多，时际盛世，天时地利人和各方面条件如前所述均极完备。更何况他比钱牧斋更聪明，运以"谨醇"形态而独标一家宗风，不剑拔弩张，不声色俱厉，不靠咒骂丑诋的手段，在形态上较多采用软化同道、淡化异己方法，故能借助好风而扶摇于青云之端。但是，"门户"之道，得牧斋法乳，衣钵相承，是无疑的，所以，乾隆年间的诗人方汝谦的《读〈感旧集〉五首》之一，针对王氏选编《感旧集》，立门户亲疏习气，说：

> 词坛门户开蒙叟，祭酒风流足比肩。
> 更有芙蓉三十二，纷纷牙纛总高骞！①

"蒙叟"即牧斋，祭酒是王渔洋，他的主盟天下正是从任职国子监祭酒始，说详后；"芙蓉三十二"指龚鼎孳，龚氏有《三十二芙蓉斋诗钞》。应该承认，不很为人知晓的这位方先生目光锐利，道出了人所未敢道的话，而且一言中的，切中"门户"渊源。方汝谦字敬承，号牧原，江苏南通人，著有《白云山樵集》，编定在乾隆三十一年（1766）。方氏是乾隆二十二年（1757）进士二甲二十八名，任山东馆陶知县，二十五年（1760）即解职，死在乾隆四十年（1775），其生年大致在渔洋卒（1711）后不久。须知方汝谦作这样的评骘的时候，正是渔洋被追谥"文简"后不久，这不能不说有一定胆识的。类似方氏这样被湮没无闻的卓有识见的诗人正不知有多少，诗史秉笔者是有义务拨开一点缙绅们设置的雾障，多尽"表微"之责的。他这组诗的小序也写得很有风骨，值得一录：

> 《感旧集》，渔洋山人手辑。（卢）雅雨山人刊以行世者也。渔洋宗仰牧斋、梅村，凡出两公门下者，集中悉载之。赵秋谷为渔洋同乡劲敌，生平极力诋之。渔洋一代风雅，犹不免

---

① 方汝谦诗见《万首论诗绝句》五四七页。又按，方汝谦生于雍正二年（1724），据《崇川各家诗钞汇存》卷八。

有门户习气。雅雨山人作小传,独推卢德水、程正夫为饮醇交,视渔洋之与秋谷,所见远矣。

考卢见曾从渔洋弟子黄叔琳(昆圃)处得《感旧集》手稿,为增补诗人传记后刊行,时在乾隆十七年(1752)。此可据知方汝谦作此组诗大抵在其赴京会试前后。顺便提一下,《感旧集》流布后,与方氏差不多同时的宜兴籍诗人储国钧也有题诗讽刺说:"若准元家'箧中'例,不应牵拂到松圆。"松圆是牧斋密友程嘉燧的号,程松圆于明崇祯十六年(1643)即以七十九高龄去世,与渔洋毫无瓜葛可言,有何"旧"可"感"? 纯系标榜、夤缘钱谦益而死扯活拉所致。储氏诗正可坐实方汝谦"门户"之论,只是语气委婉了些。储国钧,字长源,著有《抱碧斋诗》,尤擅词,《倚楼笛谱》为阳羡第三代词家中坚之著。储国钧系储方庆(1633—1683)之孙,储雄文(氾云)之子,父祖均以诗名,方庆系陈维崧内侄。宜兴储氏与陈、史、吴、徐等家一样,乃文化大族,阖门风雅。

但必须说明的是:《感旧集》编成于康熙十三年(1674),也即官户部郎中适值其母病逝,居庐墓守丧在里中时。梅耦长《知我录》曾说过:"新城先生著述甫脱稿,辄已流布。独《感旧集》一书,编成逾廿年不以示人。因别有微指。尝手疏其篇目见示云'右康熙甲寅撰……'"。"别有微指",意为别有其意或别有违碍。这和在扬州声称要编"布衣诗选"殆有异曲同工之妙,差别在于一未做而一已做成。编成了却二十年不示人,事实上生前未刊刻,但舆论早造了的,编集时牧斋、梅村虽已去世,然门生故旧仍多,需要声气广通的。过了二十年不示人,也就是到了康熙三十三年(1694),其时已官为户部右侍郎,他大抵根本不想让它问世的,身后的流传或不符合编者的初衷。因为,如前所说,他对钱牧斋的"知己"感是因为钱于诗风诗艺的启导奖掖,梅村那里更只是借重声名,当他一旦确立"神韵"大纛,这种借重或"糠秕之导"也就成为过去,已没意义。只需看他晚年有意无意地表示与牧斋诗学观的歧异,多次非议钱氏的文字就足能证明。兹仅录《蚕尾续文》中一则语录就够了：

> 虞山钱先生不喜妙悟之论,公一生病痛正坐此。然仪卿诗实有刻舟之诮,高新宁亦然,大抵知及之而才不逮云。

一面批评了严羽、高棅"才不逮",划开了由"闽中十才子"之一的高氏宗尚沧浪之说,编纂《唐诗品汇》所启开的"明七子"风尚的嫌疑,另一面又坐实了钱牧斋不好"妙悟"之论的失误。这样,既亮了自己的旗帜,又清了与牧斋的界线,真是一击两响,一石三鸟。王渔洋论诗的风度和手法,无疑较之牧斋不止胜一筹而已。

第三节　王士禛主盟诗界的时间考辨

在梳理了王士禛之所以能成为一代宗师的诸多条件之后,就可具体确认其主盟诗坛的历史性年月。换句话说,对王士禛还需有一个历史机缘,一俟天时、地利、人和三者最佳契合点降临到他头上时,"神韵"之纛即可招展天下矣。这个时代的契机在康熙十九年(1680)终于到来,这一年王渔洋升迁为国子监祭酒。对此番荣迁,诗人自己也视为是命运的一次重大转折,在《年谱》"顺治十六年"条下,记了一则其赴任扬州前的关帝庙祈签事,据他讲,签诗为"今君庚申未亨通,且向江头作钓翁。玉兔重生应发迹,万人头上逞英雄"。别以为此为无稽之谈,其实却道出了他深层心态。扬州五年的"钓翁"生涯,是静待时机,准备条件阶段;"玉兔重生"语,《池北偶谈》中王氏自释:"予以崇祯甲戌生,实在闰八月",而康熙十九年(庚申)又是"八月置闰",于是"遂蒙圣恩,擢拜大司成"。①

---

① 《池北偶谈》卷二十二:"京师前门关帝庙签,夙称奇验。予顺治己亥谒选往祈,初得签云:'今君……'又云:'玉兔重生当得意,恰如枯木再逢春。'尔时殊不解。是年十月,得扬州推官,以明年庚子春之任。在广陵五年,以甲辰十月内迁礼部郎。所谓'庚申'者,盖合始终而言之。扬郡濒江,故曰'江头'也。然终未悟后二句所指。至庚申年八月置闰……于是乃悟'玉兔重生'之义。谚云:饮啄皆前定,讵不信夫?"

王士禛离开扬州到礼部是康熙四年秋冬,前后将近十年浮沉于郎官,并不很得意,又先后丧第三妹、丧母、丧长兄王士禄、丧妻张氏。其时京师诗坛也正由龚鼎孳"为职志",主盟多年,汪琬、宋琬、施闰章、曹尔堪等人论年资、论功力、论名望均只能平视,而不可能超越的。到康熙十六年(1677)任户部郎中职,得尚书梁清标、侍郎魏象枢推重,次年经大学士李霨及冯溥、陈廷敬、张英等交口推荐,得以召对于懋勤殿,康熙帝谕内阁:"王士禛诗文兼优,着以翰林官用",遂以侍读直南书房,开始时来运转。康熙十八年(1679)三月,"鸿博"试于体仁阁,天下才彦云集京师,然而诗文词坛恰值群龙无首,权威空缺。王士禛被任命为国子监祭酒,而且在此前一再得御赐"存诚"、"清慎勤格物"以及御笔《枫桥》诗幅等,恩宠有加,位渐隆尊,实在是极好的机遇,他有了足够的资格来填补空缺。

兹先考查京师及海内诗坛耆旧的凋零情状,康熙十九年时:

> 钱谦益已病故十六年;
>
> 吴伟业已病故九年;
>
> 周亮工已病故八年;
>
> 龚鼎孳已病故七年;
>
> 程可则、程先贞亦病故七年;
>
> 宋琬已病故六年;
>
> 曹尔堪卒已二年。

遗民诗老中:

> 方文已病故十一年;
>
> 冯班已病故九年;
>
> 计东已病故五年;
>
> 申涵光卒已三年;
>
> 阎尔梅卒已一年;

黄周星、纪映钟、李邺嗣等皆于此年病故或自尽。
…………

这是康熙元年以来的一张简略清单,顺治朝一度灿若群星丽天的朝野诗界已趋沉寂,清初文化领域内各个方面都在进入历史性的转换期,诗坛亦不例外。其时,遗老中最孚众望的如傅山已年七十四,经峻拒入京城就试"鸿博"后回转山西;顾炎武伏处晋北,二年后即病逝,再二年,傅青主亦老逝。而与王士禛同辈但年长者如陈维崧、朱彝尊、毛奇龄等诗名虽高,但他们前一年均应"鸿博"试被录取,刚入翰林院供职为检讨,从科名计算倒全成了后进晚生,谁也难以有雄心和实力来问鼎京华诗坛盟主之位,何况,不二年陈迦陵也病故了。如此态势,宗主之位,已几乎是非渔洋莫属的。

作为诗界泰斗或一派宗主,更需要有群星拱月般的弟子群从,此时擢拜"大司成"的王士禛著籍门下的已数以百计。渔洋在顺治十七年(1660)时就开始充任过江南乡试同考官,分校"易二房",得九人称门生,其中有名诗人、官至御史的昆山盛符升(1615—1700),符升字珍示,康熙三年(1664)进士,著有《诚斋诗集》八卷;有以"黄叶声多酒不辞"句著称而得"崔黄叶"之号的崔华(1632—1693)。崔华字不雕,太仓人,即吴梅村目为"直塘一崔"的江南名士,著有《樱桃轩集》。到康熙十九年,盛、崔以及王立极、黄裳等均已是二十载"老门生"了。康熙十一年(1672)王士禛奉命出典四川乡试、十七年(1678)又典顺天乡试,复得门生数百。待他迁国子监祭酒时,除了在康熙八年(1669)就与张弨一起执贽的老学生,后来成为"吴派"经学大师的惠周惕(惠士奇之父、惠栋之祖),以及广陵名诗人宗元鼎等在国子监为太学生外,汤右曾、查昇、陶元淳、金居敬均在学。特别是还有肄业于国子监的洪昇和在康熙二十三年(1684)游太学的查慎行,都算及门弟子,其声势之壮可以想见。至于此后三十年中又曾以副主考典礼部会试,参与过阅"御试顺天举人卷"等等,门墙桃李愈益遍天下。从渔洋著作可以考见的称之"门人"的名士,择其最著于世的有(除前已见的):蒋景祁、宋荦之子宋至、周彝、何世璂、汪懋麟、吴雯、查嗣瑮、李鸿、阎若璩之子阎泳、陈奕禧、魏坤、徐兰、顾嗣协、陈僖、朱载震、曹延懿、殷彦来、彭始搏、汪洪度、汪征远、江辰六、朱绅、靳熊封、林麟焻、谢尧仁、吴陈琰、蒋仁锡、陆辂等等,这是一批先后活跃于康熙时期,有的还延续到雍乾二朝的各阶层、各领域的文化名流。可以肯定地说,康熙一朝没有谁如王士禛那样"汲引后进,一篇之长,一句之善,辄称说不去口",从而"以公齿颊成名者不可胜数"的,于是"王门弟子"如云如潮,他的"泰山北斗"的地位也就顺乎时势地确立了。

在升迁国子祭酒前三年,即康熙十六年(1677),王士禛于京邸亲定《十子诗略》是其宗盟京师诗坛的一个先期征兆,应予注意。如果说康熙十年(1671)间,他的诗还只能被浙江吴之振汇刻入"八家"之列,那么六年之后,也就是在龚鼎孳逝世后,王士禛已渐渐地在取代其"为职志"的权威。《十子诗略》的作者被称为"金台十子",大多为渔洋及门弟子,是继顺治年间"燕台七子"之后的一个核心群体,但这群体已是更新了的属于第二代台阁诗群,其成员已没有由明入清的仕二朝者。

《燕台七子诗刻》成于顺治十八年(1661),由严津纂辑,"七子"成员及入辑的人各一卷的细目是:张文光的《斗斋诗选》、赵宾的《学易庵诗选》、宋琬的《安雅堂诗选》、施闰章的《愚山诗选》、严沆的《颢亭诗选》、丁澎的《信美轩诗选》、陈祚明的《稽留诗选》。除了陈祚明当时以布衣游龚鼎孳邸,河南开封人张文光系明崇祯元年进士,晚仕清为按察副使外,其余五人全系顺治朝进士,正先后为六部郎官。其后风流云散,休咎各自,如原系"西泠十子"之一的丁澎在顺治十四年(1657)作为考官而罹河南"科场案",被谪戍辽东几年始放还。而到"金台十子"结集时,宋琬、陈祚明等也都已逝去。

京华诗坛的荣衰在顺康之交大抵随着龚鼎孳的宦海沉浮而起伏。龚氏是在康熙元年从降补上林苑蕃育署丞骤又起用为侍郎,再起为左都御史,直至礼部尚书的。作为"燕台七子"与"金台十子"之间的过渡阶段,诗坛以龚氏为主盟的群体有"八家"之称于京城,这就是前面提到的吴之振辑刊的《八家诗选》,"八家"指:

> 宋琬《荔裳诗选》,曹尔堪《顾庵诗选》,施闰章《愚山诗选》,沈荃《绎堂诗选》,王士禄《西樵诗选》,程可则《湟榛诗选》,王士禛《阮亭诗选》,陈廷敬《说岩诗选》。

"八家"和"七子"对照,可以发现,只有"南施北宋"系交叉成员。到《十子诗略》编定之年,"八家"中仅存其半在世,沈荃、陈廷敬诗虽各有风貌,但非渔洋劲敌;施闰章的"南施"之名又系渔洋所张扬鼓吹,其时正裁缺归里多年,要到举"鸿博"时始复授侍读,在康熙二十二年(1683)即去世。很显然,续操诗苑选政的权威之柄,舍渔洋已无他人。"金台十子"是:

> 宋荦(1634—1713),字牧仲,号西陂,又号漫堂。河南商丘人,顺治四年(1647)以十四岁之大臣子充列御前侍卫,康熙三年(1664)官黄州通判,累擢江苏巡抚,官至吏部尚书,著有《绵津山人集》、《西陂类稿》等。

> 王又旦(1639—1689),字幼华,号黄湄渔人,陕西郃阳人。顺治十五年(1658)进士,官至户科掌印给事中。著有《黄湄诗选》。其诗备受渔洋称道,后来的论者大抵认为黄湄在清初可与孙枝蔚并称关中诗人之冠而其造诣尤深。诗多山水、交游之作,时有幽绪情心,如《郊行感事》的"心随夜半移枝鹊,身似门前饭粥僧"之类。这是个宦情不热衷的诗人。

> 曹贞吉(1634—1698),字升阶,又字升六,号实庵。山东安丘人。康熙三年(1664)进士,考授内阁中书,以弟曹申吉

陷身滇黔,情况不明,出为徽州同知,旋归里。以词著名,有《珂雪词》。诗有《朝天》《鸿爪》诸集,《黄山纪游诗》最佳。他的诗从"七子"入手而稍变风格,颇多悲慨之篇。

颜光敏(1640—1686),字修来,号逊甫,又号乐圃,山东曲阜人。康熙六年(1667)进士,官至吏部考功司郎中。著有《乐圃集》。与弟颜光歃世称"二颜",诗宗唐人,明丽秀润。善接纳,交游遍南北。

叶封(1623—1687),字井叔,号慕庐,又号退翁,先人原籍浙江嘉善。后家于湖北黄陂。顺治十六年(1659)进士,官至西城兵马司指挥。"鸿博"报罢后退居武昌樊湖。著有《慕庐集》,王士禛为之点定,又有《嵩游集》等。此人工篆刻,诗名不著。

田雯(1635—1704),字子纶,一作紫纶,号山姜,晚号蒙斋。山东德州人。康熙三年(1664)进士,官至户部侍郎。著有《古欢堂集》等。诗多才气,好新警权奇,与渔洋殊异途,故晚年颇有讥诋。

谢重辉,生卒年未详,字千仞,号方山,山东德州人。以父谢升之荫官中书舍人,累至刑部郎中,归里后撰《杏村诗集》,为康熙四十一年至四十七年(1702—1708)之间所作,诗风一变,多闲逸气。与田雯齐名当时,后则不著名于世。

丁炜,生卒年未详,字瞻汝,号雁水,福建晋江人。顺治十二年(1655)诏试以诸生从军幕得官,累擢至湖广按察使,康熙二十八年(1689)以目疾归,不数年卒。其列名"十子"时正任兵部职方司郎中。有以丁澎误置此列,实讹传。著有《问山诗集》,擅倚声填词,集名《紫云》。

曹禾(1637—1701),字颂嘉,号峨嵋,又号禾庵。江苏江阴人。康熙三年(1664)进士,官内阁中书,告归养母,举"鸿博",授编修,官至国子祭酒,罢归。著有《禾庵》、《峨嵋》等集。其初师陆世仪,后列王氏门墙。

汪懋麟(1639—1688),字季用,号蛟门,晚号觉堂。江苏江都人。康熙六年(1667)进士,官刑部主事,与修《明史》,康熙二十四年(1685)罢归。著有《百尺梧桐阁集》,诗文名均高。

"十子"中除个别年稍长外,大抵与渔洋为同龄人,却又或为下属或称弟子,组合成声势颇壮的羽翼之群。从籍贯看,又基本上以山东、江苏二地为主体,显出一种特殊的渊源关系。关于"十子",赵执信《冯舍人遗诗序》说道:

盖渔洋公方为诗坛盟主,前所推引者"十子",而山左居其四,四之中,德州居其二,则田山姜侍郎,谢方山郎中也。先生(指冯廷櫆)为州里后进,独以清才健笔,绝尘而奔,一旦争长,且抗行焉。渔洋公色飞心动,终不能罗而致之门下也。

此为渔洋标"十子"之名乃意在开山树蘖、构架门墙之实证。唯其意在声势,故并不专意于各人之诗风是否趋从,《谈龙录》第二十八有论及此:

而安丘曹礼部升六(贞吉)、诸城李翰林渔村(澄中)、曲阜颜吏部修来(光敏)、德州谢刑部方山(重辉)、田侍郎、冯舍人后先并起。然各有所就,了无扶同依傍,故诗家以为难。

事实上从宋荦到丁炜这些非山东籍的诗人又何尝诗风趋同"神韵"呢?此后无不各自发展。著籍王氏门下者究其真貌并不尽属"神韵"同派,但在当时作为诗坛盟主,需要此种标榜方式,后来宋荦在江苏巡抚任上,驻节吴门,广事接纳,选刊《江左十五子诗选》就是秉承了渔洋此一风气而卓著声望的。所以,诗歌史上屡见之"七子"、"五子"、"十子"一类名称,不应轻忽为一般的文人风雅习气,其实这类现象正是朝野诗坛领袖们左右风气走向的表征,当是治史者梳通诸种脉络时的重要观照对象。"十子诗略"的选定、"金台十子"的命名,乃王士禛登坛掌麕前夕的一着要棋,从此,他的两庑真正充实,阵容极为可观。

第四节 "神韵说"形成过程与审美内涵

王士禛在自己的大旗上标举出的"神韵"二字,是他的创作论和风格论的核心主张,也是其自身创作实践过程中追求的特定审美情趣。所以"神韵说"不只是理论的倡导,而且还是创作的实行;不仅是一个诗学批评理论的派别,事实上它乃是启开风气的强烈体现特定理论主张的诗的流派。这种命名形态有别于唐宋以来或以题材、或以年代、或以地域命派的各类诗群,正是清诗流变的一个特点。它意味着理论自觉性较之前代愈益强化,审美追求的功利性更见明确,而这又是与对诗的功能认识的进一步得到发展有着密切的关联。可以这样认为,儒家诗教的"兴、观、群、怨"之义原本还是体现为自下而上地发挥诗的功能性作用,对统治集团来讲,意在谋求起到一点"致君尧舜上"的推助力的话,那么,诗史行程衍化到"神韵说"的出现,这种推助力则已转化为自上而下的自觉为盛世"文治"服务。对此,沈德潜在《国朝诗别裁集》中一段论渔洋的话,很可为理解王氏标举"神韵"说的理论和实践的实质意义的参照:

> 或谓渔洋獭祭之工太多,性灵反为书卷所掩,故尔雅有余,而莽苍之气、遒折之力往往不及古人,老杜之悲壮沉郁,每在乱头粗服中也。应之曰:是则然矣,然独不曰欢娱难工,愁苦易好,安能使处太平之盛者强作无病呻吟乎?

关于"神韵"与"獭祭"这种似是悖反的现象问题,容后文析辨,这里沈德潜表述的对王渔洋苦心孤诣的理解,是深得其心的。

是的,当今圣上即乃"尧舜",何须"老杜之悲壮沉郁"式的变风变雅之声?不然,岂非无病呻吟于太平之盛世了!

以上应该是对"神韵说"意识性的基本认识。

现在分别辨认"神韵"之说的形成过程及其审美追求的构合内涵。

一 "神韵说"的形成过程

王士禛幼承家学熏陶,渊源中原有明"七子"浓重的影响。而其早年犹好为六朝香奁之体,在他和长兄王士禄合编的《琅琊二王集》以至他顺治十六年居京城谒选时与彭孙遹酬应的《彭王唱和集》中,都可得到印证。汪琬《说铃》有"二王好香奁诗,唱和至数十首。刘比部寓书于余,问讯博士曰:王六不致堕韩冬郎云雾否?此虽慧业,然并此不作可也"的载述。士禄在同祖兄弟中排行六,时官莱州府教授,故称"王六"、"博士"。据王士禄在《香奁诗自序》曰:"情至之语,风雅扫地,然不过使我于宣尼庑下俎豆无分耳。"事实上清前期诗人中有勇气敢冒"宣尼庑下俎豆无分"之儒教大不韪的,似只有朱彝尊不删《风怀》诗,而王氏兄弟,尤其是渔洋山人很快就改弦更张了的。

惠栋《年谱》注补说:"山人自乙未五月买舟归里,始弃帖括,专攻诗。聚汉魏六朝、四唐、宋、元诸集,无不窥其堂奥而撮其大凡。故诗断自丙申始。"此说符合实情。乙未是顺治十二年王士禛礼部会试中式之年。科举之途已通,登岸舍筏;专攻诗,追求诗海之筏,很顺其理。

这期间,徐夜与王士禛的唱和活动所发生的影响值得重视。徐夜(1616—1687),字东痴,号嵇庵。是王象春外孙,为渔洋兄弟的从表兄,明诸生,国变,母死,弃诸生,隐居土室。荐举"鸿博",不赴,晚年客死江西彭泽。王士禛是顺治十年(1653)始交东痴,这位年长十八岁的表兄诗宗陶潜、韦应物一路,又时有王维、储光羲超然物外情致;悲愤时则诗类阮籍《咏怀》,巉刻处更多孟郊风格。须知"清真拔俗"或"峭削巉刻"①在当时实近竟陵风气,故《筱园诗话》诮之为"转入鼠穴"。诗多散失,后来王士禛"撼拾遗诗",成《徐东痴诗》二卷。顺治十三年,王与徐同游齐地的长白山,前后唱和数十首。其时王士禛香奁体格未去,东痴则澄思幽夐,结响坚奥,路数既异,心境亦殊不同,此种唱和只是借山水游以作为接合点谋得酬应相通。据徐夜《再题阮亭秋柳诗卷》的句末小注说:"阮亭好咏刘采春'清江一曲柳千条'绝句",采春,中唐著名诗妓。由此可以想见王士禛当日风神,而东痴则是"一时感遇垂条木,千里惊逢落雁秋"的心态。可以肯定,酬唱也即交流,在这对中表兄弟的雅游日子里,作为高士的长兄从诗的气体上一定程度地陶冶和薰蒸过王士禛。此后他的《秋柳》诗实是香奁和咏史怀古的组合物,似即受有遗逸之流的徐东痴的影响后的成品。关于徐夜的潜在影响问题,从《转城》一首的诗味何其富有"神"韵特征,也可揣摩得其一二。东痴此诗云:

> 来看东风剪柳条,土膏新软雪全消。
> 转城三面无相识,黄叶随人过板桥。

当然不能忘记,渔洋八岁时学诗是从一部名叫《唐诗宿》的选本中王、孟、王昌龄、韦应物等诗入手的;《倚声集》还记有"山人尝云:仆十二岁时,题《明湖》诗有句云'杨柳临湖水到门'",这样,他和徐夜能相共和唱,本亦有诗艺基础。

司李扬州时期,是王士禛深入研讨诗学,开始认定"神韵"为诗美高境的初始阶段。尽管此后"神韵"的内涵不时充实并发生变迁,但作为其一生所持奉的审美观则是确立无移了。

---

① 《筱园诗话》卷二:"徐东痴、张历友皆尔日山左诗家,然徐诗故求峭削,转入鼠穴,不如历友笔气俊逸,较有才力也。然后来高密李氏宗主客图,其派颇行于齐鲁间,卑靡浅弱,视诸人又古民之三疾矣。"

顺治十八年秋,在泰州公干时,他研读了本系"吴派",后为"前七子"之一却又与李、何持离立之势的徐祯卿的《迪功集》以及稍后的高叔嗣的《苏门集》,并选评合刻为《二家诗选》。徐祯卿(1479—1511),字昌谷,江苏吴县人,弘治十八年(1505)进士;高叔嗣(1501—1537),字子业,号苏门山人,河南祥符(今开封)人,少受知于李梦阳,嘉靖二年(1523)进士,官至湖广按察使。这两个都是三十多岁就英才早逝的诗人,在"七子"门户中诗风独以清远飘逸称,从而深为渔洋所善。他的此种选择,无疑是潜在地受到王世贞的启示和影响的,在《二家诗选序》中,渔洋说:

> 弇州(即王世贞之号)诗评谓:昌谷如白云自流,山泉泠然,残雪在地,掩映新月;子业如高山鼓琴,沉思忽往,木叶尽脱,石气自青。谈艺家迄今奉为笃论。其弟敬美又云,更百千年,李、何尚有废兴,徐、高必无绝响!其知言哉!

后来直到康熙三十八年(1699),王士禛又取徐祯卿与边贡并列相重,续刻边氏《华泉集》选凡四卷,与近四十年前选政的旨意仍一脉相通。边贡(1476—1532),字庭实,号华泉,山东济南人。弘治九年(1496)进士,官至南京户部尚书。王士禛对这位乡先辈的青睐,屡见于文字,如《蚕尾续文》中谈到明诗说:

> 明诗莫盛于弘、正,弘、正之诗莫盛于四杰。四杰者,北地空同李氏,汝南大复何氏,吴郡昌谷徐氏,其一则吾郡华泉边公。四杰之外,又称七子。而顾华玉、朱升之、王稚钦之徒,咸负盛名,弗得与于四杰、七子之列。故千秋论定,以李、何首庸,边、徐二家次之,浚川、对山、渼陂、洎东桥、凌溪已还,则皆羽翼也。……今李何二集,学士家有其书。边集一刻于胡中丞可泉,再刻于魏司理永孚。暇日,参伍二刻,薙其繁芜,掇其精要,与徐氏《迪功集》并刻于京邸。

渔洋刊刻边贡诗之事，《香祖笔记》亦有明确年代记载[1]。又在《渔洋诗话》中说："余选《华泉集》刻成，又选刘吏部希尹集，得若干篇。希尹名天民，历城人，及与华泉相唱和，古选在华泉之上，五言近体，精深华妙远不逮边矣。"

按刘天民号幽山，著有《幽山集》十卷，见《四库》著录。从渔洋对"四杰"、"七子"的议论，其思路很清楚：一，将"四杰"与"七子"分列，至少从形态上可以摆脱"七子"网络的羁绊，免得牵涉上"家学门风，渊源有自"，被人视为承续其叔祖王象春（季木）的"空同尔独师"的一脉相传。因为当时牧斋、梅村等"老成具存"，不能介入"瓦釜正雷鸣"行列遭诗老们厌弃。所以，从艺术渊源和宗尚言，渔洋正是打一个擦边球，绕过"七子"之名而阴奉其中一翼。二，论定"弘（治）正（德）之诗莫盛于四杰"。而"四杰"中又特尊"更百千年，李、何尚有废兴，徐、高必无绝响"的"华妙"之格，边贡作为乡邑前辈亦正属"华妙"、"精深"一路。这是在擦边球中树起一种诗美标准。关于边贡，当时吴中何良俊《四友斋丛说》有段评论，足可与王世贞论徐、高之语并参，从中是能悟出渔洋追求的境界的。值得注意的是，何、王这二个论家均系吴人，从地域看，王士禛无论哪个时期都较多地站在"南"人的立场论诗，而变易其乃"北"人的形象，以求与"空同"、"北地"这些指称李梦阳、李攀龙的印象脱钩。何良俊的话说：

> 世人独推何、李为当代第一，余以为空同关中人，气稍过劲，未免失之怒张；大复之俊节亮语，出于天性，亦难到，但工于言句，而乏意外之趣。独边华泉兴象飘逸，而语尤清圆，故当共推此人。

---

[1] 《香祖笔记》卷二："康熙己卯，予乃选刻于京师，凡四卷。予儿启涑以予私淑先生之切也，移书宗侄苹，访其后裔。"按，康熙己卯为三十八年（1699）。又，"宗侄苹"即诗人王苹。

"意外趣"殆如"味外味",其审美形态恰正是"兴象飘逸"的神韵味浓,"语尤清圆"则是外部形态的迥异于"气劲"、"怒张",趋顺向清远、雅逸、冲淡而又秀润。这不正是渔洋后来毕生所倡导的诗美境界么?从中,一种脉理已不难触及的。

在选评徐迪功、高苏门二集的同时,王士禛"又尝摘取唐律绝句五七言若干卷,授嗣君清远兄弟读之,名为《神韵集》"(语见惠栋《年谱注补》)。这是渔洋正式标举"神韵"二字为自己宗旨之始。郭绍虞先生曾说"可惜我们现在不曾见到《神韵集》,假使能得到此种选本,以与《唐贤三昧集》相比较,那么渔洋所谓神韵之说,更容易彻底了解"(《中国文学批评史》四五六页)。其实这本供他儿子们的启蒙读物未曾全部付刻过,《渔洋文》说到:"日月既逝,人事屡迁,感子桓'来者难诬'之言,取箧衍所藏平生师友之作,为之论次,都为一集。自虞山而下凡若干人,诗若干首;又取向所撰录《神韵集》一编,芟其什七附焉:通为八卷,存殁悉载。窃取《箧中》收季川,《中州》登敏之之例,以考功(其兄王士禄)终焉。"王士禄卒于康熙十二年(1673),"通为八卷"之编又后此多年,上距选录《神韵集》当在二十年左右。从其"存殁悉载",古今合编体例看,当年选《神韵集》的标准无疑就是选编《迪功》、《苏门》的眼光,而王世贞评述徐、高的诗美形态,也正是渔洋毕生向往的境界。

必须说明的是,王士禛这种出入"七子",别择一格以为宗奉的"神韵"诗风的追求,只是在扬州时期思虑成熟并具体揭示出来,其构架思绪则实在此之前,并非在广陵偶然地兴之所至的结果。汪琬《说铃》所记顺治十五年到十六年之间的一段对话可以证明此点:

> 王进士言:若遇仲默、昌谷必自把臂入林;若遇献吉便当退三舍避之。予时在坐,遽谓曰:都不道及汝乡于鳞耶?王嘿然。

汪氏称"王进士",因其时士禛留京谒选,尚未授受实职,《说铃》中先后称谓均有特定指对和区别。嘿然,即默然,他对李攀龙不置一辞,是不欲沾上边,陷于"邪师外道,自立门户,终难皈依正法"(牧斋评王季木语,见《列朝诗集》)的地步。

康熙二十四年(1685)九月渔洋祭告南海归,即遭父丧。守庐三年间,王士禛有足够精力清顺、深化其"神韵"诗学观,以进一步发挥诗坛领袖的号召力。他的《唐诗十种》辑成在康熙二十六年,次年又撰《唐贤三昧集》三卷。以"选"示"法",并借《林间录》所载洞山和尚语录"语中有语,名为死句;语中无语,名为活句"启导门人,从而将其自司空图、严羽以至"明七子"一系列沿承过来的"神韵"说的内涵推向他所解悟的极致。至此,王渔洋的诗学观得以完整、系统地确立,他的诗美标旨也相应明确不含糊地举示。作于康熙二十八年的《池北偶谈》中"神韵"一则,实系他借"境"喻诗,以示范启悟门人,殆如其以禅论诗一样,但就诗审美取向言则更为明晰了。《神韵》一则说:

> 汾阳孔文谷天胤云:"诗以达性,然须清远为尚。"薛西原论诗,独取谢康乐、王摩诘、孟浩然、韦应物,言:"白云抱幽石,绿筱媚清涟。清也。表灵物莫赏,蕴真谁为传。远也。何必丝与竹?山水有清音;景昃鸣禽集,水木湛清华。清远兼之也。总其妙在神韵矣。"神韵二字,予向论诗,首为学人拈出,不知先见于此。①

渔洋辑《唐诗十种》,选《唐贤三昧集》的目的十分明确,是为高举"正"与"醇"的大纛,要让"唐贤之光焰益发越于千载之下矣"(《渔洋文》),"欲令海内作者识取开元、天宝本来面目"(《居易录》)。所以,他的以"宗唐"为"神韵"说的基石,绝无歧义,唯

---

① 见《池北偶谈》卷十八"谈艺八"。

其在唐人中所特为推尊的对象不在总旨中同时强调,而是留给门生和世人从他的选本和创作实践中去体会辨认。这是渔洋高明处,正如他在具体论诗时未尝不兼取宋元名家一样。因而他的"兼事两宋"的意图也是为强化、坚实"神韵"宗旨,绝不是通常所说的一度"祧唐宗宋"。由此而言,俞兆晟《渔洋诗话序》中转述的下面一段话,只是王士禛以诗坛领袖身分表现出其博综"古学"、沟通历代,从而不带偏嗜和偏见的气度,不应该真的以为中年曾"越三唐而事两宋",渔洋一生未曾超越出"大音希声"的唐韵过。俞氏载述的王氏之言是这样的:

> 吾老矣,还念平生论诗凡屡变,而交游中亦如日之随影,忽不至于转移也。少年初筮仕,唯务博综该洽,以求兼长;文章江左,烟月扬州,人海花场,比肩接迹,入吾室者俱操唐音,韵胜才,推为祭酒,然亦空存昔梦,何堪涉想?中岁越三唐而事两宋,良由物情厌故,笔意喜生,耳目为之顿新,心思于焉避熟。明知长庆以后已有滥觞,而淳熙以前俱奉为正的,当其燕市逢人,征途揖客,争相提倡,远近翕然宗之。既而清利流为空疏,新灵寝以僻屈,顾瞻世道,怒然心忧,于是以大音希声,药淫哇锢习,《唐贤三昧》之选,所谓乃造平淡时也。然而境亦从兹老矣!

只须把王士禛"燕市逢人,征途揖客"的"中岁"的上下限时间大致界限出来,考察一下其时诗坛的宗尚背景,就能明白他何以要权宜顺应时风趋势而"越三唐"、"事两宋"的用意。如果确定从康熙七年(1668)渔洋三十五岁到康熙二十七年(1688)他五十五岁撰《唐贤三昧集》时为止,作为"中岁"阶段大致无误的话,那么,这正是他在京师参与龚鼎孳"为职志"的诗文社集活动,并广泛汲引后进,汇聚"门弟子"之时;也是他一度榷清江浦关,旋回京又出典四川乡试,后复奉旨祭告南海,恰合"燕市逢人,征途揖客"的经历。这期间最可注意的是浙江石门吴之振汇选包括渔洋在内的"八家诗选",此乃康熙十年(1671)刊刻在嘉兴的事。吴之振固是"颇学宋人,于圣俞、山谷最为吻合"(《清代学者像传》)的诗人,入选于"八家"中的宋琬是清初北人中的宗宋派,而曹尔堪这位浙西籍诗人也是好尚苏轼的"宗宋"者。其时王士禛是"和光同尘"地与各方面诗艺奉持之人相周旋,显出"物情厌故,笔意喜生"情状,应不难理解。特别必须指出的是,这段时期正是以浙人为主干的"宋诗派"大有建树,声势日盛之际,由吴之振、吴自牧叔侄和吕留良编刻的,黄宗羲、高旦中曾参与搜讨校订的大型总集《宋诗钞》,花时八年,问世于康熙十年。这些他必须面对现实的诗坛形势,对抗和回避都不是明智之举,一起参与"避熟"、"顿新"则是高妙上策。更何况有叶燮为吴之振《黄叶村庄诗集》等所作的咄咄逼人的反"复古"倾向的序文,继之而来的是叶氏巨著《原诗》的面世。凡此之类,均是渔洋务须善处的关目,他是不能不周旋此中,有所表现的。很耐人寻味的一个事例是王士禛在康熙二十四年(1685)为查慎行前期诗集《慎旃集》作了一篇序,高度评价了查初白诗可与陆游各争短长,同时以东坡自譬,位置查氏于"苏门四学士"、"六君子"之列。可是渔洋到了晚年编文集时却遗弃了此序,以至乾隆时的张宗楠纂辑《带经堂诗话》时感到奇怪,还作为"拾遗"附录,张氏在《诗话》的卷五"序论类"中附识曰:

> 山人序同时诗卷,具载全集,即一二应酬之作,亦未刊削。乃愚读《他山诗钞》一序,辄玩味不置。山人官祭酒日,查田太史曾及其门,又序称老友陆辛斋属以弁语,郑重分明,情文交至,且拟以宋元数公,不爽铢黍,而"绵至之思"一语足蔽《敬业堂》全诗。品藻若斯,讵同率尔,顾集中遗之,何也?

张宗楠不自觉地在此间捅破了一个窥探王渔洋深心的空洞,其实张氏真不理解何以"集中遗之"的奥妙。以认真的态度作虚与周旋,是不易辨认的,张宗楠怎能解悟渔洋从心底里不以"事宋"为然的本旨？所以,待到郑重地编选《唐贤三昧集》并一再升迁要职,他的盟主地位绝难动摇时,"顾瞻世道,慭然心忧",于是要再次"以大音希声,药淫哇锢习"了！这时的"神韵"宗旨已由"烟月扬州"阶段更为升华,所以,必然觉得当年的"入吾室者俱操唐音",究其实"亦空存昔梦"而已,那是不太纯正的"唐音"。这话事实上是把入其堂室的宗元鼎等人的诗风否决了的,《古夫于亭杂录》中指摘"江都门人宗元鼎"的诗语"非事实",是有"误"等等事例即为佐证①。因为宗梅岑的诗虽也属"唐音",但蹊径在晚唐玉谿生一路,并非清远风调的王、孟、韦、柳的余风流韵。

以上从几个方面的辨认和述论,渔洋"神韵"说的构成和演进过程当已轮廓清楚。过程的考核和审视并不就是命题探讨的终结,因为它还未剖析"神韵"的内涵,回答什么叫"神韵",但这种审视对驱除附丽此说的玄虚迷雾无疑是有益的。

二 "神韵"说的内涵及其审美取向

自从以禅论诗,即禅学介入诗学后,诗论的阐释无可避免地浓重显示玄妙色彩。从积极意义上看,这对强化诗及其理论的悟解性是一种有力的推动,在针砭板实、泥滞、拙直等解诗、论诗的弊病时不失为有效的药石;但也有弊病,那就是必然随之带来神秘感和玄虚性。"诗无达诂"之说,已为解诗引来歧义性,诗禅相通论在泯灭胶着门径的同时,又每增添朦胧感,诗学于是显得更高深莫

---

① 《古夫于亭杂录》卷五:"江都门人宗元鼎,字梅岑,以诗鸣江淮间。有《咏李后主》绝句云:'江南歌舞寻常事,便遣曹彬下蒋州。'余最爱其措语之妙,取入《感旧集》。近复阅之,乃知其误。南唐自元宗时,周世宗屡侵淮南,国势削弱,至迁都豫章以避之,非始宋也。后主仁爱,无荒淫失德,但溺于释氏耳。宋太祖谕徐铉曰:'江南亦有何罪？但卧榻之旁,岂容他人鼾睡邪！'亦非以歌舞为兵端。宗语非事实矣。"按:渔洋此语凿矣悖矣,言绝句诗竟欲坐实史事,焉有"神韵"之义？诚亦何患无辞之手段耳。

测,天花乱坠。王士禛的"神韵"说三百年来愈解愈繁、愈说愈玄,无疑就是这种歧义性和朦胧感导致的典型一例。

王渔洋论诗文字繁多庞杂,并不明具系统,而是散见于各类序跋和晚年的几部笔记,这本身就带来一定的不明确性和某些貌似矛盾又像互补的模糊游移的辨认困难。他抽象说诗时可以抽象到引释达观的"才涉唇吻,便落意思,并是死门,故非活路"这样的不著一字,不立文字的程度,也就是谁要请教诗学,其"请教"即已不是觅求"活路",所以免开尊口;具体说诗时渔洋又具体到声律句法,如何发端,怎样收结,以至叠字运用之诀窍,承接得势之奥秘。然而,如果注意力不为其太虚或太实的话语以及并非其主旨所在的论述所牵扯住,那么,提纲挈领地整合他"神韵"说的内涵旨意,是可以从眼花缭乱中理清头绪的,而且应该以其康熙二十八年(1689)所著的《池北偶谈》,特别是四十年(1701)以后著的《居易录》、《香祖笔记》、《渔洋诗话》、《古夫于亭杂录》以及《分甘馀话》等为主要依据,这些是他晚年定型了的而且是不断强化的"神韵"说的要义文字,显得集中、明确、统一而无歧义。

按王渔洋从编《神韵集》读本到《池北偶谈》中释"神韵"的条目,前后近三十年的对"神韵"一词的指对,实际上乃是就一种诗的风格和才调的认同;换句话说,就是指兴象飘逸的"清圆"、后又演进为"清远"的风神情韵之格为高妙。在他看来,这种高妙的格调具有神韵之美,富有神韵气体之醇。从这角度言,"神韵"作为标举之词只是个概念,其具体内涵,或者说应达到怎样境界的格调始称得神韵,实即从外部形态能把握、能感受的"清远"这种诗美情趣。所以并不神秘。

关于这,《香祖笔记》和《渔洋诗话》都有相关的阐释可以印证,如《笔记》卷二:

> 七言律联句,神韵天然,古人亦不多见。如高季迪:"白下有山皆绕郭,清明无客不思家";杨用修:"江山平远难为

画,云物高寒易得秋";曹能始:"春光白下无多日,夜月黄河第几湾?"近人:"节过白露犹余热,秋到黄州始解凉";"瓜步江空微有树,秣陵天远不宜秋";释读彻:"一夜花开湖上路,半春家在雪中山。"皆神到不可凑泊。

此类例句大抵均表现有一种清远或清圆的审美特点,所以"神韵天然","不可凑泊"。同卷又云:

> 唐人五言绝句往往入禅,有得意忘言之妙,与净名、默然、达摩得髓同一关捩。观王、裴《辋川集》及祖咏《终南残雪》诗,虽钝根初机,亦能顿悟。程石臞有绝句云:"朝过青山头,暮歇青山曲;青山不见人,猿声听相续。"予每叹绝,以为天然不可凑泊。予少时在扬州亦有数作,如"微雨过青山,漠漠寒烟织;不见秣陵城,坐爱秋江色"(《青山》)。"萧条秋雨夕,苍茫楚江晦;时见一舟行,濛濛水云外"(《江上》)。"雨后明月来,照见下山路;人语隔溪烟,借问停舟处"(《惠山下邹流绮过访》)。"山堂振法鼓,江月挂寒树;遥送江南人,鸡鸣峭帆去"(《焦山晓起送程昆仑还京》)。又在京师有诗云:"凌晨出西郭,招提过微雨;日出不逢人,满院风铃语。"(《早至天宁寺》)皆一时伫兴之言,知味外味者当自得之。

渔洋列举的全属有景无人、闻声无形、拉开视线、拓远空间的诗什,这就是他崇尚的"清远"美境,同时也即其所指对的"天然不可凑泊"的神韵;而且他又指出"味外味"在此,当从这种"清远"神韵中去辨得。至于"伫兴"云云无疑就是"兴象飘逸"的不同角度提法。应该说这样地阐释"神韵"和"味外味",是能让人明白的,并不玄虚。问题是当他在指导门下从学者如何把握"神韵"、进入"清远"境界时,却又借用司空图、严羽以至禅宗语录的一系列话头,或引譬设喻,或旁敲侧击,以强化他俨然是独得之秘的"三昧"、"悟入"功力;特别是如上文引述到的运用"诗禅一致"的理论,将禅理引入诗解,这样,"妙悟"之功转显玄奥,于是"实"又演化成了"虚",令人在概念之圈中不断盘转。不仅如此,当人们问及渔洋所引述的一些借引话头应怎样理解时,他又再一次用体现"清远"风神情韵的诗句来印证,供人"悟入",从而重新转回去,由虚返归"实"。例如,渔洋常用的话头,集中在《渔洋诗话》的一则文字中:

> 戴叔伦论诗云:"蓝田日暖,良玉生烟。"司空表圣云:"不著一字,尽得风流";"神出古异,淡不可收";"采采流水,蓬蓬远春";"明漪见底,奇花初胎";"晴雪满林,隔溪渔舟"。刘蜕《文冢铭》云:"气如蛟宫之水。"严羽云:"如镜中之花,水中之月;如羚羊挂角,无迹可求。"姚宽《西溪丛语》载古琴铭云:"山高溪深,万籁萧萧;古无人踪,唯石嶕峣。"东坡《罗汉赞》云:"空山无人,水流花开。"王少伯诗云:"空山多雨雪,独立君始悟。"

他在《蚕尾文》有关篇什中曾对司空图《诗品》中的"神出古异,淡不可收"之类分别标称为"冲淡"、"自然"、"清奇"等,以为"是品之最上者"。《香祖笔记》卷八又强调说:

> 表圣论诗有二十四品,予最喜"不著一字,尽得风流"八字。又云"采采流水,蓬蓬远春",二语形容诗境亦绝妙,正与戴容州"蓝田日暖,良玉生烟"八字同旨。弇州云:"朦胧萌拆,情之来也;明隽清圆,词之藻也。"四语亦妙。

其实上引这些话语,无非多是"清远"或"飘逸"空灵的意象词,亦不难懂。可是当渔洋再来解笺诸语词时,却又引述诗例,让你自己去"悟入"。如《分甘馀话》卷四有云:

> 或问"不著一字,尽得风流"之说,答曰:太白诗"牛渚西江夜,青天无片云;登高望秋月,空忆谢将军。余亦能高咏,斯

429

人不可闻；明朝挂帆去，枫叶落纷纷。"襄阳诗："挂席几千里，名山都未逢；泊舟浔阳郭，始见香炉峰。常读远公传，永怀尘外踪；东林不可见，日暮空闻钟。"诗至此，色相俱空，正如羚羊挂角，无迹可求，画家所谓逸品是也。

他回答了没有？似有却又似没有。"不著一字，尽得风流"与"味外味"、"得意忘言"原系相通之语，但渔洋引诗所表现的意境乃大抵是"不可闻（见）"、"不可见"的寂寥空逸。"意"本一片空濛，当然无迹可求，如羚羊挂角。但是，当难以辨认"味外味"究为何味，"不著一字"的风流究属何等情状时，他又圈子转到"画家所谓逸品"上去。而这画家"逸品"，是指相传为王维作的《山水论》所说的那种境界："远人无目；远树无枝；远山无石，隐隐如眉；远水无波，高与云齐。"据说五代时荆浩《山水节要》也说过："远山无皴，远水不痕，远林无叶，远树无枝，远人无目，远阁无基。"渔洋《香祖笔记》明说到："余尝观荆浩论山水，而悟诗家三昧，曰'远人无目，远水无波，远山无皴'。又王懋《野客丛书》：'太史公如郭忠恕画，天外数峰，略有笔墨，意在笔墨之外也。'"他说王懋的话即"司空表圣所谓'不著一字，尽得风流'者也"。

可以不必再跟着渔洋继续转圈子，他的"清远"、"神韵"说的内涵实质已很清楚。"意在笔墨之外"的"味外味"，究其实是淡化到无的那种清味，"意"则隐入于朦胧之中，似有若无，"隐隐如眉"而已。"无目"、"无波"、"无皴"、"无枝"、"无石"、"无痕"、"无叶"，渔洋的"三昧"是辨味于"无"，悟入于"无"。所以，他可以发展到用"语中有语，名为死句；语中无语，名为活句"这洞山和尚的偈语来回答门人彭直上请教选《唐贤三昧集》之旨；甚至以"汝口不用，反记吾语，异时稗贩我去"的禅悟语来开导门下，貌似反对稗贩，实是一种搪塞。渔洋要的是弟子们心领神会，他左说右说，最终却希冀不立文字，这正是从禅宗得来的启示。

钱钟书先生《谈艺录》对王渔洋的这种理论有段很尖锐的

批评：

> 渔洋天赋不厚，才力颇薄，乃遁而言神韵妙悟，以自掩饰。一吞半吐，撮摩虚空，往往并未悟入，已作点头微笑，闭目猛省，出口无从，会心不远之态。故余尝谓渔洋诗病在误解沧浪，而所以误解沧浪，亦正为文饰才薄。将意在言外，认为言中不必有意；将弦外余音，认为弦上无音；将有话不说，认作无话可说。……妙悟云乎哉，妙手空空已耳。

钱先生的话是击中要害的，但说渔洋"误解"了严羽的话头，并归结为"才薄"之故，似多少有点冤了渔洋。王士禛其实何尝"误解"《沧浪诗话》诗禅之论，至少不是无意的"误解"。他之所以不停地凌虚转圈，不惮明眼人看透其"妙手空空"的招数，实是别有一番苦心孤诣，非尽关"才薄"也。《香祖笔记》卷一载着渔洋一段不很起眼的话，然而这却是读解"神韵"诗论非常关键的文字，无异于破译其诗心、诗风、诗境的密码式奥秘的钥匙：

> 释氏言羚羊挂角，无迹可求。古言云：羚羊无些子气味，虎豹再寻他不着，九渊潜龙，千仞翔凤乎？此是前言注脚，不独喻诗，亦可为士君子居身涉世之法。

作诗与处事原不是互不相干的两码事，诗乃"人"的一种独特的外部表现形态。诗名愈大，由诗观人、由诗知人的比重愈大；成亦在诗、败亦在诗的事例在诗史上几曾少见？王士禛不是"九渊潜龙"型的文人，真要入潜"九渊"，无涉名位，倒反而不必思致如此周密；正因为他是心雄于"千仞翔凤"，栖身在权力中枢，翱翔宫墙内外，"羚羊挂角"式的神韵说及其诗貌实在是最佳选择。

这里，皇权政治与诗坛的深层潜在的制约性和影响力是何其显豁！清初诗风经王士禛"这一个"所发生的导引走向同样是何等明晰！不理清并理解这一点，既不易阐释"神韵"诗说，更无法从头绪纷繁的诗界现象中把握主脉，结果也就难以避免治丝益棼的失误。

唯其如此,所以,把握并认识王士禛在清诗发展过程中的重要作用,是跳脱宗唐宗宋的诗派争执的现象性纠葛的必要环节;从而对清代前期以至中期的诗史的梳理就能不至于枝节横生,也无须繁其头绪,条条块块地构成支离割裂的各不相关的论述,形不成一种整体趋势和流变。这就是本章何以篇幅独多,不惜辞费的原因。

第五节 王士禛的诗歌创作成就

从审美意义上讲,"空山无人"同样是一种具体存在的美的追求,而且还是中国文人文化在长期发展过程中形成的高层次的美的境界之一。王士禛的"神韵"诗观从立身处世于社会(包括诗的社会领域)的角度言,他意在拉开与现实生活,主要是政治生活的时空间距,力图淡化意识性以至趋入无意识状态,强化"语中无语,名为活句",架构"远人无目"的朦胧之境。但这不等于诗人没有美的境界的创辟意识,相反,渔洋标举神韵,独崇"清远",正是谋求获取一种风神摇曳、情韵清秀的审美品味。他的"远人无目"型的追求原不是返朴归真,回向自然,那是高人隐士们的心态,渔洋立足的仍是现实社会,其诗所表现的也还是人间烟火。只是这烟火起之人间哪家? 王士禛运用"远"的推宕手笔,尽量不显示,从而也就无以辨认。然而这又绝非真正无"意",真的无意识状态其实不存在,诗、文字的特定表现,本身就是意识的外部表露。倘若确是"不立文字",焉有诗? 何必作诗? 所以,引禅设譬,无非是理论的需要,仅仅作譬喻而已。实践则就是痕迹,"无迹可求"只存在于无实践状态中,王渔洋的"无迹可求"的神韵诗美的追逐,乃是对特定境界的追逐,意在导引人们对诗的境界美的重视,"意"从整体境界中去体味、辨认、把握,而不是直接陈述、明确陈述。应该承认,从诗歌美学的范畴讲,这是很高的追求,需要高度的修养和艺术功力以至技法,所以,王士禛从来不废技巧,音韵声调、谋篇布局的探讨和讲解在他的著作中何尝少过?

兹先列举著名的《蟂矶灵泽夫人祠》略作实证:

> 霸气江东久寂寥,永安宫殿莽萧萧。
> 都将家国无穷恨,分付浔阳上下潮。

这是渔洋在康熙二十四年(1685)南海祭告归程取道皖江北返途中所作。诗属咏史,蟂矶在安徽芜湖以西江上,灵泽夫人即刘备所娶的东吴孙权之妹。就史事言,此乃一千四百年前一段人间恩怨,从空间讲,蟂矶孙夫人祠西距刘备白帝城亡故之处永安宫,东去其兄为国主的都城建业(南京),或数以千里或孤悬百里。前二句时空莽荡、人世变迁之感已尽在不言中。但诗人所要表述的感受并非仅此而已,他的以孙夫人作为吟咏对象,或叫做一个意象感念,主要在于代她述"恨"。这是怎样的一种"家国无穷恨"呢?一方是丈夫,一方是兄长,她的婚姻原就是政治斗争需要的权宜结合,"家国"兴亡之"恨"已难以涵盖其身世之恨,此中更有一己之失落又未能弥合夫、兄间的存亡争斗的无法言喻之苦情。诗人正是情感于此,所以有"分付浔阳上下潮"之句,蜀、吴先后亡去,那只是历史长河一簇浪花,东流而去;可是孙夫人的"恨"却是绵绵难尽,其投沉处的潮水永远不断的涨落就是表征。所以,此诗岂止是同情历史上这位处境最称尴尬,内心最为痛苦的女子,诗人所咏的着眼点乃在她的处境和心态的特具的历史认识意义。这一诗题共由二首组成,读一下第一首更能明白渔洋的思路:

> 白帝江声尚入吴,灵祠片石倚江孤。
> 魂归若过刘郎浦,还记明珠步障无?

显然,生前难以自处,"魂"游也不知何归? 这正是诗人透过孙夫人史事所吟哦的细微感受和遐想。咏史从来都掺入现实感,高明之作绝不会为咏史而咏史。那末,渔洋过蟂矶,从灵泽夫人这个历史符号中所得的感受究竟掺入了他一己的"意"是什么？他未明言。让读者从淡淡的凄迷哀伤情味中各自去审辨，留下的审美空间是宽敞的。但是，王渔洋其实绝非没有真感慨，一种身难由己、为人处世自古不易的"意"无疑是他诗心深处所涌动着的。欲言犹留，言而不尽，略加点染，摇曳即去，就是"远人无目"的艺术处理。"目"者主体精神集注点也，朦胧音容，不显其"神"，恰恰就是神韵风调的归结点。难言者不言或不详言，易言者无碍政见者则明言，但明言又不等于直言，仍是让人们从整体境界去感受察辨，这可以《再过露筋祠》为例。此诗作于前期司李广陵时，是渔洋开始追求神韵意味的已很成功之作：

>翠羽明珰尚俨然，湖云祠树碧于烟。
>行人系缆月初堕，门外野风开白莲。

露筋祠在江都与邵伯埭之间驿道所经处，关于此祠来历说法多种，王士禛信取姑嫂野行，夜半无宿，嫂投居田夫家而姑露处草茅遭蚊噬筋露以死之说。诗赞颂"贞洁"情操，意属传统伦理，本亦无甚美新之处，可是渔洋从祠中供奉的神塑形象、环境氛围，渲染出特有的美境，尤其是在"月初堕"的朦胧夜色里，托起"门外野风开白莲"的意象，洁净幽香、高洁之意溢见纸外，迂腐题旨顿转为清新境界。诗人避开正面说教，但彰扬女德的效果愈益增强。从诗艺看，他着意在整体意境的构思，因而细节的推敲可以疏略，读者也不会去细究月堕昏暗时，视觉色彩感"碧于烟"之类是否准确？这即"神韵"诗的独具风韵。

赵翼《瓯北诗话》说："专以神韵胜，但可作绝句"，"终不足八面受敌"。这判断大致是准确的，渔洋诗佳作多在七绝，而且以造境独显优势。所谓造境是指在提炼感受中显示景象，所以与写景不是一回事。写景多实，造境则多虚；实景明晰，虚景迷离，后者的景象已是抒情主体加以心眼过滤后的散点扫视。如《真州绝句五

首》是选家每多偏爱的作品,其第三、四两首很能体现这种散点透视的景象造境:

> 晓上江楼最上层,去帆婀娜意难胜。
> 白沙亭下潮千尺,直送离心到秣陵。

> 江干多是钓人居,柳陌菱塘一带疏。
> 好是日斜风定后,半江红树卖鲈鱼。

此类诗纯是画家的写意法的文字化表现,笔墨无多,清疏旷朗中或出氛围,或写一角,很是潇洒。有时还可以凭积淀在记忆中的感受追记景象,《送张杞园待诏之广陵》即是这样的作品,同样很美:

> 茱萸湾上夕阳楼,梦里时时访旧游。
> 少日题诗无恙否? 绿杨城郭是扬州。

渔洋此诗写在"小别扬州四十年"之后,"绿杨城郭是扬州"的景物之象已全是意念的结撰了。类此造境的佳制甚多,《雨中度故关》、《清流阁》等都是他的名篇。《雨中度故关》云:

> 危栈飞流万仞山,戍楼遥指暮云间。
> 西风忽送潇潇雨,满路槐花过故关。

可以发现,凡渔洋七言之佳者每每不见具体的时代背景,若不是系年有据,是很难确定其吟写的特定时空的。较有一己情思忧乐的,是渗透淡淡的离情别绪或乡思。如《嘉陵江上忆家》之类:

> 自入秦关岁月迟,栈云陇树苦相思。
> 嘉陵驿路三千里,处处春山叫画眉。

后人批评他"诗中无人",就是指他很少在笔下见出"我"的特定情怀。在造境写景之作中这现象还不明显,一关涉到人事,则更突出。试以《送戴务旃游华山》为例。戴本孝是抗清志士戴重之子,飘泊江湖,以画名世。此次西去秦晋,游华山只是借口,实则有所图谋。这是当时遗民网络中一个很著名的人物,渔洋与之颇为交好,但诗写得谨慎之极:

> 扪虱雄谈事等闲,余情盘薄写孱颜。
> 洛阳货畚无人识,五月骑驴入华山。

这位鹰阿山樵在渔洋诗中只是一个落魄的无人识其才华的流浪画家,除了点染出其狂放不羁之外,绝不涉及戴氏的身世和身分,诚是"无迹可求"。

王士禛的诗之所以"清远"到"远人无目"、"无迹可求",说白了是"莫谈国是"心态的表现。所以,说他的诗全是寡情无"意",徒有修饰,未免过于苛求。其实只要与"国是"无涉,渔洋诗也是有其"人"、有其情的,《悼亡诗二十六首》"哭张宜人作"就属明征。兹引录数首于下:

> 一错谁能铸六州,藁砧无复望刀头。
> 当年对泣人何在? 独卧牛衣哭暮秋。(其一)

> 病中送我向南秦,感逝伤离涕泪新。
> 长忆啼猿断肠处,嘉陵江驿雨如尘。(其八)

> 遗挂空存冷旧薰,重阳阁闭雨纷纷。
> 方诸万点鲛人泪,洒向穷泉竟不闻。(其十三)

> 年年辛苦寄冬衣,刀尺声中玉漏稀。
> 今日岁残衣不到,断肠方羡雉朝飞。(其十五)

当然,说渔洋诗以七绝见长,是就《带经堂全集》或《渔洋山人精华录》的一千多首诗作的总体而言,并不是说王士禛律诗和古体略无佳篇。其七律诗如《过古城》的写其家乡古格孙城一带的荒残凄凉,境界固是毕现,辞意亦多新警,情韵很浓足,只是这样的作品不多而已,诗云:

> 格孙城外远烟迷,瘦马凌竞上大堤。
> 茅屋几人输井税,田家终岁把锄犁。
> 残碑剥落横苔藓,古道萦回长蒺藜。
> 陵谷销沉尽如此,一声村落夕阳鸡。

又如《沔县谒诸葛忠武侯祠》则气韵雄阔,笔力湛健,情味显得相当苍劲:

> 天汉遥遥指剑关,逢人先问定军山。
> 惠陵草木冰霜里,丞相祠堂桧柏间。
> 八阵风云通指顾,一江波浪急潺湲。
> 遗民衢路还私祭,不独英雄血泪斑。

清代的诗评家对渔洋康熙十一年(1672)入蜀典四川乡试时所作的《蜀道集》几乎是一致赞称的。这三百五十多篇诗作是他遍历巴蜀山水,出入蜀道的大收获,真所谓得天地精灵之神助,气韵顿转为高峻雄放,迥然相异于其前后期的众多神韵诗什。这集主要是山水诗,大多数形式是五七言长篇或短古,著名的有《龙门阁》、《广武山》、《七盘岭》、《五丁峡》等等。

山水诗是中国诗史上的一个大宗,有着足称璀璨丰硕的流变历程。作为山水文学的主要组合部分,山水诗的演进正与民族文化的高精度推衍发展成为同步。这只要考察一下魏晋南北朝时期这一题材在诗的领域发轫、兴起、历经三唐趋臻于成熟,到两宋则尤见灿烂的史程,就能明晰见到。然而这种同步性其实又与社会的经济发展、地域间人文的沟通频繁密相应合的。巴蜀、黔滇、岭南、八闽以及白山黑水等这些僻远于中原的区域间的奇山异水的被认识被描述、被艺术地再现则是到了两宋以后,特别是明清时期始得到充分的、丰富的、全面的见之于诗人的笔底。所以,一部中国山水诗发展史,如果脱落明清诗人的创辟性的拓展和审美意识的深化贡献,将必然是残缺不全,难见全豹的。完全可以肯定地说,数以万计的明清二代诗人,尤其是清代那些杰出的诗界英才,将华夏民族对山水的认知以至认同,从而契入物我相忘,主客合一的自觉颖悟境地推向了一个新的极致;是他们以自己谱写的千万篇山水清灵或雄奇的乐章,使得山水诗愈益与我们伟大祖国壮丽秀美的山川岭海相映成辉、更为匹配了。

清代成就卓殊的诗人几乎无不写有精彩的山水之作,王士禛则是前期堪称为有代表性的大家之一,而巴蜀旅程中所歌吟的篇什又是他最富于创造力的一组作品。这里仅举引诗人登临宜昌西北三数十里石鼻山下的蛤蟆碚一诗,以见三峡东端的一个奇险之景。当年黄庭坚、陆游等到过此碚,并皆有过吟唱,但渔洋《登蛤蟆碚》无疑最有声色:

"黄牛"打鼓朝发船,碧波白鸟争清妍。
回首名山大川阁,"鸟尾"已挟"西陵"烟。
三峡欲尽尚迤逦,云十二碚纷勾连。
颇闻中有第四泉,康王谷水差随肩。
峡穷碚转诧奇事,忽见飞瀑流琤潺。
爬沙终古此岩侧,青冥无路谁夤缘?
江风吹笠冷毛发,峡云挟雨鸣船舷。
大索瓶盎贮飞雪,旋去展齿穷危颠。
横斜拾级一径上,藤梢橘刺相纠缠。
皴疱槎牙涩苔藓,清泉百道争涓涓。
阴洞终古闷白日,神瀵喷薄钟乳坚。
石壁粗恶艰誊错,题名岂辨唐宋年。
永叔涪翁诗不灭,谁为好事重锤镌。
名山蒙顶压顾渚(蒙山茶出蜀名山县),春芽开裹劳烹煎。

下岩转舵未忍去,下牢关外斜阳悬。

作为一代宗师,王士禛在专题性组诗形式的承续和发展方面更有不可磨灭的功绩,如以诗论诗的"论诗绝句",在金代元好问手中已构成巨型组联形式,成为中国诗歌批评的又一独特形式,使杜甫"戏为六绝句"滥觞其始的论诗诗得到充分长足。但这种"论诗绝句"联组之作在元明两代几成绝响,王士禛在扬州期间成《戏效元遗山论诗绝句》四十首(后稍有删节),续承了传统,于是开有清一代论诗绝句鼎盛局面。从此,数十首一组,数百首一组的论通代诗、论断代诗、论一省一地之诗、论闺秀诗、论布衣诗、论八旗诗等等纵深发展、丰富多样、数以万计,持续贯穿着整个清代二百七十年间。当然,更有论诗艺的诗论诗,并进而演化为论词绝句、论画绝句、论印绝句、论曲绝句,一切文学艺术样式几乎无不可论之,当人们在整理、研讨这一诗论宝藏时,是不该轻忽渔洋的与有功焉的。与论诗绝句可称为并蒂之花的还有"怀人绝句",渔洋的《岁暮怀人绝句》六十首的承启之功同样应得到承认。这种综合抒情、论诗、记事、存史于一体的专题组诗迄今为止还未得到诗史学者们的充分关注并加以使用,其认识价值的未见被阐发实是一个缺憾。

综上所论,王渔洋其人其诗以及其诗论,无疑有着特定的封建历史阶段的共生性的缺憾、弱点或弊端。他的在政界和诗坛同步发迹并崛起,存在有必然性所支配的偶然性;他的神韵诗风的创导自觉不自觉地顺应了皇权统治的选择,软性地整肃着清初原本郁勃横放诗坛格局,导引出某种与"盛世"相副的诗歌风尚。诸如此类,不能不认为在诗的生气活力和命脉流动过程中掺入了消极的甚至一定程度有着非诗的因素。然而,人们又无可否认他从理论和实践两个方面都有独具的建树,在审美追求上作出了自己的特有努力。所以,王渔洋成为清前期一代诗宗,既是历史的必然,又是他自身的条件和建树争取来的社会认同和诗坛崇奉。王渔洋的一切存在不容置疑地是历史的客观存在。

第六节 "王门弟子"论略

前文曾谈到,"王门弟子"是一个复合有各种因素多样成分的模糊的、不确定性的概念。所以,不能亦不必过于认真地去为他们描述一幅王门两庑弟子图录;何况其中相当数量的成员于诗并无可观的成绩,在诗的某个历史时期里既无建树也无影响。然而,尽管是复合的模糊群体,它又毕竟仍是一种历史存在,一代宗师的教化在他们之间存在着多侧面的各有差异的回响。因而,无视这种影响力及其樊篱,等于抽空了王渔洋作为宗师泰斗的基石,"神韵"之派也就成了子虚乌有,这当然不符合历史事实。为此本节将择取"王门弟子"中具有类型性的,在诗歌实践中颇有成就的几名诗人,略予绍述。

一 吴 雯

在"王门弟子"中,吴雯最称位低微而名最显,王苹《吴征君传》说:"四十年来布衣诗名之盛,倾动四方如征君者未之有也。"之所以如此,除了吴氏自身诗艺甚高外,确又与渔洋"谈艺有合,为之延誉崇奖"有关。

吴雯(1644—1704),字天章,山西蒲州人。其父吴允升,顺治十二年(1655)进士,与王士禛会试同年,先为辽阳人,因曾官蒲州学正,故家焉,并落籍。允升中进士之次年即卒,故吴雯及弟吴霞赖母朱氏抚教成立。十五岁补诸生,后科举试屡受挫,康熙十八年(1679)荐举"鸿博"试亦未取,落魄终身。吴雯是康熙五年(1666)游京师时受知于王渔洋,遂立王氏门墙。《渔洋诗话》说吴雯"初至京师,未知名;余亟赏其诗,谓为仙才。一日待漏朝房,诵其句于叶文敏讱庵方霭云:'泉绕汉祠外,雪明秦树根';'浓云湿西岭,春泥沾条桑。'又'门前九曲昆仑水,千点桃花尺半鱼。'叶大惊异,下直即命驾往访之,吴诗名大噪都下。"在《吴征君天章墓志铭》中,渔洋还说:"汉魏以来二千余年间,以诗名其家者众矣,顾所号为仙才者唯曹子建、李太白、苏子瞻三人而已。本朝大一统阅六十载,作者亦多矣,余独以仙才许蒲坂吴君,此余之私言也,亦天下之公言也。"

以吴雯直继曹植、李白、苏轼而目之为"仙才"成其四,显然是过誉之辞。这是足可见出渔洋"延誉"拜门投合者的特有风格的,当然也是当时普遍存在的一种风气和习气。事实上吴天章进谒王门时,年方二十三岁,正值入世不久,意气勃发之际。俟际遇一再蹭蹬,诗亦不可能清微淡远下去,待到晚年他所谓"好仙佛"、"情耽隐逸",实际上正是心态变异的表现。所以,渔洋所列举的诗句只是合自己的持论而已,绝不足以涵盖今存《莲洋集》二千余首诗的全部风格。对此,乾隆三十九年(1774)翁方纲在校订吴雯诗集时所作的《序》,说得很有道理:"日临《兰亭》一本,终不成书。见过于师者,不从门入也。开元天宝诸公,孰其似渔洋邪?今渔洋以为三昧,则渔洋之似而已矣;后乎渔洋者孰当似渔洋者邪?"虽则翁氏以自己的认识来阐释"神韵"风气传承的"似与不似"关系,但他从另一角度表明了"王门弟子"原有"不从门入"的高明者在。这对今天辨认流派史实,运用包括诗集序文在内的前人的论述文字切不可不作分析地盲从滥引,极有启示意义。

吴雯《莲洋集》诗七律多追求气势宏阔,所谓"高华"之类实属"明七子"一路。其最近神韵气体的是五言律,显得清隽淡宕而略见峭拔,如《留王孟彀游风穴,时将归楚》:

> 风穴何年时?传闻水石间。
> 云中千树密,溪上几僧闲?
> 花信宜携酒,春心且看山。
> 休言涉鱼齿,冻雨损朱颜。

延君寿《老生常谈》以为此诗"着力不多,味之弥觉隽永,'春心'五字,尤有逸致"①,实则就因为这最类似"不涉理路""不着判断一语"的"神韵"诗风。但《莲洋集》中有大量所谓"粗服乱头之妙"的作品,即骋情任气,不多修饰之篇,这在古体中尤多。《贻洪昉思》写出了他俩满腹愤懑,难与世谐的心境以及相濡以沫,聊自宽慰情意:

> 洪子读书处,静依秋树根。
> 车马何曾到幽巷?肮脏亦不登朱门。
> 坐对孺人理典册,题诗羞道哀王孙。
> 长安薪米等珠桂,有时烟火寒朝昏。
> 拔钗沽酒相慰劳,肥羊谁肯遗鸱蹲。
> 呜呼贤豪有困厄,牛衣肿目垂涕痕。
> 吾子摧颓好耐事,慎莫五内波涛翻。
> 屈伸飞伏等闲在,总于吾道无亨屯。
> 前有万年后万古,刹那何用争鸢鲲。
> ……………

"天姿国色,粗服乱头亦好,皆非有意为之也"云云,原是赵执信《谈龙录》中论吴雯的话。赵氏此语意在讥弹渔洋,故举天章诗风异于神韵来实证王士禛好标榜、好"延誉"之习气。话虽不免偏激,但吴雯确有很多几近性灵诗的篇章,任情随意,清灵生新,如七绝《赠李武曾》:

> 沉醉东风卢女弦,泥人佳句满腹笺。
> 预愁长夜无春色,遍种桃花作墓田。

---

① 《老生常谈》,见《清诗话续编》本第一八二八页。延氏总评吴雯诗以为"原有粗服乱头之妙,特才气不能雄肆耳。""五律一体,实在本朝诸人之上。"其评莲洋五言律如《送周星公礼部出守南康》诸诗尤赞之为"一片化机,更不知为五言律","律诗至此,可云灵妙绝伦"云云。

后二句"意"实很沉重,他却以轻捷之笔出之,构想的奇妙,足以显现其才华。又如《悼亡后安昌绝句》同样有此特点:

> 蒲叶青青夹堰齐,残云掠雨郭门西。
> 绿杨尽是伤心树,只遣黄鹂一个啼。

时人有以吴天章比拟元好问的,朱彝尊《题吴征君雯诗卷二首》之二说:"三晋风骚杂伪真,遗山殁后更无人。把君行卷谁堪并?除是番禺屈大均。"后来《四库》馆臣在《总目》提要中则干脆说:"其诗有其乡人元好问之遗风。"这是从地域角度简单化的类比,犹如陈廷敬《论晋中诗人怀天章》的列举王维、柳宗元、李商隐,直至元好问一样,并不是一种深层文化传统的阐释。且不说吴雯落籍山西为时未久,即以时世遭际、身世心态言也与元遗山迥不相同,所以这种"延誉"也是不足信的。至于朱氏提到可与屈大均并比,那是屈氏诗较早受到江东南文化圈的认识,是由于朱彝尊的推誉,现在吴、屈并称,不外又是一个有意争雄诗坛的人物在施行"延誉"之道。诚然,从二家诗的开张气体,渊自"七子"追崇的唐风言,亦不无相通处。

二 汪懋麟

汪懋麟是"金台十子"(或称"辇下十子")之一,生平前已略述。作为曾是王门入室弟子,汪氏属于师事渔洋又不专主唐音的那种类型。这位与本家汪楫同称"江都二汪"的诗人,在诗学观上其实与乃师颇多相异处。渔洋曾一度研讨过宋元诗,其意只是为进一步强化"神韵"说而免致被世人联系到"七子"一脉;可是汪懋麟却在中年以后一秉己之情性所近,力追两宋大家东坡、剑南诗风。为此他当然遭到某些非议,针对论辩一方,他强调诗不必划之以朝代而区分高下,这无疑很背离了师门训教。汪氏的观点只须引《溉堂文集序》即明白无遗,在这篇短序中他开门见山地说:

443

> 予论诗于当代推一人为孙豹人征君。其为诗不宗一代一人，故能独为一代之诗，并遂为一代之人，他不敢知矣！

汪氏在此立论下还进而说：

> 予于征君非第好其诗，且并爱其文。其为文异夫今之为文者也：取径唐人或摹魏晋六朝，独不肯学宋时之人。或非之。不知其文之可爱亦如其诗者，正以此擅耳！

在当时，特别是作为"王门弟子"而直言"最喜学宋时之人"，实为罕见。汪氏是在康熙二十三年（1684）秋修《明史》时被劾归里的，上文称孙枝蔚为"征君"，时必在康熙十八年后，故可视作他后期的文学观。大概在京师时，他已主此说，所以和徐乾学发生激烈争论，汪懋麟侃侃而谈，而且援渔洋为据："诗不必学唐；吾师之论诗未尝不兼取宋元。譬之饮食，唐人诗犹粱肉也，若欲尝山海之珍错，非讨论眉山、山谷、剑南之遗篇，不足以适志快意。吾师之弟子多矣，凡经指授，斐然成章，不名一格。吾师之学无所不该，奈何以唐人比拟。"①诗界本亦社会之一域，人间世的错综复杂、微妙难言之关系同样在诗史上可见，汪氏此论即让人们看到诗坛的奇妙现象。事实证明，任何简单划线以区分阵营的办法都是拙劣的，"王门弟子"就不是同向站立的一群。问题是更有意义的还在于，汪懋麟的争辩从另一侧面告示世人：宗唐宗宋其实仅仅是诗史上的一种表象，实质的分野恰恰在是否能真正地抒一己之情；怎样能自在地载一己之情？这就从底蕴上关涉到诗的真伪的问题，有无"我"的问题了。

大体看来，汪氏《百尺梧桐阁诗》十六卷以及《遗稿》十卷是能真实见汪氏诗变迁的情貌的，除却官京师时的作品典雅春容，略有

---

① 汪氏论诗文字集中见于《百尺梧桐阁文集》卷二之《渔洋续集序》、《韩醉白诗序》、《宋金元诗选序》等。

台阁之风外,家居所作雄爽激宕为多。被劾归里后则更见清放任意,感慨深沉,甚至牢骚难已。《遗稿》卷七的《雪中饮云渐斋中,以古藤杖见赠,薄醉扶杖踏雪归,明日以诗谢之》一诗中有"数月哑似秋天蝇,对君猛气忽然发,爪嘴撩动寒林鹰。品目前贤少拘忌,总洽公好无私憎"诸句,似是谈诗,实系郁闷心绪的抒发。《更号觉堂答客问》显然是其对人世众生百态认识的觉醒,而宦海亦似春梦一场耳:

> 漫叟当年号漫郎,愚公愚谷耐思量。
> 马牛不用呼名字,新拜头衔是觉堂。

可以看到,比起淡漠宦情的先觉者们来,汪懋麟只是个后觉有悟者,但他毕竟不甘充"马牛"式的奴才,"不用呼名字"的顶戴生涯终竟为有骨气人所不耐,差堪自慰的是于晚岁还能"谈笑逢场只自由"地度日。

在"王门弟子"中,汪懋麟是个较有血性的鲠直人,写在京师时的《彰义门行》可视为一篇代表作,见出其关心民瘼的心情和厌恶官场的贪酷:

> 彰义门西日色变,十丈烟尘人不见。
> 高车宝马纷纵横,两道门旗马前转。
> 车中端坐何郡郎?新授南方好州县。
> 家人弓箭各在腰,小妾金珠饰颜面。
> 此行作吏廉乎贪?南方饥民饱藜苋!

语冷峻而质直,纯属白乐天诗格,难怪其说"今之名诗人者往往诟懋麟之学,谓与先生异"(《渔洋续集序》)了!

三 陈奕禧

陈奕禧(1648—1709),字六谦,又字子文,号香泉,晚号葑叟。浙江海宁人,大学士陈元龙之从兄,陈之遴侄辈。由太学生官安邑县宰,官至南安知府,卒于任。著有《春霭堂集》,有诗十二卷。陈奕禧是清初著名书法家,兼擅画,他以善书受知于康熙帝,由贡生而超擢为入值内廷的侍臣,后外放。王渔洋为国子祭酒时,特赏其"斜日一川汧水北,秋山万点益门西"之句,于是奕禧称诗弟子。陈氏诗名为书名所掩,其诗系画人之诗,故最能近神韵风情,在"王门弟子"中,诗画境通,他卓称一典型。如《祁州道上》:

> 榆柳清阴覆井床,南风五月叫蜩螗。
> 我行真为村农喜,绿树中间麦尽黄。

陈氏诗在"神韵"群体中相对说来哀乐情思较为显豁,景中感情色彩并不淡逸无痕。这与他早年曾师事黄宗羲,与查慎行、查昇叔侄为同学的那段熏陶有关,故诗中不屏除议论成分或叙事笔法。《往通州途中漫成》一律颇为清俊:

> 两载川衡转运功,今朝又挂布帆东。
> 鹭凫野岸弥弥水,禾黍秋原淅淅风。
> 高鸟独归残照外,晚山半入乱云中。
> 淡然心事凭谁识,一笑吟成意未穷。

他的诗纪事之作很不少,小注中载录轶事旧闻尤多,《丙子春日燕台杂诗》之类组诗简直就是时事之写,这在渔洋门下也是不多见的。

四　王　苹

王士禛一生为人谨醇,可是门下却不乏狂狷之士。或狂或狷,亦狂亦狷,是中国文人很常见的一种文化性格,在"志"与"世"相悖逆时,即理想和现实发生矛盾以至尖锐冲突时,这种狂狷行为每易有所表现。究其实,狂狷心态较多地构成于心性自高、自负而不屑谐世;而视世人世事多俗浊,厌弃不与同流的清高心理则是此类性格的基核。一般说来,狂狷之士性格上又有二个软弱点,一是他们对世人"多否少可",但在心底里又每多"世无知我者"的感慨,有寂寞感,所以一旦得到赞赏,知遇之感就格外强烈;二是此中不少人"不容于流俗",因而他们在"志"的追求上总是受挫,失落感特强,倘若遇到有大力者的支持或提携,同样也是毕生不忘地感戴无已。渔洋与"王门弟子"中不少狂狷才士的性格悖背之所以能得到协调,成为情分很深的师弟,除了王渔洋本身的才能、名望等条件外,尤其起决定作用的是宽和的广博奖掖气度,予人以"如坐春风"的欢忭折服感。关于这,有关载述颇多,计东的《百尺梧桐阁集序》中一段文字可说最简要集中:

> 我友汪氏苕文、王氏阮亭之著作,今天下稍知向学者,莫不口诵而心仪之矣。苕文性狷急,不能容物,意所不可,虽百贲、育不能掩其口也;其所称述于当世人物之众,不能数人焉。阮亭性和易宽简,好奖引气类,然人以诗文投谒者,必与尽言其得失,不稍宽假。

计东的话既准确又很深切,狂狷者与狂狷者最难相谐,相互间"多否少可",必然话难投机。汪苕文即汪琬,古文大家,不专以诗名,其好臧否辩难是出名的,与叶燮论诗不合,相互反目就是文学史一段著名掌故。但一当他所赏识谁时,大抵是凤毛麟角式的人物。王士禛则不同,"和易宽简"恰恰最能容受狂狷人物,以柔和线条对棱角锋芒,减去磨擦冲突力,这道理是不言可明的。本来这二种性格表现,各有短长,"不能容物"者每失之过刻,"好奖引"者则易失之于滥,但世人心理总是倾向后者,换句话说,过刻最不谐世,不为人喜。值得注意的是"气类"二字,渔洋的"奖引"对在诗艺倾向上表现有同气相类者特多褒扬,特显宽和,于是不少狂狷之士的倾服心悦,愿立王门之情就并不奇怪,王苹是这类型中的一个。

王苹(1661—1720),字秋史,号蓼谷山人。祖籍临山卫,年十四随父王钺徙居山东济南。康熙四十五年(1706)进士,先授知县,以养母理由改就成山卫(今山东荣成县属)教授职。著有《二十四泉草堂集》十二卷,诗多至一千零二十六篇。"二十四泉"者,是他居住处有"望水泉",前人品定为济南七十二泉之第二十四,故名所居,并名其集。王苹一生敬重三位老师,一是启蒙师叶廷璋,为莱芜县人,诗文皆能而名不见经传;一是山东德州人,名列"金台十子"的名诗人田雯(山姜),这是狂生王苹青少年时连诸生也补不上时所遇的一位恩师。据王苹自己讲,"余少时受知德州公"始得补诸生。田雯还授以"泉气黏天冷,山光贴地寒"诗句,供体味诗法。第三位就是奖引其成名于世的王士禛。王士禛推誉学生常常采用摘句法,摘取富有特征的诗句强化人们的印象,对王苹也是如此:"宗人苹……诗有别才。有句云:'乱泉声里才通屐,黄叶林间自著书。'又:'黄叶下时牛背晚,青山缺处酒人行。'寄余云:'得名自公始,失路复谁怜?'时人亦呼王为'王黄叶'。"(《渔洋诗话》)。

渔洋早先有弟子崔华,呼之以"崔黄叶",但后来诗名远不如"王黄叶"。王苹成名之作《南园》诗全首是这样的:

  何处檾然有敝庐?空存老树与清渠。
  乱泉声里才通屐,黄叶林间自著书。
  草色又新秋去后,菊花争放雁来初。
  菘畦舍北余多少,取次呼童一荷锄。

可以看出,全篇并没有什么了不起,只是颔联称佳而已。摘句成名,在诗史上是普遍现象,"摘句图"成为诗歌批评的一种形式,这都是后人观照诗歌历史和辨认诗人成就必须把握准确的,不然,容易以偏概全,难得真貌。王苹早期不得志,据说又患"狂疾"和耳病,故情思每多凄楚,心底多积愤懑;但又很清醒于现实世态,"交绝自无钩党累",往往采取自我封闭回避外界的隐逸态度,这就容易构成"不涉理路","不著一字"的诗境。更须注意的是:王苹比王士禛小二十七岁,其中进士之年又已是渔洋罢官归里以后,过了五年渔洋去世。所以王苹后来诗名很高,不全由于"黄叶林间自著书"之类作品,只是渔洋延誉在前,引起反响,未至于沉湮,是应该肯定的。

王苹诗有很具个性的佳作,如《园居四绝句》等,冷峻横崛,极不温雅。其三云:

买来邻酒空泉路,倒向秋风破瓦尊。
烂醉一场红叶下,横吹铁笛闹荒村。

田雯《序》其诗讲得很实在:"悲歌慷慨,郁陶莫释,一往苍凉。"事实如此,如《病里十首》之十:

百亩艰难税,一囊羞涩钱。
不通名士屐,久谢酒人筵。
爱柳囚山赋,和陶乞食篇。
垂杨寂寞下,扶病耸诗肩。

一种矛盾的心绪无可掩饰地存在着:既畏忌"钩党"株连的时世严酷,又满腔郁苦难以抑止。于是,时而自我平衡地清逸吟歌,时而则又悲慨莫名地倔强起来。正因为如此,他心仪吴嘉纪,在《读吴野人集》一诗中盛赞为"一生不出东淘路,自有才名十五州"。而且特别对清寒之士的悲惨遭际表现出其同病相怜式的理解和称颂。《吊张布衣》二首对张泰运在明末"上书开府,陈战守之策,不用,杖四十,推堕城下,不死",在易代后凄苦生活五十六七年,以八十二岁卒去,深深致哀。

拜杖谯楼血肉飞,少年帕首奋重围。
惜君生后陈同甫,独使丹阳有布衣!

> 浅土松棺雨一围,纸钱扑地乱花飞。
> 剧怜埋骨空山后,更有何人道布衣。

他还有首长达五十八韵的"感忆见闻所及"的五言古诗,记述康熙四十二年(1703)山东大饥荒以及前一年沂州地区灾变的惨状。诗的小注又提到康熙四十三年(1704)的瘟疫:"甲申春疫,人患兽疾,死亡枕籍。官于历山下决深坎数十,以贮积骸",简直可说是"盛世"灾荒的纪年野史,读来惊心动魄。

王苹是名列渔洋门下的数以千百计的诗人中最有独自艺术个性的一个,较之那些名头甚大的诗家来毫无逊色之处。

在以"王门弟子"结束本章时,有一个看似矛盾的问题必须予以史实上的辨认。这就是:既然讲王士禛创"神韵"诗说,自觉不自觉地在客观上起着拉开与现实的距离,淡化"国是",从而导引着清诗在一个历史阶段的走向,那么,何以在其直接教化过的"王门弟子"中却仍表现有未尽顺从这种导向的创作实践呢?其弟子亦并不全遵循"不著判断之语"的教义,怎可能影响一代清诗?

对"神韵"说的历史作用的辨认,似当从以下几点着眼:一,从顺治朝末期到康熙十七年"鸿博"特科诏开时,也即东南沿海与西南边陲残明政治势力的衰败,以至"三藩之乱"的戡平,清王朝必须加强其"文治"之整饬,以辅助"武功"来进一步稳定其政权,进入"太平盛世"。诗坛与政界关系紧密,特别是科举制度作为文化中介,联结着全国士子,皇城北京的诗坛则又是得风气之先的中心,影响力远及南北。所以,顺应新朝鼎盛时期的诗风以淡化遗民群体的情绪能量,已成为历史的必然需要和规定性选择;何况其时诗界正处于两代人交替的特定时期,群龙无首的态势不可避免地出现,而王士禛正是最为足备诸种条件的时代选择对象。对这一历史的必然性选择,不应该存疑于偶然性的环节,此亦即所谓"天意"。二,神韵说淡化"国是",在那个特定历史时空,主要指对"夏夷大防"的故国之思以至潜在的反清情绪、逆向心态。作为一种风气的开创,原是潜移默化的表现,它不可能在短时期内谋求剧变。而且这种风气的创导和启引,须有赖于权势地位的影响力和科举取士的杠杆力,还必须充分运用和投合文人文化的心态积淀因素,包括雅逸的风度、歌酒的酬应、清狂的冶游等生活形态的唤回、回归。更重要的是在诗艺本体方面,必得选取一个既从理论上贯承正宗传统诗教,又得在实践中能为各方所接受的契合点。毫无疑问,"神韵"说以及"清远"审美趋向,在当时是最能胜任这样的承担力的。三,基于上一点,"神韵"说的淡化效应首先见之于辇毂之地的京城,高屋建瓴地启导着全国的诗界,推波助澜以影响到大江南北,关河内外。这是实践已表明效应的获得的,只须看台阁部郎、缙绅士夫的诗风温雅舂容,题图雅集、登临赓和的盛况日上,即是实证。"王门弟子"凡在京吟写的和受到的熏陶也是表现得相当具体的。四,诗的功能主要是抒情,各个具体的人的际遇、身世又是那样各异,这就决定了"神韵"说不可能全面约束住诗人们的诗心,在"不著一字,尽得风流"的诗美教化效应上必然发生差异。上面已说明,淡化的"国是"本有其独特内涵,而各个具体的人的"志"与"世"的矛盾冲突永远会存在,也制约不了,只要不触罹大忌,各人自可把握分寸、各写其所欲写,对此是无法限制,也无须限制的。加之,人的审美情趣原难划一,千人一面、千部一曲的格局本就不是晓谙诗史的大宗师王渔洋的追求,前明诗歌的各式弊病和教训他是明白的。五,世上没有无得失、无利弊之事。"神韵"说自身有其与生俱来的弱点,取法乎上,仅得其中,何况"智过其师"的门生毕竟是偶见事,所以,不必俟之百年,就在渔洋生前,流弊显然存见,非议也已不断产生。这也符合事物发展的规律的。

然而,不管怎样,渔洋"神韵"诗风在整肃百派横流,渐趋规范而回归"一尊"的作用和影响上,已不容置疑也是不可能无视的,尤其是在消散遗民群的余绪,取代诗的历史性制高点的空缺控制地位,更是无法更变的事实。所以,"王门弟子"中表现出某些与渔洋诗教诗法不相协和的倾向,诚属正常现象,与"神韵"之风启开着重新回归诗史传统的"一尊"格局或门户之争的走向,从整体言并不矛盾。

尽管渔洋的诸多主张,很快遭到以赵执信为代表的抨击,到乾隆朝更有袁枚等非难和辩驳,可是它的历史使命已完成。至于留下的属于诗歌本体功能和诗艺范畴的争论,既是不可避免的,也不是王士禛创辟神韵说伊始所能虑及的。

第三章　朱彝尊的诗及其诗学观

论清代前期诗,特别是就康熙一朝诗坛言,能与王士禛并称,且对后世影响颇为深远、声名甚高的是朱彝尊。最早提到"朱王"并驱之说是赵执信的《谈龙录》。《谈龙录》成书于康熙四十八年(1709),朱王二人均还在世,赵氏说:

> 或问于余曰:"阮翁其大家乎?"曰:"然。""孰匹之?"余曰:"其朱竹垞乎! 王才美于朱,而学足以济之;朱学博于王,而才足以举之。是真敌国矣。他人高自位置,强颜耳。"曰:"然则两先生殆无可议乎?"余曰:"朱贪多,王爱好。"

稍后,薛雪《一瓢诗话》也说:"朱王两公,南北名家,骚坛宗匠。"薛雪是叶燮的诗弟子,吴门人氏,到乾隆三十三年(1768)寿高九十尚在世,可见"南朱北王"并视为"宗匠"的舆论,在康、雍两朝,直至乾隆前期大抵已成诗界的共识。

然而,朱彝尊虽年长王士禛五岁,但其诗名越出两浙,声闻天下则远较王氏为迟,而且其毕生精力亦并非专注于诗,所以,论诗史地位和影响,他实难以与渔洋匹敌而构成"敌国"。后世对朱氏诗歌成就评骘不一,关于其与"浙派"的关系亦众说纷纭,为此,在论述《曝书亭集》的诗歌实践成绩前,先须理清他的创作过程和辨认他的诗学观。特别是对后者的辨认,关系到怎样识别清代"浙派"诗这个历来含混不清的问题,尤不容轻忽。

第一节　朱彝尊的诗歌生涯和诗学观

朱彝尊(1629—1709),字锡鬯,号竹垞,又号金风亭长、小长芦钓鱼师,同支从兄弟中排行第十,故又称朱十。浙江秀水(今嘉兴)梅会里(今王店)人。系明万历朝官至武英殿大学士兼户部尚书、卒谥文恪、赠太傅的朱国祚曾孙,祖父朱大竞,父朱茂曙,嗣于朱茂晖为后。竹垞成长在一个虽已中落,但人文仍极盛的家族,叔辈中才艺之士尤多,如对其影响很大的朱茂晥(子葪)、朱茂曜(子葊)、朱茂晭(子蓉)均系浙西著名文人。甲申明亡时,朱彝尊虚龄十六,次年嘉兴城破,他曾随乡邑义军参加过抗清武装活动,不数日兵败,其从祖朱大定等被俘遇害。他旋即避居归安县学教谕冯镇鼎家,入赘为婿。此后或居乡里,或就近出游,顺治十年(1653)随十五叔父朱茂晭参与"十郡大社"在南湖之会,十三年(1656)南去广东,寄幕于曹溶近二年。归里后在顺治十五年前后又参与浙东祁班孙兄弟和魏耕等的秘密反清活动(祁氏兄弟与魏耕事详参前章)。康熙改元,竹垞开始远游,先去永嘉(今温州),三年(1664)远走云中依山西按察副使、备兵大同的师辈曹溶。从此直至康熙十七年(1678),从幕漕河总督龚佳育并随之迁职到南京为止,即所谓"江湖载酒"时期。这阶段,竹垞以"布衣"而名声日高,人称为"江南三大名布衣"之一,与严绳孙、姜宸英等同具声誉。于是被荐举为"鸿博",十八年(1679)春,殿试中式,授翰林院检讨,开始了他一生的重大转折期。旋即充日讲官,知起居注,成为康熙文学近侍,二十年(1681)出典江南(包括今苏、皖、沪三省市)乡试,继又入值南书房。二十三年(1684)在与修《明史》时,"以楷书手王纶自随,录四方经进书"(《书楗铭·小引》)而被劾谪官。但他仍留居北京,《日下旧闻》四十二卷即著于此时。六年后,复原官,但仅仅过了二年,到康熙三十一年(1692)再次罢官。于是归里,专力著述,七年后成《经义考》三百卷,十年后成《明诗综》一百卷。综其生平,以康熙十八年和三十一年为界限,区分前、中、后三期很清楚。他的诗作结集甚多,主要的都集中见于《曝书亭集》里,有诗二十二卷,此前还有《腾笑集》以及更早的《南车集》之刻,删削及集外遗篇尚多,后人及其孙裔曾作辑补。为《曝书亭诗》作笺注的先后有江浩然的《诗录笺注》十二卷、孙银槎的《诗集笺注》二十三卷、杨谦的《诗注》二十二卷并撰《年谱》。

一 创作历程

朱彝尊的诗歌创作生涯始自顺治二年(1645)。《曝书亭集》卷三十六《荇溪诗集序》一开始即有自述:"予年十七,避兵夏墓,始学为诗。"启蒙老师是号称鹿柴先生的王廷宰,《静志居诗话》卷十九"王廷宰"条云:"鹿柴先生,占籍嘉兴,注名'鸳水诗社'。乙酉之春,过余外舅冯翁小饮,余陪末坐。忽问曰:'曾学诗否?'对曰:'未也。'先生乃言曰:'诗有一学而能者,有终身学之而不能者,洵有别才焉。'余问:'学诗何从?'曰:'试作对句。'酒至,先生举古人名,俾属对。""先生见余应对之不穷也,语冯翁曰:'此将来必以诗名世,其取材博矣。'"竹垞后来以博综广学称,并援学问为诗,当与启蒙时影响分不开,至少他自己是如此认为的,故有此一段追忆。

真正开始用力作诗,并深入研讨,初见成就时已是后几年事。《荇溪诗集序》中他说道:

> 既而徙练浦之南,再徙梅会里。见当代诗家传习竟陵钟氏、谭氏之学,心窃非之,以为直亡国之音尔。客或劝读杨伯谦、高廷礼、李于鳞选本,讽其音,若琴瑟之专一,未见其全美焉。于是(时),荇溪处士授徒里之西,与之论诗,则上取萧统、徐陵所录,旁及左克明、郭茂倩之书,故其长歌短咏,音节靡不合古。因日相酬和,所作渐多,东南隐君子翕然称吾里同

调之盛。

这位苕溪处士就是缪泳,是竹垞早年的诗伙伴,他们诗艺入手的门径乃"靡不合古"的六代三唐一路。至于斥钟、谭为"亡国之音"则源之于竹垞家学,当年朱国祚早就已如是说,见存于《静志居诗话》载述。他与缪泳切磋时间在顺治六年(1649)前后,而构成"吾里同调之盛"的实况是因为有个小型群体,缪氏只是其中之一,对此,他在为李良年作的《征士李君行状》中有描述:

予方避地长水,偕里人诗篇酬和。处士屠炉谓予曰:子之才里中罕俪,吾门有李生,将来庶几与子并驾乎?予遂与君定交,昼辄剧谈,夜或襆被共寐。四方宾客至,则醵钱留饮,相与论诗文流别,议有不合,难答纷论,听四坐折衷而后已。

这是与李良年及其兄绳远、弟李符的交游。在为周笲作的《布衣周君墓表》中又有所叙述:

时同里王翃、范路、路弟子缪泳交赏君诗。会予移居市南,而海宁朱一是亦来侨居,里诸生沈进、布衣李麟友皆与君唱和。

《墓表》文末竹垞在赞颂周笲"交游遍天下,然气类尤笃者里中诸子也"时,"仿柳子厚《独孤申叔墓碣》书故友姓名于后,稍加详焉",记录有一张名单,而这正好成为认识朱氏早期诗歌创作活动范围的原始史料:

王翃(已见前,略)。

范路,字遵甫,自兰溪迁长水,经乱,卖药于市,有《灵兰馆集》。

朱一是(已见前,略)。

王汸,字千明,秀水学生。有文行,君与隔水居,还往尤数。含山盗起,昼劫梅会里,汸被执,家故贫,勒赎不遂,遇害。

沈进，字山子，嘉兴学生。早年诗尚清丽，与周君同调，乡人目之曰"周沈"。晚编所作为《蓝村集》，归于冲淡。又辑《文言会粹》二卷、《行国录》一卷。

李麟友，字振公，扬州学官自明次子。史可法兵败，自明自缢学官，麟友求其父骨不得，遂弃举子业。其诗慷慨奔放，不屑裁剪字句。

朱彝鉴，字千里，予同怀弟也。精篆法，善画，兼工艺事。尝听经师讲诗《小戎》章，诮其昧于本制，乃削木为小戎，市绢人马御轮执辔，欲观者出示之。诗长于送别，有《笏在堂遗稿》。

褚标，字霞建，诗饶风韵，夭卒。

周篁，字林于，君从弟，别字鸥塘，以名其诗集。

从这张名单可以看出，朱彝尊在顺治十年前交游未出乡邑。其所说"予年二十即以诗古文辞见知江左之耆儒遗老"（《亡妻冯孺人行述》）云云，这"耆儒遗老"也只是王翃、朱一是等而已。徐釚的《续本事诗》卷十一引沈岸登《黑蝶斋小牍》说："秀水朱十负异才，吴梅村游檇李，见其诗，评曰：'若遇贺监，定有"谪仙人"之目。'"梅村在嘉兴见遇，当是"十郡大社"活动期间的事，而且引见者必是师事过梅村的朱一是。吴氏嘉许语其实也还是泛泛之辞，竹垞并未因此就声誉鹊起。到了顺治十三年游粤，得交张家珍、屈大均等，交游始越出浙西一隅。但其时比他小一岁的屈大均的诗名亦还未出岭外，据屈氏《屡得朋友书札感赋》的第四首小注云："予得名自朱锡鬯始。未出岭时，锡鬯已持予诗遍传吴下矣。"倒是竹垞为之推誉的。

如果将竹垞和渔洋的行年表一加对照，情况更显然：朱氏寄迹岭南之时，正是王士禛《秋柳》四章扬名四方之年。等到朱彝尊由广东返浙中，在顺治末年间与祁家兄弟往来，后又随幕永嘉这个时期，恰好是王渔洋广陵诗歌活动高潮阶段。而朱竹垞离家北游晋中的康熙三年,又是适值王渔洋内迁为部郎将离去扬州的时候。对朱氏来讲,此时他才开始介入全国性的文化网络,可王士禛却是载誉南北,已为领袖诗坛奠定了坚实的基础。一个是正处于改志转向阶段的半遗民式的布衣,在遗逸行辈中属后进;一个是新朝英才,已成渐趋腾达的时代弄潮儿。毫无疑问,在那个时期"朱王"未可同日而语,谈不上南北并驱的。

关于朱王之间交往始起,《曝书亭集》卷三十七《王礼部诗序》有载述:

> 今年秋,遇新城王先生贻上于京师,与予论诗人流别,其旨悉合。示以赠予一章,盖交深于把臂之前,而情洽于布衣之好。先生之于诗,洵乎其辞之工矣,爰出壬寅以后所作雕刻行之,而属予为序。

这是康熙六年(1667)的事,"示以赠予一章"云云,指的是三年前到扬州投诗于王士禛,其时王正好外出不曾见到,事后写了《答朱锡鬯过广陵见怀》一律:

> 桃叶渡头秋雨繁,喜君书札到黄昏。
> 银涛白马来胥口,破帽疲驴出雁门。
> 江左清华唯汝在,文章流别几人存。
> 曹公横槊悬相待,共醉飞狐雪夜尊。

诗属一般酬应,颔联和尾联是点明朱竹垞从浙西去晋中,投幕曹溶兵备道衙门。颈联则即所谓"交深于把臂之前"的听起来很舒服的话。在王渔洋只是"多交布衣"的交际活动之一桩,对朱彝尊这位落魄江湖、"破帽疲驴"的穷布衣则不免很有点意外的温暖感和三分惊宠意。只须看上引《序》文的前一段,借感慨之论表述其知己之感:

> 盖自十余年来,南浮浈桂,东达汶济,西北极于汾晋云朔

之间。其所交类皆幽忧失志之士,诵其歌诗,往往愤时嫉俗,多离骚变雅之体,则其辞虽工,世莫或传焉! 其达而仕者,又多困于判牍,未暇就必传之业,间或肆志风雅,卒求名位相埒者互为标榜,不复商榷于布衣之贱! 信夫传者之难其人,而欲附之以传音又难也。

如果说,"不复商榷于布衣之贱"一语是朱彝尊的愤懑牢骚表现,那么从另一层面或角度言,则正是他欣慰于得遇王渔洋这样的能"商榷于布衣之贱"的高明。由此足见,其时的朱竹垞是以仰视的目光看渔洋的,朝野贵贱的差距已使他不大容易挺起腰椎来平视相对待了。

这里从侧面透出一个重要的消息,即历史行程已转进到不容许,也不可能由遗逸之士来主宰诗文词等领域,领袖潮流了。"达而仕"者与"幽忧失志"的草野逸民间,已严厉地垒筑起"传"或不"传"的闸门。这对深深地被立德、立功、立言之观念制约和支配着心态的封建文士说来,其所激起的失落感和失路彷徨情绪,随着时世的推移愈益严重地在相当一部分人心头上涌动摩荡。朱彝尊在这篇序文中对"往往愤时嫉俗"的反思以及"多离骚变雅之体"的检讨,事实上已在向王渔洋表示一种弃旧图新的态度。从此类高下尊卑的语势中,岂非正证实着大批遗民布衣的骨力的被威劫和软化? 从而当然也证明在举"鸿博"之前,"朱王"不可能处于同一条水平线上。

朱彝尊的被诗坛誉为"大家"的共识,是在以名布衣邀"圣眷"之后,而其时王渔洋已稳操诗界领袖之胜券,竹垞的竞胜优势唯有凭博学之专长。"南朱"对"北王",诚是一种以"学"对"才"的"敌国"态势,这一点,赵执信的评断是既犀利又客观的。

然而,某种反差现象又一次在特定人物身上显现:当"大家"之名位确立时,也正是其诗创作的真气活力衰飒的开始。这不能不说是一种诗史式的悲哀。朱彝尊的诗无疑是前期多佳,康熙十八年以后从总体上说是愈"变"愈难与"大家"之名相副。他在《荇溪诗集序》中讲到自己诗作的"六变"：

> 予舟车南北,突不暇黔,于游历之地,览观风尚,往往情为所移。一变而为骚诵,再变而为关塞之音,三变而吴伧相杂,四变而为应制之体,五变而成放歌,六变而作渔师田父之语,讫未成一家言。

这"六变"原不只是体格声调之变,而更关键的是情韵心声之变。尽管他始终守持着"六代三唐"的标旨,但愈变愈枯槁衰颓。不是表现为噤若寒蝉,言不及义,就是演化成所谓"渔师田父"式的远离社会现实的感情封闭。于是,以博识入诗的"学人诗"风范,也就成了淡化真情实意的又一种形态,与"神韵"说构成互补态势。

朱竹垞诗创作道路所表现出来的"六变"过程,与其词创作的风格变异以及"浙西词派"的扬帜过程有着一种同步性。关于竹垞词风的三个时期的变迁,请参看拙作《清词史》[①]有关章节,所不同的是他在诗歌实践中并没有形成派别而已。

二　朱彝尊的诗学观念

朱彝尊的诗学观念除了在《明诗综》所附见的《诗话》的一些片断中有所关涉外,最集中地表陈在他编入《曝书亭集》第三十六到三十九卷的七十篇诗集序文里。这批诗序基本上作于其举"鸿博"、享大名之后的三十年间。

从总体上看,竹垞的诗学观是儒家诗教在一个新的历史时期的重申,是对"正宗"诗说的回归的强化。概括起来说,他力主扶"正",力求其"醇",尊唐贬宋,博"学"取"材",其一切议论大致不出此四点。

[①]　江苏古籍出版社1990年版《清词史》第二编第二章"朱彝尊与前期浙西词派"。

先说"正"。这是朱竹垞强调传统诗教的要义,以立典型,以示规范,从而得以界限出一切不合于"正"的变声变调。对这一点,没必要详引其说,只须读一段《高舍人诗序》中的文字已足够:

> 诗之为教,其义风赋比兴雅颂;其旨兴观群怨;其辞嘉美、规诲、戒刺;其事经夫妇,成孝敬,厚人伦,美教化,移风俗;其效至于动天地,感鬼神。唯蕴诸心也正,斯百物荡于外而不迁,发为歌咏,无趋数、敖辟、燕滥之音。故诵诗者必先论其人,《记》曰:宽而静,柔而正者宜歌《颂》;广大而静,疏达而信者,宜歌《大雅》;恭俭而好礼者,宜歌《小雅》;正直而静,廉而谦者宜歌《风》。凡可受诗人之目者,类皆温柔敦厚而不愚者也。……

无论是诗歌的功能,还是诗人的心性,朱氏都明确无遗地一遵传统的伦理规范,可以说原封不动地予以标举,绝无新的阐解发明。

次说"醇"。醇含二个层次,一是醇真,一为醇雅,这关涉到诗的审美意识。就"醇真"言,朱彝尊在《放胆诗序》、《天愚山人诗集序》、《九歌草堂诗集序》等大量序文中反复提到诗必须"言志"和"缘情"的命题,如"言志之谓诗","诗以言志,诵其诗可以知其志矣";"王者之迹息而诗亡,非诗亡也。古者太师陈诗以观民风,《记》曰:'诗言其志也。'又曰:'志之所至,诗亦至焉'"。"缘情以为诗。诗之所由作,其情之不容已者乎"等等。这当然是正确的符合诗的抒情本体特质和抒情主体的能动性的理论;但是,必须注意,竹垞在论及这类重要命题时,与几乎所有的正统诗论家一样,是在"正"的前提制约和规定性之下讨论的,而这种"正"而"无邪"的言志缘情在具体的历史时空间,毫无疑问是被纳入有利于维护王权秩序的轨道的。不然,必非"正"而成其"变",这就不是力主"言志"和"缘情"的初衷。

从"醇真"的审美观出发,朱氏既反对宋调,认为是"误天下后世之学诗者"(《放胆诗序》),同时也不满明代学唐而失"真"的风气。他的求"醇真",正是为更合乎"六代三唐",校正徒以"唐人之志为志"的宗唐形态。在《王先生言远诗序》中竹垞说:

> 彝尊尝闻古之说诗者矣,其言曰:诗之也,志之所之也,言其志,谓之诗。又曰:诗者人心之操也。又曰:诗,持也,自持其心也。又曰:诗,性之符也。盖必情动乎中,不容已于言而后作。诵诗三百、歌诗三百、舞诗三百,各操持其心性所得而莫或同焉。顾正(德)嘉(靖)以后,言诗者本严羽、杨士弘、高棅之说,一主乎唐而又析唐为四,以初、盛为"正始"、"正音",目中、晚为"接武"、"遗响";斤斤权格律声调之高下,使出于一。吾言其志将以唐人之志为志,吾持其心乃以唐人之心为心,其于吾心性何与焉?至谓唐以后事不必使,唐以后书不必读,则惑人之甚者矣!

显然,这是对"七子"诗派及其末流的批判,在宗唐问题上区分出真与伪。值得辨味的是朱氏对严羽到高棅的态度截然不同于渔洋,联系到他非议"好"的诗美观的论述,"朱王"之间分歧益明晰。上文结末处的"惑人之甚者"的驳斥,则是他力主博学观念的表现,并不是对唐以后诗的肯定。

不"情动乎中"的诗只能假借以藻饰,所以不"醇真"就必不"醇雅"。因而从"醇雅"的审美追求出发,朱竹垞也不满于"云间"诗风所导致的华缛以至失却古雅,《钱舍人诗序》云:

> 中书舍人华亭钱君芳标,字葆酚,于学无不博,尤工于诗。……予反复诵之,其辞雅以醇,其志廉以洁,其言情也绮丽而不佻,信夫情之挚而一本乎自得者欤!华亭自陈先生子龙倡为华缛之体,海内称焉。二十年来,乡曲效之者,往往模其形似而遗其神明,善言诗者从而厌薄之,以为不足传。由其言之无情而非自得者也。

在《李上舍瓦缶集序》中对"醇雅"这一高境界的"大雅"内涵更有进一步的阐述：

> 《逸诗》不云乎："君子有酒，鄙人鼓缶。虽不见好，亦不见丑！"今上舍之诗丽者不佻，高者不抗。古诗多于近体，五言逾于七言，是诚能道古者。其风肆好，非大雅之材欤？尝谓诗人之病，在亟于见好。亟于见好或反形其丑焉！上舍务以汉魏六代三唐为师，勿堕宋人流派，优游涵泳，日进不已……试奏之鹭翔之侧，与雅乐奚殊哉？

"醇雅"实即"古雅"，所以朱竹垞最推重五言古体这形式，其《成周卜诗集序》对此有专门述论：

> 吾于畿辅友鸡泽殷伯子岳焉，伯子论曰："诗言夫志也，自唐人以之取士而格而律，抽黄俪白，专尚比偶之工，言志之旨微矣。"故伯子于诗不作近体，尤不喜作七言近体，人怪之不顾也。予览观唐人唯杜陵、香山多作七律，然集中所存终不及诸体之半。逮苏子瞻、陆务观、杨廷秀，多以斯体见长。至郝天挺之《鼓吹》、许中丽之《光岳》、《英华》，专收七律，余皆舍而不录。其后瞿佑、朱绍、胡琰之徒，踵其故智，各事采获，古风渐衰，宜诗教之及下矣！予近录明三百年诗，阅集不下四千部，集中凡古风多者，其诗必工；开卷即七言律者，其诗必下。盖以此自信，并以信伯子之言，虽矫枉而得其正焉。

其三说"博"。博览资材是作为学者的朱彝尊时时诲导人们的一贯主张。诗与学的关系，自从严羽《沧浪诗话》提出"诗有别材，非关书也"的观念后，几经争论，成了诗学理论中各执一端、莫衷一是的公案，也是明清二代诗论家和诗人们一再辩难、无法摆脱的怪圈。本来，诗乃抒情物，才学应由诗情所遣，为强化诗情服务，主次应甚分明。然而才有不足，赖学以济才，特别是情难见深、借学饰情的风气不时张扬，成了诗史上一再重复的现象，到清代尤为突出。之所以如此,究其实质,是"怨而不怒"、"温柔敦厚"等诗教以及皇权政治的制约,诗人的主体个性不可能在"言志"和"缘情"二个方面得以充分发展的结果。由于这样,既要谋求醇正古雅,舍其博学何以求?而学人们在这一点上则无疑最能得心应手,轻车熟路。由上所述,朱彝尊重古体、重五言长篇,力追"醇雅"之"正",其所恃的雄厚实力就在其博学。同时,这也成为他力贬宋人诗的重要理由,至于斥责竟陵钟、谭诗派时,"专以空疏浅薄、诡谲是尚,便于新学小生操奇觚者,不必读书识字,斯害有不可言者已"(《胡永叔诗序》)之类话头,更是一说再说,在这一点上朱彝尊最接近钱谦益。

关于"博"以"学"的问题,《鹊华山人诗序》展述得极充分:

> 匠氏营囷,必先庀其材,匪直椅桐梓漆松柏而已,虽瘦肿魁瘣勾曲之木亦莫废焉。第相其宜以为之用,取材之贵夫博也。予少而学诗,非汉魏六朝三唐人语勿道,选材也良以精,稍不中绳墨则屏而远之。中年好钞书,通籍以后,集史馆所储、京师学士大夫所藏奔,必借录之……归田以后,钞书愈力,暇辄浏览,恒资以为诗材,于是缘情体物,不复若少时之隘,唯自喻于心焉。……予故论诗必以取材博者为尚。

按照朱氏的理论,诗欲醇古,必先以博览武装自己,犹如必须筹建宏富仓库,储以诗材,"相其宜以为之用"。凡"不中绳墨"的或不合"汉魏六朝三唐人语"者"勿道",这与"七子"的主张没什么不同,只是竹垞扩大范围,博览取材的面更广而已。

《曝书亭集》卷二十一,朱彝尊作于"阏逢涒滩",即甲申康熙四十三年(1704)他七十六岁时的《斋中读书十二首》,其中最后二首可视为他上述种种诗学观的整体提要,是他意欲在总结明诗的得失基础上建立起自己的追求体系的纲领,其十一曰:

> 诗篇虽小技,其源本经史。

必也万卷储,始足供驱使。
别材非关学,严叟不晓事。
顾令空疏人,著录多弟子。
开口效杨陆,唐音总不齿。
吾观赵宋来,诸家匪一体。
东都导其源,南渡逸其轨。
纷纷流派别,往往近粗鄙。
群公皆贤豪,岂尽昧其旨。
良由陈言众,蹈袭乃深耻。
云何今也愚,唯践形迹似?
譬诸荔蔗甘,舍浆啖渣滓。
斯言勿用笑,庶无乖义始。

其十二曰:

群雅日凋谢,后起靡有涯。
奇觚累百人,各自名其家。
吾衰尚有志,道古闲诐邪。
有明三百祀,揽秀披春华。
青田与青丘,二美洵无瑕。
吾乡数程贝,双珠握灵蛇。
自从永宣来,其辞正且葩。
洎乎嘉靖季,七子言何夸。
勾金纵可拣,莫披黄河沙。
一咻众楚和,是后尤卑哇。
先公闻鴂舌,顿生亡国嗟。先太傅初闻袁中郎、钟伯敬论诗,叹曰:安得此亡国之音! 惨然不怿。
吾欲返正始,助我者谁邪?

这样,话题就可导入竹垞关于唐宋诗褒贬态度上来。历来讨论朱

465

彝尊宗唐祧宋问题时,有一种意见认为他对北宋诗是心仪或手追的,并未一味排斥。其实,上引《斋中读书》之第十一,他讲得很清楚,"东都导其源"以下,只是肯定"群公"的耻于蹈袭、故离异自变的动机,但结果呢?最终还是陷入"逸其轨"、"近粗鄙"的歧途。其态度几曾暧昧过?"逸其轨"者就是脱出"正始"之途,在他看来,这是根本的原则性失误。

关于宋诗,朱竹垞在凡属论诗文字中几乎不放过任何一次的抨击,例如《橡村诗序》说:

> 今之言诗者多主于宋。黄鲁直吾见其太生,陆务观吾见其太缛,范致能吾见其弱,九僧四灵吾见其拘,杨廷秀、郑德源吾见其俚,刘潜夫、方巨山、杨万里,吾见其意之无余而言之太尽。此皆不成乎鹄者也,尤而效之,是何异越人之学远射,参天而发适在五步之内也。

《刘介于诗集序》中又说:

> 唐人之作,中正而和平,其变者率能成方。迨宋而粗厉噍杀之音起,好滥者其志淫,燕女者其志溺,趋数者其志烦,敖辟者其志乔。由是被之于声,高者硁而下者肆,陂者散而险者敛,侈者怍而弇者郁,斯未可以道古也。南渡以后,尤延之、范致能为杨廷秀所服膺而不入其流派;元季高季迪、徐幼文为杨廉夫后进而不惑其褒讥,斯善于诗者矣。

《南湖居士诗序》则树"唐"为标本,认为后来一切离合之途径都无法超出或达到"唐"的标准:

> 今之诗家大半厌唐人而趋于宋元矣。或谓文不如宋,诗不如元。赤城许廷慎非之,以为宋诗非元人所及,要亦一偏之见也。大都宋人务离唐人以为高,而元人求合唐人以为法。究之离者不能终离,而合者岂能悉合乎?

于是,《汪司城诗序》等文中反复作出结论性的批判:"今之诗家不事博览,专以宋杨陆为师,庸熟之语,令人作恶。""今之言诗者,目不窥曹刘之墙,足不履潘左陶谢之国,顾厌弃唐人以为平熟,下取苏黄杨陆之体制而又遗其神明,独拾沈滓。""学诗者当进于古,师三百篇庶近于汉,师魏晋乃几于唐,未有师宋元而翻合乎群雅者。""今之言诗者每厌弃唐音,转入宋人之流派。高者师苏黄,下乃效及杨廷秀之体,叫嚣以为奇,俚鄙以为正,譬之于乐,其变而不成方者欤!"诸如此类,不一而足。此处之所以不厌其烦地引述朱氏鄙弃宋诗的文字,不仅仅为实证诸如洪亮吉《论诗绝句》等认为竹垞"晚宗北宋",以及某些论者引宋荦《跋朱竹垞和论画绝句》的话说"今诸什大段学杜,而高老生硬之致,正得涪翁三昧,信大家无所不有"云云,纯系皮相之论,而且更重要的是足证《曝书亭诗》不应视为"浙派"诗之鼻祖。

"浙派"诗与浙籍人诗不是平行以至等同的概念。"浙派"诗是清初肇始的以宗宋诗风为基核的流派,关于这,后文将有阐述。"宗宋"与"学人诗"更不应复合为含混的名称,宋调既不全重"学",学人之诗也非尽趋好宋诗。因朱彝尊是浙西嘉禾籍,又博学以资诗材,就归类以"浙派",是简单化的论断,试比较其与黄宗羲等的诗论,何尝有多少相通之处?

第二节　朱彝尊的诗歌成就

康熙三十九年(1700)朱彝尊作《近来二首》,针对当时诗苑文坛的庸俗陋风,抒述了他的感慨,其二曰:

> 近来论诗专序爵,不及归田七品官。
> 直待书坊有陈起,《江湖》诸集庶齐刊。

据知当时福建人魏宪选刻《诗持》,罗列名流而独不及竹垞诗,这当然很荒唐可笑。但是在当时,这并非偶见现象,历史上有如此一种选诗标准,后人在整理、探讨各种文献包括诗文选本时能不别择眼光?爵位与诗风虽则不一定构成逆向反差,然而"爵"愈尊而诗愈拙劣确为常见事。对此,朱竹垞在《刘德章诗序》中曾引唐人孟郊诗曰:"恶诗皆得官,好诗空抱山。"从他人和自己的实践中,其感受似颇深。事实上就他本人而言,前期颠沛流离、落魄江湖之际所作诗即多情动于中、可资知人论世的佳制,中期而后可读的传世之作比例则转小了,同样也未能跳出上述窠臼。试先看他十八岁时写的《晓入郡城》,顺治三年(1646)嘉兴府城兵后的荒凉肃杀情景表现得很真切:

  轻舟乘间入,系缆坏篱根。
  古道横边马,孤城闭水门。
  星含兵气动,月傍晓烟昏。
  辛苦乡关路,重来断客魂。

次年又有《捉人行》、《马草行》、《北邙山行》等歌行,都记录了诗人早年曾有过"诗史"意识的可贵阶段。《马草行》笔力生动:

  阴风萧萧边马鸣,健儿十万来空城。
  角声呜呜满街道,县官张灯征马草。
  阶前野老七十余,身上鞭扑无完肤。
  里胥扬扬出官署,未明已到田家去。
  横行叫骂呼盘飧,阑牢四顾搜鸡豚。
  归来输官仍不足,挥金夜就倡楼宿。

朱彝尊编定其《曝书亭集》时,值得称道的是他不仅不悔其少作,而且敢于存真地保留与诸多遗民以至触罹狱案之士交往的诗,如《逢姜给事埰》等,写得都很深情。《吊王义士》、《再过倪尚书宅题池上壁》等,则尤可见其前期悲慨情怀。倪尚书是倪元璐,殉于明之著名大臣;王义士名毓蓍,诗的小注说:"义士受学于都御史刘公宗周,公闻南都不守,绝食。义士上书于公曰:慎勿为王炎午所笑。乃衣儒巾蓝衫,投柳桥下死。与义士先后死者潘生集、周生卜年。"诗写得也好:

> 中丞弟子旧家风,杖屦相随誓始终。
> 闭户坐忧天下事,临危真与古人同。
> 短书燕市遗丞相,余恨平陵哭义公。
> 此地由来多烈士,千秋哀怨浙江东。

据朱彝尊《黄征君寿序》,他在黄宗羲八十寿诞时曾说过:"予之出,有愧于先生!"但他不掩饰,也不删除晚年读之既生愧意又容易惹麻烦的文字,较之有的专以矫情为能事者,品格应算正直而不欺世。这类作品还有写在岭南的《赠张山人穆》、《赠张五家珍》、《哀莫处士以寅》等。《赠张五家珍》云:

> 可叹张公子,流离自妙年。
> 身孤百战后,门掩万山前。
> 易下穷途泪,难耕负郭田。
> 平陵松柏在,余恨满南天。

与祁骏佳、班孙、理孙叔侄兄弟以及魏耕等人交往,是朱十前期生涯的一段堪称光彩的历史。他先后写了不少表现这段交游的诗,最可称道的是"通海案"发后,魏死,祁戍,竹垞仍有诗忆念。《梅市逢魏璧》(即魏耕)等诗作于顺治十七年,案发之前。到康熙二年祁班孙遣戍后,有《梦中送祁六出关》,世称名篇:

> 酌酒一杯歌一篇,沙头落叶何纷然。
> 朔方此去几时返,南浦送君真可怜。
> 辽海月明霜满野,阴山风动草连天。
> 红颜白发双愁汝,欲寄音书何处传?

朱彝尊很自信其古体之作,用力亦勤,如游岭南时所作《越王台怀古》,驰骋史迹,气体甚雄,《大庙峡》、《香炉峡》等或险韵出奇,或骨力凌厉,均可与萍飘代北、三晋时之《雁门关》诸篇并称力作。最为后世评论家折服的是《玉带生歌》的咏文天祥遗砚,意足情挚,格高气劲,无愧于"推倒一世"之誉,诚属清代长篇歌行中不多得的佳篇:

玉带生,吾语汝:
汝产自端州,汝来自横浦。
幸免事降表佥名谢道清,亦不识大都承旨赵孟𫖯。
能令信公喜,辟汝置幕府。
当年文墨宾,代汝一一数:
参军谁?谢皋羽;
寮佐谁,邓中甫;
弟子谁?王炎午。
独汝形躯短小,风貌朴古,步不能趋,口不能语,
既无鸜之鹆之活眼睛,兼少犀纹彪纹好眉妩。
赖有忠信存,波涛孰敢侮?
是时丞相气尚豪,可怜一舟之外无尺土,
共汝草檄飞书意良苦。
四十四字铭厥背,爱汝心坚刚不吐。
自从转战屡丧师,天之所坏不可支。
惊心柴市日,慷慨且诵临终诗。疾风蓬勃扬沙时。
传有十义士,表以石塔藏公尸。生也亡命何所之?
或云西台上,睎发一叟涕涟洏,手击竹如意,生时亦相随。
冬青成阴陵骨朽,百年踪迹人莫知。
会稽张思廉,逢生赋长句;
抱遗老人阁笔看,"七客寮"中敢咉怒。
吾今遇汝沧浪亭,漆匣初开紫衣露。
海桑陵谷又经三百秋,以手摩挲尚如故。

洗汝池上之寒泉,漂汝林端之霏雾,
俾汝留传天地间,忠魂墨气常凝聚。

此诗作在康熙四十四年(1705),干支又逢"乙酉",朱彝尊已是七十七岁的老人。诗前小引有"予见之吴下,既摹其铭而装池之,且为之歌"数语。在"乙酉"嘉兴城破六十年祭之日,竹垞老人摹拓文天祥《玉带生铭》加以装裱并作长歌,显然有借"玉带生砚"这一意象,俯仰今昔,百感系之的。一旦动了真情,确如马长海《论诗绝句四十七首》之第四十四咏"小长芦客"所云:"草堂何用龙文鼎。"①是无须博识之学来弃其"诗材",只觉得"清气乾坤托性灵"了。可见,实践和理论之间的往往不同步真是随处能遇及的。

朱竹垞还有两桩创作实践是清代诗史上非常著名的,一是康熙十三年(1674)作的《鸳鸯湖棹歌一百首》,当时他"旅食潞河,言归未遂",乡情涌动,成此一百首竹枝词式的风土绝句;一是康熙八年(1669)写的《风怀二百韵》。

鸳鸯湖即南湖,这组《棹歌》简直可作《南湖志》读,风物备见,笔致清丽自然,情趣盎然。兹选录数首,以尝鼎一脔:

女墙官柳遍啼鸦,小阁临风卷幔斜。
笑指孩儿桥下水,雨晴漂出满城花。

檐燕檐乌绕楫师,树头树底挽船丝。
村边处处围桑叶,水上家家养鸭儿。

穆湖莲叶小于钱,卧柳虽多不碍船。

---

① 马长海《雷溪草堂集·效元遗山论诗绝句四十七首》之第四十四:"清气乾坤托性灵,小长芦客许宁馨。草堂何用龙文鼎,只爱梅花插胆瓶。"亦见《万首论诗绝句》页三六〇。

> 两岸新苗才过雨,夕阳沟水响溪田。

> 西水驿前津鼓声,原田角角野鸡鸣。
> 苔心菜甲桃花里,未到天明棹入城。

> 村中桑斧响初停,溪上丛麻色渐青。
> 郡阁南风才几日?荷花开满镜香亭。

有关鸳鸯湖的人文历史、自然景观、田家桑麻、船户悲欢,无不具见组诗中,浓重的生活气息和文化氛围溢于纸端。

《风怀二百韵》的本事二百多年来考辨纷出,一主为其小姨"冯寿贞"作,是竹垞"晚年定稿,宁愿不食两庑冷猪肉"的韵事记忆;另一说则力辩"为琵琶妓王三姑作"。前者据说有杨谦的《风怀诗考证》,未见传,又有演义为《鸳水仙缘》小说的钞本,而姚大荣《风怀诗本事表微》则是今存较详备的考辨文。后者则有俞国琛的《风怀镜》。又陈衍《石遗室诗话》亦主前说,并摘句详笺。

《风怀》本事说来极烦,但无论作何种笺释,朱彝尊不废言情,不作迂腐冬烘,在此诗是充分表现了的。其与《闲情》一组以及《戏效香奁体诗》,加之词集《静志居琴趣》,构成了巨帙情爱之什,从而使朱氏成为清代杰出的爱情诗巨擘。杨际昌《国朝诗话》曾说:"朱竹垞最工绝句竹枝体,国朝无出其右。"这后六字同样可以移来评其爱情之作。诗长不能全录,兹节取其中一小段,以见诗人写情的高妙真切:

> 两美诚难合,单情不可详。
> 计程衡瘴疠,回首限城隍。
> 红豆凭谁寄?瑶华黯自伤。
> "家人"卜归妹,行子梦高唐。
> 杜宇催归数,乌尼送喜忙。

>   同移三亩宅,并载五湖航。
>   院落虬檐月,阶流兔杵霜。
>   池清凋菡苕,垣古缭筼筜。
>   乍执掺掺手,弥回寸寸肠。
>   背人来冉冉,唤坐走伴伴。
>   啮臂盟言覆,摇情漏刻长。
>   ……

一个学术大师竟有如此言情手笔,确实令人意外,如再观照他的那些序跋铭文,更让人感到匪夷所思。然而,唯其如此,倒是真实的"人"的艺术再现。由此言之,他的"言志"、"缘情"之论终竟也还有不尽恪守封建教义的一面。这只须从他因《风怀》诗而引来的斥责也可从负面得到佐证,例如后期桐城派名宿吴德旋的《初月楼诗集》的《杂著示及门诸子》二十四首第二十一:

>   《风怀》诗载《曝书亭》,可是才多坏典型?
>   郑卫言情非纪欲,一生枉自抱遗经!

这样的道学口吻并非偶见,张晋《艳雪堂诗集·仿元遗山论诗绝句六十首》之第五十五也说:

>   《曝书亭集》浩无涯,学富才丰格律谐。
>   到底不曾删绮语,教人指摘议《风怀》。

为其惋惜的着实多有其人。但也有赞称的,常州诗人陆继辂《崇百药斋诗集》有《杂题》一组,其第三首可称竹垞知己:

>   画家小景亦可喜,水浅沙明尺幅成。
>   辛苦研经朱锡鬯,《风怀》一首冠平生。①

可是,棹歌竹枝词或风怀情诗,尽管可称为"国朝无出其右",

---

① 以上三诗分别转引自《万首论诗绝句》页六五七、六六三、七一六。

在今天看来也备具审美价值和认识意义,但在当时这些无非只是诗家之"小道"。考察诗史人物在那个时空间的地位和影响,不可能超越特定的人文环境。所以,本章开头处说"朱王"并称,朱实难以与王匹对称"敌国",那是历史客观存在的事实。同时,这又与朱彝尊的"吾于诗而无取乎人之言派"(《冯君诗序》)的观念和实践有关。朱氏似只追求挽颓风、扶正始,很有点"但开风气不为师"的倾向。他无派也无意于立派,这在广树声气以雄门户的时代,影响力必然受限制。当然这又是他的爵序地位所决定,其不易与王渔洋争胜诗国,是可以理解的。

第四章 "南施北宋"和开府江南的宋荦

与王士禛、朱彝尊以及查慎行、赵执信并称"清初六大家"的施闰章和宋琬,世有"南施北宋"之目。"南施北宋"的标举出自渔洋之口,《渔洋诗话》说:"余论当代诗人,目曰南施北宋,施谓愚山,宋谓荔裳,二君集皆经余删定。又尝取愚山五言近体诗,为《主客图》一卷。今施集尚存其家,未能版行,宋集经蜀乱失其本矣。"王士禛的这一品目具体见存于康熙二十八年(1689)所著的《池北偶谈》,即早在《诗话》之前十六年时。《偶谈》卷十一述云:

> 康熙以来,诗人无出南施北宋之右,宣城施闰章愚山、莱阳宋琬荔裳也。昔人论"古诗十九首",以为惊心动魄,一字千金。施五言云:"秋风一夕起,庭树叶皆飞。孤宦百忧集,故人千里归。岳云寒不散,江雁去还稀。迟暮兼离别,愁君雪满衣。"此虽近体,岂愧"十九首"耶?己未在京师,登堂再拜,求予定其全集。宋浙江后诗颇拟放翁,五古歌行时闯杜、韩之奥。康熙壬子春在京师,求予定其诗笔,为三十卷。

己未是康熙十八年(1679),渔洋掌国子监前夕;壬子是康熙十一年(1672),渔洋在户部为郎中,而宋琬正经过两次案狱后再次复起入京铨职。从王渔洋文中的两用"求予"以及"登堂再拜"云云,足证爵序官位在当时诗坛的作用,施、宋不仅年齿长于王氏多多,诗名也早著,但渔洋品目之论却是这样一派居高临下的气势,俨然是大宗师身份。

所谓"清初六大家",查慎行与赵执信,一个曾为太学生于国子监,名分属渔洋学生辈,一个则是王氏从外甥;朱彝尊以名布衣举"鸿博",虽一度入值南书房邀"圣眷",但其早年在两浙的活动,与遗民义士们的交往,潜在的"异己"感终难以稳固其在京师的根基,难与王士禛争雄。而宋琬和施闰章的际遇,特别是宋氏的颠扑坎坷,远较朱十为惨。蒋超《安雅堂诗序》有句很深沉的感慨语:"物固不能两全,宋子擅文章之誉而缺陷乃在人事!"人事者,政治际遇也。封建诗史上的诗名高下,绝难摆脱于这"人事"。"南施北宋"作为一种类型,以他们特定的身世际遇提供了有别于其他四家的独具的认识意义。

第一节 悲怆沉慨的宋琬诗

宋琬(1614—1674),字玉叔,号荔裳,山东莱阳人。家世官宦,其父宋应亨,明末官至吏部郎中;兄宋玫,官侍郎。崇祯十六年(1643),清兵(时尚称"后金")扰山东破莱阳,阖门数十口与姜垛之父兄等同时遇难。宋琬少有才名,甲申时年已三十一,乙酉清兵南渡,琬曾流亡吴江。据《汾湖行为叶元礼作》、《初至汾湖喜方尔止、潘江如、钱驭少过访》、《叶鸿振年伯以书舍借居赋谢》等诗,可知其在吴江系避居于叶绍袁(叶燮之父)家,与遗民志士多交接。可是出于客观复杂因素,顺治四年(1647)他就"应诏公车解褐衣",中进士,授户部主事,出仕清廷。七年(1650)监督芜湖钞关。旋即厄运交加,坎坷以终。山东于七领导的农民起义军从顺治五年(1648)起,坚持长达十年多,清廷在军事围剿的同时,大肆追捕明暗支持者。顺治七年冬,宋琬被其仆人告发,受诬入狱,经数月,查无实据开释之。补官陕西陇右道佥事,顺治十四年(1657)迁直隶永平道副使,十七年(1660)调浙江宁绍台道参政,次年升山东按察使。正当他似乎宦途称顺时,康熙元年(1662)又被族中人告发,全家械送刑部,在狱中达三年。两次入狱均在"寅"年,即庚寅、壬寅,而后一次尤惨,免罪放归后流寓江南,闲居八年之久。康熙十一年(1672)起用为四川按察使,第二年入京述职,适值吴三桂叛乱,成都破,他的妻女家室全陷于城。宋琬忧苦交加,病死在北京。后来他女儿的流离生涯,曾成为许多诗人吟咏的题目。这确是个困顿的诗人,其一生之剧苦为同侪所罕有。今存《安雅堂诗集》含三种,一为无卷数分体诗,系散佚后集成;一为《未刻稿》十卷,亦次序紊乱,不系年;另有《入蜀集》一小帙。

宋琬诗以悲怆沉慨见胜,古体尤多愤情激宕之篇。往昔论者谓其师法明代前后七子,"高古"、"整齐雅炼"云云,都不足以说明其风格,是脱离诗人实际身世和凄苦心态的泛泛之谈。① 《安雅堂诗》最有价值的是抒述刑部大狱的惨酷情状以及其对鼎革之际的遭遇变化的回忆。后者可以《长歌寄怀姜如须》为代表作,姜如须即姜垓,姜垛之弟,此诗前半篇所表现的是明亡之际某个层面的士大夫及其子弟们的普遍实况,尽管后来他们或仕或隐,进退出处各异。此诗情思激越,直陈胸臆而气韵腾踔:

> 甲寅之岁汝降初,我生汝后七月馀,
> 竹马春风事游戏,鸡犬暮归同一间。
> 君家黄门早射策,盛年谒帝承明庐。
> 有儿颜色娇胜雪,珠襦绣裤青羊车。
> 予时抱持着膝上,许以弱女充扫除。

---

① 如叶矫然《龙性堂诗话初集》云:"莱阳荔裳初年心仪王、李,时论以七子目之,信然。"又,《筱园诗话》卷二:"顺治中海内诗家称南施北宋,康熙中称南朱北王,谓南人则宣城施愚山、秀水朱竹垞,北人则新城王阮亭、莱阳宋荔裳也。继又南取海宁查初白,北取益都赵秋谷益之,号六大家,后人因有'六家诗选'之刻。宋荔裳诗格老成,笔亦健举。七古法高、岑、王、李,整齐雅炼,时有警语,篇幅局阵最为完密。五律亦是高、岑、王、李一派。七律虽不脱七子面目,往往堕入空声,至其合作,固北地、信阳之俦也,所少者变化之妙耳。"

是时两姓雁行敌,绛华朱萼相扶疏。
操觚握槊众所羡,汝南颍上名非虚。
城东茆屋先人筑,清渠一道穿乔木。
同辈相携五六人,缥缃罗列开签轴。
冬菁作饭饱饔飧,布衾共卧忘休沐。
自是辕驹行步迟,却看雕鹗拼飞速。
当时天步日艰难,戎马交驰疆圉麼。
盗贼纵横贾谊哀,国是纷纭蔡邕逐。
钩党方严谁见收?多君置橐供饘粥。
一朝变起尘沙飞,老亲白首同日归。
骨肉摧残那忍道,馀生孤子将畴依?
渡江浮海无消息,飘泊不辞寒与饥。
予归已类辽城鹤,十人九人存者稀。
行经旧巷不复识,高台倾圮无门扉。
旅谷生庭故井塌,鸱鸮昼啸狐狸肥。
有客传书知汝在,但言北望常沾衣。
携家流落栖江左,出处怜予无一可。
旧业虽余数顷田,犁锄欲把谁能那?
况复陈留风俗衰,青蚬元熊啼向我。
应诏公车解褐衣,勉寻升斗羞卑琐。
兔丝未附女萝枝,明珠已碎珊瑚颗。
三十余年尽苦辛,回头万事伤心夥。
…………

姜垓流寓苏州,死在顺治十年(1653),年仅四十,此诗云"三十余年尽苦辛",约作于顺治七年前后,叙事述怀,不啻是宋、姜二家家史之一页。

系狱惨情之描写,宋琬较同时有类似遭遇的如曹尔堪、王士禄均更具体真实,怨而近怒。第一次入狱时写的如《庚寅腊月读子美同谷七歌效其体以咏哀》,已有"悔将词赋谒公卿,惨对桁杨呼父母"之类的愤慨,到第二次系狱三年,怒情与哀思并发,力作更多。《壬寅除夕作》既是凄苦的呻吟,又是真实的揭露,大狱内和刑部堂无不一样黑暗:

> 已届知非日,犹馀未死身。
> 十年重堕井,两度恰逢"寅"。
> 系械今时法,冤愆夙世因。
> 杀机巧乃毒,妖梦幻耶真。
> 撩尾知防蚕,焦头忆徙薪。
> 乾坤容魍魉,刀俎贱麒麟。
> 有客哀同楚,何人哭向秦。
> 木囊随假寐,铁索换垂绅。
> 陆续冤谁雪?嵇康性已驯!
> 粞糠充亚饭,藁秸抒重茵。
> 雀角无完屋,鸰原已化磷。
> 死应为厉魄,痛欲彻高旻。
> 邱嫂悬丝活,孤儿对簿频。
> 踝枯还受榜,血溅不遑瞫。
> 履虎宁遗类,连鸡到比邻。
> 事同朱井罔,狱与洛阳均。
> 瘴隐层霄日,霜飞六月辰。
> 隶人咸惨淡,法吏亦酸辛。孤侄及同系诸人,每就讯,呼号震天,司谳为之悯默,吏卒有泪下者。

....

酷刑逼供,榜掠老少,纯系纪实,宋琬在清初是最少闲情之作的一个。《诏狱行》借老吏"能说先朝诏狱事",痛斥明末东厂特务在阉党指挥下之暴行,实则是对现实政权的鞭挞和揭露:"彤管堪嗟酷吏传,青苔半蚀党人碑。我今胡为淹此室？圜扉白日啼寒鸦。冤魂欲招不敢出,但闻阴风萧飒中心悲。""酹酒呼皋陶,皋陶竟喑哑。古来万事难问天,蚕室谁怜汉司马!"今昔一样昏天黑地,几曾有过明镜高悬？他的《狱中八咏》五言绝句一组,嬉笑怒骂,短歌当哭,既为狱事纪实,又显示了倔强的个性。八咏是咏芦席片、煤土炕、折足凳、砂锅盆、黑磁碗、土火炉、苦井水、铃柝声。其中咏"砂锅盆"云:

　　禹鼎今则亡,饕餮斯可镜。
　　再拜老瓦盆,吾以汝为命。

禹鼎据传上铸各种魑魅魍魉,乃收妖之宝,大禹治水时法物。禹鼎亡,则百怪横行,故此二十字中,别寓深意,非独表现狱中苦情而已。又如咏"苦井水"和"铃柝声",亦均言外有音:

　　病渴限重扃,寒浆汲辘轳。
　　笑问江南客,中泠胜此无？

　　乍听不成眠,迩来梦颇熟。
　　名根卒未忘,还疑在场屋。

显然此中有诗人沉痛的反思,确有"深悔词赋谒公卿",不该步入宦海之意的。宋琬的狱中组诗系列中还有《听钟鸣》、《悲落叶》等,都是阶下囚的心声语,在意气风发的簪缨缙绅笔下是听不到的,诗云:

　　听钟鸣,所听非一声；
　　一声才到枕,双泪忽纵横。
　　白头老乌作鬼语,群飞哑哑还相惊。
　　明星落,悲风哀；
　　关山荡子行不返,高楼思妇难为怀。

> 何况在罗网,夜半闻殷雷。
> 无糜复无褐,肠内为崩摧。
> 听钟鸣,心独苦;
> 狱吏抱钥来,不许吞声哭!

中国古典诗歌习惯讲比兴寄托,托物写情的方法往往多将心理描述隐于物象或景象之后,所以抒情主体的心态转易朦胧,难见具体。《听钟鸣》属于内心独白直陈式的写法,是情思流动形态的另一种表现方式,物不掩情,心在象前。后一篇《悲落叶》则托物见情,寓有作为臣子的嬖幸和见弃乃朝夕间事的深切悲哀:

> 悲落叶,落叶纷相接。
> 无复语流莺,飘摇舞黄蝶。
> 朝如繁华之佳人,夕若糜芜之弃妾。
> 因风起,从风飞,
> 放臣羁客那忍见,攀条揽扼空沾衣。
> 徘徊绕故枝,柯干长乖违。
> 凛凛岁云暮,此去得安归?
> 悲落叶,伤心胸,
> 愿因征鸟翼,吹我到乡中。

落叶或能归根,如"弃妾"般的羁客逐臣呢?正难测命运之终结为如何呵!

宋琬作于狱中的绝句多别有意蕴,在不乏情韵、清灵淡宕中自具一种苍凉凄楚风调,如《姬义卿、孙启人狱中小饮》诗小注有"时二子将戍辽",诗云:

> 御苑垂杨欲作丝,新知生别不胜悲。
> 他年华表归来后,应记燕山痛饮时。

又如《夜为虫声所眙,口号戏呈凌玉》:

481

> 重垣深锁夜漫漫,人似鸡栖梦欲阑。
> 无奈啼声穿四壁,秋虫全不畏秋官。

虫比人自在,人不如虫,感慨何其沉痛!《口号成简岳于天吏部十首》之六吊张晋一诗尤为难得,惜未被研讨张氏诗的专家所注意:①

> 陇西才子称高第,匣里朱弦久绝音。
> 我到三山深下泪,那能不系马融心。君之门人张晋为丹徒令,年少有诗名,以事见法,人多惜之。

张晋(1629—1659),字康侯,号戒庵,甘肃狄道(临洮)人。顺治九年(1652)二十四岁中进士,十二年(1655)任江苏丹徒知县,二年后充江南乡试同考官,罹震动南北的"丁酉科场案"论绞。这是一位少年英俊的名诗人,著有《戒庵诗草》,为孙枝蔚等推重并深交。② 顺治末康熙初正是大狱频兴、腥风血雨的年代,刑部狱中固是人满为患,许多案狱史无载录,仅靠一些诗文别集可略见痕迹,如上引诗中的姬、孙诸人就不见于他处。宋琬在狱中既哀同囚之生者,又悼已被"正法"之逝者,一种惨云愁雾的高压酷厉的氛

---

① 赵逵夫校点之《张康侯诗草》附录之二,收入宋琬《送张康侯进士赴选》五言律二首,失收"陇西才子称高第"一诗,见兰州大学出版社1989年版一六五页。
② 孙枝蔚《溉堂集》中与张晋及其弟张谦交游酬唱诗文多至二十余篇,其中《前集》卷四《挽张康侯》二首最沉痛。诗云:
> 狱中诗更好,读罢断人肠。
> 猿哭闻中夜,鹃啼在异乡。
> 何曾明罪迹?能不悔词场。
> 江上慈亲老,终朝泪万行。
> 凤昔承高义,俸钱分腐儒。
> 饥寒曾不死,感激有长吁。
> 尚乞陶潜食,仍穷阮籍途。
> 难逢知己再,老泪洒江湖。

按:张晋之弟张谦亦能诗,著有《得树斋诗》,赵逵夫校点本《张康侯诗草》附录其集。孙枝蔚系陕西籍流寓扬州者,故与张氏昆仲于江东称乡谊焉。

围由此可以感知。

关于《安雅堂诗》,渔洋所说"浙江后诗,颇拟放翁",是句评价并不高的含混语,而"浙江后诗"正是宋琬康熙元年罹祸之后那个时期作品的代称。至于原来的三十卷本早佚,《未刻稿》十卷是宋琬族孙宋邦宪(仁若)刻于乾隆三十一年(1766),有彭启丰的序。上述狱中系列诗皆见于此《未刻稿》。《四库全书总目》列宋琬诗集于"别集类存目"之八,《提要》说《安雅堂拾遗诗》无卷数,"非但珠砾并陈,并恐真赝莫别",实系敷衍话,列于"存目",已是打入另册了。

第二节 清醇老苍的施闰章诗

杨际昌《国朝诗话》曾这样比较过"南施北宋"的差别:"施如良玉之温润而栗,宋如丰城宝剑,时露光气。"①就二人的心性、身世、际遇以至诗风言,杨氏之说大抵不错。如果可以补充一个形象比喻的话,施闰章虽温润如玉,但那是一柄玉尺,其特点是量度守正,不"过"亦不"不及"。所谓量度守正,就其为人或为官言,能清正不阿,"不畏强御,不迕货财",确是恪守"徇一情,失一士,吾宁弃此官,不忍获罪于名教"(《施氏家风述略续编》)②的准则。他甄别平反过一些"假中之假,冤中之冤"的案狱,其弟子蒲松龄《聊

---

① 杨际昌《国朝诗话》卷一有"曩四负老人为予言:'客江右时,与流寓吕逸田、释心壁论康熙诗人,曾举渔洋推施、宋语,揣量未定。子以为何如?'予未及应,藏于心十年,今寻绎二先生集,施骨清,宋才俊。施古今体擅长尤在五言,宋古今体擅长尤在七言。施如良玉之温润而栗……"云。按,四负老人名杨格,为际昌族人,浙江山阴籍。

② 今黄山书社1993年版《施愚山集》不收《施氏家风述略续编》,是一缺失。按,梅文鼎有《施氏家风述略续编书后》,其中一则云:"先生自临江裁道缺归卧寄云楼,有终焉之志,鸿博之举,非其意也。御试后,有谓宜稍讲求者,先生笑谢之,且曰:'吾岂恶秩之崇,所惧者官高一级即人品减一等耳。'臬宪金长真闻之,深为叹服。"

斋志异·胭脂》所记,即最有名之一件。以诗而论,则是清雅不"变",亦不虚不脱;温润中见醇味,清真而不失秀泽。而王士禛之所以为作五言"摘句图",在"南施北宋"间较多厚爱于施闰章,则正在于其诗的清醇气息。

施闰章(1618—1683),字尚白,号愚山,又号蠖斋,安徽宣城人。宣城施氏为世族,闰章成长在一个父、祖均以理学著称于乡邑的家庭。他幼失怙恃,少时受教于叔父施誉(砥园),"蒙养唯正,家教唯严",施誉遵兄之遗命,视闰章如亲出而规教极严格。及冠,与著名文学家沈寿民游,又得受业于江苏金坛复社名宿周镳。甲申鼎革,其年二十七岁,已是诸生。顺治三年(1646)应江南乡试,六年(1649)成进士。八年补刑部主事,奉使桂林。旋守祖母丧制三年。到顺治十三年(1656)奉旨视学山东,十八年(1661)转江西布政司参议,分守湖西道。康熙六年(1667)被裁缺撤除道使而罢归。家居十年后,被荐举"鸿博",在叔父敦促下就试再入京。殿试时因试卷中书有"清彝"字样,触犯忌讳,几被罢斥,结果置二等,授翰林院侍讲,并充《明史》纂修官。康熙二十年(1681)典河南乡试,转授侍读,二年后即病逝于京师。按科名,施闰章序列应为王渔洋前辈,名在"燕台七子"中;裁缺罢官再试"鸿博",其爵序反为渔洋属下,而家居十年间,闲逸而心态失衡,诗风多近王、孟,于是独得王士禛赏誉。由此可知,渔洋"摘句图"其实只是反映着愚山诗的一个侧面,并非全貌。闰章《学余诗集》五十卷,又《别集》十卷,《余集》十卷,诗共达三千二百余首。

王士禛《香祖笔记》、《渔洋诗话》中均记有一段施闰章与洪昇论诗的话:

> 洪昇昉思问诗法于施愚山,先述余凤昔言诗大旨。愚山曰:"予师言诗,如华严楼阁,弹指即现;又如仙人五城十二

楼,缥缈俱在天际。余即不然,譬作室者,瓴甓木石,一一须就平地筑起。"洪曰:"此禅宗顿、渐二义也。"

撇开施氏对渔洋"天际仙人"的美誉,二家诗论的差异是显然的,王主"悟",神韵在"虚";施主"学",主积累,清醇贵"实"。主"学",当然崇古痕迹显然要多,雅而古的追求又主张植根经史,这较近于朱彝尊的论诗观念。他在《蠖斋诗话》中说:

> 山谷言近世少年,不肯深治经史,徒取给于诗,故致远则泥。此最为诗人针砭。诗如其人,不可不慎。浮华者浪子,叫嚣者粗人,窘瘠者浅,痴肥者俗。风云月露,铺张满眼,识者见之,直一叶空纸耳。故曰君子以言有物。

"以言有物",也就较重"意",抒情主体的褒贬较显豁,不朦胧,不深藏。这就关系到他的诗相当一部分与现实社会切近,不仅早期易代之际的《买舟避兵》等得以知人论世,他如《弹子岭》、《海民篇》、《江上行》、《牧童谣》等等,均能抒写民生之哀。故有人比之以唐代的元结,有清初的"元道州"之称。

施闰章反映现实社会的诗中,较之其他诗人,尤多哀怜妇女命运之作。战争动乱给女子带来的灾难确也更为沉重,贱如草芥,身如飘萍,任遭蹂躏,其痛苦诚可谓血泪似海。如《仙霞岭见闽妇北行者》,诗短仅六句:

> 故乡南去水,薄命北随人。
> 辞家远万里,附书无六亲。
> 谁怜眼中泪,湿尽岭头尘。

是被掳?还是被卖?诗人未作明言,但薄命如纸、茫茫苦海中的女子们万里远遣,衷情已表现得极浓足。《浮萍兔丝篇》通过战乱中两对夫妇的离合情节,看似偶然,实系时代悲剧的必然性的戏剧化表现。谈迁《北游录》①也录存此事此诗,谈氏为严肃的史家,可证其乃施氏使广西时的实录。诗的自序说:"李将军言部曲尝掠人妻,既数年,携之南征,值其故夫,一见恸绝。问其夫,已纳新妇,则兵之故妻也。四人皆大哭,各反其妻而去。"如果不给这故事添上世俗"因果报应"色彩,也不乐道其结局的"大团圆",那么这正是清初战火遍野、掳掠四起的一件典型事例,从这两对夫妇的错乱中岂不反映了那个年代的普遍性灾难?诗云:

> 浮萍寄洪波,飘飘东复西。
> 兔丝胃乔柯,袅袅复离披。
> 兔丝断有日,浮萍合有时。
> 浮萍语兔丝,厚薄安可知?
> 健儿东南征,马上倾城姿。
> 轻罗作障面,仿佛生光仪。
> 故夫从旁窥,拭目惊且疑。
> 长跽问健儿,毋乃贱子妻?
> 贱子分已断,买妇商山陲。
> 但愿一相见,永诀从此辞。
> 相见肝肠绝,健儿心乍悲。
> 自云亦有妇,商山生别离。
> 我戍十余载,不知从阿谁?
> 尔妇既吾乡,便可会路歧。
> 宁知商山妇,复向健儿啼。
> 本执君箕帚,弃我忽若遗。
> 黄雀从鸟飞,比翼长参差。

---

① 见《北游录》"纪闻下"。谈氏此则开首谓:"宣城施闰章,使广西,经岳州,有李将军言其部兵尝掠人妻"云云。中华书局1981年第二次印刷版,页四〇一,将"四人皆大哭"误植成"四人皆大笑"。

> 雄飞占新巢,雌伏思旧枝。
> 两雄相顾诧,各自还其雌。
> 雌雄一时合,双泪沾裳衣。

清初北兵南掠,马后载妇、红颜憔悴的题材在诗人们笔下并不少见,但较多的篇什着眼于贞节观念,对节烈女子的道德赞颂每每导致淡化战争的残酷性和掠夺的疯狂性。施闰章有些作品也有这种倾向,如《抱松女》、《汤烈女诗》等,而《浮萍兔丝篇》则能不只是从"妇德"角度说教,其认识意义深化得多。《国朝诗别裁集》说:"状古来未有情事,以比兴体出之,作汉人乐府读可也。无书无笔,人不敢道一字。"隔靴搔痒,言不及义。

施闰章关注妇女命运的诗题材甚广,除了常见的思妇离妇的痛楚生活的抒写外,他的《老女行》对海阳(今安徽休宁)的"用女奴樵汲,终老不字"的残酷陋习猛加抨击,是一首很特殊的纪事和社会批判诗。诗中曰:

> 老女发黄赤双脚,敝襦掩泪千行落。
> 凤昔红颜不嫁人,今朝衰鬓将谁托?
> 忆渠三五如春花,道旁见者为咨嗟!
> ············
> 杏花月,杨柳春,使我上山行负薪。
> 豺狼厉齿为我邻,暮归不敢言苦辛。
> 宴高堂,舞霓裳,梁间燕子飞双双。
> 主人欢乐夜未央,我独何辜宿空房?
> 君不见,荡子妇,
> 望远未归悲独处,老妇吞声更谁语?

较之商人妇、荡子妇以至一切弃妇怨女来,这"老女"的遭际无疑是更其不人道,悖反人性,是一种特别残忍的剥削和压迫。诗人对此类野蛮行径表现了极大义愤。在序中提出:"敢告主人!

年二十以上俾为妇,怨庶可已。"①语虽委婉,却仍尖锐。需要指出的是,施闰章这类诗作,均属其量度守"正"的处世立身观念的表现,战乱导致夫妻离散错乱,是颠倒不正,女子至老不放其婚嫁,则是违背人性、人道之不正。在诗人所持玉尺的度量下,社会各个侧面的昏暗淆乱现象毕见无遗。

施闰章特擅长五言律,其前期佳篇如《乱后和刘文伯郊行》,凄清一片:

> 斜日照荒野,乱山横白云。
> 到家成远客,访旧指新坟。
> 战地冤魂语,空村画角闻。
> 相看皆堕泪,风叶自纷纷。

语似平稳自然,情却回肠百转。《薛子寿见示免官后诗,感而有作》云:

> 虎豹真慈物,斯言泪满衣。
> 全生犹过望,多难始知非。
> 黄叶连江下,孤帆冒雨归。
> 布袍安稳着,长掩故山扉。薛脱系,即以布袍终身。

论施闰章的诗史地位,不能依据王士禛和陈文述的"摘句图"。因为《愚山先生学余诗集》一经摘句,似乎全是"江路多春雨,山村易夕阳"、"雨色江城暮,滩声野寺秋"、"孤村流水在,尽日白云闲"、"野人合诸涧,桃花成一村"等等不食人间烟火之歌吟。陈文述《书施愚山诗钞后》说:"国朝人诗,当以施愚山第一,为其神骨俱清,气息穆静,非寻常嘲风弄月比也。"乃是随意性的话语。王渔洋倒说得实在,他仿《主客图》之例摘句是"资艺苑谈助",然而诗人

---

① 此序中尚有"览《长门》、《寡妇》二赋,悯焉,兹又殆甚。敢告主人"云云,见《诗集》卷十五。

之作仅能充"谈助",其价值不亦太微细了么?邓汉仪《诗观三集》则说愚山"五律法老气郁,才横思沉,识奇语异",显然与"摘句图"者审美观相左,难怪邓氏这部诗选在乾隆朝要一度被禁止!

对施闰章的七律,也有人认为"警拔",要比"五律多板滞"为胜,如康发祥《伯山诗话》即持此说。见仁见智,前人的诗话每多相互龃龉,有如此类。当然,特擅五言,不等于七言皆拙下。如《见宋荔裳遗诗凄然有作》一律就情挚意切,堪称警拔的:

> 好客平生酒不空,高歌零落痛无穷。
> 西川终古流残泪,东海从今少大风。
> 国士魂销多难后,离人望断九原中。
> 张堪妻子应谁托,巢卵长抛虎豹丛。

综前所述,施闰章的诗有其专擅之美,功力坚实,得享盛名并不偶然。然而清初入仕较早者大多呈现矛盾现象,一方面颇抒愤懑,另方面又多作"颂圣"之歌,隆赞"盛世",施氏亦难免于此。他既说:"今四海干戈未宁,独风诗为盛,贫士失职之赋,骚人犯愤之章,宜其霞蔚云蒸也。"在《毛大可诗序》等文章中一再陈述此类观念。但又守持温柔敦厚,力戒"怨而怒"。至于时有封建伦理的迂腐说教,则显然与其家世理学的教养有关。陈诗《皖雅初集·尊瓠室诗话》论定其为"吾皖诗坛大家",名足副实,唯论气势,论才力,"南施"是稍逊于"北宋"的。

与施闰章同里而一度齐名的高咏(1614—1680),在当时亦颇著声誉。施、高以及梅杓司、梅耦长等友善相伴,唱和无虚日,一时有"宣城体"之称。所谓"宣城体",实际上只是一个乡邑诗群共以"坐对敬亭山"追求淡远诗风的指代之名。

高咏,字阮怀,号遗山。诸生而屡试不第,康熙十一年(1672)年近六十贡入太学,并为徐元文(立斋)家的塾师,徐氏时位居大学士,礼遇之,后荐举"鸿博",授检讨,请假归里,旋卒。所著《遗山堂集》、《若岩堂集》均不传,道光年间王相据旧钞本选《遗山诗》四卷入《国初十家诗钞》得以传存①。高氏早年颇简傲多才,兼善诗画书法,有"三绝"之目。晚年居京后一变为颂圣自保,随逐时世之波,个性全失,较之施愚山似尤难以免俗。

第三节　宋荦述说·附邵长蘅与"江左十五子"

一　宋荦·邵长蘅·兼溯"雪苑六子"渊源

清前期诗坛上,以六部九卿或方面大臣之尊而主持风雅,广事声气,足可与王士禛后先媲美的,是宋荦。王士禛晚年曾寄诗给当时官居江苏巡抚的宋氏说:"尚书北阙霜侵鬓,开府江南雪满头。当日朱颜两年少,王扬州与宋黄州。"这无疑是颇为宋荦高自声价助势的,而其幕下很有名气的诗人邵长蘅又为之选王宋二家诗,成《渔洋绵津合刻集》,推波助澜,名望益尊。封建诗史难以绕过科第爵序的史实,前已多有论述,而宋荦开府江南时的"提倡后学",对江东南诗风的影响,确有渔洋当年在扬州时的气派。至于宋氏一生所关联的诗界活动,更足以反映清诗在前期的衍化过程。

宋荦为部曹时,名列"金台十子",其小传见前文所列名单中。兹略述他的创作过程。

宋荦年仅小于王士禛一岁,但于诗得大名要迟。他是明末遵化巡抚、降清后官至国史院大学士的宋权之子,宋权与商丘乡里的"雪苑社"群体关系甚深,侯方域分属其弟子。宋荦十二岁受庭

---

① 参见《皖人书录》,黄山书社1989年版卷一第一二九页。邓之诚《清诗纪事初编》卷五:"清初称满洲为金,唯汪琬《钝翁类稿》及咏集有之。咏通籍后所作,非颂圣即贡谀,连篇累牍,读之生厌。盖惧以文字获咎,不惜宛转随人。既乏情性,复失诗旨,清初文士往往如此,不独咏也。"

训,学为诗,旋入宫,以大臣子弟充顺治帝侍卫。据其《漫堂说诗》谓:"侧身辇车豹尾间,此道便弃。后归故园,追随侯方域、贾开宗、徐作肃诸君,分题拈韵,篇什遂多。"这是宋荦创作诗歌的初期阶段。

明清之交,河南商丘人文隆盛,最著名的当然是"明末四公子"之一的侯方域。以他为核心的"雪苑社"分前后两期,前期成员除侯氏外,有徐作霖、贾开宗、刘伯愚、吴伯裔、吴伯胤等。崇祯十五年(1642)李自成军破洛阳,河南烽火遍地,"雪苑"诸子大部分丧生,仅存侯、贾两人。顺治年间,侯方域重建社事,与徐作霖之弟徐作肃、徐世琛、徐邻唐以及宋荦称"雪苑六子社"(苑一作园),是为后期。

侯方域(1618—1654)文名高过诗名,而且顺治十一年即病卒,这时宋荦正二十岁,他从宫禁回里与方域盘桓时间并不长。贾开宗(1595—1661),字静子,号野鹿居士,事迹见徐作肃《贾静子墓志铭》[①]。论年资他是宋权朋友,甲申明亡曾一度入史可法幕,顺治三年(1646)始避乱归里。贾氏亦以古文著名,"诗文初尚僻异,而终出入庐陵、眉山、北地、娄江",这路子大抵是"雪苑"成员的共有倾向。诗文名声仅亚于侯方域,并与江南文学家交往较多的是徐作肃。

徐作肃(1616—1684),字恭士,顺治八年(1651)应乡试中举人,未曾出仕。著有《偶更堂集》,文章宗尚王安石,善于议论,诗以五古见长,刘榛为之作《诗稿序》称其诗"窈然以幽,巉然以峭"。徐氏是宋荦前期唱和最多的一个,《偶更堂诗稿》中赠宋氏诗尚存多题。"雪苑六子社"不仅关系到宋荦诗风的养成,在人事网络上也为他后来巡抚江苏作了一定的先期准备。侯方域与江南人文关系固深,陈维崧、维岳兄弟与徐作肃尤称至好,而维崧四弟宗石又

---

① 见《偶更堂文集》下卷,上海古籍出版社1982年影印本。

入赘于方域家。所以,后来维崧嗣子陈履端、阳羡著名词人徐喈凤之子徐瑶等均入宋幕①。而与陈维崧合称"二髯"的邵长蘅成为宋荦广泛结识江南文人的得力助手,与前期渊源显然有关。

康熙三年宋荦被授为湖北黄州推官,八年(1669)丁母忧,服阕起补理藩院院判,迁刑部员外郎,转郎中。这就是其作为"金台十子"时期。后出为山东按察使,特擢江苏布政使,未逾年升都察院右副都御史,巡抚江西。他的升迁顺速,为其时少见。以上为他的诗歌创作道路的中期。《漫堂说诗》有具体叙述:

> 迨筮仕黄州,官衙岑寂,颇究心诗学。然初接王、李之余波,后守三唐之成法,于古人精意,毫未窥见。康熙壬子、癸丑间屡入长安,与海内名宿尊酒细论,又阑入宋人畛域,所谓旗东亦东,旗西亦西,犹之乎学王、李,学三唐也。庚申虔州返命,舟泊鄱湖,月夜望匡庐,与儿至作诗话,忽有所得。阮亭侍郎序余《西山》诗云:"黄州以前,守而未化;虔州以后,每变愈工。"余愧未敢当。

"庚申虔州返命"是康熙十九年(1680)事,此时渔洋正主持国子监,继升侍郎。从文中可知宋荦于诗一道实系王氏后进,王士禛的口气完全是指导性的。

但宋荦尽管"虔州以后,每变愈工",他成为诗界的巨魁实际上要到康熙三十一年(1692)夏以故官调任江苏巡抚以后,也即其诗生涯的后期。如果说诗歌史上也有可以称之为"组织家"的话,那么这种官方或半官方的诗坛组织领导者在明清时期愈来愈多见,清初期尤甚。宋荦在江苏巡抚任上长达十四年,其以善敛东南

---

① 宋荦与江南人文网络联系,参见陈维崧《湖海楼集》、《毫村陈氏家乘》中陈履端之《家传》、《宜兴上阳徐氏家乘》中徐瑶之《家传》、徐瑶《爱古堂俪体文》卷一《沧浪亭赋并序》等文。又,拙著《阳羡词派研究》亦有考辨,见齐鲁书社1993年版。

民力以供奉康熙多次南巡,深得眷宠。地位稳固,权势足能网罗笼络江南文人,是而成了继王士禛之后的一大舵主。宋荦在江苏巡抚任上,其作为"风雅总持",最有影响之举是辑刻《江左十五子诗》。"十五子诗"之刊行,客观上在他麾下形成了一个群体,其中有的原曾是渔洋弟子,这就构成了堪与王士禛"并驱"的格局,其"宏奖才人"的名声也随之大振。关于《江左十五子诗》之关系到风气的导向问题,从积极意义说,自"江左三大家"之后,江苏诗坛比较涣散,颇不景气,宋荦此举在鼓动诗的群体活跃上起了推促作用。由于他的开启,后来雍正三年(1725)间鄂尔泰为江苏布政使继之设"春风亭",招致贤俊,如沈德潜、华希闵等皆为见重,又如后来成为大戏剧家的杨潮观就以十四龄之童子被青睐,这对育成一种人文风气来看,当然有益处。然而,在这同时也进一步加强了诗的雍容暇豫、褒衣博带的贵族化、缙绅化倾向,植根于现实生活的生气减退了,诗风或趋痴肥,或者就是貌作黄钟大吕的徒讲格调,规行矩步而真气日漓。理清这个脉络很重要,否则就难以理解后来袁枚"性灵说"一倡导,何以会产生如此风靡作用?史实梳理证明,正是这种雍容华贵而情韵空桴的流风渐烈,才引出了又一幕诗风的反拨或叫改革。

《江左十五子诗选》是康熙四十二年(1703)商丘宋氏宛委堂所刊。这十五家是:

> 王式丹诗选一卷,吴廷桢诗选一卷,宫鸿历诗选一卷,徐昂发诗选一卷,钱名世诗选一卷,张大受诗选一卷,管枪诗选一卷,吴士玉诗选一卷,顾嗣立诗选一卷,李必恒诗选一卷,蒋廷锡诗选一卷,缪沅诗选一卷,王图炳诗选一卷,徐永宣诗选一卷,郭元釪诗选一卷。

上面说到宋荦辑刊"十五子诗",导致一种真气日漓、辞不胜意的风气,并不是说"十五子诗"本身启开此种陋风;而是指宋氏选诗时专门删剔去有关社会政治等在其看来不够温柔敦厚的作品，存其大抵与自己好尚的格近昌黎、眉山的篇什。又其时"十五子"大多尚未显要，宋荦标榜只序各人籍贯，不序爵次，"以期于远也"，这对竞争声势、夤缘攀附的风气，即奔走于大有力者之门的诗坛陋习是起了很不好的作用。虽然"十五子"遭际结局各不同，但三分之二以上成进士，有的还官至大学士，这事实本身就会产生深远影响。就这一点看，宋荦的"总持风雅"比之王士禛在官僚化上是更有所推进的。

宋荦自著诗有《绵津山人诗集》十八卷，后又成《西陂类稿》五十九卷，十分庞杂。乾隆时宜兴史承豫作《国朝人诗评》对宋氏评之为"如村醪初熟，风味劣薄，不能醉人"，语近苛刻，但诗无醇味耐人细读确也事实如此，长篇敷衍语多，短诗情韵不足。稍佳者推五古《登废城》，原是"城中十万家，歌舞不知数"的繁华地，现今"凄凉二十年，小康犹未赋"，一种时空变迁、战乱遗祸的感受表现得尚称真切。小诗如《邯郸道上》对名利的奔逐者讽刺，颇有意味：

邯郸道上起秋声，古木荒祠野潦清。
多少往来名利客，满身尘土拜卢生。

作为宋漫堂的幕客，邵长蘅因选渔洋、绵津合刻诗钞，并作序颇有谀语，故后世论者有不满宋氏而并加诋毁的。这实在是寒士依人的一种悲剧。按之实际，邵长蘅本身的诗作远高于宋荦，特别是前期之作苍郁沉雄，佳者颇多。

邵长蘅(1637—1704)，字子湘，号青门山人，江苏武进人。诸生，曾援例授州同知，不就。顺治末年"奏销案"起，纰误开革功名，从此终身不入仕途，晚年投幕依宋荦。著有《青门簏稿》、《旅稿》、《媵稿》共三十卷，诗文合编。邵青门尤以文著名，人比之以与魏禧等同，是因其文颇多关于鼎革沧桑之际人事，记叙既翔实，情心亦悲凉,如《八大山人传》、《黄毓祺传》、《贺向峻、汪参传》均为名篇。其诗以《簏稿》十六卷最佳。他有记叙顺治十六年镇江为郑成功水师占领及撤退的一组诗,如《守城行纪时事也,事在己亥六月》中写道:"即防此辈易激变,盗贼往往皆良民。星沉鸡唱太守至,慎莫偶语行弃市!"一种恐怖气氛被揭示无余,立场显然与官兵对立的。《京口行》写杀戮之惨:

> 前日有人京口至,向我具说京口事。
> 可怜十万良家子,被驱血作长江水。
> 马首纷纷红袖啼,城中处处青磷起。
> 玉帛子女委如山,良民痛哭官兵喜。
> …………
> 杀民何锐杀贼怯,尔辈不得夸身殊!

这样的诗作敢于收入集中,很难想象后来在宋荦幕下如此捧场,前后真是判若两人。《簏稿》卷五有《阅丙辰五月邸钞书事七首》,丙辰是康熙十五年(1676),所写的是"三藩"之乱的战争事,其第五首云:

> 螺江烽火接东瓯,海水群飞更杞忧。
> 凿齿雕题虚译贡,扶桑析木正横流。
> 黏天黑浪蛟螭喜,压岸云帆岛屿秋。
> 野老伤心谈己亥,青磷白骨哭瓜洲。

也是哀民生之多艰,诗极苍雄。

邵长蘅论诗以"自得"为贵,认为只要学诗得法,前人不分哪朝哪代诗,"皆可使之就吾之炉冶而不能为吾病"。《与贺天山三首》书信之二又说:"宋诗何尝不佳,惜今人只抯扯皮毛,原不识宋诗真源流耳。果识宋人源流,则汉魏、李杜、三唐,正不必插棘隔篱,强分畦畛也。"眼光均甚通达,而其论宋诗之语无疑最为宋荦所喜闻,可惜的是邵青门的这位东翁才力不足以践之耳!

邵长蘅还有一篇《杜诗臆评序》，不仅作为"杜诗学"是极有见地的实事求是的文字，而且对长期以来诗学理论、诗人批评以及诸多诗话著作中存在的某些陋习，也是烛隐洞微，针砭有力，足资借鉴。历来诗学论著均未曾谈及此文，兹录其要于下：

> 古今注杜诗者亡虑数百家，其蔽大约有二：好博者谓杜诗用字必有依据，捃摭子传稗史，务为泛滥，至无可援证则伪撰故事以实之，其蔽也窒塞难通。钩新者谓杜诗一字一句皆有寄托，乃穿凿其单辞片语，傅会时事，曲为之说，其蔽也支离而多妄。盖杜诗之亡久矣，杜诗未尝亡也，其"真"亡也！故愚以谓必尽焚杜注，然后取杜诗读之，随其人之性情所近与其才分之偏全、浅深、工拙而皆可以有得。

历来注杜诗的目的很重要的一面是为学杜，而"学杜"几乎成为唐以后整部诗史的核心话题和一大演义。杜诗的神圣化以至于衍变为神秘化，往往是一些诗人为抓旗帜而借注杜笺杜，力图将杜诗解为莫测其深、唯我有悟，从而为自己占据诗界要津奠定基石，铺陈通途。于是，诸如草堂法乳、少陵遗风、浣花精神、工部骨力，使人目迷五色、眼花缭乱，至于学杜者"其人之性情所近与其才分之偏全、浅深、工拙"则一片模糊，眉目难辨。这可说是诗史上最严重的弊端，也障蔽了后人审视的目光。邵长蘅这段并不显得很悚人耳目的文字，其实已揭示以至击中了要害，非常耐人寻思。

二 "江左十五子"述论

"江左十五子"是康熙后期到雍正年间的一批影响广泛的诗人。因为他们在各自演变的生涯中先后形成多种不同类型，覆盖面很宽，所以一定程度上反映了清诗从前期向中期转化过渡阶段的众多现象，有必要予以略述。

这个群体从宋荦辑刻《江左十五子诗选》的康熙四十二年

(1703)起,即已从江左纷纷腾飞,进而相继或沉或浮。就科第言,这十五人大部分成进士,身跻清华,王式丹更是康熙四十二年的会元、殿元,而蒋廷锡则与王氏为同科进士,后官至文华殿大学士。这位以丹青邀"天眷"的常熟人是"十五子"中最称做官有道,青云直上者。缪沅、王图炳也先后位至侍郎。但是,宦海毕竟凶险莫测,康熙五十年王式丹牵进赵晋的江南科场案,缠讼五年始以"无累"结案,二年后就老病而死。到雍正初期,这一代人纷纷凋零,钱名世被胤禛钦定为"名教罪人",交常州府、武进县地方官员就地看管;徐昂发也遭雍正帝厌恶,于四年(1726)发配"军前效力",而这时王式丹、郭元钎、宫鸿历、张大受、顾嗣立、李必恒等均已先后离世,"十五子"已成明日黄花。可是,他们的子裔、门生则深以父祖、师长曾名列宋大宗伯(宋荦以礼部尚书终)所定"十五子"而心仪、瓣香不已,余风流韵在江东延绵了好几十年。

就诗成就和影响言,"十五子"要数王式丹最著名,顾嗣立则以《元诗选》之编名传后世,徐永宣与常州后起诗人关系极深,兹分别简述之。

王式丹(1645—1718),字方若,号楼村,江苏宝应人,著有《楼村诗集》二十五卷。宝应白田王氏自明初迁自吴门,到明清易代之际,人文鼎盛,已为苏北影响最著的文化世族之一。如王岩(筑夫)即系古文名家,为汪懋麟兄弟早年业师。从王式丹一辈起,则以诗名世,其兄王式旦(1641—1709)著有《花萼堂集》。式丹之子王懋谌(鹤闻,1661—1716)有《岸秋堂集》,王懋竑(予中,1668—1741)有《白田草堂存稿》。懋谌二子,王箴舆(敬倚,1693—1758),有《孟亭编年诗》、《诗意存》,王箴翼(冰戒,1701—1758),有《宛洛吟》、《在陵草》。箴翼之子王嵩高(少林,1735—1800),有《小楼诗集》,懋竑之孙王希伊(耕伯,1719—1794)有《清白堂文集》,五世诗传,盛名一直到嘉、道年间不见衰,与同里乔莱、乔亿一族齐称。

王式丹成进士时已年将六旬,但他为诸生时就负盛名。郑方坤《楼村诗钞小传》概述王氏在当时诗界的位置和影响:

> 昔者新城、长水为南北两诗伯,如画家之有摩诘、道玄,禅宗之有慧能、神秀,分道扬镳,指麾群雅,狎主齐盟,历五十年勿替。其后演其传者,初白太史暨楼村殿撰已耳。殿撰诗排奡陡健,一洗吴音啴缓,盖以昌黎为的,而泛滥于庐陵、眉山、剑南、道园之间。

据《淮海英灵集·丙集》卷一说:"海宁查初白(慎行)推其诗,以为俯首下心所兄事者。"王式丹诗实有与查氏风格接近处,但"征材之奥博,使事之精核",既是其长处,也成其弊病;"如坐多宝船中,触目皆木难、火齐、空青、结绿,烂然不知为何器也",恰恰戕伤真气,显得窒滞少清灵。他的《雨中忆纵棹园呈乔侍读表叔》等七律均有此倾向,雅健有余,情味不足。《和友人南归舟中》较佳,能出境界:

> 行李萧萧视蒯缑,客途冉冉送牢愁。
> 此时梦断玄都树,特地魂销黄叶秋。
> 云度明河方络角,山衔新月半留钩。
> 荒城漏彻知何处?两岸酸风两桨舟。

《楼村集》中题赠酬和之作太多,已是一时风气的反映。可是《七月七日感旧事偶作》一绝,直写时事,愤情自见,为真实感慨所至:

> 留题觅砚亦堪嗤,讴诵何须绝妙词。
> 记取三言十二字,沿途勒得口头碑。"勤上本,懒结案,准谎词,冤到底"十二字,乃江南传诵口碑也。

据考此诗系为张伯行所作,张氏任江苏巡抚,史称清廉,然王式丹却录存如此口碑,"盛世清官"亦作此"循吏"行径,其余可以想象。

顾嗣立(1665—1722),字侠君,号秀野,江苏长洲(今苏州)人,顾予咸(松交)第八子。康熙五十年(1711)进士,武英殿纂修官。著有《秀野草堂诗集》六十八卷,又有《闾丘诗集》六十卷。辑编《元诗选》为四集三百家一千二百卷,是历代诗总集中的重要著作,今仍为学者所贵。

吴中顾氏为巨族,嗣立属于唯亭顾氏一支。其父顾予咸有诗名于顺治年间,到他兄弟一辈人文尤盛,顾嗣皋(汉鱼)、顾嗣协(迁客)与嗣立最活跃。顾嗣协(1663—1711)筑"依园",结吟社,有"依园七子"之称,为吴中文学的一个重要群体。①《吴门表隐·附集》曾勾勒过该地域的诗群演变过程:

> 吴门文学之盛,明初有《北郭十子合集》,杨维桢选。前辈有《依园七子合刻》。继有《续北郭十子合稿》,韩是升序,范来宗选。同时又有"吴中七子"……

"依园七子"是:金侃、潘缪、曹基、黄玢、顾嗣协、蔡元翼、金贲。其中金侃为著名遗民金俊明之子,为吴中名宿。顾嗣立在兄弟中称"白眉",又置身在这样的文化氛围,依托着昆仲们构成的雄厚实力,所以交游遍天下,其"秀野草堂"(又称秀野园)海内无有不知者。而唯亭顾氏后裔的文化影响力迄今仍存在。

顾嗣立诗宗法韩、苏,以笔力健举为长,纪游山水的古体,光怪陆离,向为人称许,而《桂林》、《嵩岱》二集被视作"尤为生平之冠"。事实上他的抒述吴中民俗的一些篇章,既辞清笔健,又生趣盎然,如《串月歌》的写农历八月十八日石湖看行春桥下串月:

---

① 顾嗣立家世,见《重修唯亭顾氏家谱》,嗣立为该支顾氏第七世。顾予咸(1613—1669)字小阮,号松交,顺治四年(1647)进士,官至吏部员外郎。顺治末年瞿案去职。有《温飞卿集笺注》九卷、《李昌谷集注》四卷。松交有八子,第七子嗣协(1663—1711),字迁客,号三洲居士,与金侃等称"依园七子",著有《白沙子全集》、《国朝诗采》、《冈州遗稿》等,嗣立为第八子。顾嗣皋(1662—1717)为松交第六子,字汉鱼,号椒雨,亦能诗。

冶平山寺何岧峣，湖光吐纳山动摇。
烟中明灭宝带桥，金波万叠风骚骚。
年年八月十八夜，飞帘驱云落村舍。
金盆出水耀光芒，琉璃迸破银瓶泻。
散作明珠千万颗，老兔寒蟾景相吓。
鱼婢蛮奴争献奇，手搴桂旗吹参差。
水花云叶桥心布，移来海市秋风时。
吴侬好事邀新客，舳舻衔尾排南陌。
红豆新词出绛唇，粉胸绣臆回歌席。
绿娥淋漓舵楼倒，醒来月在松杉杪。

串月既是奇观，冶游又何其奢靡，吴地风习由此可见。顾嗣立近体也有可读者。《哭俞摩月》情事俱备，是对同道知友的深悼：

元代文章付杳冥，残编断简聚英灵。
删诗同恨江西派，纪事争看塞北形。
五夜推敲孤馆雨，三春谈论草堂星。
知心剩有溪南老，落月茫茫野史亭。

徐永宣（1674—1735），字学人，号辛斋，更号茶坪，江苏武进人，左副都御史徐元珙第三子。先世原籍江阴，迁于武进，本徐霞客一族，与宜兴徐溥一支亦同宗。康熙三十九年（1700）进士，而无意于宦，后补主事亦未赴。著有《茶坪诗钞》十卷，又有《云溪草堂诗》。学人负才早慧，声名遍见康熙后期诗人集中。曾与庄令舆同辑《毗陵六逸诗钞》，最知名于世。"六逸"是清初常州"学诗之士逸在布衣"的恽格（正叔）、杨宗发（起文）、胡香昊（芋庄）、陈烺（道柔）、唐恽宸（靖元）、董大伦（叔鱼）等六人。学人以诗传家，到乾嘉之际，其曾孙徐书受（尚之）与黄景仁、赵怀玉等称"七友"，亦为名诗人。

徐学人诗清和雅正，长篇纪传黄毓祺儿媳周氏死难诗，虽事甚悲而诗语仍"不怒":"巾帼同时殉节多,谁家稗野详觇缕。亦思搜讨系短吟,诗史终然怯工部!"他说得还是坦率的,文网严紧,一个"怯"字汩没了几多可歌泣的文字啊!徐氏小诗写眼前景色有较清丽的,如《苕上》:

> 青山淡淡水茫茫,半面蒹葭半面桑。
> 都有绿荫维钓艇,断云微漏夕阳黄。

浙西水乡固有此小景,轻捷写来,不事刻划而有味。

沈德潜《别裁集》在论及"十五子"时说:"其后十五人中殿撰一人,位大宗伯者一人,大学士者一人,馀任宫詹、入翰林者指不胜屈。"独李必恒"耳聋多病,年止中寿,何其厄也!然诗格之高,才力之大可久者,应让此人"。袁枚《随园诗话》亦说:"唯李百药一人以诸生终,而诗尤超绝。"

李必恒(1661—1700),字北岳,改字百药,江苏高邮人。《广陵诗事》称其父李震、其子基简、孙李贡,"时有四世诗人之目"。康熙三十六年(1697)玄烨亲征朔漠,凯旋时,李必恒作《铙歌》一千五百言以献,受知于宋荦,遂入"十五子"列。有《三十六湖草堂诗集》及《樗庵诗选》。

在"十五子"中,李必恒出身较寒素,家处水乡,对民生体验亦切。《灵芬馆诗话》说他:"居秦邮,故其集中于淮湖水患,三致意焉,使在今时,又不知若何颦呻矣!"郭频伽因多年坐馆高邮,故知之颇深,《诗话》论李必恒所取角度亦与先辈迥异。郭氏是正确的,李百药《淮之水九章》、《乙丑纪灾诗》等均属此类作品。《纪灾诗》存见八首,记康熙二十四年(1685)大灾,"十万生人命,经旬突不黔","奇灾经几见?骇绝白头翁",真正惨不忍睹。试看其中三首:

> 即以城为岸,惊涛直撼城。
> 长湖无鸟过,六月已凉生。

> 野哭何人急？讹言半夜惊！
> 全家风浪里，秉烛坐深更。

> 泛宅知无计，危楼且共存。
> 半间连榻灶，八口杂鸡豚。
> 呕泄情怀恶，燔烧泪眼昏。
> 皇天吾不怨，幸免作鱼鼋。

> 藻荇牵高树，荒村八九墟。
> 人情争网罟，劫运到诗书。
> 大厦何当庇？他乡好卜居！
> 可怜空际雁，无处觅泪洳。

此类歌吟，绝难从缙绅们笔底听闻，亦不是王、孟清远诗风可能载负。李必恒是"十五子"中可贵的一名现实诗人，不徒以风雅自弄为限者。他有首《自题斋壁》诗，清寒之况离形写神，可作为寒士诗人小传看：

> 杂树遮阴静可栽，屐痕偏喜护苍苔。
> 石无几笏经年别，篱不多花尽意开。
> 书已罢观吟渐减，我原无住客焉来！
> 自嫌麋鹿生成性，肯信中年挽得回。

颔、颈两联自然清峻，实属佳对，而诗人起居住行、意兴阑珊之貌亦于淡笔勾勒间毕见。

"十五子"中最为达贵的是蒋廷锡。

蒋廷锡（1669—1732），幼名酉君，字扬孙，号南沙，又号西谷，别称青桐居士。江苏常熟人，蒋伊（莘田）之子。康熙三十八年（1699）顺天举人，以擅画被荐直南书房，康熙四十二年（1703）与汪灏、何焯同时特选为进士，至康熙末年已累官为户部侍郎，雍正四年(1726)升户部尚书兼兵部尚书,后授文华殿大学士兼尚书、《实录》馆总裁、《明史》总裁,加封太子太傅,八年(1730)典主会试,赐一等轻车都尉世袭职衔。在康、雍之交的皇室权力激争中,蒋廷锡是个得意人物。著有《青桐轩诗集》以及《秋风》、《片云》、《破山》等集。其长子蒋溥(1708—1761),字质夫,号恒轩,雍正八年(1730)进士,亦官至户部尚书,协办大学士。廷锡卒后谥文肃,蒋溥谥文恪,一门荣显。

蒋廷锡是继恽寿平之后崛起的花鸟画大家。他曾说到诗画创作的关系,在《题陈仲美竹雀》中说:"以画作诗诗细腻,以诗作画画入神。"王应奎《海虞诗苑》说其诗"纵横变化,不名一家",是乡曲私见,"美不胜收"云云更多谀味。其诗除《六荒诗》等少量记写吴中灾情外,大多为闲情助雅和题画之作,雍容华贵,生意薄少。如《和子逸夜坐韵》表现的心满意足的泰和心态,代表着他那个层面的人生情志:

> 蘋末风生白葛轻,小庭景物又秋声。
> 相看酒户随年减,剩有诗怀入夜清。
> 荷叶翻时珠露泻,豆花香处乱萤鸣。
> 桐轩莫谓无多地,一片宽闲江海情。

缪沅(1672—1729)是仅次于蒋廷锡的清贵诗人,他字澧南,号湘汜,江苏泰州人。康熙四十八年(1709)探花,官至刑部侍郎。著有《馀园诗钞》。前期诗尚有横空语,《书拜鹃诗后十六首》等对逸民潘雪帆(问奇)不乏"真识布袍心"的意蕴,入仕后则一改初貌,以雅颂为尚。宫鸿历(1656—1718)亦泰州人,字友鹿,号恕堂,康熙四十五年(1706)进士,《恕堂诗钞》也多承平之鸣。张大受(1660—1723)的《匠门书屋集》不以诗专称,精研经史,长于制艺文,一生以"宏奖士流"名于世。

"十五子"诗群后期的诗创作风气,从一个方面预兆着此后近百年间诗坛的喑哑格局的必然到来。随之以文字案狱在康、雍、乾三朝的来回反复地加剧,除却少数才俊之士尚守持有一股真气生意外,顺治及康熙初期诗界的蓬勃活力已渐趋浇漓。这样,以学问入诗,甚而以金石考据入诗的趋向不可避免会出现,裁红晕碧、酒筵茶局、题图咏物、吟风弄月以至集句诗、联吟体等等层出不穷,应是不必惊怪的事。从这样的具体背景上,从诗界的演变过程中,去观察后此时而呈现的变风变雅之调以及讲个性、主性灵,就可能稍见公允,不致斥之为外道旁门了。

第五章 查慎行论

第一节 "浙派"辨

清代诗有"浙派"之说,究其实乃是清代前期"宗宋诗派"这一模糊复合概念的别称,并非涵盖有清一代浙籍诗群之总体。既然浙人不尽宗尚宋风,宗宋诗者亦非仅止浙人,何以有此别称?这是因为"宗宋"得以成其为流风,第一次足能与"宗唐"相抗衡,其肇始固由浙人,鼓荡张扬亦多浙人,而且此种风尚在两浙绵延相承,代有推进,几与爱新觉罗氏王朝相始终。

宗尚宋诗之风在浙地的兴起,先导者为黄宗羲,这在前面有关章节已曾论及。南雷之好尚宋诗,其初与其经世之学以至后来演成为兴亡之思密切相关。所谓经世之学,实即他所宗承的南宋以来之浙东史学。全祖望《宋元学案》卷六十《说斋学案》曾有浙东之学概述:"乾淳之际,婺学最盛,东莱兄弟(吕祖谦、吕祖俭)以性命之学起,同甫(陈亮)以事功之学起,而说斋(唐仲友)则为经制之学。考当时之为经制者,无若永嘉诸子,其于东莱、同甫,皆互相讨论,臭味契合。"这就是被朱子(熹)指斥为功利之学的永嘉、金华学派——即世称浙东学派,与民族兴亡感特多密合。文天祥曾出于其门的王应麟即曾在宋亡之后慨然而言:"士不以秦贱,经不以秦亡,俗不以秦坏。"(《困学纪闻》)也正是从这样的认识层面上。黄宗羲不仅钦慕宋之遗民烈士,在《余恭人传》中说:"宋之亡也,文、陆身殉社稷,而谢翱、方凤、龚开、郑思肖彷徨草泽之间,卒

505

与文、陆并垂千古。"而且进而兼尊他们的诗作。作为浙东史学大师兼诗人的黄宗羲之好尚宋诗,此中消息应是甚明的。当然,这又与晚明以来尊崇"唐音"之余韵流风大多趋于枵空浮泛之弊病有关。如果简单地说,唐诗以气象胜,宋诗以意理胜,追求气象的末流科目将是浮剽以至肥厚中空,讲究意理的弊病易成平板乃至枯硬艰涩,都有可能"学我者死";那末,在社稷危倾、山河陆沉之际,偏好"宋调"而不求"唐音"似亦并非标新立异之举。因为那原是个没有"气象"可言的年代,痛心疾首的遗民们更是难言风神飘逸或高华气概于其时。再说唐诗之宗统,从来尊为正宗,在明代经"七子"的立论定谳,更主不读唐以后诗,不然则必目之为浅拙不学的。朱明王朝的覆亡,诗道统绪亦无法撑持,甲申、乙酉之际及其稍后一个时期里,真的诗人但求倾一掬苦泪,长歌以当哭,宗唐祧宋之争议已被家国兴亡之感所淡化,斤斤于此固属无谓,事实上各种诗风也正相摩相荡,共相融会并存,一种很好的兆头似已出现。然而即使这样,成见和偏见总还存在,所以黄宗羲《撰杖集·张心友诗序》便须申述自己对唐宋诗的看法:

>余谓诗不当论时代。宋元各有优长,岂宜沟而出诸于外,若异域然?即唐诗亦非无蹈常袭故,充其肤廓,而神理蔑如者。听者不察,因余之言,遂言宋优于唐。夫宋诗之佳,亦谓其能唐耳;非谓舍唐之外能自为宋也。缙绅先生谓予主张宋诗,噫,亦冤矣。宋之长铺广引,盘折生语,有若豫章宗派,皆原于少陵,其时不以为唐也。其所谓唐者,浮声切响,以单字只句计巧拙,然后谓之唐诗。故永嘉言唐诗久废;沧浪亦是王孟家数,于李杜无与。北地摹拟少陵之铺写纵放以为唐,而永嘉之所谓唐者亡矣。是故永嘉之清圆,谓之非唐不可,然必如是而后为唐,则专固狭陋甚矣。豫章宗派之为唐,浸淫于少陵以及盛唐之变,虽工力深浅不同,而概以宋诗抹杀可乎?

黄宗羲这段话初读似很佶屈纠绕,再读觉得他为一己立论张义,又颇多折中语;细味之,他的"诗不当论时代"之说是精当的。他要说清楚的是:宋诗的作者因为生活在宋朝,所以当然不能称唐诗;但"宋诗之佳,亦谓其能唐",就是说,宋诗在唐人诗的基础上承续或新变了,应该与唐代诗人的诗同样有价值,岂可一笔抹煞?因为不是唐代之人,而否定其有作诗权利,这样的话谁都会觉得可笑;同样,承认和肯定宋人之诗,又岂是"舍唐之外能自为宋"?唐、宋只是时代之称谓,不应作为判定诗之高下的标尺,这是很在理的话。后来袁枚也经常有此话头,暂且不说。基于这样的认识,南宋"永嘉四灵"宗法贾岛、孟郊,演化追求"清圆"之美,与唐人诗也有一脉相承处,然而也不能引申出"必如是而后为唐"的武断,否则就成了"专固狭陋甚矣",黄氏此言乃暗喻竟陵一派。同样,"七子"一派如李攀龙等专拟杜甫"以为唐",排斥别的一切唐人诗,也是不合情理的。黄宗羲的主旨,集中起来就是,宋人之诗正有合于唐人之诗处,是一脉而承,无非有"工力深浅不同"而已。他的目光尤注视的是江西诗派,即以黄庭坚为代表的"豫章宗派",这是很见理论谋略的标举。江西诗派素有"一祖三宗"之说,"祖"者即杜少陵也,宋诗(宋人之诗)岂不一脉相承于唐诗哉?他以宋人诗"变"唐人诗角度,为宋诗争史之席位,是有理论力量的。"变",才有史,有发展,才有生命力。说宋诗新变了唐诗,本来不是说"舍唐",没有说不要唐诗,更不是说超过了唐诗。此实系"异量之美"的观念,以此视诗的历史,各自择定自己的审美趋向,有什么可以非议的呢?

  浙人的宗扬宋诗即如此肇其始,接着吴之振、吕留良等编《宋诗钞》,此风益盛。而宋风之所以与浙人紧紧相联起来,又和一代大家查慎行的出现分不开,查慎行的《敬业堂诗集》的浩瀚篇什,以白描形态而深发绵至透辟之意,在读者群、在诗人圈、在众多的流派争竞中坚实地强化了"宋调"的艺术魅力,浙人与宋诗的概念叠合亦由此强化而愈见显豁。所以,探讨清代诗史的"宋风"现象以及"浙派"流变,必以查慎行为认识对象的聚焦点,因为任何文学流派的影响,主要来自创作实践,离开实践活动,理论势将黯淡无光。由此而言,《晚晴簃诗话》说查初白"祧唐祖宋,大畅厥词,为诗派一大转关",是切合史实的。

第二节 查慎行诗文化心态的构成

一 查慎行的心路历程

查慎行(1650—1727)[①],原名嗣琏,字夏重,改今名后改字悔余,号他山,又号橘洲、查田、石棱居士,晚号初白翁,浙江海宁人。康熙三十二年(1693)举人,四十二年(1703)进士,官翰林院编修。

海宁查氏于明清之际人文辈出,诗画兼擅。查继佐(1601—1677)著有《罪惟录》、《国寿录》、《鲁春秋》等,系遗老中以残明史著享大名者。康熙二年(1663)为庄廷鑨"明史案"牵连入狱,经吴六奇力救得免。是为查慎行之族伯父[②]。到慎行兄弟,科第继起,其胞弟查嗣瑮(1652—1733)为康熙三十九年(1700)进士,官至侍读;查嗣庭(1664—1727)为康熙四十五年(1706)进士,官至内阁

---

① 查慎行卒年,《海昌查氏宗谱》以及光绪六年(1880)续修之《龙山查氏宗谱》卷三均载明"雍正五年八月三十"或"雍正丁未八月三十日辰时,寿七十有八"。方苞《墓志铭》、陈敬璋《查他山先生年谱》均同上。《清史列传》误作雍正六年(1728),后谭正璧《中国文学家大辞典》沿此误。近年有关论著如上海古籍出版社1986年版《敬业堂诗集》周劭所撰前言、山东教育出版社1989年版《中国历代著名文学家评传》续编(三)之《查慎行》(聂世美撰)均仍沿其误。

② 查继佐事迹可参见沈起著《查继佐年谱》。按《宗谱》知继佐系查秉仁玄孙,慎行兄弟系查秉彝之五世孙,已出五服。然继佐与慎行等族侄关系近密,后者早时均受教于这位族伯。又,《宗谱》中"南支"各分支"图系",随处可见于乙酉(1644)年"凶终"、"暴殄"者,著名的有查美继,事迹见继佐之《国寿录》

学士兼礼部侍郎。从兄弟中查嗣珣为康熙四十二年(1703)进士,查嗣韩为康熙二十七年(1688)进士,族侄查昇(声山,1650—1707)亦康熙二十七年进士,入值南书房多年①。从现象上看,至此,海宁查家仕宦鼎盛,应与朝廷煦煦相协,无多扞格的。然而事实却不然,否则查慎行充其量只能成为一名馆阁诗人而已。

查慎行一生是在性格与环境逆悖的冲突夹缝里度过的。也正是这种悖反的生活感受,导致他"于人情物理,阅历甚深"(《听松庐诗话》语),造就了这个善体情理的大诗人。兹择其要点,略述于后,以见其诗心、诗境之所以构成的原因。

慎行幼颖异,据说五岁即能诗,十岁作《武侯论》。他是著名的遗民学者陆嘉淑(1629—1689,字冰修,号辛斋)的爱婿,陆冰修就是在他初次以诗贽见,有"绝奇世事传闻里,最好交情见面初"之句而击节赞赏,遂妻以女的。早年的查慎行才华横溢,性心亦放朗,自信自负甚。从他三十岁时随同乡杨雍建之幕出抚贵州,西南战后的满目疮痍和奇山异水触发他的雄放诗情看,可知他本不是个"慎行慎言"之辈。归来后又师事黄宗羲,深受浙东学派影响。接着进京,馆于明珠家,是继吴兆骞后为揆叙的业师。可是才学兼佳的查慎行,南北乡试始终未中。他于康熙二十三年(1684)起捐入国子监,就这样寄迹京师多年,终于在康熙二十八年(1689)被牵涉进洪昇《长生殿》演出于"国恤"期间的"大不敬"一案,剧演于八月,值七月中孝懿皇后佟氏病逝,尚未除服。给事中黄六鸿上章弹劾,洪昇被系于刑部大狱,狱决,革去国子监学生籍。与会者或革职,如诗人赵执信等;或开革学籍,查慎行即其一。他从此改名"慎行"。

---

① 查嗣珣(1652—1723),字间英,号东亭,官至吏部主事。为查慎行同祖堂弟,诗集中唱酬甚多。查嗣韩(1645—1700)字荆州,号皋亭。官翰林院编修,系慎行未出五服之从兄,《敬业堂诗》中亦屡见之。查昇房支与慎行亦远,然年相仿,交接极密。

何以要"慎行"呢?他深味政界党争之激烈,真正体会到要想在宦海立身,非慎之又慎不可了。《长生殿》一案实系明珠一党对"南党"以徐乾学为首的擅权集团的一次报复,查慎行不是曾为明珠西席吗?但此时明珠已罢相失势,慎行本力图两边不靠,加之又确实已卷入"与会"行列,无法脱免。《敬业堂诗集》卷十一《竿木集》引序说:"饮酒得罪,古亦有之。好事生风,旁加指斥,其击而去之者,意虽不在苏子美,而子美亦不免焉。禅家有云,竿木随身,逢场作戏,聊用自解云尔,非以解客嘲也。"他似是看得很清楚。这年他四十岁,科举仕途之心不会就此泯灭,从社会到家庭,氛围如此,应可以理解。如何调理矛盾呢?慎行!改换形象。查慎行从此在心态性格上开始了变易,被人们呼为"傻夫子",在言行上力求藏锋敛芒。他是准备重返京师的,《送赵秋谷宫坊罢官归益都四首时秋谷与余同被吏议》表达了此时的心情。其中一、三、四首对把握诗人一生变化甚多参酌意义,迻录于此:

  竿木逢场一笑成,酒徒作计太憨生。
  荆高市上重相见,摇手休呼旧姓名。

  君别蓬山作谪星,我从雾谷拟潜形。
  风波人海知多少,聚散何关两叶萍。

  南北分飞怅各天,输他先我着归鞭。
  欲逃世网无多语,莫遣诗名万口传。秋谷赠余诗,有"与君
   南北马牛风,一笑同逃世网中"之句。

"潜形"并不是潜身,"逃世网"也不是出脱人海,他仍要穿过"雾谷"的。只是他决心以审慎的心思来应对"世网",用严肃、警惕的神色来掂量、周旋"逢场"的人生之戏。这很重要,若不是严肃的,就会走向游戏三昧的放浪形骸,他不,他追求的是慎其行以穿通

"雾谷",又不被"世网"裹没。

四年后查慎行再一次北上入都,应北闱乡试。他所以能入北闱应试,除了别的条件外,还因为宛平查氏分支原也从安徽休宁迁来。诗人兼诗论家查为仁等均是慎行族侄一辈,宛平查家殷富多文,亦海内知名者。这期间,他用十年时间中举,成进士,并旋即入直南书房,充康熙大帝的文学侍从。康熙五十二年(1713),他结束了时续时断的侍臣生涯,告假归里。此后岁月,他其实也不全是"啸歌自适",仍还游转于闽、赣、粤各地,既是雅游,又属经济积聚之谋,因他当了十年翰林,没外放主持过秋闱乡试。

无论是直内廷还是归田之后,除了"莫遣诗名万口传"这一点没有做到,诗人大抵是慎其所行的。可是他进入仕途,浮沉宦海的年代正是继党争而后更为险恶的"夺嫡"风波迭起之时。一种人际关系网络注定了查慎行难逃第二次打击。这是致命的打击,远非《长生殿》剧案可比,风烛残年的查初白老人终于在幸免而被放出狱南归后不数月就亡卒了。

这次打击是雍正帝剪除兄弟中异己势力的一个回合。查慎行之三弟查嗣庭既是皇八子允禩的宾从出身,慎行的学生揆叙更是允禩集团的骨干。于是雍正四年(1726)查嗣庭狱成,慎行及二弟嗣瑮举室被逮入都,季弟查谨(1665—1756)虽已出嗣,亦逮刑部。第二年,嗣庭瘐死狱中,仍遭戮尸;嗣瑮遭戍陕西。慎行在被逮北上途中写了不少诗,收入《诣狱集》,语多哀苦,措辞极小心,但特定的莫名情绪,对人生不测的感受仍时见笔下,如《赵北口堂冰床》说:

老涉惊波足可怜,平生履薄怕临渊。
阿谁与唱《公无渡》?三尺冰床稳胜船。

"怕临渊"却仍临深渊,如履薄冰的"慎行"终究难逃劫波,诚可叹也。《丁未立春》中说:"平生内省能无疚,此祸相连亦有因!"

"因"究竟为何,心中自明。最妙的是《大雾渡江追忆丁亥春先帝南巡迎驾时过此》一诗,念"先帝"之恩是观照"今上"之酷,又一次提及"雾",正说明最终未能"潜行"过"雾谷"也!诗云:

> 忆昨迎銮旭日红,今朝云雾隔重重。
> 天留未死孤臣耳,又听金山寺里钟。

无情的"惊波"面前,诗人始悟及:"潜行""逃世网"是不可能的,真正的"欲逃世网"唯有不涉宦途。他在"恩赦"放归南还出都时,作《大雨》五律一首,看似平淡,内里却是痛切悔悟之意盘转,只是嫌迟了:

> 云势随风转,雷声掣电过。
> 顿消炎酷烈,转爱雨滂沱。
> 步步牛迷辙,群群豕涉波。
> 油衣那免漏?好去换渔蓑。

"油衣"难为"潜行"之服!"渔蓑"才是"逃世"之装。热衷世事,必得一场倾盆大雨后方得醍醐灌顶,有所省悟,不能说不可悲的。

查慎行的一生确实比较凡常,那是时势环境使然。待他成年之际,清初的动乱和战事均已成为往事。但就太平盛世而言,他又有极不平凡之处,这就是他以诗表现了漩涡暗转时期的士人心魂。《敬业堂诗集》不啻是一部高层文化人士的心态史传,其认识意义较之他那年长二十一岁的表兄朱彝尊的《曝书亭诗集》要丰富得多。所以赵翼《瓯北诗话》独推查初白,继梅村而同列于"唐宋诸公之后者",不是没有道理。赵氏强调初白"入京以后,角逐名场,奔走衣食,阅历益久,锻炼益深,气足则调自振,意深则味有余,得心应手,几于无一字不稳惬",可说是别具手眼之论。"气足"是天赋,"意深"则得之"潜行"的扭曲生涯,白日"潜"其心性而"行",夜静反躬深味,"意"苦独得。这也就能理解他何以要专请唐孙华为之作诗序,唐氏正是最能洞穿那个"盛世"社会的目光犀利、感受深切的人。以此而论,说查初白诗在清前期足与王士禛合称"南北两宗堪并峙",不算过誉。以为与王渔洋能抗衡的自然只能是朱彝尊,并认定是当时和后世的公论,未免拘于成说而又出于武断,所谓"自然只能"云云,是难惬人心的。①

二 查慎行的诗文化薰沐

在具体介绍《敬业堂诗集》之前,需要探究一下查慎行诗风薰沐之渊源。所谓薰沐,重在氛围的耳濡目染,而此种氛围在师门传承之前往往先弥漫于庭训和族众环境中。故先审视其家族影响,次而论其外家传授及师承。

查慎行父辈之作已不易见,但查继佐见存于《清画家诗史》的两首诗及他的史传文字②,却可寻绎到这位开"敬修堂",讲学铁冶岭下,又极文酒声伎之乐的查家闻人的风范。其诗一为《送朱子锡鬯北归》,是送朱彝尊的:

> 自负人谁识?其如世道何!
> 耽书诚有癖,快语慎无多。
> 月影东南小,江声日夜磨。
> 与君期岁暮,袖草一来过。

且不论"快语慎无多"之句以及他曾罹"明史案"的事实,也不论在查族后辈中是否存在"慎"字之戒教影响,就其诗来看,以意理为主,清削幽冷之格显然乃是宋诗一路而略兼贾岛、孟郊情味。另一首《夜泊七里滩》则写景清寂萧寒,情韵无异于前诗:

> 小桌凝寒落照边,碧空削出水云偏。
> 烟将帆影疑前浦,雨共滩声度短眠。

---

① 见《敬业堂诗集》周劭之《前言》。
② 《清画家诗史》所收查继佐诗二首,与《晚晴簃诗汇》同。

客去无星临此夕,我来何处认当年。

只应郑重高深意,未是桐江莫与传。

可注意的是"烟将"、"雨共"一联的句法,圆转对偶颇类放翁。

至于他的文风,《晚晴簃诗话》则认为"今尚传《罪惟录》稿本,纪传皆用正史体,多述遗闻逸事,亦颇及稗官杂记,撷拾甚富,而别择未精。行文尤近钟谭纤隽一派,盖明季习尚如此也"。这里有两点足备思考,一是"颇及稗官杂记","浙派"诗文到乾隆时期,厉鹗等独长于此,似有相沿承之处。二是"尤近钟谭纤隽一派"。确实,竟陵风气是及于海宁一带的,而钟、谭论诗文专好言"灵"言"厚",查慎行则亦以"灵"、"厚"论诗,这岂是偶然巧合?关于这一点,后文将予探讨。

族群尊长对子裔们的潜移默化的薰陶是一种无容置疑的客观存在,即使不见之于文献载录,只要检索一下查慎行与从兄弟、族中子侄间的酬唱之作,见之诗集中的有如此之多,就能表明这个家族的文化氛围的内聚型特点。作于康熙十八年(1679)的《慎旃集上》中有一篇《与韬荒兄竟陵分手,兄至荆州,余往监利,滞留且一月矣,作诗以寄》,韬荒即查容的字,查容号渐江,著有《弹筝集》、《江汉诗》①。《两浙辏轩录》引《选佛诗传》②说他"初就郡试,拔

---

① 查容是慎行同高祖(查志文号岐峰)从兄,生于明崇祯九年(1636),卒在康熙二十四年(1685)。《宗谱》卷三"世次二集之八"云:"善诗古文词,入邑志文苑传。"其《弹筝》、《江汉》二集均不见传,唯《渐江词》一卷存于世,赵尊岳《明词汇刊》收入,但以"逸民之流"视之,实误,甲申(1644)明亡,查容仅九岁。

② 《选佛诗传》著者为查羲。查羲字如冈,又字尧卿,号选佛。《宗谱》卷四"世次三集之二十四"云:"太学生,考授主簿,绩学工诗,有《区农诗文稿》传世。"生于康熙甲申(四十三年,1704)。卒于乾隆壬申(十七年,1752)。查羲亦属"近川公"(查秉彝)一支,系查慎行隔房甚远之从侄孙,然羲与慎行兄弟关系亲密,得诗法之传,可参见查为仁《莲坡诗话》。查嗣琪遣戍陕西蓝田时,查羲多次随之居,与从叔辈即嗣琪诸子:查基、查学、查开等酬唱应和,同声抒哀。今存查学(七伦)之《半缘词》中可见查羲词作若干阕。是故《选佛诗传》所云族中先贤事大抵足信。

第一。试于学使者,怒其搜检,拂衣径出,终身不复试。性好游,南至滇、黔,北抵燕、齐,才名大振,所至倾动",是个性格鲜明,豪气十足的人物。存世的断句"将军有酒能投辖,壮士闻鸡已出关",是他从吴三桂处出逃时所作,缘已察觉吴有叛意,佯醉骂座,乘隙离滇,诗的豪奇爽朗之气可见一斑。查慎行与这位从兄关系极密,他在上述诗题的诗中说:

> 兄诗工而迟,顾我速以拙。
> 篇成必传示,瑕颣互指摘。
> 我赏兄不疑,兄领我戁额。
> 丹砂百炼金,点铁随手掷。
> 文从字怪发,往往到击节。
> 绩学兄贯穿,悬河泻胸膈。
> 陈言务扫荡,妙解生创辟。
> 文章窃愿学,下语颇不择。
> 兄为启其钥,奇正示体格。
> 经经而纬史,较若分黑白。
> 溯流止一源,驰骋戒旁隙。
> …………

作此诗时查慎行三十岁,从中可想见少时兄弟间切磋之状。

陈言务去、创辟求新的追求,对查慎行来说,重大的影响还来自其岳父陆嘉淑,外家的教诲,无疑更强化了这种追求。查继佐曾以"浩节遐致,卓然自立"八字论评嘉淑为人,其论诗要点见于《辛斋遗稿》者如:

> 诗文须觉此时必有此集,方足传。盖李、杜变六朝,故不可无李、杜;韩、白变李、杜,故不可无韩、白。宋之苏、黄、陈、陆皆然。今予所作,既不能自立门户,又耻学一家言,奚足传后世耶?

"此时必有此集"六字极精辟。一个作家的诗文集必须是他所生活生存的特定时空的产物，而不是可视作游移于不同时空间的作品。那种放在任何时空间都一样的文字，必无"我"，必不"真"，千人一面，焉有新创？所以"此时必有此集"，又必导引出"变"的观念，因为时空在变，生活在时空中的具体的人从来就不是重复前人的。可以肯定地说，宗尚宋风的人都主"变"说，陆嘉淑的观念是明确的，其对查慎行的影响也是显然的。在为慎行诗所作的序里，陆氏尤有与黄宗羲类同的观念：

> 今之称诗者，挟持唐宋，颂酒争长，各为门户，余窃以为皆非也。夫诗何分唐宋，亦别其雅俗而已。

反对"分唐宋"，实即反对以唐凌宋，标榜正统，故凡以"分唐宋"为非的几乎都是为宋风争地位者，也都是持"变"的观念的。陆冰修在序中又论及白乐天："即白分司讽谕、闲适诸篇，言近旨远，一唱三叹，真得风人之遗，与元亮、子美同其根柢，而不知者妄谓之俗。呜呼！耳食拘墟之徒，又岂足与论六义之旨趣乎？"宗唐一派以盛唐为归，好诋同为唐人的白居易，故陆氏有此议论。

对陆嘉淑，慎行是尊之为"典型"的，《外舅陆射山先生挽歌二章》深深表述了"今来失典型"的哀思。射山，嘉淑之号。其诗之一云：

> 公亡先友尽，孤露感吾生。
> 别有无穷泪，非关儿女情。
> 破家缘结客，玩世亦逃名。
> 不比陶元亮，徒高处士声。

最后谈师门渊源。黄宗羲论诗宗旨已见前，这里只谈黄门弟子郑梁为查慎行作《慎旃二集序》。郑梁（1637—1710），字禹梅，号寒村，浙江慈溪人，晚得风残，更号半人。著有《寒村诗文选》三十六卷。诗宗苏东坡，有"敢云坡后有寒村"句，自信如此。他在

序中所论一秉师承意旨:

> 余于是而叹《陟岵》诗人,何代蔑有?绝不得以古今时地限也。世衰学丧,风雅道沦,言宋言唐,言魏言汉,纷纷聚讼之徒,类皆饮瀋拾唾,正如家僮路乞,各张势豪所有以相矜诩,而不自知其妻孥安在。彼岂不闻虞廷言志之说哉?势利薰溺,情性销亡,只句单词,哗世取宠,自谓言志而其实无志之可言也。

"张势豪所有"意思等于拉大旗作虎皮,此类形象又有点类似孟子笔下的齐人。从郑寒村激烈的措辞,可见当时的争论一定非常尖锐,因此,在那样诗坛态势中要坚持一己的审美倾向并非易事;而且由此又足知若没有一个群体,没有凝聚的力量,也不易立住脚跟。所以查慎行之能自立门户,另辟蹊径,不是一种个人行为的表现,应该说正是特定群体发展的结果。

对于这位年长十三岁的师兄,查初白是尊敬而深以"同调"为幸的,在《酬别郑寒村》诗中唱道:"一篇削藁辱佳序寒村临行为余序《慎旃二集》,七字留诗惭属和。""甬东同学屈指论,往往传经接师座。"尤其是"向来人尽弃所长,远到君能见其大。古人可作乃殊代,同调相求凡几个"诸句,说明他们的心是相通的。直到郑梁卒后五年,慎行题其画像时还写有"谁识完人是半人"的追念之句,十分推重。

第三节 《敬业堂诗集》的诗史意义

一 《敬业堂诗集》的整体认识价值

《敬业堂诗集》为五十卷,又《续集》六卷。每一卷都有分集名,作为一段时间的作品,成其独立性。这样的编集现象,诗史上少见,有之则是南宋四大家之一的杨万里《诚斋诗集》。对此,《四库全书总目》在提要中既说"亦征其无时无地不以诗为事矣",又批评其"殊伤烦碎"。后一句未得其心,前一句当然不切其旨。查慎行在卷四十《长告集》的《自题癸未以后诗稿四首》之三中说:"论卷排成手自删,多惭小草落人间。迷藏赖有南山雾,莫便轻窥豹一斑。"此诗言明,一是诗集乃自编,二是诗非全貌,已经自删。然而,既要编集,必求传世;既不全删,必细斟酌,诗人既要谨慎不触文网,有忤当道,又要后人识其心,会其意,最佳的办法在其看来就是删后编年,略露一斑。在《待放集》中的《今年拟不作诗,复为友人牵率破戒口占自解》一首说:"年来百事多颓废,何必于诗苦用心?正尔苦心谁复识,尧夫自有《打乖吟》。"足见查慎行在编删诗集时也是"苦用心"的。卷各成集,集各有名,而且往往缀以小传,正是他"用心"处。他是采取直陈罗列的方法,一集一集毫不紊乱地展现到读者眼前,让你去体察他在每个时期甚至每一年的心境和感受。这对后人把握他的"人"和"诗"来讲,提供了积极的条件,尽管此非吟咏的全豹,但也已足可触及其心。应该看到,这样做是要点胆量的,因为排列得太分明了,他不错乱时序又不以体式分类而编,丝毫不带掩饰和迷障。而且这样的编集,必也让人读着会产生厌烦感,特别是如《赴召集》、《随辇集》、《直庐集》、《考牧集》、《甘雨集》、《西阡集》、《迎銮集》、《还朝集》、《道院集》、《槐簃集》等等"纪恩"之作以及"谢赐"、"恭纪"、"恭和"等作品,粗略计数约有一千首,几占其全部诗作五分之一,能不使人生厌?对此,其《徐茶坪题拙集见寄四绝,书来索和戏次原韵》的第一首,似是解嘲又颇幽默地有所暗示:

> "谂痴符"比《和凝集》,王伯厚云:和凝有集百卷,自镂板行世。此颜之推所谓"搔痴符"也。敢望人传入艺林?土炭自惭殊少味,可堪分啖与知音?用柳子厚《答崔黯书》中意。

柳宗元《报崔黯秀才论为文书》①中有"吾尝见病心腹人,有思啖土炭嗜酸咸者,不得则大戚"一语,查慎行用"土炭"、"分啖"既是谦语又属反讽。关键在"知音"二字,知什么"音"?柳氏上述文章中有一段主要的论旨:"圣人之言,斯以明道,学者务求诸道而遗其辞。辞之传于世者,必由于书,道假辞而明,辞假书而传,要之之道而已耳。道之及,及乎物而已耳,期取道之内者也。今世因贵辞而矜书,粉泽以为工,遒密以为能,不亦外乎?"很清楚,查慎行是持"明道"也即"及乎物"的主张的,也就是他"苦用心"处正在于言之有物。

那么,上述近千首"恭纪"、"恭和"之作以及题图、索画、观花、会宴之篇算得上什么"及乎物"呢?不必作题图、雅集的作品"不时也有弦外音"的回护,毫无疑问,查慎行也有封建文人酸腐俗气的一面。当其五十四岁中进士,破格点翰林,直内廷时,不是没有得意之色和感戴之情的。但当他多年被指定编《历代咏物诗》,特别是奉旨在武英书局分纂《佩文韵府》时,一边烦劳地按时操作,一边目睹政坛的种种险恶争斗,他的身与心渐渐自觉地分成两半,即其诗中常提到的"形"和"影"的悖反。"恭和"时必须等因奉此,认真用心、极有分寸地酬唱于康熙大帝前,而且还要充分施展出"臣本烟波一钓徒"②的"查翰林"的才华来。须知康熙帝不是个平庸之君,敷衍必不真,过分也不真,都瞒不过英主之眼,不留意出纰漏更不得了。所以这些作品虽然俗,显得谀,但是真的,查慎行是全身心投入地做的,因而亦是属于一种"苦用心"。问题在

---

① 见上海人民出版社1974年版《柳河东集》第五五〇页。
② "臣本烟波一钓徒"句见《诗集》卷三十《随辇集》中的《连日恩赐鲜鱼恭纪》诗。又《十八日驾幸钓台召臣等随行赐膳钓鱼恭纪》诗自注云:"午后奉旨翰林诸臣赴皇太子行幄钓鱼。臣前谢赐鱼诗有'臣本烟波一钓徒'之句,东宫举以示近侍,并记以志愧。"其时查昇亦值南书房,为区分叔侄两翰林,康熙父子宣谕时内侍专以"烟波钓徒查翰林"指称慎行,一时传为佳话。

于,倘若仅有此"形"的一面,那无疑只是个弄臣,是个内廷高级清客而已。可查氏却清醒地持有另一面,即"心影"的深思潜想,细味着宦海苦辣酸涩的一切。有了后一个半面,观照之中定会认可少不了前个半面,没有那半面的亲身体察,深入不了最上层官场,也反照不出其潜行默辨的苦心。所以上述连篇累牍的恭和纪恩之诗,从这样的角度必须承认其有背景认识的价值。若非如此,离舍这背景和氛围,必把握不了查慎行完整的人和心,也难以全面评价他的诗。请看他的《自题癸未以后诗稿四首》之三所吟唱的:

橐笔曾经侍两宫,可怜无过亦无功。
未应奢望《儒林传》,或脱名于党部中。

诗作于康熙五十一年他六十三岁的冬天,时已乞长假即将归里,这可说是他对宦海十年自己心魂的鉴定。"可怜无过亦无功"是其行迹,"或脱名于党部中"是其心迹,或说是心所向往者。这就是查慎行其人的复合体写照!一生之中,官不能不争取做,他说是为了"贫"必须入仕,其实是封建时代的士人必走之途,历史心态和社会舆论命定了的。然而查慎行又要保持一点自己的精神,不愿附名于"党部中"!可能吗?他自己否定了这种空幻之念。不仅皇帝也会喜新厌旧,而且因为你不可能在真空里做官,是一定要粘上某个网络的。他的知机于先,主动告退,事实已体察到再不急流勇退是危险的。后来的结局证明,他还是迟了,或者说命定地退不出的。特别是谈到所谓精神和骨气,要当稳官就莫谈精气神。诗人在归田后去广东途经桐庐时写了首《桢儿作钓台诗,未识严先生不受官之故,徒以高隐目之,作一首以广其意》,很深刻也别有寄意。诗以"武宣驭下如束湿,课职东京亦孔棘"起首,中有"逃名事偶同高尚,避辱心孤转深匿!"他极严肃地纠正儿辈:严子陵的高蹈不是"逃名"的清高,乃是"避辱"的骨气,可惜这深藏的孤心难被人知。这无疑是慨乎其言,弦外有音。查慎行原来作为一个文学侍从,实在是很可羞的弄臣之一种,无非陪的是"雅"而已。当年计东在《泰州吴野人先生诗序》中发过一通非常精辟的高论:"彼富贵利达者,视其家食用玩好之物无不具,独不能具有文章,通知古今载籍之语。乃挟其势与利,思钩致贫贱失志,稍知诗与文,又自骄语为高士者,以充其玩好之物,而彼骄语为高士者,欲以其诗与文汲汲然求知于人,不幸贫贱,失志益甚,遂俯首甘心,充为富贵利达者之玩好而不辞!"从本质上说,直内廷,随时奉应扈驾,陪着皇帝"雅"玩的文学侍臣,与富家的"玩好"对象没什么不同。所不同的是富家之庭园绝无畅春园中莫测之荣枯和难以预料的安危。"人情厚薄从古然,或加诸膝或坠渊"(《抱犊词》),这是康熙四十五年冬他第一次告假葬亲出都后的感受,显然是别有寄意之语。这次出都门时遇上其弟嗣庭,在《与润木别于彰义门外》诗里就已有"同归苦未得,万事料难预"之话,可见他们其实一直处在心惊肉跳的氛围里,这较之富贵利达之家来,岂止险恶百倍啊。至于说总有一种屈辱感,是很难直言的,何况在那个时代不少人还以此为荣耀,你说供职翰林院,经常觇天颜乃是羞辱,谁能理会?可是查慎行却有这样的感受,而且写了!当他葬亲毕,假满返京途中,作了一首《宿州村家有种柏作篱者,戏嘲之》诗,借题发挥,牢骚语出:

数椽曲木架茅茨,雨打风翻大半攲。
多少荆榛宽束缚,屈将翠柏作樊篱!

这岂止是大材小用,简直是高材滥用。诗人在一个"屈"字中做尽了文章;"多少荆榛宽束缚"句则是乱点鸳鸯谱式地将一批恶木放任去祸害世人,也够尖锐的。查慎行就是在这样的心态中做了几年京官,陪伴圣驾和大老唱着"恭和"、"奉和"的歌。终于在"恩威天大殊难测"(《送同年刘大山应召赴行在三首》)和"课严浑似限儿曹"(《四月二十日奉旨赴武英书局编纂〈佩文韵府〉,口占示同事诸君二首》)的无奈中卸篷退舟,赶忙告长假回乡,结束其"屈将翠柏作樊篱"的生涯。

查慎行在诗史上的认识价值,就在于其身居所谓清要之职,心态常处清醒之境;周旋在高层缙绅文化的虚华圈子里,却能少沾习气,沉潜自持地细味清平盛世里四伏着的不测凶险,从而以其身心悖反的深切感受,映现出别的诗人所未能如此充分地获得和达到的特定层面的世间相。

所以就《敬业堂诗集》五千余首诗的总体来看,无论写人生抑是写自然,无论表现社会的或是吟唱山水的,往往多有佳篇,但第一位的最能体现查慎行艺术个性的应推其特有的人生感受诗,这类篇什姑且名之为"写心"诗。兹先着重例说,而后再介绍他的山水旅唱和其他作品。

二　查慎行的写心之作

"写心"之说历来被视为写闲适之心,这是偏颇的认识。"心",即感受,感于人生众相、世间百态,所感者切,其"心"必深。封建时代文人中的有识者和有个性者,他们笔底时有闲适之写,其实每每是心苦而别寻借寄的表现,"闲",无非为宣泄或映现心底沉潜之苦涩。陆嘉淑的序文中提到的"陶彭泽、杜浣花之流,操持卓荦,磊砢傲兀,凛凛皆有国士风。故其为诗,迥然自远于俗。即白分司讽喻、闲适诸篇,一唱三叹,真得风人之遗,与元亮、子美同其根柢,而不知者妄谓之俗"云云,正是这样的意思。诚然,吟弄闲雅也可以成习气,故在前人诗集里不时可见摇笔即来的所谓风雅闲散文字,但那是谈不上真写其心的,一个骚人墨客如果全是此种肤廓闲雅之作,必难以成器,称不上够格的诗人。又,古有"哀莫大于心死"之说,足见"心"之载哀乐情虽不止一端,然而哀则为心之最痛时。哀有小大之别,哀世事世情无疑是哀之大者,而痛感人生之险于升平之世,则其苦特具观照意义,也最具史的价值。查慎行固不能与陶彭泽、杜浣花并称,但他的写心之诗却也足补诗史之未备。

查慎行最有价值的写心诗,集中地见于《西阡集》至《计日集》的将近十卷作品里,也就是康熙四十五年(1706)告假葬亲到五十二年(1713)乞休归里这八年中吟哦之诗。从年龄看正是他五十七岁后,世事谙熟,感受切至,但尚不衰飒。从诗艺讲,老到精湛,足能得心应手地写人所不能写,言人所未尽言,诚可称之为入人意中却又出人意外。

首先是诗人一离开京城,就有种轻快的解脱感,那种出网罗的安宁之意绪迥异于通常所见的反顾京国、凄郁依恋、逡巡难前的情怀。《饶阳道中作》写得最痛切:

> 我前多日暖,我后北风狂。
> 向北苟异宜,一身判阴阳。
> 矧乃别形体,疾痛焉能详!
> 造物岂不仁? 饥寒盈道旁。
> 目存力匪逮,恻恻中自伤。

如果说此类诗作仅止表现"饥寒盈道旁"的目击耳闻,表述着犹如《食安肃菜》一诗中所呼吁的"我愿当官知此味,骏剥毋为里间害。又愿民间无此色,春社祈年秋报赛"的有关民生疾苦的意蕴,也已十分可贵。然而诗人在此吐露的心声恰恰更有深邃的一层:"别形体",从束缚其心影的"潜行"之形的矫饰中解脱出来。回顾往日的生涯,有难言之痛处。难言,当然无可言之,他在同时写的《与润木别于彰义门外》诗中的"万事料难预"五字中实已写尽。此诗起首"日暖"、"风狂"之句显然是言外有意,"一身判阴阳"句更是点睛处。这种解脱罗网的感受,到他七年后告长假离京时,抒写得更其明晰,在《村童笼致黄雀二十尾,用六十钱买之放生,口占一首》中写道:

> 八月野田雀,成群入市闉。
> 充庖怜尔命,倒箧破吾悭。
> 孰出樊笼外?并生天地间。
> 放飞因戒杀,不是望衔环。

查慎行在一些诗中不止一次地表述再也不入樊笼的心情,痛切之感,沦肌浃髓,以至于不愿谈及京城生活这类话题。《初到家二首》之二云:

> 久客返敝庐,囊基无改筑。
> 南荣望阡陌,西舍通邻曲。
> 旧时杖白头,零落多鬼录。
> 后生类好事,开口问朝局。
> 吾衰苦善忘,聋聩废耳目。
> 报以一不知,唯应话农牧。

这正是平淡中出奇崛,语虽萧冷,意极愤激。读查初白诗每须于此种章句中见其佳处,不徒赏鉴他的工于偶对或铸词清圆。

诗人何以如此厌倦往事?实在是因为政坛上难测风云,真正朝不保夕。《计日集》最后收有《半月以来坊局史馆前后辈削籍者凡二十一人,偶阅邸抄慨然而赋》一诗,这"半月以来"即其归里后的短短日子:

> 占籍几三百,同朝半盍簪。
> 故知员太冗,不谓谴方深。
> 枯菀宁关命,行藏各抵心。
> 幸收麋鹿迹,终莫负山林。

眼看同事们的结局,他是为自己庆幸了。事实上,他在京师时对这种恩威莫测的现实是体味至深的,最具体的是与他同在康熙四十二年(1703)赐进士第、同以编修身份在武英殿纂修《佩文韵府》前后共事十年之久的汪灏入狱一事。汪灏,字紫沧,安徽休宁人。侨居扬州,是当时很有名的诗人,著有《街西柳映斋集》,其中《游黄山记》是海内皆知的名文,又有《黄山纪游诗》一册,《树人堂读杜诗》二十四卷。作为文学侍从,汪灏与查慎行、查声山叔侄一样,均曾算很得圣上赏识的人,但忽然以文字得罪入狱。① 查慎行在汪氏被宽恕出狱时写有《闻汪紫沧同年出狱》诗,时在康熙五十年,即他请长假尚未得明示,在京等候通知之际。毫无问题,查慎行决心离去,与汪灏被捕的教训有关,诗云:

忽传恩赦下萧晨,病枕初疑听果真。
但是旁观多感涕,谁当身被不沾巾?
累朝岂少文章祸,圣主终全侍从臣。
莫怪两家忧喜共,十年同事分相亲。

切莫视此诗是在颂恩德,"忽传"、"初疑",转折之间已写尽彼辈"万事料难预"的心态。"旁观"者何尝只是"感涕"多?能不想"文章祸"之不测?对这种人生感受,诗人早在第一次请假出京时已然有"暖律回乡梦,寒灰付宦情"(《长至日山左道中即目书怀》)的感慨。在《抱犊词》同时作的《新泰城南望螯山》一律中既为自己心性写照,又表示了对"九天"浩荡恩典的非难:

孤峰截断连山脉,大似人间独立人。
地涌云根浮缥缈一名青云山,天生石骨瘦嶙峋。
仰瞻泰岱旁无附,平揖徂徕近作邻。
不用多生闲草木,免教荣落改冬春。

在世人看来,钦点翰林,荣为侍从,岂非"青云"直上,但诗人

---

① 汪灏所罹为戴名世《南山集》案,汪、戴交好,序文往来甚夥。此案狱甚大,牵连达数百人。方孝标戮尸,诸子戍黑龙江;方苞与汪灏一干作序者,免死革职入旗。参见《清代文字狱档》以及邓之诚《中华二千年史》卷五(中)"康乾施政之张弛"一章。

以为还是"无附"、"独立"的好,不然"缥缈"九天,"荣落"是无法自主,全操在主子手中的。"泰岱",正喻君主,可以"仰瞻",切莫依附。这心态他在《泰安州题壁》中已言明,两首诗合看就更清楚:

　　少负狂名老好奇,逢山兴发尚淋漓。
　　如何十度城南宿,不敢轻题望岱诗。

可见当人们读到他大量"纪恩"、"奉和"之作时,必须体察那是"形"在周旋,其心则深为惕然。

　　上文多次提到查慎行以"形"接迹官场,而以"影"即"心"冷观世事,绝非以意逆志甚至想当然地望文生义,请读《冬夜读亡友钱木庵诗中有〈咏尘〉、〈咏影〉二首,叹其学道有得,追和原韵》之《咏影》一首:

　　寓形宇内岂唯人,幻出无端现在因。
　　我觉官骸多是假,汝依水月讵为真?
　　随身只怪趋难避,面壁谁知坐转亲。
　　吹却油灯何处觅?佛光中现舞多神。

这无疑是深刻又警策之悟,但其悟的全是入世之人生,而并非出世之禅理。在《题同年张嵩陆〈落叶诗〉卷后》,诗人已自言明:"诗境全从寄托深,开编静对见君心。""五千言领知希意,不要人人尽赏心。"他的写事咏物,借题发挥,无不在编中寓其"心"的,当无容置疑。

　　从"我觉官骸多是假"的另一角度,查慎行还有更犀利的剖析。"官骸",五官形骸既是多假,那么也就没有"真龙";退一步讲,即使有"真龙"又怎样?值得了几文?他是这样地劝戒其弟的,在《再赋古松叠前韵》中如此吟道:

　　时闻松子落吾前,小住方知日似年。

> 草色展开三丈地,涛声卷起四垂天。
> 最宜物外闲相赏,久在人间绝可怜。
> 莫道如龙难画得,真龙又值几多钱? 时润木画墨松,旁观有誉树为龙者,故戏及之。

"浅语中含感慨深"(《枕上偶拈》),初白的诗往往在你意想不到处浅笔深入,淡语切理,把话题扯到人生要义中去。这"真龙"之句既将人间事包括君臣间的事看透了,透得心发苦、发沉、发怵而清澈通体,又冷冷地刺了一下"叶公好龙"式的所谓宠遇。诗人看得极清楚,其实圣明的今上也是在逢场作戏,以假对假地"玩"着臣子,哪是什么真好龙者。但话虽如此表述了,掩饰一番以退步回旋的必要之举不能没有,诗末一句小注就是掩护体,是障人耳目的。

将君臣之间的关系悟得如此深透又直直曲曲地表述于文字的,查慎行之前很少有此。他不是偶然的兴起或愤急时的急不择言,而是已成一种思路,从其诗作可以整理出一条潜探默究的思绪系列来,这就更难得。他的《乞归候旨,未得成行。寓庭杂莳草花,用以遣日,吟成四首》之三,可作为他"动中反吾静"的"于焉寓草木,幽事闲稍领"式心悟之理的概括和总结:

> 开亦勿德雨,谢亦勿怨风!
> 荣枯两适然,了不关化工。
> 化工倘徇物,毋乃与物同。
> 所以老子怀,痴顽若孩童。

不怨天,不尤人,一切都很正常,因为原都是假形以周旋么! 所以宠你不必"德",弃你不必"怨",受宠若惊和蒙怨凄恻全是不敏之举。第四首写得益发明了,主奴、君臣,岂不如此相处的:

> 京师看花人,汲汲需代匮。
> 主少十日情,市多三倍利。

527

> 方从担头买,旋向墙角弃。
> 不念花有根,初为悦目地。
> 赏新宜置旧,何用发深喟?

这原是一种买卖生意,视你为清玩,以备赏心悦目而已,因而喜新厌旧,不断地走马换花,有何可奇怪的?

从由衷地感到解脱之轻快,推究其何以急图自我宽缚,进而析辨诗人对宦海、人生、宠辱的悟知,查慎行的心境已极清晰。然而愈是清醒,究其实又是最为痛苦,"痴顽若孩童",终竟是"若",不是真正的孩童痴顽。这就是他何以还要不断地吐露心所悟的东西,倘若对"荣枯两适然"确是知悟其"道"了,一切文字全属多余。此乃人生最终无法解脱的大矛盾、大关捩,但也是入世者,从儒家思想核心言之即"修、齐、治、平"准则的恪守者尚称可贵之处。不然的话,世上只剩下"市多三倍利"之类的肮脏,而没有哪怕是细微的不同形态的抗争之音,这人间岂不更可厌,更寂寞了?以此言之,查慎行的这类写心之作,应该说是可贵的"人鉴"之一种。

在整体把握了查初白的诗心之后,还有必要更为集中地审视其表现侍从生涯中特定的丰富感受,这就是以《残冬展假,病榻消寒,聊当呻吟,语无伦次,录存十六首》为代表的,专写体察内廷生活的心悟之诗。

《题项霜田读书秋树根图》一诗中,查氏在深叹自己"排辞偶句受人役,渴饮墨汁同潘泔。有时间作倔强语,蓼辛荼苦终非甘"的境遇后,提出过一种诗的审美理想:"才高气盛心转细,独茧一一丝抽蚕。问君此境岂易到?确有阶级难旁参。"下面例举之诗,正是能代表《敬业堂诗》的"独茧一一丝抽蚕"的艺术特征的例证。这是一组"人言宦海藏身易,自笑生涯见事迟"的悟解知机的力作。其二云:

> 忆昨公车待诏来,微名忽忝厕邹枚。

>   主恩不以优俳畜,士气原于教养培。
>   身作红云长傍日,心如白雪渐成灰。
>   依稀一觉游仙梦,初自蓬山绝顶回。

伴"日"既久,心渐成灰,这是一种怎样的悖背反差? 其三云:

>   茫茫大地托根孤,只道烟霄是坦途。
>   短袖曾陪如意舞,长眉难画入时图。
>   移灯见蝎宁防毒,误笔成蝇肯被污!
>   窃喜退飞犹有路,的应决计莫踌躇。

曲意谨慎,依然危机四伏,这烟霞九霄真是"下有无底窦,旁有不测矶"(《泥溪口枕上闻雁》)一般,岂能久留? 其四云:

>   雨露荣枯共一天,尘沙聚散几同年?
>   车摧却怪蓬犹转,玉碎何图瓦幸全。
>   蚁穴冰封残雪后,雁程风紧夕阳前。
>   故人珍重留行意,谓揆、汤两院长。回首觚棱自惘然。

从几许同年、同事的罹祸中,"车摧"之感既深,釜底游魂不能不惊心,物伤其类也。其十三云:

>   宜忌拘牵十二三,灵苗毒草比粗谙。
>   性存姜桂何妨辣,味到芩连不取甘。
>   好友劝尝真苦口,庸医隔膜漫多谈。
>   古方难适今时用,此理如禅在细参。

尽管"此段人情看烂熟,向来士习例相轻"(其九),甚明白这道理,可是一旦"黑白当前"时,毕竟"看似分明下手难"(其七)。内廷中枢原不是清净地,"霜浓四野鸦争粒,叶秃千林鹊露巢。各有经营宁得已,未知辛苦定谁教"(其十),尔虞我诈,明争暗斗,勾心斗角,全被揭之于笔下。既然自己不可能"肯舐丹馀早得仙",当然只能自认"樗本不材良匠弃",免得蹈人覆辙。"鱼随水退先归壑"(《留别润木即次弟送行原韵》),诗人这段时间里,这类"身在梦中谁独觉,事当局外每长叹"(《留别诗社诸同人次张匠门见送原韵》)之作不胜枚举,佳制特多。这部分作品,除了其本身的认识和审美价值外,还是人们审读麇集京师的一大批"金台"诗人流连诗酒、赏花走马、赓和联韵的缙绅气十足的作品的极佳参照系。读者不应轻忽这一意义。

写心之作,从某一角度言,又必将是能会心以至诛心的。会心是知音式的赏鉴,诛心则是史鉴式的洞穿和春秋论评。《敬业堂诗集》中有两组诗是有名的,而且适成对照,一是《读白耷山人诗和恺功三首》,另一是《拂水山庄三首》。这两组诗均作于《长生殿》剧案后再次入京的一年左右时间里,其时颇落魄,按理说应是很有顾忌之际,可是"慎"而"行"之的诗人一涉及时虽未久、人皆作古的历史问题,他那从浙东史派那里承继来的刚直之气就抑制不住了。《读白耷山人诗》的第二首已见前,其一云:

> 亭长台边一酒徒,仰天故作大声呼。
> 气骄星宿生芒角,手擘山川入阵图。
> 急缚何人撄怒虎,丛祠有鬼托妖狐。
> 眼空江表衣冠族,摇笔犹堪杀腐儒。

这组诗殆如为阎古古立传,与王士禛的评价态度恰成对峙,能不发人深思?再看《拂水山庄三首》的一、三两首:

> 名园未到已神伤,指点云山入渺茫。
> 老屋尚支秋水阁,墓田新拆耦耕堂。
> 藤阴漠漠馀花紫,梧径离离夕照黄。
> 犹有游人来买醉,两湖烟月属邻庄。

> 松圆为友河东妇,集里多编唱和诗。
> 生不并时怜我晚,死无他恨惜公迟。

峥嵘怪石苔封洞,曲折虚廊水泻池。
惆怅柳围今合抱,攀条人去几何时?

此诗作于康熙三十二年春(1693),上距钱谦益之卒只三十年光景,拂水山庄已颓败如此。初白此组诗属以影写形,意致较为宛转,写法上不像前一组锋芒毕露。但在关键性的定评上丝毫没有吞吐含糊其辞处,"死无他恨惜公迟"七字藏锋犹出,最得春秋笔意。可以感觉到,四十四岁的查慎行当其壮盛之年,心气既高,议论亦风发凌厉,与后来的"鸥鹭不争车马道,自遮荷盖领雏眠"(《大雨过玉蛛桥》)及"不谓有风行不得,挂帆何必急流中"(《挂帆行六十里,将抵界首,风势转狂,小舟不敢下闸,戏成二绝》)的心性迥然不同。之所以演化成"得免徒行犹有愧,更争先路欲何求? 冗官只算骑驴客,老向天衢阅八骀"(《客有笑余乘驴车者赋此答之》)的自己也颇觉可笑的形象,实系现实生活犹如"尘沙瀚勃昼冥晦,瓦砾旋转随枯蓬。使人口吻不得张,耳目成盲聋"所造成的。耳聪目明的才士,唯能以装聋作哑、视而不见为佳策,当是怎样的悲哀事? 其心之苦,当能意会。然而,以缩为伸,以曲为直,浅语深意,变握拳探爪之势为丝缠绵延之式,从中仍可窥见其某些贯联一致性。

三　山川风物和手足亲情之写

查慎行是苏诗专家,曾以三十年精力撰成《苏轼诗补注》五十卷。他据一己的生活体验,尤爱东坡诗句"身行万里半天下,僧卧一庵初白头",如果说后一句正切中其屈志难伸,冷卧如僧的心态,故取之为号的话,那么前一句则足能为他足迹遍海内作写照。查慎行游踪之广,为历代诗人所罕有。前期杖策从军,远至当时视为荒僻之地的黔、滇,一路上历经赣、湘、鄂诸省;中期出入京师,遍游齐、鲁、燕、赵、梁、宋之域,又曾随从康熙出狩东北;晚年又远走闽、粤。诚如《国朝名家诗钞小传》所说:"凡幽岨之区,瓯脱之境,为从古诗人所未历者,荡胸骇目,悉于五七言发之。"

清代是中国山水诗最为发达的时期，前文已有所论及。在众多山水诗人中，查慎行的特点是意无弗申，辞无弗达，心随目转，心得手应；表现时又白描淡彩，轻捷灵动。前者显然得力于东坡诗的熏蒸，后者则无疑受杨万里"诚斋体"的启发，然而他皆能学而不泥，自出手眼。特别是在描写山川风光时，每多特定的不可移易的风物和风俗之叙写；至于借山水形态以寄寓他的人生阅历感受，议论透彻，更显得联类触发，举重若轻。

置之清代前期山水诗整体中看，查初白的黔滇山川风物诗最能显其特色，后来能与他互补或媲美的似乎只有洪亮吉、舒位和贝青乔等不多几人。当他从湘西辰州、桃源一路入黔时，山水的奇奥和战地的惨酷同时映入眼帘，大自然和社会的惊心动魄之相，一下子紧攫住来自浙西之人的心魂。《海螺峰歌》的"中丰上锐下微窄，凹处痕青凸边白。古苔绣错十六盘，蛮髻椎高二千尺"是何等奇崛！《北溶驿》的"尸陈林下乌争肉，瘦棘花边鬼傍灯。井与田平柴栅废，燕随人散土巢崩"，可见诗人百感交集，吟不出一句从军乐之调。《初入黔境，土人皆居悬崖峭壁间，缘梯上下与猿猱无异，睹之心恻而作是诗》是他的第一印象，"巢居风俗故依然，石穴高当万木颠"的景象实在令人诧异。查慎行的可贵之处在于，他不像有的诗人多少带点猎奇而又轻蔑的眼光看西南民俗，而是首先漾起一片悲悯之情："好报长官蠲赋敛，猱猿家室久如悬！"正当诗人唱着"黔山虽可憎，黔水颇可爱"之际，黔山倒让他赏见奇景，而黔水却让他吃惊一番。《早发齐天坡》写"流云莽回荡，陆海开万顷。东日生其间，金丸上修绠。殷鲜一轮血，倒射却无影。苍茫树浮藻，参错峰脱颖。"云雾之海的日出景观，已将黔山瑰奇的神魂摄出。《连下铜鼓、鱼梁、龙门诸滩》的"轻舟纸作底，百折穿石罅。雨雹飞两旁，雷霆奋其下"，惊险之中诗人竟"因斯悟至理，出险在闲暇。向来覆舟人，正坐浪惊怕"。"出险在闲暇"五字似是他今后人生处世很守持的一则信条。将黔中民风民俗与特定的时

代和时势组合起来,是初白诗极成功处,如《麻阳田家二首》:

> 牛羊争隘巷,井臼荫高木。
> 村村聚一姓,鸡犬并食宿。
> 兵荒分同死,男女不轻鬻。
> 所以五溪蛮,古来多巨族。

> 俗贫盗见弃,夜户可不设。
> 翻为防逃兵,乡社有团结。
> 隔河闻人声,眽眽鬼灯灭。
> 我欲从之言,灌莽高八尺。

淳朴的自然村落和战乱气氛构成了多大反差!类似的作品还有《铜仁秋感和刘丙孙六首》等,均极佳。《黔阳踏灯词五首》、《黎峨道中二首》写苗族等少数民族风俗,生动形象,兹录前者之二、四:

> 不用弯环竹架棚,长条宛转曳红绳。
> 月光人影蒙笼里,一色花篮廿四灯。

> 龙尾龙头五丈余,茸鳞镂甲洗兵初。
> 班头旧出灵官阁,鼓板中间领木鱼。

《黎峨道中》之二:

> 青红颜色裹头妆,尺布缝裙称膝长。
> 仡佬打牙初嫁女,花苗跳月便随郎。

此外《天擎洞歌》、《飞云岩》描述溶洞的目迷五色、千奇百怪景观,穷形极相,诗笔将"形容口莫悉"的难以表现的对象无不立见于纸上,可说是别一种诗中有画。

前面讲到查慎行善于将行旅所经的山川风物与时势背景相组合的特点,在《敬业堂诗集》中的各个时期的作品中均能随手捡

得,除却在黔中写的系列篇什之外,最著名的还有如《秦邮道中即目》等,《即目》吟得极富感情,不只是眼中景的刻划细致,诗云:

> 不知淫潦啮城根,但看泥沙记水痕。
> 去郭几家犹傍柳,边淮一带已无村。
> 长堤冻裂功难就,浊浪侵南势易奔。
> 贱买河鱼还废箸,此中多少未招魂。

水乡灾害的情景,触目惊心,境真情真,足称上乘佳篇。《雨过桐庐》、《桐庐》等一组写"百家小聚还成县,三成无城却倚山"的小城特征,轻描淡写中,此类小邑的景貌毕现。较之不能抉住特征而千城一色的庸手之写关河山川,确实高超得多。写滩,屡见不鲜,查慎行南游广东途经江西赣县至万安之间的十八滩,作了十八首五绝,既写了滩之险,又别有深意,寓理于景,另具一种特色。如《徨恐滩》:

> 习坎险在前,何人不惶恐?
> 到此退已难,应思急流勇。

《绵津滩》:

> 连日遇石邮,溯洄良苦辛。
> 滔滔天下是,不问久知津。

《小料滩》:

> 后滩接前滩,川脉互萦绕。
> 人间爪牙毒,为害长在小。

《小壶滩》:

> 失势落江湖,中流赖一壶。
> 千金奚啻直?人有不赀躯!

即小见大,意蕴均深。五言绝句最难篇外见余味,何况写山川风物之作的难以在篇中转翻。查慎行舍形取神而又不离谱发挥,能说不是功力和才情在托浮?他晚年岭南之游,表现两粤山水的诗歌可以以《杨诚斋诗有"韶州山又胜雄州"之句,余过英德,为进一解曰:"英州山又胜韶州"。今日行至平乐,城南群峰,竞秀争奇,目不暇接,英山又不足言矣。问之土人,无能举其名者,然不可无诗纪之也》一诗作概观。诗题甚长,但层层推进,已见神魂,以虚写实,不失为一法。诗云:

> 突兀离奇纵复观,峰稠嶂叠总无名。
> 千寻自拔云霄上,万古何曾草木生。
> 佛指佛螺青未了,石莲石笋画难成。
> 天教增损诗人眼,直觉韶州又胜英。

绘画技法中的速写、素描,为写生高手所必擅,诗中的此类删繁就简,以少驭多的手法,初白堪为典范。总的看来,查氏山水风物诗较少藻饰,最能体现其《自题癸未以后诗稿四首》中说的"拙速工迟任客夸,等闲吟遍上林花。平生怕拾杨刘吐,甘让西昆号作家"的宗旨。

《敬业堂诗集》中表现兄弟手足情的作品占有很大的比例,不应忽略这类题材的篇章。查慎行不只与胞弟嗣瑮、嗣庭、查瑾(信庵)等棠棣情深,他和从兄弟们如查容(韬荒)、查嗣韩(荆州)、查嗣珹(季方)、查嗣琦(芝田)以及查人斌(曾三)等也无不殷殷情笃。亲情诗,在古代抒情诗中是很重要的一宗,乐聚哀散、休戚相关的吟唱,往往最少客气和套语,情之真否,能得切实测定。查慎行是个深于情的诗人,只须读他三十岁时《惊闻三叔父讣音,旅中为位而哭,悲痛之余得诗三章》、《得荆侄习安讣信,拭泪写此并寄尊人楷五兄二首》以至七十七岁时作的《惊闻绍侄天津之讣四首》等一批悼诗,就能测知其与家族群体的深厚情谊,更勿论对骨肉的依恋了。为免过多占去篇幅,仅谈他与兄弟子侄们"门房十五人,两世半折箸"的那场大狱时的哭弟哀弟之作。尽管在结案时险境未脱,不免口中仍须有"感恩恭纪"的言辞,但这适足以见其平时的感情。嗣庭瘐死后遭戮尸,慎行还是写了《哭三弟润木二首》,其二云:

> 家难同时聚,多来送汝终。
> 吞声自兄弟,泣血到孩童。
> 地出阴寒洞,天号惨淡风。
> 莫嗟泉路远,父子获相逢。上伃先一日卒。

嗣瑮全家遣戍陕西,慎行作《德尹将赴谪籍,留别二章》哀而相送,其二云:

> 全家同诏狱,何事不相关。
> 泪尽存亡际,魂惊聚散间。
> 吾衰虞死别,汝健必生还。
> 或者诗成谶,他时一破颜。

事实当然未成诗谶,"六雏随一叟"的一家之主查嗣瑮没能生还。在查瑾"从官发遣"出都时,作为长兄在送行诗中谆谆叮嘱:"念汝乏下走,跬步防须周。幸赖两儿贤(谓克新、克宽两侄),习勤子职修。扶爷上土炕,劝爷进晨羞。"一片血泪情,令人为之凄伤。

最后,以《偕德尹至梅里送竹垞表兄葬》一诗的末两句作为本小节的结语:"十七年来馀痛在,待看宿草慰哀情。"哀生悼逝,六十年中五千首诗,查慎行是几乎倾心血、付生命地将满腔苦情全注于此,披览其集,仍能感觉到他的不尽"馀痛"。这是一个纯粹的诗人,因为投入的是全身心。

第四节　查慎行的诗歌风格辨

关于查慎行诗的艺术个性、风格特征,自从《四库》馆臣在《总目提要》中引王士禛的《序》语说:"称黄宗羲比其诗于陆游。士禛则谓奇创之才,慎行逊游;绵至之思,游逊慎行。"此后论者大多沿用其说以评定《敬业堂诗集》。然而此中实有须加辨析之处,渔洋之论固涵盖不了初白之诗艺,《四库》所引述者复有不尽合渔洋原语处。

首先应指出的是,王士禛为初白作《慎旃二集序》,时在康熙二十四年(1685),《序》中"去冬余奉使南海,夏重操长歌送行,且以诗集序见属,归而夏重《慎旃二集》已哀然成卷帙矣"云云可证。渔洋奉旨祭告南海之行是康熙二十三年冬起行,次年夏复命。据之可知王氏作序之年,查慎行才三十六岁,《序》文即使语中鹄的,也只适用于查初白早期诗。王渔洋卒于康熙五十年(1711),不可能见到《长告集》以后的作品;甚至查慎行第一次假归葬亲出都所作《西阡集》以及《还朝集》等也未经王氏过目,因为渔洋于康熙四十三年(1704)秋九月罢官归里已七十一岁,此后直到病死,七八年间未再出。所以王氏之评断难作为《敬业堂诗集》的整体定论,应是无容置疑的,更无须持以为权威之说。其次,王士禛有关序文与《四库》转述者有出入,原文是这样的:

> 姚江黄晦木先生尝题目其诗,比之剑南。余谓以近体论,剑南奇创之才,夏重或逊其雄;夏重绵至之思,剑南亦未之过,当与古人争胜毫厘。若五七言古体,剑南不甚留意,而夏重丽藻络绎,宫商抗坠,往往有陈后山、元遗山风。后山凌厉峭直,力追绝险;遗山矜丽顿挫,雅极波澜。吾未敢谓夏重所诣,便驾前贤,然使起放翁、后山、遗山诸公于今日,夏重操蜃弧以陪敦槃,亦未肯自安鲁郑之赋也。

对读一过,《总目》的粗疏是显然的。一是"题目其诗,比之剑南"的并不是黄宗羲,乃是黄宗炎(晦木),晦木《序》文原话是:"寻其佳处,真有步武分司,追踪剑南之堂奥者。"分司,即指白居易,王渔洋已略而不提,或许因为白"俗"之故。二是王士禛没有用"慎

537

行逊游"、"游逊慎行"这样的判断语,而是说"或逊奇雄","亦未之过"之类游移语辞。因此,据《四库》馆臣的随意更变之词而以为渔洋论定初白"奇创之才"不足,从而断言《敬业堂诗》才力薄弱等等,全系不实之谈。

关于王士禛的《序》语略加辨味,可以发现他除却以师长身份勉励有加外,其余大抵为应酬浮泛之语。何谓"奇创之才","或逊其雄"?查慎行与陆游所处时代不同,社会氛围更不同。初白所处时空背景,不仅不可能有"铁马冰河入梦来","但悲不见九州同"的雄慨情韵,甚至言行举止全在严密的控制下,这是不须赘述的。所以,"雄"的概念是空泛无当的,在缺乏可比性的前提下言谁逊谁"雄",毫无意义。如果置之特定时空条件下言之,查慎行尽管不具备陆放翁那种"雄"的奇创之才,但他却具有那个时代诗人们所很少能有的奇创之雄。他的一系列写心之作,透辟地揭示君臣、主奴间的令人惊心的史实就是力证。这样的诗王渔洋自己不会写的,评也不敢的,他正不愿冒此种风险。只举一个例子就很能说明问题,渔洋有《过露筋祠》诗,是神韵美的名作,同时也是载道教化的堂堂正正之篇,合名教之理。查慎行也有同题之诗《过露筋祠下》,作于长假归里途中,诗云:

　　旧是鹿筋梁,何年祀女郎?
　　至今留庙貌,考古实荒唐。
　　晓气蛙鱼国,秋声蚊蚋乡。
　　人家苇花里,放鸭满陂塘。

完全与渔洋唱的反调。王渔洋的学识不会低于查初白,但他可以明知"考古实荒唐",却顺应时世所需,以假当真,严谨地守其规矩;初白则不去随波逐流,做顺水推舟文章,一是一,二是二地直说了。就此而言,初白诗不能说不是一种雄直之气的表现。所以赵翼《瓯北诗话》是说得较实际的:"以初白律诗与放翁相较:放翁使事精工,写景新丽,固远胜初白。然放翁多自写胸膈,非因人因地,曲折以赴,往往先得佳句而足成之。初白则随事随人,各如其量,肖物能工,用意必切,其不如放翁之大在此,而较放翁更难亦在此。"事实是,初白的时代,诗人能做的题目已不大,也大不了。可是就一个具体的人而言,他又已做足了大题目。题目难大,却在盘旋之间大其旨意,而且因事而异地细意熨帖地表现,确是"更难亦在此"。

渔洋评语中肯定的一句是"绵至之思",意即绵邈深至的情思。说查慎行诗深情绵邈当然不错,但那不是整体如此,不是他的总貌。经过前文的论析,可以见出,他大量力作恰恰是剷刻清削,而不是绵邈圆润。如果说陆游诗最明显的艺术特征是腴润,查慎行诗则显得棱芒四出。放翁色调较暖,初白色调偏冷;放翁诗多软弹性,初白诗以硬弹性见长。"座中放论归长悔,醉里题诗醒自嫌"(《小除夕夜招集王岩士枢部斋限韵》),如此形影矛盾,不时自我反省的心态最能证实其诗的芒角撑肠,难以驱去。这样的诗风,归之于"纤弱"一类,岂是平正之论?

据郑方坤《小传》说,初白论诗有"诗之厚在意不在词,诗之雄在气不在貌,诗之灵在空不在巧,诗之淡在脱不在易"语。《莲坡诗话》也载有此话,唯不及此语完整。那么核之其创作实践,重意,重气,求空灵,求淡逸,是大抵与其追求的艺术审美境界相符的。值得注意的是他对"厚"与"灵"的关注,当年竟陵钟、谭就是在理论上刻意阐发过这两点。他们立论甚高,也有灼见,只是在实践上偏偏多流于貌,陷于易,而查初白则基本上弥补了这些缺陷。当然,"拙速"之病,他自己也承认,有时表现得出语太快,难免有"易"的弊端,白描与平易确实仅一纸之隔。

第五节　附说吴之振

在宗宋诗风的"浙派"形成过程中,吴之振是有功绩的,不仅如此，其《宋诗钞》的刊刻，也是"宋诗学"史的一件大事。

吴之振(1640—1717)，字孟举，号橙斋，又号黄叶村农。浙江石门人，贡生，选得内阁中书，旋弃而归隐。著有《黄叶村庄诗集》八卷，又有《续集》、《后集》。叶燮序其诗说："予谓古人之诗可以似而不可学，何也？学则为步趋，似则为吻合。学古人之诗，彼自古人之诗，与我何涉？似古人之诗，则古人之诗亦似我，我乃自得。故学西子之颦则丑，似西子之颦则美也。孟举诗之似宋也，非似其意与辞，盖能得其因而似其善变也。"①吴之振是清初"宋诗派"中

---

① 按叶燮为吴之振作此序，其时应不晚于康熙三十三年(1694)。《黄叶村庄续稿》有吴氏之侄吴景淳序言谓："前集八卷皆先生所自定，自丙子季冬卧闼遭绛云之烬，先生跳身烈焰中，支体溃灼，仅面获全"，"续稿一卷，予叔父橙斋先生丁丑以后六年间所作诗也"云云，可以考见。《前集》有吴之振甲戌(1694)附识尤可证也。叶燮卒在康熙四十二年(1703)，先于吴氏之卒十四年。然叶氏诗学观亦以吴之振始终守持者，吴氏有序孔尚任、刘廷玑合著之《长留集》一文。《长留集》编自康熙五十三年(1714)，即吴之振卒前三年，吴氏序文亦必作于编集成不久时。此序关系甚大，不仅可与叶序同参，而且可考知其时诗界之争辩。时叶燮卒已十年有余，王士禛则病逝仅三年。兹节录吴之振《长留集序》前半有关部分：

　　近世主领骚坛之人，每对学者讲三昧，谈神韵。问其所以，则曰："可以意会，不可言传。作诗久，自能了悟。"学者闻其语，虽不甚解，亦不复问。比于禅宗则棒喝之微旨也。其真与伪，学者且不能知之，又安能学？吾谓大抵袭沧浪之绪语耳！夫诗者，无论学士大夫，野老士女，即景即事，称心成语，有情有理，矢口叶韵。闻者莫不感发，和者无不畅遂。以之被笙歌则合乎声律，可以召八风，通万籁，所谓率其天真，诚能动物也。非谓别有门庭，自号曰诗人，招致生徒，传授衣钵。俟其面壁久参，一言印证，微笑相视，不许门外汉窥其半字，然后曰"此大家也，此正派也"。吾每持此论诗，世无信者。后读孔东塘员外、刘在园观察两公传稿，无非以当前景、实在事、委宛之心情、活泼之物理，浩歌微吟，随体裁制。清不涉空，真不涉俗，气动而发，意尽而止。参之汉魏、唐宋、近代作者，既不剿袭，亦不背戾。盖自作其诗，我既不肯学人；各成其诗，人亦不须学我。谓之大家可，谓之自成一家可；谓之正派可，谓之独创一派亦可。

　　吴之振此序语实系迄今所知同辈名诗人中最早批评渔洋"神韵"说之文字，且尖锐直率，诚为清代诗学史之重要文献。上引文见于"海王村古籍丛刊"影本《长留集》，中国书店1991年版。

540

很有成就的一个。

《种菜》诗是吴之振影响最大的几首绝句,当时诗坛名家自黄宗羲起,朝野遍和。其诗先是二首：

> 梁肉宁如藜藿尊,将军负腹手空扪。
> 宪章食物真多事,只合篱边谱菜根。

> 苔蔓周遭石径斜,手编虎落护根芽。
> 闲人休作东陵看,只种菘葵不种瓜。

又《自和种菜二首》：

> 藜羹一盏自言尊,犊鼻裈中虱可扪。
> 长镵短蓑吾事了,生儿那用识金根。

> 杂植桑麻正复斜,薰莸须要辨根芽。
> 年来百事多求益,论担街心买大瓜。

吴之振在康熙年间被称为"山林诗"最有名者,事实是他对世事看得透了,《书投赠诗卷后》说：

> 廿年霜雪枉披襟,道路修长底用寻？
> 冷热惊心催节序,烟云过眼看升沉。
> 人如菊淡终难觏,谊比饧甜误到今！
> 数见不鲜真解事,五湖偏得铸黄金。

第三联尤为淡语出深慨,惊心动魄于平易文字间。七言绝句吴氏尤称自张一军,《常州歌八首》近似竹枝,《课蚕词十六首》写风俗生动。《泊扬州有感》则沉痛有加：

> 千古兴亡一叹嗟,那堪回首听悲笳。
> 伤心呜咽邗沟水,血泪斑斑几道斜！

> 把月吟风是也非,千年化鹤定来归。
> 凭阑自有无穷意,不向红桥吊落晖。

又《昭关》云:

> 万古长江脉脉流,芦中穷士在扁舟。
> 天涯无限伤心地,讵独昭关解白头!

长诗《黄河夫》则写得悲壮沉慨,苦情满纸。

吴之振与吕留良交密,诗集中赠诗怀念甚多。其中卷一《怀用晦》二律诗中有事,用晦为吕氏字,吴之振后旋即归隐,显然受留良影响。

> 襆被仓皇走异乡,深惭教语慰披猖。
> 霜团白练侵衣絮,月放银盘照屋梁。
> 吾党自应严出处,此心原不滞行藏。
> 个中只有兄知我,藉藉讥评恐未当。

> 兄患疡疽势正喧,梦中语笑报平安。
> 几回共把书编读,两月真同唔咿看。
> 可语兀谁那对酒,埋愁无地况寻欢。
> 耦耕再复逾前约,如此黄河箭激湍。舟中频梦用晦。

吴之振除《诗集》外,编成有《八家诗钞》,而他与吕留良以及从侄吴自牧合作编成的《宋诗钞初集》则最著名。其先黄宗羲、高旦中也与吕氏等一起参与选编,最后定稿则是吴氏叔侄之力,并出资刊刻。《宋诗钞》的意义是从文本上为"宋诗派"提供了支持,从而自明以来尊唐一统的格局被真正打破,宋风与唐音并存并举,对清诗的发展关系甚巨。在《宋诗钞序》中,吴氏说:他们选宋诗是"尽宋人之长,使各极其致,故门户甚博,不以一说蔽古人,非尊宋于唐也,欲天下黜宋者得见宋之为宋如此"。持论比较公允。

《宋诗钞》实际上未曾如原计划编定百家之数,缺十六家,后来管廷芬、蒋光熙有《宋诗钞补》足成并增补之。在这之间,必须提到曹庭栋的《宋百家诗存》。

曹庭栋(1699—1785),字楷人,号六圃,又号慈山居士、漱秋居士。浙江嘉善人。乾隆初举孝廉方正。一生隐居不仕,不下楼者二十年。《灵芬馆诗话》说他"门第高华,声望雅重"。嘉善曹氏在清初以曹尔堪兄弟享大名,庭栋是曹尔坊之曾孙,曹鉴伦之孙。著有《产鹤亭诗稿》七卷。因病《宋诗钞》脱漏尚多,遂辑《宋百家诗存》二十八卷。他的《魏塘纪胜》、《续纪胜》绝句一百六十首,亦为名世之作。

第六章　赵执信论

第一节　齐鲁与江南诗文化的消长
　　　　以及赵执信的时代契机

　　名列"清初六大家"中的赵执信，年资最晚而寿登大耋。按之行年，赵执信生于康熙元年（1662），在"六大家"中比宋琬小四十八岁，比施闰章小四十四岁。赵氏十八岁成进士，时在康熙十八年（1679），其时宋琬已病故五年，四年后施闰章亦去世。朱彝尊较其年长三十三岁，王士禛则长二十八岁，就是查慎行也比他大十二岁。迨乾隆九年（1744）冬，赵执信逝世时，沈德潜已七十二岁，金农五十八岁，厉鹗五十三岁，郑燮五十二岁，胡天游四十九岁，商盘四十四岁，钱载三十七岁，袁枚二十九岁，所以，他实际上乃是清代诗歌自前期转入中期的一位过渡阶段的代表人物。

　　行年的辨认只是从人物交接的时空上界明赵执信一生活动的诗坛背景，以免具体论述赵执信的诗学生涯时经常容易发生游离背景实际的判断。之所以说他是清诗两个时期之间的过渡性代表人物，更重要的当然是因为他的诗论专著《谈龙录》以及有关的诗文序跋第一次系统地向王士禛的"神韵"说展开了论争。从某种意义上讲，赵执信的这一诗学辩难乃是对清代前期诗歌到康熙四十年前后出现真气日漓、真意淡散的日趋严重的局面，进行了一次意在挽转诗的生气命脉的激烈反拨。虽然这场争论并未能根本扭转格局，清诗仍然转入颇为疲软的中期；但《谈龙录》影响深远，其论旨无疑是清代诗史上不可或缺的一个中介环节。

在展开对赵执信的诗学观及其创作实践的论述之前,有必要先辨认一个问题,即何以第一个系统地非难和批驳王渔洋诗论的恰恰是他的山东同乡,并且是他的从甥婿的赵执信?而且《谈龙录》的问世就在渔洋的生前。

历来论者的注意力往往集中在王、赵的社会亲属关系和私人间的恩恩怨怨,于是赵执信很难摆脱"泄私愤"之类的道德批评,从而这场争论的史识价值不免被悄然淡化,问题的实质难以揭示。

其实,如果稍稍调整一下视角,不是过多地着眼舅甥关系,而是去注意到"山东同乡",也就是从"诗文化"的时空观念上深探下去,论争的诗史意义必将能进一步得到抉发。

本书前文有关章节曾提到清初齐鲁诗界足以与江南抗衡问题,但未及展开述说。有关这两个地域诗界阵容以及力量消长因素的观照及比较极有意义,容先谈山东"诗文化"的近期史实和现状。关于当时齐鲁诗界的盛况,《谈龙录》第二十八则有载述:

> 本朝诗人,山左为盛。先清止公与莱阳宋观察荔裳(琬)同时,继之者新城王考功西樵(士禄)及其弟司寇,而安丘曹礼部升六(贞吉)、诸城李翰林渔村(澄中)、曲阜颜吏部修来(光敏)、德州谢刑部方山(重辉)、田侍郎、冯舍人后先并起。然各有所就,了无扶同依傍,故诗家以为难。秀水朱翰林竹垞(彝尊)、南海陈处士元孝(恭尹)、蒲州吴征君天章(雯)及洪昉思,皆云然。

毫无疑问,赵执信这段文字的背后有弦外之音,即批评王士禛好标榜,动辄以宗师自居,广罗弟子。上面提及的有好些是"金台十子"中人,洪昇也算是渔洋弟子;还有冯廷櫆,王氏也口口声声呼之为门人的。赵执信有意将他们与非山左人的朱竹垞、陈元孝这些年资甚长的诗人并举,意思很清楚。但是,山左诗人之盛况,文中也已具体地反映出来。对此,王士禛也有类似的更详尽的例

545

举,而且时间稍稍上推,从而恰好和上引赵氏所列的人物相衔接,"诗文化"的时空延续感显得更强。在《古夫于亭杂录》卷三,王氏有一则专门的叙述:

> 吾乡风雅,明季最盛。如益都王遵坦(太平)、长山刘孔和(节之),尤非寻常所及。王,巡抚漾子;刘,相国鸿训子也,余为作合传。他如益都王若之(湘客),诸城丁耀亢(野鹤)、丘石常(海石),掖县赵士喆(伯浚)、士亮(丹泽),莱阳姜埰(如农)、弟垓(如须),宋玟(文玉)、弟琬(玉叔),董樵(樵谷),淄川高珩(葱佩),益都孙廷铨(道相)、赵进美(韫退),章丘张光启(元明),新城徐夜(东痴)辈,皆自成家,余久欲辑其诗为一集传之,未果也。孙,本朝拜相;高,吏部侍郎。赵与琬,俱按察使。丁、丘皆以教职迁知县。

这不是一张枯燥的名录,它实际上是清初"山左诗史"提要,就这意义讲,渔洋的《香祖笔记》中还有继续上溯到明代山左诗文化的述说:"尝欲辑《海右六郡前辈作者遗集》五十家,断自洪(武)永(乐)已来。"这"五十家"中著名的有:边贡、刘天民、冯惟敏、冯惟讷、李攀龙、苏祐、戚继光、于慎行、李开先、邢侗、公鼐、公鼒、冯琦、谢榛、王象春、高出以及入清的卢世㴶等,下接前面已有的从王若之到徐夜、董樵。渔洋在《古夫于亭杂录》卷五还有专谈山左某一地区的诗文化之盛的:

> 吾乡六郡,青州冠盖最盛。明嘉靖、万历间,官至尚书者八九人。而世宗时,林下诸老为"海岱诗社",唱和尤盛,其人则冯间山、黄海亭、石来山、刘山泉、范泉、杨滟谷、陈东渚,而即墨蓝北山亦以侨居与焉。倡和诗凡十二卷,无刊本。……间山名裕,即四冯之父惟健、惟敏、惟重、惟讷,"文敏"琦之曾祖。……

值得注意的是青州就是赵执信家乡益都(今淄博)的所在郡(府),而上述冯氏则是其座主冯溥先辈,冯溥第三子冯协一(退庵)又是赵执信儿女亲家。

无论从宏观上抑或是微观地看,山左人文特别是"诗文化"在清初有着深厚根植和积累,因而此间涌现争雄诗坛或诗学上独标己见的人物,绝非偶然。而赵执信则在地域、家学以及人文网络诸方面均具备作为一个诗大家的充裕条件,他与王渔洋在诗学观上一争短长,应属历史客观条件所孕结的某种必然!

问题是何以人文鼎盛的江东地区的诗人群中未见出一个与王渔洋一论是非,偏独由赵执信历史地承担起这任务,而且他事实上又是借助江左从冯班到吴乔的理论来予以发挥的呢?

这是因为自康熙二十年(1680)往后,差不多有一个甲子即六十年左右的时间里,江东人文处于式微态势,特别是在传统文化"雅"文学领域内,无论诗文词概莫能外。以诗歌而言,可从两个层面上略加审视:一是遗民群,邢昉、万寿祺、冯舒、冯班兄弟,这些于诗坛上卓有影响的诗人固早已作古,顾炎武、阎尔梅、吴嘉纪等大家在此前后数年间也相继离世。何况由于政治的和个人志趣的原因他们本亦无心角雄于新朝诗坛,这是属于过去了的一个年代的诗界巨擘。二是入仕清朝的江东诗群。"江左三大家"是易代之际的老辈人物,他们或声名狼藉,或心力交瘁,或才力难济,在鼎革之初虽曾治丝益棼地领袖过南北诗坛,但既未形成特定的统系,也没能确立"一尊"的态势,而且到王渔洋称雄诗坛时也已都不在人世。与钱谦益、吴伟业等同辈的江左入仕新朝的高层文化人氏如陈名夏等不是惨败于南北党争,就是于诗文事业本就无甚成绩。接着,科场、通海、奏销三大案狱起,原来才学足以驰骋于诗界的新进英才如吴兆骞等或远戍边塞,或沉沦江南,身心摧残,壮心全去。之后,徐乾学兄弟显贵一时,才学亦足称,然以他们昆仲为代表的这群与王士禛同辈的文化人,心神大抵贯注于政界权力倾轧,以固宠争位为专事,于诗一道略无建树,甚且大多成为附庸。至如曹禾、汪懋麟等则名属渔洋门墙,众星捧月,原系"神韵"说的趋从之群。江左或称江东的诗文化态势,明显地呈现出委顿的难以称雄于全国的衰退状。处于底层的才人中不乏佳诗人,但要抗衡"泰斗宗师"如王渔洋者,无疑是力不从心,或亦无此匪夷所思之心。再稍稍往后,即与赵执信差不多同时而略迟些年,沈德潜登诗坛,江左诗风再次见盛。可是这位师承叶燮诗法理应很有建树的诗学巨子,却与"盛世"相枹鼓,名为"横山门下",实属渔洋继替,对此,下一章将要详说。

以上粗略的巡视,已足见江东诗文化消长之势,与山左诗歌群体在力量对比上明显地表现出一种失衡。这种失衡态势的发生,力量的逆转落差,无可置疑地是受制约于政权的更变,是时势决定并支配着的结果。

这一失衡现象在乾隆三十二年(1767)刘执玉选辑《国朝六家诗钞》,从而有"清初六大家"之称的构成这一事实中充分地反映着。"六大家"中山东居其三:宋琬、王士禛、赵执信;浙西占有二:朱彝尊、查慎行。施闰章则是皖人,顺、康期间,安徽与江苏合称"江南省",援引"江左三大家"中龚鼎孳之例,施氏算是江左一家,占六分之一,而作为江左(江东)主体的江苏一域,"六大家"中适成空白。这一空白并不违背史实真相,其时江苏确也无有可匹敌于"六家"的人物。

素称人文渊薮的江南,不仅无力问鼎诗国,倒是王士禛因一度司李扬州而活动于淮扬、京江以至三吴一带,渔洋诗风颇多左右之力;两浙自成态势,"浙派"与"神韵"说分道扬镳,但亦并不公然抗衡。江浙既然无人足与王渔洋分庭抗礼,举国朝野在这六十年间,时代已无可择选,于是赵执信作为诗国中称"齐鲁大邦"的新俊,可谓是历史命定地应"运"而出。

但是,作为论争的一方,赵执信之于王士禛,虽说是时代的选择,然而却又必须是具体的这一个,否则岂不陷于神秘的不可知论和宿命论泥淖?这就是说,赵秋谷之所以具备与王渔洋驳难的可能,是因为其在一定程度上较他人知己知彼,尤其是"知彼"。王渔洋是赵氏之妻的堂房舅父,执信又曾问诗法于王氏,直接的体察与感受均很具体。而更重要的是赵执信一生失意蹭蹬,性格又强项不驯,于人生别有体验。对于才华勃发的诗人来说,诗本是他宣泄心灵伤痛的窗口,因而对诗的功能,对诗的本体特质必然多有探讨,于是,是非真伪,取舍扬弃,势将形成自己的心眼,并骨鲠在喉,以一吐为快。这就是时代与诗家间双向契合的机缘相副,缺乏如此的契合集焦之点,是迸发不出火花的。

第二节　赵执信诗学观形成过程及其诗界"权在匹夫"之争的时间考辨

赵执信,字伸符,号秋谷,晚号饴山老人,又有抱膝居士、无想道人、知如老人等号,年未及壮罢官,曾改字淡修。山东益都(今淄博市)颜神镇人。康熙十八年(1679)成进士,才十八岁,其成进士之年龄与王士禛当年中举人时同,少年得意,踌躇满志之状可以想见。庶吉士翰林院教习期满,散馆授编修,康熙二十三年(1684)充山西乡试正考官,二十五年(1686)迁右春坊右赞善,兼翰林院检讨,充《明史》纂修官,兼预修《大清会典》。康熙二十八年(1689)秋,以佟皇后"国恤"期间宴饮观演洪昇所编《长生殿》剧,为礼科给事中黄六鸿所参劾。赵执信以现任官犯"大不敬",首任其责,被削籍,从此废置终身,其时秋谷年仅二十八岁。高才被放,抑郁难抒,此后五十五年漫长岁月,游踪半天下,并纵情于酒,以荒嬉声色为陶写物,而悲慨愤懑、嬉笑怒骂则一寄于诗。赵执信著作甚丰,其《饴山诗集》为二十卷,论诗之作《谈龙录》外,还见于《文集》诸多序跋和传记,另有《声调谱》一卷。秋谷并能填曲谱剧,书法尤精,兼擅画,诚为才艺广博者。

赵执信幼承家学,他的叔祖赵进美实系其诗创作最初的导师,在《先叔祖韫退公行实》中曾说:"执信自总角,为公所奇爱。"

赵进美(1620—1692),字嶷叔,一字韫退,号清止。明崇祯十三年(1640)进士,入清官至福建按察使,著有《清止阁集》九卷。赵进美少即著诗名,殿试与方以智、金堡、姜垓、周亮工、来集之等同榜,一时称盛,合陈子龙"云间"诸子分据南北坛坫。入清后,又值龚鼎孳"持文柄",为辇下唱和重要成员之一。《清止阁自序》说:"予尝取古今论诗之合者,于宋得严沧浪,明得徐昌谷、王元美。"赵执信《行实》也说:"公童年为诗颇好华艳,登第后,师友渐摩,遂践信阳、历下之庭。"可见"清止阁"诗也是"七子"一路,而论诗见解与渔洋亦相合。王士禛曾有诗答赵进美:"风尘憔悴赵黄门,岭表迁移役梦魂。昨见端州书一纸,说诗真欲到河源。"并在为赵所作《墓志铭》中谈到:"公少为诗清真绝俗,得王、孟之趣。使江西时,尤刻意二谢。"这是康熙三十一年(1692)以后的话,角度不同,意思则是一样,他们诗艺观很相合。

赵执信家族中诗歌氛围原不与王士禛有异,除赵进美外,还可举赵执端为例。赵执端字好问,号缓庵,曾授汶上教谕,未就职。著有《宝菌堂遗诗》二卷,今存于世。执端是赵继美之孙,作肃之子,与执信为同曾祖从兄弟,其母为王士禛之季妹,故是渔洋亲外甥。他的诗师从舅父,《国朝山左诗钞》引张廷璆《赵君墓志》称之"品格独高"。《四库全书总目》还专门提到当王、赵于诗异议争诟后,赵执端在一首《过渔洋旧居诗》中完全站在渔洋立场而丑诋从兄秋谷:"突兀龙门群仰望,飘零宅相独徘徊。依然万壑朝宗在,不禁蚍蜉撼树来!"①

---

① 《四库全书总目》卷一八三"别集类存目十":"《宝菌堂遗诗》二卷……执信、士禛以争名构衅,著书互诋,两家诟争如水火。执端独舍执信而从士禛。其诗句拟字摹,亦颇得其一体。集中有《过士禛旧居》诗曰……盖为执信《谈龙录》发也。执信《谈龙录》负气指摘,或不免失之太过,而所言不尽无理。执端直以群儿谤伤诋之,是其门户之见尚未澌明季余习矣。"

以上事实表明：一，赵、王二族姻亲频仍，诗风通同，赵执信生长在这样的氛围中也曾受过薰陶；二，唯其如此，所以执信的冒大不韪，持异议，绝非一时感情偏激，而是经过严肃的思考之后的举动。他所批评的是一种风气，并不是纯指个人。只是因渔洋为代表人物，所以集矢于他。

赵执信初识王渔洋时无疑请教过诗学。王应奎（1684—1757）是常熟人，又差不多为赵氏同代人，所以其《柳南续笔》的载录尽管含有贬义，但可从一个侧面窥得消息：

> 益都赵宫赞秋谷，自少负异才，以工诗鸣山左，视一时辈流，罕有当其意者。迨识新城先生，乃敛衽摄服，于是噤不作诗者四五年。新城知之，特肆筵设席，醉之以酒，请弛其禁。宫赞乃稍稍复作，作则就正新城，以定是非。①

《饴山堂诗集》编次起自《并门集》，即赵执信康熙二十三年（1684）主典山西乡试期间所作，上推四五年，正当其成进士之际。他与孙氏夫人（即渔洋从外甥女）结缡之年为康熙十七年（1688），夫妇同庚，皆为十七岁。如果说王应奎所述的"迨识新城先生"的时间是指"洞房花烛，金榜题名"之年，初一对照，似颇相合，但核之《谈龙录序》所说则矛盾。赵氏自序说：

> 余幼在家塾，窃慕为诗，而无从得指授。弱冠入京师，闻先达名公绪论，心怦怦焉每有所不能惬。既而得常熟冯定远先生遗书，心爱慕之，学之，不复至于他人。

这里"先达名公"正是指渔洋，"有所不能惬"者即指"神韵"说，前文论王士禛之章已辨明康熙十八年前后恰值渔洋主盟京师诗坛之

---

① 见《续笔》卷三。王氏此说从时序言固不确，即若"噤不作诗"、"醉之以酒，请弛其禁"云云，亦夸言近小说家语，不可依据。文中又有"其后两公议论偶不相合，逸人从而交搆之，而彼此嫌隙生矣"云云，亦揣摩语耳。

551

时。关于赵执信得读冯班《钝吟集》的时间,他在《诗集》卷十六《怀旧集》的《怀旧诗》之二"常熟陶元淳"的诗前小传中有明载:

> 常熟陶元淳子师,戊午之秋从翁司寇来济南,与公权及余结交。明年,余留京师,晨夕无间。钝吟先生遗书,子师先得之,转以付余,且为赏析。由是得肆力于诗与书法。

戊午年是康熙十七年,常熟翁叔元以编修典山东乡试,赵执信与冯廷櫆等均于是年中举。执信一生与常熟冯氏诗学的关系至深,渊源当自此年始。第二年经陶元淳之手得读《钝吟集》是不应有疑问的,不仅陶氏是常熟人,而且当时冯班的长子冯行贤(补之,圃芝)也与陶氏一同被荐举来京参加"鸿博"之试,所以这时得见冯班的书并不突兀。

基于这样的事实,赵执信初识王士禛并向他请教的时间,应前推到康熙十三年(1674)前后,即渔洋守其母之丧"居庐"乡里时。赵执信以十三四岁的少年"敛衽摄服"于大诗人面前,也较符实情。当时执信虽尚未与王家直接有姻亲关系,但他从叔赵作肃(1645—1701)已娶渔洋第四妹多年,大诗人既属姻长辈,平居在里,叔祖赵进美也还在世,在两家亲长的往还之际,随侍请教的机会当然不会少。

考查这样的时间次序,其意义是:赵执信请教于王士禛,乃少年时事;迨成进士那年他十八岁时已对王氏诗说"每有所不能惬",这在早熟早慧的诗人来说不是矫情之举。他得读《钝吟集》并开始心仪,也就是"有所不能惬"的不久,既有"不惬",广以研读,合乎情理。但当时虽然"每有所不能惬"于渔洋诗说,却尚未明显形成异议。异议相争,应是后些年始开其端。

由"不能惬"到异议相驳,关键的启变因素是现实遭际的感受,是他的人生道路上无可逆转的大厄运激发所致。这就是康熙二十八年(1689)因观演《长生殿》而遭终身废置的无情打击。由心灵的创痛转为对诗的承载功能强化追求,而这种追求必然导引他深恶失"真"的诗风。再进一步想,失"真"无"我"的诗风岂不正是达官巨宦们巧言令色、伪饰固宠的官场作风的折射?

《长生殿》事件是赵执信一生严重的而且是来得过早的毁灭性打击。试想,年未三十,前程应是如锦的他,从此失落掉封建士人所憧憬、所追求而事实上已是在握的一切,心态能不剧变?能不对人世间一切众生相,包括与政界紧密相关的诗坛在内的诸多现象发生全方位的认识的重新调整?而且,既然罢官放归了,也就是精神制约的开释,他倒在思维空间中获得了更多的自由,很可以任一己固有的性格在某些领域内驰骋疾蹄。但这不应视之为塞翁失马,而实是蚌病成珠的又一事例。

赵执信的罹演剧之祸,本是城门失火,殃及池鱼,无端成为党争的牺牲品。他在若干年后写的《上元观演长生殿剧十绝句》的最后一首以苏子美自比说得很明白:

　　清歌重引昔欢场,灯月何人共此堂?
　　六百余年寻覆辙,菟裘怪底近沧浪。

诗写在苏州,末有小注说:"余以此剧被放,事迹颇类苏子美。昔过苏州有句云:'闻道沧浪有遗筑,故应许我问菟裘。'"这与查慎行《竿木集小序》中以苏舜钦自比一样。苏氏在北宋受牵累放罢,就是个被视作范仲淹之党而殃及的不幸者。所以,赵执信罢官被放之初,首先一个感受是厌恶"党争"。《还山集(上)》表面上似没有对受祸事有多少直接反映,其实《观斗促织》一诗是有寄意的:

　　金商动伤杀,……
　　草间分蚁穴,水次杂蛙唱。
　　岂有势必争?群以力相尚。
　　幽人洞物情,罗取就盆盎。

> 无声出指挥,快意见跳浪。
> 初合犹两疑,再鼓乃齐抗。
> 摽挟猛士心,奋迅良马状。
> 大鸣类豪呼,小利增跌宕。
> 递进恍寻仇,独胜欣得将。
> 旁观识强弱,万事有得丧。
> 一笑天地间,孤怀足闲畅。

从"幽人洞物情"、"无声出指挥"句看,赵执信于党争的操纵者是心里明白的,他对发生在"金商"之秋的那场祸害的背景,当然不会不清楚。

政界有朋党,诗坛则称门户。由对党争的痛恶,赵执信开始对诗坛门户有所抨击。与《观斗促织》同时,有《题大木所寄〈晴川集〉后》诗,中云:

> 楚骚风流日凌替,吾道欲付多歧羊。
> 巨手有力惜不用,蚕丛路塞谁开张。
> 渔洋诗翁老于事,一一狎视海鸟翔。
> 赏拔题品什六七,时放瓦釜参宫商。
> 苏门上客虽旅进,未许与子为秦黄。

这是他与冯廷櫆相约拒列"王门",并指摘渔洋滥收门人、以广声气的陋习。当时赵秋谷还没有在重大诗学原则问题上向王渔洋挑战,但一种力破门户、独立不倚的雄心已显然透露:

> 传声吠影两无当,口似昭旷心苍茫。
> 我昔有志峻格律,失足罗网缘谤伤。
> 人谓意气定衰减,讵知胆力犹坚刚。
> 会与五岳果凤约,独乘莽眇游五方。
> 他年自携三万首,要向君论雁抗行。

赵执信的"要向君论雁抗行",其所要"抗行"的雄心以及"犹坚刚"的胆力,当然不是指对自己的志同道合的友人冯廷櫆。他的意向是要填补"巨手有力惜不用"的空缺,自为"巨手"。这就命定地确立了其与王渔洋抗衡的无可逆转的态势。

赵、王之间辩难的明朗化时间应在康熙三十二年(1693)以后。赵执信初罢官的数年间,他们尚有书札往还,相互间不无礼尊和关怀。康熙三十五年(1695)秋赵执信南游,在去广东途经杭州时写了《论诗二绝句》:

画手权奇敌化工,寒林高下乱青红。
要知秋色分明处,只在空山落照中。

无弦只许陶彭泽,会得无弦响更长。
若使无弦亦无响,人间悦耳足笙簧。

这是两首十分重要的论诗绝句。先说第二首,"无弦亦无响",显然是针对"不着一字,尽得风流"、"不着判断一语"之类的话头以及诗风倾向而言。弦外之音应有音,而且必须"响更长",否则不免有英雄欺人之嫌。此一针砭语是很有分量的,一击便中要害。但更值得注意的是第一首。这首看起来意象很空灵、颇有"神韵"味的绝句,其实是一份宣言书,赵执信借用"寒林高下"、"空山落照",一派野色的景象,意在表明:他要以在野的空间与在朝的大僚们作一番诗学的抗争!第二首中的"陶彭泽"则是前一首"意"的补足,又起领着这后一首正、负两面的褒贬内涵。

说《论诗二绝句》十分重要,是因为它揭示了秋谷与渔洋之间论战的诗史意义的实质,即:这是一场以在野对在朝的诗学观和风气的交锋!历来研讨王、赵之间的所谓"争诟"、"攻讦",正是由于没有从宏观高度去把握问题,往往只纠缠在气度、德行以至私怨之类枝节现象,所以不是简单地甚或是站在传统观念上因袭旧说是

555

甲非乙,就是模棱两可,各打五十大板,无法阐明真相,而导致不能攫住头绪、抉出纲领要旨的重要原因,则是轻忽了这《论诗二绝句》。

其实,一旦破译这《二绝句》,赵执信三次南行,一再侨居吴门,以及之所以与吴乔在诗观念上相投合,直至他何以悖逆"家学",瓣香并远绍《钝吟集》?这些问题均能得以迎刃而解。兹先考辨秋谷与吴乔的关系。

关于赵执信与吴乔的投合,旧时诗话笔记非议讽斥不少。其中朱庭珍《筱园诗话》可作为典型看:

> 赵秋谷与阮亭不睦,久遂成仇,至作《谈龙录》以诋刺之。独心折二冯,几欲铸金崇奉,其好恶殊不可解。查秋谷之服膺冯氏,阿好溢美,其说本于常熟吴修龄。曾三过吴门,访求修龄所著《围炉诗话》而不得,大以为恨。予观二冯所著《钝吟老人集》、《默庵小刻》并所评《才调集》及吴氏诗话诸书,不觉大笑,乃知秋谷之笃嗜,真如嗜痂,不可以正理诘矣。……其持论与秋谷同符,故秋谷隐宗明袒,欲援吴以振其军。盖性情谿刻,笔锋犀利,伸臆说以乱公论,阿私好以排异己,二人同病,所以投契如是。①

朱氏诸多攻击以至恶骂均可不辩,至于说秋谷服膺冯班兄弟,"其说本于常熟吴修龄"之讹误则显而易见。只是文中讲到"二人同病,所以投契如是",从而秋谷"欲援吴以振其军"云云,语意含混,

---

① 语见卷四。按朱庭珍氏此则诗话中尚论吴乔曰:"修龄集矢牧斋,至为《正钱录》以讥牧斋诗文,深文巧诋,指摘不遗余力,与秋谷掊击新城作《谈龙录》,后先一揆。所著诗话,于有明前后七子及明末之陈卧子、曹能始、钱牧斋、吴梅村、周栎园诸家,无不吹毛索疵,诃诟万端。而独推崇冯氏诗为六百年所无,奉为一代宗匠。""其实吴氏议论乖谬,有似市井无赖,痛诋贤士大夫,而推尊村塾学究;又似浮荡子弟妄议庄姜、明妃不美,而以所私娼女为夭人。盲道黑白,大抵此类,岂足当识者一哂耶!"

556

给予人们的感觉似乎赵、吴曾相聚深交过,这必须一辨。

事实上,早在朱氏之前,如阮葵生(1727—1789)《茶余客话》卷十一确有这样的载述:

> 渔洋晚年寄宋商丘(荦)云:"尚书北阙霜侵鬓,开府江南雪满头。谁识朱颜两年少,王扬州与宋黄州。"其意甚隐。壬申至都下,晤董曲江元度云:赵秋谷罢馆职,益修憾阮翁。屡游吴中,与吴修龄为莫逆交。一日酒酣,语修龄曰:"迩日论诗,唯位尊而年高者,斯称巨手耳。"时商丘方巡抚吴门,闻是语,遂述于阮翁,故答诗云尔。

壬申为乾隆十七年(1752),上距赵执信之卒仅八载,事去不远,似属可信。稍后,山东济南王培荀(1783—1844后)在《乡园忆旧录》卷一也有同样内容的记述①。王氏另著有《听雨楼随笔》,以纪实著称。

然而细加考核,发现上述"莫逆交"、"酒酣语修龄"之类描绘实系小说家言,不能置信。

查赵执信一生曾五至吴门,第一次在康熙三十五年(1696)、第二次在康熙三十九年(1700)、第三次在康熙四十一年(1702)、第四次在康熙四十四年(1705),最后一次在康熙五十九年(1720),后两次均客寓数载。前四次也确实都在宋荦任江苏巡抚时期之内。但是赵执信第一次到苏州即途经此间南去广东时,吴乔已去世!他们之间不存在"为莫逆交"并酒酣论诗于吴中的事实。

吴乔(1611—1695),又名殳,字修龄,江苏昆山人,布衣终身。

---

① 《乡园忆旧录》卷一:"秋谷游吴门,与吴修龄交莫逆。一日酒酣,语修龄曰:'迩日论诗,唯位尊而年高者称巨手耳。'……修龄《围炉诗话》,余家有钞本,议论有新奇处,而偏持意见处亦时有。秋谷锐意求之,特以其有讥切渔洋语,欲援为左袒之助耳。"

他的行年，据其《围炉诗话》卷四以及《昆山诗征》卷上可以考知。著作除诗话外，尚有《抚膺诗》一卷、《舒拂集》《吞乌集》《西昆发微》等。吴乔较之赵执信辈分尊长得多，陈维崧赠诗称"最爱玉峰禅老子，力追艳体斗西昆"[1]，这是一位与冯班、吴伟业同代的诗人。他位卑名微，却很招致诗坛大老们的攻击，例如王渔洋就不喜欢这个人。原因是吴乔作有《正钱录》，专门批判钱谦益及其《列朝诗集》，还在《围炉诗话》中对明代前七子以至陈子龙、周亮工、吴伟业等遍加指摘。又因为吴乔审美倾向取李商隐并擅艳体，于是斥责者转以此作为攻击目标：崇尚西昆，等而下之！当然也有赞称者，著名学术大师阎若璩《潜邱札记》说："与黄子鸿共读《围炉诗话》，叹为哀梨并剪！"而阎若璩正是赵秋谷挚友，《谈龙录》里对王渔洋诗中地名指谬的实例，就都出于阎氏的考证。至于吴乔的诗，也有人打抱不平，钱泳《履园丛话》卷八《谈诗·以诗存人》就说他："高才博学，尤工于诗。""观其语必沉雄，情多感激，正不仅以妆金抹粉，步趋杨、刘诸公而已。"并例举诗三首证之。从《寒食虎丘》的"黄腰白帜遍神京"、"麦饭谁浇十二陵"语句看，他无疑是位遗民诗人。《雪夜感怀》尤悲慨，品格全与冯班兄弟相同：

　　酒尽灯残夜二更，打窗风雪映空明。
　　驰来北马多骄气，歌到南风尽死声。
　　海外更无奇事报，国中唯有旅葵生。
　　不知冰洹何时了，一见梅花眼便清。

　　本来，诗美取向的趋异，不应作为唯一绳衡高下的标准，何况

---

[1]　《湖海楼诗集》卷八《屡过东海先生家，不得见吴丈修龄，诗以柬之》：
　　　最爱玉峰禅老子，力追艳体斗西昆。修龄精禅学，又善拟无题诗。
　　　朱门纵视如蓬户，入幕长愁似隔村。
　　　索饭叫号孙太横，钞书历碌眼尝昏。
　　　此间赤棒喧阘甚，隐几偏知几士尊。
　　按：此诗作于康熙辛酉二十年（1680），陈迦陵时在京城供职检讨。

吴乔的诗也并非全学晚唐或"西昆"。即使学《西昆》一集,写艳体,犹如壮烈之士失意怅憯,沉湎于醇酒妇人以泄愤懑,亦须具体分析,不必概加指斥。他在《围炉诗话》卷一说过这样的话,显是愤慨之论:

> 高廷礼唯见唐人壳子,立大家之名,误煞弘(治)嘉(靖)人,四肢麻木不仁,五官昏聩无用。诗岂学大家即是大家?要看工力所至,成家与否,乃论大小。彼持扯子美、李颀者如乞儿醉饱度日,何得言家?岂乞得王侯家余糁,即为王侯家乎?
>
> 明人以集中无体不备、汗牛充栋者为大家;愚则不然,观于其志,不唯子美为大家,即韩偓"落花诗"亦大家也。

吴乔这类论述虽不免偏激,但在理。特别是对贵族化、官场化倾向,他有谈言微中、十分精警的地方。赵执信与吴乔的投合,恰恰在这些论旨上,但他们的投合又只是"神交"而已。吴乔的一系列理论主张,正如冯班《钝吟集》的诗学观一样,为赵执信坚定自己的思考,提供着有力的参资。特别是在被官绅化、门户壁垒搞得"蚕丛路塞"的诗界现实面前,要从"在野"角度抗衡、拓展这一点上,吴乔的观念应该说太与秋谷相契合了。试看《围炉诗话》这一段对诗的非诗化和庸俗倾向的尖锐批判:

> 诗如渊明之陶冶性情,子美之忧君爱国者,契于《三百篇》,上也;如太白之遗弃人事,放旷物表者,契于《庄》、《列》,为次之;怡情景物,优闲自适者又次之;嗟卑叹老者又次之;留连声色者又次之;攀缘贵要者为下;虽有高下,不失为诗。唯作人事之用者,同一觑肩槛酒,不足为诗。

平心而论,这是罕见的品评诗的功能的精粹论断,即就这一段文字言,吴乔的见识就不低。何谓"作人事之用"?就是门户声势、党同伐异以至作为升官进爵的敲门砖,这较之阿谀贵要作颂辞来,自然更卑劣!

这完全是在野者的冷峻眼光所得的品论。而"不足为诗"的要害所在,正是官宦这个"场"在作祟。赵执信有几乎同样的论述,不同的只是以诗的形式。他在《浮家集》中有首《赠李客山》五古,诗云:

> 始与李生言,世味一何寡?
> 既见所为诗,乃知真静者。
> 栖神入恬淡,肆力薄风雅。
> 古意默已领,孤怀闲自写。
> 此邦盛人文,千载非苟且。
> 自从科名张,不觉江河下。
> 迩日尤波靡,篇章但土苴。
> 谁识荆山珍?潜待连城价。
> 我来披荒芜,独立赏潇洒。
> 晨夕乐居村,茗香期结夏。
> 松陵烟月新,拟续昔吟社。
> 相赠无常辞,愿得柏与马。

客山是长洲李果(1679—1751)的号。李果字实夫,一作硕夫,又号慕庐、在亭。叶燮弟子,布衣终身。法式善《梧门诗话》称其"不肯有所干",所交李崧、韩骐、华嵒著名隐逸。沈德潜未达时与之为同窗,后出处各异,制行不足以与果并称。著有《在亭丛稿》十二卷及《咏归亭诗钞》八卷。这是位吴门著名的隐君子,布衣诗人。赵执信此诗作于康熙六十年(1721),诗中"自从科名张,不觉江河下",将"科名"与"人文"作为互为反动的两个方面,正是以布衣野人的立场对"科名"进行否定,须知"科名"即官宦的指挥棒。此中赵秋谷的观念与吴乔的"作人事之用"之说的批判合若符契。吴乔还有更具体的说法,《诗话》卷四说:

> 钟谭派于世事无用,一蹶必不振。二李法门实为不祧之

祖,何也？事之关系功名富贵者,人肯用心。唐之功名富贵在诗,故三唐人肯用心而有变。一不自做,蹈袭前人,如今日之抄旧时文,便为士林中滞货故也。明人功名富贵在时文,全段精神俱在时文用尽,诗其暮气为之耳！此间有二种人,一则得意者不免应酬,二李之体易成而悦目；失志者不免代笔,亦唯二李相宜故也。

这话说得透彻之至,言外之意,诗的一段真精神也就必在"功名富贵"之外。吴乔之论无疑与赵秋谷不谋而相合,"要知秋色分明处,只在空山落照中","无弦只许陶彭泽,会得无弦响更长",他们在"野"这一点上确是他乡知己,先后同志。

赵执信对冯班兄弟诗学观以至书法审美取向的崇尚,虽时在甚早,然随着他的遭际和人生体验愈变迁,这种崇尚和追逐愈执着,此中关键的文化基因作用也是"朝"、"野"对峙。与《赠李客山》诗写在同一年的《钝吟冯先生宅感怀二绝句》云:

青山一掩子云居,风籁松门雨涨间。
破屋时闻吟啸苦,诸孙寒饿抱遗书。

间世钟期强听琴,潜依流水写徽音。
敝庐未解相料理,枉被名卿妒范金。阮亭司寇谓余尊奉先生几欲范金事之为不可解。

渔洋这话载在《古夫于亭杂录》卷五：

常熟冯班,字定远,著《钝吟杂录》,多拾钱宗伯牙慧,极诋空同、沧溟,于弘、正、嘉诸名家,多所訾謷。其自为诗,但沿《香奁》一体耳,教人则以《才调集》为法。余见其兄弟兄名舒所评《才调集》,亦卑之无甚高论,乃有皈依顶礼,不啻铸金呼佛者,何也？班之子曰行贤,字补之,诗学白乐天,却有自得之趣,与吴雯天章善,尝求余论定其诗,惜逸其本矣。

一个誉之为"高山流水"的伯牙之琴，自比作隔世的"钟期"，一个却斥为"卑之无甚高论"，并嘲笑有人"皈依顶礼"！他们的悬殊悖背，除了审美情趣的差异外，根本的分歧在于一为庙堂之上的名公巨卿，一为被放逐的在野之士。冯班及其兄冯舒的野遗身份及凄苦遭际已见前编。

在中国封建文化史上，"朝"、"野"文化的意蕴原与"达"、"穷"以及"兼济天下"、"独善其身"等进退出处的德行规范相关并受其制约。庙堂文化和山林文化就其总体而言，是"互补"的两面，此乃"正"则，否则就是"变"道。具体到诗的领域，欲以在野诗风而对抗以名公卿为领袖的台阁清贵诗风，代不多见，特别是在同一历史时空之内。现在赵执信敢冒天下之大不韪，王渔洋不能不为之震怒。

渔洋之怒秋谷，时间在康熙三十五年秋谷作《论诗二绝句》后不久，渔洋是完全能读懂这二首诗的内涵的。赵秋谷《怀旧诗十首》第七首《蒲州吴雯》的诗前小传中说：

其性迂僻寡合，遂沦弃终身。与余甫一见，如旧相识。余好用冯氏法攻人之短，唯莲洋不以为忤。其作字用冯法，粗知间架，然不能工也。晚相值于津门，出诗卷见示曰："曩之所攻，悉删改矣。"乃知其非名辈所及也。属余论定，余请俟异日，盖其时正逢阮翁之怒，不敢阑入诗坛故耳。又数年，莲洋卒于家。卒后其集闻送新城，阮翁为作墓志，且删定其集。迄今将二十年矣，而未行于世，意其时阮翁耄而多忘，未几遂亡，未及归诸吴氏耶？若然，池北藏书散失殆尽，《莲洋集》从何知矣。

赵、吴"晚相值于津门"，时在康熙四十年（1701）秋。先是秋谷往哭冯廷櫆，他的这位密友死在前一年。其时渔洋暂假归迁葬先人在家乡，故秋谷"过谒公，问先生临殁状"，并说到"余方以论诗逢公之愠",此均见《冯舍人遗诗序》。而后去天津,晤吴雯,《涓流集》有《天津喜晤老友吴天章》诗。吴亦有《逢赵秋谷太史三首》以及《与秋谷、西谷两史氏论书》诗。三年后吴卒。

综上所述,赵执信明确地形成自己的诗学观体系,并树异帜与王士禛相抗衡,是早在《谈龙录》著成前十年间就发生了。他俩因论诗而"交恶",渔洋"怒"之甚,则应是康熙三十五年(1696)到四十年(1701)之前这个阶段。

梳理这个年序诚为必要且关系重大,因为赵执信公开反渔洋"神韵"说既非一时感情冲动,也不只是仅仅与王士禛本人的意见相左。究其实质讲这是一场向"名卿大夫"争诗坛"权在匹夫"的挑战(详说见下节),唯其如此,赵氏必然有一个审慎的思索过程。试想即从他一己处境和将会招致的道德评判的角度言,秋谷也不能鲁莽从事。只须读一下他七十岁时作的《冯舍人遗诗序》中这一小段话,就足能知晓其所需要承受的心理压力和舆论谴责:

> 盖渔洋公方为诗坛盟主,前所推引者"十子",而山左居其四,四之中德州居其二,……先生为州里后进,独以清才健笔绝尘而奔,一旦争长且抗行焉,渔洋公色飞心动终不能罗而致之门下也。余少先生十三岁,越轶山左门庭,弃其家学,而宗虞山冯氏,讪笑哄然,渔洋亦内薄之,先生独默契无间……

"越轶山左门庭,弃其家学"这十字的分量,已不是今日所能具体感受的,在封建时代,越门庭、弃家学实属"欺师灭祖"行径,岂能掉之以轻心者?

所以,赵执信在"讪笑哄然"的舆论压力下,必有一个坚定自己思考的过程,即前引诗句所说的"人谓意气定衰减,讵知胆力犹坚刚"。《晚晴簃诗汇·诗话》指出的"按《闲斋集》中《送冯大木》及《七夕饮松皋舍人》二篇,论诗皆隐诋渔洋"、"其诗皆在《观海集》之前,盖与渔洋龃龉已久"云云,是准确的,"诗篇均在集中,可查得之",然而那时渔洋只是"内薄之",秋谷也只是"隐诋"而已。待到赵秋谷以英年罢斥,废弃归里,一切均呈现激化趋势,高压和开革,终于将其抛掷出"名卿大夫"的圈子外,于是这场对抗性交锋不可避免地构成了。前面的年序界定,正揭示了赵执信《谈龙录》的问世原是有个从量变到质变的过程,而《论诗二绝句》则是其诗学观发生质变的沸点。

论述和辨析至此,《四库全书总目》卷一七三、馆臣所写的"提要"中语之不可信已不必辨:

> 执信娶王士禛之甥女,初相契重。相传以求作《观海集序》,士禛屡失期,遂渐相诟厉,仇隙终身。

将一场严肃的论争归结于眦睚私怨,岂非颠顶之甚？同样,下面一段关于二家诗风异同的"平心而论"也失之肤浮,因为赵、王之争并不只是审美异趣问题,馆臣们的论述只是种习惯性的敷衍语:

> 平心而论,王以神韵缥缈为宗,赵以思路剞刻为主。王之规模阔于赵,而流弊伤于肤廓；赵之才力锐于王,而末派病于纤小。使两家互救其短,乃可以各见所长。正不必论甘而忌辛,好丹而非素也。

特别值得指出的是,这段"平心而论"的评判,实出之总纂纪昀之意。《阅微草堂笔记》的《滦阳消夏录》之三,载有鬼魅与秋谷论诗语:

> 魅谓渔洋山人诗如名山胜水,奇树幽花,而无寸土艺五谷；如雕栏曲榭,池馆宜人,而无寝室庇风雨；如彝鼎罍洗,斑斓满几,而无釜甑供炊爨；如纂组锦绣,巧出仙机,而无裘葛御寒暑；如舞衣歌扇,十二金钗,而无主妇司中馈；如梁园金谷,雅客满堂,而无良友进规谏。秋谷极为击节。又谓明季诗,庸

音杂奏,故渔洋救之以清新;近人诗,浮响日增,故先生救之以刻露。势本相因,理无偏胜。窃意二家宗派,当调停相济,合则双美,离则两伤。秋谷颇不平之云。

有论者以为这是用妙喻批评王士禛,结论也有理①。其实,记述秋谷"极为击节"和"颇不平之"的情态,正充满揶揄,而且是借鬼魅之口以形秋谷狭隘的揶揄,哪里是批评王士禛?纪晓岚实际上是明白人,他鼓动或倡导"调停相济",正是他知晓这场朝野之争所包孕的潜在的危险倾向。赵执信去世时,纪昀(1724—1805)已年二十一岁,《四库》馆开于乾隆三十七年(1772),上距赵执信之卒为二十八年。尽管赵秋谷"权在匹夫"之争的影响并未足以根本动摇"挟官位以为重"的名卿大夫在文化各领域内的控制力,但不能不说这位谈狐说鬼的高手仍是警惕及此的。

第三节　赵执信"越轶山左门庭"的诗学观

一　赵执信诗学观的整体认识价值

《谈龙录》著于康熙四十八年(1709)即赵执信四十八岁时,其时王渔洋尚在世,家居著述。此前,渔洋的《古夫于亭杂录》已明文嘲讽秋谷,《杂录》成于康熙四十五年前后。因渔洋毕竟是秋谷夫人孙氏堂舅,碍于情面秋谷不便相驳。四十六年(1707)春孙氏夫人病故,这无疑使赵秋谷精神上少层束缚,此即其《谈龙录》自序中所说的"向也匿情避谤,不敢出,今则可矣"之意。事实是当赵执信公开"越轶山左门庭,弃其家学"后,在族群中的反响确实激烈,最明显的迹象是他的同曾祖兄弟,诗集中称之为"十一弟"、

---

① 类似之说甚多,较早而概推《晚晴簃诗汇·诗话》,称为"最为通论。撰《提要》,仍主此旨云"。

"缓庵弟"的赵执端从此和他不相往还。在《红叶山楼集》以后的著作中，特别是秋谷"浮家"吴门，重返故园后再也不见他们间的唱酬。可以想见恪守师教的那些"王门弟子"和渔洋子侄们该是何等的愤怒，赵执端正是渔洋的亲外甥。

《谈龙录》在清代前期诗话中曾颇为世人重视，但人们又总以为此书虽有数则精到之论，然似不免缺乏系统，不若叶燮《原诗》称专著；又因全书以渔洋为论敌，迹近"私讼"，不无意气用事之嫌。再加之赵秋谷私淑冯班，心折吴乔，而冯、吴诗风均尚晚唐，为高自位置的论者所素轻。特别是渔洋在《杂录》中先已讥冯氏"卑之无甚高论"，后又在《分甘馀话》中狠加抨击，他在该书卷二中说：

> 严沧浪论诗，特拈"妙悟"二字，及所云"不涉理路，不落言筌"，又"镜中之象，水中之月，羚羊挂角，无迹可寻"云云，皆发前人未发之秘。而常熟冯班诋之不遗馀力，如周兴、来俊臣之流，文致士大夫，锻炼罗织，无所不至，不谓风雅中乃有此《罗织经》也。昔胡元瑞作《正杨》，识者非之。近吴殳修龄作《正钱》，余在京师亦尝面规之。若冯君雌黄之口，又甚于胡、吴辈矣。此等谬论，为害于诗教非小，明眼人自当辨之。至敢詈沧浪为"一窍不通，一字不识"，则尤似醉人骂坐，闻之唯掩耳走避而已。

渔洋痛诋冯班，并不是鞭尸之举，他是所谓"微文刺讥"（《柳南续笔》语）地在批赵秋谷。但王渔洋这种批驳，给人的印象是冯班既然是诋諆《沧浪诗话》，王、赵之争似也仅仅是关于"妙悟"、"神韵"的理论争执，如此而已。这样，如果仅只是关涉对严羽诗论的褒贬弃取的争辩，那在诗史上已不少见，充其量乃局部性论题的辩难，无关诗的大局，算得上是怎样的"诗家一大公案"（《晚晴簃诗话》）呢？于是《谈龙录》的深层认识价值降低，赵执信挑战性的诗史意义也就锐减。

显然,此间存在着一层迷雾,因而最易产生隔膜感。

事实是,赵执信的瓣香冯班,心仪吴乔,何尝是为援引批驳严沧浪之诗说,甚或为了张扬某种诗体诗格以至诗法?如果仅以此为目的,他无须去隔代师事冯氏和折服于名位微贱的吴乔!赵执信的初读《钝吟集》即"心爱慕之,学之,不复至于他人",其所以特别感动,是因为在诗功能论上觅得认同。倘若说《谈龙录自序》中起初的"心爱慕之"之语还多少有点朦胧的话,那末后面再次强调"余终不肯背冯氏",则是他历经三十年人生感受和思考后所形成的坚定的逆反性。那就是意在力破"自从科名张,不觉江河下"的局面,要从"恒以官位之力胜匹夫"的铁幕樊篱下撕开一个缺口。正是从这样的目的论上的认知,冯班和吴乔始足以尊为师友,借以他们的论述作为论争的借力。这应该是赵、冯、吴关系的实质。

所以,《谈龙录》只是赵执信诗学中的微观部分,假如忽略宏观上把握其命意,对这部论诗专著的评价势必会产生上述难以充分认识的偏颇来。赵氏诗学论辩的纲领是《饴山文集》卷二的《钝吟集序》。对此,闵鹗元为《饴山文集》作的序,在结束处已曾敏锐地指出过:

> 先生之学出冯氏,集内所为《钝吟集序》盖即其自道。然欲云"齐文章是非,合道与治而一之",倘非如先生其人,不足语此。

兹先识辨《钝吟集序》,择其要引录于下:

> 文章者载道与治之器,而非人则莫之托也。三代以上,唯君相操之;《春秋》作而权在匹夫,盖千古之变端矣。汉唐而降,朝野相参,而卿大夫之力恒胜。其上者,经述事功,足以震耀海内,故一言之发,举世诵之。即其仅以立言自见者,类学富而名高,不挟官位以为重。其光芒气焰,能使天下人之心思

耳目,无敢苟为异同。岂若幽潜之士,老为蠹虫,或瑰词自赏,或寓言托讽,幸则知名于时,不幸则与身俱没,漠无关于文章之数,可胜道哉!宋儒纷纷,道与治分,浸而道与治与文分,分则文章为无用之物,而时义出焉。夫文章惟无用也,则无一定之是非,是非无定则争,争则求为必胜。于是卿大夫恒以官位之力胜匹夫,而文章乃归于匹夫矣。常熟冯定远先生,其人也……未尝稍傍他人门户也,动不谐俗,人目为狂痴,……然向之名卿大夫与先生相后先者,词华可以倾轧当代,濡染可以炫惑后来,往往为有识者所鄙,日以澌灭。以视先生之久而弥彰,人无异词,相去奚啻什佰乎?斯集也,非唯后之学为文章者,因以求古人之意,盖道与治之所托,咸于是焉。……其《钝吟杂录》八卷,先生长子行贤尝携以入都,大为时流惊怪,中间《严氏纠缪》一卷,尤巨公所深忌者。执信与先生邑子陶元淳独手录而讲习之……

此《序》作于康熙五十年(1711),即成《谈龙录》后不久。序文要点有二:一是"文章者载道与治之器",此即功能观。功能规定性是载"道"(事理、义理)以及"治"(时势、人情)。二是回溯了"唯君相操之"和"权在匹夫"的互为消长的过程。这是该序的要点,旨在从"不挟官位以为重"到"卿大夫恒以官位之力胜匹夫"的过程中,揭示出"是非无定则争,争则求为必胜"的这种无是非高下,只凭官位权势称霸文坛的荒谬和悖背。

既是"恒以官位之力胜匹夫",这帮卿大夫必然是莫说什么"经术事功足以震耀海内",即使是"学富而名高"的"立言"条件也不会有。"挟官位之力"者既然不"文"、无"文",那么,历史发展必将是"文章乃归于匹夫"了,真正承担得起"载道与治"的文人只在野而不在朝!秋谷所使用的不外"立德、立功、立言"的传统观念,可是推导出的论断却是非传统的,至少是不合"宋儒纷纷"以来,尤其是眼下现实时势的习惯观感的。但是,他的辨析虽锋芒毕露却又不悖历史的事实。唯其符合史实,所以其论断倒有"托古改制"的色彩:要以"文章乃归于匹夫"的争辩和实践重新回归"《春秋》作而权在匹夫"的"古道"上去,以续"千古之变"的"端"。这个"端"即启端、发端。

毫无疑问,要与"挟官位以为重"的巨公卿争阵地,以破"门户纷难算"、"毁誉杂真赝"(《送同年冯大木舍人校士湖广》)的现状,是赵执信的宗旨和目的,而论战对象自然只能是王渔洋,如上一节所述。这样,再回过头去读他作于罢官前的《七夕雨饮松皋舍人分韵得九佳》诗,就足证他的思路是一贯的,绝非偶发性的冲动:

> 词场近来盛稂莠,虽有条蔓亡根荄。
> 楚相衣冠惑左右,狡黠终是输优俳。
> 我曹歧趋有何故?苦向漫漶求模楷。
> 河汉今夕事荒怪,妄者以意窥津涯。
> 丈夫要自识真意,耻逐俗子由由偕。
> 所忧学啬难树立,山岳势就谁能排?
> …………

所以,师承《钝吟集》原只是"苦向漫漶求模楷"而已,而面对"山岳势就"的庞然大物,秋谷又深知撼"岳"的不易,未敢掉以轻心。因此往昔仅从个性傲岸狂狷来认识他的挑战性论争,也是不足以探其底蕴的;虽然挑战需要胆力,"狂者进取",不应无视其性格因素。

正因为"山岳势就"不易撼动,所以赵执信所持的态度既坚决又审慎。尽管论辩不可能温良恭俭让,但他尽量运用实证法,因而《谈龙录》几乎都以具体问题作为辩驳的切入口,绝不作玄虚抽象之说。然而具体实证的辩论又不是琐碎的随意性的杂谈,《谈龙录》三十七则无不统制于上述的宏观之旨,并且主要集中在诗的功能的辨认和"挟官位以为重"的批驳这两个方面进行论辩。

二　诗的功能论

关于诗的功能性问题的辩论，首要的是必须辨清"有"与"无"、"真"与"伪"。因为"有"是"真"的前提，而失落了"真"，善与美也就无从说起。所以"有无"、"真伪"的问题实是关系到"载道与治"的大是非命题。"挟官位以为重"的历史畸形态势所以能够形成，固然首先是"无一定之是非"，而"恒以官位之力胜匹夫"的既成事实又继续加剧着不讲是非，涂饰是非，以非为是，名是实非或貌是神非的倾向。

《谈龙录》以谈龙起首，并以之为书名，实系借龙为喻作话题切入诗的"有无"、"真伪"的生命力的讨论，有生命力始有功能可言。

据秋谷所述，"谈龙"是渔洋、洪昇和他三人一起在王氏府邸论诗时由洪氏引起的辩论。这则论诗话题不见于渔洋和别的人的著作中，但《谈龙录》公布于渔洋生前，故不会是秋谷杜撰之辞。有关洪昇的"嫉时俗之无章"而主张"诗如龙然，首尾爪角鳞鬣，一不具，非龙也"的意见，可不必细议。因为他立论的缺陷乃在忽视善与美，换句话说是未周虑及审美追求。对此，《谈龙录》最后一则赵执信专门指出了这位已故好友的诗的总体的印象："引绳削墨，不失尺寸。惜才力窘弱，对其篇幅，都无生气。故常不满人，亦不满于人。"这可以说是秋谷对其"诗如龙然"的主张的反应，由此也足见《谈龙录》首尾照应，是一部构思完整的著作。但洪昇的观点虽有缺陷，可他的"全"并不失"真"，何况其意在针砭"时俗之无章"，即支离破碎、有句无篇、真气涣散的现象，也是不错的。

然而王渔洋却认为洪昇的"全龙"说"是雕塑绘画者耳"，也就是说没有了灵气，是死龙而已。渔洋认为"诗如神龙，见其首不见其尾，或云中露一爪一鳞而已，安得全体"！这实际上不是在同一命题下针对洪昇的驳论。洪昇讨论的是"无章"而失"真",故有"非龙也"的判断,渔洋则转移开"真"与否的命题讲"神龙",属于"美"的范畴。失真和不美不是一个问题。没有生气的龙毕竟是真的龙,它的完整实在性是"真"的表征;见首不见尾,或仅露一爪一鳞者容或很"神"很美,但也许不是龙,不是真龙。强调"美"而不惜失其"真",或者说置是否"真"这一前提于不顾,即无"是非"。对此赵执信认为:

> 神龙者屈伸变化,固无定体,恍惚望见者,第指其一鳞一爪;而龙之首尾完好,故宛然在也。若拘于所见,以为龙具在是,雕绘者反有辞矣。

这里关键的一点在于"固无定体"不等于可以不要"全体"、失却"首尾完好"!"全体"和"首尾完好"是"真"的客观存在性,"屈伸变化,固无定体"是"真"表现的形式美。毫无疑问,前者不仅是后者的命脉所在,而且是赖以存在的前提。不然,则诚如秋谷所说:雕绘者是会有异议和疑窦的,这一鳞一爪的露现是不是真的龙的鳞爪?

由此可知,将"全龙"、"神龙"、"真龙"的争论归纳为照相式的写实主义与现实主义以及形式主义之间的差异争论,既是简单化的判断,又无法把握其问题的实质。因为"安得全体",不顾"首尾完好"的整体性,不只是形式主义的问题;至于追求形式美,求"好"也与形式主义不是一回事,更何况形式主义和现实主义不是对应反背的概念。同样,这场争执亦非直露与含蓄以及清远空灵之类的审美的分歧,赵执信并不一概否定飘渺清远的神韵美,是有许多例证可举的。洪、赵与渔洋之间的辩论的实质是关于"真"的去取;也就是诗应该怎样体现它的功能性?以表现"真"为命脉,还是只以"美"为旨归,而且是不顾"真"的完整性之"美"?

这一分辨深刻地揭示:只强调"固无定体"而排斥"首尾完好"

的"全体"的前提必要性,势将导致无是非高下的随意性。而随意性恰恰是"以官位之力胜匹夫"的最合适的遁辞和掩饰手段,也是一切游离具体时空的浮泛、伪饰、矫揉造作、粉涂雕绘的诗风的风源。

辨"真伪"原不是个新命题。即以儒家诗教来说,"兴观群怨"、"诗言志"等等,本也是以真与诚为认同的。然而,"温柔敦厚"、"怨而不怒"之类诗教的规定性,却在客观上派生出一种迎合和趋从行为。趋从一般还可能存有出于真诚崇信的顺应,迎合则必由削足适履演化出矫揉造作、伪饰媚上作风。所以,失真趋伪,从本质上说乃是封建儒家诗教与生俱来的一种痼疾,在其历史发展过程中又必将由潜在性趋呈表象化。赵执信当然不可能具备这样的认识自觉性和深刻性,他摆脱不了儒家诗教的根深蒂固的教化效应。但是一种特定的历史契机以及自身的痛切感受,抓住这个痼疾的局部病灶,狠下猛药,我们不能不承认他在那个阵营中是很清醒的一员。老问题的重新抉示,而且严肃地论争,正是因为这问题的现状已令人无法容忍。因此,不能以为此类事只是旧话重提而轻忽之,事实上,赵秋谷由"真"的追究而引出的诸如诗要以"意"为主,诗中要有"人"等等命题,从此一直成为清代中后期诗坛有识之士的主要辩护、守持的宗旨。只要从贯穿先后的史程上略加考查,《谈龙录》的认识意义就会愈益显然。

《谈龙录》论辩色彩和思辨性最强的条文,几乎全是围绕功能观问题展开的。如紧接"谈龙"之争而来的是一条谈"律调"的问题,似乎很不贯气,然而当辨清了上述要旨后就可省悟,秋谷是在以具体的却被王渔洋视之为独得秘诀的律调问题,深化他的"真"才是诗的要诀,舍此则无诗的观念:"余以为不知是者,固未为能诗;仅无失调而已,谓之能诗,可乎?"这诚不失为机敏之辩,因为不懂律调固然算不得"能诗",可是"仅无失调而已"的只知道"调"的人能算诗的能者?诗只须懂"律调"?

接着赵执信巧妙地推出常熟钱木庵(良择)"推本冯氏"而著的《唐音审体》，借以说明：他所推崇的诗学家们并非不知音律体势者，相反都是有专研学养的；不仅诗的这些技能的识别与把握并非奥秘莫测、神乎其神的事，相反王渔洋倒有失误处，这就是"呼律诗为格诗，是犹欧阳公以八分为隶也"。此举虽有点尖刻，但破除对渔洋的神秘感、莫测高深感，不能不说是很有力的一击。

然而，在赵执信看来，律调、体式、声韵都不是诗之根本要素。"本"在哪儿？他首先从"诗教"说起，这是辩论交锋时先须占地步、站稳根基的战法。但他引"《小序》曰：'发乎情，止乎礼义'"作为依据，其取义在不假。"发乎情"，即有怎样的情就怎样地"发"；"止乎礼义"，礼义都不允许虚伪不诚。"礼义"在封建文人看来本应是虚饰、不诚的天敌，所以尽管秋谷同时引述了"《记》曰：'温柔敦厚，诗教也'"，可其用意却在于批驳"礼义之说，近乎方严，是与温柔敦厚相妨也"的谬误观念。这非常值得重视，因为它揭露了借"温柔敦厚"之诗教作为遁词，从而形成堂而皇之地违背或掩饰真情实感而作伪诗的现象；并且是以"礼义"这无法批驳的传统权威观念作为一种不容逾越的规定性来对照矫、伪风气。"方严"，在这里成为绳衡真伪的一种尺度，是机智得很的概念发挥。秋谷在这样的前提确定之后，就开始论证：

> 余曰："诗固自有其礼义也。今夫喜者不可为泣涕，悲者不可为欢笑，此礼义也。富贵者不可语寒陋，贫贱者不可语侈大，推而论之，无非礼义也。其细焉者，文字必相从顺，意兴必相附属，亦礼义也。是乌能以不止耶？"

"止乎礼义"被作为辨认诗情的真伪，检验是否真正"发乎情"的一种新的诗教规范，无疑是赵秋谷的一大发挥，于是他正面提出并强调着以下素被论者称说的诗的功能性得以维系的基本特质：

一，"诗之中须有人在"。此乃借取吴乔《答万季野诗问》中

语,"服膺以为名言"。但赵氏是按自己思路的延伸来阐发的,他说:

> 夫必使后世因其诗以知其人,而兼可以论其世,是又与于礼义之大者也。若言与心违,而又与其时与地不相蒙也,将安所得知之而论之?

"知人论世"是孟子的理论,也历来为世人所熟知,赵执信在此引用来论证"诗之中须有人在",其锋芒指向针对着失"真"无"人"之伪饰,当然既有说服力又具权威性。

二,"文以意为主,以言语为役"。这一点赵执信取资于《金史·文艺传》中周昂的论说。关于"意",秋谷先曾引述吴乔的话,并加赞叹:

> "意喻之米,文则炊而为饭,诗则酿而为酒。饭不变米形,酒则变尽。啖饭则饱,饮酒则醉。醉则忧者以乐,喜者以悲,有不知其所以然者。如《凯风》、《小弁》之意,断不可以文章之道平直出之也。"至哉言乎!

对"意喻之米"和文、诗有别之说,有论者引李重华《贞一斋诗话》语:"第今人酿酒最要分别醇醨,与其鲁酒千种,不若云安一盏。"① 作为赵、李论辩语例证。其实,李、赵二人之说只是互补,而不是互辩,因为不属于同一命题。赵执信的论"意"是求"真",李重华则

---

① 李重华《贞一斋诗话》第九十六条:"少时见赵秋谷先生,为述吴修龄语云:'意思犹五谷也,文则炊而为饭,诗则酿而为酒;饭不变米形,酒形质变尽。吃饭而饱,可以养生,可以尽年;饮酒而醉,忧者以乐,喜者以悲,有不知其所以然者。'斯言可谓善喻。余谓:'以酒喻诗,善矣。第今人酿酒,最要分清醇醨……'先生抚掌大笑。"按李重华字实君,又字玉洲,祖籍原系江苏无锡,五世祖始迁吴江。雍正二年(1724)进士。刘大櫆有《翰林院编修李公墓志铭》,收入《海峰文集》,上海古籍出版社1990年版《刘大櫆集》卷七存见。《铭》曰卒于乾隆二十年(1755),享年七十有四,则知生于康熙二十一年(1682),于秋谷为晚辈。

是在"意"的共识之下求"美"。须知秋谷引周昂的话是引了如此完整的一段：

> 文以意为主，以言语为役。主强而役弱，则无令不从。今人往往骄其所役，至跋扈难制，甚者反役其主，虽极词语之工，而岂文之正哉？

其着眼点很清楚。唯其如此，在明确了"以意为主"的前提下，赵执信同样主张要追求美，谋得这酒能醇美，并且体现了对美的追求其实和渔洋并不矛盾：

> 始学为诗，期于达意。久而简淡高远，兴寄微妙，乃可贵尚。所谓言见于此而起意在彼，长言之不足而咏歌之者也。若相竞以多，意已尽而犹刺刺不休，不忆祖咏之赋终南积雪乎？

由此可见，秋谷根本不是反对作为一种美的"神韵"，而是批判"无弦亦无响"式的借"不着一判断语"为借口做虚情假意诗的倾向。

三，"诗外尚有事在是也"。这是借苏轼论杜诗之语，这一点与主"意"有关而别出一层意思。诗以"意"为主，既可以"意"在言中，也可以"意在言外"，这自不必规格化。但是，如果因为不喜欢"意"在言中的诗法，专讲"神龙见首不见尾"而连"意"在言外的那个"意"也厌弃，岂非抽空了诗的功能作用？能不使人怀疑如此地做诗究竟为了什么？赵执信在论辩这一点时，例证是渔洋连刘禹锡的"沉舟侧畔千帆过，病树前头万木春"诗句都不首肯，说"我所不解"。渔洋的"我所不解"，实是对"有道之言"的厌烦。连此类以比兴的意象来表现人生感受、社会现象的诗也讨厌，那么再也明显不过地反映出渔洋"神韵"诗风回避现实、着意地拉开与现实生活感受的距离的问题有多么严重！由此可知，凡讽喻、揭露、抨击时世人情的吟唱的被排斥，更属"神韵"说的题中之义！

这正是"卿大夫"诗文化与"匹夫"诗文化在观念上的根本歧异。

《谈龙录》中有若干则例证批评渔洋以及其他一些诗人的诗不真实,全都是为辨析以上要旨服务的,换个角度说,也可视为确立上述要旨正是为批评渔洋"神韵"说的弊病。例证不少,无法一一抄录,也不必全录,仅举一则,以见秋谷不是抽象地、毫无针对性地任意雌黄:

>　　司寇(按,即渔洋,其官至刑部尚书,故称)昔以少詹事兼翰林侍讲学士奉使祭告南海,著《南海集》。其首章《留别相送诸子》云:"芦沟桥上望,落日风尘昏。万里自兹始,孤怀谁与论?"又云:"此去珠江水,相思寄断猿。"不识谪宦迁客,更作何语!其次章《与友夜话》云:"寒宵共杯酒,一笑失穷途。"穷途定何许?非所谓诗中无人者耶?

言不由衷,宦达者佯作寒苦语,奉使大吏却做谪宦迁客诗,全失却抒情主体的真实心态与应有的音容,确实是失真无"人"且无"意"的表现。所以秋谷绝不是吹毛求疵,面对现实中这类诗作和伪饰风气泛滥的诗界,不应反拨么?

三 "挟官位以为重"的驳论

赵执信在这方面所做的,从当时来说,是需要有极大的胆识和勇力的事,绝非喏嚅之辈所能做的。所以,就诗史意义讲,应当大书一笔,但今天在辨析这一点时却可以不必过多花费笔墨。秋谷在这一方面主要攫住"门户"和"一尊"两个具体弊害加以辩驳。

所谓"门户",实即集结声势,党同伐异。这既是官场的固有习气,也是"挟官位以为重"者在诗坛文苑得以施行其求必胜之心所不可缺的。"门户"的形成,是亲疏的一种表现,合我意者亲,逆我心者疏。于是必在位高名重者周围构成一批迎合者,而前者也需后者为阵容,故而不惜在广事网罗的同时滥加引誉。赵执信对

此现象深为厌恶:

> 奖掖后进,盛德事也。然古人所称引必佳士或胜己者,不必尽相阿附也。今则善贡谀者,斯赏之而已,后来秀杰,稍露圭角,盖罪谤之不免,乌睹夫盛德!

奖掖和滥誉的根本差异在于:前者"称引"的不仅是"佳士",还包容"胜己者",能超过自己的不一定就是和自己主张一致的。而后者则正好在这一点上有别,对善谀者大加赏识,有"圭角"即有个性锋芒者则被排斥甚至诽谤。这种"善贡谀者,斯赏之而已"的现象在封建社会极为普遍,所以不能只让王士禛一个去对号入座,从而缩小了这一抨击的认识价值,虽然秋谷此语的针对性是显然的。

有关门户问题,赵执信还从另一角度予以剖析,即滥加引誉者目的只是为壮其声势,因而这样的群体其实不是某个宗旨统率的文学流派。这就是《谈龙录》在谈到"本朝诗人,山左为盛"时,专意提出"各有所就,了无扶同依傍"之语(见前节引文)。扶同,附和有权位者;依傍,依恃傍靠大有力者。这二种均是团成门户宗派的常见现象。赵执信还专门评述了吴雯的不矫揉造作,不迎合于人;提到洪昇的"在阮翁门,每有异同"等,无不为证实。"门户"的虚壮声势,意不仅仅在于诗艺的宗派本质。

"一尊"是伴随"门户"、如影随形的霸道习气。从"门户"的首领行为而言,为维护权威性,往往表现为听不得异议和批评,即使失误了也会强词夺理,不可能心明而清虚,兼听众声。而更严重的是硬把自己的意志强加于人,而且不惜曲解史实或随意更变客观事实,以符合一己之主张。《谈龙录》中有几条谈选唐人诗随意改字词,甚至改地名的例子就是指摘定于"一尊"导致的错讹。最重要的一点是,赵执信指出,司空图《诗品》有二十四品,怎能凭一己好恶来认定某一品"为极则"?这对"神韵"之说的"一尊"观念诚是一大针砭:

> 司空表圣云:"味在酸咸之外。"盖概而论之,岂有无味之诗乎哉!观其所第二十四品,设格甚宽,后人得以各从其所近,非第以"不著一字,尽得风流"为极则也。严氏之言,宁堪并举?冯先生纠之尽矣。

"各从其所近",是风格多样化的客观现象,一种不容强制的客观存在。"味在酸咸之外"是一句名言,但不是专属哪一品;二十四品各有各味,你可以"近"你所喜的某一品,却不应由此而排斥其他各品。这当然是合情合理的阐述,对于强行"一尊"之说则又是入理的驳斥。允许风格多样,不应以权势来推行"一尊",是秋谷所强调的一条,为此他还请杜甫作典型:

> 清新、俊逸,杜老所重。要是气味神采,非可涂饰而至,然亦非以此立诗之标准。观其他日称李,又云:"笔落惊风雨,诗成泣鬼神。"其自诩亦云:"语不惊人死不休。"则其于庾、鲍诸贤,咸有分寸在。

一个人可以有其自己的好尚,有时还可能变化其好尚,或者同时有多样好尚;但是,宣扬和提倡一己的主张、倾向和好尚时,务须"有分寸"。"分寸",是实事求是者所能恪守的,而又恰恰是"挟官位以为重"并以之"胜匹夫"者所不愿也不能守持的。赵执信《谈龙录》中每多此类要言不烦却又内涵极丰富的论说,有相当的普遍启示性。

综合以上所缕析的《谈龙录》要旨,充分证实着这是一部有着内在体系的微观论著,是统摄于赵执信整体诗学思想的具体驳论文字。同时,从宏观上把握秋谷的观念,并置之于特定历史时空背景予以考查,自也不能认同那些以为是对渔洋"攻讦"、"私讼"的论断。事实上,赵秋谷不仅言之有理,而且并无离了谱的无谓攻击。他对王渔洋作为一代诗之大家固持肯定无疑态度,甚至对渔洋"绝意不为"次韵之诗等微观性问题也明确表示"可法也"的意见。毫无疑问,对于王渔洋,秋谷是以为远较"高自位置,强颜耳"的诸如宋荦等人要高明得多,尽管他们均系"挟官位以为重"者。至于比较朱彝尊、王士禛两人,认为"朱贪多,王爱好"的论定,历来也被论家所认可,不失其公允态度。

总之,从诗歌史的角度而不只是作为一部孤立的诗论著作来审视《谈龙录》,它的重要性是显然轻慢不了的。虽然赵执信仍然引述"温柔敦厚"的诗教,然而《谈龙录》却是清代乃至历代以来第一部最不"温柔敦厚"的诗论。诗人在《赠善相人李生》一诗中说:"譬如持神镜,光气夺日轮。山鬼与人妖,望影争崩奔。讵能挽末流,且欲张吾军。"历史证明,他的"张吾军"也就是要为诗界争一股生气的意愿,在一定程度上给予乾嘉往后的许多诗人,特别是以寒士布衣为主体的在野诗群积贮了强劲的心灵气脉的。由此言之,赵执信六十九岁时作的那首《口号》绝句既是沉痛的,又是值得尊敬的,适足以总结其之所以要与"挟官位之力胜匹夫"的大人物一争是非高下的心旨:

> 茫茫人海没天真,虚谷无声好问津。
> 延得希微驻灵府,一心长作守门人!

谁要以为这是一首谈玄论道之诗,则正同误解其《谈龙录》为任性使气之著一样,厚诬了这位骨气铮铮的强项的诗坛"守门人",从而也就永远纠缠于清诗纷繁复杂的现象中,只能是"剪不断,理还乱"!

第四节　赵执信诗创作成就

赵执信的《饴山诗集》共十九卷,存诗一千零四十四首。集外拾遗尚可得若干,但关系秋谷诗心的把握已无甚紧要。

秋谷的诗是他对人生、对世事、对时政、对民情以至物理的直接认识和具体感受,以及由之而兴发的好恶褒贬、嘲讽抨击的心灵之窗。诗人是实践了他的诗学理论的,喜怒哀乐一出己情,绝不作矫揉造作之态和无病呻吟之声。即使是闲情逸致之写也是属于他那固有的由愤慨而略呈病态的"仙游"式的歌吟形态,不浮泛,无敷衍。尽管在艺术表现上这一千多首诗有精粗工拙之别,但赵执信从不摆一种高自位置的架子,只是骋心而吟,所以,论赵氏之诗,那套惯用的"唐音宋调"模式是多余的,诚如他在《谈龙录》中所说:"吾第问吾之神与其形,若衣冠,听人之指似可矣。"《饴山诗》纯是秋谷之诗。

所以,秋谷诗最可贵的是抒情主体个性精神的充分的不加掩饰的表现,诗集存见的最后一首《闻蟋蟀有感》,即他写在卒前一年八十二岁时的七绝,可视作他个性表现的概况,也是他对自己歌吟特点的夫子自道:

炎威留愠散荒陬,万窍缘时愤欲愁。
四海歌吟听未洽,怜伊在野独鸣秋。

"炎威"未尽而已"在野鸣秋",这里有一种特殊的敏感,也需具备足够的胆力,而这种胆力又来自坚定的意志和充分的自信。力虽微而不怯不懦,才敢于"四海歌吟听未洽",这完全是一种意志在支撑。诗人所以每多借取秋虫、萤光来自喻或喻理,以集中强化地体现其人格力量和个性精神。只要将他写在与这首《闻蟋蟀有感》几乎时隔一个甲子前的《萤火》诗对照来读,就更能显现他的这种个性强项的人格力量:

和雨还穿户,经风忽过墙。
虽缘草成质,不借月为光。
解识幽人意,请今聊处囊。
君看落空阔,何异大星芒!

虽系"草成质",备遭风雨打,却绝不借他力以长一己光焰;志意只在于以微荧助人眼力,于黑暗间烛照四围。诗人自信并自豪地认为这样的品格何尝低贱了?"何异大星芒"五字充沛地表现了他强劲的性格。

秋谷的守持在"野"不卑、自成风光的心态,在《门外菜花大放》诗中有独特的具体表现:

> 日倚闲门对野塘,爱看十顷菜花黄。
> 柳因烟让分明色,麦向风偷散漫香。
> 夜半霏微经好雨,溪头平远放斜阳。
> 春来每载兼旬酒,拟换他乡作醉乡。

谁能说"野"外无好景?"野"人无高趣?《为菜花语风神》则是对强暴之势的抗争:

> 寄谢封家十八姨,三春二已不多时。
> 黄金狼藉那收得?莫倚颠狂抵死吹!

毋容置疑,赵秋谷诗中凡关涉"野"之意蕴的均非率意无谓之作,全属其人格力量的表现。还在康熙二十八年(1689)他因观剧被罢斥的那个秋天,诗人一边在《梅耦长画幅》诗中慨然而吟:"谁教老树旁边立?黄叶无风也打头!"表露了他对党争的厌恶和无辜被累的愤慨,一边则在《除草》一首中倔强地写道:

> 久旱惜庭草,秋来随意繁。
> 宁知藉残雨,亦复碍闲门。
> 芳芷元殊臭,寒霜岂有恩?
> 殷勤向原野,何处不春温?

原野何处不春温?难道只有门庭中能生长?这"除草"意象显然别有寄寓,"随意繁"和因其"碍闲门"而随意"除"的原系一个主子啊!

秋谷诗中有一个突出的现象,即罢官后特多咏竹诗,如《芟竹》、《园林即目》(丛竹才苏两三杆)、《悼修竹》等等。诗人每以晋人王子猷的爱竹自比,以喻清操自守、劲直有节的心志。任他"杏花如雪"争艳媚人也好,"雄蜂雌蝶披猖甚"也好,"我"只是"着意九秋馀"地作"冷眼看"! 最值得一读的是《闻鲁庵自河北移竹种于垂虹榭后奉题十八韵》中这一段借题发挥之语:

> 正赖琅玕佳,一洗鱼肉腥。
> 潦倒王子猷,长日烦居停。
> 追凉应更数,啸咏或可听。
> 娟娟海天月,照人易飘零。
> 与君即嵇阮,但醉不用醒。

竹子的品格不仅与嵇康、阮籍掺合而成一个特定的意象,即不随波逐流,不畏强权,而且挺拔不畏摧残。早在《夜大雨,晓起视庭际花竹有述八韵》一诗中,赵秋谷就写了竹的百折不挠的性格特点:

> 夜半梦惊雨,天明庭浸波。
> 几回临牖视,何异泛舟过。
> 砌失开花满,阶馀衬草多。
> 长条疑折苇,圆叶作翻荷。
> 独有幽窗竹,依然缘玉柯。
> 当风转孤挺,带湿自婆娑。
> 应结苍松伴,相期碧涧阿。
> 秋霜凋众卉,争奈此君何?

在清代诗人中几乎没有谁如赵秋谷这样强烈而鲜明地表现出"当风转孤挺"的逆时世流俗而坚持"斗"的精神的,从另一方面讲,则就是很少有像他这样厌恶迎奉、趋顺行为的。下面所录《嘲迎春花》和《大风惜玉兰花》可视为他的性格的正负两个方面的自我写照:

> 黄金偷色未分明,梅傲清香菊让荣。
> 依旧春寒苦憔悴,向风却是最先迎。

自以为得风气之先,虚饰"黄金"似的色相以奉迎"春"的繁花景象的人,在秋谷笔下实在可怜又可笑。他所痛惜的也是他所推崇的则是"斗风开"的玉兰:

> 池烟径柳漫黄埃,苦为辛夷酹一杯。
> 如此高花白于雪,年年偏是斗风开。

厌"迎春"实即厌官场、厌纱帽气笼罩下的一切歪风陋习,换句话说,也就是"当风转孤挺"的"挺"起他的"野"气。由此而言,秋谷的《栽檍》一诗真可谓是当时够大胆的"狂悖"之作,他不罹诗祸简直是一个奇迹。此诗有个小注在题目下:"《诗疏》云:官园种之谓之万岁。"意即这种名曰"檍"的树木种于官园里是被叫做"万岁树"的,可他的诗却曰:

> 幽岩远去屬云移,为爱兰芬与雪姿。
> 莫向官园争物色,深山始有万年枝。

不需要也不必刻意求深,推敲此诗有多大限度上的寄托,因为赵秋谷事实上并没有真的想落草为寇,占山为王,但就诗论诗,"深山始有万年枝"无疑唱的是"官园种之谓之万岁"的反调:万年不凋,永葆常青者唯"幽岩"之"野"始有,不在"官园"之"朝"。诗的意蕴是清楚的。

须知以上三首绝句全写在雍正五年(1727),其时适值查嗣庭一狱结案,而更为严重的吕留良文字狱即将兴起之际。

秋谷诗的其次一点可珍贵的是切入现实社会生活,好恶爱憎,剀切直言,不回避,不违心。这自然是与他的上述个性精神有关,换个角度看,实即其"斗风开"的人格力量的具体实证性表现。这类著作前期也有,如《纪蝗》、《后纪蝗》、《烈风行》等,但大量地创作则是《谈龙录》著成之后,特别是他两次长期流寓吴门的阶段,在苏州,赵秋谷几乎经常以"冷处看"的角度尖锐地抨击时政。他远离家乡,远离政权中心,似乎不仅仅是"越轶山左门庭,弃其家学",在诗界抗争"挟官位之力"者,进而有操"匹夫"之责为民请命之心了。当然,既为"匹夫",其好恶就不唯上,诚如其《寓感蟋蟀》所说:"本以能鸣常在野,那因好斗苦随人。"他绝不因人而言,更不愿受谁的指令和驱使。《题顾黄公景星先生〈不上船图〉》借李白清狂犯"龙颜"的掌故,在赞颂顾景星的"史官如雨不着身,雄才狂醉空自信"的同时,狠狠地揭露当今的文学侍从们的丑态,而这又何尝不是诗人自己不愿与朝堂合作的宣言:

近代词臣那敢尔?礼法拘牵才委靡!

诗的结尾二联讽刺之意尤露骨:

江东酒浓秋色暮,太息黄公曾饮处。
不见圣朝爱士过唐明,诗人千里随船行!

此诗作于康熙四十四年(1705),这一年正值康熙第五次南巡。当沿线文士们无不纷纷颂圣之时,赵秋谷却深予讥刺,这在现今所能读到的汗牛充栋的清代诗人的作品中,绝对是罕见的篇什,足见秋谷是怎样的大胆!

在抨击时政的作品中,《戏题池内鱼罾》是一首很不起眼的诗,但联系康熙末年雍正之初的时世背景一读,此诗的矛头所指自明,实在可说是对清廷的"恶攻"之作:

藏得丝纶就碧波,微风不动杀机多。
鱼虾匿影知何计?星月都将入网罗!

有的选家笺释之为:象征苛税,使得人们无法逃脱。这无疑大大缩小了这首诗的认识意义。如果仅此而言,何用藏就"碧波"?苛捐杂税原是明火执仗的强取豪夺,焉能藏隐?也谈不上"微风不动杀机多"。此处之"杀机"显然指康熙五十年(1711)戴名世《南山集》案以来愈益频繁的文字狱案;"星月"句则正是网密法酷以至捕"星"捉"月"之谓,较之直言捕风捉影当然更尖锐。

这是对清廷威劫文士的权术"冷处看"透的手眼表现,一当对照上述"不见圣朝爱士过唐明"之句,其意更见显豁。以此作为审视的基点,那么他写在苏州的《咏风鸢学江东体》这首著名的诗,句中意和诗外事就深厚多了:

> 节候迁移物象分,春深城野见纷纭。
> 偶缘涂饰能成质,才有因依便入云。
> 线影暗凭童稚引,风声高逼帝天闻。
> 伤鸿病鹤知多少?息羽垂头合让君。

既嘲讽了"涂饰"、"因依"而青云直上之辈,又揭穿了操纵官场的幕后实况,同时从"伤鸿病鹤"的对照中显示出多少风险之恶?比起前期的那首《览仕籍戏成》诗,无论从哪方面看都具有"加一倍法"的力度。

关于民生疾苦的表现,赵秋谷更多的笔墨施之于对贪官污吏的鞭挞,因为天灾人祸,确是人祸酷于天灾,天灾缘人祸而愈烈。这方面他写有著名的《猛虎行》、《虎伥行》、《两使君》等,其中《虎伥行》把为虎作伥的帮凶剥皮显形:"巧能炫惑黠善啼,形躯臃肿音声低。"更把这帮伥鬼般的恶吏、劣绅与行辕按抚之大僚以及"上帝"串成上下谄媚蒙骗的利益集团,从而使得虎如添翼,戕害地方百姓。因为诗人认为"虎在山林本畏人"。这很深刻,如果没有本地本土的"伥"们"腥膻惯向山神献",这号称"山神"的"虎"们初来乍到,是很难肆虐横行的。后来著名的社会学家、诗人洪亮吉有专文论恶吏之凶狠,而赵执信却已早在诗中涉及封建时期的这一社会现象。

在以诗契入现实生活问题上,赵秋谷很非凡的一点,是对民心

585

民情的关注。他一方面深感社会风气的浑浊，人心叵测，"海水才可方人心"，这是《人心叹》中的感喟之语。另一方面当他具体涉及官民之间的关系时，赵秋谷敏锐地意识到民心终竟不可欺，逼压太甚，是会奋起反抗的。关于这一点，在清代诗人中不乏表现，但通常认为要到龚自珍方始有深入和激烈的反映，事实上在"康乾盛世"的交接期，赵秋谷已有具体的揭示，并且生动而形象。例证是《氓入城行》、《吴民多》等。前者历来被世人称誉，其实后一首也极妙，幽默感中流露出诗人异常的快意。先看他是怎样写吴民的：

> 吴城郁嵯峨，吴民百万过。
> 昨日城中哭，今日城中歌。
> 歌声如沸羹，讼口如悬河。
> 攫金搜粟恨民少，反唇投牒愁民多。
> 昔知临吴附臭蝇，今知临吴赴火蛾。
> 逝辞吴城不反顾，呜呼奈此吴民何！

如果说本来意义上的讽刺诗与封建诗教"兴观群怨"所制约的讽喻诗有所区别，而且应加辨别的话，那么，这首《吴民多》是堪称真正的讽刺诗的。再看《氓入城行》，此诗与《吴民多》都应视作《猛虎行》末句"何当长者垂绥过，愿尔全生北渡河"所表述的认识的飞跃。《猛虎行》等终究未脱对清官循吏的期待，这两首诗则表现了平民自救意识，所以，前者不难从别的诗人笔下得见，后者则是赵秋谷先兆之举：

> 村氓终岁不入城，入城怕逢县令行。
> 行逢县令犹自可，莫见当衙据案坐。
> 但闻坐处已惊魂，何事喧轰来向村。
> 银铛杻械从青盖，狼顾狐嗥怖杀人。
> 鞭笞榜掠惨不止，老幼家家血相视。

> 官私计尽生路无,不如却就城中死。
> 一呼万应齐挥拳,胥隶奔散如飞烟。
> 可怜县令窜何处?眼望高城不敢前。
> 城中大官临广堂,颇知县令出赈荒。
> 门外氓声忽鼎沸,急传温语无张皇。
> 城中酒浓餺飥好,人人给钱买醉饱。
> 醉饱争趋县令衙,撤扉毁阁如风扫。
> 县令深宵匍匐归,奴颜囚首销凶威。
> 诘朝氓去城中定,大官咨嗟顾县令。

从《吴民多》的"反唇投牒",即越级上控,到《氓入城行》的振臂一呼,这中间跨越了一个数量积贮而酝酿而醇变的巨大壕堑,就是蔑视"王法"。但不管怎样分析,"虎在山林本畏人"这一点是两首诗所表现的共同基点。赵执信何以能真正看到平民的勇力?显然,与他"馆阁文章已尽删",决意彻底与官场决裂,从而得以真正地"冷处看"有关。这堪称是一位很早从"旧阵营里杀出来"的诗人。所以,尽管其在《寄新诗与门人谢文洊编修系以绝句》中说:"好为流传闲适句,莫教谣诼到溪山。"而且事实上他也如同一般文人的落魄江湖那样,失意侘傺之心每每寄之于醇酒妇人,秋谷挟妓风流以至轻狂举止可以列举许多,然而从心境深处看,他并不曾真正"闲适"自放,诗人几时是忘却世事、游离于现实社会的?

然而,清中叶以后,沈德潜的"诗品奔放有余,不取蕴酿"[①]之评经常成为轻蔑秋谷诗的标签,动辄以"却无余味"、"殊少含蓄酝酿之功"等语来表明"不及阮亭处处典雅大方"。此种以圆论方、风马牛式的诗歌批评除了表现一种习惯势力外,无助于诗史真相的认识。至于说秋谷诗"往往有句无篇,绝少完璧,无可观也",只能证实朱庭珍《筱园诗话》的观念陈腐、偏见自障。上述诗例何尝

---

① 《国朝诗别裁》卷十三。

有"有句无篇"之病？事实上，《饴山堂诗》诚然不是无粗拙之作，但从总体看，无论抒情、纪事、喻理，还是记写一时所感、一刹间所见，大部分篇章既有"人"有意，又有情有味，是清人诗集中最少无聊酬应之篇的一家。即使小诗写眼前一个小镜头，也清新有致，无拿腔拿调的俗气，如《即目》：

  烟外风翻数点鸦，板墙欹处夕阳斜。
  空庭客去闭门晚，零落一堆红豆花。

不堆砌，不僻涩，不浮泛，自然生新，情趣不匮，恰恰是秋谷诗的优点，或者说是主要倾向。

  卢见曾在乾隆十九年（1754）作的《饴山诗集序》结束时说："余未亲侍先生，读先生之诗而见先生之真性情。当吾世而后，不乏奇怀尚友之士，以两公之论（按：指吴雯、陈恭尹二人之序）读先生之诗，并读千载以上之诗，谓先生与李、杜、韩、苏诸公长存天地间可也。"这是公允而不夸大之辞。作为清代前期和中期过渡之间的大家，赵秋谷的诗所以能与唐宋诗史上的大家并存，关键正在于他不陷入"唐宋门户"，而自走一路。为此，他的《题程松皋舍人诗卷四首》之三，是可以移作本章论赵执信诗史地位的结束语的：

  宋唐门户久难齐，颇怪康庄俗自迷。
  要识神明焕然处，非缘野鹜胜家鸡。